APEGO

John Bowlby
APEGO
A natureza do vínculo

Tradução ÁLVARO CABRAL
Tradução da parte V AURIPHEBO BERRANCE SIMÕES

martins fontes

Título original: ATTACHMENT AND LOSS – Volume I: ATTACHMENT.
© by The Tavistock Institute of Human Relations, 1969.
© 1984, Livraria Martins Fontes Editora Ltda.,
São Paulo, para a presente edição.

Publisher *Evandro Mendonça Martins Fontes*
Coordenação editorial *Vanessa Faleck*
Produção editorial *Carolina Cordeiro Lopes*
Revisão da técnica *Antônia Maria Brandão Cipolla*
Preparação do original *Silvana Vieira*
Revisões gráficas *Célia Regina Camargo*
Sandra Garcia Cortes
Julio de Mattos
Diagramação *Studio 3*

Dados Internacionais de Catalogação na Publicação (CIP)
(Câmara Brasileira do Livro, SP, Brasil)

Bowlby, John, 1907.
Apego e perda : apego, v. 1 / John Bowlby ; [tradução de Álvaro Cabral]. – 3.ª ed. – São Paulo : Martins Fontes – selo Martins, 2002. – (Psicologia e pedagogia)

Título original: Attachment and loss.
ISBN 978-85-336-0906-8

1. Angústia da separação em crianças 2. Comportamento afetivo em crianças 3. Desgosto em crianças 4. Luto em crianças 5. Privação maternal I. Título. II. Série.

01-6137 CDD-155.418

Índice para catálogo sistemático:
1. Apego e perda : Psicologia infantil 155.418

Todos os direitos desta edição reservados à
Martins Editora Livraria Ltda.
Av. Dr. Arnaldo, 2076
01255-000 São Paulo SP Brasil
Tel. (11) 3116.0000
info@emartinsfontes.com.br
www.emartinsfontes.com.br

Sumário

Prefácio à primeira edição inglesa   IX
Prefácio à segunda edição inglesa   XVII
Agradecimentos   XIX

Parte I:
A tarefa

1 – Ponto de vista   *3*
  Algumas características da presente abordagem   5
  Teorias da motivação   15
  Nota sobre o conceito de feedback *na teorização de Freud*   25
2 – Observações a serem explicadas   *27*

Parte II:
Comportamento instintivo

3 – Comportamento instintivo: um modelo alternativo   *41*
  Introdução   41
  Alguns princípios dos sistemas de controle   46
  Sistemas de controle e comportamento instintivo   50
  Adaptação: sistema e meio ambiente   57
  Nota sobre a literatura   65

4 – O meio ambiente de adaptabilidade evolutiva do homem   67
5 – Sistemas comportamentais mediadores do comportamento instintivo   77
  Tipos de sistema comportamental   77
  Coordenação de sistemas comportamentais   89
  Processos superiores de integração e controle   95
6 – Causação do comportamento instintivo   103
  Ativação e finalização de sistemas comportamentais   103
  Sistemas comportamentais incompatíveis: resultados de ativação simultânea   118
  Input sensorial e sua transformação   125
7 – Avaliação e seleção: sentimento e emoção   127
  Introdução   127
  Problemas filosóficos   129
  Processos que são sentidos   133
  O sentimento ou a emoção são causadores de comportamento?   141
  O papel comunicativo de sentimento e emoção   146
8 – Função do comportamento instintivo   151
  Funções dos sistemas comportamentais e outras consequências de sua atividade   151
  Problemas de terminologia   163
9 – Mudanças no comportamento durante o ciclo vital   173
10 – Ontogênese do comportamento instintivo   179
  Mudanças que ocorrem durante a ontogênese de sistemas comportamentais   179
  Restrição da fama de estímulos efetivos   182
  Elaboração de sistemas comportamentais primitivos e sua superação por sistemas refinados   188
  Integração de sistemas comportamentais em totalidades funcionais   193
  Períodos sensíveis do desenvolvimento   199
  Estampagem   205
  Comparação entre antigas e novas teorias de comportamento instintivo   212

Parte III:
Comportamento de apego

11 – O vínculo da criança com a mãe: comportamento de apego   219
   Teorias alternativas   219
   O comportamento de apego e seu lugar na natureza   223
   Comportamento de apego em primatas não humanos   227
   Comportamento de apego no homem   245
12 – Natureza e função do comportamento de apego   261
   A teoria do impulso secundário: origem e status atual   261
   A questão da estampagem   273
   Função do comportamento de apego   277
   Uma nota sobre terminologia: "dependência"   283
   Apego e outros sistemas de comportamento social   285
13 – Uma abordagem de sistemas de controle para o comportamento de apego   291
   Introdução   291
   Os papéis da criança e da mãe na interação mãe-filho   292
   Formas de comportamento mediadoras do apego e sua organização   302
   O comportamento típico de crianças de dois anos em diferentes situações   313
   Ativação e finalização dos sistemas mediadores do comportamento de apego   319

Parte IV:
Ontogênese do apego no ser humano

14 – Primórdios do comportamento de apego   329
   Fases no desenvolvimento do apego   329
   Equipamento comportamental do ser humano recém-nascido   333
   Primeiras respostas a pessoas   337
   Natureza e aprendizagem   367
15 – Concentração numa figura   371
   Introdução   371

Padrões de comportamento diferencialmente dirigido *372*
Figuras para as quais é dirigido o comportamento
de apego *377*
Processos que levam à seleção de figuras *389*
Fases sensíveis e o medo de estranhos *399*
A posição de Spitz: uma crítica *406*

16 – Padrões de apego e condições contribuintes *411*
Problemas a resolver *411*
Critérios para descrever padrões de apego *414*
Alguns padrões de apego observados à época do
primeiro aniversário *416*
Condições do primeiro ano de vida que contribuem
para a variação *422*
Persistência e estabilidade de padrões *432*

**17 – Desenvolvimento na organização do comportamento
de apego *435***

**Parte V:
Velhas controvérsias e novas constatações**

18 – Estabilidade e mudança em padrões de apego *449*
Desenvolvimento posterior de bebês avaliados como
segura ou ansiosamente apegados *449*
A organização de apego: de labilidade e estabilidade *453*
Desenvolvimento da adoção de perspectiva conceitual *457*

19 – Objeções e concepções errôneas *461*
Apego como um conceito organizacional *461*
Apego-cuidado: um tipo de vínculo social *467*

Referências *471*

Prefácio à primeira edição inglesa

Em 1956, quando foi iniciado este trabalho, eu não tinha uma noção completa do que estava empreendendo. Nessa época, meu objetivo parecia ser algo limitado: examinar as implicações teóricas de algumas observações sobre o modo como crianças pequenas reagem à perda temporária da mãe. Essas observações tinham sido feitas por meu colega, James Robertson, e, juntos, estávamos preparando-as para publicação. Parecia desejável um exame de seu significado teórico, destinado a formar a segunda parte de nosso livro.

Os acontecimentos disporiam de outro modo. À medida que o meu estudo da teoria avançava, compreendi que o campo que me dispusera a tratar tão lepidamente era, nem mais nem menos, aquele que Freud começara cultivando sessenta anos atrás, e que continha as mesmas duras excrescências e os mesmos obstáculos espinhosos com que ele se defrontara: amor e ódio, ansiedade e defesa, apego e perda. O que me despistara fora, simplesmente, o fato de que, embora a terra a lavrar fosse a mesma, eu tinha começado a abrir sulcos de um lado diametralmente oposto àquele por onde Freud entrara e pelo qual os analistas o têm sempre seguido. De um novo ponto de vista uma paisagem conhecida pode, às vezes, parecer muito diferente. Além de, num primeiro momento, eu ter sido iludido, subsequentemente o progresso foi lento. Creio que também tem sido frequentemente difícil para colegas meus entenderem o que estou tentando fazer. Portanto, talvez seja útil colocar o meu pensamento em perspectiva histórica.

Em 1950 fui convidado para assessorar a Organização Mundial de Saúde na área de saúde mental de crianças sem lar. Essa missão proporcionou-me uma valiosa oportunidade para conhecer muitos dos investigadores mais eminentes no campo da puericultura e da psiquiatria infantil, e para me familiarizar com a respectiva literatura. Conforme escrevi no prefácio do relatório resultante (1951), o que mais me impressionou entre aqueles que conheci foi o "elevado grau de concordância existente a respeito tanto dos princípios que subjazem à saúde mental infantil como às práticas pelas quais ela pode ser salvaguardada". Na primeira parte do meu relatório apresentei provas e formulei um princípio: "O que se acredita ser essencial para a saúde mental é que o bebê e a criança pequena experimentem um relacionamento carinhoso, íntimo e contínuo com a mãe (ou mãe substituta permanente), no qual ambos encontrem satisfação e prazer". Na segunda parte descrevi em linhas gerais as medidas que, à luz desses princípios, se fazem necessárias para salvaguardar a saúde mental de crianças separadas de suas famílias.

O relatório mostrou-se oportuno. Ajudou a concentrar a atenção no problema, contribuiu para melhorar os métodos de assistência e estimulou controvérsias e pesquisas. Entretanto, como foi sublinhado por vários críticos, o relatório tinha, ao menos, uma grave limitação. Embora tendo muito a informar sobre os numerosos efeitos nocivos que as evidências apontavam poderem ser atribuídos à privação materna, bem como sobre as medidas práticas que poderiam prevenir ou mitigar esses efeitos nocivos, o relatório, de fato, disse muito pouco acerca dos processos pelos quais esses mesmos efeitos se instalam. Como se explica que um ou outro dos eventos incluídos sob o título geral de privação materna produza esta ou aquela forma de distúrbio psiquiátrico? Quais são os processos em ação? Por que as coisas aconteceriam desta maneira e não de outra? Quais são as outras variáveis que afetam o resultado e como é que o afetam? Sobre todas estas questões a monografia é omissa, ou quase.

A razão desse silêncio foi a ignorância – minha e de outros – a qual não podia ser sanada nos poucos meses em que o relatório tinha que ser escrito. Mais cedo ou mais tarde, assim eu esperava, essa lacuna seria preenchida, embora não estivesse claro quando ou como.

Foi neste estado de espírito que comecei dedicando especial atenção às observações que meu colega James Robertson estivera fazendo. Com a ajuda de uma pequena bolsa concedida pelo Sir Halley Stewart Trust, ele juntara-se a mim em 1948 a fim de tomar parte no que pretendia ser uma investigação sistemática do problema dos efeitos da separação da mãe nos primeiros anos da infância sobre o desenvolvimento da personalidade. Durante um extenso reconhecimento do que, na época, era terreno predominantemente virgem, Robertson observara numerosas crianças antes, durante e depois de uma temporada fora do lar; a maioria dessas crianças estava em seu segundo ou terceiro ano de vida, e não só haviam estado separadas de suas mães como, por períodos de semanas ou meses, haviam sido cuidadas em ambientes, tais como hospitais ou instituições de assistência infantil, onde não tinham uma mãe substituta estável. Durante a pesquisa, ele ficara profundamente impressionado pela intensidade da aflição e desolação que testemunhara enquanto as crianças estavam fora do lar e pela extensão e duração dos distúrbios que se apresentavam depois que regressavam. Ninguém que lesse seus relatórios ou assistisse ao filme que Robertson fez sobre uma menininha podia deixar de comover-se. Entretanto, na época, não houve concordância sobre o significado ou a importância dessas observações. Alguns contestaram sua validade; outros reconheceram que as reações ocorreram mas as atribuíram a quase tudo, menos à perda da figura materna; outros ainda admitiram que a perda era uma variável importante mas sustentaram não ser muito difícil mitigar seus efeitos e que, portanto, a perda revestia-se de menos consequências para a patologia do que nós supúnhamos.

Meus colegas e eu adotamos um diferente ponto de vista. Estávamos confiantes na validade das observações; todas as provas apontavam para a perda da figura materna como uma variável dominante, embora não a única; e nossa experiência sugeria que, mesmo quando outras circunstâncias eram favoráveis, havia mais angústia e perturbação do que era usualmente reconhecido. De fato, sustentamos a opinião de que as reações de protesto, desespero e desapego, que ocorrem quando uma criança de mais de seis meses é separada de sua mãe e entregue ao cuidado de estranhos, devem-se principalmente à "perda da assistência materna nesse estágio altamente dependente e sumamente vulnerável do desenvolvimento". Com base na observação empírica sugerimos que "a avidez da criança pelo amor e a presença da mãe é tão grande quanto a fome de alimento", e que, consequentemente, sua ausência gera inevitavelmente "um poderoso sentimento de perda e raiva". Estávamos particularmente interessados nas grandes mudanças que frequentemente são percebidas na relação de uma criança com sua mãe, quando volta para casa após um certo período de ausência; por um lado, "um intenso agarramento à mãe, que poderá manter-se por semanas, meses ou anos"; por outro, "a rejeição, temporária ou permanente, da mãe como objeto de amor". Este último estado, ao qual passamos mais tarde a nos referir como desapego, é resultante, em nossa opinião, dos sentimentos da criança para com a mãe terem sofrido repressão.

Assim, chegamos à conclusão de que a perda da figura materna, quer por si mesma, quer em combinação com outras variáveis a serem ainda identificadas, pode gerar respostas e processos que se revestem do maior interesse para a psicopatologia. Não apenas isso; concluímos também que essas respostas e processos são os mesmos que se sabe estarem ativos em indivíduos mais velhos ainda perturbados por separações que sofreram nos primeiros anos de vida. Entre essas respostas e esses processos e entre as várias formas de distúrbio estão, por um lado, a tendência para exigências excessivas no relacionamento com outros e para a ansiedade e a raiva quando tais exigências não são satisfeitas, como se verifica nas personalidades dependentes e histéricas; e, por outro, um bloqueio na capacidade para estabelecer e manter relações profundas, como se apresenta nas personalidades indiferentes e psicopáticas. Em outras palavras, pareceu-nos que, quando observamos crianças durante e depois de períodos longe da mãe e num ambiente estranho, estamos testemunhando reações e também efeitos de processos defensivos que são justamente aqueles que nos habilitam a preencher a lacuna entre uma experiência desse gênero e um ou outros dos distúrbios no funcionamento da personalidade que poderão sobrevir.

Prefácio à primeira edição inglesa

Essas conclusões, que decorrem naturalmente dos dados empíricos, levaram a uma decisão crucial quanto à estratégia de pesquisa. Como o nosso objetivo era compreender como se originam e desenvolvem esses processos patológicos, decidimos que, doravante, adotaríamos como nossos principais dados os registros pormenorizados de como crianças pequenas reagem às experiências de separação e subsequente reencontro com a mãe. Passamos a acreditar que tais dados são de grande interesse intrínseco e um complemento essencial aos dados de tipo tradicional, derivados do tratamento de indivíduos mais velhos. O pensamento subjacente nessa decisão e alguns dados originais estão expostos em artigos publicados entre 1952 e 1954; e um filme foi realizado durante o mesmo período[1].

Nos anos que transcorreram desde que essa decisão foi tomada, meus colegas e eu próprio dedicamos muito tempo ao estudo apurado dos dados já coletados, à compilação e análise de novos dados, à comparação desses dados com outros provenientes de outras fontes e a um exame de suas implicações teóricas. Entre os frutos já publicados desse trabalho está um volume, *Brief Separations* (1966), no qual Christoph Heinicke e Ilse Westheimer estudam respostas observadas durante e após uma breve separação experimentada num ambiente definido. Nesse estudo, não só as respostas foram observadas e registradas de um modo mais sistemático do que tinha sido possível em estudos anteriores como, além disso, o comportamento das crianças separadas de suas mães foi comparado estatisticamente com o comportamento observado numa amostra equivalente de crianças que viviam em seus próprios lares e nunca tinham sofrido separação. Dentro de seus limites, as conclusões desse estudo confirmam os dados, menos sistemáticos mas consideravelmente mais extensos, obtidos por James Robertson, e os ampliam em inúmeros pontos.

Numa série de artigos publicados entre 1958 e 1963, eu próprio debati alguns dos problemas teóricos suscitados por essas

----
1. Essas publicações, das quais foram extraídos os trechos citados, são as seguintes: Robertson e Bowlby (1952); Bowlby, Robertson e Rosenbluth (1952); Bowlby (1953); Robertson (1953); e Ainsworth e Bowlby (1954). O filme foi realizado por Robertson (1952).

observações. Os três presentes volumes cobrem a mesma área, mas o fazem de um modo mais rigoroso. Também apresentam muito material adicional.

O volume 1 é dedicado aos problemas originalmente abordados no primeiro estudo da série, "The Nature of the Child's Tie to his Mother" (1958). A fim de se apresentar de um modo eficiente a teoria que iremos expor nas partes III e IV, foi necessário examinar primeiro, em seu todo, o problema do comportamento instintivo e como melhor conceituá-lo. A discussão consideravelmente extensa que isso acarretou constitui a parte II deste volume. É precedida pelos dois capítulos que formam a parte I: o primeiro estabelece sistematicamente alguns dos pressupostos que constituem o meu ponto de partida e os compara ao de Freud; o segundo recapitula as observações empíricas em que me apoio e faz um resumo delas. Os objetivos de todos os capítulos das partes I e II consistem em esclarecer e tornar mais explícitos os conceitos com que estou trabalhando, pois, como são pouco conhecidos, intrigaram muitos clínicos que, quanto ao mais, se mostraram favoráveis ao nosso trabalho.

O volume 2, *Separação*, trata dos problemas originalmente abordados no segundo e no terceiro estudos da série:
"Separation Anxiety" (1960*a*),
"Separation Anxiety: A Critical Review of the Literature" (1961*a*).

O terceiro volume, *Perda*, trata dos problemas originalmente abordados nos ensaios subsequentes:
"Grief and Mourning in Infancy and Early Childhood" (1960*b*).
"Processes of Mourning" (1961*b*).
"Pathological Mourning and Childhood Mourning" (1963).

Meu quadro de referência em toda esta investigação foi o da psicanálise. Há numerosas razões para isso. A primeira é que meu pensamento inicial sobre o assunto foi inspirado pelo trabalho psicanalítico – meu e de outros. A segunda é que, apesar das limitações, a psicanálise continua sendo a mais útil e a mais usada de todas as teorias atuais de psicopatologia. Uma terceira e a mais importante razão é que, embora todos os conceitos centrais do meu esquema – relações de objeto, ansiedade de separação, luto, defesa, trauma, períodos sensíveis no começo da vida – sejam moeda corrente do pensamento psicanalítico, receberam escassa atenção, até data recente, por parte de outras disciplinas do comportamento.

No decorrer de suas explorações, Freud seguiu várias e diversas linhas de pensamento e tentou muitas construções teóricas possíveis. Depois de sua morte, as contradições e ambiguidades que deixou em sua esteira causaram intranquilidade e não faltaram as tentativas para superá-las; algumas de suas teorias foram selecionadas e elaboradas, outras postas de lado e desprezadas. Como algumas de minhas ideias são estranhas às tradições teóricas que se estabeleceram e por isso enfrentaram vigorosas críticas, dei-me ao trabalho de mostrar que a maioria delas não é, em absoluto, estranha ao que o próprio Freud pensou e escreveu. Pelo contrário, como espero mostrar, grande número dos conceitos centrais do meu esquema encontra-se claramente anunciado por Freud.

Prefácio à segunda edição inglesa

A razão principal para a preparação de uma edição revista deste trabalho é que, durante os últimos quinze anos, tem havido um grande desenvolvimento no pensamento de biólogos que estudam o comportamento social de outras espécies que não o homem. Esse desenvolvimento gerou a necessidade de mudanças significativas em uns poucos trechos da parte II, exatamente as duas últimas seções do capítulo 3 (especialmente p. 61-4), na subseção "Comportamento altruístico", do capítulo 8 (p. 160-2) e no parágrafo inicial do capítulo 9 (p. 173).

Uma outra razão é que, desde a publicação da primeira edição, ideias sobre apego têm sido o centro de muita discussão teórica e têm também fornecido linhas mestras para pesquisas empíricas do maior interesse. Parece oportuno, portanto, acrescentar dois novos capítulos que poderão esclarecer certos problemas teóricos e descrever alguns dos mais importantes dados de pesquisa. A fim de abrir espaço, foi omitido o Apêndice que apresentava uma revisão da literatura prévia sobre a natureza do vínculo da criança com sua mãe.

Na parte III poucas mudanças tornaram-se necessárias, embora se aproveitasse a oportunidade para revisar a seção do capítulo 11 sobre primatas não humanos, incorporando-lhe os dados mais recentes.

A parte IV exigiu um grande número de revisões incidentais, em consequência das pesquisas intensivas sobre os primeiros anos de vida, empreendidas nos últimos anos; focalizou-se a atenção nas novas descobertas descritas com mais detalhes no capítulo 18.

As inúmeras publicações citadas no texto estão incorporadas nas Referências.

Agradecimentos

Fui ajudado na preparação deste livro por muitos amigos e colegas, e é com imenso prazer que expresso a todos eles os meus agradecimentos mais calorosos.

Como os principais dados em que me apoiei são os de James Robertson, a minha dívida para com ele é imensa. Suas primeiras observações impressionaram-me de imediato pelo grande potencial de estudos naturalistas sobre o modo como crianças pequenas se comportam quando temporariamente afastadas da assistência materna; e a sua preocupação constante com a exatidão descritiva e incansável atenção aos detalhes foram de contínua ajuda em minha apresentação e discussão dos dados resultantes. As observações sistemáticas de Christoph Heinicke e Ilse Westheimer, na medida em que deram maior firmeza à base empírica que suporta meu trabalho, foram também de imenso valor.

Estou muito grato pela ajuda que me deram outros colegas com quem trabalhei na Tavistock Clinic e no Tavistock Institute of Human Relations sobre problemas de apego e perda.

Depois que deixou a Tavistock em 1954, Mary Salter Ainsworth e eu mantivemo-nos em estreito contato. Ela não só foi extremamente generosa em colocar à minha disposição suas observações sobre o comportamento de apego realizadas em Uganda e em Baltimore, Maryland, como leu a maior parte deste trabalho em seu rascunho e sugeriu numerosos aperfeiçoamentos, especialmente nas partes III e IV.

Anthony Ambrose ajudou-me a esclarecer vários pontos intrincados e fez muitas sugestões para melhorar partes do texto. Desempenhou também um inestimável papel quando se prontificou a colaborar para a organização dos quatro encontros do Seminário Tavistock sobre Interação Mãe-Bebê, realizado em Londres com o generoso apoio da Fundação Ciba. Quem estiver familiarizado com as atas e os relatórios desses encontros reconhecerá prontamente a dívida que tenho para com aqueles que apresentaram trabalhos e participaram dos debates.

O esquema teórico desenvolvido provém, em parte, da psicanálise e, em parte, da etologia. Quanto à minha educação psicanalítica, estou especialmente grato à minha própria analista, Joan Rivieri, e a Melanie Klein, que foi uma das pessoas que supervisionaram. Embora a minha posição atual seja muito divergente da delas, continuo profundamente grato a ambas por me haverem firmado na abordagem psicanalítica das relações objetais, com sua ênfase nas relações iniciais e no potencial patogênico da perda.

Em 1951, numa fase delicada de meu pensamento sobre os problemas de separação, Julian Huxley despertou em mim um fecundo interesse pela etologia e introduziu-me no conhecimento dos então recém-publicados clássicos de Konrad Lorenz e Niko Tinbergen. Estou agradecido aos três por terem dado prosseguimento à minha formação e por seus incentivos.

Ao procurar utilizar as descobertas e os conceitos mais recentes da etologia, contraí uma dívida maior do que posso exprimir em palavras com Robert Hinde, pelo tempo que me dedicou e a orientação que me deu. De nossas discussões, ao longo de muitos anos, e de seus comentários aos meus rascunhos, recebi esclarecimentos decisivos; e emprestou-me amavelmente a versão primitiva de seu livro *Animal Behaviour*, de 1966, que eu considero de valor inestimável. Embora Robert Hinde não seja responsável pelas opiniões que estou expressando, este livro seria incomensuravelmente mais pobre sem suas críticas acuradas e seu generoso apoio.

Outros que contribuíram para o meu pensamento e sugeriram aperfeiçoamentos em partes do rascunho são Gordon Bronson, David Hamburg, Dorothy Heard e Arnold Tustin.

Na preparação do roteiro, minha secretária, Dorothy Southern, foi infatigável. Datilografou manuscrito atrás de manuscrito, da abominável letra de meus rascunhos, não só com exemplar cuidado mas com uma dedicação e um entusiasmo que nunca fraquejaram. A assistência de biblioteca foi prestada com impecável eficiência por Ann Sutherland. Para a preparação da lista de referências e outro apoio editorial, estou grato a Rosamund Robson, e para a organização do índice a Vivien Caplin.

Finalmente, expresso minha gratidão aos muitos organismos e instituições que, desde 1948, têm apoiado a Tavistock Child Development Research Unit e seu pessoal. Foi recebida assistência financeira do National Health Service (Central Middlesex Group and Paddington Group Hospital Management Committees e North West Metropolitan Regional Hospital Board) e do Sir Halley Stewart Trust, do Centro Internacional da Infância, em Paris, dos Curadores de Elmgrant, do Escritório Regional para a Europa da Organização Mundial de Saúde, da Fundação Josiah Macy Jr., da Fundação Ford e do Fundo para Pesquisas em Psiquiatria dessa fundação. No período de 1957-58, recebi uma bolsa do Center for Advanced Study in the Behaviour Sciences de Stanford, Califórnia, e pude por isso enfrentar alguns dos problemas fundamentais apresentados pelos dados. A partir de abril de 1963, o Conselho de Pesquisa Médica empregou-me como membro de seu Quadro Científico Externo em tempo parcial. A revisão dos capítulos finais foi realizada enquanto eu era professor visitante de Psiquiatria na Universidade de Stanford.

*

Pela autorização concedida para citar e transcrever obras publicadas, são devidos agradecimentos aos editores, autores e outros abaixo enumerados. Os detalhes bibliográficos de todas as obras citadas são fornecidos na lista de referências no final do volume.

Academic Press, Inc., Nova York, a respeito de "The Affectional Systems", por H. F. e M. K. Harlow, em *Behavior of Nonhuman Primates*, organizado por A. M. Schrier, H. F. Harlow e F. Stollnitz; Clarendon Press, Oxford, a respeito de *A Model of the Brain*, por J. Z. Young; Gerald Duckworth & Co. Ltd., Londres, e Alfred A. Knopf, Inc., Nova York, a respeito do poema "Jim", de

Cautionary Tales, de Hilaire Belloc; o diretor do *British Medical Journal* e professor R. S. Illingworth a respeito de "Crying in Infants and Children"; o diretor do *International Journal of Psychoanalysis* e professor W. C. Lewis, a respeito de "Coital Movements in the First Year of Life"; o diretor do *Merrill-Palmer Quarterly* e dr. L. J. Yarrow, a respeito de "Research in Dimensions of Early Material Care"; o diretor de *Science* e os drs. S. L. Washburn, P. C. Jay e sra. J. B. Lancaster, a respeito de "Field Studies of Old World Monkeys and Apes" (*copyright by* the American Association for the Advancement of Science, 1965); Harvard University Press, Cambridge, Mass., a respeito de *Children of the Kibbutz*, por M. E. Spiro; a Hogarth Press Ltd., Londres, e os síndicos do espólio de Melaine Klein, a respeito de *Developments in Psychoanalysis*, por Melaine Klein e seus colegas; Holt, Rinehart & Winston, Inc., Nova York, a respeito de "The Social Development of Monkeys and Apes", por W. A. Mason, em *Primate Behaviour*, organizado por I. DeVore; o Conselho Internacional de Enfermeiras e o dr. Z. Micic, a respeito de "Psychological Stress in Children in Hospital", publicado na *International Nursing Review*; International Universities Press, Inc., Nova York, a respeito de "Psychoanalysis and Education", por Anna Freud, e "The First Treasured Possession", por O. Stevenson, publicados no livro *Psychoanalytic Study of the Child*; a John Hopkins Press, Baltimore, Md., a respeito de *Mind: An Essay on Human Feeling*, por S. Langer; McIntosh & Otis, Inc., Nova York, a respeito de *The Ape in Our House*, por C. Hayes; Methuen & Co., Ltd., Londres, a respeito de "The Development of Infant-Mother Interaction Among the Ganda", por M. D. Ainsworth, em *Determinants of Infant Behaviour*, vol. 2, organizado por B. M. Foss; Tavistock Publications Ltd., Londres, a respeito de "Transitional Objects and Transitional Phenomena", de *Collected Papers* de D. W. Winnicott; Tavistock Publications Ltd.; Londres, e Liveright Publishing Corporation, Nova York, a respeito de "Love for the Mother and Mother Love", por Alice Balint, em *Primary Love and Psychoanalytic Technique*, por Michael Balint.

Pela autorização para citar trechos da *Standard Edition of the Complete Phychological Works of Sigmund Freud* são devidos agradecimentos a *Sigmund Freud Copyrights Ltd.*, sra. Alix

Strachey, The Institute of Psychoanalysis, a Hogarth Press Ltd., Londres, e Basic Books, Inc., Nova York.

***

Ao preparar a segunda edição deste trabalho estou, mais uma vez, profundamente grato a Mary Slater Ainsworth por haver lido e comentado o material novo e o material revisado; a Dorothy Southern por seu incansável trabalho de secretariado; e à eficiência constante da bibliotecária e da equipe da Tavistock Library.

Pela grande ajuda ao revisar a seção do capítulo 2 sobre comportamento de primatas não humanos devo meu agradecimento especial a Barbara Smuts.

Pela assistência editorial sou grato a Molly Townsend, que também fez a revisão dos Índices.

Pela permissão para usar três parágrafos da minha conferência de 1979 sobre Tinbergen, agradeço ao editor de *Animal Behaviour*.

Parte I
A tarefa

Capítulo 1
Ponto de vista

> A extraordinária complexidade de todos os fatores a serem levados em consideração deixa-nos somente um caminho para representá-los. Devemos selecionar primeiro um e depois um outro ponto de vista, e seguir cada um deles no exame de todo o material, enquanto nos parecer que a sua adoção produz resultados.
>
> SIGMUND FREUD (1915*b*)[1]

Durante cerca de cinquenta anos de investigação psicanalítica, Freud tentou partir primeiro de um e depois de outro ponto de vista para dar início às suas indagações. Os sonhos, os sintomas de pacientes neuróticos e o comportamento de povos primitivos estão entre os diversos dados que ele estudou. Mas, embora ao buscar explicações ele chegasse sempre, em todos os casos, a eventos dos primeiros anos da infância, só raramente Freud obtinha seus dados básicos a partir da observação direta de crianças. O resultado é que a maioria dos conceitos que os psicanalistas têm sobre os primeiros anos de vida foi obtida por um processo de reconstituição histórica, baseada em dados derivados de indivíduos mais velhos. Isso é verdade mesmo no que se refere a ideias provindas da análise de crianças: os eventos e processos inferidos pertencem a uma fase da vida que já passou.

O ponto de vista do qual parte este trabalho é diferente. Por razões que são descritas no prefácio, acreditamos que a observação de como uma criança muito nova se comporta em relação à sua mãe, tanto na presença como, especialmente, na ausência desta, pode contribuir imensamente para a compreensão do desenvolvimento da personalidade. Quando são afastadas da mãe por estranhos, as crianças pequenas geralmente reagem com grande

---
1. Transcrito do parágrafo final de "repressão".

intensidade; e, após a reunião com a mãe, mostram comumente ou um grau intenso de ansiedade de separação ou então um excepcional desapego. Considerando que uma mudança nas relações de um ou outro tipo, ou mesmo uma combinação de ambos, é frequente em pacientes que sofrem de psiconeurose e outras formas de perturbação emocional, pareceu-me promissor selecionar essas observações como um ponto de partida; e, adotado esse ponto de vista, "segui-lo no exame de todo o material, enquanto nos parecer que a sua adoção produz resultados".

Como esse ponto de partida difere muito daquele a que os psicanalistas estão acostumados, talvez seja útil especificá-lo mais precisamente e desenvolver as razões que me levaram a adotá-lo.

A teoria psicanalítica é uma tentativa de explicação do funcionamento da personalidade, em seus aspectos saudáveis e patológicos, em termos de ontogênese. Ao criar esse corpo teórico, não só Freud mas virtualmente todos os analistas subsequentes trabalharam retrospectivamente, isto é, a partir de um produto final para trás. Os dados primários são derivados do estudo, no contexto analítico, de uma personalidade mais ou menos desenvolvida e já funcionando mais ou menos bem; a partir desses dados, procede-se à tentativa de reconstruir as fases do desenvolvimento da personalidade que precederam aquilo que é agora visto.

Em muitos aspectos, o que tentamos realizar aqui é o oposto. Usando como dados primários as observações de como crianças muito pequenas se comportam em situações definidas, faz-se a tentativa de descrever certas fases iniciais do funcionamento da personalidade e, partindo delas, extrapolam-se as fases subsequentes. O objetivo é, sobretudo, descrever certos padrões de resposta que ocorrem regularmente no começo da infância e, a partir disso, assinalar como padrões semelhantes de resposta serão discerníveis, posteriormente, na personalidade. A mudança de perspectiva é radical. Implica adotarmos como ponto de partida, não este ou aquele sintoma ou síndrome que esteja criando dificuldades, mas um evento ou experiência considerada potencialmente patogênica para o desenvolvimento da personalidade.

Assim, ao passo que toda a teoria psicanalítica atual começa com uma síndrome ou sintoma clínico – por exemplo, roubo ou depressão ou esquizofrenia – e formula hipóteses sobre eventos e processos que se supõe haverem contribuído para o seu desenvolvimento, a perspectiva aqui adotada parte de uma classe de evento – a perda da figura materna na infância – e tenta depois descrever os processos psicológicos e psicopatológicos que daí, comumente, resultam. Parte-se, de fato, da experiência traumática e trabalha-se prospectivamente.

Este tipo de mudança na orientação da pesquisa ainda é pouco usual em psiquiatria. Na medicina fisiológica, por outro lado, a mudança ocorreu há muito tempo, e um exemplo ilustrativo, extraído dessa área, pode ajudar a elucidar este ponto. Quando hoje se empreende um estudo da patologia da infecção crônica dos pulmões, é pouco provável que o investigador comece com um grupo de casos mostrando, todos, a infecção crônica, e tente descobrir o agente ou agentes infecciosos que estão atuando. É mais provável que ele comece com um agente específico, talvez o bacilo da tuberculose ou da actinomicose, ou algum vírus recém-identificado, a fim de estudar os processos fisiológicos e fisiopatológicos que esse agente origina. Assim fazendo, ele poderá descobrir muitas coisas que não são imediatamente relevantes para as condições infectopulmonares crônicas. Não só pode elucidar certas condições infecciosas e subclínicas agudas como, quase certamente, descobrirá também que infecções de outros órgãos, além dos pulmões, são obra do organismo patogênico que ele selecionou para estudo. Portanto, o centro de interesse do investigador deixou de ser uma determinada síndrome clínica; passou a ser, pelo contrário, as múltiplas sequelas de um determinado agente patogênico.

O agente patogênico cujos efeitos serão aqui discutidos é a perda da figura materna durante o período entre cerca de seis meses a seis anos de idade. Entretanto, antes de considerarmos as observações básicas que são usadas, é aconselhável completar a descrição dos aspectos nos quais a abordagem adotada difere da tradicional e discutir algumas das críticas que lhe foram feitas.

Algumas características da presente abordagem

Já aludimos a uma das diferenças. Em vez de dados obtidos no tratamento de pacientes, os dados que utilizamos são observações do comportamento de crianças em situações da vida real.

Ora, tais dados são, às vezes, considerados de interesse apenas periférico para a nossa ciência. Isto implica que a observação direta do comportamento, por sua própria natureza, pode fornecer somente informação superficial, contrastando nitidamente, afirma-se, com o acesso quase direto ao funcionamento psíquico obtido durante o tratamento psicanalítico. Consequentemente, sempre que a observação direta do comportamento confirma conclusões obtidas no tratamento de pacientes, é considerada de interesse, enquanto, se aponta em alguma outra direção, pode ser posta de lado como de pouca importância.

Ora, eu acredito que esse tipo de atitude baseia-se em premissas falaciosas. Em primeiro lugar, não se deve superestimar os dados que obtemos em sessões analíticas. Longe de termos acesso direto aos processos psíquicos, defrontamo-nos, isso sim, com uma teia complexa de associações livres, relatos de eventos passados, comentários sobre a situação corrente, além do comportamento do paciente. Ao tentarmos compreender essas diversas manifestações, selecionamo-las e organizamo-las inevitavelmente de acordo com o nosso esquema preferido; e ao procurarmos inferir quais processos psíquicos podem estar subentendidos nelas, abandonamos inevitavelmente o mundo da observação e entramos no mundo da teoria. Ainda que as manifestações de processos psíquicos com que nos deparamos no consultório sejam, com frequência, extraordinariamente ricas e variadas, estamos muito longe de ter aí uma oportunidade de observação direta do processo psíquico.

De fato, o oposto está provavelmente mais próximo da verdade. Os filósofos da mente sustentam que, na vida de um indivíduo, são os "padrões de comportamento" perceptíveis na infância que "devem constituir a dotação original a partir da qual se desenvolvem os estados puramente mentais", e que o que mais tarde é considerado "interior", seja uma emoção, um sentimento ou uma fantasia, é tão somente "um resíduo" que permanece quando todas as formas de comportamento associado são reduzidas a um ponto de fuga (Hampshire, 1962). Como a capacidade para restringir o comportamento associado aumenta com a idade, é evidente que quanto mais jovem for o indivíduo, é mais provável que seu comportamento e seu estado mental sejam as duas faces de uma mesma moeda. Portanto, desde que as observações sejam hábeis e detalhadas, o registro do comportamento de uma criança de tenra idade pode ser considerado um indicador útil de seu estado mental.

Em segundo lugar, os que se mostram céticos sobre o valor da observação direta no comportamento costumam subestimar a diversidade e riqueza dos dados que podem ser obtidos. Quando crianças pequenas são observadas em situações que levam à ansiedade e à aflição, é possível obter dados que são manifestamente relevantes para muitos conceitos centrais de nossa disciplina: amor, ódio e ambivalência; segurança, ansiedade e tristeza; deslocamento, cisão e repressão. Argumentar-se-á, de fato, que a observação do início de comportamento de desapego numa criança que passou algumas semanas num ambiente estranho, longe de sua mãe, é o mais perto que podemos chegar para observar a repressão tal como realmente ocorre.

A verdade é que nenhuma classe de dados é intrinsecamente melhor do que outra. Cada uma é importante para os problemas com que a psicanálise se defronta, e a contribuição dada por uma pode ser enriquecida quando vista em conjunto com a contribuição dada pela outra. A visão binocular é melhor do que a visão de um ou outro olho, usados separadamente.

Outros aspectos nos quais a abordagem adotada difere da psicanalítica tradicional é que se apoia substancialmente em observações de como membros de outras espécies, que não a humana, reagem a situações similares de presença ou ausência da mãe e que usa uma vasta gama de novos conceitos desenvolvidos pelo etólogos para explicar tais reações.

Uma razão principal para valorizarmos a etologia está em que ela nos propicia uma ampla gama de novos conceitos a serem provados em nossa teorização. Muitos deles referem-se à formação de vínculos sociais íntimos – como os que ligam os filhos aos pais, os pais aos filhos e membros dos dois sexos (e, às vezes, do mesmo sexo) uns aos outros. Outros dizem respeito a comportamento de conflito e a "atividade de deslocamento"; outros, ainda, referem-se ao desenvolvimento de fixações patológicas, na forma de padrões de comportamentos desajustados ou de objetos inadequados para os quais o comportamento é dirigido. Sabemos hoje que o homem não detém o monopólio dos conflitos nem do comportamento patológico. Um canário que começa a construir seu ninho, pela primeira vez, quando dispõe de material insuficiente para a construção, além de desenvolver um comportamento patológico na construção do ninho persistirá em tal comportamento mesmo quando, mais tarde, dispuser de material adequado. Um ganso é capaz de cortejar uma casa de cachorro e manifestar profunda tristeza quando ela é derrubada. Os dados e conceitos etológicos referem-se, portanto, a fenômenos que, no mínimo, são comparáveis aos que os psicanalistas tentam compreender no homem.

Entretanto, até que os conceitos da etologia tenham sido provados no campo do comportamento humano, não teremos condições de determinar até que ponto são úteis. Todo etólogo sabe que, por mais valioso que seja o conhecimento de espécies afins na indicação do que procurar e esperar na investigação de uma nova espécie, nunca é permissível extrapolar de uma espécie para outra. O homem não é um macaco nem um rato branco, muito menos um canário ou um peixe ciclídeo. O homem é uma espécie perfeitamente distinta, com certas características incomuns. Pode ser, portanto, que nenhuma das ideias provenientes de estudos de espécies inferiores seja relevante. Contudo, isso parece improvável. Nas áreas da alimentação do bebê, da reprodução e da excreção, por exemplo, compartilhamos características anatômicas e fisiológicas com espécies inferiores, e seria deveras estranho que não compartilhássemos nenhuma das características comportamentais que lhes são concomitantes. Além disso, é nos primeiros anos da infância, especialmente no período pré-verbal, que podemos esperar encontrar essas características em sua forma menos modificada. Não será que ao menos algumas tendências neuróticas e desvios de personalidades que se originam nos primeiros anos de vida podem ser entendidos como causados por um distúrbio no desenvolvimento desses processos biopsicológicos? Quer a resposta prove ser "sim" ou "não", o senso comum diz que se deve explorar a possibilidade.

Onde Freud está situado

Até aqui, foram descritas quatro características do ponto de vista adotado – uma abordagem prospectiva e não retrospectiva, um enfoque na patogenia e suas sequelas, a observação direta de crianças e o uso de dados sobre animais – e foram apresentados argumentos a favor de cada uma delas. Como poucos psicanalistas adotam este ponto de vista e porque se expressa, às vezes, o temor de que trabalhar a partir dele representa um rompimento, que pode ser perigoso, com a tradição, é interessante ver onde Freud está situado. Descreveremos, a respeito de cada uma das quatro características, primeiro as opiniões de Freud e, depois, a posição que se adotou neste livro.

Num artigo de 1920, Freud examina as sérias limitações do método retrospectivo. Diz ele:

> Quando descrevemos o desenvolvimento a partir do seu resultado final, a cadeia de acontecimentos parece contínua, e sentimos ter adquirido um discernimento completamente satisfatório ou mesmo exaustivo. Mas, se procedermos de modo inverso, partindo das premissas inferidas da análise e tentando acompanhá-las até o resultado final, já não teremos, então, a impressão de uma inevitável sequência de eventos que não poderiam ter sido determinados de qualquer outra maneira. Notamos imediatamente que o resultado poderia ter sido outro, e que poderíamos ter sido igualmente capazes de entendê-lo e explicá-lo. A síntese não é, portanto, tão satisfatória quanto a análise; em outras palavras, pelo conhecimento das premissas não poderíamos ter previsto a natureza do resultado.

Uma importante razão para essa limitação, sublinha Freud, é a nossa ignorância da força relativa de diferentes fatores etiológicos. Ele adverte:

> Mesmo supondo que temos um completo conhecimento dos fatores etiológicos que decidem um dado resultado... nunca sabemos de antemão qual dos fatores determinantes provará ser o mais fraco ou o mais forte. Dizemos apenas, no final, que aqueles que prevaleceram devem ser os mais fortes. Por isso, a cadeia de causação pode ser sempre reconhecida com certeza se seguirmos a linha de análi-

se, ao passo que predizê-la através da linha de síntese é impossível. (Freud, 1920*a*, *S.E.*, 18, p. 167-8.)

Este trecho mostra claramente que Freud não tinha dúvidas sobre quais são as limitações do método tradicional de investigação. Embora um método retrospectivo forneça muitas evidências a respeito dos tipos de fatores que podem ser etiológicos, ele pode falhar tanto em identificar a todos, como também na avaliação da força relativa daqueles que identifica. Os papéis complementares, na psicanálise, dos estudos retrospectivos e prospectivos são, de fato, apenas um caso especial dos papéis complementares, em outras esferas do conhecimento, do método histórico e do método das ciências naturais.

Embora em todo tipo de estudo histórico o método retrospectivo tenha um lugar estabelecido – e muitas e grandes contribuições a seu crédito – sua incapacidade para determinar os papéis relativos que diferentes fatores desempenham na causação é uma reconhecida fraqueza. Onde o método histórico é fraco, porém, o método das ciências naturais é forte. Como se sabe, o método científico requer que, tendo examinado o nosso problema, formulemos uma ou mais hipóteses sobre as causas dos eventos em que estamos interessados, e o façamos de tal modo que, a partir delas, possam ser deduzidas predições testáveis. As hipóteses se sustentam ou caem dependendo da exatidão de tais predições.

Não resta dúvida de que, se a psicanálise quiser atingir pleno status como uma das ciências do comportamento, deverá adicionar ao seu método tradicional os métodos já provados das ciências naturais. Mesmo que o método histórico seja sempre o método principal no consultório (e continua sendo, aliás, em todos os ramos da medicina), para fins de pesquisa pode e deve ser ampliado pelo método de hipótese, predição dedutiva e teste. O material deste livro é apresentado como um passo preliminar na aplicação desse método. Do começo ao fim, seu objetivo foi concentrar-se em eventos e seus efeitos sobre crianças, e moldar a teoria de forma que se preste a predições testáveis. Formular tais predições em detalhe e testá-las, mesmo que apenas algumas sejam tarefas para o futuro.

Como argumentaram Rickman (1951) e Ezriel (1951), predição e teste podem, se desejarmos, ser empregados durante o tratamento de pacientes; mas tais procedimentos jamais podem testar hipóteses acerca do desenvolvimento anterior. Para testar a teoria psicanalítica do desenvolvimento, portanto, as predições formuladas com base na observação direta de bebês e crianças pequenas, e frequentemente testadas pelo mesmo método, são indispensáveis.

Ao empregar esse método, é necessário começar selecionando um fator etiológico proposto, a fim de verificar se possui, de fato, todos ou algum dos efeitos que lhe são atribuídos. Isso nos conduz à segunda característica da abordagem: o estudo de um determinado agente patogênico e suas sequelas.

Ao considerar as opiniões de Freud sobre este assunto, é necessário distinguir entre seus pontos de vista a respeito de fatores etiológicos em geral e a respeito do papel do fator específico que foi selecionado para estudo neste livro. Comecemos por sua posição geral.

Quando examinamos as opiniões de Freud sobre os fatores causais de neuroses e distúrbios afins, verificamos que eles sempre se concentram em torno do conceito de trauma. Isso ocorre tanto em suas formulações finais como nas iniciais – um fato que tende a ser esquecido. Assim, em cada uma das suas últimas obras, *Moisés e o monoteísmo* (1939) e *Um esboço de psicanálise* (1940), ele dedica numerosas páginas a um exame da natureza do trauma, à faixa etária durante a qual o indivíduo parece ser especialmente vulnerável, aos tipos de eventos que podem ser traumáticos e aos efeitos que parecem ter sobre a psique em desenvolvimento.

Dentre esses fatores, a natureza do trauma ocupa um lugar central na tese de Freud. Ele conclui, como outros o fizeram, que dois tipos de fatores estão envolvidos – o evento em si mesmo e a constituição do indivíduo que o experimenta; em outras palavras, o trauma é uma função de uma interação. Quando uma determinada experiência provoca uma reação patológica incomum, argumenta Freud, é porque ela impõe exigências excessivas à personalidade; isto se dá, postula ele, expondo-se a personalidade a um nível de excitação superior ao que ela pode absorver.

Quanto aos fatores constitucionais, Freud pressupõe que os indivíduos devem variar quanto à capacidade de tolerar aquelas exigências, de modo que "alguma coisa que atua como trauma no caso de uma constituição, no caso de outra não teria tal efeito" (*S.E.*, 23, p. 73). Ao mesmo tempo, sustenta Freud, existe uma fase particular da vida, os primeiros cinco ou seis anos, durante a qual todo ser humano tende a ser vulnerável. A razão disso, acredita ele, é que nessa idade "o ego... é frágil, imaturo e incapaz de resistência". Em consequência, o ego "falha ao lidar com tarefas que poderiam ser enfrentadas mais tarde com a máxima desenvoltura" e, em vez disso, recorre à repressão ou à cisão. Essa, acredita Freud, é a razão pela qual "as neuroses são adquiridas somente nos primeiros anos da infância" (*S.E.*, 23, p. 184-5).

Quando Freud fala de "primeiros anos da infância", é importante recordar que ele tem em mente um período de vários anos; no *Moisés*, refere-se aos primeiros cinco anos e no *Esboço*, aos primeiros seis. Dentro desse período, pensa ele, "o que vai dos dois aos quatro anos de idade parece ser o mais importante" (*S.E.*, 23, p. 74). Os primeiros meses de vida não merecem dele atenção especial, e ele expressa, inclusive, sua incerteza quanto ao significado que possam ter: "Quanto tempo depois do nascimento começa esse período de receptividade, não pode ser determinado com segurança" (*S.E.*, 23, p. 74).

Esta é, pois, a teoria geral de etiologia, de Freud. A teoria que será proposta neste livro concorda estreitamente com ela. A separação da mãe, argumenta-se, pode ser traumática, segundo a definição proposta por Freud, especialmente quando a criança é removida para um lugar estranho, com pessoas estranhas; além disso, o período de vida durante o qual a separação evidencia-se traumática coincide com o período da infância que Freud postula ser especialmente vulnerável. O esboço apresentado a seguir, de como os pontos de vista aqui propostos sobre a separação da mãe se ajustam ao conceito freudiano de trauma, propicia a oportunidade de delinear a tese central deste livro.

Freud define seu conceito de trauma em termos de condições causais e de consequências psicológicas. A separação da mãe nos primeiros anos de vida ajusta-se a ambos os aspectos por ele enfatizados. No tocante às condições causais, sabe-se que a separação em ambiente estranho gera intensa aflição durante um longo período; isto concorda com a hipótese de Freud de que o trauma ocorre quando o aparelho mental é submetido a uma quantidade excessiva de excitação. No que diz respeito às consequências, pode ser demonstrado que as mudanças psicológicas que regularmente sucedem à aflição prolongada devida à separação não são outra coisa senão a repressão, a cisão e a negação; e estes são, precisamente, os processos defensivos que Freud postula serem resultado do trauma; são, de fato, os processos a partir dos quais Freud propôs sua teoria do trauma. Assim, pode-se demonstrar que o agente etiológico selecionado para estudo é simplesmente um exemplo particular do tipo de evento que Freud concebeu como traumático. Consequentemente, a teoria da neurose aqui elaborada é, em muitos aspectos, apenas uma variante da teoria do trauma proposta por Freud.

Assinale-se, entretanto, que, embora a separação da mãe se harmonize com a teoria geral da neurose de Freud e, além disso, que a ansiedade de separação, a perda e o luto tenham ocupado um lugar cada vez mais importante em sua teorização, raramente ele destacou um caso de separação ou perda nos primeiros anos de vida como fonte de trauma. Quando se refere à espécie de eventos que podem ser traumáticos, Freud, em seus últimos escritos, mostrou-se bastante prevenido; de fato, os termos que usa para descrever tais eventos são tão gerais e abstratos que nem sempre fica claro o que ele tem em mente. Por exemplo, em *Moisés e o monoteísmo*, Freud afirma apenas que "eles se relacionam a impressões de natureza sexual e agressiva, e também, sem dúvida, a injúrias precoces ao ego (mortificações narcisistas)" (*S.E.*, 23, p. 74). Uma opinião bastante comum é, reconhecidamente, a de que a separação precoce deve ser interpretada como uma injúria precoce ao ego; mas, embora não haja dúvida de que a separação precoce pode causar dano ao ego, é incerto se essa era ou não a opinião de Freud. Portanto, se bem que a separação da mãe nos primeiros anos de vida se ajuste perfeitamente à definição de Freud de evento traumático, não se pode dizer que ele tenha dado séria atenção a isso como uma classe particular de evento traumático.

A terceira característica da abordagem adotada neste livro é o uso feito dos dados derivados da observação direta do comportamento; e, tal como no caso das duas primeiras, também esta concorda estreitamente com os pontos de vista de Freud.

Em primeiro lugar assinale-se que, embora Freud raramente tenha se apoiado em dados da observação direta, as poucas ocasiões em que o fez são fundamentais. São exemplos o incidente do carretel atado a um barbante, no qual Freud baseia boa parte do seu argumento em *Além do princípio de prazer* (*S.E.*, 18, p. 14-6), e a dolorosa reavaliação da teoria da ansiedade que ele empreende em *Inibições, sintomas e ansiedade* (1926). Aí, ao chegar a conclusões complexas e contraditórias sobre ansiedade, Freud procurou e encontrou terra firme em observações sobre a forma como crianças pequenas se comportam quando estão sozinhas, ou no escuro, ou com pessoas estranhas (*S.E.*, 20, p. 136). E sobre essa base ele assenta toda a sua nova formulação.

Em segundo lugar, é interessante verificar que, vinte anos antes, nos seus *Três ensaios sobre a teoria da sexualidade* (1905), Freud havia recomendado explicitamente a observação direta de crianças como complemento da investigação por meio da psicanálise:

> A investigação psicanalítica, remontando à infância a partir de uma época ulterior, e a observação contemporânea de Crianças combinam-se... A observação direta de crianças tem a desvantagem de basear-se em dados que podem facilmente ser mal-interpretados; a psicanálise torna-se difícil pelo fato de que só pode alcançar seus dados, assim como chegar às suas conclusões, após longos desvios. Mas, pela cooperação, os dois métodos podem atingir um razoável grau de certeza em suas conclusões (*S.E.*, 7, p. 201).

A quarta característica da abordagem adotada aqui é a utilização de estudos de animais. Quem ainda for cético sobre a ajuda que o conhecimento do comportamento animal pode dar em nossa compreensão do homem não encontrará apoio em Freud para tal ceticismo. Além de haver efetuado um minucioso estudo do *Mental Evolution in Man* (1888), de Romanes[2], grande parte do

....

2. Um exemplar com apontamentos e marcas feitos por Freud está na Biblioteca Freud, instalada no College of Physicians and Surgeons da Columbia University. Numa comunicação pessoal, Anna Freud opinou que as marcas feitas à margem do livro por seu pai datam provavelmente de 1895, quando ele escreveu o *Projeto para uma psicologia científica* (*S.E.*, 1).

qual é dedicado ao exame crítico do significado de dados referentes a animais, em sua obra final, *Um esboço de psicanálise,* Freud expressa a opinião de que o "quadro esquemático geral de um aparelho psíquico pode, em princípio, aplicar-se igualmente aos animais superiores que se assemelham mentalmente ao homem". E é possível captar um tom de lamento quando conclui: "A psicologia animal ainda não se ocupou, infelizmente, do interessante problema que apresentamos aqui" (*S.E.*, 23, p. 147).

Reconhece-se que os estudos do comportamento animal ainda têm que percorrer um longo caminho antes de poderem projetar alguma luz sobre o tipo de processos e estruturas que Freud tinha em mente. No entanto, os brilhantes estudos sobre comportamento animal realizados depois que Freud escreveu o *Esboço*, e os novos conceitos propostos, dificilmente teriam deixado de atrair sua atenção e de despertar seu interesse.

Teorias da motivação

No que se refere às quatro características até aqui apresentadas, a abordagem adotada neste livro, embora não seja familiar a muitos psicanalistas e permaneça inexplorada por eles, não teria causado dificuldade a Freud. Contudo, existem algumas outras características da abordagem que diferem da de Freud. Uma delas – indubitavelmente a principal – diz respeito à teoria da motivação. Como as teorias que Freud propôs sobre pulsão e instinto estão na própria essência da metapsicologia psicanalítica, sempre que um analista se afasta delas está fadado a causar perplexidade ou mesmo consternação. Portanto, antes de ir mais longe, cumpre-nos orientar o leitor sobre a posição assumida. A obra de Rapaport e Gill (1959) fornece um ponto de referência útil.

Na "tentativa de enunciar explícita e sistematicamente o conjunto de pressupostos que constitui a metapsicologia psicanalítica", Rapaport e Gill classificam esses pressupostos de acordo com determinados pontos de vista. Identificaram cinco pontos de vista, cada um dos quais requer que, seja qual for a explicação psicanalítica oferecida para um fenômeno psicológico, ela deve incluir proposições de um certo tipo. Os cinco pontos de vista e o tipo de proposição que cada um requer seriam os seguintes:

O Dinâmico: Este ponto de vista requer proposições a respeito das forças psicológicas envolvidas no fenômeno.

O Econômico: Este requer proposições acerca da energia psicológica envolvida no fenômeno.

O Estrutural: Este é o ponto de vista que requer proposições sobre as configurações (estruturas) psicológicas permanentes envolvidas num fenômeno.

O Genético: Requer proposições referentes à origem e ao desenvolvimento psicológico de um fenômeno.

O Adaptativo: Requer proposições sobre a relação do fenômeno com o meio ambiente.

Ora, o estrutural, o genético e o adaptativo não apresentam quaisquer dificuldades. Proposições de tipo genético e adaptativo são encontradas ao longo deste livro; e, em qualquer teoria da defesa, devem existir numerosas proposições de tipo estrutural. Os pontos de vista não adotados são o dinâmico e o econômico. Não existem, portanto, proposições referentes a energia psicológica nem a forças psicológicas; conceitos tais como conservação de energia, entropia, direção e magnitude de força estão ausentes. Em capítulos ulteriores, faz-se uma tentativa para preencher a lacuna resultante. No momento, examinemos sucintamente as origens e o status dos pontos de vista abandonados.

Um modelo do aparelho psíquico, que retrata o comportamento como resultante de uma hipotética energia psíquica que está procurando um meio de descarga, foi adotado por Freud quase desde o início de seu trabalho psicanalítico. Escreveu ele muitos anos depois: "Admitimos, como as outras ciências naturais nos levaram a esperar, que também na vida mental está em ação alguma espécie de energia..." Mas essa energia é de um tipo diferente da energia física e, por isso, foi designada por Freud como "energia nervosa ou psíquica" (*S.E.*, 23, p. 163-4). Como é necessário distinguir claramente esse tipo de modelo daqueles modelos que, embora pressupondo uma energia física, excluem qualquer outra espécie de energia, o modelo concebido por Freud será mencionado doravante como um "modelo de energia psíquica".

Se bem que, de tempos em tempos, pormenores do modelo de energia psíquica sofressem alteração, Freud jamais pensou em abandoná-lo por qualquer outro tipo de modelo. Nem mais do que um punhado de outros analistas o fizeram. Quais são, pois, as razões que me levaram a fazê-lo?

Em primeiro lugar, é importante lembrar que a origem do modelo freudiano não se situa em seu trabalho clínico com pacientes mas em ideias que ele tinha previamente aprendido de seus mestres: o fisiologista Brucke, o psiquiatra Meynert e o Médico Breuer. Essas ideias provinham de Fechner (1801-1887) e Helmholtz (1821-1894), e, antes deles, de Herbart (1776-1841); e, como observa Ernest Jones, na época em que Freud passou a interessar-se por elas, essas ideias já "eram conhecidas e largamente aceitas em todo o mundo intelectual e, em particular, no mundo científico" (Jones, 1953, p. 414). Portanto, o modelo de energia psíquica é um modelo teórico levado por Freud para a psicanálise; não é, em absoluto, derivado da prática psicanalítica[3].

Em segundo lugar, o modelo representa uma tentativa de conceituar os dados da psicologia em termos análogos aos da física e química correntes na segunda metade do século XIX. Especialmente impressionado pelo uso que os físicos estavam fazendo do conceito de energia e pelo princípio de sua observação, Helmholtz sustentou que, em toda a ciência, as causas reais devem ser pensadas como algum tipo de "força"; e empenhou-se em aplicar tais ideias ao seu trabalho na área da fisiologia. O mesmo ocorreu com Freud que, ansioso por formular seus conceitos em termos científicos, adotou e desenvolveu um modelo que tinha sido construído por Fechner. As principais características do modelo de Freud são (*a*) que "em funções mentais algo deve ser destacado – uma cota de emoção ou soma de excitação – que possua todas as características de uma quantidade... e que seja capaz de aumentar, diminuir, deslocar-se e se descarregar", e

....

3. À parte os escritos do próprio Freud, os melhores guias sobre as origens do modelo de Freud são os estudos de Bernfeld (1944, 1949); o primeiro volume da biografia de Jones (1953), especialmente o capítulo 17; a Introdução, por Kris, ao volume das cartas de Freud para Fliess (Kris, 1954); e um comentário de autoria de Strachey (1962), "The Emergence of Freud's fundamental hypotheses" (*S.E.*, 3, p. 62-8). Uma perspectiva histórica mais extensa é fornecida por Whyte (1960), que, entre outras coisas, enfatiza o alto prestígio gozado pela forma quantitativa em que Herbart expressou suas ideias.

que seja descrito como análogo a uma carga elétrica (Freud, 1894, *S.E.*, 3, p. 60); e (*b*) que o aparelho mental é governado por dois princípios estreitamente relacionados, o princípio de inércia e o princípio de constância, o primeiro afirmando que o aparelho mental esforça-se por manter a quantidade de excitação no mais baixo nível possível, e o segundo que ele tende a mantê-la constante[4].

Em terceiro lugar – e o mais importante –, o modelo de energia psíquica não está relacionado logicamente com os conceitos que Freud e todos os analistas depois dele consideram verdadeiramente centrais na psicanálise: o papel dos processos mentais inconscientes, a repressão como processo que ativamente os mantém inconscientes, a transferência como principal determinante do comportamento e a origem da neurose em traumas da infância. Nenhum destes conceitos tem qualquer relação intrínseca com um modelo de energia psíquica; e mesmo que esse modelo seja rejeitado, todos eles permanecem intatos e inalterados. O modelo de energia psíquica é, pois, um modelo possível para explicar os dados destacados por Freud mas, certamente, não é um modelo necessário.

Os pontos a enfatizar são: (1) o modelo de energia psíquica de Freud originou-se fora da psicanálise; e (2) um dos motivos principais para a introdução desse modelo em sua teoria psicológica foi assegurar que ela se harmonizasse com o que ele acreditava serem as melhores ideias científicas da época. Nada em suas observações clínicas requeria ou sequer sugeria tal modelo – como

....

4. Nesses primeiros tempos, Freud sustentava que o princípio de inércia era primário e governava o sistema quando é recebida estimulação de origem externa: "Este processo de descarga representa a função primária do sistema nervoso". O princípio de constância era considerado secundário e uma elaboração requerida para habilitar o sistema a lidar com a estimulação de origem interna (somática) (Freud, *Projeto para uma psicologia científica*, *S.E.*, 1, p. 297).

Subsequentemente, o pensamento de Freud acerca desses dois princípios passou por uma revisão, embora sem mudanças essenciais. Em sua formulação final, o princípio de inércia continua sendo primário; é atribuído ao instinto de morte e foi rebatizado como o princípio do Nirvana. O princípio de constância foi, até certo ponto, substituído pelo princípio do prazer, o qual, como o seu precursor, é considerado secundário; o princípio de prazer representaria uma modificação do princípio do Nirvana pela ação do instinto de vida (cf. a nota do editor, *S.E.*, 14, p. 121).

a leitura de seus primeiros estudos de caso demonstra. Em parte porque Freud aderiu ao modelo durante toda sua vida e em parte porque não se dispunha de algo que fosse mais convincente, a maioria dos analistas continuou a empregá-lo.

Ora, nada existe de anticientífico na utilização, para a interpretação de dados, de qualquer modelo que pareça promissor; e, portanto, nada há de anticientífico tanto na introdução por Freud de seu modelo como no seu emprego por ele ou por outros. Não obstante, surge uma interrogação: Existirá hoje um modelo alternativo mais adequado?

Dentro do próprio movimento psicanalítico tem se registrado numerosas tentativas no sentido de ampliar ou de substituir o modelo de Freud. Um certo número dessas tentativas concentra-se na tendência do indivíduo para relacionar-se com outras pessoas ou partes de outras pessoas, e considera essa tendência representativa de um princípio primário, ou seja, de igual importância, na vida psíquica, que o princípio de descarga (Nirvana) e o princípio do prazer, ou uma alternativa para ambos. Diferentemente do modelo de energia psíquica, os modelos de relações objetais derivam da experiência clínica e de dados obtidos durante a análise de pacientes. De fato, uma vez reconhecida a importância do material transferencial, um modelo dessa espécie se impõe; e, após Freud, um desses modelos está presente no pensamento de todos os analistas praticantes. A questão, portanto, não é se esse tipo de modelo é útil mas se é usado como suplemento de um modelo de energia psíquica ou como substituto para ele.

Dos vários analistas que, depois de Freud, contribuíram para a teoria das relações objetais, provavelmente os quatro mais influentes foram Melanie Klein, Balint, Winnicott e Fairbairn. As versões da teoria psicanalítica que cada um deles propõe têm muito em comum, mas também vários pontos de divergência. Para nossos propósitos atuais o mais importante nessas versões é o grau em que cada uma delas é uma teoria pura de relações objetais ou uma teoria na qual os conceitos de relação objetal se ligam a conceitos de energia psíquica. Das quatro teorias, a de Melanie Klein é a mais complexa, por causa da ênfase que atribui ao papel do instinto de morte, e a de Fairbairn é a mais pura, devido a sua rejeição explícita de todos os conceitos que não sejam de relação objeta[5].

A teoria aqui proposta deriva da teoria das relações objetais, por isso deve muito à obra desses quatro analistas britânicos. No entanto, não adota fielmente a posição de nenhum deles e, em alguns pontos, difere consideravelmente de todos. Mais que tudo, difere dos quatro num aspecto fundamental: baseia-se num novo tipo de teoria do instinto[6]. A ausência de qualquer teoria do instinto como alternativa para a de Freud constitui, acredito eu, a maior deficiência de cada uma das atuais teorias das relações objetais.

O modelo de comportamento instintivo empregado é, como o de Freud, emprestado de disciplinas afins e, também como o dele, constitui um reflexo do clima científico da época. Deriva em parte da etologia e em parte de modelos como os sugeridos por Miller, Galanter e Pribram em *Plans and the Structure of Behavior* (1960) e por Young em *A Model of the Brain* (1964). No lugar de energia psíquica e sua descarga, os conceitos centrais são os de sistemas de comportamento e seu controle, de informação, *feedback* negativo e forma comportamental de homeostase. As formas mais complexas de comportamento instintivo são consideradas resultantes da execução de planos que, dependendo da espécie, são mais ou menos flexíveis. Supõe-se que a execução de um plano é iniciada quando se recebe certa informação (percebida pelos órgãos sensoriais e provinda de fontes externas ou de fontes internas, ou de uma combinação de ambas), que é orientada e, finalmente, terminada pela contínua recepção de novos conjuntos de informação que têm sua origem *nos resultados da ação executada* (e que são percebidos, do mesmo modo, pelos órgãos

---

....

5. Um segundo aspecto no qual as teorias diferem é a respeito do período da vida durante o qual se afirma ser a criança mais vulnerável. A esse respeito, há uma gradação desde o ponto de vista de Melanie Klein até o de Balint. Na teoria de Melanie Klein, quase todos os passos cruciais do desenvolvimento são dados nos primeiros seis meses de vida; na teoria de Fairbairn, são atribuídos aos primeiros doze meses, e na de Winnicott aos primeiros dezoito meses; na teoria de Balint, todos os primeiros anos de vida são considerados de importância quase igual.

6. O termo "teoria do instinto" é usado aqui de preferência a expressões tais como "teoria da pulsão" ou "teoria da motivação". As razões serão encontradas no capítulo 3 e seguintes.

sensoriais e também provenientes de fontes externas, internas ou combinadas). Na determinação dos planos e dos sinais que controlam sua execução, pressupõe-se a intervenção de componentes aprendidos e não aprendidos. Quanto à energia necessária para fazer o todo funcionar, nenhuma é postulada com exceção da energia física; isso é o que diferencia o modelo da teoria tradicional[7].

São estas, em suma, algumas das características essenciais do modelo empregado. Na parte II deste volume (depois de se examinarem, no próximo capítulo, alguns dados empíricos) o modelo é ampliado. Enquanto isso, é dada uma breve indicação de três deficiências que estão presentes, segundo se pensa, num modelo de energia psíquica e são evitadas ou, pelo menos, reduzidas no novo modelo. Dizem respeito ao modo como a teoria trata a terminação da ação, à testabilidade da teoria e à relação entre os conceitos usados e os da ciência biológica atual.

Comparação entre os modelos antigo e novo

Toda ação tem um início e um fim. Num modelo que emprega a energia psíquica, considera-se que o início é resultante de uma acumulação dessa energia, e o término se deve à sua exaustão. Portanto, antes que um dado desempenho possa ser repetido, um novo suprimento de energia psíquica deve ser acumulado. Parte considerável do comportamento, porém, não é facilmente explicável desse modo. Por exemplo, um bebê pode deixar de chorar quando vê sua mãe e voltar a chorar tão logo ela desapareça de sua vida, e o processo pode repetir-se muitas vezes. Em tal caso, fica difícil supor que a cessação do choro e seu reaparecimento sejam causados primeiro pela queda e depois pela elevação no montante de energia psíquica disponível. Existe um problema semelhante acerca da construção de ninho, em aves. Quando o ninho está completo, as aves param a construção, mas, se o ninho

....
7. James Strachey chamou a minha atenção para a possibilidade de a teoria exposta neste livro não ser tão diferente da de Freud quanto eu e outros poderíamos supor (cf. a seção final deste capítulo, p. 25).

for então removido, elas não tardam em repetir o desempenho. Uma vez mais, não é fácil supor que a repetição se deva a um súbito acesso de uma energia especial – um acesso que não teria havido se o ninho tivesse sido deixado *in situ*. Em cada caso, por outro lado, a mudança de comportamento é facilmente entendida como resultante de sinais decorrentes de uma mudança no meio ambiente. O assunto será discutido mais amplamente no capítulo 6.

A segunda deficiência do modelo psicanalítico de energia psíquica, como de outros modelos similares, reside em seu limitado grau de estabilidade. Conforme argumentou Popper (1934), o que distingue uma teoria científica não é como ela se origina mas o fato de poder ser testada, e o ser, não só uma vez mais repetidamente. Quanto mais frequente e rigorosamente uma teoria for testada e se mantiver de pé, mais elevado é o status científico; daí decorre que, mantendo iguais outros fatores, quanto mais testável for uma teoria, melhor ela será para os fins da ciência. Na física, a energia é definida em termos de capacidade para produzir trabalho, e o trabalho pode ser medido em BTUs, quilowatts/hora ou outras medidas equivalentes. A teoria da energia física, portanto, pode ser, e tem frequentemente sido, submetida a teste através da determinação da validade ou falsidade das predições sobre trabalho deduzidas dela. Até agora, as numerosas predições testadas provaram ser válidas. Quanto à teoria de energia psíquica de Freud, por outro lado, assim como para todas as teorias similares, não foram propostos até hoje testes de um gênero análogo. Assim, a teoria da energia psíquica continua não testada e, enquanto não for definida em termos de algo que possa ser observado e, preferivelmente, medido, devemos considerá-la ainda intestável. Para uma teoria científica, isso constitui uma séria deficiência.

A terceira deficiência do modelo advém, ironicamente, do que deve ter parecido a Freud ser a sua principal força. Para Freud, o modelo de energia psíquica era uma tentativa de conceituar os dados da psicologia em termos análogos aos da física e da química vigentes na época em que ele começou seu trabalho; e, assim, pensou-se garantir a grande virtude de vincular a psicologia à ciência propriamente dita. Hoje em dia, tem precisamente o efeito oposto. Os modelos de motivação que pressupõem a existência de uma forma especial de energia distinta da energia física não são apreciados pelos biólogos (Hinde, 1966); nem se admite que o princípio de entropia se aplique aos sistemas vivos tanto quanto aos não vivos. Em vez disso, na teoria biológica de nossos dias, a operação da energia física é considerada axiomática, e a principal ênfase recai sobre conceitos de organização e informação, que são conceitos independentes de matéria e de energia, e sobre os organismos vivos como sistemas abertos e não fechados. Consequentemente, o modelo de energia psíquica, longe de integrar a psicanálise com a ciência atual, tem o efeito oposto: é uma barreira.

O modelo empregado neste livro não sofre dessas deficiências. Ao utilizar o conceito de *feedback*, confere tanto atenção às condições que finalizam um ato quanto às que o iniciam. Estando intimamente relacionado com dados observáveis, é um modelo estável. Ao ser formulado nos moldes da teoria do controle e da teoria da evolução, vincula a psicanálise ao *corpus* principal da biologia atual. Afirma-se, finalmente, que pode dar uma explicação mais simples e mais coerente para os dados dos quais a psicanálise se ocupa do que o modelo de energia psíquica.

Percebe-se que essas reivindicações são amplas e talvez não sejam facilmente aceitáveis. A finalidade, ao enunciá-las, consiste em explicar por que este novo modelo é empregado e, portanto, por que não são utilizados alguns dos principais conceitos metapsicológicos da psicanálise. Assim, a teoria do instinto de Freud, o princípio do prazer e a tradicional teoria da defesa são três exemplos, entre muitos que poderiam ser citados, de formulações que, em virtude de serem apresentadas de acordo com o modelo de energia psíquica, são consideradas insatisfatórias tal como estão. Ao mesmo tempo, é evidente que nenhum analista rejeitará tais teorias se não forem satisfeitas, pelo menos, duas condições: (1) serem respeitados os dados que as teorias se propõem a explicar; e (2) serem as novas teorias tão boas, pelo menos, quanto as antigas e poder dispor-se delas como alternativas. São condições rigorosas.

É evidente que as dificuldades com que se defronta alguém que tenta uma reformulação desse gênero são grandes e numerosas. A atenção do leitor deve ser chamada em especial para uma dificuldade. Ao longo dos setenta anos transcorridos desde que a psicanálise nasceu, o modelo tradicional acabou sendo aplicado a quase todos os aspectos da vida mental; e, como resultado disso, ele fornece agora uma explicação, mais ou menos satisfatória, para a maioria dos problemas encontrados. A este respeito, obviamente, nenhuma nova teoria pode competir com ele. Para começar, inevitavelmente, cada nova teoria pode mostrar seus progressos somente em áreas restritas, tal como um novo partido político só pode competir com os tradicionais em certas faixas do eleitorado. Só depois de ter sido provada numa área limitada pode a aplicação de uma teoria ser ampliada, e sua utilidade mais geral devidamente testada. Até que ponto a teoria aqui proposta provará ser largamente aplicável e útil é, portanto, uma questão a ser investigada. Enquanto isso, o leitor é solicitado a julgar a teoria não pelo que ela ainda venha a ter de enfrentar, mas pelo êxito que ela tem podido obter dentro do limitado campo no qual, por enquanto, está sendo aplicada. "A extraordinária complexidade de todos os fatores a serem levados em consideração deixa-nos acessível somente um modo de apresentá-los..."

Para concluir este capítulo de orientação, talvez seja interessante considerar como poderíamos esperar que Freud acolhesse estas inovações. Considerá-las-ia estranhas à sua concepção de psicanálise ou as julgaria, talvez, insólitas mas legítimas como forma alternativa de organização e sistematização dos dados? Uma leitura de sua obra deixa poucas dúvidas sobre qual seria a resposta. Freud enfatizou repetidamente o status conjectural de suas teorias e reconheceu que as teorias científicas, à semelhança de outras coisas vivas, nascem, vivem e morrem. Escreveu ele:

> uma ciência erigida sobre interpretação empírica... contentar-se-á com nebulosos e dificilmente imagináveis conceitos básicos, esperando [ou] apreendê-los mais claramente durante o seu desenvolvimento ou... substituí-los por outros. Pois estas ideias não constituem o alicerce da ciência, [o qual] é somente a observação... mas o topo de toda a estrutura, o qual pode ser substituído e descartado sem danificar o resto (*S.E.*, 14, p. 77).

Em seu *Um estudo autobiográfico* (1925), ele fala no mesmo sentido, referindo-se jovialmente à "superestrutura especulativa da psicanálise, qualquer porção da qual pode ser abandonada ou mudada sem prejuízo nem mágoa, no momento em que ficar provada a sua inadequação" (*S.E.*, 20, p. 32).

As duas questões às quais devemos constantemente dirigir-nos são, portanto, as seguintes: Até que ponto esta ou aquela teoria é adequada aos dados existentes? Qual o modo mais eficiente de submetê-la a teste? Esperamos que as teorias aqui propostas sejam examinadas e criticadas à luz destas duas interrogações.

Nota sobre o conceito de feedback na teorização de Freud

Como foi assinalado na nota 7 deste capítulo, é possível que, em alguns aspectos, a teoria da motivação proposta neste livro não seja tão diferente de algumas das ideias de Freud quanto eu e outros poderíamos supor.

Em anos recentes, manifestou-se um renovado interesse pelo modelo neurológico apresentado por Freud em seu *Projeto para uma psicologia científica*, escrito em 1895 mas não publicado durante sua vida. Um neurofisiologista, Karl Pribram (1962), chama a atenção para muitas características do modelo, incluindo o *feedback* negativo, as quais, mesmo avaliadas pelos padrões atuais, são sumamente refinadas. Strachey (1966), apresentando a nova tradução, também chama a atenção para as semelhanças entre as primeiras ideias de Freud e vários conceitos modernos; por exemplo, "na descrição de Freud do mecanismo de percepção há a introdução da noção fundamental de *feedback* como um meio de corrigir erros na própria interação da máquina com o meio ambiente" (*S.E.*, 1, p. 292-3).

A presença dessas ideias no *Projeto* leva Strachey a acreditar que o modelo de comportamento instintivo aqui proposto, especialmente o conceito de finalização da ação pela percepção de uma mudança no meio ambiente, é menos diferente do de Freud do que eu supunha:

> No *Projeto*, em todo o caso, Freud diria que a "ação" era iniciada em consequência de uma percepção oriunda do meio exterior, cessava por causa de uma nova percepção vinda desse meio e era reiniciada por causa de, ainda, uma outra percepção proveniente do exterior (Strachey, comunicação pessoal).

A ideia de *feedback* também pode ser percebida nos conceitos de Freud de finalidade e de objeto de um instinto. Em seu estudo sobre "Os instintos e suas vicissitudes" (1915*a*), ele descreve esses conceitos nos seguintes termos:

> A finalidade de um instinto é, em todos os casos, satisfação, a qual só pode ser obtida removendo-se o estado de estimulação na fonte do instinto... O objeto de um instinto é a coisa a respeito da qual ou através da qual o instinto está apto a alcançar sua finalidade (*S.E.*, 14, p. 122).

A remoção de um estado de estimulação na fonte por meio da relação com um objeto é facilmente compreendida em termos de *feedback*; mas não o é em termos do conceito de descarga.

É de grande interesse encontrar o conceito de *feedback* destes pontos da teorização de Freud; entretanto, o conceito é sempre obscurecido e frequentemente excluído por conceitos de outro tipo. Consequentemente, o conceito de *feedback* nunca foi explorado na teorização psicanalítica; usualmente, de fato, por exemplo na descrição de metapsicologia apresentada por Rapaport e Gill (1959), prima por sua ausência.

Ao se buscarem ideias atuais no pensamento de uma geração anterior, há sempre o perigo de ler-se nele mais do que realmente lá está. Por exemplo, duvido que seja legítimo considerar o princípio de inércia de Freud como um caso especial do princípio de homeostase, como sugere Pribram: "Inércia é homeostase em sua forma mais evidente." Parece haver uma diferença vital entre os dois conceitos. Ao passo que o princípio de inércia formulado por Freud é concebido como a tendência para reduzir a zero o nível de excitação, o princípio de homeostase é concebido não só como a tendência para que os níveis sejam mantidos entre certos limites positivos, mas também atuando no sentido de limites estabelecidos principalmente por fatores genéticos e em pontos que maximizam a probabilidade de sobrevivência. Um é concebido em termos de física e entropia, o outro em termos de biologia e sobrevivência. Como um conceito que se assemelha à homeostase, o princípio de constância parece ser mais promissor do que o princípio de inércia.

Capítulo 2
Observações a serem explicadas

> Uma criança abandonada, de súbito desperta,
> olhos arregalados errando, temerosos,
> por todas as coisas à sua volta,
> e vê somente que não pode ver
> os olhos que são fonte de amor.
>
> GEORGE ELIOT

Desde tempos imemoriais, mães e poetas têm sido sensíveis à aflição causada numa criança pela perda da mãe; mas só nos últimos cinquenta anos é que, intermitentemente, a ciência despertou para esse fato.

À parte meia dúzia de referências, algumas delas de Freud, nenhuma observação séria de como bebês e crianças pequenas se comportam quando separados da mãe foi registrada até o começo da década de 1940. Então, as primeiras observações, realizadas nas Hampstead Nurseries durante a Segunda Guerra Mundial, foram relatadas por Dorothy Burlingham e Anna Freud (1942, 1944). Elas abrangem crianças na faixa etária do nascimento até os quatro anos de idade, aproximadamente, que eram saudáveis e que, após a separação, foram atendidas nas melhores condições que podiam ser criadas numa creche, em tempo de guerra. Como se tratava de estudos pioneiros, as descrições não são sistemáticas e as condições exatas de assistência, que mudaram consideravelmente no decorrer dos anos, nem sempre são descritas. Não obstante, muito do que foi registrado é hoje conhecido como típicos e as vívidas descrições tornaram-se famosas.

A segunda série de observações é constituída pelas de René Spitz e Katherine Wolf sobre cerca de uma centena de bebês, filhos de mães solteiras que receberam assistência numa instituição penal (Spitz e Wolf, 1946). Com exceção de alguns bebês observados até os dezoito meses de idade, as observações nesta série limitam-se ao comportamento que ocorre durante os primeiros doze meses de vida. Até terem de seis a oito meses de idade, todos os bebês estudados foram cuidados por suas próprias mães. Depois, "por inevitáveis razões externas", ocorreu uma separação que durou "um período praticamente ininterrupto de três meses, durante os quais a criança nunca viu a mãe ou, na melhor das hipóteses, a via uma vez por semana". Durante esse período, a criança foi cuidada ou pela mãe de uma outra criança ou por uma jovem nos últimos estágios de gravidez. Ao contrário da maioria dos outros estudos do gênero, neste, exceto pela mudança da figura materna, o ambiente da criança manteve-se, durante a separação, quase o mesmo que era antes.

Depois desses dois estudos pioneiros, surgiram muitos outros. No período de 1948-52, meu colega James Robertson, que estivera trabalhando nas Hampstead Nurseries, observou um grupo de crianças, em sua maioria entre os dezoito meses e os quatro anos de idade, que tinham ido para um internato ou para um hospital, algumas delas apenas por uma semana ou duas, outras por períodos mais prolongados. Quando possível, observou-as não só durante a estada fora mas também no lar, antes e depois. Algumas de suas observações estão registradas em artigos e num filme, divulgados entre 1952 e 1954[1]. Robertson (1962) também publicou um certo número de descrições feitas pelos pais de como seus filhos pequenos reagiram durante e depois de um período de hospitalização; a maioria das crianças estivera hospitalizada sem a mãe, mas, em alguns casos, a mãe esteve junto.

Depois das observações de Robertson, dois outros estudos foram conduzidos por colegas meus na Tavistock Child Development Research Unit, o primeiro por Christoph Heinicke (1956) e o segundo por Christoph Heinicke e Ilse Westheimer (1966). Em ambos os estudos, as crianças tinham idades entre treze meses e três anos, e a separação ocorreu quando elas foram colocadas num internato; a maioria das crianças voltou para casa após quinze

----

1. Robertson e Bowlby (1952); Bowlby, Robertson e Rosenbluth (1952); Bowlby (1953); e Robertson (1953). O filme é de Robertson (1952).

dias, mas algumas ficaram por mais tempo. Embora em cada uma dessas investigações somente poucas crianças tenham sido observadas (seis na primeira, dez na segunda), houve considerável soma de observação sistemática. Além disso, para cada amostra de crianças separadas era selecionado e observado um grupo-controle: no primeiro estudo, foi analisado um grupo de crianças em condições razoavelmente condizentes, observadas durante suas primeiras semanas de frequência numa creche diurna; no segundo, foi analisado um grupo similar de crianças observadas no cotidiano de seus próprios lares. Heinicke e Westheimer trataram seus dados estatisticamente e também descreveram com algum detalhe o comportamento de cada criança.

Nas décadas mais recentes, uma quantidade de outros estudos foi publicada. Por exemplo, em Paris, Jenny Auby (ex-Roudinesco) e seus colegas observaram um grupo de crianças em seu segundo ano de vida, pouco depois de serem entregues a uma instituição residencial (Appell e Roudinesco, 1951; David, Nicolas e Roudinesco, 1952; Aubry, 1955; Appell e David, 1961). Mais recentemente, membros desse grupo estudaram crianças dos quatro aos sete anos de idade durante uma permanência de um mês numa colônia de férias (David, Ancellin e Appel, 1957).

As conclusões desses estudos de crianças saudáveis num ambiente institucional, incluindo os de sua própria autoria, foram sistematicamente analisadas por Heinicke e Westheimer nos capítulos finais de seu livro *Brief Separations* (1966). É evidente um grau substancial de concordância entre as conclusões dos vários investigadores.

Também existe um certo número de estudos do comportamento de crianças durante e após uma hospitalização. Alguns são de autoria de pediatras; por exemplo, nos Estados Unidos, Prugh e seus colaboradores (1953); na Inglaterra, Illingworth e Holt (1955); na Iugoslávia, Micic (1962); e na Polônia, Bielicka e Olechnowicz (1963). Outros foram realizados por psicólogos, e incluem um estudo feito na Escócia, por Schaffer, sobre as reações de crianças de menos de um ano, tanto durante a internação hospitalar como após o regresso ao lar (Schaffer, 1958; Schaffer e Callender, 1959); ainda, uma investigação abrangente na Tchecoslováquia, por Langmeier e Matejcek (1963). Uma recapitulação geral da literatura hospitalar foi publicada por Vernon e seus colegas (1965), com valiosos comentários críticos.

Os sujeitos dos vários estudos diferem em muitos aspectos. Por exemplo, diferem na idade, no tipo de família de onde são oriundos, no tipo de instituição para onde vão, na assistência que aí recebem e na duração do período fora de casa. Também diferem quanto a serem crianças saudáveis ou doentes[2]. Apesar de todas essas variações e das diferentes formações e expectativas dos investigadores, há uma notável uniformidade nos dados encontrados. Depois que a criança passa dos seis meses de idade, sua tendência é para reagir ao evento de separação da mãe de certas maneiras típicas. As observações nas quais o trabalho teórico aqui apresentado se baseia são, principalmente, de James Robertson, portanto, o relato que se segue deriva predominantemente de sua obra.

Seus dados básicos são observações do comportamento de crianças no segundo e terceiro anos de vida enquanto estavam, por um período limitado, em creches residenciais ou enfermarias de hospitais, recebendo assistência pelos métodos tradicionais. Isto significa que a criança fora afastada dos cuidados da figura materna e de todas as demais figuras substitutas e também de seu ambiente familiar; em vez disso estava sendo cuidada num lugar estranho, por uma sucessão de pessoas desconhecidas. Os dados subsequentes são derivados de observações do comportamento da criança em sua casa, nos meses que se seguiram ao seu regresso ao lar e de depoimentos de seus pais.

No ambiente descrito, uma criança de quinze a trinta meses que tenha um relacionamento razoavelmente estável com sua mãe e não tenha anteriormente se separado dela, mostrará uma sequência previsível de comportamento. Este pode ser decomposto em três fases, segundo a atitude dominante em relação à mãe. Descrevemos essas três fases como sendo as de Protesto, Desespero e Desapego. Embora ao apresentá-las seja conveniente dife-

---

2. Cumpre assinalar que em dois dos principais estudos de crianças hospitalizadas, os de Robertson e Schaffer, foram excluídas as crianças mais do que transitoriamente afetadas por febre, dor ou outras características de doença. A maioria das crianças estava internada ou para investigação ou para uma pequena cirurgia.

renciá-las nitidamente, deve-se entender que, na realidade, cada uma delas funde-se com a seguinte, de modo que uma criança pode permanecer durante dias ou semanas num estado de transição de uma fase para outra, ou de alternância entre duas delas.

A fase inicial, a de protesto, pode começar imediatamente ou ser protelada; dura de algumas horas a uma semana ou mais. A criança parece intensamente aflita por ter perdido sua mãe e procura reencontrá-la pelo exercício pleno de seus limitados recursos. Chora estridentemente e olha ansiosa para qualquer vulto ou som que lhe possa parecer sua mãe ausente. Todo esse comportamento sugere a forte expectativa de que ela voltará. Entrementes, a criança é capaz de rejeitar todas as figuras alternativas que se ofereçam para fazer alguma coisa por ela, embora algumas se agarrem desesperadamente a uma enfermeira.

Durante a fase de desespero, que sucede à de protesto, a preocupação da criança com sua mãe ausente é evidente, embora seu comportamento sugira uma crescente desesperança. Os movimentos físicos ativos diminuem ou cessam, e ela poderá choramingar monotonamente, ou de maneira intermitente. Mostra-se retraída e inativa. Não solicita as pessoas ao seu redor e parece mergulhar num estado de profundo luto. A quietude da criança nesse estágio faz supor-se – e, às vezes, de maneira claramente errônea – que tenha havido um declínio da aflição.

Porque a criança mostra maior interesse nas coisas que a cercam, a fase de desapego que, mais cedo ou mais tarde, sucede as de protesto e desespero, é frequentemente acolhida como um sinal de recuperação.

A criança já não rejeita as enfermeiras; aceita seus cuidados, o alimento e os brinquedos que elas lhe trazem, e pode até sorrir e ser sociável. Para alguns, essa mudança parece satisfatória. No entanto, quando a mãe a visita, percebe-se que nem tudo está bem, pois se observa uma impressionante ausência do comportamento característico do forte apego que é normal nessa idade. Em lugar de acolher efusivamente a mãe, ela parece mal conhecê-la; em vez de agarrar-se a ela, poderá permanecer distante e apática; em lugar de lágrimas, indiferença. Ela parece ter perdido todo o interesse na mãe.

Quando a permanência da criança no hospital ou instituição residencial for prolongada e ela tiver, como é usual, a experiência de apegar-se transitoriamente a uma série de enfermeiras, cada uma das quais a deixa, repetindo-se, desse modo, a experiência da perda original da mãe, ela, com o tempo, agirá como se nem os cuidados maternos nem o contato com outros seres humanos tivesse muito significado. Após uma série de abalos com a perda de numerosas figuras maternas a quem a criança dedicou, sucessivamente, certa afeição e confiança, ela liga-se cada vez menos às figuras seguintes e acabará por não se apegar a quem quer que seja. Tornar-se-á cada vez mais egocêntrica e, em vez de dirigir seus desejos e sentimentos para as pessoas, passa a preocupar-se apenas por coisas materiais como doces, brinquedos e alimentação. Uma criança, vivendo num hospital ou instituição, que tenha atingido esse estado, deixa de mostrar-se perturbada quando as enfermeiras mudam ou saem. Não manifesta seus sentimentos quando os pais chegam e vão embora, nos dias de visita; e pode causar-lhes profunda mágoa, quando eles percebem que, embora mostre um ávido interesse pelos presentes que lhe trazem, a criança interessa-se muito pouco por eles como pessoas especiais. Ela parecerá alegre e adaptada à sua situação incomum e aparentemente dócil e sem temor de qualquer estranho que se acerque. Mas essa sociabilidade é superficial; ela simplesmente deixou de importar-se com toda e qualquer pessoa.

Tivemos alguma dificuldade em encontrar o melhor termo para designar esta fase. Em trabalhos anteriores, foi usado o termo "negação". Mas isso causou dificuldades, e o termo foi abandonado a favor de "desapego", que é mais puramente descritivo. Um termo alternativo pode ser "retraimento", mas este apresenta duas desvantagens para o nosso propósito. Em primeiro lugar, há o perigo de que retraimento possa sugerir o quadro de uma criança inativa, ensimesmada e alheada do mundo, um quadro que é o oposto do que frequentemente se observa. Em segundo lugar, nos escritos psicanalísticos, o retraimento está comumente associado à teoria da libido e à ideia de instinto como uma quantidade de energia que pode ser retirada, e esse modelo não está sendo usado. O termo "desapego", além de não apresentar nenhuma dessas desvantagens, é a contraparte natural de "apego".

É evidente que a intensidade das reações que se observam e as formas particulares que assumem são influenciadas por numerosas variáveis já mencionadas. Assim, quanto mais isolada e mais confinada num berço a criança estiver, mais vigoroso será o protesto; ao passo que, quanto menos estranho for o ambiente e mais a criança estiver entregue aos cuidados de uma única mãe substituta, menos intensa será a aflição. Características que parecem reduzir, de um modo regular e efetivo, a intensidade da reação são a presença de um irmão, mesmo que seja muito pequeno (Heinicke e Westheimer, 1966), ou os cuidados de uma única mãe substituta, especialmente quando a criança a conheceu de antemão, em presença da própria mãe (Robertson e Robertson, 1967).

A duração do período de separação de uma criança de sua mãe é uma variável que se verificou estar regularmente associada à perturbação crescente durante a separação e após o regresso ao lar. Tal associação destacou-se no estudo de Heinicke e Westheimer (1966) e, como eles mostraram, é relatada sistematicamente por quase todos os outros investigadores (ibid., p. 318-22).

Embora existam boas provas de que a mais importante variável na determinação do comportamento descrito é a ausência da figura materna familiar[3], este ponto de vista nem sempre é aceito. Em vez disso, outras variáveis são consideradas responsáveis. Entre as que têm sido sugeridas estão: um ambiente estranho, o estado da mãe e a qualidade do relacionamento que a criança tinha anteriormente com ela. Assim, em muitos dos estudos citados assinala-se que a criança está não só entregue aos cuidados de pessoas estranhas, mas também num lugar estranho; que, quando uma criança saudável é enviada a uma creche ou instituição residencial, isso deve-se frequentemente ao fato de sua mãe ter ido para a maternidade a fim de dar à luz outro bebê; e que muitas outras crianças vão para uma creche porque as relações em casa estão longe de ser satisfatórias. Poderá, então, o comportamento ser devido não à perda da mãe mas sim ao ambiente estranho, ou à expectativa da chegada de um rival ou a uma relação anterior insatisfatória com a mãe?

....
3. Embora ao longo deste livro nos refiramos usualmente a "mãe" e não a "figura materna", deve-se entender que, em todos os casos, a referência é à pessoa que cuida da criança e a quem esta se apega. Para a maioria das crianças, evidentemente, essa pessoa é também a mãe natural.

Se estas objeções tivessem peso, desmoronaria a tese que atribui extrema importância à separação *per se*. Existem, porém, boas provas a respeito da influência de cada classe de variáveis e em nenhum caso elas corroboram os céticos. Examinemo-las.

Embora em muitos estudos, inclusive os de Robertson, as crianças se defrontem não só com pessoas estranhas, mas também com um lugar estranho, existem alguns estudos em que isso não ocorre. Um deles é o já referido estudo de Spitz e Wolf. Os bebês cujos comportamentos levaram Spitz a descrever a síndrome da "depressão anaclítica" permaneceram na mesma instituição durante a ausência da mãe. Além disso, desde que ocorresse dentro de um período de três meses, uma só mudança era necessária para repor essas crianças num estado semelhante ao anterior: o regresso da mãe.

Dois outros relatos confirmam que, sejam quais forem os efeitos que a mudança de ambiente possa exercer, a principal variável é sempre a ausência da mãe ou da figura materna. Um desses relatos é o de Helene Deutsch (1919) acerca de um menino que foi criado por babás porque a mãe trabalhava fora. Quando ele acabara de completar dois anos, sua primeira babá saiu e foi substituída por uma segunda. Apesar de ele haver permanecido em casa e de sua mãe aí estar todas as tardes, o comportamento que o menino mostrou, após a partida da babá com a qual estava familiarizado, harmoniza-se com o padrão. Na noite em que ela foi embora, ele chorou copiosamente, ficou insone e insistiu para que a mãe ficasse com ele. No dia seguinte, recusou-se a deixar que a nova babá lhe desse de comer e voltou a urinar e evacuar nas fraldas. Durante as quatro noites subsequentes, sua mãe teve que ficar com ele, e assegurar-lhe seu amor, e seu comportamento durante o dia continuou perturbado. Somente no sexto dia boa parte do seu comportamento retornou ao normal e não antes do nono dia pôde afirmar-se que ele parecia ter voltado a ser o que era antes. Embora houvesse provas evidentes de que estava sentindo falta de sua babá, ele nunca mencionou seu nome e parecia relutante em referir-se, de uma forma ou de outra, à ausência dela.

Um caso semelhante é relatado por Spiro (1958). Ele descreve o comportamento de um outro menino de aproximadamente a mesma idade, que foi criado num *kibutz* israelense e aí foi deixado por muitas semanas enquanto seus pais viajavam. Neste caso, a criança ficou em seu ambiente familiar, com sua pajem e seus companheiros de brinquedo habituais. Não obstante, como o seguinte trecho do relato de sua mãe nos mostra, ele ficou muito consternado com a ausência dos pais:

> Tínhamos acabado de regressar ao *kibutz*. Nossa ausência foi muito dolorosa para Yaakov. A pajem disse-me que ele não dormiu durante várias noites. Uma noite o vigia encontrou-o de pé, defronte de nossa porta, chupando o dedo. Quando seu pai, que regressou uma semana antes de mim, chegou em casa, Yaakov não o deixava sair à noite e chorava quando ele saía. Quando voltei, Yaakov não me reconheceu e correu para o pai. Agora, quando saio à noite, ele me pergunta: "Você nunca mais me deixará? Nunca mais?" Tem um medo profundo de que o deixem sozinho. Voltou a chupar o polegar... Tenho que ficar com ele à noite, até que adormeça.

Spiro relata ainda que o mesmo menino reagiu raivosamente quando seu pai viajou, em data ulterior. Yaakov, agora alguns meses mais velho, disse à mãe: "O pai foi para Tel-Aviv. Todas as crianças ficarão zangadas com meu pai". A mãe perguntou-lhe se *ele* estava zangado com o pai, e ele respondeu: "Todas as crianças ficarão zangadas com o pai."[4]

Esta prova é suficiente para mostrar que a sequência de comportamento de que nos ocupamos não pode ser atribuída simplesmente a uma mudança do meio ambiente. Sem dúvida, um ambiente estranho implica certas consequências, mas o que importa muito mais para uma criança é se a mãe está presente ou ausente. Esta conclusão é substancialmente corroborada por observações de como uma criança pequena se comporta quando está num ambiente estranho mas em companhia da mãe.

As férias da família fornecem um vasto repertório de provas episódicas de como as crianças de tenra idade se conduzem em ambientes estranhos, quando estão acompanhadas da mãe. É cer-

---

4. Na transcrição deste relatório foram feitas algumas modificações menores, a fim de evitar o uso de nomes próprios.

to que algumas crianças, especialmente no segundo ano de vida, se mostram perturbadas por tais situações; no entanto, desde que esteja presente a figura materna familiar, é raro que a perturbação seja séria ou persistente[5]. Pelo contrário, a maioria das crianças pequenas gosta das férias familiares justamente por causa do ambiente diferente que elas proporcionam, e não a despeito dele.

Outro tipo de evidência que também apoia posição de que, desde que a mãe esteja presente, os ambientes estranhos não são perturbadores ou só o são ligeiramente deriva da observação de como crianças se comportam no hospital.

Existem hoje numerosos estudos que não deixam dúvidas neste ponto: quando uma criança hospitalizada é acompanhada pela mãe, manifesta pouco ou nenhum comportamento perturbado, tão típico de uma criança que fica sozinha. Um desses casos, o de uma menina de dois anos, foi filmado por Robertson (1958). Muitos outros relatos são fornecidos por pediatras, por exemplo, MacCarthy, Lindsay e Morris (1962), e Micic (1962). Este último descreve a mudança dramática que ocorre no comportamento de uma criança desacompanhada, hospitalizada há alguns dias, quando reunida à mãe. Micic faz o seguinte relato de uma menina de treze meses, hospitalizada em virtude de uma broncopneumonia:

> Dzanlic estava bem desenvolvida e bem alimentada. Foi internada sem a mãe e ficou sozinha alguns dias. Ficava deitada e apática e não queria comer; chorava somente durante o sono. Não opunha resistência aos exames médicos. Ergui-a para que ficasse sentada mas imediatamente girou o corpo e deitou-se de novo.
> No terceiro dia, veio a mãe. No mesmo instante em que a viu, a menina levantou-se e começou a chorar. Depois acalmou-se e mostrou estar faminta. Depois de ter sido alimentada, começou a sorrir e a brincar. Quando voltei à enfermaria no dia seguinte, não a reconheci, tão completa era a sua transformação. Ela estava sorrindo nos braços da mãe, quando eu esperava encontrar uma criança sonolenta, inerte em sua caminha. Era inconcebível que uma criança que tinha estado psicologicamente deprimida e dormindo continua-

---

5. Um relato de Ucko (1965) sugere que crianças pequenas que se mostram perturbadas durante as férias familiares são frequentemente crianças que, ao nascerem, sofreram asfixia.

mente pudesse tornar-se de um dia para o outro uma menina tão feliz. Tudo lhe agradava e sorria a tudo e a todos.

Que essa notável transformação não é um efeito ocasional foi atestado por muitos outros relatos semelhantes, incluindo os escritos por pais e coligidos por Robertson (1962). Um estudo sistemático realizado por Fagin (1966) em trinta crianças que tinham sido hospitalizadas em companhia das mães e em uma amostra equivalente de crianças hospitalizadas sozinhas (embora visitadas diariamente) aponta de maneira clara para a mesma conclusão. No regresso ao lar, após alguns dias no hospital, todas as crianças desacompanhadas mostraram reações típicas de crianças que tinham passado por uma breve separação num ambiente estranho: mais agarradas à mãe, perturbação mais acentuada durante qualquer nova separação, por mais breve que fosse, perda do controle esfincteriano. As crianças acompanhadas, ao contrário, não mostraram nenhuma dessas perturbações.

Portanto, um ambiente estranho não é certamente a principal causa da aflição de uma criança separada. É certo, porém, que ele exacerba a aflição na ausência da mãe. Estas questões serão examinadas mais detalhadamente no segundo volume.

A gravidez da mãe e a expectativa da chegada de um novo bebê também podem ser excluídas, a não ser como fatores secundários. Em primeiro lugar, como ficou claro nos casos descritos, crianças cujas mães não estão grávidas manifestam habitualmente reações típicas quando estão separadas. Em segundo lugar, no estudo relatado por Heinicke e Westheimer (1966) foi possível fazer uma comparação direta do comportamento de treze crianças cujas mães estavam prestes a ter um bebê com o de cinco crianças cujas mães não estavam grávidas. Quando se fez uma comparação minuciosa do modo como as crianças nesses dois grupos se comportaram durante os primeiros quinze dias de separação, nenhuma diferença significativa foi encontrada entre elas.

Finalmente, não existem provas de que somente as crianças cujas relações com a mãe, antes da separação, eram desfavoráveis sejam perturbadas pelo evento. Em cada um dos estudos referidos, algumas das crianças que se mostraram mais intensamente aflitas eram oriundas de lares em que as relações de família, inclusive entre a criança e a mãe, eram quase certamente excelentes. Algumas das provas mais bem documentadas sobre esse ponto são fornecidas pelo estudo de Heinicke e Westheimer (1966). Nesse estudo, Ilse Westheimer, uma experimentada assistente social psiquiátrica, fez numerosas visitas às famílias das crianças separadas, imediatamente antes da separação (sempre que possível), durante a separação e depois que a criança voltou para casa. Deste modo, ela conheceu bem as famílias e teve um quadro bastante claro das relações entre a criança e a mãe. As relações variavam entre razoavelmente boas e indiferentes. Embora os investigadores esperassem encontrar diferenças correspondentes no modo como as crianças reagiam durante e após a separação, as conclusões foram bem diversas. A conexão que eles apuraram corrobora a opinião, anteriormente expressa por Robertson e Bowlby (1952), de que uma ausência de perturbação durante o período de separação é observada principalmente em crianças que tinham uma relação muito insatisfatória com a mãe; ou, em outras palavras, quanto mais afetuosa for a relação, maior a perturbação manifestada pela criança durante a separação.

Tendo em vista este substancial conjunto de provas, acreditamos poder concluir com segurança que, seja qual for o papel desempenhado por outras variáveis na determinação da aflição descrita, a variável de maior peso é, de longe, a perda da mãe, sofrida pela criança. Sendo assim, apresenta-se um certo número de problemas. Por que uma criança fica tão aflita simplesmente pela perda da mãe? Por que, após regressar ao lar, ela passa a mostrar-se tão apreensiva, com medo de perdê-la de novo? Que processos psicológicos explicam essa aflição e o fenômeno de desapego? Antes de tudo, como entender a natureza do vínculo que liga a criança à mãe? São estes os problemas que estes três volumes se propõem a abordar. Mas, antes de os enfrentarmos, é necessário abrir espaço para uma descrição do modelo de comportamento instintivo que é empregado no lugar do modelo de energia proposto e usado por Freud.

Parte II
Comportamento instintivo

Capítulo 3
Comportamento instintivo:
um modelo alternativo

> Duvido muito de que a elaboração do material psicológico possa proporcionar-nos dados decisivos para a diferenciação e classificação dos instintos. Para fins dessa elaboração parece preferível aplicar ao material determinadas hipóteses sobre a vida instintiva, e seria desejável que tais hipóteses pudessem ser tomadas de um outro ramo do conhecimento e transferidas para a psicologia.
>
> SIGMUND FREUD (1915a)
>
> Não existe necessidade mais urgente em psicologia do que de uma teoria dos instintos solidamente fundamentada, sobre a qual possa ser possível construir novos conceitos. Entretanto, nada existe desse tipo...
>
> SIGMUND FREUD (1925)

Introdução

No decorrer do meio século desde que Freud esforçou-se por formular uma teoria do instinto solidamente fundamentada e lamentou sua incapacidade para encontrá-la, foram realizados progressos impressionantes. Muitas disciplinas contribuíram para esse progresso. Um importante avanço teórico, há muito esperado, foi realizado pela biologia analítica e a teoria do controle, as quais elucidaram conjuntamente os princípios básicos subjacentes no comportamento adaptativo e dirigido para uma meta. Na exploração desse avanço têm estado presentes três ciências empiricamente baseadas: a etologia (o estudo do comportamento animal por zoólogos), a psicologia experimental e a neurofisiologia – o primeiro amor de Freud. Cada uma dessas três disciplinas possui origens distintas e também distintos campos de interesse, métodos e conceitos; não admira, portanto, que durante alguns anos houvesse pouco intercâmbio entre elas e até alguns mal-entendidos. Em anos recentes, porém, uma familiaridade maior com a abordagem de sistemas de controle e com os trabalhos recíprocos mostrou como cada uma delas tem sua contribuição única a dar e até que ponto elas efetivamente complementam-se. O que antes era uma fonte de fragilidade tornou-se uma fonte de força e, finalmente, estão começando a emergir os princípios de uma ciência unificada do comportamento.

O comportamento, mesmo o dos animais mais simples, é imensamente complexo. Varia de um modo sistemático dos membros de uma espécie para os de outra e, de maneira menos sistemática, entre indivíduos da mesma espécie. Além disso, o comportamento de um indivíduo quando adulto é diferente de seu comportamento quando jovem e difere também de estação para estação, de dia para dia, e de minuto para minuto. Entretanto, existem muitas regularidades de comportamento e algumas delas são tão notáveis e desempenham um papel tão importante na sobrevivência do indivíduo e da espécie que ganharam a designação de "instintivas". Desde que não se subentenda por isso qualquer teoria particular de causação e o usemos como adjetivo puramente descritivo, o termo "instintivo" continua sendo valioso. Suas limitações, assim como as dificuldades a que o substantivo "instinto" dá origem, são examinadas no capítulo 8.

O comportamento que tem sido tradicionalmente chamado de instintivo possui quatro características principais:

a) obedece a um padrão reconhecivelmente similar e previsível em quase todos os membros de uma espécie (ou todos os membros de um sexo);
b) não é uma resposta simples a um único estímulo mas uma sequência comportamental que usualmente segue um curso previsível;
c) algumas de suas consequências usuais são de óbvio valor como contribuição para a preservação de um indivíduo ou a continuidade de uma espécie;
d) muitos exemplos de tal comportamento desenvolvem-se mesmo quando todas as oportunidades comuns de aprendizagem são exíguas ou estão ausentes.

No passado, um estudo desse tipo de comportamento foi frequentemente dificultado por discussões estéreis sobre se um ou outro exemplo dele era inato ou adquirido (por aprendizagem ou outros meios). Hoje, damo-nos conta de que a antítese "inato *versus* adquirido" é irreal. Assim como a área é produto do comprimento multiplicado pela largura, todo e qualquer caráter biológico, seja ele morfológico, fisiológico ou comportamental, é um produto da interação da dotação genética com o meio ambiente. Termos como "inato" e "adquirido" devem, pois, ser jogados no limbo, e uma nova terminologia deve ser empregada.

A terminologia aqui usada é aquela introduzida por Hinde (1959). Qualquer caráter biológico que, em seu desenvolvimento, é pouco influenciado pelas variações do meio ambiente é denominado "ambientalmente estável"; e aquele que, em seu desenvolvimento, é muito influenciado por tais variações é designado como "ambientalmente instável". Exemplos de caracteres ambientalmente estáveis incluem a maioria dos caracteres morfológicos comuns, como a cor dos olhos e a forma dos membros, os caracteres fisiológicos, como a pressão sanguínea e a temperatura do corpo, e os caracteres comportamentais, como a construção de ninhos pelas aves. Exemplos de caracteres ambientalmente instáveis são o peso do corpo e a cor da pele da salamandra; de caracteres fisiológicos, as reações imunológicas; e de caracteres comportamentais, saltar em altura ou tocar piano. Entre os exemplos dados, que são deliberadamente casos extremos, situa-se, é claro, toda uma multidão de caracteres biológicos de graus intermediários de estabilidade e instabilidade. Do ambientalmente estável ao ambientalmente instável existe, de fato, uma sequência contínua: os caracteres comumente denominados inatos pertencem ao lado estável e os chamados adquiridos pertencem ao lado instável ou às faixas intermediárias.

O comportamento tradicionalmente descrito como instintivo é ambientalmente estável ou, pelo menos, é estável enquanto o meio ambiente permanecer dentro dos limites em que a espécie usualmente vive. Num tal ambiente ele se apresenta numa forma previsível em todos os membros da espécie e por isso é frequentemente classificado de "característico da espécie".

Questiona-se, frequentemente, se no homem existe qualquer comportamento que possa ser razoavelmente descrito como instintivo. O comportamento humano, afirmam, é infinitamente variável; difere de cultura para cultura; nada pode ser encontrado que se assemelhe aos padrões estáveis e previsíveis das espécies inferiores. Não acredito que esse ponto de vista possa ser sustentado. O comportamento do homem é certamente muito variável, mas não de um modo infinito; e, embora as diferenças culturais sejam grandes, também é possível discernir certas características comuns. Por exemplo, apesar da óbvia variabilidade, os padrões de comportamento humano, quase sempre intensamente motivados, que resultam no acasalamento, no cuidado e proteção aos filhos pequenos e no apego dos jovens aos pais, são encontrados em quase todos os membros da raça humana e parece preferível considerá-los expressões de algum plano comum e, tendo um óbvio valor de sobrevivência, exemplos de comportamento instintivo. Deve ser enfatizado que em todas as espécies superiores, e não apenas no homem, o comportamento instintivo não é um movimento estereotipado mas um desempenho idiossincrásico de um determinado indivíduo num determinado meio ambiente – e, ainda, um desempenho que obedece a um padrão reconhecível e que, na maioria dos casos, conduz a algum resultado previsível e benéfico para o indivíduo ou a espécie. Uma teoria do comportamento instintivo baseada no conceito de movimento estereotipado é inteiramente inadequada, não apenas para o homem, mas para todas as espécies superiores, incluindo as aves.

Aqueles que questionam o ponto de vista de que existe no homem um comportamento homólogo com o que em outras espécies é tradicionalmente qualificado de instintivo têm em suas mãos um pesado ônus. A respeito do equipamento anatômico e fisiológico do homem, é indiscutível uma continuidade estrutural com o de outras espécies. No tocante ao seu equipamento comportamental a continuidade de estrutura pode ser menos evidente, mas, se a continuidade estivesse totalmente ausente, tudo o que sabemos sobre a evolução do homem seria contrariado. Muito mais provável do que a ausência de continuidade é que a estrutura básica do equipamento comportamental do homem se assemelha ao das espécies infra-humanas, mas que, no curso da evolução, sofreu modificações especiais que permitem que os mesmos fins sejam atingidos através de uma diversidade muito maior de meios. Os romanos puderam chegar a York por poucos caminhos; hoje podemos escolher entre centenas de estradas. O antigo sânscrito fornecia apenas meios limitados de expressão; as línguas modernas que lhe sucederam proporcionam uma variedade espantosa e aparentemente infinita. Entretanto, em cada caso, a estrutura do moderno equipamento, sejam estradas ou linguagens, assenta-se sobre estrutura antiga e dela deriva. A forma primitiva não é suplantada; ela é modificada, elaborada e aumentada, mas determina ainda o padrão geral. Esta é a concepção proposta do comportamento instintivo em seres humanos. Pressupõe-se que a sua estrutura básica deriva de algum protótipo que é comum a outras espécies animais; e considera-se como ponto indiscutível que essa estrutura foi aumentada e grandemente elaborada em certas direções.

O que podem ser, então, essas estruturas prototípicas? Que tipos de sistemas podemos imaginar que, em formas menos elaboradas, expliquem o comportamento instintivo, digamos, dos peixes, que, em formas mais elaboradas, expliquem tal comportamento em aves e mamíferos e que, em formas ainda muito mais elaboradas, expliquem o comportamento instintivo do homem? A busca de protótipos é comparável à busca de sua cintura pélvica prototípica por um estudioso de anatomia comparativa, cujo problema começa com a cintura pélvica de um cavalo.

Modelos que prometem dar grandes contribuições para nossa compreensão das estruturas prototípicas do comportamento instintivo são os modelos desenvolvidos pela teoria do controle. Trata-se de um corpo de conhecimentos que cresceu rapidamente nos últimos 25 anos e, à parte suas inúmeras aplicações em engenharia, já provou ser de grande valor quando aplicado a problemas de fisiologia (Grodins, 1963). Embora seja ingênuo supor que tal teoria já possa resolver problemas comportamentais do grau de complexidade daqueles com os quais o clínico se defronta, ou mesmo que em breve o faça, sua utilidade na análise de movimentos simples já está demonstrada e acena com a promessa de elucidação de sequências mais elaboradas.

Ao apresentarmos ideias derivadas da teoria de sistemas de controle, iremos avançando dos sistemas mais simples para os mais complexos. Isso tem a vantagem de introduzir, primeiro, características que são básicas para essa classe de sistemas e de mostrar, em seguida, como um plano que começa por ser simples e facilmente entendido pode ser gradualmente elaborado, de modo que o sistema resultante possa alcançar efeitos que são cada vez mais complexos e cada vez mais bem adaptados às exigências. Mas este modo de apresentação também tem uma desvantagem. Significa que os sistemas descritos em primeiro lugar são tão elementares e tão limitados em seu desempenho que um leitor cético poderá ser tentado a rejeitar qualquer sugestão de que seu estudo possa ser capaz de o ajudar a entender o comportamento humano. Outros leitores, assim esperamos, serão mais pacientes.

Alguns princípios dos sistemas de controle

Examinemos, pois, em primeiro lugar, certas características básicas dos sistemas especiais como sistemas de controle. As duas características com as quais começaremos dizem respeito ao velho problema da intencionalidade e ao moderno conceito de *feedback*.

Em certa época, atribuir intencionalidade a animais ou construir uma psicologia do comportamento humano baseada no conceito de intencionalidade era o mesmo que declarar-se um vitalista e ser banido da companhia de cientistas respeitáveis. O desenvolvimento de sistemas de controle de crescente sofisticação, como os que controlam a rota de um míssil, mudou tudo isso. Hoje, reconhece-se que uma máquina que incorpore *feedback* pode ser verdadeiramente dirigida para um objetivo preestabelecido. Assim, hoje em dia, atribuir intencionalidade no comportamento, senão teologicamente, pelo menos teonomicamente (Pittendrigh, 1958)[1], é não só uma questão de senso comum, como sempre foi, mas também de boa ciência.

A característica especial que habilita uma máquina a comportar-se de um modo intencional, no sentido de alcançar uma meta predeterminada por meios versáteis, é o *feedback*. Trata-se simplesmente de um processo pelo qual os efeitos reais do desempenho são continuamente devolvidos a um aparelho regulador

....

1. No final do capítulo 8, na seção "Problemas de terminologia", são examinados em maior detalhe os termos "intencional" e "teleonômico".

central, onde são comparados com a instrução inicial que foi dada à máquina; a ação subsequente da máquina é, então, determinada pelo resultado dessa comparação, e os efeitos de seu funcionamento são assim aproximados cada vez mais da instrução inicial. Tal como um atleta decidido a percorrer uma milha em quatro minutos e que treina de cronômetro na mão para verificar seu tempo a cada volta da pista, a máquina está constantemente verificando os efeitos de seu próprio desempenho e baseando sua ação subsequente na medida em que esses efeitos se coadunam com a instrução.

A forma mais simples de sistema de controle é um regulador cujo propósito consiste em manter alguma condição. Um exemplo muito conhecido é um termostato doméstico, cuja finalidade é manter um ambiente numa temperatura fixa. Para tanto, o sistema está planejado de maneira que seu comportamento seja ditado pelos resultados da comparação entre a temperatura real e aquela que foi fixada. Para fazer essa comparação o sistema requer, em primeiro lugar, uma regulação inicial e, em segundo, informação contínua sobre qual é realmente a temperatura do quarto. Essa informação é obtida através de um termômetro, cujas leituras vão realimentar de forma apropriada o dispositivo regulador inicial, a fim de que se faça a comparação.

Um regulador pode ser um aparelho extremamente simples, como um termostato doméstico vulgar que não faz mais do que ligar o aquecedor quando a temperatura cai abaixo do nível fixado e desligá-lo quando a temperatura ultrapassa esse nível. Mas um dispositivo simples desse tipo tem grandes limitações. Se houver uma súbita queda da temperatura exterior, a temperatura do quarto poderá também cair bruscamente, e o sistema levará tempo para ajustar-se, e se a temperatura do quarto se elevar muito acima da temperatura fixada, o sistema não disporá de meios para reduzi-la. A fim de superar essas limitações e criar um sistema que mantenha a temperatura muito mais próxima da fixada, podem ser introduzidos numerosos aperfeiçoamentos. Por exemplo, quando a temperatura sobe, o termostato pode não só desligar o aquecedor mas também ligar a refrigeração. Quando a temperatura cai, o aparelho pode ser planejado para levar em conta não apenas o fato de a temperatura real estar abaixo do nível fixado, mas também a magnitude da discrepância, e agir de modo que, quanto maior for a discrepância, mais calor será ligado, e vice-versa. Além disso, o sistema poderia ser construído para levar em conta não só a magnitude absoluta da diferença de temperatura, mas também a taxa em que uma diferença aumenta ou diminui. E para que se tenha segurança adicional de que a temperatura será mantida num nível exato, toda a maquinaria poderá ser duplicada ou triplicada, usando talvez processos análogos mas não idênticos; por exemplo, os aparelhos de aquecimento poderiam incluir instalações a óleo e elétrica.

Esta descrição de um termostato doméstico aperfeiçoado pode parecer muito distante de uma descrição do comportamento instintivo humano. É feita neste estágio da nossa exposição por duas razões: (1) para introduzir os conceitos de regulação (ou instrução), meta fixada e *feedback*, tal como são usados em sistemas de controle[2]; e (2) porque hoje se sabe que sistemas planejados de acordo com essas mesmas diretrizes estão subjacentes em grande parte do funcionamento fisiológico. Para manter em nível constante o açúcar do sangue, por exemplo, existe um sistema de controle que utiliza todos os componentes até aqui descritos (Goldman, 1960). Isto mostra não só que os organismos vivos incorporam sistemas de controle em sua constituição, mas que dependem profundamente desses sistemas para numerosas funções orgânicas.

Não obstante, um regulador do tipo até agora descrito é um tipo relativamente estático de sistema e dificilmente fornece um modelo até para a mais simples forma de comportamento instintivo. É um sistema que opera num ambiente que permanece constante exceto por uma variável; tudo o que ele tem a fazer é manter as condições reais o mais próximas possível daquela que foi previamente fixada. Um tipo de sistema de controle mais promissor

....

2. Embora os *conceitos* de instrução e de meta fixada sejam partes integrantes da teoria de controle, os *termos* "instrução" e "meta fixada" não o são. Para o que designamos aqui como "instrução", os engenheiros de sistemas de controle preferem usar comumente o termo "sinal de comando" e para o que designamos como "meta" ou "meta fixada", eles usam comumente "nível de equilíbrio". Algumas razões para preferirmos os termos aqui usados serão encontradas em seções de capítulos subsequentes, notadamente, "Tipos de sistema comportamental" (capítulo 5) e "Problemas de terminologia" (capítulo 8).

para o nosso objetivo é o servomecanismo. Neste caso, as instruções são repetidas ou mesmo continuamente alteradas, e a tarefa do sistema é colocar o desempenho em concordância com elas, sempre que se modificam. Um exemplo muito conhecido é o sistema de direção de um carro. Quando gira o volante, o motorista fixa a posição em que deseja que fiquem as rodas dianteiras do carro e a servo unidade tem a tarefa de assegurar que as rodas sejam colocadas em concordância com essa determinação. A unidade faz isso comparando primeiro a posição real das rodas dianteiras com a que foi agora fixada, e atuando depois para que a discrepância seja reduzida e a posição real passe a ser a mesma que a posição instruída. Quando o motorista volta a girar o volante, altera a instrução anterior para uma nova, e a servo unidade tem de novo a tarefa de comparar primeiro a posição atual com a que é requerida, e então atuar de maneira tal que as duas posições, a real e a requerida, sejam as mesmas.

Notar-se-á que nos sistemas de controle examinados até aqui as instruções são dadas por um agente humano. O termostato não é fixado em nenhuma temperatura determinada enquanto um homem não o fizer; o mesmo ocorre com as rodas dianteiras de um carro. Mas é possível construir um sistema de controle em que as próprias instruções derivem de um outro sistema. Por exemplo, as instruções de acordo com as quais funcionam as servo unidades de um canhão antiaéreo podem ser derivadas de um sistema de radar montado de tal modo que rastreie a aeronave em movimento – e não só a rastreie como extrapole do conhecimento atual de como a aeronave estiver se deslocando para uma predição de sua posição futura. Assim, o canhão mantém-se constantemente apontado de maneira que um tiro disparado tem uma probabilidade máxima de atingir a aeronave. Esse tipo de sistema também se observa em organismos vivos. Há razões para pensar que o fato de possuirmos sistemas desse gênero, apropriadamente interligados e integrados, habilita-nos a atingir uma bola de tênis em movimento, e que sistemas analogamente integrados permitem a um falcão capturar uma ave em pleno voo. Doravante, o objetivo de atingir uma bola (ou uma aeronave) ou de capturar um pássaro será designado como a meta fixada do sistema.

Sistemas de controle e comportamento instintivo

Neste ponto da elaboração do plano, o conceito de sistema de controle talvez esteja começando a fazer jus a uma das mais simples formas de comportamento instintivo. A captura de um pássaro em voo por um falcão ajusta-se, de fato, aos critérios usuais de comportamento instintivo: em todos os falcões, a descida obedece a um padrão reconhecível; o comportamento aparece sem que tenha havido oportunidade prévia para aprendizagem; e tem, obviamente, valor de sobrevivência. Embora possamos estar muito longe de compreender como sistemas integrados de controle desse tipo se desenvolvem numa ave em crescimento, nada há de intrinsecamente inexplicável nisso – ou, pelo menos, é apenas um pouco mais inexplicável do que, por exemplo, o modo como um sistema fisiológico de complexidade comparável se desenvolve. Assim como no meio ambiente esperado e comum de uma espécie a ação gênica assegura o desenvolvimento de um sistema cardiovascular, com seus componentes espantosamente sensíveis e versáteis para controlar o suprimento sanguíneo aos tecidos, em condições constantemente variáveis, tanto do organismo como do meio ambiente, também é lícito supor que a ação gênica assegure o desenvolvimento de um sistema comportamental com componentes de igual ou maior sensibilidade e versatilidade para controle de um determinado tipo de comportamento em condições que também variam constantemente. Se considerarmos o comportamento instintivo o resultado de sistemas integrados de controle, operando dentro de um certo meio ambiente, os meios pelos quais eles se originam não representam problemas especiais – quer dizer, não são problemas maiores do que os que se referem a sistemas fisiológicos.

Sabe-se, porém, que embora o comportamento instintivo de todos os membros de uma espécie (com apenas poucas exceções) se harmonize com um plano global comum, a forma particular que assume em qualquer indivíduo determinado é frequentemente distinta e pode, de fato, ser muito invulgar. Por exemplo, uma ave que habitualmente constrói ninho em árvores poderá fazê-lo em rochedos quando não existirem árvores; os bútios na Noruega são um exemplo. Um mamífero de uma espécie que habitualmente se congrega em rebanhos pode não ser gregário se for criado longe da sua espécie: o cordeiro criado pela filha do fazendeiro como animal de estimação é um caso típico. Estes exemplos ilustram como o desenvolvimento de um sistema comportamental que parece ser, do ponto de vista do meio ambiente, muito estável (como o fazer ninhos em árvores e o gregarismo indubitavelmente o são) pode, entretanto, estar aberto a um certo grau de influência do meio ambiente em que o desenvolvimento efetivamente ocorre. O mesmo pode-se afirmar a respeito dos sistemas fisiológicos. Por exemplo, um sistema cardiovascular embrionário pode ter a propriedade de que a forma em que se desenvolve no adulto seja determinada, em certa medida, pela pressão barométrica a que o indivíduo está submetido quando jovem. O fato de um sistema ser, em geral, ambientalmente estável de maneira nenhuma é incompatível com a possibilidade de também ser influenciado, em certo grau, por variações no meio ambiente.

De fato, embora os sistemas responsáveis pelo comportamento instintivo possuam, comumente, estabilidade ambiental, dificilmente se encontra uma espécie estudada em que a forma adotada pelo adulto não seja significativamente influenciada, de um modo ou de outro, quando o ambiente, especialmente o juvenil, se desvia de maneira considerável do que se encontra na natureza. Até formigas, que colocam outras formigas em duas categorias, amigas e inimigas, e as tratam de modo muito diferente, têm que aprender quais são as amigas e quais as inimigas. Se, no entanto, em um experimento, elas forem criadas numa colônia de outra espécie, tratam estas como amigas e os membros de sua própria espécie como inimigos. O comportamento instintivo não é herdado; o que é herdado é um potencial para desenvolver certos tipos de sistema, aqui denominados sistemas comportamentais, cuja natureza e forma diferem, em certa medida, de acordo com o meio ambiente particular em que o desenvolvimento ocorre.

Na prática, verifica-se que existem grandes diferenças entre espécies no grau em que os sistemas comportamentais são ambientalmente estáveis ou instáveis. Nos carnívoros e primatas superiores muitos deles são notavelmente instáveis; mas até mesmo numa dada espécie é possível existirem diferenças nesse ponto, entre um sistema comportamental e outro. Para assegurar probabilidades máximas de sobrevivência, deve ser estabelecido um equilíbrio harmonioso entre estabilidade e instabilidade. Um plano de equipamento comportamental que determine a forma adulta sem admitir quaisquer modificações dependentes do meio ambiente tem a vantagem de que o equipamento pode estar completo e pronto a qualquer momento do ciclo vital em que for necessário; ao passo que um plano que preveja modificações dependentes do meio ambiente pode resultar em que o equipamento leve mais tempo a desenvolver-se e não fique pronto tão depressa. Por outro lado, um plano que permite modificações de acordo com o meio ambiente pode resultar num equipamento mais bem adaptado e mais eficiente em seu funcionamento do que jamais poderá ser[3]; o equipamento baseado num propósito geral e num plano fixo embora, com a modificabilidade, haja também um risco de curiosos desvios no desenvolvimento que podem levar a um desfecho tão bizarro quanto o de um ganso cortejar uma casa de cachorro. Em todo o caso, quer o plano permita ou não a modificabilidade pelo meio ambiente, é importante lembrar que nenhum sistema, seja ele qual for, pode ser tão flexível que se ajuste a todo e qualquer meio ambiente.

O reconhecimento de que o equipamento comportamental, à semelhança do equipamento anatômico e fisiológico, pode contribuir para a sobrevivência e propagação somente quando se desenvolve e opera em um meio ambiente que se enquadra em limites prescritos é crucial para uma compreensão do comportamento instintivo e da psicopatologia. O equipamento anatômico da baleia é admirável para a vida oceânica mas seria uma terrível desvantagem em qualquer outra parte; o equipamento digestivo da vaca é excelente quando existe pasto abundante, mas inútil se a vaca for alimentada com carne; do mesmo modo, o equipamento com-

....
3. Held (1965) assinala, além disso, o fato de o crescimento corporal acarretar, durante o desenvolvimento de um animal, a existência de modificações na organização sensorial, para levar em conta a distância crescente entre os olhos e entre os ouvidos, assim como de modificações na organização motora por causa da maior extensão dos ossos. Os experimentos de Held sugerem que tais modificações ocorrem em resultado do *feedback* sensorial que acompanha os movimentos ativos de um animal. Caso não ocorressem por esses meios, sublinha ele, seria indispensável um grande incremento na informação geneticamente codificada.

portamental de uma espécie pode ser estupendamente adequado para a vida num meio ambiente e levar apenas à esterilidade e à morte num outro. Num meio ambiente que não fornece buracos para a instalação de ninhos, o chapim não pode procriar; num meio ambiente em que a fonte luminosa é uma chama descoberta, as mariposas voam para a morte. Em todos estes casos, a razão pela qual o equipamento prova ser tão malsucedido é que se requer dele que funcione num meio ambiente para o qual não está adaptado.

No caso de sistemas de controle criados pelo homem, a estrutura é planejada à luz de pressupostos explícitos sobre o tipo de meio ambiente em que vai operar. No caso de sistemas biológicos, a estrutura assume uma forma que é determinada pelo tipo de meio ambiente em que o sistema esteve, de fato, operando durante a sua evolução; um meio ambiente que é usualmente – embora não necessariamente – o mesmo em que se espera que opere no futuro. Em cada caso, portanto, há um tipo particular de meio ambiente ao qual o sistema, seja criado pelo homem ou biológico, está adaptado. Proponho que a esse meio ambiente se designe "meio ambiente de adaptabilidade" do sistema. Somente em seu meio ambiente de adaptabilidade se pode esperar que um sistema funcione eficientemente. Em qualquer outro meio ambiente não se pode esperar que isso aconteça. Em alguns desses casos um sistema poderá até funcionar razoavelmente bem; em outros, não funciona; e ainda em outros origina um comportamento que na melhor das hipóteses é incomum e, na pior, positivamente desfavorável à sobrevivência.

É importante reconhecer que um meio ambiente de adaptabilidade existe não só para cada espécie mas também para cada sistema de cada espécie; e que qualquer meio ambiente de adaptabilidade pode ser mais ou menos estritamente definido em termos de um certo número de variáveis. O sistema cardiovascular de um gato funcionará eficientemente numa certa faixa de tensões de oxigênio e dióxido de carbono, e numa certa faixa de pressões e temperaturas; o sistema cardiovascular de um macaco ou de um homem funcionará eficientemente em faixas dessas variáveis que são similares mas talvez não idênticas às que são importantes para o gato. Do mesmo modo, os sistemas comportamentais responsáveis pelo comportamento maternal numa espécie funcionarão em certas faixas de meio ambiente social e físico mas não fora delas, e esses limites também serão diferentes de espécie para espécie.

Por inúmeras razões, o conceito de adaptação em biologia é difícil. Quando a questão se refere ao equipamento comportamental de um animal, é especialmente difícil, e quando diz respeito ao equipamento comportamental do homem tais dificuldades duplicam. Por causa disso, e porque o conceito de "meio ambiente de adaptabilidade" é central para a argumentação deste livro, a seção final deste capítulo e a totalidade do capítulo seguinte dedicam-se à discussão desses termos.

Se bem que todos os sistemas instintivos de uma espécie estejam estruturados de modo que, em regra, promovam a sobrevivência de membros dessa espécie em seu próprio meio ambiente de adaptabilidade, cada sistema difere quanto à sua parte específica desse meio ambiente com que está relacionado. Alguns sistemas comportamentais estão estruturados de modo que colocam um organismo num certo tipo de habitat e aí o retêm; outros são estruturados de forma a levarem o organismo a comer determinados alimentos; e ainda outros fazem o organismo estabelecer relações especiais com outros membros de sua própria espécie. Em certas ocasiões, a parte pertinente do meio ambiente é reconhecida pela percepção de algum caráter relativamente simples, como um clarão luminoso em movimento; com muito maior frequência, entretanto, o reconhecimento envolve a percepção de um padrão. Em todos esses casos, devemos supor que o organismo individual tem uma cópia desse padrão em seu sistema nervoso central e que está estruturado para reagir de determinadas maneiras quando percebe um padrão análogo no meio ambiente, e de outras maneiras quando não percebe tal padrão.

Em alguns casos as provas sugerem que o modo como o padrão passa a existir no SNC é pouco influenciado por variações no meio ambiente como, por exemplo, quando a fêmea de um putrião reconhece e responde de um modo característico à cabeça verde do macho, embora nunca tivesse visto antes um macho de sua espécie; ao passo que, em outros casos, o padrão ao qual se responde é ambientalmente muito mais instável, sendo às vezes a forma que adota especialmente sensível ao meio ambiente encontrado num certo período da vida. Um dos mais conhecidos exemplos deste último caso é o padrão que um filhote de ganso adquire através da estampagem a um objeto em movimento. Depois que aprendeu o padrão desse objeto durante o processo de estampagem, seu comportamento, quando alarmado (e em algumas outras condições), muda de forma dramática; então, sempre que o filhote percebe o padrão no meio ambiente, segue-o, e sempre que não pode percebê-lo, busca-o até o encontrar. Se bem que projetar sistemas com essas características ainda desafie e ponha à prova a capacidade imaginativa de engenheiros, o avanço da teoria das técnicas de controle coloca o projeto dentro de limites razoáveis de possibilidade.

Assim como dispõem de equipamento que os habilita a reconhecer certas partes especiais de seu meio ambiente, os membros de todos os filos, exceto os mais primitivos, são dotados de equipamento que os habilita a organizar tal informação acerca do seu mundo em esquemas ou mapas[4]. Até mesmo os ratos de laboratório não se aplicarão a percorrer um labirinto enquanto não tiverem tido tempo suficiente para adquirir um conhecimento mais generalizado de seu meio ambiente, um conhecimento do qual fazem bom uso quando lhes é dada a oportunidade. Os mamíferos superiores, por exemplo, cães e primatas, podem adquirir um tal conhecimento do terreno onde vivem que se tornam aptos a usar o caminho mais rápido para um determinado local dentro dele – uma casa ou um grupo de árvores – partindo de qualquer ponto na área circundante. A capacidade do homem para construir uma representação pormenorizada do mundo em que vive, um tópico a que Piaget dedicou uma vida de trabalho, é obviamente muito maior do que a de qualquer outra espécie – e a precisão de suas previsões foi consideravelmente aumentada em épocas recentes pela descoberta e aplicação do método científico.

Assim, a realização de qualquer meta fixada requer que um animal esteja equipado de modo a poder perceber certas partes

....
4. Embora os protozoários e os celenterados não pareçam ter essa capacidade, os insetos revelam-na de maneira inconfundível (Pantin, 1965).

especiais do meio ambiente e a usar esse conhecimento para construir um mapa dele que, seja ele primitivo ou sofisticado, possa predizer os eventos importantes para qualquer de suas metas fixadas com um razoável grau de confiabilidade. Requer, além disso, que o animal seja dotado de um equipamento efetor adequado.

O equipamento efetor compreende não só estruturas anatômicas e fisiológicas, mas também, e de igual importância, os sistemas de controle que organizam e dirigem suas atividades no meio ambiente de adaptabilidade. Somente pela ação de tal equipamento um animal mantém em relação a determinadas partes desse meio ambiente, por períodos de tempo mais ou menos extensos, aqueles tipos especiais de relacionamento que o levam à sobrevivência e à reprodução.

Tanto para iniciar alguma forma de relação temporária, como o cuidado com os filhos, quanto para manter um relacionamento a longo prazo, como a posse de território, está obviamente implícito que o animal tenha à sua disposição uma ou mais técnicas de locomoção – caminhar, correr, nadar, voar. Tais relações também implicam que, além dessas técnicas para fins gerais, o animal possua um repertório de técnicas comportamentais mais especializadas, por exemplo, cantar, ameaçar um rival, atacar um predador. Finalmente, implicam ainda que ele esteja equipado com meios pelos quais os sistemas de comportamento e a ordem em que estes estiverem ativados sejam organizados de tal modo que, no meio ambiente de adaptabilidade, todo desempenho tenha, como regra, efeitos que promovam a sobrevivência do indivíduo e/ou de seus semelhantes.

Os tipos e sequências de comportamento que levam um casal de pássaros à reprodução de sua espécie ilustram o gênero de problema que deve ser resolvido por quaisquer teorias do comportamento instintivo. Todos os comportamentos que se seguem, e ainda mais, são requeridos para que o resultado seja coroado de êxito: o macho identifica o território e a localização do ninho; o macho expulsa outros machos intrusos; o macho atrai a fêmea e a corteja; o macho e (ou) a fêmea constroem o ninho; o par copula; a fêmea põe os ovos; o macho e (ou) a fêmea chocam; o casal alimenta os filhotes; o par rechaça os predadores. Cada uma destas atividades acarreta um certo número de movimentos e sequências comportamentais para cada pássaro, sendo cada movimento e cada sequência complexos em si mesmos, como cantar e construir um ninho, mas executados de modo que se adaptem às circunstâncias especiais da localidade e dos outros seres que aí habitam e cada uma dessas atividades deve ser executada em tempo e sequência tais que todo o desempenho leve, na grande maioria das vezes, a um desfecho coroado de êxito. De que maneira imaginamos ser tudo isso organizado? Que princípios de organização são necessários para que o comportamento atinja esses fins?

As respostas a estas interrogações acarretam um exame dos vários modos como os próprios sistemas comportamentais estão estruturados e também dos diversos modos como as atividades de um sistema comportamental podem ser combinadas com as de um outro. Entretanto, antes que esses problemas possam ser discutidos, é necessário esclarecer os conceitos de "adaptação", "adaptado" e "meio ambiente de adaptabilidade", especialmente em sua aplicação ao homem.

Adaptação: sistema e meio ambiente

O conceito de adaptação e adaptabilidade

Foi enfatizado na seção anterior que nenhum sistema, seja ele qual for, pode ser tão flexível que se adapte a todo e qualquer meio ambiente. Isto significa que, quando se considera a estrutura de um sistema, o meio ambiente em que ele funciona deve ser considerado simultaneamente. Esse meio ambiente é denominado o meio ambiente de adaptabilidade do sistema. No caso de um sistema de controle construído pelo homem, o meio ambiente de adaptabilidade é aquele em que o sistema foi explicitamente construído para funcionar. No caso de um sistema biológico, é o meio ambiente no seio do qual o sistema gradualmente evolui. Em virtude dessa distinção, algumas vezes é útil referirmo-nos ao meio ambiente de adaptabilidade de um sistema construído pelo homem como o seu meio ambiente de adaptabilidade *planejada* e ao de um organismo vivo como o seu meio ambiente de adaptabilidade *evolutiva*.

Examinemos mais extensamente a natureza da adaptação e adaptabilidade biológicas.

São muitas as razões pelas quais os conceitos de adaptação e adaptabilidade causam dificuldades. Uma delas é que as próprias palavras – adaptar, adaptado, adaptação – comportam mais de um significado. Uma segunda razão é que, nos sistemas biológicos, a condição de estar adaptado é obtida por meios incomuns, e a compreensão deles é constantemente dificultada pelo fantasma da teleologia. Uma terceira razão, que se verifica quando o equipamento biológico do homem está sendo discutido, é que o homem moderno possui uma capacidade extraordinária para modificar seu meio ambiente e ajustá-lo às suas próprias conveniências. Por causa dessas dificuldades, é necessário partir de princípios fundamentais.

Consideremos primeiro a condição de estar adaptado e, depois, o processo de tornar-se adaptado.

Para definir um *estado de adaptabilidade,* três termos são requeridos: (1) uma estrutura organizada; (2) um resultado especificado a ser atingido; (3) um meio ambiente no qual a estrutura deverá atingir esse resultado. Sempre que a estrutura organizada esteja apta a atingir o resultado especificado, quando opera num determinado meio ambiente, diz-se que a estrutura está adaptada a esse meio. Assim, a propriedade de estar adaptado pertence à estrutura; sua definição impõe uma referência a um resultado e a um meio ambiente especificados.

O *processo de tornar-se adaptado* refere-se a uma mudança de estrutura. Tal mudança pode ser uma entre dois tipos distintos. Em primeiro lugar, uma estrutura pode ser mudada de modo que continue a alcançar o mesmo resultado num meio ambiente diferente. Em segundo lugar, a estrutura pode ser mudada de forma a atingir um resultado diferente no mesmo meio ambiente ou num outro muito semelhante.

Cumpre assinalar que o termo "adaptação" é usado para designar não só o processo de mudança que leva uma estrutura a adaptar-se (seja a um novo meio ambiente ou a um novo resultado), mas também, às vezes, a condição de estar adaptado. Entretanto, para evitar confusão, é melhor designar esta última condição como "adaptabilidade" (Weiss, 1949); daí a expressão "meio ambiente de adaptabilidade evolutiva". Estes pontos podem ficar mais claros por meio de uma ilustração.

Um primeiro exemplo é tirado do universo dos objetos feitos pelo homem. Poder-se-ia dizer que um certo automóvel pequeno é bem adaptado às ruas de Londres. Isto significa, é claro, que, como estrutura mecânica, o carro atinge um resultado específico, a saber, um transporte conveniente num certo tipo de meio ambiente urbano. Pode fazê-lo porque possui um determinado número de propriedades relacionadas com tamanho, velocidade, aceleração, freios, torque etc.; cada uma destas propriedades não só obedece a certos limites de variação mas guarda certa relação com todas as outras. De fato, o carro foi especialmente projetado para convir às ruas de Londres.

Ignora-se, entretanto, se também será adequado para outros meios ambientes. Cada meio ambiente que difira consideravelmente das ruas de Londres gera uma nova e diferente interrogação. O carro está bem adaptado para as condições de estrada? Para estradas de montanha? Para uso no Círculo Polar Ártico? Para o Saara? Evidentemente, para fornecer transporte conveniente em todos esses outros meios, o carro necessitaria de muitas propriedades que não são importantes em Londres e talvez estejam até em desacordo com os requisitos londrinos. Portanto, não surpreenderia que um modelo bem adaptado às ruas de Londres fracassasse em um ou mais dos outros meios citados. Enquanto não se provar sua maior versatilidade, é prudente admitir-se que o meio ambiente de adaptabilidade do carro está limitado às ruas de Londres.

Não obstante, a estrutura do carro poderia facilmente ser alterada para habilitá-lo a fornecer transporte conveniente em um outro desses diversos meios ambientes. Nesse caso, a estrutura sofreria um processo de adaptação, a fim de tornar-se adequada às novas condições ambientais, as quais passariam então a ser o seu novo meio ambiente de adaptabilidade. Muitas e diferentes alterações (adaptações) são possíveis, obviamente, para ajustar um modelo a ambientes novos e diversificados.

As adaptações consideradas até aqui são todas de um tipo, a saber, mudanças de estrutura que habilitam o sistema a atingir um único resultado, o transporte, numa série de diferentes meios ambientes. Entretanto, como a adaptabilidade refere-se não só ao meio ambiente mas também ao resultado final, é possível mudar a adaptabilidade do carro numa série de processos muito diferentes. Por exemplo, a estrutura do carro poderia ser alterada de modo que, em vez de fornecer transporte, fornecesse força para um gerador elétrico. Nesse caso, a estrutura teria sido adaptada para atingir um resultado diferente, embora ainda, talvez, no meio ambiente original.

Embora a mudança para ajustar-se a um novo ambiente e a mudança para adequar-se a um novo resultado final sejam tipos muito diversos de mudança, cada uma delas é habitualmente descrita como uma adaptação. Isso pode facilmente redundar em confusão.

Uma outra dificuldade, ainda maior, decorre do fato de ser possível, às vezes, capacitar uma estrutura para atingir mais efetivamente um resultado específico se for feita uma mudança no meio ambiente em que ela opera. Como o uso dos termos "adaptar" e "adaptação" para designar tais mudanças ambientais levaria a uma confusão ainda maior, outros termos são exigidos. Portanto, usarei "modificar" e "modificação" em referência a qualquer mudança do meio ambiente que seja feita para que um sistema possa funcionar mais eficientemente. Isto faz com que os termos "adaptar", "adaptado" e "adaptação" se refiram unicamente a mudanças que ocorrem no próprio sistema[5].

A distinção entre adaptar um sistema e modificar um meio ambiente pode ser ilustrada com mais uma referência ao pequeno carro. Suponhamos que, em certas condições das ruas de Londres, o carro tenda a derrapar. Esta deficiência poderia ser enfrentada de duas maneiras: através de uma mudança no carro, por exemplo, nos pneus, ou de uma mudança no meio ambiente, por exemplo, na superfície das pistas de rodagem. O primeiro caso é descrito como adaptação do carro, o segundo, como modificação do seu meio ambiente.

....

5. Ao escolher os termos "adaptar" e "modificar", usando-os de maneiras distintas, estou cônscio de que não acompanho o uso comum, que consiste em aplicar ambas as palavras indiscriminadamente a ambos os tipos de mudança.

Examinemos agora as estruturas biológicas e seus meios ambientes de adaptabilidade.

Adaptação biológica

É evidente, desde longa data, não só que os animais e as plantas são estruturas muito complexas, mas que, com uma precisão surpreendente, membros de cada espécie estão ajustados para viverem num determinado meio ambiente – frequentemente denominado o seu nicho ecológico. Além disso, quanto mais minuciosamente um indivíduo é estudado, mais claro se torna que quase todos os detalhes de sua estrutura, sejam eles morfológicos, fisiológicos ou, no caso de animais, comportamentais, estejam adaptados de modo que a sobrevivência daquele indivíduo e de seus semelhantes seja assegurada nesse meio ambiente. Exemplos famosos desses estudos são os de Darwin, que mostrou ser a detalhada estrutura floral de cada espécie de orquídea de tal natureza que uma determinada espécie de inseto é atraída para ela e, após sucessivas visitas do mesmo inseto a diferentes flores, durante as quais ele entra em contato com partes especiais de cada flor, dá-se a fertilização da semente da orquídea. Esses estudos mostraram claramente, em primeiro lugar, que a estrutura biológica só é inteligível se for considerada em termos de sobrevivência num meio ambiente muito particular; e, segundo, que, uma vez reconhecendo-se a sobrevivência como o resultado que todas as estruturas biológicas estão adaptadas para atingir, as características biológicas, antes consideradas apenas belas, ou curiosas, ou bizarras, passam a ter um novo significado: descobre-se que cada característica contribui, ou contribuiu, para a sobrevivência no meio ambiente habitado pela espécie.

Darwin foi explícito ao afirmar que o que era válido quanto às partes de uma flor também o era a respeito do comportamento de animais. Num capítulo de *A origem das espécies* (1859), intitulado "Instinto", ele assinala que cada espécie está dotada de seu próprio repertório peculiar de comportamento, do mesmo modo que está dotada de suas peculiaridades anatômicas, e enfatiza que "os instintos são tão importantes quanto a estrutura corporal para o bem-estar de cada espécie". Traduzido para a terminologia usada neste capítulo, isso significaria que "sistemas comportamentais ambientalmente estáveis são tão necessários quanto as estruturas morfológicas para a sobrevivência de cada espécie".

Assim, Darwin e seus sucessores chegaram à conclusão histórica de que o desfecho final para o qual todas as estruturas de um organismo vivo estão adaptadas é, nem mais nem menos, a sobrevivência. Ao passo que no caso das estruturas fabricadas pelo homem o resultado a ser alcançado pode fazer parte de uma gama quase ilimitada – transporte, energia, habitação, diversão etc.; no caso das estruturas biológicas o resultado a ser atingido é, a longo prazo, sempre o mesmo: a sobrevivência. Assim, quando a adaptabilidade de uma espécie de planta ou animal a um determinado meio ambiente está sendo examinada, a questão é saber se a natureza de sua estrutura é tal que, nesse meio ambiente, a sobrevivência pode ser alcançada. Quando pode ser, diz-se que os membros daquela espécie estão adaptados a esse meio ambiente; caso contrário, que estão inadaptados.

Até a época de Darwin, e até mesmo mais tarde, provou-se que era impossível compreender como a estrutura de um animal ou de uma planta pode tornar-se tão eficientemente adaptada a ponto de alcançar o resultado que tão patentemente alcança. Durante muito tempo, teorias de intervenção sobrenatural ou de causação teleológica estiveram em primeiro plano. Agora, um século depois de Darwin ter proposto a solução, considera-se o problema resolvido. A adaptabilidade de qualquer estrutura biológica, seja ela morfológica, fisiológica ou comportamental, é vista como resultante de ter a seleção natural, num determinado meio ambiente, levado à reprodução bem-sucedida e, portanto, à preservação das variantes mais adaptadas; e, simultaneamente, à reprodução malsucedida e, portanto, ao desaparecimento das variantes menos adaptadas.

Embora um ponto de vista teórico desse tipo venha sendo aplicado há muito tempo aos equipamentos morfológico e fisiológico dos animais, só em época relativamente recente tem sido aplicado também, de um modo sistemático, ao seu equipamento comportamental. Devemos esse desenvolvimento aos etólogos. Reconhecendo, como o próprio Darwin, pai da etologia, reconheceu, que o repertório comportamental de cada espécie é único, tal como o são suas características morfológicas e fisiológicas, os etólogos procuraram entender o equipamento comportamental no que se refere à contribuição que ele proporciona à sobrevivência de membros da espécie e seus semelhantes no hábitat natural dessa espécie. Ao fato de respeitarem tão sistematicamente esse princípio se deve, em grande parte, a contribuição notável e distinta que deram à compreensão do comportamento. Uma das teses principais deste livro é que o mesmo princípio deve ser obedecido de forma igualmente sistemática, se quisermos compreender o comportamento instintivo do homem.

A unidade biológica de adaptação

Durante os anos 1960, uma revolução ocorreu no estudo biológico do comportamento social. Até então, havia reinado grande confusão sobre o que seria a unidade biológica de adaptação. A frase de Darwin, "o bem-estar de cada espécie", sugere que é a espécie, como um todo, que está adaptada. Outros, reconhecendo que muitas espécies existem como um certo número de populações raciais distintas, sugerem que a unidade de adaptação seja a população cujos membros cruzem-se entre si (como, de fato, foi proposto na primeira edição deste livro). Uma outra linha de pensamento, estreitamente relacionada à anterior e que prevaleceu até muito recentemente, chamava a atenção para a existência de grupos sociais cuja organização parecia beneficiar ao grupo como um todo, mas não necessariamente a cada indivíduo isoladamente. Os exemplos mais notáveis são colônias de cupins, formigas e abelhas, mas se tem cogitado que cardumes de peixes e manadas de mamíferos possuem propriedades similares. Consequentemente, surgiu a crença de que a unidade de adaptação é o grupo social.

Todas essas ideias, entretanto, estão agora desacreditadas. Isto é consequência de um exame mais rigoroso dos dados, à luz da teoria genética de seleção natural, conhecida como teoria neodarwinista, desenvolvida por Ronald Fisher, Jack Haldane e Sewall Wright durante os anos 1930.

O conceito básico da teoria genética de seleção natural é que a unidade central do processo como um todo é o gene individual, e que toda mudança evolutiva se deve ao fato de que certos genes aumentam em número no decorrer do tempo, enquanto genes alternativos decrescem numericamente ou desaparecem. Na prática isto significa que, através do processo de sucesso diferencial de propagação, indivíduos portadores de determinados genes aumentam em número, enquanto os portadores de outros diminuem. Um corolário disso é que a adaptabilidade de qualquer organismo particular se define em termos de sua capacidade de contribuir para as gerações futuras com um número de genes maior que a média. O organismo tem, portanto, que ser projetado não apenas de modo a ser capaz de sobreviver individualmente, mas também de forma a ser capaz de promover a sobrevivência dos genes de que é portador. Isto se dá, comumente, através da reprodução e das ações que levam à sobrevivência dos filhotes. Um método adicional, ou alternativo, consiste em favorecer a sobrevivência de um companheiro, provável portador dos mesmos genes.

Embora a sobrevivência dos genes de que um indivíduo é portador seja o critério final quando se avalia a adaptabilidade biológica, é muitas vezes conveniente considerar a adaptabilidade de qualquer parte do equipamento de um organismo em termos de algum resultado próximo. Assim, a adaptabilidade de um sistema cardiovascular, em um determinado meio ambiente, é comumente considerada em função da eficiência com a qual o sistema mantém o suprimento sanguíneo de um indivíduo naquelas condições; e a adaptabilidade de um sistema imunológico, em termos de sua eficiência para manter um indivíduo livre de infecções. Do mesmo modo se procede em relação aos sistemas comportamentais; por exemplo, a adaptabilidade de sistemas responsáveis pelo comportamento alimentar pode ser considerada em termos da adequação com a qual mantém a nutrição de um indivíduo num meio ambiente particular. (O comportamento alimentar de andorinhas é bem adaptado ao verão inglês, quando há abundância de insetos voadores, mas mal adaptado ao inverno inglês.) Nos três casos – suprimento sanguíneo, imunidade a infecções e nutrição –, tratou de resultados imediatos, e o mesmo é verdadeiro para cada sistema comportamental instintivo. Quer o resultado para o indivíduo seja ingestão de alimento, autoproteção, união sexual ou defesa de território, o resultado final a ser obtido é sempre a sobrevivência dos genes de que é portador.

Nota sobre a literatura

Poucas referências são citadas no texto deste capítulo ou nos capítulos restantes da parte II. Os que desejarem ampliar suas leituras são aconselhados a consultar as seguintes fontes, das quais foi selecionada a maioria das ideias e dos exemplos ilustrativos.

O conceito de adaptação biológica é examinado por Sommerhoff em seu *Analytical Biology* (1950). Ele mostra como o fenômeno que deu origem ao pensamento teleológico pode ser entendido em termos de controle.

Para a aplicação da teoria de controle à biologia em geral, ver *Living Control Systems* (1968), de Bayliss, *Control Theory and Biological Systems* (1963), de Grodins, e o simpósio sobre *Self-organizing Systems* (1960), coordenado por Yovits e Cameron, especialmente os artigos de autoria de Goldman e Bishop.

Para a aplicação de uma abordagem de sistemas de controle à ciência do comportamento, ver *A Model of the Brain* (1964), de Young, em que ele procede à descrição do sistema nervoso como um engenheiro descreveria o sistema de controle de um homeostato, e, também, *Feedback Mechanisms in Animal Behaviour* (1971), de McFarland.

Para um esboço de como as ideias derivadas da teoria de controle, especialmente o conceito de "plano", podem ser aplicadas ao comportamento humano, ver o muito estimulante *Plans and the Structure of Behaviour* (1960), de Miller, Galanter e Pribram.

A teoria genética de seleção natural é claramente descrita por Williams em seu *Adaptation and Natural Selection* (1966). Nele, Williams demonstra como as muitas formas de comportamento social observadas em animais podem ser compreendidas em termos de seleção de genes, tornando desnecessário invocar a teoria de seleção do grupo. Um relato mais popular e recente é feito por Dawkins, em seu *Selfish Gene* (1976). *Sociobiology the New Synthesis* (1975), de Wilson, é abrangente e de grande interesse, embora alguns de seus poucos comentários sobre comportamento social humano tenham se mostrado imprudentes.

Muitas das ideias desenvolvidas neste capítulo e nos subsequentes derivam de *Animal Behaviour* (1970), de Hinde, no qual se apresenta uma integração dos trabalhos e das ideias da etologia e da psicologia comparada. Exemplos ilustrativos do campo do comportamento animal são extraídos principalmente do livro de Hinde. Outras fontes são: *Study of Instinct* (1951), de Tinbergen; *Learning and Instinct in Animals* (1956; 2. ed., 1963), de Thorpe; e *Studies of the Psychology and Behaviour of Captive Animals in Zoos and Circuses* (1955), de Hediger.

Capítulo 4
O meio ambiente de adaptabilidade evolutiva do homem

Foi enfatizado no capítulo anterior que não se pode esperar que um sistema funcione eficientemente, a não ser em seu meio ambiente de adaptabilidade. Por isso, quando passamos a considerar com que comportamento instintivo – ou, mais corretamente, com que sistemas comportamentais mediadores do comportamento instintivo – os seres humanos podem estar dotados, uma primeira tarefa consiste em examinar a natureza do meio ambiente em que eles estão adaptados para funcionar. Isto apresenta uma série de problemas incomuns.

Duas das características principais do homem são sua versatilidade e sua capacidade de inovação. Exercendo esses dons ele ampliou, nos milênios recentes, o meio ambiente em que é capaz de viver e procriar de modo a abranger extremos de condições naturais. Não só isso, mas também mudou, mais ou menos deliberadamente, essas condições, criando uma série de meios ambientes inteiramente novos e artificiais. Essas modificações no meio ambiente acarretaram, é claro, um espetacular aumento na população mundial da espécie; e, simultaneamente, tornaram muito mais difícil a tarefa do biólogo de definir o meio ambiente de adaptabilidade evolutiva do ser humano.

Neste ponto, convém recordar que nosso problema é compreender o comportamento instintivo do homem. Assim, embora deva conceder-se pleno reconhecimento à extraordinária versatilidade do homem, à sua capacidade de inovação e às suas grandes realizações na modificação do seu meio ambiente, nenhum destes atributos é de nosso interesse imediato. Estamos interessados, isto sim, nos componentes ambientalmente estáveis do repertório comportamental do homem e no meio ambiente relativamente estável de adaptabilidade em que, com toda a probabilidade, esses componentes estiveram envolvidos. Qual é, pois, a natureza provável desse meio ambiente – ou qual foi?

Para a maioria das espécies animais, o habitat natural não só é de variação limitada como também só muda lentamente. Consequentemente, cada espécie está vivendo hoje num meio ambiente pouco diverso daquele em que o seu equipamento comportamental foi organizado e desenvolvido, e no qual esse equipamento está adaptado para funcionar. Por isso, é razoavelmente seguro admitir-se que o habitat hoje ocupado por uma espécie ou é o mesmo ou está muito próximo do seu meio ambiente de adaptabilidade evolutiva. Não é esse o caso do homem. Em primeiro lugar, a gama de habitats em que o homem vive e procria atualmente é enorme. Em segundo lugar, e mais importante, a rapidez com que o meio ambiente do homem foi diversificado, especialmente em séculos recentes, com as mudanças feitas pelo próprio homem, suplantou de longe o ritmo em que a seleção natural pode atuar. Assim, podemos estar bastante certos de que nenhum dos meios ambientes em que vive atualmente o homem civilizado, ou mesmo semicivilizado, condiz com o meio em que os sistemas comportamentais ambientalmente estáveis se originaram e aos quais estão intrinsecamente adaptados.

Isso leva à conclusão de que o meio ambiente em função do qual deve ser considerada a adaptabilidade do equipamento instintivo do homem é aquele que o homem habitou durante dois milhões de anos, até que as mudanças dos dois ou três milênios culminaram na extraordinária variedade de habitats que ele hoje ocupa[1]. A

....

1. Tobias (1965) data o aparecimento de uma espécie primitiva de homem, o *Homo habilis*, nos primórdios do Pleistoceno, há cerca de dois milhões de anos. Como a introdução da agricultura ocorreu há apenas dez mil anos, o período durante o qual os seres humanos viveram em meios ambientes modificados não é mais de 0,5% do tempo de existência do homem. Embora essas mudanças tenham levado a um certo alívio das pressões seletivas, restam muito poucas dúvidas de que os genótipos das atuais

identificação desse meio ambiente como o meio ambiente da adaptabilidade evolutiva do homem não implica nenhuma sugestão de que tal habitat primitivo fosse, de algum modo, melhor do que o hodierno, ou de que o homem antigo fosse mais feliz do que o homem atual. A razão disso é simplesmente que o meio ambiente primevo e natural do homem, que pode, provavelmente, ser definido dentro de limites razoáveis, é quase certamente o meio ambiente que apresentava as dificuldades e os riscos que agiram como agentes seletivos durante a evolução do equipamento comportamental que é o mesmo do homem de hoje. Isto significa que é quase certo que o meio ambiente primevo do homem também é o seu meio ambiente de adaptabilidade evolutiva. Se esta conclusão for correta, então *o único critério pertinente pelo qual se pode examinar a adaptabilidade natural de qualquer parte do equipamento comportamental do homem de hoje é o grau em que – e o modo como – poderia contribuir para a sobrevivência da população no meio ambiente primitivo do homem.*

Qual é, pois, a adaptabilidade – ou falta dela – do equipamento comportamental humano aos outros inúmeros ambientes ocupados pelo homem de hoje? Fazer esta pergunta – e ela deve ser feita – equivale, de fato, a formular uma série de questões novas e distintas – tal como perguntar se um pequeno carro adaptado para transporte urbano também seria adaptado para transporte em outros meios ambientes provoca uma série de novas e distintas questões. É possível, de fato, que todas as partes do equipamento comportamental do homem estejam bem adaptadas, não só a seu meio ambiente primevo como a todos os seus meios ambientes atuais. Mas também é possível que não seja assim e certamente não se pode pressupor que o seja. A pesquisa pode fornecer as respostas.

Neste ponto, pode-se alegar que os animais de outras espécies também alteram o meio ambiente de acordo com as suas conveniências e que, afinal de contas, o caso do homem não é assim tão incomum. Insetos e pássaros constroem ninhos, os coelhos fazem tocas e os castores erguem represas nos rios. Essas modificações ambientais, entretanto, sendo elas mesmas produtos de com-

....
variedades raciais humanas são, na maioria dos aspectos, os mesmos que estavam presentes em tempos pré-agriculturais.

portamento instintivo, são em grau limitado e relativamente estereotipadas em sua forma. Consequentemente, acaba por ocorrer um equilíbrio entre cada uma dessas espécies e seu meio ambiente modificado. As modificações que o homem realiza em seu meio ambiente são de caráter diferente. Nenhuma é produto de um comportamento instintivo; pelo contrário, cada uma delas é produto de alguma tradição cultural, aprendida de novo e, às vezes, laboriosamente, por membros de cada nova geração. Entretanto, uma diferença muitíssimo mais importante consiste em que, em séculos recentes, graças à inovação tecnológica, a maioria das tradições culturais passou a ficar sujeita a mudanças muito aceleradas. O resultado disso é que a relação entre o homem e seu meio ambiente tornou-se cada vez mais instável[2].

O alvo final do argumento é, portanto, que, embora sejam imensamente importantes, todas as questões sobre se o atual equipamento comportamental do homem está adaptado aos seus numerosos meios ambientes de hoje, especialmente os urbanos, não são estritamente relevantes para este livro, que se preocupa unicamente com as respostas elementares originárias em tempos idos. O que aqui importa é que, se o equipamento comportamental do homem está adaptado, de fato, ao meio ambiente primevo em que ele outrora viveu, sua estrutura somente pode ser entendida em referência a esse meio ambiente. Assim como Darwin considerava impossível entender a estrutura de uma orquídea enquanto não soubesse que insetos a visitavam e a faziam florescer em seu meio ambiente de adaptabilidade, sustenta-se que também é impossível compreender o comportamento instintivo do homem enquanto não conhecermos algo sobre o meio ambiente em que ele se originou e evoluiu. Para se ter uma imagem disso, precisamos voltar-nos para os estudos antropológicos de comunidades humanas vivendo em meios ambientes minimamente modificados, para os estudos arqueológicos do homem primitivo e para estudos de campo dos primatas superiores.

....

2. Este é um tema ao qual Vickers (1965) prestou atenção. Sublinha ele que a modificação do meio ambiente por meios tecnológicos leva a uma explosão populacional, e que uma explosão populacional exige novas e mais profundas mudanças tecnológicas. Longe do *feedback* ser negativo e levar à estabilidade no sistema, o *feedback* é positivo e está conduzindo a uma crescente instabilidade.

Poucas pessoas na Terra ainda hoje obtêm seu alimento exclusivamente por meio de caça e coleta, e ainda menor é o número de boas descrições de sua vida social[3]. As provas existentes mostram, não obstante, que todas elas, sem exceção, vivem em pequenos grupos sociais compreendendo indivíduos de ambos os sexos e de todas as idades. Enquanto alguns grupos sociais são razoavelmente estáveis, outros mudam de tamanho e composição. Mas quer o grupo maior seja estável ou não, o vínculo entre uma mãe e seus filhos está sempre presente e virtualmente inalterado.

Muitos antropólogos têm argumentado que a unidade social básica e elementar da humanidade é a família nuclear. Fox (1967) sublinha, porém, que, embora em todas as sociedades humanas as mulheres e as crianças sejam constantemente acompanhadas por homens maduros, os homens acompanhantes nem sempre são os pais dos jovens nem mesmo os companheiros das mulheres; podem ser o pai, o tio ou o irmão. Esta consideração, entre outras, levou Fox a formular o ponto de vista de que a unidade social básica humana é uma mãe, seus filhos e, talvez, os filhos de sua filha, e que o modo como as sociedades diferem é em se – e em que medida – o pai fica ligado a essa unidade; em algumas sociedades ele está ligado de um modo razoavelmente permanente a uma única unidade; em outras – sociedades polígamas –, a várias dessas unidades, e ainda em outras sociedades, o homem está desvinculado de qualquer unidade, por exemplo, nas sociedades de escravos alforriados das Índias Ocidentais. Se Fox está certo, os elementos da vida social humana são extraordinariamente semelhantes aos dos parentes sub-humanos mais próximos do homem.

Em todo o caso, parece claro que o modo de vida primitivo do homem pode ser fecundamente comparado com os modos de vida das outras espécies e primatas superiores terrícolas. Certamente existem diferenças entre o homem e as espécies sub-humanas; mas para os propósitos deste livro, argumentamos que as semelhanças são igualmente importantes, quando não mais importantes do que as diferenças.

....

3. Uma exceção é o povo pigmeu das florestas úmidas africanas, cujo modo de vida é admiravelmente retratado por Turnbull (1965).

É característico das espécies de primatas superiores terrícolas, incluindo o homem, viverem em grupos sociais compostos de membros de ambos os sexos e de todas as idades. Os grupos variam em tamanho, de uma ou duas famílias até cerca de duzentos membros. Fêmeas e membros imaturos nunca são encontrados sem a companhia de machos adultos (exceto entre os chimpanzés), e machos adultos raramente são encontrados sozinhos. O grupo social permanece usualmente estável ao longo do ano, embora possa dividir-se e reagrupar-se de tempos em tempos; só ocasionalmente indivíduos mudam de um grupo para outro. Com raras exceções, os indivíduos passam a vida inteira em estreita proximidade com outros indivíduos familiares.

O grupo social habita uma região que varia de algumas até centenas ou mais de milhas quadradas, e, embora possa haver algumas sobreposições territoriais, a tendência de cada grupo é a de manter-se estritamente dentro de seus próprios limites. Para os primatas sub-humanos o regime alimentar é sobretudo vegetariano, mas comem carne quando, ocasionalmente, há disponibilidade. O homem é um caso incomum, porque a carne constitui uma proporção maior de sua dieta. Não obstante, existem poucas sociedades em que a carne forme mais do que 25% da dieta e em muitas constitui uma proporção bem menor. A vantagem de uma dieta onívora, incluindo carne, é que habilita uma espécie a sobreviver em condições de seca temporária e, assim, ampliar a variedade de habitat em que ela pode viver.

Virtualmente todas as espécies de animais compartilham seu habitat com um certo número de predadores potencialmente muito perigosos e, para sobreviverem, precisam estar equipadas com sistemas comportamentais que resultem em proteção. No caso dos primatas que vivem no chão, os predadores são os grandes felídeos (especialmente os leopardos)[4], lobos e chacais, e aves de rapina. Na proteção contra esses predadores o grupo social organizado, característico do primata terrícola, desempenha um papel essencial. Quando membros do grupo são ameaçados, os machos

....

4. Para provas que evidenciam ter sido o homem primitivo caçado por leopardos, cf. C. K. Brain (1970), em *Nature*, 225, p. 1112-9.

maduros, sejam macacos ou homens, combinam-se para expulsar o predador enquanto as fêmeas e os membros imaturos se retiram. Assim, somente os indivíduos encontrados sozinhos são suscetíveis de cair vítimas de predadores. Por terem desenvolvido essa técnica cooperativa de autoproteção, os primatas terrícolas são capazes de prosperar em muitos habitats diferentes, em vez de ficarem confinados a áreas que contenham árvores e rochedos, necessários para a proteção de outras espécies primatas, como as arborícolas.

As relações sexuais variam imensamente nos primatas que vivem no chão. Em muitas espécies há considerável promiscuidade sexual dentro de um grupo, embora até entre os beduínos existam períodos durante os quais se forma um par conjugal. O homem é incomum na medida em que a fêmea é continuamente receptiva e existe comumente, embora nem sempre, uma vida familiar baseada em relações macho-fêmea prolongadas e no tabu do incesto. A exogamia entre grupos sociais vizinhos que compõem uma tribo ocorre no homem. Nas espécies sub-humanas acontece algo semelhante quando um macho ou uma fêmea muda, ocasionalmente, de um bando para outro.

Das muitas características comportamentais que consideramos típicas do homem, algumas são também comuns a outras espécies que vivem no chão, enquanto outras são encontradas entre elas em forma embrionária. Entre aquelas que são encontradas comumente tanto em espécies sub-humanas como no homem estão: um vasto repertório de chamamentos, posturas e gestos que atuam como meio de comunicação entre membros de um grupo; uso de ferramentas; e um longo período de imaturidade durante o qual são aprendidos os costumes típicos do grupo social. As que só muito raramente se encontram em espécies sub-humanas incluem: os machos adultos combinarem-se para caçar animais como alimento e a fabricação de ferramentas. A mais notável característica específica do homem é a fala. Outras são uma base domiciliar protegida, temporária ou permanente, na qual os membros doentes podem permanecer as 24 horas do dia, e a prática afim de partilha de alimentos. No homem, a diferenciação de papel entre os sexos e entre membros maduros e imaturos, já bem desenvolvida em outras espécies primatas, é muito mais acentuada.

Este breve resumo, baseado principalmente na obra e publicações de Washburn e DeVore[5], proporciona, segundo cremos, um quadro razoavelmente fiel da vida social do homem pré-agrícola e das espécies terrícolas a ele aparentadas. Em todos esses grupos, a organização social serve, pelo menos, à importante função de proteger contra os predadores; em nenhuma situação a organização do grupo e a diferenciação de papéis dentro dele são tão evidentes como quando existe a ameaça de um predador. Portanto, os membros imaturos podem viver protegidos enquanto aprendem as habilidades necessárias para a vida adulta. Uma segunda função do grupo social, que quase certamente se desenvolveu muito mais tarde, consiste em facilitar a aquisição de alimento através da caça cooperativa.

É contra este pano de fundo do meio ambiente de adaptabilidade evolutiva do homem que se examinará seu equipamento comportamental ambientalmente estável. Grande parte desse equipamento está estruturada de tal modo que habilita indivíduos de cada sexo e cada grupo etário a ocuparem seus lugares no grupo social organizado característico da espécie.

O conceito de "meio ambiente de adaptabilidade evolutiva" do homem, aqui delineado, é evidentemente uma versão do conceito de "meio ambiente esperado comum do homem" proposto por Hartmann (1939), mas definido mais rigorosamente em termos de teoria da evolução. Não só o novo termo torna ainda mais explícito que os organismos se adaptam a determinado meio ambiente, mas chama a atenção para o fato de que não há uma única característica da morfologia, fisiologia ou comportamento de uma espécie que possa ser entendida ou mesmo examinada inteligentemente, exceto em relação com o seu meio ambiente de adaptabilidade evolutiva. Sustenta-se que, dada a constante referência ao meio ambiente de adaptabilidade evolutiva do homem, os caprichos aos quais a conduta humana é suscetível tornam-se muito menos incompreensíveis do que quando se ignora a natureza des-

---

5. Washburn (org.), *The Social Life of Early Man* (1961); DeVore (org.), *Primate Behaviour: Field Studies of Monkeys and Apes* (1965); cf. também Southwick (org.), *Primate Social Behavior* (1963).

se meio ambiente. Em capítulos subsequentes, nos quais examinamos os sistemas comportamentais que ligam a criança à mãe, atenção mais específica é dada ao meio ambiente em que se acredita ter vivido o homem primitivo e no qual é possível que o nosso atual equipamento comportamental tenha se originado e iniciado sua evolução. As respostas à perda serão consideradas à mesma luz.

Nota: Os leitores que não estiverem interessados nos pormenores do modelo de comportamento instintivo podem passar à parte III, "Comportamento de apego".

Capítulo 5
Sistemas comportamentais mediadores do comportamento instintivo

> Na década de 1930 não nos parecia que *existisse* qualquer forma de estudar o comportamento "cientificamente", salvo através de algum tipo de intervenção experimental... Até mesmo cutucar um animal seria certamente melhor do que apenas olhar para ele; *isso* levaria ao anedótico; era o que os observadores de pássaros faziam. Entretanto, era o que os pioneiros da etologia também faziam. Eles estudaram o comportamento natural em vez do manipulado e, assim, pela primeira vez, puderam discernir estruturas ou episódios de comportamento natural...
>
> P. B. MEDAWAR (1967)

Tipos de sistema comportamental

Até aqui, neste trabalho, foi concedido um lugar de destaque aos sistemas comportamentais que, no controle do comportamento, são estruturados para levar em conta as discrepâncias entre a instrução inicial e os efeitos do desempenho atual, sendo possível uma comparação por meio de *feedback*; somente a tais sistemas é aplicado o termo "dirigido para a meta" ou, melhor ainda, "corrigido para a meta". A razão para esse destaque é dupla. Em primeiro lugar, é evidente que uma parte considerável do comportamento, especialmente no homem, é governada por sistemas que possuem essas propriedades, e, em segundo lugar, foi a elucidação dos princípios subjacentes nesses sistemas que levou a uma revolução nas ciências biológicas. Entretanto, seria um equívoco supor que todos os sistemas comportamentais possuem esse grau de refinamento. Alguns são muito mais simples, e é vantajoso prestar atenção a eles, antes de continuar o exame do modo de ação dos que são corrigidos para a meta.

Padrões fixos de ação

Um dos tipos mais simples de sistema e ao qual os etólogos concedem muita atenção é o tipo que governa um Padrão Fixo de Ação. Trata-se de um padrão estruturado de movimento que, embora em exemplos diversos seja diferente em seus graus de complexidade, não difere muito de um reflexo. Num aspecto, porém, um padrão fixo de ação distingue-se radicalmente de um reflexo; enquanto o limiar de ativação de um reflexo é constante, o limiar de um padrão fixo varia de acordo com o estado do organismo. São exemplos alguns dos movimentos de urdidura usados por canários na construção de um ninho e muitas das manifestações sociais de aves e peixes que ocorrem durante a interação social, às quais outros membros da espécie respondem frequentemente de um modo previsível. Como a designação sugere, os padrões fixos de ação são altamente estereotipados e, uma vez iniciados, seguem seu curso típico até serem completados, quase independentemente do que esteja acontecendo no meio ambiente circundante. Isto nos dá confiança para inferir que o tipo de sistema responsável por um padrão fixo de ação opera sem a ajuda de *feedback* provindo do meio ambiente através dos exteroceptores (olhos, ouvidos, nariz e receptores táteis).

O sistema responsável por um padrão fixo de ação pode ser estruturado de acordo com um entre dois princípios. Um deles é a total dependência do sistema de um programa previamente fixado no SNC; o outro é o sistema estar, em parte, na dependência de um programa prefixado, mas depender também da ajuda do *feedback* proprioceptivo derivado dos órgãos sensoriais da musculatura, *feedback* este que serve para assinalar o progresso da sequência comportamental e assegurar que este se desenvolva em total concordância com o tipo. Sem pesquisas adicionais, entretanto, é impossível saber qual desses arranjos é o mais comum.

Os padrões fixos de ação podem variar em complexidade desde aqueles que, como bocejar e espirrar, parecem ser pouco mais do que reflexos consagrados, até os que, como certas manifestações sociais em aves, dão a impressão de um elaborado ritual. Em comparação com as aves, os primatas superiores, inclusive o homem, estão sofrivelmente equipados com tais padrões. Para o estudioso do comportamento humano, os padrões fixos de ação revestem-se de interesse por causa do importante papel que desempenham ao longo da vida no controle da expressão facial (Tomkins, 1962) e, especialmente durante a infância, antes que se disponha de quaisquer sistemas responsáveis por tipos mais refinados de comportamento. Focinhar, agarrar, chorar e sorrir, quando aparecem pela primeira vez, são provavelmente exemplos de padrões fixos de ação e todos desempenham um papel importante nas fases iniciais de interação social. A existência de padrões fixos de ação constitui não só um lembrete da relativa complexidade de movimento que pode ser controlado por um sistema dependente de um programa centralmente existente (com ou sem *feedback* proprioceptivo), como também fornece uma base a partir da qual é possível examinar sistemas de maior grau de flexibilidade e adaptabilidade.

O comportamento ligeiramente mais flexível do que o padrão fixo de ação ocorre quando este se combina com uma sequência simples de movimentos que depende de *feedback* do meio ambiente. Um exemplo muito conhecido é o comportamento exibido por um ganso cujo ovo rolou para fora do ninho. O comportamento pelo qual o ganso reage à situação assim criada pode ser dividido em dois componentes. Um dos componentes, o de colocar o bico sobre o ovo e puxá-lo lentamente em direção ao peito, prossegue, uma vez iniciado, mesmo que o ovo tenha sido retirado. O outro componente, o de mover o bico de um lado para o outro de um modo que leva em conta os movimentos irregulares do ovo, só ocorre em resposta a estímulos táteis provenientes do ovo e cessa quando este é removido. O comportamento real, que é uma combinação de ambos os componentes, embora canhestro, resulta na devolução do ovo ao ninho desde que seja repetido em número suficiente de vezes.

Este exemplo ilustrativo serve para introduzir duas questões importantes e inter-relacionadas: uma é a direcionalidade do comportamento e o modo como ela é realizada, a outra é o problema das metas. À parte dificuldades intrínsecas, cada questão suscita um certo número de problemas terminológicos.

Dois tipos de resultado previsível

Uma primeira questão a resolver é se usamos ou não o termo "meta" para designar o resultado razoavelmente previsível do comportamento de rolar o ovo exibido pelo ganso, a saber, a devolução do ovo ao ninho. Existem, de fato, boas razões para não fazê-lo. Isto é facilmente entendido quando comparamos os meios pelos quais esse resultado é conseguido com os meios usados pelo falcão-real para interceptar sua presa.

Quando um falcão-real mergulha sobre sua presa, seus movimentos são constantemente influenciados por sua visão da vítima. Usando a visão, o falcão recebe uma sequência contínua de informações que o habilitam a efetuar uma comparação também contínua entre a sua própria posição, velocidade e direção e as da presa, modificando seu voo de acordo com esses dados. O sistema comportamental que controla o voo em mergulho está portanto estruturado de tal modo que leva continuamente em conta as discrepâncias entre a instrução (interceptar a presa) e o desempenho. O resultado mais ou menos previsível da interceptação é o desfecho natural quando se reduzir essa discrepância a zero[1].

O par de sistemas comportamentais responsável pelo rolar o ovo, no caso do ganso, por sua vez, está estruturado de um modo muito diferente. Os movimentos não são influenciados, em absoluto, pela visão do ninho, e não há cálculo de discrepância entre a posição do ovo e a posição do ninho. Nessa tarefa, o desfecho mais ou menos previsível é resultado de nada mais elaborado do que um padrão fixo de ação operando em combinação com um movimento alternado que é regido pelo imediato *feedback* tátil oriundo do ovo, estando ambos em ação enquanto o próprio ganso se mantém pousado no ninho. Se o ganso não estivesse no ninho mas em algum outro lugar, o ovo, é claro, não rolaria para o ninho mas para esse outro lugar.

Assim, em cada um dos dois exemplos, o comportamento resulta num desfecho mais ou menos previsível; mas as razões dife-

....
1. Embora a descrição apresentada seja provavelmente correta, o desempenho do falcão-real não foi submetido, de fato, à análise crítica.

rem radicalmente. No caso do falcão-real, o comportamento pode ser legitimamente designado como dirigido para a meta, pois os mesmos princípios governam o modo como ele mergulha em direção à presa e o modo como um futebolista visa a meta e chuta a bola para o gol. Quanto ao comportamento do ganso, é melhor não classificá-lo do mesmo modo. De fato, não é mais dirigido para a meta do que o comportamento de uma criança num parque de diversões que paga para percorrer às cegas um túnel misterioso. Enquanto caminha, de olhos vendados, e mantém seu rumo por meio de *feedback* tátil fornecido pelas paredes do túnel, a criança não tem a mínima ideia de para onde está indo e, portanto, não tem uma meta. Mesmo assim, um espectador poderá prever, com confiança, o resultado – talvez desembocar na presença de uma bela fada (ou algo menos agradável). Isto e o exemplo de rolar o ovo mostram que o resultado pode ser previsível embora o comportamento não seja dirigido para a meta.

Como é imperativo que mantenhamos bem precisa a distinção entre comportamento dirigido para a meta e outros comportamentos, é importante um uso exato dos termos. A primeira questão a resolver é o termo a ser usado para designar os resultados dos sistemas comportamentais dirigidos para a meta. À primeira vista, dir-se-ia que a própria palavra "meta", se cuidadosamente definida, poderia ser usada nesta acepção. Contudo, parece existirem duas razões de peso para não a empregar. Uma é que a palavra "meta" pode sugerir uma finalidade finita para a qual a ação é dirigida e este é o uso comum que lhe dão os psicólogos. Embora o termo procurado deva ser aplicável a tais fins temporalmente finitos, ele também deve ser aplicável a condições que se estendem no tempo e, para este propósito mais amplo, a palavra "meta" não é muito adequada. Uma segunda razão é que, na fala comum, "meta" é frequentemente empregada referindo-se a um objeto no meio ambiente, e as referências que nos interessam não são essas. O que se requer é um termo que possa ser usado para designar genericamente um evento finito no tempo, ocasionado pela interação de um animal com algumas partes do seu meio ambiente, por exemplo, a captura da presa, mas que, simultaneamente, designe alguma condição que continua através do tempo, por exemplo, uma relação específica de distância entre um animal e alguma parte do seu meio ambiente.

Por estas razões, que serão ampliadas no capítulo 8, proponho o termo "meta fixada". Meta fixada designa ou um evento limitado no tempo ou uma condição em curso, sendo tanto aquele como esta produzidos pela ação de sistemas comportamentais que estão estruturados para levar em conta as discrepâncias entre a instrução e o desempenho. Nesta definição, cumpre assinalar que a meta fixada *não* é um objeto no meio ambiente mas, sim, ou um desempenho motor específico, por exemplo, cantar uma canção, ou a realização de uma relação específica, de curta ou longa duração, entre o animal e algum objeto no meio ambiente ou um componente do meio ambiente. Assim, a meta fixada do mergulho do falcão não é a presa para a qual a ave mergulha mas a interceptação da presa. Do mesmo modo, a meta fixada de algum outro sistema comportamental poderá ser a manutenção contínua, por um animal, de uma certa distância entre ele próprio e um objeto alarmante no meio ambiente.

Para descrever sistemas comportamentais estruturados em termos de meta fixada, o adjetivo "dirigido para a meta" continua sendo útil. Um termo melhor, porém, é "corrigido para a meta". Em primeiro lugar, enfatiza o fato de que o comportamento controlado por tais sistemas é constantemente corrigido pela referência a toda e qualquer discrepância que exista entre o desempenho em curso e a meta fixada. Em segundo lugar, pode ajudar o leitor a recordar-se de que alguns desses sistemas podem estar interessados em metas fixadas que se estendem por longos períodos de tempo. Em terceiro lugar, ajuda a manter o comportamento que é organizado para atingir uma meta fixada distinto do comportamento que é orientado precisamente no espaço e, portanto, é verdadeiramente dirigido, embora possa ou não ser corrigido para a meta (ver mais adiante neste capítulo).

Para nos referirmos a um objeto que é parte constituinte da meta fixada, o termo "objeto-meta" é, às vezes, útil.

Pela discussão subsequente, ver-se-á que os resultados mais ou menos previsíveis e benéficos[2] a que sistemas comportamen-

---

2. A maioria das formas de comportamento tem numerosas consequências razoavelmente regulares, das quais nem todas são benéficas. Este fato e os problemas afins de função serão examinados no capítulo 8.

tais diferentemente estruturados podem levar são, pelo menos, de duas espécies: os que têm meta estabelecida e aqueles que não a têm. Quanto a estes últimos, parece não haver um termo que goze de concordância geral. Ambos os tipos de resultado podem, entretanto, ser genericamente designados como "resultados previsíveis", desde que se compreenda que a previsão está na contingência de um certo número de condições e que, se estas mudam, a previsão torna-se falsa. Portanto, o termo "resultado previsível" deve ser sempre interpretado como abreviação de "resultado condicionalmente previsível". Metas fixadas constituem uma classe de resultados previsíveis.

Comportamento corrigido para a meta

É fácil supor que o comportamento de um organismo simples é corrigido para a meta quando se observa que ele usa muitas respostas diferentes antes de atingir, finalmente, algum resultado particular. Contudo, atingir um resultado previsível não constitui critério de corrigibilidade para a meta; como vimos, tal resultado pode ser alcançado de muitas outras maneiras. O que caracteriza um sistema corrigido para a meta não é o fato de ele atingir um resultado previsível, mas fazê-lo por um processo especial: de um vasto repertório de movimentos estereotipados ou variáveis, o sistema seleciona movimentos de um modo não casual e de maneira tal que leva o animal a aproximar-se cada vez mais da meta fixada. Quanto mais refinado for o processo, mais econômico será o comportamento. O comportamento corrigido para a meta, a fim de ser eficiente, deve ser variável, não necessariamente nos tipos de comportamentos usados, mas no grande número de pontos de partida de onde a meta fixada pode ser atingida (Hinde, 1966).

Como é de esperar, um sistema comportamental responsável pelo comportamento corrigido para a meta é muito mais complexo do que um responsável por outro comportamento. Dois componentes vitais de um sistema corrigido para a meta são: (*a*) um meio de receber e armazenar instruções referentes à meta fixada e (*b*) um meio de comparar os efeitos do desempenho com a instrução e de alterar o desempenho para ajustar-se a ela.

Antes da era dos computadores, uma grande dificuldade era imaginar como era possível que os tipos de instrução minuciosa requeridos para a execução do comportamento instintivo podiam ser formulados e armazenados, e depois colocados à disposição para uso no tempo e lugar requeridos. Hoje, os meios pelos quais as instruções são armazenadas e tornam-se disponíveis deixaram de estar inteiramente além dos poderes da imaginação, se bem que os processos usados parecem ser muito mais intrincados e engenhosos do que quaisquer que o homem tem aprendido a empregar.

Entretanto, o modo como as instruções "chegam" ao organismo ainda continua sendo difícil de imaginar. No caso do computador, as instruções lhe são fornecidas ou, na linguagem do processamento de dados, ele é alimentado com instruções. No caso do organismo, deve-se supor que as instruções passam a existir dentro dele como resultado de seu desenvolvimento num dado meio ambiente, desenvolvimento que é produto da interação da dotação genética do animal com esse meio ambiente e uma resultante de processos epigenéticos em geral, assim como de todos os processos denominados aprendizagem.

As instruções referentes a uma meta fixada podem conter apenas um tipo de especificação constituinte. Por exemplo, o sistema que habilita uma pessoa que canta a sustentar uma determinada nota está estruturado para utilizar *feedback* auditivo: os resultados do desempenho do cantor são ouvidos por ele próprio e seu desempenho é continuamente modificado, de modo a corrigir levemente qualquer desvio entre ele e a instrução. Neste caso, dir-se-ia que o sistema que governa o desempenho vocal requer instruções que abrangem um único tipo de especificação, em termos de volume, tom etc.

Mais frequentemente, as instruções referentes a uma meta fixada incluem mais de um tipo de especificação. Por exemplo, no caso do mergulho do falcão para a presa, compreendem dois tipos: (1) uma especificação da presa em potencial em termos, presumivelmente, de tamanho, forma, movimento etc. e (2) uma especificação da relação requerida com a presa em termos de proximidade, interceptação etc. Cada tipo de especificação pode variar em seu grau de precisão, desde o bastante geral até o muito exato.

Além das instruções específicas requeridas para um animal atingir qualquer meta fixada, existe geralmente um outro requisito mais geral. Consiste este em que o animal tenha à sua disposição alguma representação esquemática da topografia do meio ambiente em que está vivendo. Só com a referência de tal mapa cognitivo um animal é capaz de encontrar rapidamente seu caminho de qualquer parte de seu meio ambiente familiar para um outro. A rápida retirada de um bando de babuínos para um lugar seguro é um exemplo.

Embora a referência a um mapa cognitivo razoavelmente exato seja essencial para que certos sistemas corrigidos para a meta funcionem com êxito, não existe uma relação biunívoca entre a referência ao mapa e o sistema corrigido para a meta. Pelo contrário, enquanto sistemas corrigidos para a meta que não envolvem locomoção operam com êxito sem referência a um mapa, existem sistemas comportamentais construídos em bases mais simples que requerem tal referência.

Manutenção de relações especiais ao longo do tempo

As discussões passadas do comportamento instintivo tendiam a concentrar-se em sequências que têm um desfecho espetacular e limitado no tempo, como o orgasmo, e a menosprezar o comportamento cujo resultado é uma relação em curso, como a manutenção de uma distância específica ao longo de um período comparativamente longo. Não pode haver dúvida, entretanto, de que o segundo tipo de comportamento é de grande frequência e vital importância na vida da maioria dos animais. São exemplos o comportamento de choco, em que a proximidade dos ovos e do ninho é mantida durante semanas, o comportamento territorial, em que a localização numa certa área do meio ambiente é mantida ao longo de meses, até de anos, e o comportamento de alarme, em que uma certa distância entre um animal e um predador que o ameaça é mantida durante minutos ou horas[3].

....
3. Hediger (1955) fornece muitos exemplos do grande papel desempenhado na vida de animais pelo comportamento que os mantém a distâncias mais ou menos constantes dos membros de sua própria espécie ou dos predadores potenciais.

Uma das principais razões para a negligência passada em relação a esse tipo de comportamento é que ele não pode ser facilmente compreendido em termos de conceitos tais como "impulso" ou "descarga de energia". Por outro lado, quando o presente conjunto de conceitos é aplicado, as soluções possíveis podem ser percebidas sem muita dificuldade.

Os sistemas comportamentais que resultam na manutenção de distância específica ao longo do tempo podem ser organizados de acordo com diretrizes mais ou menos refinadas. Exemplo de uma versão simples seria um sistema que leve a movimentos em direção a um objeto-meta especificado, entrando em ação sempre que a distância entre o animal e o objeto aumenta e cessando quando a distância é zero. Tal sistema levaria, é claro, à permanente contiguidade, a menos que seja equilibrado por outro sistema, ou mais de um, que, de tempos em tempos, levasse a movimentos de afastamento do objeto-meta. O resultado poderia ser, então, um tipo de oscilação, se um ou outro sistema ganhasse ascendência.

Um outro tipo de sistema que acarretaria menos oscilação seria um sistema organizado para manter uma meta fixada específica em termos não só de um objeto-meta, mas também de uma distância exata (se bem que não necessariamente constante) do objeto. Neste caso, a meta fixada seria um ponto de equilíbrio.

No capítulo 13, é postulado um sistema do tipo mais simples a fim de deixar a manutenção da proximidade de uma criança pequena em relação à mãe.

Orientações de comportamento

A discussão sobre metas fixadas já tocou na segunda questão principal a que nos referimos antes – a direcionalidade do comportamento. Qualquer comportamento que envolva locomoção controlada por sistemas que são corrigidos para a meta é, de fato, intrinsecamente dirigido, tanto no sentido de ser orientado no espaço como no sentido de ter um objetivo, ou seja, uma meta fixada. Como o comportamento que não possui meta fixada e, portanto, não é dirigido nesse sentido, também pode ser orientado no espaço, há a necessidade de examinar o problema da orientação independentemente da fixação na meta. O termo "orientação" refere-se simplesmente aos eixos espaciais em que o comportamento é organizado, cujos pontos de referência são comumente objetos no meio ambiente ou componentes do meio ambiente.

Dado que o comportamento tem lugar no espaço, todo o comportamento possui alguma orientação. Certos comportamentos parecem ser orientados de forma puramente aleatória mas, na grande maioria dos casos, eles são orientados de um modo não aleatório. São numerosos os meios pelos quais isso é conseguido, alguns dos quais logo se tornarão evidentes.

No caso do mergulho do falcão para a presa e de todos os demais comportamentos corrigidos para a meta nos quais a meta fixada inclui uma parte específica do meio ambiente em direção a qual ou para longe da qual o animal se desloca, a orientação resulta de uma comparação contínua do desempenho com a meta fixada. Nesses casos, o sistema responsável está funcionando segundo um princípio de "visar o alvo", como no caso de um míssil.

Em outros casos estreitamente relacionados, o animal não se move, mas todo o seu corpo ou alguma parte dele, por exemplo, os olhos, volta-se para um objeto no meio ambiente. Nestes casos, o sistema responsável pode estar funcionando segundo um princípio de "rastreamento", como no caso de um receptor de radar direcionado para captar e rastrear uma aeronave. Um exemplo de rastreamento seguido de um movimento visando o alvo é fornecido pelo modo como uma rã captura uma mosca projetando a língua contra o inseto. Neste caso, a orientação é obtida quando a rã vira a cabeça na direção da mosca, num movimento de rastreio. A língua, por outro lado, não faz mais do que se estirar em linha reta, não sendo orientada de qualquer outro modo. Os sistemas responsáveis por esta forma de orientação funcionam segundo o mesmo princípio de uma arma apontada por um homem. Em cada caso, a pontaria resulta de um movimento controlado por um sistema de rastreamento corrigido para a meta, e os movimentos subsequentes da língua e da bala resultam da ação de um tipo de sistema de ação fixa.

Em outros casos de orientação não aleatória, por exemplo, em muitos casos de migração de aves, a orientação não é determinada em referência direta a uma meta fixada, mas em referência a outros itens no meio ambiente, como o sol, as estrelas, marcos indicativos etc. Os sistemas responsáveis por esta forma de orientação funcionam de acordo com o princípio de "navegação", como no caso dos navios, e dependem da presença de um mapa cognitivo no organismo. O comportamento orientado por este princípio somente leva a seu resultado previsível quando os itens usados para a navegação têm uma relação fixa com algum componente espacial desse resultado previsível, por exemplo, o local de um ninho. Isto é ilustrado pelo caso da vespa-coveira que encontra, por meio de navegação, o indistinguível buraco onde fez seu ninho. Desde que um padrão de pontos de referência nas vizinhanças do ninho permaneça inalterado, a vespa voa diretamente para o buraco, que assim constitui um importante componente do resultado previsível; a habilidade da vespa para encontrar seu ninho, segundo mostram experimentos realizados, deve-se ao fato de ela ter aprendido primeiro a relação espacial entre o buraco do ninho e os pontos de referência no terreno circundante. Se a posição desses pontos de referência for alterada, a vespa voará inevitavelmente para um local diferente daquele onde se encontra o ninho. Um resultado semelhante ocorreria a um barco pilotado por um homem se a posição das boias balizadoras que orientam sua navegação fosse alterada[4].

Existem, sem dúvida, outros comportamentos orientados que são controlados por sistemas que funcionam por outros princípios, diferentes dos aqui descritos. Entretanto, já foi dito o bastante para indicar os muitos e diferentes meios pelos quais o comportamento pode ser orientado no espaço e organizado de modo a alcançar resultados previsíveis.

É uma virtude da moderna teoria do instinto que, embora permanecendo uma disciplina estritamente científica, seja capaz de conferir peso a características tão cruciais do comportamento como orientação, resultado previsível e meta fixada.

Ao concluirmos esta seção, é importante assinalar que nada foi dito ainda sobre o que faz com que um movimento se inicie ou

....

4. Os vários métodos pelos quais as aves orientam, ou podem orientar, seu voo de volta ou durante a migração foram classificados por Schmidt-Koenig (1965).

cesse. Em vez disso, interessamo-nos exclusivamente pelos padrões de movimento e os meios pelos quais movimentos padronizados são orientados no espaço e estruturados de modo a atingir resultados previsíveis. Na próxima seção este exame continua, com especial referência aos princípios pelos quais um certo número de sistemas comportamentais se organiza e se coordena ao longo de um período de tempo. Só depois daremos atenção (no capítulo 6) à ativação e finalização de sistemas comportamentais. Veremos então que os compreender suscita novas questões, de um tipo diferente daquelas até aqui examinadas.

Coordenação de sistemas comportamentais

Assim como existem muitos tipos diferentes de sistemas comportamentais, também existem numerosos métodos diferentes pelos quais suas atividades podem ser coordenadas.

Talvez o método mais simples de organização do comportamento que tem de mudar de um modo específico ao longo do tempo seja por meio de uma cadeia, cada elo da qual constitua um sistema comportamental. Quando isso é feito, o comportamento desenrola-se na sequência correta porque os efeitos produzidos pela ação de um sistema comportamental, quando realimentados centralmente, não só finalizam esse sistema como também ativam o sistema seguinte na cadeia. Em consequência disso, uma atividade cessa e outra se inicia.

Os efeitos produzidos pela primeira atividade podem ser registrados por órgãos sensoriais proprioceptivos ou por exteroceptivos, ou por ambos, conjuntamente. Um exemplo de sequência comportamental que é dependente de *feedback* proprioceptivo é a locomoção. Neste caso, o fim da primeira fase da ação alternada é registrado proprioceptivamente e, quando realimenta o sistema controlador, simultaneamente inibe a primeira fase do movimento e inicia a segunda. Entretanto, a maioria das sequências instintivas mais complexas e interessantes depende de *feedback* dos exteroceptores, notadamente olhos, ouvidos e nariz. Muitos são os exemplos encontrados na literatura etológica. As reações de uma abelha obreira fornecem uma boa ilustração: os elos na cadeia de reações foram identificados em trabalho experimental, através do uso de modelos.

A coleta de mel por uma abelha inicia-se com um sistema comportamental visualmente controlado; ao perceber, frequentemente, a considerável distância, uma flor de cor amarela ou azul, a abelha voa em direção a ela, até ficar a um centímetro de distância. O elo seguinte na cadeia é controlado por estímulos olfativos; quando percebe um odor que se situa dentro de uma certa faixa, a abelha pousa na flor e passa a explorar-lhe a forma. O terceiro elo é controlado por estímulos táteis; ao perceber estruturas de um certo formato, a abelha insere suas peças bucais e começa a sugar. No curso normal dos acontecimentos, o resultado é a coleta de néctar. Assim, o equipamento comportamental da abelha está organizado de tal modo que, no meio ambiente de adaptabilidade evolutiva, o comportamento resultante da ação de um sistema comportamental leva a uma situação que, simultaneamente, finaliza esse sistema e ativa o seguinte, numa série de fases tais que o resultado final é a coleta de néctar.

Sabe-se agora que muitas sequências intricadas e maravilhosamente adaptadas de comportamento são devidas a sistemas organizados em simples cadeias desse tipo. Entretanto, por mais notável que seja a realização de sistemas assim organizados, tal organização está sujeita a sérias limitações. Por exemplo, toda a organização fracassa em sua finalidade se a ação de um dos elos da cadeia for malograda. Se, por causa de uma pulverização química, o perfume da flor não puder ser detectado, o segundo sistema comportamental na cadeia não será ativado, e a abelha deslocar-se-á para algum outro lugar, sem descobrir o mel do qual esteve tão próxima. Assim, somente quando o meio ambiente condiz exatamente com o meio ambiente de adaptabilidade evolutiva é que cada um dos sistemas comportamentais da cadeia produz seu efeito e toda a organização leva ao comportamento com valor de sobrevivência. Tal como em outras cadeias, a força da organização não é maior do que a força do seu elo mais fraco.

Existem, porém, métodos pelos quais uma organização de elos interligados de sistemas comportamentais pode tornar-se mais flexível. Por exemplo, uma cadeia pode ter, em qualquer dos seus pontos, um ou mais elos alternativos de modo que, sempre que a ativação do primeiro de um conjunto de sistemas alternativos falha, não obtendo os resultados que ativam o sistema seguinte na cadeia, um dos outros sistemas do conjunto é ativado. Deste modo, pode acontecer que o mesmo resultado seja obtido por qualquer dos comportamentos alternativos disponíveis.

Um outro ponto a recordar sobre as potencialidades das cadeias é que qualquer de seus elos pode ser um sistema comportamental de variado grau de complexidade. Assim, embora a cadeia como um todo possa ser interligada sem correção para a meta, qualquer um de seus elos ou todos eles, individualmente, podem ser um sistema corrigido para a meta. Por exemplo, é admissível que, em muitas espécies de aves, o comportamento de construção de ninhos esteja organizado desse modo; enquanto cada uma das fases distintas do comportamento requerido para fazer um ninho é corrigida para a meta, a transição de uma fase do comportamento para a seguinte é feita em cadeia. Assim, partes de uma sequência comportamental podem ser corrigidas para a meta, mesmo quando o todo não o seja. Desse modo, sequências de comportamento com resultados previsíveis que são notavelmente adaptadas podem ser organizadas de acordo com o princípio de cadeia.

A organização de sistemas segundo um princípio de elos interligados em cadeia não constitui, em absoluto, o único princípio de organização usado por criaturas vivas. Um outro princípio consiste em um certo número de sistemas comportamentais compartilharem um fator causal comum a todos. Esse fator causal poderia ser o nível, no organismo, de um determinado hormônio ou a visão, no meio ambiente, de um determinado objeto. Tinbergen (1951) referiu-se a esse modo de organização como hierárquico. Uma vez que seu entendimento envolve o exame de fatores que ativam e finalizam sistemas comportamentais, sua discussão é adiada para o próximo capítulo.

Ainda um outro modo de organização que, quando desenvolvido, é capaz de dar um grau muito maior de flexibilidade do que os outros que foram aqui mencionados também é hierárquico na forma, embora esteja organizado segundo um princípio hierárquico inteiramente diferente da hierarquia causal de Tinbergen. Segundo Miller, Galanter e Pribram (1960), é convenientemente denominado uma hierarquia de planos.

Ao examinar os modos como o comportamento de seres humanos pode ser organizado, Miller e seus colaboradores propuseram o conceito de "plano", uma estrutura comportamental globalmente corrigida para a meta composta de uma hierarquia de estruturas subordinadas (por eles chamadas "totes"). Embora no modelo proposto cada uma das subestruturas seja concebida como corrigida para a meta, isso não é essencial para o conceito nem é provável que seja empiricamente encontrado. De fato, subestruturas de qualquer dos tipos descritos na seção anterior seriam compatíveis com a principal proposta dos referidos autores. A característica que distingue uma hierarquia de planos é que a estrutura global, na qual estão integradas subestruturas de qualquer número e tipo, é corrigida para a meta.

O grande mérito da contribuição de Miller, Galanter e Pribram é terem mostrado como algumas das mais complexas e flexíveis sequências comportamentais podem, em princípio, ser organizadas numa hierarquia de sistemas, a mais elevada das quais, o plano, é sempre corrigida para a meta, sendo provável que muitas das subordinadas também o sejam. Além disso, o conceito de plano é tal que pode ser aplicado tão facilmente ao comportamento ambientalmente instável quanto ao ambientalmente estável, e pode aplicar-se tanto ao comportamento em termos de um mapa muito simples do meio ambiente quanto ao comportamento organizado em termos de um mapa altamente refinado.

Para ilustrar o que se entende por organização do comportamento em termos de uma hierarquia de planos, é conveniente usar primeiro uma sequência de comportamento humano aprendido. Uma segunda ilustração desse modo de organização é extraída da literatura sobre comportamento sub-humano.

A ilustração extraída do comportamento humano aprendido é o tipo de rotina que cada um de nós segue ao levantar-se pela manhã. Entre sair da cama e chegar ao trabalho é muito provável que cada um de nós se comporte de um certo modo razoavelmente previsível. Num certo nível de descrição, tal comportamento pode ser descrito como "ir para o trabalho"; e, num nível menos geral, como uma sequência de saltar da cama, tomar um banho, vestir-se, tomar o café da manhã e tomar o ônibus. Cada uma dessas atividades, entretanto, pode ser ainda mais especificada. Em última análise, as atividades seriam especificadas até o movimento mais delicado do menor dos músculos envolvidos.

Ora, na vida real, só estamos usualmente interessados na operação global de saltar da cama e ir para o trabalho ou, no máximo, nas principais atividades e subatividades envolvidas; e a cada dia podemos seguir uma rotina mais ou menos regular. Mas supor que a operação esteja organizada numa cadeia de respostas seria certamente errado. Para começar, as atividades podem seguir-se umas às outras em ordem alterada – tomar o café antes de vestir-se, por exemplo; em segundo lugar, os componentes de qualquer dessas atividades podem ser consideravelmente alterados sem que o plano global sofra mudança – um desjejum, por exemplo, pode ser copioso ou frugal, ou inteiramente omitido. A diferença essencial em relação à organização em cadeia consiste em que, no caso de uma cadeia, a sequência global não é corrigida para a meta, enquanto no caso de um plano a sequência global é corrigida para a meta. No exemplo dado, a meta fixada do plano é "chegar ao trabalho". Assim, toda a sequência é concebida como se fosse governada por um plano-mestre estruturado para alcançar uma meta fixada a longo prazo, sendo o próprio plano-mestre composto de um certo número de subplanos com metas fixadas mais limitadas, e cada um dos subplanos compostos, por sua vez, de sub-subplanos, e assim por diante até os planos minúsculos (ou, mais provavelmente, sistemas de um tipo mais simples) que controlam as unidades mais elementares de comportamento. A fim de se chegar ao trabalho, o plano-mestre deve ser executado, mas os subplanos e outros sistemas subordinados que o compõem podem, dentro de limites, variar.

Num sistema hierárquico deste tipo, cada plano e subplano deve ser considerado um conjunto de instruções para a ação. Como no caso de uma operação militar, o plano-mestre fornece apenas o objetivo principal e a estratégia geral; de cada comandante, nos diversos escalões descendentes da hierarquia, espera-se então que desenvolva planos mais detalhados e apresente instruções mais pormenorizadas para a execução da missão de cada um dentro do plano-mestre. Ao deixar os detalhes para os subordinados, o plano-mestre, além de manter-se simples e inteligível, permite que os planos mais minuciosos sejam desenvolvidos e executados por aqueles que têm conhecimento das condições dos locais onde a operação se desenrolará. A hierarquia de planos permite que, mais facilmente, haja flexibilidade.

A enorme vantagem de uma organização desse tipo é, evidentemente, que a mesma meta fixada pode ser alcançada ainda que as circunstâncias variem numa vasta gama. Voltando ao nosso exemplo original, numa dada manhã podemos acordar mais tarde, descobrir que a camisa está suja, não encontrar café ou ser surpreendidos por uma greve de ônibus; mas, se nos apoiarmos em um dos muitos subplanos alternativos, poderemos enfrentar cada uma dessas eventualidades e executar o plano geral. Contudo, mesmo quando o comportamento é organizado numa hierarquia de planos, existe um limite para a extensão em que os desvios do meio ambiente podem ser enfrentados. Quando o meio ambiente se desvia exageradamente do que é pressuposto pelo plano geral – nenhuma roupa em condições ou nenhum transporte –, o plano não pode ser executado e a meta fixada não pode ser alcançada.

O primeiro exemplo de comportamento organizado segundo o princípio de hierarquia de planos foi extraído do comportamento aprendido de um ser humano adulto relativamente refinado, e representa uma forma muito avançada de organização comportamental hierarquicamente planificada. Nos animais abaixo do nível do homem não é provável a existência de nenhuma coisa que se assemelhe a esse grau de elaboração (exceto, possivelmente, nos grandes símios). Entretanto, há provas de que uma parte do comportamento de muitas espécies é organizada com base nesse princípio.

Um exemplo elementar é o rato percorrendo um labirinto. Quando os ratos são submetidos a operações na medula espinhal ou no cerebelo, de modo que haja uma interferência em sua coordenação locomotora, eles ainda são capazes de percorrer o labirinto sem cometer erros, empregando movimentos locomotores inteiramente novos. É evidente, em tal caso, que o plano-mestre para percorrer o labirinto continua intato e que, quando os sistemas locomotores usuais não estão funcionando em boas condições, sistemas locomotores de um novo tipo podem ser inventados e executados.

As provas atualmente existentes sugerem substancialmente que, embora certas sequências comportamentais, em algumas espécies, estejam organizadas em cadeias fixas e outras sequências comportamentais, em outras espécies, estejam organizadas em hierarquias causais ou hierarquias de planos, uma boa parte do comportamento é organizada usando uma combinação de métodos. Longe de serem mutuamente incompatíveis, os métodos são claramente complementares entre si. Além disso, não há razão nenhuma pela qual um comportamento similar, por exemplo, a construção de ninhos, não seja organizado como uma cadeia numa espécie, como uma hierarquia causal numa outra e como uma hierarquia de planos numa terceira; ou que o mesmo comportamento não seja organizado como uma cadeia ou uma hierarquia causal em membros imaturos de uma espécie, e reorganizado em termos de uma hierarquia de planos nos membros adultos.

Uma progressão desde a organização por cadeia até a organização por hierarquia é, de fato, uma característica flagrante do desenvolvimento filogenético e ontogenético do equipamento comportamental. O êxito biológico dos insetos fundamentou-se em sistemas comportamentais ambientalmente estáveis, receptivos a pistas simples e organizados em cadeias. Nos vertebrados superiores os sistemas comportamentais são, com maior frequência, ambientalmente instáveis, receptivos a pistas mais complexas e mais suscetíveis de incluir hierarquias causais ou de planos em seus meios de integração. No homem, essas tendências foram levadas muito mais longe.

Processos superiores de integração e controle

Modelos operacionais

No início deste capítulo fez-se referência ao mapa cognitivo que um animal deve possuir de seu meio ambiente para que possa alcançar uma meta fixada que requeira deslocamento de um lugar para outro. É claro que tais mapas podem ser de todos os graus de refinamento, desde os mapas elementares construídos pelas vespas, segundo inferimos, até o imensamente complexo quadro do mundo de um culto cidadão ocidental. Contudo, além do conhecimento do mundo, o indivíduo necessita do conhecimento de suas próprias capacidades, se quiser formular planos eficientes.

Consideremos primeiro seu conhecimento do meio ambiente. Um mapa é uma representação codificada de aspectos selecionados daquilo que é mapeado. A seleção é inevitável, em parte porque o meio ambiente é imensamente complexo, em parte porque nossos órgãos sensoriais nos fornecem informações parciais sobre ele e, em parte, porque um mapa, para ser utilizável, precisa concentrar-se naqueles aspectos do meio ambiente que são mais importantes para a realização de metas fixadas.

Entretanto, chamar nosso conhecimento do meio ambiente de mapa é inadequado, visto que a palavra evoca meramente uma representação estatística da topografia. O que um animal requer é algo mais parecido com um modelo operacional de seu meio ambiente. A noção de que o cérebro fornece tais modelos foi explorada, entre outros, por Young (1964), que escreveu:

> Um engenheiro constrói um modelo da estrutura que se propõe edificar, a fim de poder testá-la em escala reduzida. Do mesmo modo, a ideia de um modelo no cérebro é de que ele constitui um brinquedo que, no entanto, é uma ferramenta, uma imitação do mundo, passível de ser manipulada do modo que melhor nos convenha e, assim, nos leve a descobrir como manipular o mundo que esse modelo, em princípio, representa.

O uso que é dado a um modelo no cérebro consiste em transmitir, armazenar e manipular informações que ajudem a formular previsões sobre o modo de realizar aquilo que designamos aqui como metas fixadas.

A noção de que o cérebro fornece, de fato, modelos mais ou menos elaborados que "podem ser construídos para efetuar, por assim dizer, experimentos em escala reduzida dentro da cabeça", atrai qualquer pessoa interessada em compreender as complexidades do comportamento e, em especial, do comportamento humano. Embora para os que estejam mergulhados até os ossos no behaviorismo extremo a ideia possa parecer fantasiosa, ela está longe de o ser. Por exemplo, para engenheiros eletrônicos familiarizados com computadores análogos, a noção constitui uma possibilidade óbvia. E o mesmo ocorre no caso de pesquisadores como Young, um biólogo dedicado aos estudos do cérebro e do comportamento. Ao considerar a ideia, Young enfatiza que os modelos "são frequentemente construídos a partir de peças unitárias, componentes que são individualmente diferentes dos da estrutura representada mas que podem ser reunidos e montados para a obtenção do modelo operacional acabado". Tendo isso em mente, ele apresenta a hipótese de que

> as várias células do cérebro fornecem conjuntos de tais componentes, e estes são reunidos e montados durante a aprendizagem para fazer o modelo. As características de cada componente são especificadas principalmente pelas formas de suas ramificações dendríticas.
> As provas a favor desta hipótese, embora escassas, provêm do estudo do cérebro e do comportamento de polvos e gatos.

Aqueles que desejarem examinar as provas devem ler Young (1964). A posição aqui adotada é que não apenas é razoável postular que o cérebro construa modelos operacionais de seu meio ambiente, como também que, para se compreender o comportamento humano, é difícil dispensar tal hipótese – a qual, evidentemente, se coaduna com o conhecimento introspectivo que possuímos de nossos próprios processos mentais. Em capítulos subsequentes, e especialmente nos volumes 2 e 3, a hipótese é invocada com frequência.

Um certo número de medidas é requerido para que um organismo explore proveitosamente um modelo operacional. Em primeiro lugar, o modelo deve ser construído de acordo com dados existentes ou que possam tornar-se disponíveis. Em segundo lugar, para que o modelo possa ser útil em novas situações, deve ser imaginativamente ampliado para abranger tanto as realidades potenciais como as que são experimentadas. Em terceiro lugar, qualquer modelo, quer aplicável a um mundo experimentado ou a um mundo potencial, deve ser testado em sua coerência interna (ou, em linguagem técnica, em sua obediência aos axiomas da teoria de conjuntos)⁵. Quanto mais adequado for o modelo, mais acuradas serão suas previsões; e quanto mais abrangente ele for, maior será o número de situações às quais suas previsões se aplicam.

Se um indivíduo vai traçar um plano para atingir uma meta fixada, deve não só contar com algum tipo de modelo operacional do seu meio ambiente mas possuir também um conhecimento operacional de suas próprias aptidões e potencialidades comportamentais. Um indivíduo mutilado ou cego deve fazer planos diferentes daqueles que são elaborados por indivíduos aptos e dotados de visão. Alguém que guia um carro ou uma bicicleta dispõe de arsenal de planos potenciais mais numerosos do que o disponível a alguém que não pode fazer uma coisa nem outra.

Daqui em diante, os dois modelos operacionais que cada indivíduo deve ter serão citados, respectivamente, como o seu modelo ambiental e o seu modelo orgânico.

Para que sejam úteis, ambos os modelos operacionais devem ser mantidos atualizados. Via de regra, isso requer apenas um contínuo suprimento de pequenas modificações, usualmente um processo tão gradual que mal se percebe. Ocasionalmente, porém, ocorre alguma mudança importante no meio ambiente ou no organismo: casamos, temos um filho ou recebemos uma promoção no trabalho; ou, lamentavelmente, alguém que nos é caro parte ou morre, perde-se um membro ou a visão fraqueja. Nesses momentos, são necessárias modificações radicais do modelo. As provas clínicas evidenciam que essas revisões do modelo nem sempre são facilmente realizadas. Usualmente elas são completadas pouco a pouco, muitas vezes são feitas imperfeitamente e algumas vezes nunca o são.

Os modelos ambiental e orgânico aqui descritos como partes necessárias de um refinado sistema de controle biológico nada mais são, de fato, do que o mundo interno da teoria psicanalítica tradicional visto em uma nova perspectiva. Tal como na teoria tradicional, também na teoria proposta grande parte da psicopatologia é considerada um fruto de modelos que, em menor ou maior

---

5. Neste ponto e em diversas passagens da parte II, estou grato pela ajuda que recebi do professor Arnold Tustin.

grau, são inadequados ou incorretos. Tal inadequação pode ser de muitos tipos: um modelo pode ser imprestável, por exemplo, porque é totalmente obsoleto, ou porque só foi parcialmente revisto e, portanto, permanece meio obsoleto, ou então porque está repleto de incoerências e confusões. Algumas das sequelas patológicas da separação e do luto podem ser entendidas nesses termos (cf. os volumes 2 e 3).

Existe uma outra propriedade dos modelos ambientais e orgânicos que se reveste de grande importância na psicopatologia. A reflexão sugere que muitos dos processos mentais dos quais estamos mais profundamente conscientes são processos relacionados com a construção de modelos, com sua revisão ou ampliação, com a verificação de sua consistência interna ou com o recurso a eles a fim de fazer um novo plano para alcançar uma meta fixada. Embora não seja certamente necessário que todos esses processos sejam sempre conscientes, é provavelmente necessário que alguns, às vezes, o sejam. Em particular, parece provável que a revisão, ampliação e verificação de modelos sejam mal feitas, quando são feitas, a menos que um modelo seja submetido de tempos em tempos às vantagens especiais decorrentes do fato de ele tornar-se consciente[6]. Estas questões serão examinadas mais detalhadamente no capítulo 7.

Linguagem

Uma característica especial e única do equipamento comportamental do homem é a linguagem. Um benefício óbvio que ela confere é que, em vez de cada um de nós ter que construir, inteiramente só, seus modelos ambiental e orgânico, poderá apoiar-se em modelos construídos por outros. Um outro benefício, embora menos óbvio porque independente da comunicação, é o uso que cada indivíduo faz da linguagem para organizar seu próprio com-

....
6. MacKay (1966) debateu a ideia de que "a experiência consciente é o correlato do que poderia se chamar a atividade metaorganizadora – a organização da ação interna baseada no próprio sistema organizador do comportamento... Nesta base, a unidade de consciência refletiria a integração do sistema metaorganizador..."

portamento por meio de planos, subplanos e sub-subplanos, do modo já ilustrado pela rotina de saltar da cama e ir para o trabalho. Um novo plano de ação, caso tenha alguma complexidade, é pensado primeiro em palavras e só depois poderá ser escrito em palavras. Além disso, as instruções verbais também são o meio pelo qual os indivíduos podem combinar-se para construir e executar um plano conjunto que se apoie num modelo ambiental compartilhado por todos e em modelos compartilhados das aptidões de cada participante. Assim, a posse da linguagem permite que se leve a surpreendentes extremos a organização de sistemas comportamentais em hierarquias de planos.

Uma vez que os sistemas comportamentais sejam organizados hierarquicamente por meio da linguagem, e dada a possibilidade de se apoiarem em modelos refinados de organismo e meio ambiente, os resultados são multiformes em sua variabilidade. Consequentemente, uma parte substancial do comportamento humano não pode ser chamada instintiva, em qualquer acepção do termo. Entretanto, o fato de boa parte do comportamento de homens e mulheres adultos estar organizada em complexos conjuntos integrados hierárquicos aprendidos não significa que neles não estejam presentes sistemas mais simples, ambientalmente estáveis ou ligados em cadeia. O contrário é, de fato, muito mais provável. Desde a época em que o próprio Freud era um neurofisiologista, os neurofisiologistas vêm enfatizando o quanto os sistemas nervosos centrais das espécies superiores são construídos de acordo com diretrizes conservadoras. Longe de descartar como inútil o equipamento neural do projeto primitivo, o equipamento neural das espécies superiores incorporou todas as características do projeto inicial e, então, adicionou-lhe novos sistemas que modificam e, às vezes, se sobrepõem às atividades dos antigos; assim, tornam-se possíveis comportamentos mais complexos e elaborados. Assim como as versões primitivas e mais simples do equipamento neural são parte integrante do equipamento neural de um projeto mais avançado, é mais do que provável que o mesmo se aplique ao equipamento comportamental. Com efeito, seria muito estranho se, mesmo no equipamento comportamental mais avançado que conhecêssemos, as características principais do modelo primitivo não desempenhassem um papel significativo.

Existem boas razões para pensar que no início da vida do homem a maioria dos sistemas comportamentais em ordem funcional seja simples e integrada em cadeias. À medida que o desenvolvimento prossegue, sistemas corrigidos para a meta tornam-se mais evidentes, modelos ambientais e orgânicos são elaborados, e os conjuntos integrados passam a estar organizados como hierarquias de planos. A aptidão linguística cedo habilita os modelos a se tornarem mais adequados e a organização hierárquica a ser ampliada; contudo, as crianças pequenas (e também as mais velhas) ainda recorrem prontamente a comportamentos organizados de modo relativamente simples. Como existem provas de que a psicopatologia se origina em grande parte nos primeiros anos de vida, a ontogênese do equipamento comportamental do homem é de especial interesse para a psicanálise. Em capítulos subsequentes reatamos a discussão desse tema.

Até aqui, a discussão limitou-se, em primeiro lugar, a uma descrição dos tipos de sistema de controle que podem ser responsáveis pelas unidades de comportamento instintivo e, em segundo lugar, à consideração dos princípios sobre os quais tais sistemas de controle podem ser organizados de modo a produzirem as sequências comportamentais complexas e intencionais que vêm a ser observadas na vida real. É tempo de examinarmos agora mais sistematicamente um pouco do que se conhece sobre as condições que levam um animal, num dado momento, a comportar-se de uma certa maneira e não de outra; ou, em outras palavras, o que se sabe acerca das condições causais que estão subjacentes em algum comportamento particular. Ver-se-á que esse exame nos leva repetidamente de volta à organização do comportamento. O modo como o comportamento instintivo se inicia e o modo como ele se organiza estão, de fato, intimamente interligados.

Capítulo 6
Causação do comportamento instintivo

Ativação e finalização de sistemas comportamentais

Início e cessação: classes de fatores causais

Na atual fase da exposição um animal adulto é descrito como possuidor de um elaborado equipamento comportamental que inclui um número muito grande mas finito de sistemas comportamentais que estão organizados em cadeias ou hierarquias, ou uma combinação de ambas, e que, quando ativados, resultam em sequências comportamentais de menor ou maior complexidade, cada uma das quais favorece comumente a sobrevivência do indivíduo e/ou da espécie. As formas precisas que os sistemas adotam num determinado indivíduo são, como sempre, um produto da ação gênica e do meio ambiente; e, dependendo da espécie e do sistema, as formas que adotam são mais ou menos ambientalmente estáveis. Além dos sistemas comportamentais mais estáveis que são responsáveis pelo comportamento instintivo, os animais estão equipados com muitos outros que são ambientalmente instáveis e no desenvolvimento dos quais a aprendizagem desempenha um papel sumamente importante (embora não sejam aqui tratados). Assim, em face desse equipamento variado, a questão com que nos defrontamos consiste em apurar por que uma parte dele está em ação num dado momento, e outra parte em outro momento.

A primeira coisa a reconhecer é que, enquanto um animal viver, uma ou outra parte de seu equipamento comportamental estará forçosamente em ação. A vida animal é comportamento, mesmo que seja apenas o comportamento de dormir. Uma vez que nossa tarefa como psicólogos não é resolver o enigma da vida, não somos intimados a explicar por que um animal se comporta mas apenas por que, num dado momento, se comporta assim e não assado, e por que, quando está se comportando de qualquer modo particular, o faz mais intensamente algumas vezes do que em outras.

Uma das abordagens do problema consiste em examinar a atividade de sistemas fisiológicos. A maior parte dos sistemas fisiológicos está em constante atividade simultânea, O sistema cardiovascular, o respiratório, o excretor funcionam permanentemente; e, embora o digestivo e o reprodutivo sejam mais episódicos em seu funcionamento, suas atividades não são usualmente incompatíveis com as de outros sistemas fisiológicos e, assim, podem estar operando simultaneamente com eles. Em outras palavras, os sistemas fisiológicos podem estar todos em ação conjunta; não há o problema de cessar um para iniciar um outro.

Entretanto, quando passamos a considerar as atividades incluídas em cada um dos sistemas fisiológicos, surgem questões sobre início e cessação; isto porque, frequentemente, uma atividade é incompatível com outra. Por exemplo, desde que Sherrington formulou o princípio de inibição recíproca, foi reconhecido que, para estender um membro, não só os músculos extensores devem contrair-se mas a contração simultânea dos flexores deve ser evitada. Portanto, o mecanismo que controla a extensão emite dois sinais, um que ativa os extensores e outro que inativa os flexores. Quando é requerida uma flexão, um par oposto de sinais é emitido. Atividade recíproca de tipo análogo ocorre no sistema cardiovascular. Durante o esforço muscular, o suprimento sanguíneo dos músculos aumenta por dilatação dos vasos sanguíneos e, como o volume de sangue é limitado, o suprimento sanguíneo das vísceras declina por contração dos vasos sanguíneos que as alimentam. Após uma refeição pesada a posição é invertida. Portanto, qualquer padrão de atividade fisiológica só ocorre episodicamente, devido ao fato de que a atividade de um padrão é comumente incompatível com a atividade de outros.

A atividade de sistemas comportamentais também é episódica e pelas mesmas razões. Embora às vezes seja possível fazer duas coisas ao mesmo tempo, não é possível fazer simultaneamente mais do que um número limitado, e não raras vezes comportar-se de um modo é incompatível com o comportar-se de outro. Às vezes, dois tipos de comportamento competem pelos mesmos efetores: uma ave não pode, simultaneamente, construir um ninho e sair em busca de alimento. Às vezes, dois tipos de comportamento requerem diferentes tipos de meio ambiente: um coelho não pode simultaneamente pastar na grama e esconder-se numa toca. Às vezes, dois tipos de comportamento levam a consequências contrárias: atacar outra criatura não é compatível com protegê-la. Vezes e vezes, portanto, comportar-se de um modo implica não comportar-se de muitos outros. Isto quer dizer que, para compreender o funcionamento de sistemas comportamentais, é necessário explicar por que um sistema se inicia e outro cessa. Também é necessário saber como um sistema é selecionado para agir de preferência a um outro e o que acontece quando dois ou mais sistemas estão em ação ao mesmo tempo.

Na determinação dos motivos pelos quais um sistema comportamental é ativado em vez de outro, pelo menos cinco classes de fatores causais estão em ação. Alguns são relativamente específicos para certos sistemas comportamentais, outros são mais gerais. Os mais específicos são o modo como os sistemas comportamentais estão organizados no SNC e a presença ou ausência de objetos especiais no meio ambiente. Os hormônios também são bastante específicos em sua influência sobre o comportamento. Os fatores menos específicos são o estado vigente de atividade do SNC e a estimulação total incidente no momento. Via de regra, as cinco classes de fatores atuam conjuntamente. Além disso, como cada classe de fatores intera-se com todas as outras, a tessitura de condições causais é tão intricada quanto um tapete persa.

Algumas escolas de teoria do comportamento são favoráveis ao conceito de um número limitado de impulsos mais ou menos gerais; Hinde (1966), por outro lado, argumenta veementemente contra isso. Adotamos aqui a posição dele; as razões são expostas na segunda metade do capítulo 8.

Papéis dos fatores causais específicos

Para examinar os papéis desempenhados por fatores causais que têm efeitos bastante específicos, comecemos pelo papel dos hormônios. Nas aves e nos mamíferos, a presença de altos níveis de um ou outro hormônio na corrente sanguínea pode ser acompanhada por certas formas típicas de comportamento sexual, enquanto, ao mesmo tempo, comportamentos de outros tipos se fazem notar por sua ausência.

Em membros de ambos os sexos do esgana-gato de três espinhos*, por exemplo, a presença de altos níveis de hormônios sexuais masculinos torna mais prováveis as seguintes atividades:

Combate:	morder
	ameaçar
	fugir
Construção de ninho:	coletar
	colar
	perfurar
Cortejamento:	dança em zigue-zague
	condução para o ninho etc.

Simultaneamente, um certo número de outras atividades torna-se menos provável, ou por ação direta do próprio hormônio sobre o SNC, ou porque o esgana-gato está atarefado demais brigando, construindo o ninho ou cortejando a fêmea para poder dedicar-se a outras coisas. Incluídas nas atividades menos prováveis estão a adesão a cardumes e a migração para novos territórios.

Pesquisas mostram que, nessa espécie, os membros de ambos os sexos estão equipados com sistemas comportamentais que podem dar origem ao comportamento masculino (e também ao feminino), e que o conjunto particular de sistemas que se tornam ativos é determinado, em grande parte, pelo nível hormonal. En-

....
* O esgana-gato, muito citado em estudos etológicos, é um pequeno peixe gasterosteídeo que apresenta como particularidade anatômica de dois a onze aguçados espinhos adiante da nadadeira dorsal. (N. T.)

tretanto, a qualquer momento, com um determinado nível de hormônio masculino, somente são executadas, de fato, uma ou duas das muitas atividades masculinas possíveis que estão potencializadas, o que mostra estarem em ação outros fatores causais além do nível hormonal. Neste e em outros exemplos semelhantes, alguns dos outros fatores causais que se revestem de especial importância são ambientais. Assim, a presença de um outro macho pode redundar em comportamento de combate, ao passo que a presença de uma fêmea madura levará ao cortejamento. Isto mostra como a exibição de cada fragmento de comportamento não é determinada exclusivamente pelo nível hormonal nem pelo estímulo ambiental[1] mas por ambos atuando em cooperação (e em cooperação não só entre si mas também com outros fatores).

Assinale-se que neste exemplo o papel do hormônio e o papel do estímulo ambiental são diferentes; ao passo que o nível hormonal potencializa um grande número de sistemas comportamentais (e "despotencializa" outros), os estímulos ambientais tendem a ativar apenas determinados sistemas. Existe, pois, uma organização hierárquica de causas, e o hormônio está atuando num ponto superior da hierarquia. Em outros casos, como veremos, os papéis do hormônio e do meio ambiente podem inverter-se; por exemplo, estímulos oriundos do meio ambiente podem, em grande parte, determinar o nível hormonal.

Antes de prosseguir no exame do papel dos fatores ambientais, talvez seja útil considerar resumidamente a organização do comportamento por meio da hierarquia causal, um princípio para o qual Tinbergen (1951) foi o primeiro a chamar a atenção.

No exemplo do comportamento do esgana-gato que acabamos de dar, viu-se que o fator que atua num ponto elevado da hierarquia causal é o nível hormonal. No exemplo seguinte, o fator causal superior é de tipo diferente, pois trata-se da excitação numa parte determinada do SNC.

Por meio de experimentos que usaram a estimulação elétrica do tronco cerebral de um animal intato (galinha), Von Holst e Von

....
1. O termo "estímulo ambiental" suscita numerosas questões; ver a discussão na seção final deste capítulo.

St. Paul (1963) analisaram o modo como o próprio repertório comportamental abrange um grande mas finito número de unidades de comportamento, como cacarejar, cocoricar, dar bicadas, fugir, chocar, alimentar-se, empoleirar-se etc. Não só é possível fazer com que cada uma dessas unidades ocorra isoladamente mas a maioria delas pode ocorrer como parte de um número de sequências diferentes e mais complexas. Agachar-se, por exemplo, pode ser parte do comportamento de dormir ou parte do comportamento do choco ou, ainda, pode ocorrer puramente como agachar-se; cacarejar pode suceder à fuga ou à postura de ovos; olhar em redor, pôr-se de pé ou correr podem ocorrer como partes de numerosas e diferentes sequências comportamentais. Estes dados, em conjunto com outros, levaram os autores a concluir que nos galináceos existem, pelo menos, três níveis em que o comportamento é integrado, desde a simples unidade até o nível de uma sequência complexa de unidades. Algumas características dessa integração podem ser organizadas por meio de cadeias, mas é evidente que quaisquer sequências organizadas em cadeia devem estar subordinadas, num sentido hierárquico, a alguma outra organização que determine quais entre as várias sequências encadeadas serão executadas. Não fosse esse sistema de controle superordenado, a unidade comportamental Q teria que ser sempre precedida de P e seguida de R, ao passo que a observação mostra que a unidade Q pode, de fato, aparecer em muitos outros contextos.

Uma outra característica na organização causal do comportamento, que essa série de experimentos ilustra, é o papel decisivo desempenhado por estímulos ambientais de um tipo especial. Assim, é possível estimular o cérebro de uma galinha de tal maneira que sequências simples de comportamento sejam exibidas, mas é impossível (pelo menos no momento) fazer com que ocorram sequências mais complexas apenas por estimulação elétrica. Por exemplo, se quisermos que um galo exiba um ataque a um rival ou a um inimigo, é necessária a presença de, pelo menos, um manequim apropriado. Isto mostra, uma vez mais, como os sistemas comportamentais estão planejados para se ajustarem a certos meios ambientes e, neste caso, como o comportamento a que um sistema dá origem pode ser impossibilitado de ocorrer a menos que o meio ambiente forneça a estimulação "certa".

Em outros casos, por outro lado, o nível hormonal e/ou o estado do SNC podem ser tais que uma atividade pode ocorrer mesmo na ausência da estimulação "certa" do meio ambiente. Isso leva às chamadas atividades no vácuo. Um exemplo, descrito por Lorenz, é o de um estorninho que obtinha todo o seu alimento num prato mas, não obstante, de tempos em tempos, se entregava a todos os movimentos aéreos de caçar, apanhar e engolir uma mosca, muito embora não houvesse moscas onde ele se encontrava.

O papel desempenhado pelo modo como os sistemas comportamentais estão organizados no SNC foi tratado no capítulo precedente. Quando os sistemas estão organizados como cadeias com *feedback* proprioceptivo ou exteroceptivo, os sinais que finalizam um tipo de comportamento são frequentemente os mesmos que ativam o sistema seguinte na cadeia. O modo como o SNC está organizado pode também influenciar as prioridades de diferentes sistemas por outros meios. Assim, sempre que ocorre um comportamento de um tipo, a probabilidade de sua ocorrência subsequente ou é aumentada ou é diminuída, e a mudança pode ser até em uma direção a curto prazo e na direção oposta a longo prazo. Por exemplo, depois de um macho haver copulado com ejaculação, a probabilidade de que volte a copular em breve é usualmente muito reduzida, embora possa voltar a fazê-lo num período mais longo. Também o desempenho de um tipo de comportamento influencia, via de regra, numa direção ou em outra a probabilidade de se manifestarem outros tipos de comportamento. Depois de se tornar adulta, a fêmea do pulgão voa por instantes e pousa em seguida para pôr ovos. A pesquisa mostra que, inicialmente, o pulgão não está disposto a pousar, mesmo quando dispõe de uma folha adequada, mas somente a voar. Depois de ter voado algum tempo, entretanto, mostra-se menos propenso ao voo e mais propenso ao pouso; com efeito, quanto mais tempo voar, mais propenso se mostrará a pousar e a manter-se pousado por períodos mais longos. Logo, a atividade de voar reduz o limiar para o pouso.

Já foi dito que não só as diferentes classes de fatores, hormônios, características do SNC e estímulos ambientais contribuem conjuntamente para dispor um animal a comportar-se mais de um modo do que de um outro, mas que as classes de fatores interagem constantemente entre si. A produção de hormônios é influenciada por estímulos ambientais e pelos processos autônomos no SNC; estímulos ambientais são encontrados porque o comportamento iniciado por hormônios ou por outras mudanças no SNC coloca o animal em novas situações ambientais; a maneira como os sistemas comportamentais no SNC são organizados é determinada em parte pelos estímulos ambientais particulares encontrados e, também em parte, pelos níveis hormonais que ocorrem durante o desenvolvimento.

Os hormônios influenciam o comportamento atuando de duas maneiras diferentes, ou de ambas; às vezes, um hormônio atua diretamente sobre uma determinada parte ou partes do SNC, tornando alguns sistemas comportamentais mais receptivos e outros menos; outras vezes, atua sobre certos órgãos periféricos, por exemplo, num tipo de terminal neurossensorial numa determinada área da pele, tornando essa área e, portanto, o animal, mais sensível aos estímulos provenientes do meio ambiente. Para ilustrar algumas dessas complexas interconexões, são dados dois exemplos. O primeiro refere-se à construção de ninhos e postura de ovos, por canários; o segundo, ao comportamento maternal do rato.

Os fatores causais que levam uma canária à construção do ninho e à postura foram alvo de pesquisa sistemática de Hinde (1965*b*). Nos canários, como em muitas outras espécies de aves, as mudanças no meio ambiente (aumento de luz e/ou elevação de temperatura) causam mudanças no estado endócrino da fêmea, em consequência das quais ela se associa a um macho. Em seguida, os estímulos oriundos do macho aceleram a produção de estrógeno na fêmea, e isso a leva a construir o ninho. Daí em diante, a presença do macho continua sendo de grande importância, enquanto a existência de um ninho parcialmente construído, dentro do qual a fêmea é propensa a sentar-se, desempenha um papel causal destacado e adicional em seu comportamento. Devido às mudanças endócrinas que já ocorreram, o peito da fêmea ficou depenado e vascularizado, e está mais sensível à estimulação tátil que lhe chega quando se senta no ninho. Essa estimulação tátil proveniente da concha do ninho tem, pelo menos, três efeitos diferentes sobre o comportamento da canária. De imediato, essa estimulação influencia alguns de seus movimentos de construção do ninho. Durante um período de minutos, influencia a frequência das visitas da canária ao ninho e a natureza do material que ela seleciona para construí-lo. Num período mais longo, causa mudanças endócrinas posteriores que resultam na postura dos ovos mais cedo do que ocorreria de outra maneira. No estágio seguinte do processo de reprodução, a estimulação que atinge a fêmea, proveniente das paredes do ninho e dos ovos, desempenha um papel na medida em que afeta o comportamento de incubação.

Nesta sequência comportamental, executada ao longo de um período de muitas semanas, sucessivos sistemas comportamentais tornam-se primeiramente ativos e depois inativos. A ativação de alguns sistemas é predominantemente causada por níveis endócrinos e a de outros por estimulação ambiental; mas, além disso, o próprio nível endócrino resulta, em grande parte, da estimulação ambiental, e a estimulação recebida do meio ambiente é um resultado de ações, ou de um aumento da sensibilidade, cuja causa foi um prévio nível endócrino. Embora a série de interações descritas seja complexa, esta descrição é, de fato, uma versão extremamente simplificada da coisa real.

Sabe-se agora que séries complexas de interações comparáveis entre nível hormonal, estimulação ambiental e organização do SNC desempenham também papéis causais no comportamento de mamíferos inferiores. Entre os numerosos pesquisadores que têm estudado o comportamento reprodutivo do rato de laboratório, Beach (por exemplo, 1965) foi um pioneiro e muito contribuiu para o entendimento do comportamento sexual. Mais recentemente, Rosenblatt (1965) analisou alguns dos fatores causais que eliciam o comportamento maternal. Interessou-se especialmente em descobrir como o comportamento de uma rata-mãe se altera de modo a ser, em cada fase do desenvolvimento das crias, o mais adequado para a ninhada.

O comportamento maternal da rata tem três componentes principais: construção do ninho, amamentação e recuperação*. Durante um período de cerca de quatro semanas pode-se observar um ou mais desses comportamentos; depois, deixam de ser vistos.

....
* No original, *retrieving*; refere-se ao ato de recolher de volta ao ninho os filhotes que se afastam dele. (N. R.)

Todo o ciclo de comportamento maternal pode ser dividido em quatro fases, durante cada uma das quais os detalhes do comportamento diferem. Essas quatro fases são:

1) os dias finais da gravidez, durante os quais pode ocorrer muito pouca atividade de construção do ninho;
2) os três ou quatro dias após o parto, durante os quais se manifestam todos os componentes do comportamento maternal, e a mãe inicia quase todas as interações com os filhotes;
3) os dias restantes da primeira quinzena, um período de manutenção, durante o qual todo o repertório de comportamento maternal continua sendo exibido com pleno vigor, ainda quase sempre por iniciativa da mãe;
4) a terceira e quarta semanas após o parto, durante as quais a mãe deixa cada vez mais a iniciativa de interação às crias, e durante as quais o montante de construção de ninho, recuperação e amamentação é continuamente reduzido até desaparecer completamente.

No curso normal dos acontecimentos, essas fases do comportamento maternal são esplendidamente sincronizadas para se ajustarem ao estado dos filhotes. Até o final da segunda semana, os filhotes não têm visão nem audição, confiando principalmente na estimulação pelo contato. Embora sejam capazes de rastejar desde cedo, somente a partir do final da segunda semana são capazes de andar. Entretanto, ao atingirem as duas semanas de idade, os filhotes tornam-se muito mais independentes. Começam a sair do ninho, iniciam a sucção e também a interação social com os companheiros de ninhada. Após quatro semanas, já podem arranjar-se sozinhos.

Ora, ao analisar-se o ciclo de comportamento maternal, é útil distinguir entre estado maternal e comportamento maternal. Qualquer parcela de comportamento maternal é muito sensível a estímulos oriundos do meio ambiente; por exemplo, quando o ninho está desarrumado ou quase desfeito, a construção de ninho recomeça imediatamente; quando uma cria sai do ninho e se extravia, é recuperada e trazida de volta. Mesmo assim, tal comportamento só ocorre quando a mãe se encontra num certo estado, aqui designado por "estado maternal"[2]. Isto significa que certos fatores causais estão operando num ponto mais elevado de uma organização hierárquica e estão, dessa forma, determinando o estado maternal, enquanto um outro conjunto de condições causais está operando em nível inferior e assim determinando o comportamento particular que é manifestado.

As interrogações a que os investigadores se propuseram responder foram: Que fatores causais são responsáveis pelo desenvolvimento do estado maternal numa rata? Que fatores causais explicam as mudanças no estado maternal e seu desaparecimento final? E em que medida essas alterações se devem a mudanças hormonais que ocorrem na mãe, independentemente de estímulos ambientais, e em que medida se devem à estimulação proveniente dos filhotes, estimulação essa que, é claro, muda quando os filhotes crescem e tornam-se mais ativos? Para responder a estas questões, foi realizada uma série de experimentos em que filhotes de teste de várias idades foram colocados com mães em diferentes fases do ciclo maternal, ao passo que a ninhada própria da mãe ou permanecia com ela ou lhe era retirada por períodos de dias, em diferentes fases do ciclo.

As principais conclusões extraídas são as seguintes:

a) Mesmo quando recebem filhotes de teste recém-nascidos, as fêmeas ainda grávidas não os amamentam nem recuperam qualquer deles que se extravie do ninho, e dificilmente se dedicam à construção do ninho, ao passo que fazem todas essas coisas imediatamente após o parto. Isto mostra que a estimulação proveniente das crias não pode ser a causa principal do início do estado maternal. O fator causal pode ser algum *feedback* proprioceptivo dos tecidos pélvicos, que ocorre durante o próprio processo de parto ou – e talvez com maior probabilidade – uma alteração no equilíbrio hormonal que ocorre abruptamente após o parto, quando são cortados os hormônios placentários; mas ambos os fatores poderão perfeitamente desempenhar um papel.

....

2. Rosenblatt usa a expressão "estado de ânimo maternal" mas, via de regra, "estado de ânimo" é usado em referência a uma condição que dura um período mais curto do que os dias ou semanas do "estado maternal".

b) Como o estado maternal se dissipa rapidamente se os filhotes forem afastados da mãe durante alguns dias depois do parto, a estimulação proveniente deles desempenha evidentemente um papel importante na manutenção do estado maternal durante aqueles dias – provavelmente assegurando a manutenção dos níveis hormonais.

c) Como a remoção dos filhotes por períodos similares de tempo em fases ulteriores do ciclo tem um efeito muito menor sobre o estado maternal, parece que, após alguns dias, os níveis hormonais dependem muito menos da estimulação proveniente dos filhotes. Mesmo assim, foi apurado que, no caso dos filhotes serem afastados da mãe nove ou mais dias após o parto, o estado maternal dissipa-se mais rapidamente do que quando os filhotes permanecem junto à mãe; isto mostra que a manutenção do ciclo maternal continua dependendo, em certa medida, da estimulação recebida dos filhotes.

d) Na fase final do ciclo, o estado maternal cessa inexoravelmente, e isso ocorre mesmo quando os próprios filhotes "mais velhos" e ativos são substituídos por outros mais jovens para fins de teste. Isto mostra que o início dessa fase do ciclo só é ligeiramente influenciado pela alteração da estimulação proveniente dos filhotes cada vez mais ativos e deve-se presumivelmente a mudanças internas e autônomas na mãe.

Assim, apura-se mais uma vez que uma modificação que ocorre no interior do animal, com toda a probabilidade uma alteração no nível hormonal, provoca mudanças em seu comportamento, por exemplo, cuidar das crias, que resultam em a mãe receber estimulação proveniente do meio ambiente, o que, por seu turno, tem efeito sobre seu nível hormonal e influencia de novo seu comportamento e, talvez, sua sensibilidade e, então, o tipo de estimulação que recebe. Quanto mais adequadamente for analisada qualquer sequência de comportamento instintivo, maior a certeza de se encontrarem ciclos interativos dessa espécie. Como ocorrem em mamíferos inferiores, deve-se esperar que, no devido tempo, sejam identificados também em mamíferos superiores, em primatas e no próprio homem.

Foi enfatizado ao longo destes capítulos o fato de que o comportamento não só tem um início, mas também um término; nenhuma ação persiste para sempre. Os fatores que fazem o comportamento cessar são certamente tão complexos quanto os que causam seu início. Todo o potencial para o comportamento maternal na rata está ausente quando a atividade hormonal cai abaixo de um determinado nível ou, pelo menos, quando o equilíbrio hormonal é alterado. A construção do ninho por uma canária cessa quando é recebida a estimulação do ninho recém-concluído – e é reatada imediatamente se o ninho for retirado. O comportamento de comer de um cão cessa quando existe alimento nutritivo no estômago e muito antes de ter ocorrido qualquer absorção dele na corrente sanguínea. Assim, diferentes tipos de comportamento em diferentes espécies cessam em consequência de uma ou outra classe diretamente exteroceptiva e por estimulação interoceptiva, respectivamente. A finalização não se deve à parada de algum mecanismo de relojoaria ou à exaustão de alguma energia física mas, sim, a um sinal específico. Um jogo de futebol termina porque soa um apito, não porque se tenha esgotado completamente a energia dos jogadores. Uma corrente de tráfego para porque acendeu um sinal vermelho, não porque os carros tenham ficado sem gasolina. O mesmo acontece com os sistemas comportamentais.

Os sinais responsáveis pela finalização de uma sequência comportamental são usualmente designados pelos etólogos como "estímulos consumatórios", se bem que, como o oposto de estímulos eliciadores ou iniciadores da sequência, fosse preferível chamá-los "estímulos terminais". Conforme mostram os exemplos já apresentados, os estímulos terminais são de tantos tipos diferentes quanto os que iniciam o comportamento e os que o orientam. Em cada caso, são recebidos sinais pelos sistemas comportamentais envolvidos, através de qualquer das três classes de órgãos sensoriais – exteroceptivos, proprioceptivos e interoceptivos – e, por vezes, através de mais de uma classe de órgãos sensoriais ao mesmo tempo.

Às vezes, os estímulos que finalizam uma sequência comportamental são recebidos por um animal quando e porque ele executa um determinado ato. Esse ato, conhecido como ato consumatório, é facilmente identificável no caso de sistemas em que o resultado previsível é um evento limitado no tempo. O orgasmo é um exemplo bem conhecido. No caso de sistemas em que o resultado previsível é uma condição que se estende indefinidamente no tempo – a localização num determinado território, por exemplo –, é impossível identificar qualquer ato consumatório e, neste caso, o conceito não se aplica.

No caso de sistemas comportamentais corrigidos para a meta, é necessário distinguir cuidadosamente entre estímulos que guiam o comportamento para uma meta fixada, isto é, estímulos orientadores, e estímulos que levam a sequência comportamental a um termo, isto é, estímulos terminais. Como é provável que ambas as classes de estímulos se originem na mesma fonte, a saber, o objeto-meta, elas são facilmente confundidas. Um exemplo ajudará a esclarecer a distinção. Quando acompanha um objeto em movimento, o ganso jovem é orientado pela recepção de estímulos visuais e/ou auditivos provenientes do objeto por ele visado. Os estímulos que finalizam o comportamento podem, entretanto, ser de um tipo diferente, por exemplo, estímulos táteis; uma vez alarmado, o ganso cessa o comportamento de acompanhar ou seguir o objeto só quando recebe os estímulos táteis. Neste caso, portanto, os estímulos visuais e auditivos fornecidos pelo objeto-meta orientam o comportamento, ao passo que os estímulos táteis provenientes do mesmo objeto-meta o finalizam.

Os estímulos terminais também devem ser distinguidos dos estímulos inibidores. Às vezes, todos os fatores causais que ativam um sistema comportamental estão presentes mas, de fato, ele permanece inativo devido à presença simultânea de estímulos inibidores. Enquanto os estímulos terminais levam uma sequência comportamental a um fim, os estímulos inibidores impedem que ela seja iniciada.

Assim, um sistema comportamental pode estar inativo por duas razões muito diferentes:

1) os fatores causais necessários à sua ativação não estão presentes; ou, o que é a mesma coisa, os fatores causais que levam à sua finalização estão presentes;
2) os fatores ativantes necessários estão presentes, e os fatores terminais ausentes, mas também se registra a presença de estímulos inibidores que impedem os fatores ativantes de ter qualquer efeito.

Esses estímulos inibidores originam-se usualmente em algum outro sistema comportamental que também está prestes a entrar em atividade. Isso leva a um exame do que acontece quando sistemas comportamentais incompatíveis são ativados simultaneamente; é esse o tema da seção que virá a seguir.

Papéis de fatores causais não específicos

Até agora pouco se disse acerca dos fatores causais que têm um efeito geral sobre a comportamento, em vez de um efeito específico. Os fatores envolvidos são o estado de excitação do SNC e o nível total e/ou padrão de estimulação que o animal está recebendo. Como é usual, os dois estão estreitamente interligados.

Os efeitos que esses fatores gerais exercem sobre o comportamento são, principalmente, para determinar: (*a*) se existe ou não resposta a um estímulo, (*b*) o grau manifestado de discriminação sensorial, (*c*) a rapidez da resposta, e (*d*) se a resposta é organizada ou desorganizada. Não existem provas de que esses fatores exerçam muita influência sobre qual sistema comportamental será ativado e qual não o será.

As provas existentes evidenciam que, para ocorrer uma resposta comportamental a um estímulo específico, o córtex do mamífero deve encontrar-se em estado geral de alerta (medido pelo EEG), e mostram também que a condição do córtex é determinada, em grande parte, pelo estado da formação reticular no tronco cerebral, o qual, por sua vez, é muito influenciado pela estimulação total recebida pelo animal, independentemente da modalidade sensorial. Até um certo limiar, quanto mais estimulação um animal estiver recebendo através de qualquer dos seus órgãos sensoriais, melhor será o seu estado geral de alerta e mais eficiente o seu comportamento: a discriminação sensorial aperfeiçoa-se, e o tempo de reação é encurtado. Acima de um certo nível, porém, a eficiência pode diminuir; e quando, numa situação experimental, se aumenta grandemente a estimulação total, o comportamento desorganiza-se por completo. A mesma coisa ocorre quando a estimulação é muito diminuída, como nos experimentos de privação sensorial. Estas conclusões sugerem substancialmente que existe um nível ótimo de *input* sensorial em que a responsividade e a eficiência são máximas. Esse nível ótimo pode ser diferente para diferentes tipos de sistemas comportamentais.

Alguns investigadores interpretaram esses dados como indicação de que a variável mais significativa é a quantidade total de estimulação que um animal recebe, e postularam a existência de um "nível geral de ativação" e de um "impulso geral" como conceitos úteis. Como vimos, Hinde (1966) põe essas conclusões em dúvida. Ele enfatiza que, nos experimentos de privação sensorial, não só a quantidade de estimulação é reduzida mas a padronização também é diminuída. O mesmo é provavelmente verdadeiro em experimentos sobre o efeito da sobrecarga sensorial: bombardeado por excessiva estimulação, o reconhecimento do padrão pelo animal pode falhar. Hinde tende a considerar que o comportamento integrado depende mais das relações regulares entre *inputs* sensoriais padronizados do que apenas dos fatores quantitativos – um ponto de vista corroborado pelos resultados de experimentos neurofisiológicos (Pribram, 1967).

Sistemas comportamentais incompatíveis: resultados de ativação simultânea

Na seção anterior foi tacitamente pressuposto que os sistemas comportamentais tendem a ser ativos apenas um de cada vez. Entretanto, não é nada incomum que mais de um sistema estejam simultaneamente ativos. Vamos considerar aqui o comportamento que resulta quando dois ou mais sistemas estão ativos ao mesmo tempo.

O comportamento ao qual a ativação de um sistema comportamental leva pode ser altamente compatível com o comportamento a que leva a ativação de um outro sistema; ou pode ser altamente incompatível com ele; ou algumas partes de um podem ser compatíveis com algumas de outro, enquanto outras partes de ambos são mutuamente incompatíveis. Não é surpreendente, portanto, que o tipo de comportamento que resulta quando dois sistemas estão simultaneamente ativos seja extremamente variável. Às vezes, manifestam-se elementos de ambos os padrões comportamentais, outras vezes elementos de apenas um deles e ainda outras, elementos de nenhum deles. Em certos casos, o comportamento resultante ajusta-se de maneira excelente à situação, em outros casos ocorre o inverso. Em alguns casos, de fato, o comportamento que resulta quando dois sistemas comportamentais incompatíveis estão simultaneamente ativos é de um tipo que sugere patologia.

Para simplificar a apresentação nesta seção, uma nova terminologia é usada. Sempre que exista base para crer que um certo sistema comportamental esteja ativo, embora o comportamento a que dá origem mal se evidencie, diremos que o animal tem uma "tendência" de certo tipo, por exemplo, uma tendência para a fuga.

Ora, postular uma tendência para um certo tipo de comportamento, quando tal comportamento mal se evidencia, gera problemas metodológicos aos quais se deve estar atento. Dir-se-á: Mas como saberemos que tal tendência está presente? Que tipo de provas torna legítimo inferir que um sistema comportamental está ativo, quando o comportamento pelo qual ele é ordinariamente responsável está ausente? O problema metodológico é sobejamente conhecido dos psicanalistas, os quais frequentemente sustentam que, embora o comportamento manifesto de uma pessoa seja de um tipo, uma motivação de tipo muito diverso pode estar igualmente presente.

Não deixa de ser interessante que as duas disciplinas, etologia e psicanálise, quando se defrontam com o mesmo desafio metodológico, deem a mesma resposta. Quer o comportamento ocorra num animal ou no homem, a principal razão para inferir a presença de uma tendência encoberta é que essa tendência se revela em sequências comportamentais ocasionais e incompletas. Às vezes, tal comportamento, ou um fragmento dele, ocorre simultaneamente com o comportamento dominante e resulta em ligeira oscilação. Outras vezes, a tendência encoberta pode ser inferida porque, completado o comportamento dominante, observa-se uma breve sequência do outro; em certos casos, o comportamento que expressa uma tendência encoberta pode aparecer brevemente antes que o comportamento dominante assuma o comando. Tanto para o etólogo como para o psicanalista, foi a atenção dedicada a tais detalhes comportamentais que gerou o *insight* e propiciou o avanço científico.

Os psicanalistas, é certo, usam uma classe adicional de dados ao formularem inferências sobre tendências encobertas, classe esta da qual os etólogos não dispõem. Tais dados incluem os depoimentos feitos por um paciente acerca de seus pensamentos e sentimentos. Como o lugar reservado aos pensamentos e sentimentos, no presente esquema teórico, será descrito no próximo capítulo, um exame detalhado deles é adiado para então.

Voltando aos dados comportamentais que os psicanalistas compartilham com os etólogos, alguns dos muitos tipos de comportamento que podem resultar quando duas tendências estão simultaneamente presentes, mas são, em certa medida, incompatíveis entre si, são descritos a seguir.

Exibição de sequências comportamentais derivadas de ambas as tendências

Comportamento alternante. Em alguns casos, o comportamento que deriva de ambas as tendências é exibido de tal modo que o comportamento de um tipo se alterna com o de outro tipo. Embora possa parecer que o resultado disso seja desfavorável, não o é necessariamente. Existem, por exemplo, muitos casos desse tipo no cortejamento de peixes e aves, pois, em numerosas espécies, verifica-se que o cortejamento é uma alternância complexa de comportamento agressivo, sexual e de fuga. Um tendilhão macho, por exemplo, começa cortejando com uma conduta agressiva, e então, gradualmente, torna-se submisso à fêmea e comporta-se como se tivesse medo dela. Daí em diante, há conflito entre sua tendência para fugir da fêmea e sua tendência para realizar avanços sexuais, e seu comportamento se alterna entre expressões de uma e de outra. Contudo, a cópula é comumente realizada.

Movimentos de intenção, comportamento combinado e comportamento misto. Não raras vezes, quando numa situação de conflito um animal é incapaz de expressar plenamente uma de suas tendências, mostra, entretanto, um movimento incompleto a ela relacionado; por exemplo, quando em conflito entre ficar onde está e voar, um pássaro pode exibir repetidamente a maior parte do

comportamento de decolar sem que realmente alce voo. É dado a isso o nome de "movimento de intenção".
Os movimentos de intenção são comuns entre os mamíferos, inclusive o homem. Proporcionam importantes pistas pelas quais julgamos os motivos e o comportamento provável de outras pessoas.
Ocasionalmente, os movimentos de intenção derivados de duas tendências comportamentais conflitantes podem estar presentes juntos e resultar num comportamento que é uma mistura de ambos. Em outras ocasiões, um movimento de intenção ou outro elemento comportamental que é comum a ambas as tendências será exibido independentemente.

*Exibição de sequências comportamentais
derivadas de apenas uma tendência*

Talvez o desfecho mais comum do conflito seja que o comportamento exibido derive inteiramente de uma tendência e não da outra; em outras palavras, a expressão da segunda tendência é completamente inibida. Uma pequena ave que está tranquilamente alimentando-se, por exemplo, trata de abrigar-se rapidamente quando aparece um gavião. Como podemos presumir que os fatores determinantes do comer ainda estejam presentes e que a ave teria continuado a se alimentar se o gavião não tivesse surgido, parece seguro concluir que, embora o comportamento de comer seja inibido, a tendência para comer ainda persiste. Um resultado deste tipo é, de fato, tão frequente que podemos considerá-lo um lugar-comum; e existe provavelmente uma multidão de métodos diferentes pelos quais a inibição de uma entre duas tendências conflitantes é efetuada – desde processos automáticos dos quais não temos consciência até a deliberação e decisão conscientes. Como numerosos sistemas comportamentais são mutuamente incompatíveis, parece provável que, para a maioria dos animais, seja usual um estado em que um ou mais sistemas estejam inibidos.
Embora em tais casos o resultado comportamental seja comumente inequívoco e de óbvio valor de sobrevivência, existem outros casos em que isso não se verifica. Por exemplo, a inibição

de uma tendência concorrente pode ser instável ou ineficaz, e resulta num comportamento alternante de tipo não funcional. Um outro resultado pode ser o tipo de comportamento conhecido pelos psicanalistas como "deslocamento" e pelos etólogos como "redireção". Neste caso, o indivíduo, colhido por tendências conflitantes, exibe uma sequência comportamental que é uma expressão fiel de uma das duas tendências mas que se dirige a um objeto diverso daquele que a eliciou. Um exemplo conhecido é quando um animal dominante ameaça um subordinado e provoca neste último os comportamentos conflitantes de ataque e de fuga; o animal subordinado poderá então expressar o ataque, não em relação ao animal dominante, mas atacando um outro animal ainda mais subordinado do que ele. Tal redireção da agressão para um animal mais fraco tem sido frequentemente observada em grupos primatas em seu habitat natural e é, evidentemente, muito comum em grupos humanos.

Um tipo especial de comportamento redirigido a que os seres humanos são propensos mas que não se observa em animais inferiores ocorre quando o objeto em relação ao qual o comportamento é redirigido é de natureza simbólica. São exemplos a agressão dirigida contra uma efígie do objeto original e o comportamento de apego a um símbolo nacional, por exemplo, bandeira ou hino.

Exibição de sequências comportamentais que não derivam de tendências conflitantes, mas de outras

Às vezes, quando duas tendências estão presentes, por exemplo, dobrar à esquerda e também à direita, elas cancelam-se mutuamente e não resulta qualquer tipo de comportamento.

Frequentemente, porém, embora não seja exibido nenhum comportamento derivado de uma ou outra tendência, o animal faz algo muito diferente. Por exemplo, durante um combate entre duas gaivotas, cada uma das quais tem tendências para atacar a outra e para fugir, uma das aves pode subitamente começar a alisar as penas com o bico ou a preparar um ninho. Tal comportamento parece inteiramente irrelevante para a situação e os etólogos classificam-no como "atividade de deslocamento".

De que modo esse comportamento aparentemente irrelevante é causado foi, e ainda é, tema de muito debate. Uma ideia era que uma atividade de deslocamento é causada por fatores distintos daqueles que produzem o mesmo comportamento num contexto normal; e tornou-se corrente a noção de que das tendências conflitantes não expressas resultam "centelhas" de energia. Agora que esse tipo de explicação já foi abandonado, juntamente com o modelo de energia do qual se originou, numerosas alternativas estão sendo consideradas.

Uma explicação advém do fato de que a maioria das atividades de deslocamento são atividades, como pastar ou alisar as penas, que o animal executa frequentemente e são eliciadas com bastante facilidade. Uma delas ocorre como atividade de deslocamento, segundo se sugere, porque os fatores causais que normalmente ativam seu sistema comportamental estão presentes a maior parte do tempo mas, durante longos períodos, o próprio comportamento é inibido porque outras atividades são prioritárias. Entretanto, quando duas dessas atividades prioritárias se anulam mutuamente, por estarem em conflito entre si, o comportamento previamente inibido tem sua oportunidade e se desinibe.

Numerosas provas experimentais corroboram a hipótese de desinibição. Uma atividade de deslocamento comum em aves é alisar as penas com o bico, e uma das situações de conflito em que isso ocorre é quando uma gaivota tem tendências tanto para incubar como para fugir de algo alarmante. Experimentos com a finalidade de determinar exatamente em que condições ocorre essa atividade de deslocamento, alisar as penas, sugerem que isso se dá quando as duas tendências estão em equilíbrio, por exemplo, quando as tendências para incubação e para a fuga são ambas fortes ou ambas fracas, de modo a se anularem mutuamente. Além disso, o fato de que o alisamento deslocado, tal como o alisamento comum, ocorre mais frequentemente durante e depois da chuva, mostra que aquele é influenciado pelos mesmos fatores externos que o alisamento normal das penas.

Embora muitas atividades de deslocamento pareçam dever-se à desinibição, outras parecem ser um subproduto de atividade autônoma que foi suscitada na situação de conflito. Por exemplo, durante uma disputa territorial, em que uma ave se debate entre a tendência para atacar e para fugir, ela pode subitamente começar a beber. Sugere-se que isso pode ser o resultado de secura da garganta, o que em si mesmo é uma consequência da atividade autônoma associada a respostas de medo.

Outras explicações foram ainda propostas para a ocorrência de atividades de deslocamento. Pode muito bem ser que diferentes tipos de atividade de deslocamento sejam causados de diferentes maneiras.

Atividades que surgem completamente fora de contexto e são, portanto, semelhantes às atividades de deslocamento da etologia são comuns na neurose humana. O reconhecimento de sua existência foi, de fato, uma das principais razões que levaram Freud a propor uma teoria do instinto que descrevia a energia psíquica como sendo conduzida por tubulações e capaz de ser desviada de uma tubulação para outra, por analogia com a água. As variadas opiniões dos etólogos acerca das atividades de deslocamento são de grande interesse, não só por mostrarem que, em suas teorizações, os etólogos se debatem com problemas muito semelhantes àqueles dos psicanalistas, mas também por mostrarem que outras teorias, além das baseadas na energia psíquica, foram desenvolvidas e estão prontas a serem examinadas pelos clínicos.

O mesmo pode ser dito a respeito da regressão, ou seja, a volta a um comportamento infantil por um adulto, quando o comportamento adulto é contrariado, seja por conflito ou de algum outro modo. Sabe-se hoje que tal comportamento ocorre tão prontamente em animais como no homem. Para explicá-lo, os etólogos consideram dois tipos de teoria. O primeiro é que o animal, quando se defronta com um problema, retorna a um modo de resolvê-lo que provou ser bem-sucedido durante sua imaturidade. O segundo é que a regressão constitui uma forma especial de atividade de deslocamento: quando padrões adultos de comportamento anulam-se mutuamente, um padrão juvenil, sempre latentemente ativo, intervém. Não é improvável que ambas as explicações, e talvez outras, sejam requeridas para que se entendam todos os casos de comportamento regressivo.

Input *sensorial e sua transformação*

Até agora, ao longo deste capítulo, o termo "estímulo ambiental" foi empregado em referência a eventos ambientais que desempenham um papel na ativação ou na finalização do comportamento instintivo. O conceito de estímulo, entretanto, não é simples. Eventos que atuam como estímulos para o comportamento num animal podem ser, talvez, ignorados por um outro. Eventos que são vistos como alarmantes por um indivíduo são tratados como insignificantes por um outro. O que é, pois, um estímulo e como se relaciona com os acontecimentos no meio ambiente?

A pesquisa neurofisiológica das duas últimas décadas tem chamado a atenção para o modo como o *input* sensorial é regulado e transformado pela atividade do SNC. Quando o *input* sensorial derivado de um evento ambiental é recebido, é imediatamente avaliado. Se for considerado sem importância, é apagado. Caso contrário, é ampliado e, se julgado relevante (e não esmagador ou irresistível demais em suas implicações), é determinado o seu valor para a ação; as mensagens apropriadas são expedidas então para as áreas motoras.

Tal avaliação e regulagem do *input* sensorial é uma atividade importante e especializada das áreas sensoriais do cérebro. Uma vez tomada a decisão, efetua-se uma redução ou uma ampliação do *input* sensorial por meio de mensagens eferentes, transportadas por nervos eferentes especiais que vão das áreas sensoriais do cérebro para os próprios órgãos sensoriais ou para gânglios situados nos trajetos eferentes; a responsividade momento a momento do órgão ou gânglio sensorial é assim controlada (Livingston, 1959)[3].

Provas experimentais sugerem que a regulagem de eventos receptores pode ser executada em um ou mais dos numerosos níveis do sistema nervoso. Por exemplo, um relâmpago ofuscante provoca a contração da pupila e o fechamento das pálpebras. Também pode ocasionar o desvio do rosto para um lado e a fuga. Inversamente, a visão de uma bela mulher pode acarretar uma série

....
3. O significado para a teoria de defesa do controle central do *input* e processamento sensorial é examinado no volume 3.

oposta de reações. Em cada caso, algumas respostas são organizadas como reflexos, outras como ações fixas e ainda outras, como planos, e o controle da resposta é exercido perifericamente ou mais centralmente.

A avaliação do *input*, quer se trate de um *input* inicial e não regulado ou de um subsequente e regulado, é uma tarefa especializada. Requer a interpretação em termos de padrões estabelecidos por experiências prévias ou de outra informação previamente armazenada que pareça pertinente, o que por si mesmo já constitui uma tarefa especializada de recuperação da informação, e depois o julgamento da interpretação resultante em termos da ação a ser adotada. Tal avaliação e julgamento, parece provável, também são executados em muitos níveis do SNC, em alguns casos num único nível, em outros casos em vários níveis, sucessivamente. Quanto mais elevado for o nível em que os processos são tratados, mais discriminado será o comportamento que pode ser selecionado, incluindo o comportamento organizado como planos dotados de metas fixadas. Fazer tais planos requer, é claro, a referência a modelos do meio ambiente e de organismo (cf. o capítulo 5).

Não raras vezes, no homem, os processos de avaliação e julgamento são conscientes, e o *input* interpretado é experimentado em termos de valor, como "interessante" ou "desinteressante", "agradável" ou "desagradável", "satisfatório" ou "frustrador". Isto remete ao exame do sentimento e da emoção.

Capítulo 7
Avaliação e seleção: sentimento e emoção

> Os movimentos de expressão da face e do corpo, qualquer que tenha sido sua origem, são em si mesmos de grande importância para o nosso bem-estar. Servem de primeiro meio de comunicação entre a mãe e o seu bebê; ela sorri aprovadoramente e isso encoraja o bebê a prosseguir no caminho certo, ou franze o cenho em reprovação. Os movimentos de expressão conferem vivacidade e energia ao que falamos. Revelam os pensamentos e intenções dos outros mais verdadeiramente do que as palavras, que podem ser falsas... Estes resultados decorrem, em parte, da íntima relação existente entre quase todas as emoções e sua manifestação exterior...
>
> CHARLES DARWIN (1872)

Introdução

Nos círculos clínicos, é usual citar afetos, sentimentos e emoções como se fossem fatores causais do comportamento. Essa é uma das razões para discutirmos sobre eles neste ponto. Uma outra é que todo o bom clínico usa a linguagem do sentimento e da emoção para comunicar-se com seus pacientes, assim como todos o fazem na sua comunicação com outros, na vida cotidiana. Assim, tanto o clínico como os demais leitores podem já estar impacientes para saber que lugar atribuímos ao sentimento e à emoção na teoria do comportamento instintivo que estamos propondo.

Em poucas palavras, o ponto de vista adotado é de que tudo ou, pelo menos, grande parte do que se designa (algo indiscriminadamente) por afetos, sentimentos e emoções são fases de avaliações intuitivas de um indivíduo sobre seus próprios estados e desejos orgânicos para agir, ou sobre a sucessão de condições ambientais em que ele se encontra. Esses processos avaliativos têm, frequentemente, mas não sempre, a propriedade muito especial de serem vivenciados como sentimentos, ou, para usar melhor terminologia, como sendo sentidos. Como um indivíduo está frequentemente consciente desses processos, eles lhe fornecem comumente um serviço de monitoria que lhe permite avaliar o desenvolvimento de seus próprios estados, desejos e condições. Ao mesmo tempo, como tais processos são usualmente acompanhados de expressões faciais distintas, posturas corporais e movimentos incipientes, costumam fornecer valiosas informações aos que o cercam.

Uma parte central desta tese é que, como esses processos de avaliação podem ser ou não sentidos, são eles que primeiro requerem atenção, deixando em segundo lugar o sentimento e a emoção. O fato de os processos de avaliação nem sempre serem sentidos fornece uma pista para o entendimento do conceito ambíguo mas clinicamente útil de "sentimento inconsciente".

Assim sendo, os processos de avaliação são concebidos como tendo três papéis a desempenhar. O primeiro é o de avaliação de mudanças ambientais e de estados do organismo, incluindo as tendências para agir; como tal, sentidos ou não (conscientes ou inconscientes), os processos desempenham um papel vital no controle do comportamento. O segundo consiste em fornecer um serviço de monitoria ao indivíduo como ser sensível. O terceiro papel é o de proporcionar um serviço comunicativo a outros.

O primeiro e o terceiro papéis não requerem que os processos sejam conscientes. O segundo, é claro, sim.

Entre as características do ponto de vista aqui defendido, está a seguinte: embora afetos, sentimentos e emoções sejam comumente tratados como se fossem entidades distintas, é inteiramente inadequado tratá-los assim. Falar de "um afeto", "um sentimento" ou "uma emoção" como se fossem um átomo ou uma laranja é tão inadmissível quanto se falássemos de "uma vermelhidade" ou de "uma retangularidade". Pelo contrário, o sentimento deve ser encarado como uma propriedade que certos processos ligados ao comportamento passam a possuir de tempos em tempos. Consideramos inadmissível, portanto, qualquer frase que coisifique sentimentos ou emoções.

Antes de desenvolvermos mais a nossa tese, é conveniente esclarecer a terminologia. Tradicionalmente, "afeto" tem sido usado para designar uma vasta gama de experiências sensíveis – sentir-se prazeroso, aflito ou triste, assim como amoroso, temeroso ou colérico. Além disso, a própria palavra "sentimento" é frequentemente usada nessa acepção ampla. "Emoção", por outro lado, é sempre usada de um modo mais restrito; via de regra, está limitada a sentimentos ou afetos tais como amor, ódio, susto ou fome, os quais estão inerentemente ligados a uma ou outra forma de ação.

No que se segue, a palavra "sentimento" é usada sempre como um termo geral. Preferimo-la a "afeto" e "emoção" porque é a única das três palavras a derivar de um verbo (sentir) que tem exatamente o mesmo significado que ela. A palavra "afeto" somente é usada na discussão das teorias tradicionais; e a palavra "emoção" será usada no sentido restrito acima citado.

Comecemos por considerar sucintamente alguns dos problemas filosóficos que nos assediam quando passamos da descrição puramente comportamental do comportamento instintivo, até aqui adotada, para uma descrição que tenta incluir também a consciência do sentimento.

Problemas filosóficos

Escreve Langer (1967):

> A intrigante questão na filosofia das ciências biológicas é como algo chamado "sentimentos" penetra nos eventos físicos (essencialmente eletroquímicos) que compõem um organismo animal... O fato de sentirmos os efeitos de mudanças no mundo que nos cerca e, evidentemente, também em nós mesmos, e de todas essas mudanças serem fisicamente descritíveis, mas não o nosso sentimento delas, apresenta um genuíno desafio filosófico.

Para esse desafio tem havido muitas respostas. A maioria delas pode ser classificada como variantes de duas principais escolas de pensamento: a mentalista e a epifenomenalista.

A escola mentalista, proveniente de Descartes e que atraiu não só humanistas mas também neurofisiologistas, incluindo Hughlings Jackson e Freud (Jones, 1955), postula duas entidades distintas, um corpo e uma mente, de status equivalente, as quais estão unidas de maneira ainda insondável. Em contrapartida, a epifenomenalista, que atrai cientistas e é aclamada como inflexível, trata somente o mundo físico como real. Para um epifenomenalista, pensamentos e sentimentos não são mais do que sombras, que não desempenham nenhum papel real no drama da vida; de interesse estético, talvez, mas de importância científica nula.

Poucos estão hoje satisfeitos com qualquer uma dessas respostas. Satirizando a filosofia mentalista como "o dogma do Fantasma na Máquina", Ryle (1949) argumenta que ela deriva de um equívoco categórico baseado no pressuposto de que o corpo e a mente humanos pertencem à mesma categoria lógica: ambos são coisas, embora cada um seja uma espécie diferente de coisa. "O molde lógico no qual Descartes imprimiu a sua teoria da mente... foi o mesmo molde em que ele e Galileu criaram suas mecânicas." Consequentemente, a tendência de Descartes foi para descrever a mente em termos e idiomas que são a réplica daqueles usados na mecânica mas que, usualmente, são seus meros negativos. Assim, as mentes "não estão no espaço, não são movimentos, não são modificações da matéria, não são acessíveis à observação pública. As mentes não são peças de um mecanismo de relojoaria; são apenas peças de um não mecanismo de relojoaria" (Ryle, ibid.).

Baseada numa falácia lógica, a perspectiva mentalista, quando aplicada a problemas empíricos por, entre outros, Freud, levou a resultados variados; assim, fez-se jus ao lugar do sentimento e da emoção na vida humana, mas o problema metodológico de formulação de hipóteses testáveis não foi resolvido. Consequentemente, não foi construída uma ciência da mente comparável à ciência física. Igualmente variados, embora de um modo diferente, foram os resultados dos epifenomenalistas, que usualmente marcham à sombra da bandeira do behaviorismo extremo. Foram formuladas hipóteses testáveis, é certo, mas o preço pago foi bem alto. Todas as áreas mais excitantes da experiência humana foram colocadas fora de alcance; além disso, o esquema teórico apresentado é considerado de pouca utilidade para aqueles, clínicos e outros, que lidam com gente comum, vivendo suas vidas cotidianas.

Deve-se reconhecer que nem todos os que em suas pesquisas adotam uma estratégia behaviorista são epifenomenalistas. Pelo contrário, muitos assumem uma posição semelhante à adotada há muitos anos por J. S. Haldane (1936). No momento, explicam eles, não lidamos com sentimentos, significado, controle consciente e coisas como essas, embora sejam obviamente importantes, pela excelente razão de que, até agora, não vislumbramos como os fatos a elas referentes podem ser combinados com outro material do estudo biológico e comportamental, a fim de obter um sistema coerente de pensamento científico. Mais dia menos dia, prosseguem eles, chegará o momento de enfrentar esses problemas; até então, o campo parece estar fora do alcance da "arte do solúvel".

Embora essa posição seja indubitavelmente prudente, os clínicos, sejam psiquiatras ou neurologistas, acham-na inviável. Dia após dia, um médico vê-se obrigado a lidar com o que cada paciente lhe conta de sua experiência pessoal – se tem uma dor no estômago, se tem uma perna insensível, que pensamentos e sentimentos alimenta acerca de seus pais, seu patrão, sua namorada. Tais descrições da intimidade da experiência pessoal são parte integrante da prática da medicina.

Assim, uma vez que o clínico deve forçosamente adotar um ponto de vista, qual será ele? Como irá descrever a relação entre particular e público, subjetivo e objetivo, sentimento e físico, corpo e mente?

O ponto de vista aqui adotado, com a cautela necessária num campo tão salpicado de espinhos, foi bem expresso no recente livro de Langer sobre o assunto (1967). Langer aproveita as reflexões de um neurologista empenhado em compreender o controle voluntário dos músculos. "Estaremos predominantemente interessados no que se sente", escreve Goddy (1949), "pois os sintomas sensoriais são comumente uma queixa de pacientes com disfunção de movimentos voluntários. 'Sinto uma coisa esquisita na minha mão quando tento mexê-la'." Ponderando a este respeito, Goddy assinala que "o uso natural das palavras 'sinto', 'parece', 'insensível', 'incômodo', 'pesado', 'desamparado', 'hirto' é descrever que se torna uma disfunção motora". Goddy formula depois a perturbadora questão: Como explicar que eventos neurofisiológicos possam "resultar em sentimento"?

Neste ponto, Langer assinala que "sentir" é um verbo e que dizer que o que é sentido é "um sentimento" pode levar a equívocos: "o fenômeno usualmente descrito como 'um sentimento' é realmente que um organismo sente algo, isto é, algo é sentido. O que é sentido é um processo... dentro do organismo". Isto leva à principal proposição de Langer: "*Ser sentido é uma fase do próprio processo*", conclui a autora (o grifo é meu).

Por "fase" entende Langer um dos muitos modos em que algo pode aparecer sem que, no entanto, qualquer coisa lhe tenha sido adicionada ou subtraída. A título ilustrativo, ela cita o aquecimento e resfriamento do ferro:

> Quando o ferro é aquecido até um grau crítico fica vermelho; entretanto, sua vermelhidão não é uma nova entidade que deve ter ido para algum outro lugar quando deixa de estar no ferro. Foi uma fase do próprio ferro, numa temperatura elevada.
>
> Tão logo o sentimento seja visto como uma fase num processo fisiológico, em vez de um produto dele – ou seja, uma nova entidade metafisicamente diferente dele – o paradoxo do físico e do psíquico desaparece.

Assim, prossegue Langer, a questão deixa de ser "como um processo físico pode ser transformado em algo não físico num sistema físico, mas como a fase de ser sentido é atingida, como o processo pode passar de novo a fases não sentidas".

Se o ponto de vista de Langer parece ser uma boa maneira de abordar o problema, o certo é que ainda nos deixa muito longe de podermos responder à pergunta formulada. Como é que, de fato, a fase de ser sentido ocorre? Entretanto, embora essa pergunta continue irrespondível[1], existe uma outra questão relacionada com

....
1. Embora insolúvel no presente, o problema poderá um dia render-se ao estudo. Tustin, um engenheiro eletricisla, aponta um paralelo histórico:
> Não faz muitas décadas, um homem reuniu pela primeira vez aquela estrutura especial de pedaços de ferro, cobre e fiapos de algodão que constituiu um dínamo e, quando esse peculiar objeto mecânico foi girado, um novo campo de fenômenos evidenciou-se. O dínamo tornou-se, por assim dizer, eletricamente vivo. Revelou fenômenos elétricos raramente exibidos e nunca antes reconhecidos em nenhuma parte. Sabemos agora que existe uma variedade de inter-relações entre estruturas particulares de peças "mecânicas" e o campo dos fenômenos elétricos, e essas mesmas peças mecânicas devem agora ser entendidas, num certo sentido, como primariamente mais elétricas do que mecânicas, de modo que, em última análise, os dois campos são apenas um.
>
> É concebível que, assim como fenômenos elétricos permaneceram irreconhecidos até que uma determinada estrutura de peças mecânicas revelou que a interação com eles era algo que não podia continuar sendo negligenciado em

ela que é mais fácil de se responder e de importância mais imediata para a nossa tese: De que tipo são os processos que comumente atingem a fase de serem sentidos?

Processos que são sentidos

No final do capítulo anterior foi assinalado que os dados sensoriais referentes a eventos ambientais que atingem o organismo através dos órgãos dos sentidos são imediatamente avaliados, regulados e interpretados. Só depois disso sua importância para a ação pode ser determinada. O mesmo acontece com os dados sensoriais derivados do estado interno do organismo. Além disso, uma vez determinada a sua importância geral para a ação, muito mais coisas poderão ser submetidas à avaliação antes que ocorra uma ação coordenada; isso inclui, especialmente, os efeitos prováveis de ações de diferentes tipos sobre a situação ambiental e sobre o organismo. Acrescente-se que, mesmo depois de iniciada a ação coordenada, os processos de avaliação não cessam. Em primeiro lugar, o próprio desenvolvimento da ação é monitorado e, finalmente, as consequências da ação são julgadas e registradas para posterior referência.

Cada um desses processos de avaliação, segundo parece, pode atingir uma fase de ser sentido; e consideraremos todos eles, um a um. Ao mesmo tempo, cumpre enfatizar que nem todos os processos de avaliação são, de fato, sentidos. No que se segue, portanto, é preciso ter constantemente presente o fato de que, embora a avaliação seja uma parte integrante da operação de qualquer sistema de controle, e quanto mais sofisticado o sistema for, mais avaliação haverá, constitui uma questão distinta saber se um

---

nossa consideração da realidade, também a evolução, na elaboração do tipo de cérebro que corresponde à concepção mecanicista, tenha encontrado por acaso uma ligação rara com fenômenos de um tipo diferente, e convertido isso em explicação biológica? Se esta especulação tiver alguma semelhança com a verdade, dará uma base para a esperança de que a investigação paciente possa, finalmente, proporcionar-nos alguma compreensão desses fenômenos, embora tal explicação não seja inteiramente em termos dos conceitos da física atual (Tustin, 1953).

dado processo de avaliação é ou não sentido. À semelhança de um cardume de golfinhos, que é visível num momento e no seguinte não, alguns processos de avaliação podem mudar de fase, ora estando ativos acima do limiar da consciência, ora abaixo. Outros, à semelhança do bacalhau, podem manter-se permanentemente despercebidos até que condições extraordinárias chamem a atenção para eles.

Uma dificuldade de exposição é que cada tipo de processo de avaliação pode ser conduzido em qualquer de diversos níveis. Assim, o *input* sensorial pode ser apenas rudimentarmente discriminado e interpretado, e o que é sentido, só grosseiramente diferenciado; em contrapartida, o *input* pode ser também refinadamente discriminado e interpretado, e o que é sentido ser diferenciado em alto grau. Além disso, algumas sequências comportamentais, especialmente as organizadas como reflexos ou padrões fixos de ação, podem prosseguir, uma vez iniciadas, sem muita avaliação subsequente. No que se segue, presta-se principalmente atenção ao comportamento organizado de um modo mais discriminado e diferenciado.

Numerosas provas pertinentes a esses problemas têm sido reunidas nas duas últimas décadas por neurofisiologistas, usando técnicas de ablação e de registro mediante microeletrodos implantados com exatidão em determinados locais do cérebro, e também técnicas de estimulação direta de partes do cérebro, inclusive do cérebro humano no decorrer de intervenções cirúrgicas. Graças a esses e outros métodos, obteve-se um quadro muito mais adequado da organização e da atividade cerebrais; e, em particular, foi esclarecido o papel dos núcleos mesencefálicos e do sistema límbico na organização do comportamento e na avaliação de estados orgânicos (MacLean, 1960). O significado desse trabalho para uma teoria do sentimento e da emoção foi examinado detalhadamente por Arnold (1960). Seus dois volumes, *Emotion and Personality*, contêm também uma revisão abrangente da literatura psicológica. No presente capítulo, fico devendo muito à obra de Arnold e à sua introdução do termo "avaliação"[2].

....

2. Embora Arnold não apresente suas ideias em termos de teoria do controle, a maioria delas pode ser facilmente traduzida para esses termos. Uma séria deficiência

Interpretação e avaliação do input *sensorial*

O *input* sensorial pode ser de duas classes principais: o que se relaciona com o estado do organismo e o que se relaciona com o estado do meio ambiente. Para ser útil, o *input* de ambas as classes deve ser interpretado e avaliado. Começamos pelo *input* derivado de mudanças no meio ambiente.

Logo que as mensagens sensoriais começam a ser recebidas, são avaliadas e reguladas (ver capítulo 6). Pressupondo-se que não sejam apagadas, são, em seguida, interpretadas. Se o considerarmos *per se*, o *input* sensorial é inadequado: por um lado é superabundante e tem que ser minuciosamente examinado a fim de selecionarem-se as partes relevantes; por outro lado, é insuficiente e tem que ser complementado com informações condizentes obtidas no armazém mnemônico do organismo. Só por esses meios o *input* sensorial bruto, derivado do meio ambiente, pode ser transformado em percepção de objetos que interagem mutuamente num contínuo espaço-tempo. Em virtude do seu vasto acervo de informações relevantes acerca da aparência e habitats de aves e plantas, o naturalista experiente vê muito mais do que um principiante. Na percepção como em tudo o mais, "Àquele que tem será dado".

O *input* sensorial derivado do próprio organismo passa por processos comparáveis de seleção e suplementação. Sentir calor, sentir frio, sentir fome não são sensações brutas mas fases de certos *inputs* sensoriais em curso de avaliação. Ocasionalmente, tais avaliações podem ser equivocadas: o que foi primeiro avaliado como muito quente pode mais tarde – e corretamente – ser avaliado como muito frio.

....

da posição de Arnold é não distinguir entre função e meta fixada (cf. o próximo capítulo). Em consequência disso, algumas de suas formulações estão eivadas de teleologia. Além disso, não acho útil a distinção que ele traça entre "instintos", por exemplo, comer e acasalar, os quais "são despertados mesmo sem um objeto adequado", e "emoções", por exemplo, cólera e fuga, que só são despertados "depois que um objeto foi avaliado". A ativação de todos esses comportamentos, sustenta-se, é produzida por combinações várias de todos os cinco fatores causais discutidos no capítulo anterior, e a classificação proposta por Arnold parece algo arbitrária.

Arnold sublinha que, com muita frequência, o *input* interpretado e avaliado, seja oriundo do meio ambiente ou do organismo, é experimentado inerentemente em termos de valor, como agradável ou desagradável, delicado ou irritante, simpático ou antipático. O *input* interpretado de origem orgânica, quando muito desagradável, é experimentado como dor; e o mesmo pode-se dizer, às vezes, do *input* de origem exteroceptiva, por exemplo, um ruído dolorosamente intenso.

Não raras vezes, uma avaliação sentida atribui alguma qualidade à pessoa ou ao objeto no meio ambiente: "um homem amável", "um cheiro irritante". Outras vezes, não é feita nenhuma atribuição externa mas a referência é a um estado do próprio organismo: "isso faz com que eu me sinta todo esquisito".

A seleção empírica do *input* em agradável ou doloroso, delicado ou irritante, é o resultado da comparação do *input* com padrões ou pontos de referência internos. Alguns desses padrões podem permanecer inalterados durante toda a vida; mais frequentemente, eles variam de um modo regular para refletir o estado atual do organismo. Assim, o *input* olfativo selecionado como agradável quando temos fome pode ser selecionado como desagradável se estivermos saciados. Variações análogas de padrão ocorrem no julgamento do *input* que se relaciona com a temperatura, conforme estivermos com calor ou com frio no momento.

Quando essas variações temporárias e regulares são levadas em conta, muitos dos pontos de referência aplicados ao *input* sensorial são provavelmente ambientalmente estáveis durante o desenvolvimento e razoavelmente semelhantes de indivíduo para indivíduo. Outros são, de um modo claro, ambientalmente instáveis, sendo a avaliação determinada, em parte, pela experiência. Nesse caso, recebem o nome de gostos adquiridos.

Uma vez que o *input* tenha sido interpretado e avaliado como agradável ou irritante, seguem-se usualmente certos tipos de comportamento. O que foi avaliado como agradável será provavelmente mantido ou procurado; o que foi avaliado como desagradável ou irritante será provavelmente reduzido ou evitado.

Assim, a avaliação é um processo complexo no qual podemos distinguir duas etapas principais: (*a*) *comparação* do *input* com padrões que foram desenvolvidos no organismo ao longo da vida; (*b*) *seleção* de certas formas gerais de comportamento, de preferência a outras, de acordo com os resultados de comparações previamente efetuadas.

Como muitos dos padrões básicos usados para comparações e muitos dos comportamentos mais simples de abordagem e afastamento que se seguem à comparação são ambientalmente estáveis, grande parte desse comportamento pode ser classificada como instintiva. Uma parte substancial dele, evidentemente, é de um tipo apto a promover a sobrevivência da espécie, pois o que é classificado como "agradável" tende a corresponder ao que é vantajoso para um animal e vice-versa. Não obstante, isso são apenas probabilidades estatísticas, e a questão do valor de sobrevivência de qualquer tipo particular de comportamento é, em si mesma, distinta e importante e a ela dedicaremos um exame no próximo capítulo.

O *input* sensorial de origem orgânica é de muitos tipos. Alguns, quando interpretados e avaliados, suscitam desejo — por exemplo, desejo de roupas quentes, desejo de ar fresco, desejo de alimento, desejo de um membro do sexo oposto. A melhor maneira de conceituar tudo isso é examinada em seguida.

Avaliações mais refinadas de pessoas e objetos: emoção

O *input* sensorial interpretado de origem ambiental é classificado não apenas em categorias rudimentares de agradável/desagradável, delicado/irritante, mas partes dele também são classificadas por métodos muito mais refinados. De especial importância para o nosso estudo é a classificação do *input* interpretado em categorias que potencialmeme assinalam a ativação de um ou outro dos sistemas comportamentais que operam como intermediários do comportamento instintivo. (Se um sistema é, de fato, ativado, depende de outros fatores, como, por exemplo, níveis hormonais e sinais de origem orgânica.) Quando ocorre essa categorização, o indivíduo pode experimentar emoção: alarma, ansiedade, cólera, fome, apetite sensual, aflição, culpa, ou algum outro sentimento comparável, dependendo de qual sistema comportamental tenha sido ativado.

Não é muito fácil ter-se a certeza sobre qual o ponto exato, na sequência de processos de avaliação de *input* e ativação do comportamento, em que o sentimento emocional começa a ser experimentado. Essa tem sido, de fato, uma importante fonte de controvérsia desde que James e Lange propuseram a teoria de que a emoção só é experimentada *depois* de iniciado o comportamento e de que é simplesmente um resultado de *feedback* fornecido pelos músculos voluntários e as vísceras.

Não há dúvida de que, uma vez iniciado o comportamento, a emoção é experimentada com muita frequência: quando fugimos, podemos sentir-nos muito assustados; quando enfrentamos um adversário, podemos sentir-nos muito encolerizados; enquanto preparamos uma refeição atrasada, podemos sentir-nos famintos. Nem há dúvida de que o *feedback* proveniente de músculos voluntários (embora, provavelmente, não das vísceras) aumenta qualquer emoção sentida: uma postura agressiva parece aumentar a coragem. Ainda assim, tal evidência dificilmente é relevante para a questão. Pois pode acontecer que o sentimento emocional também seja experimentado logo no início da ativação comportamental ou, de fato, como alternativa para a ativação comportamental (Pribram, 1967)[3]. É provável, por exemplo, que o próprio processo de categorizar uma pessoa ou objeto ou situação como capaz de eliciar uma ou outra classe de comportamento seja experimentado emocionalmente; nesse caso, talvez, seriam experimentados os processos de *input* sensorial centralmente reguladores de acordo com os resultados da avaliação inicial.

Este ponto de vista concorda com uma impressão de que, mesmo antes da ação ser eliciada, somos propensos a categorizar o nosso meio ambiente em termos de nosso comportamento potencial, por exemplo, "aquela mulher atraente", "aquele cão assustador", "aquela refeição apetitosa", "aquele homem detestável", "aquele bebê adorável". Além disso, a classe de comportamento selecionado só é usualmente especificada, no início, em termos amplos. Assim, pode muito bem ser que, depois de alguém nos ter

....
3. Pribram sublinha que a palavra emoção provém do latim *emovere*, que significa "tirar" ou "afastar" do movimento.

enfurecido, deliberemos longamente sobre o que realmente fazer a respeito. Não poucas vezes, são cogitados muitos planos alternativos, imaginadas suas consequências potenciais (na base de modelos de meio ambiente e organismo) e avaliadas as consequências de cada plano. Somente depois disso qualquer plano particular é posto em ação. No entanto, os sentimentos coléricos são experimentados desde o começo.

A hipótese de que o processo de categorizar partes do meio ambiente em termos de adequação para eliciar uma determinada classe de comportamento é, em si mesmo, experimentado como impregnado pela emoção apropriada encontra apoio também nos sonhos. Sonhos impregnados de emoção envolvem sempre ação mas quem sonha usualmente está, de fato, inativo. Só quando o sentimento emocional se torna muito forte pode ocorrer de o sonhador gritar ou desencadear qualquer ação que seria apropriada se o sonho representasse a realidade.

O fato de o sentimento emocional poder ser experimentado durante o sono é um lembrete de que nem todos os processos que têm uma fase de sentimento emocional se originam no meio ambiente. Como observamos acima, o *input* sensorial de origem orgânica pode, quando interpretado, dar origem ao desejo. Em outras palavras, isso significa que o *input* sensorial de origem orgânica pode ser categorizado como capaz de ativar um sistema comportamental mediador do comportamento instintivo, do mesmo modo que o *input* sensorial de origem ambiental. E, ainda de modo análogo, tais processos de categorização e ativação são usualmente experimentados em termos de uma ou outra emoção, dependendo da categoria em que o *input* interpretado tenha sido colocado.

Avaliação do progresso do comportamento corrente

Uma vez ativado um sistema comportamental, o progresso da sequência de comportamento eliciada é usualmente monitorado, e isso sempre ocorre quando o comportamento é organizado como um plano. O sentimento varia conforme o progresso é avaliado como uniforme e constante, como hesitante ou como tendo sido sustado. As qualidades de sentimento variam numa vasta gama, desde a exultação agradável quando as coisas estão correndo bem, passando pelo desprazer quando vão mal, até a profunda frustração quando se é obrigado a parar.

Não só o progresso da atividade geral é monitorado, mas também o de cada segmento dela. Isto é ilustrado pelas conclusões de Goddy a que já nos referimos. Os sintomas sensoriais de que seus pacientes se queixavam – sentirem-se "tolhidos", "esquisitos", "hirtos" etc. – são relatos de que o *feedback* sensorial fornecido pelos músculos voluntários em ação pode ser anormal em um ou mais dentre vários modos. Em compensação, quando a nossa musculatura voluntária está funcionando bem, temos usualmente uma sensação de bem-estar físico.

Avaliação das consequências do comportamento

Finalmente, são monitoradas e avaliadas certas consequências do comportamento.

As consequências de qualquer segmento de comportamento são de muitos tipos (ver o próximo capítulo) e nem todos são observáveis. Em particular, os efeitos a longo prazo podem passar despercebidos. Entre os que são monitorados, é possível discernir pelo menos dois tipos, ambos a curto prazo, cada um dos quais tem frequentemente uma fase de sentimento.

Um tipo refere-se a algumas das mudanças imediatas, provocadas pelo comportamento, no meio ambiente e/ou no estado do próprio organismo. Tais mudanças são determinadas pelo *input* sensorial que, como de costume, deve passar por uma interpretação antes de poder ser avaliado. Quando aplicados às consequências, os processos de avaliação são frequentemente experimentados em termos de agradável/doloroso, atraente/repulsivo, bom/mau.

Um segundo tipo de consequência a curto prazo refere-se a se uma meta fixada foi ou não atingida. A avaliação dessas consequências é frequentemente experimentada em termos de satisfatório/frustrador.

A distinção entre esses dois tipos de consequência a curto prazo é ilustrada por alguém dizendo: "Estou contente por ter chegado aqui em cima, mas a vista é decepcionante."

Monitorar regularmente o progresso comportamental e suas consequências é necessário, evidentemente, para que o organismo aprenda. Esse é um campo vasto e controvertido que não cabe discutir aqui. Pode ser assinalado, porém, que quanto mais fortemente um processo avaliado for sentido e quanto mais agudamente forem experimentadas, como agradáveis ou dolorosas, as consequências de algum comportamento, mais rápida e persistente será a aprendizagem. Como a formação de laços afetivos é comumente experimentada como intensamente agradável, não surpreende que esses laços amiúde se desenvolvam rapidamente e, uma vez estabelecidos, sejam capazes de ser duradouros. Como disse Hamburg (1963), "eles são fáceis de aprender e difíceis de esquecer".

O sentimento ou a emoção são causadores de comportamento?

A noção de que fato, sentimento, emoção são, de um certo modo, causadores de comportamento, ou seja, fazem-nos agir, é muito generalizada. Está integrada a muitas frases coloquiais – "o patriotismo levou-o a agir assim e assado", "ela fez isso por ciúme" – e profundamente enraizada em muito do pensamento psicanalítico (apesar de Freud ter abandonado a ideia na última fase de sua obra)[4]. É uma noção válida? E, se for, em que sentido?

....

4. Num valioso estudo crítico, Rapaport (1953) descreve três fases no desenvolvimento da teoria dos afetos de Freud. Durante a primeira fase, quando o conceito de catarse era central, o afeto era equiparado a uma quantidade de energia psíquica (depois conceituada como "catexia da pulsão"); aqui, o afeto recebe claramente um papel causal na promoção do comportamento. Durante a segunda fase, os afetos são concebidos como alternativas ao comportamento, desempenhando "uma função de válvula de segurança quando a descarga da catexia pulsional pela ação pulsional encontra oposição" (Rapaport). Na terceira fase, desenvolvida em *Inibições, sintomas e ansiedade* (1926), os afetos são concebidos "Como funções do Ego e, como tal, deixam de ser válvulas de segurança e passam a ser usados como sinais pelo ego" (Rapaport). A concepção é semelhante à desenvolvida neste capítulo.

A teoria psicanalítica continuou sendo formulada em termos de pulsões e níveis de energia; e, não obstante as opiniões variadas de Freud sobre afetos, a teoria ainda trata o afeto, às vezes, como algo que pode ser represado, drenado ou descarregado. Consequentemente, talvez não surpreenda muito que, em círculos clínicos, o afeto continue sendo considerado como constituindo, de certo modo, uma força impulsora.

Se o ponto de vista aqui adotado estiver correto, o sentimento é uma fase de um processo de avaliação, de um modo análogo àquele em que a vermelhidão é uma fase do ferro quando aquecido. Portanto, ao considerarmos o nosso problema, devemos distinguir primeiro entre sentimento e os processos dos quais ele é uma fase. É mais fácil começar pelos processos.

Na causação de qualquer classe de comportamento, os processos de avaliação do *input* sensorial (sejam de origem ambiental ou orgânica ou, o que é mais frequente, de ambas combinadas) e de seleção de uma classe de comportamento apropriado são, claramente, elos vitais. Assim, na causação de uma sequência comportamental como consolar um bebê que chora, avaliar o bebê como algo a ser consolado é um passo necessário. Pois existem várias alternativas para essa avaliação: por exemplo, o bebê chorão poderá ser avaliado como algo a ser ignorado ou até como algo com quem gritar para que se cale. A avaliação do *input* sensorial desempenha um papel semelhante na causação, por exemplo, de uma resposta tão simples quanto retirar bruscamente a mão de uma superfície quente.

Devemos concluir, portanto, que aos processos de interpretação e avaliação do *input* sensorial tem que ser atribuído, indiscutivelmente, um papel causal na produção do comportamento que vier a ocorrer, seja ele qual for. Tal como outros fatores causais já discutidos, esses processos são necessários, mas, frequentemente, não são suficientes[5].

Se aos sentimentos experimentados como uma fase de tal avaliação deve ser também atribuído um papel causal, é uma questão diferente. No exemplo dado, a compaixão pelo bebê pode muito bem ser experimentada (em contraste, digamos, com irritação ou cólera) no momento em que o bebê é avaliado como "algo a ser consolado". Entretanto, não está claro que a compaixão seja necessária para que o comportamento se desencadeie. Para algumas mães, por exemplo, consolar um bebê que chora poderá ser uma

....

5. O papel causal dos processos de avaliação levou Tomkins, em sua obra em dois volumes, *Affect, Imagery, Consciousness* (1962-1963), a postular que "os afetos constituem o sistema motivacional primário", definindo um motivo como "o relatório em *feedback* de uma resposta".

questão de tal modo natural e rotineira que o comportamento é empreendido sem que lhe esteja associado qualquer sentimento particular. Se a questão ficasse por aqui, sentimento e emoção, como tais, teriam pouco ou nenhum papel causal.

Mas, em outras ocasiões, a mãe pode sentir uma profunda pena do seu bebê chorão e, para um observador externo, o modo como ela o conforta parecerá um reflexo disso. Por exemplo, a mãe poderá até se expor a dificuldades em benefício do seu bebê. Se isso for uma apreciação correta, como deve ser avaliado esse efeito?

Sentimento, atenção e consciência andam juntos. A questão com que nos defrontamos, portanto, é um aspecto de outra muito mais vasta, a saber, se uma pessoa sentimentalmente consciente do que está fazendo acrescenta alguma coisa ao próprio processo e, no caso afirmativo, o quê. Discutir tal questão levar-nos-ia muito além dos limites deste volume. Parece razoavelmente certo, porém, que, desde que o sentimento não seja exageradamente intenso, um sentimento aguçado é acompanhado por atenção profunda, discriminação perceptual refinada, planificação premeditada (embora não necessariamente bem julgada) do comportamento e aprendizagem bem registrada dos resultados. Assim, se os processos de avaliação são ou não sentidos têm, provavelmente, consequências consideráveis para o comportamento que vier a se manifestar. Em especial, que esses processos sejam sentidos parece ser de particular importância quando houver qualquer reavaliação e modificação dos padrões de avaliação e dos modelos do meio ambiente e do organismo, e se tiverem que ocorrer modificações no comportamento futuro; pois é um lugar-comum clínico que só depois que o paciente se torna emocionalmente consciente de como e do que está sentindo pode-se esperar alguma mudança terapêutica.

Isso, entretanto, ainda não significa afirmar que o próprio sentimento desempenhe um papel causal no comportamento presente. Pois, se o ponto de vista adotado for correto, a conclusão poderia ser que todos os processos mais refinados de avaliação e reavaliação somente podem ocorrer em condições que deem origem a sentimento consciente, uma conclusão que seria análoga ao fato de certas manipulações do ferro serem unicamente possíveis em condições que redundem em vermelhidão. Se assim fosse, o sentimento não desempenharia um papel causal maior do que a vermelhidão do ferro.

A questão deve ser deixada nesse ponto. Os processos de avaliação dos quais o sentimento pode ser uma fase desempenham, sem dúvida, um papel causal. Em que medida e de que modo o próprio sentimento desempenha tal papel continua por ser demonstrado.

Entretanto, restam-nos ainda declarações tais como "o patriotismo levou-o a agir assim e assado", e "ela fez isso movida pelo ciúme". Como entendê-las então?

Essa questão foi examinada por Ryle (1964). Sua conclusão é que uma afirmação como "o ciúme levou Tom a fazer isto e aquilo" não descreve a causa de Tom ter feito isto e aquilo mas somente o que, na linguagem comum, poderia ser chamado uma "razão" para tê-lo feito.

Ao traçar a distinção entre uma causa e uma razão, Ryle usa como ilustração uma pedra quebrando uma chapa de vidro. Existem, na melhor das hipóteses, dois sentidos muito diferentes em que se pode dizer que tal ocorrência é "explicada", assinala Ryle. Respondendo à pergunta "Por que o vidro quebrou?", pode-se dizer que foi porque a pedra o atingiu" ou "porque o vidro é quebradiço". Somente a primeira das duas respostas, entretanto, se refere a uma causa; nesse caso, a explicação dada é em termos de um evento, a saber, a pedra atingindo uma chapa de vidro, o que está para a fratura do vidro como a causa está para o efeito. No caso da segunda resposta, pelo contrário, nenhum evento é mencionado e, portanto, nenhuma causa é mencionada. A segunda resposta apenas afirma "uma proposição hipotética geral acerca do vidro", a saber, que, *se* violentamente atingido por um projétil, o vidro estilhaçaria e *não faria* coisas tais como esticar, evaporar-se ou permanecer intato. Como enunciado condicional, nada nos diz, é claro, sobre os motivos por que o vidro se estilhaçou num dado momento; diz-nos, sim, que em certas condições específicas, seria provável que isso acontecesse. Assim, não nos dá uma causa, embora nos forneça um tipo de razão.

A afirmação "Tom mordeu sua irmãzinha porque estava ciumento" é logicamente equivalente à afirmação "o vidro quebrou-se porque era quebradiço"; e, como tal, tampouco nos fornece uma causa. "Ciumento", sublinha Ryle, "é um adjetivo disposicional; comporta o significado de que, se determinadas circunstâncias se verificarem, por exemplo, se a mãe atender à irmãzinha e não a ele, Tom *seria* capaz de agredir sua irmãzinha de uma forma ou de outra e, provavelmente, *não* brincaria satisfeito nem a acariciaria. A asserção nada nos diz, de fato, sobre os eventos particulares que culminaram nessa mordida; o que nos diz é que, em certas condições, tal ação é provável.

Como tais equívocos são importantes para a teoria clínica, talvez seja útil colocar a afirmação sobre Tom e sua irmãzinha dentro da estrutura teórica defendida neste livro. Podemos dizer que em Tom existe um sistema comportamental que resulta em agressão e mordidas em sua irmãzinha. Além disso, as condições que levaram a essa avaliação e, portanto, ativaram o sistema são especificáveis, pelo menos em linhas gerais. Essas condições compreendem, talvez, a combinação de, por um lado, uma situação em que a mãe atende à irmãzinha e não a Tom, e, por outro, certos estados orgânicos de Tom, eles mesmos ocasionados por condições especificáveis, por exemplo, uma reprimenda do pai, cansaço ou fome. Sempre que se verificam certas combinações dessas condições, pode-se prever que será feita uma certa avaliação, um certo sistema comportamental será ativado, e Tom agredirá com mordidas.

A que se refere, pois, dentro deste quadro teórico, a palavra "ciumento" da afirmação original? Como adjetivo disposicional, "ciumento" refere-se, no contexto, não ao comportamento de Tom mas à presença postulada em Tom de estruturas que o levam a avaliar situações de uma certa maneira e, consequentemente, a atuar mais ou menos do modo descrito. Dizer, então, que "Tom mordeu sua irmãzinha porque estava ciumento" é simplesmente uma inexata síntese coloquial.

Mas, embora inexata, é muito conveniente, uma vez que habilita uma testemunha da cena a comunicar muita coisa a respeito de Tom e de seu comportamento sem ter que expressar laboriosamente todo o falatório técnico do parágrafo precedente. Voltaremos, no final do capítulo, à tremenda conveniência da linguagem vernacular do sentimento. Antes de o fazermos, examinemos o papel expressivo do sentimento – que é um papel da maior importância e que, em comparação com as questões tratadas nesta seção, é menos difícil e menos controvertido.

O papel comunicativo de sentimento e emoção

Na vida cotidiana, consideramos ponto pacífico que podemos, até certo ponto, dizer como nossos amigos estão se sentindo, e também, embora com descrente confiança, como pessoas conhecidas e estranhas se sentem. Ao fazê-lo, consideramos a expressão facial, postura, tom de voz, alterações fisiológicas, cadência de movimentos e ação incipiente, tudo em referência às situações em que essas coisas ocorrem. Quanto mais forte for o sentimento experimentado por nosso companheiro e mais clara a situação, mais confiantes estaremos em poder identificar o que está acontecendo.

Sem dúvida, alguns observadores são muito mais argutos do que outros, e alguns indivíduos muito mais fáceis de julgar do que outros. Também não há dúvida de que todo observador frequentemente se equivoca, seja porque a expressão é ambígua ou a situação mal compreendida, ou devido à dissimulação deliberada. Ainda assim, para a maioria dos observadores, na maior parte do tempo, os equívocos são provavelmente poucos em comparação com os êxitos[6].

....

6. As deficiências patentes de experimentos que se propõem mostrar que os observadores de expressão emocional não conseguem chegar a acordo e são irremediavelmente inexatas foram examinadas por Hebb (1946a) e Arnold (1960). As deficiências incluem restringir os observadores a fotografias ou a cenas isoladas de filmes de sujeitos não familiares vistos fora de contexto social. Hebb sublinha que, como a expressão emocional reflete mudanças na responsividade, o diagnóstico requer a oportunidade de observar como o comportamento de alguém muda ao longo do tempo. Levando em conta essas considerações, Hamburg e seus colegas (1958) demonstraram, que, quando observadores independentes são solicitados a classificar o afeto demonstrado por pacientes durante sessões com a duração de três horas, realizadas em quatro dias sucessivos, obtém-se um alto nível de concordância. Observadores treinados concordam sobre o afeto dominante em qualquer ocasião e sobre o nível desse afeto. Essa concordância é especialmente elevada quando diz respeito a mudanças na direção do afeto.

Qual é, então, o nosso critério de êxito? Neste ponto, existe uma dificuldade porque, ao atribuir-se um sentimento a alguém, estamos formulando um entre dois enunciados distintos – ou ambos. Por outro lado, podemos estar fazendo uma previsão sobre o seu comportamento; por outro, podemos estar descrevendo como e o que supomos que ele tem consciência de sentir. Para alguns fins, a previsão do comportamento é tudo o que importa; para outros, também é importante saber se uma pessoa tem consciência de como está sentindo e qual seria seu comportamento provável.

Comecemos pelo sentimento como previsão de comportamento, em parte porque está claramente no domínio do testável e em parte porque tende a ser negligenciado (exceto pelos etólogos).

Atribuir um sentimento é usualmente fazer uma previsão sobre o comportamento subsequente. Assim, descrever uma pessoa (ou um animal) como uma criatura amorosa, colérica ou medrosa é vaticinar que, nos próximos minutos, um certo comportamento é muito mais provável do que qualquer outro – desde que a situação não mude.

As palavras descritivas de sentimento são facilmente agrupadas de acordo com o tipo de previsão implicado. "Amoroso", "colérico" e "medroso" pertencem ao mesmo grupo porque, em cada caso, a previsão é a curto prazo, é bastante precisa e está limitada à situação predominante. Tais palavras são usualmente classificadas para designar emoções. Em contraste, existem palavras classificadas para denotar estados de ânimo – por exemplo, "eufórico", "deprimido", "desesperado", "alegre", "confiante" ou "calmo". Quando um estado de ânimo é atribuído a uma pessoa (ou a um animal), a predição é mais geral do que no caso de uma emoção; refere-se aos tipos de resposta passíveis de se manifestarem em qualquer das várias situações que podem ser encontradas durante um período mais longo de tempo – talvez apenas um dia, mas possivelmente uma semana ou mais. Em alguns casos, as palavras relativas a estados de ânimo são usadas em referência ao estilo de comportamento previsível de uma pessoa ao longo de períodos ainda mais extensos; neste caso, considera-se que elas se referem ao temperamento dessa pessoa.

O fato de que palavras que designam um sentimento predizem um comportamento significa que elas podem ser usadas de um modo rigorosamente científico, não só a respeito de seres humanos mas também de animais. Com efeito, elas fornecem uma indispensável síntese para o que, de outro modo, seriam descrições prolixas, canhestras e inadequadas. Hebb (1946*a*) foi um dos primeiros a tornar explícito esse ponto. Em estudos de chimpanzés, nos quais foram comparados diferentes modos de descrever o estado de um animal, apurou-se que boas predições de comportamento eram obtidas quando um observador usava "conceitos francamente antropomórficos de emoção"; ao passo que as tentativas de descrição "objetiva" mais detalhada redundaram somente numa série de atos específicos que eram inúteis para fins de predição.

As pistas usadas para julgar emoções e formular predições decorrem de diversas classes de comportamento. Algumas delas são sinais sociais específicos, como sorriso ou choro. Outras são movimentos de intenção ou mudanças fisiológicas de um tipo análogo. Outras ainda são atividades de deslocamento (cf. capítulo 6). Hebb argumenta convincentemente que o nosso conhecimento de como uma emoção difere de uma outra é derivado, não de qualquer consciência intuitiva de nossos próprios sentimentos, mas de observações de outras pessoas comportando-se emocionalmente; só mais tarde passamos a aplicar a nós mesmos as categorias aprendidas.

O fato de os estados sentimentais percebidos por um indivíduo em seus companheiros lhe permitirem predizer seus comportamentos é utilizado, naturalmente, quando ele decide como comportar-se em relação aos outros. O mesmo é válido para membros de outras espécies, especialmente primatas. Somente se um animal, humano ou sub-humano, for razoavelmente preciso na avaliação do estado de ânimo de um outro, estará apto a participar da vida social; caso contrário, poderá tratar um animal amigo como se estivesse prestes a atacá-lo, ou um animal enfurecido como incapaz disso. O fato é que a maioria dos indivíduos acaba sendo razoavelmente competente na realização de predições corretas, em parte por causa de uma inclinação inata para desenvolver essa aptidão e em parte porque os erros ou equívocos não tardam a revelar-se e são abundantes as oportunidades para aprender com eles. No trabalho clínico é óbvio o valor preditivo de sentimentos e emoções abertamente expressos. Valiosos são também os depoimentos de um paciente sobre como se sente, especialmente quando são feitos em termos de como ele avalia situações e o que sente ao fazê-lo.

Para o indivíduo que sente, o que é sentido é um reflexo de como ele está avaliando o mundo e a si mesmo, de como avalia determinadas situações e que tipos de comportamento estão, de tempos em tempos, sendo ativados dentro dele. Assim, para o indivíduo, o sentimento proporciona um serviço de monitoria de seu estado comportamental (assim como de seu estado fisiológico). Tudo isso ele poderá registrar e relatar; e, na medida em que pode fazê-lo, adotará naturalmente a linguagem do sentimento. Isto fornece uma pista que sugere por que a linguagem do sentimento é tão valiosa no trabalho clínico.

Quando um paciente está conosco, é pouco provável que esteja realmente fazendo as coisas que está motivado para fazer. Ele pode estar furioso com sua esposa mas é improvável que o vejamos agredindo-a. Ele pode estar revivendo uma época em que ansiava por sua mãe, mas não o vemos procurando-a. Ele pode estar com ciúmes de outro paciente, mas não presenciamos nada que se pareça com a expulsão do outro de nosso consultório. Em outras palavras, os sistemas comportamentais mediadores de tais sequências comportamentais não se manifestam. Não obstante, encontram-se em estado de ativação e, por causa disso, podem ser monitorados. Um paciente que tem *insights* sobre seus sentimentos pode, portanto, relatar que se sente furioso com a esposa, está ainda triste com a morte da mãe, ou tem ciúmes de um outro paciente. E, se não tiver *insight*, podemos ser capazes, anotando como ele se comporta e o que diz, de inferir que sistemas comportamentais estão correntemente ativados dentro dele e comunicar-lhe as nossas inferências – uma vez mais, em termos de como suspeitamos que ele possa estar se sentindo, ou de como suspeitamos que ele se sentiria, caso tivesse consciência de como está avaliando uma situação ou de quais sistemas comportamentais estão ativados dentro dele.

Assim, a linguagem do sentimento é um veículo indispensável para discorrer sobre os meios pelos quais uma situação é avaliada e sobre os sistemas comportamentais em estado de ativação, quer a ativação conduza ao comportamento manifesto, quer o comportamento ativado permaneça incipiente, devido à inibição.

Entretanto, a linguagem do sentimento tem certos perigos. Um dos principais é que, em lugar de serem considerados índices de como as situações estão sendo avaliadas e que comportamentos estão sendo ativados, os sentimentos são coisificados. Depois, há o perigo de que terapeuta e paciente suponham ser suficiente o reconhecimento de que o paciente está colérico, ou triste, ou ciumento, e se omitam de determinar exatamente que situação o paciente está avaliando ou o que o paciente está agora disposto a *fazer* – por exemplo, magoar sua esposa de certa maneira, ou procurar sua mãe em certos lugares e em certas épocas, ou por um outro paciente para fora do consultório. Quando a linguagem do sentimento se torna um obstáculo para o reconhecimento de que o sentimento acarreta ações de um certo tipo, é preferível abandoná-la e substituí-la temporariamente por uma linguagem do comportamento.

As questões abordadas neste capítulo são obviamente fundamentais para a compreensão da natureza humana, especialmente de seus aspectos mais complexos e sofisticados. Embora a descrição feita não seja mais do que um esboço, esperamos que seja suficiente para mostrar que o modelo adotado de comportamento instintivo, o qual, por si só, poderá parecer distante das questões da vida real, presta-se a ser usado como uma base sobre a qual poderá ser construída uma teoria de relevância mais imediata para o dia a dia.

Capítulo 8
Função do comportamento instintivo

> Os mecanicistas estavam indubitavelmente certos na rejeição da teleologia dos vitalistas como cientificamente estéril e como negação absurda da ciência física. Contudo, desfizeram tudo o que tinham ganhado, por não perceberem que a maneira ímpar como os fenômenos vitais parecem ser adequados à aplicação de conceitos teleológicos, e positivamente convidam ao seu uso, aponta para diferenças muito reais entre matéria animada e inanimada...
>
> G. Sommerhoff (1950)

Funções dos sistemas comportamentais e outras consequências de sua atividade

Distinção entre função e causação

Foi enfatizado ao longo destes capítulos que no meio ambiente de adaptabilidade evolutiva de uma espécie o comportamento instintivo tem comumente efeitos que contribuem de um modo óbvio para a sobrevivência do indivíduo ou da espécie. Nutrição, segurança, reprodução constituem requisitos vitais e cada um deles é servido por seu próprio sistema especial e eficiente de comportamento. O comportamento instintivo está organizado para alcançar um resultado previsível e qualquer tentativa de reduzi-lo a algo mais simples foge à questão. Entretanto, se não quisermos enredar em teorias de tipo teleológico, convirá caminhar com prudência. De fato, a tarefa da teoria é "descobrir como expressar as preocupações dos vitalistas na linguagem científica exata dos mecanicistas" (Sommerhoff, 1950).

Uma teoria teleológica é aquela que reconhece que um sistema biológico ativo, seja ele fisiológico ou comportamental, tende, no meio ambiente de adaptabilidade de uma espécie, a um resultado previsível que é usualmente de valor para essa espécie, e, além disso, explica o fato de tal desfecho ter sido alcançado pela suposição de que, de algum modo, o resultado é, em si mesmo, uma causa imediata da reação fisiológica ou comportamental que conduz a ele. "A ave constrói um ninho para ter algum lugar onde criar os filhotes" é um enunciado teleológico quando comporta o significado de que a ave necessita ter algum lugar para criar os filhotes e que tal necessidade causa a construção do ninho. E, como tal teoria envolve a suposição de que o futuro determina o presente através de alguma forma de "causação finalista", ela situa-se fora do domínio da ciência. Entretanto, dizer que uma ave constrói um ninho para ter um lugar onde criar os filhotes não é necessariamente acientífico – de fato, não é menos científico do que dizer que um canhão controlado por preditor aponta e dispara a fim de destruir uma aeronave inimiga. A questão tem sido sempre entender como uma ação que tem resultados previsíveis e úteis pode ser o efeito de causas concebidas em termos compatíveis com a ciência rigorosa.

O segredo não reside nas causas imediatas da ação mas no modo de construção do agente – o animal ou o preditor. Desde que o agente seja construído de um modo muito especial e desde que esteja operando em seu meio ambiente de adaptabilidade, uma certa consequência previsível é provável quando iniciada a ação. No caso de um sistema fabricado pelo homem, ele foi projetado para atingir essa consequência particular. Qualquer outra, e elas podem ser muitas, é mais ou menos acidental.

Em biologia, a consequência que um sistema parece ter sido projetado para obter é usualmente designada como a "função" do sistema. Assim, manter o suprimento de sangue para os tecidos é a função do sistema cardiovascular. Fornecer um lugar conveniente para chocar ovos e criar os filhotes é a função dos sistemas comportamentais responsáveis pela construção de ninhos. Do mesmo modo, destruir aeronaves é a função de um canhão antiaéreo controlado por preditor. A função de um sistema determina o modo como é construído.

Uma vez criado o sistema, ele pode estar ativo ou inativo. Alguns tipos de fatores que ativam os sistemas comportamentais foram examinados no capítulo 6 – níveis hormonais, organização e ação autônoma do SNC e estímulos ambientais de um tipo especial. Nenhum deles, cumpre assinalar, inclui a função do sistema (embora não seja por acidente que se relacionam de modo especial com a função do sistema). Os tipos de fatores que ativam um canhão controlado por preditor são os estímulos ambientais, como a presença de uma aeronave ao alcance de tiro e o fato de vários botões serem pressionados. Repetindo, os fatores causais não incluem a função do sistema, embora estejam relacionados com ela de um modo especial.

Assim, as causas imediatas de ativação de um sistema são uma coisa; a função do sistema é outra. As funções são as consequências especiais que decorrem do modo como um sistema é construído; as causas são os fatores que levam o sistema a tornar-se ativo ou inativo em qualquer ocasião.

Quando essa distinção é aplicada ao problema do comportamento instintivo, verifica-se que as causas de qualquer comportamento são os fatores que ativam esse sistema comportamental específico; ao passo que a função desse comportamento deriva da estrutura do sistema, que é tal que, quando entra em ação no seu meio ambiente de adaptabilidade evolutiva, promove comumente uma consequência que favorece sobrevivência.

Se a teoria psicopatológica quiser cumprir sua própria função de fazer justiça plena aos seus dados empíricos e, ao mesmo tempo, formular uma teoria de forma verdadeiramente científica, nada é mais importante do que traçar e manter rigorosamente a distinção entre as causas do comportamento e a função. Com excessiva frequência, elas ainda são confundidas de maneira inescapável.

Embora seja um grande avanço reconhecer que a função provém da estrutura de um sistema e nada tem a ver com as causas imediatas da atividade, subsiste ainda o problema de entender como, em organismos vivos, essa engenhosa estrutura se origina.

No caso de sistemas fabricados pelo homem, isso não constitui um problema real. A maneira como um canhão controlado por preditor é estruturado, de modo que uma consequência comum de sua ação seja a destruição de aeronaves inimigas, é inteligível em termos de engenheiros especializados que constroem o sistema em conformidade com certos princípios recém-descobertos. A maneira como um animal, digamos, uma ave, é estruturado de modo que uma consequência previsível de suas ações seja um ninho completo, talvez seja menos facilmente inteligível. Entretanto, como já assinalamos, a existência num animal de sistemas comportamentais que, quando ativados, resultam na construção de ninhos não gera problemas maiores do que a existência no mesmo animal de sistemas fisiológicos que resultam num suprimento sanguíneo bem regulado. A existência de cada um desses sistemas pode ser entendida, confiavelmente, em termos de evolução. Aqueles organismos que desenvolvem sistemas fisiológicos e comportamentais que cumprem mais eficientemente suas funções no meio ambiente ocupado pela espécie sobrevivem melhor e têm mais filhos do que os organismos cujos sistemas são menos eficientes. Assim, a estrutura vigente de sistemas comportamentais é concebida como produto do fato de a seleção natural ter, durante a evolução, incorporado ao *pool* genético de uma espécie de genes que, no meio ambiente de adaptabilidade dessa espécie, determinam as variantes mais eficientes daqueles sistemas; ao passo que os genes responsáveis por variantes menos eficientes no mesmo meio ambiente acabaram por se perder.

Portanto, no caso de um sistema biológico, a função de um sistema é aquela consequência da atividade do sistema que o levou a evoluir e a permanecer no equipamento da espécie.

Quando está ativo qualquer sistema é passível de ter muitas consequências, além das funcionais. Nem todas as consequências devem, portanto, ser consideradas funcionais. O canhão controlado por preditor pode provocar um grande barulho quando disparado, mas ninguém vai supor que ele foi construído para obter esse resultado. Do mesmo modo, um sistema comportamental é capaz de envolver numerosas consequências além daquelas para que se acredita ter sido desenvolvido, especialmente aquela particular consequência que, durante a evolução, conferiu uma vantagem seletiva aos animais equipados com ele. Assim, quando uma ave choca seus ovos, uma consequência é que pode ficar sem alimento por longos períodos; quando migra, uma consequência é que pode chegar exausta. É evidente que os sistemas comportamentais que levam à incubação e à migração não sofreram uma seleção positiva durante a evolução por causa dessas consequências. Muito pelo contrário. Supomos que, em cada caso, alguma outra consequência confere tal vantagem que o sistema comportamental em questão é selecionado positivamente, apesar de ter algumas consequências adversas, como a privação de alimento ou a exaustão.

Distinção entre função e resultado previsível

O fato de, frequentemente, algumas das consequências da atividade de um sistema comportamental serem adversas é de muita importância para a compreensão da patologia. O que é de muito pior importância, porém, por numerosas razões que serão examinadas, é que a atividade de um sistema comportamental qualquer, em um dado indivíduo, pode, às vezes, não ser – ou mesmo *nunca* ser – seguida de sua consequência funcional. Não é preciso ir muito longe para encontrar exemplos. Quando um bebê suga uma chupeta, não resulta em ingestão de alimento, quando um macho corteja outro macho, não resulta em concepção. Em cada caso, embora o sistema comportamental esteja ativo e tanto o comportamento resultante quanto o resultado previsível se amoldem razoavelmente ao tipo, falta a consequência funcional comum. No caso de sucção pelo bebê, é provável que a consequência funcional só esteja ausente em algumas ocasiões; em outras ocasiões, ele suga o seio ou o bico da mamadeira e o resultado é ingestão de alimento. No caso de um homossexual inveterado, a consequência funcional está ausente em todas as ocasiões (a contracepção praticada durante relações heterossexuais é, evidentemente, um plano deliberado mas reversível para evitar as consequências funcionais).

O ponto a sublinhar é que, *no indivíduo,* um sistema comportamental torna-se ativo, atinge um resultado previsível mais ou menos típico e depois se torna inativo, tudo sem referência à função do sistema. Assim, *no realizador individual, o comportamento instintivo é absolutamente independente da função*; este é um ponto constantemente enfatizado por Freud. *Numa população de indivíduos,* por outro lado, a situação é diferente. Embora em muitos indivíduos, durante uma parte ou mesmo a maior parte do tempo, sistemas comportamentais possam estar ativos sem que suas funções sejam realizadas, na medida em que a população sobrevive deve acontecer que em alguns indivíduos, pelo menos durante uma parte do tempo, as funções estejam sendo realizadas. Embora alguns indivíduos estejam morrendo de fome e outros não se reproduzam por várias razões, um número suficiente deve manter-se alimentado e ter filhos para que a população persista. Assim, tal como no caso da adaptação, *um entendimento da função requer um estudo da população de indivíduos e é impossível se a unidade de estudo for o indivíduo isolado.*

Uma nítida distinção pode ser traçada, portanto, entre o resultado previsível da atividade de um sistema comportamental e a função que ele pode ou não realizar. O resultado previsível é propriedade de um determinado sistema num particular indivíduo. A função é uma propriedade desse sistema numa população de indivíduos. Enquanto para uma população sobreviver é essencial que o resultado previsível de um sistema seja compatível num número suficiente de indivíduos, com a função realizada, para a sobrevivência de um indivíduo isso pode não ter qualquer importância.

Existem duas razões principais pelas quais a atividade de um sistema comportamental pode obter um resultado previsível e, no entanto, não ser seguida de sua consequência funcional:

a) Embora o próprio sistema esteja em ordem funcionalmente efetiva, ou seja, capaz de obter consequências funcionais, o meio ambiente encontra-se desviado, em menor ou maior grau, do meio ambiente de adaptabilidade evolutiva e, assim sendo, não se harmoniza com o que é requerido para que a função se realize.

Um exemplo é quando se dá a um bebê faminto uma chupeta. A razão pela qual não se segue a ingestão de alimento nada tem a ver com o sistema responsável pela sucção mas se deve simplesmente ao fato de que o objeto sugado não contém alimento. Um outro, é quando dois gatos se encontram inesperadamente, por exemplo, quando cada um dobra simultaneamente a mesma esquina, vindos de direções opostas. As usuais lutas territoriais que ocorrem quando os animais dão-se conta da presença recíproca consistem principalmente em ameaças e fintas, não resultando em qualquer dano; na eventualidade, estatisticamente rara, de uma súbita confrontação, os duelos podem ser selvagens e danosos.

b) A segunda razão é muito mais séria do que a primeira porque é relativamente permanente; surge quando o próprio sistema comportamental não está em ordem funcionalmente efetiva, de modo que, mesmo no meio ambiente de adaptabilidade evolutiva a consequência funcional nunca (ou raramente) é alcançada. Isto requer uma consideração mais detalhada.

Existem numerosas razões pelas quais, no decorrer do desenvolvimento, uma ou outra característica do equipamento biológico de um animal não se desenvolve satisfatoriamente. As estruturas anatômicas podem estar deformadas ou ausentes, os sistemas fisiológicos podem funcionar sofrivelmente ou, em certos casos, por exemplo, da visão ou audição, não funcionar por completo. Embora, ocasionalmente, um ou mais genes sejam responsáveis pela falha, a causa mais frequente é alguma anomalia do meio ambiente do embrião – um vírus, um agente químico, um trauma mecânico etc. O mesmo ocorre provavelmente com as falhas no desenvolvimento de sistemas comportamentais. Embora os genes possam ser responsáveis por algumas formas e alguns casos de falhas, a probabilidade maior é de que a causa da maioria delas seja as anomalias no meio ambiente de uma criança, além daquelas que o equipamento comportamental está adaptado para tolerar.

Foi enfatizado no capítulo 3 que nos vertebrados superiores a maioria dos sistemas comportamentais é, em certa medida, ambientalmente instável, ou seja, a forma que assumem num adulto gira, em certa medida, em torno do tipo de meio ambiente em que esse adulto foi criado. A vantagem disso é que a forma adotada, em última instância, pelo sistema permanece aberta, até certo ponto, de modo que é possível durante desenvolvimento adaptar-se ao meio ambiente em que o indivíduo se encontra. Tal flexibilidade, entretanto, tem seu preço. Desde que o meio ambiente encontrado durante o desenvolvimento se situe dentro de certos limites, a forma final de um sistema comportamental pode ser bem adaptada, quer dizer, será de tal ordem que, quando ativado, o sistema atinge comumente uma consequência funcional. Mas quando o meio ambiente em que o desenvolvimento ocorre fica fora desses limites, a forma adotada pelo sistema pode ser mal adaptada, isto é, ser de tal ordem que, quando ativado, o sistema raramente ou nunca atinge uma consequência funcional. Existem hoje inúmeros exemplos disso na literatura sobre o comportamento animal: padrões motores que assumem uma forma funcionalmente ineficaz, comportamentos que seguem uma sequência funcionalmente ineficaz, objetos em relação aos quais os comportamentos são dirigidos e que são ineficazes para preencher a função, e assim por diante. Em cada caso, o sistema comportamental organizou-se durante o desenvolvimento para atingir um certo resultado previsível, mas acontece que esse resultado é tal que a função do sistema nunca é preenchida.

Nos vertebrados, é provavelmente muito difícil existir qualquer sistema comportamental que não possa, pela adequada manipulação do meio ambiente, ser desviado em seu desenvolvimento para tornar-se funcionalmente ineficaz. Os sistemas responsáveis pela locomoção, construção de ninhos, comportamento parental são todos conhecidos por terem se desenvolvido de tal modo que as consequências funcionais raramente ou nunca resultam de sua ativação. Enquanto alguns sistemas comportamentais, por exemplo, os responsáveis pela ingestão de alimentos, devem estar em ordem funcional razoavelmente eficaz para que o indivíduo sobreviva, outros, notadamente os responsáveis pela conduta sexual e parental, não precisam estar. Talvez seja essa uma razão por que grande parte da psicopatologia está ligada a sistemas comportamentais responsáveis pelo comportamento sexual e parental; quando uma função vital mais imediata está envolvida, o indivíduo morre antes que um psiquiatra o veja. Uma outra e não menos importante razão é que o comportamento sexual e parental de tipo funcionalmente eficaz é, em cada caso, o produto de um grande número de sistemas comportamentais organizados de modos muito especiais. E, como boa parte do desenvolvimento e organização desses sistemas comportamentais ocorre enquanto o indivíduo é imaturo, sobram as ocasiões para que um meio ambiente atípico possa desviá-lo de um desenvolvimento adaptativo. O resultado é que o adulto fica equipado com um sistema que, embora em ordem operacional e capaz de chegar a um resultado previsível muito específico, é incapaz de preencher a função do sistema.

Um exemplo de sistema ou, antes, de um conjunto de sistemas em ordem operacional mas não em ordem operacional funcionalmente eficaz é o conjunto responsável pelo comportamento sexual num adulto que é homossexual inveterado. Neste caso, todos os componentes do comportamento podem ser desempenhados eficientemente mas, porque o objeto para o qual estão dirigidos é inadequado, não podem ser seguidos da consequência funcional de reprodução. O conjunto de sistemas não só tem um resultado previsível, isto é, o orgasmo sexual com um parceiro do mesmo sexo, mas está organizado de modo que o resultado é obtido. O que o torna funcionalmente ineficaz é que, por alguma razão, o sistema desenvolveu-se de tal forma que o seu resultado previsível não está relacionado com a função. Se um erro semelhante se insinuasse no projeto de um radar e de um canhão antiaéreo controlado por preditor, faria com que os disparos fossem eficientes mas, em vez de um avião inimigo, mirassem e destruíssem sempre um avião amigo. Estes exemplos mostram claramente que a distinção entre resultado previsível e função é crucial. Usualmente, a estrutura é tal que, quando o resultado previsível é alcançado, a função é, pelo menos algumas vezes, preenchida, mas enganos podem ocorrer – especialmente quando a estrutura é ambientalmente instável. Alguns dos processos de desenvolvimento em ação e o modo como podem extraviar-se serão discutidos no capítulo 10.

A conclusão de tudo isso é que, num determinado indivíduo, a atividade de qualquer sistema comportamental pode ter consequências que não promovem a sobrevivência da espécie, ou mesmo do indivíduo, podendo até ser contrárias aos interesses de uma ou de outro – ou mesmo de ambos. Seja porque o meio ambiente atual se desvia significativamente do meio ambiente da adaptabilidade evolutiva da espécie, ou porque, durante o desenvolvimento, o próprio sistema adotou uma forma inadaptada, a função usual do sistema deixa de ser cumprida. Não obstante, dado que o indivíduo é parte de uma população, a espécie tem probabilidade de sobreviver. Desde que o meio ambiente de alguns indivíduos da população, durante o desenvolvimento e atualmente, se coadune com aquele para o qual a espécie está adaptada, a atividade dos sistemas comportamentais terá, em um número suficiente de indivíduos, consequências funcionais apropriadas. Em decorrência disso, a espécie persiste, e o potencial para desenvolver os sistemas comportamentais é preservado em seu equipamento genético.

Comportamento altruístico

Na história da psicologia, a existência de comportamento altruístico tem sido considerada, às vezes, como um problema; e muitas formulações psicanalíticas sugerem que, por natureza, os indivíduos perseguem unicamente fins egoístas, só sendo altruístas quando coagidos por pressões e sanções sociais. Uma abordagem biológica do comportamento instintivo mostra que esse ponto de vista é falso. Uma vez reconhecido o critério em termos do qual se considera que a função de um sistema é a sobrevivência dos genes dos quais um determinado indivíduo é portador, o fato de grande parte do comportamento possuir uma função altruística deixa de ser supresa. Pelo contrário, de um ponto de vista biológico, o comportamento que tem uma função altruística talvez seja *mais* facilmente entendido do que o comportamento cuja função parece mais egoísta.

Consideremos dois padrões, aparentemente contrastantes, de comportamento instintivo. Alguns comportamentos instintivos estão de tal modo estruturados que realizam comumente a ingestão de alimentos e a boa nutrição, e como tal poderá parecer que cumprem uma função de valor somente para o indivíduo. Contudo, é improvável que seja assim, pois o comportamento que realiza a boa nutrição de um indivíduo também pode contribuir, mais cedo ou mais tarde, para a sobrevivência dos genes dos quais ele é portador. Embora, à primeira vista, o comportamento pudesse parecer inteligível unicamente em termos de sobrevivência individual, a reflexão mostra que não é menos inteligível em termos de sobrevivência dos genes.

Em contraste, existe um outro comportamento instintivo que é estruturado de tal modo que ordinariamente preenche uma função de benefício óbvio para um outro indivíduo, embora sem benefício para aquele que o desempenha. Um exemplo disso é o comportamento de cuidar, que os pais dirigem a seus filhos. Outros exemplos incluem o comportamento de ajuda do indivíduo a outros semelhantes além da prole, especialmente irmãos, sobrinhos e, algumas vezes, primos. Em todos os casos, o comportamento é facilmente inteligível em termos de sobrevivência dos genes. Os filhotes são portadores de metade dos genes de cada genitor; e, em média, irmãos têm metade dos seus genes em comum. Para primos-irmãos, a proporção média de genes em comum é um quarto. Em todos os casos, o indivíduo que ajuda é mais velho e, portanto, mais forte do que o ajudado, ou está numa situação temporariamente mais favorável que este, de modo que o sacrifício envolvido é proporcionalmente menor do que o benefício conferido. O caso extremo do comportamento – que se mantém ao longo da vida – de abelhas operárias, que são estéreis e despendem todo o tempo cuidando da rainha e sua progênie, pode ser explicado do mesmo modo. As abelhas operárias são fêmeas que, sendo produto de partenogênese, são geneticamente idênticas à rainha de cujos filhotes cuidam. Isto significa que seu comportamento de cuidar é biologicamente equivalente ao comportamento de um genitor[1].

Assim, uma vez reconhecida a sobrevivência dos genes como o verdadeiro critério em termos do qual é aferida a função do comportamento instintivo, dissipam-se alguns velhos problemas. Só se pode esperar que alguns comportamentos instintivos tenham uma função de benefício direto e imediato para os semelhantes; que outras formas de comportamento instintivo tenham uma função de benefício imediato para a sobrevivência do indivíduo e apenas de benefício indireto para a sobrevivência dos genes não é menos inteligível. Quer classificada como "egoísta" ou como "altruísta", a função fundamental é a mesma.

....

1. Há ocasiões em que um indivíduo ajuda outro, embora este não seja seu semelhante. Em outras espécies que não o homem, tal ajuda assume duas formas. Uma delas ocorre quando um animal dirige cuidados parentais a um indivíduo qua não é seu filhote. Isto pode ser compreendido como o resultado de um comportamento mal dirigido, como se fosse por engano. A outra forma ocorre somente entre indivíduos que têm uma relação amigável duradoura, e pode ser explicada em termos da teoria genética da seleção natural sobre o princípio de altruísmo recíproco. Uma vez que a ajuda dada a um amigo é ocasionalmente retribuída, uma tendência a comportar-se altruisticamente seria favorecida pela seleção natural. O cálculo consciente dessa retribuição não é necessário, embora no homem possa ocorrer.

Isto significa que o comportamento altruístico deriva de raízes tão profundas quanto o egoísta, e que a distinção entre os dois, embora real, está longe de ser fundamental.

Como é determinada a função de um sistema

Falamos até agora como se a função de todo e qualquer sistema comportamental fosse tão óbvia que pudéssemos considerá-la axiomática. Ninguém se dá ao trabalho de indagar qual é a função de comer – ou a de incubar ou a de migrar. Não obstante, existe um certo número de sistemas comportamentais há muito reconhecidos cujas funções permanecem obscuras. Um exemplo notável é o comportamento territorial de muitas espécies de aves e mamíferos. Ninguém duvida que tal comportamento se enquadre na classe geral à qual chamamos instintiva; entretanto, a vantagem ou vantagens exatas que ele confere a uma espécie mantêm-se frequentemente obscuras. Contudo, é característico do pensamento biológico contemporâneo pressupor, confiantemente, que qualquer comportamento instintivo tem alguma função – ou funções – particular que favorece a sobrevivência, embora não haja ainda concordância entre os estudiosos do assunto sobre a natureza dessa função.

A tarefa de determinar precisamente qual é a função de um comportamento instintivo específico pode ser considerável. Em primeiro lugar, tem-se que estabelecer que, no meio ambiente de adaptabilidade evolutiva de uma espécie, os indivíduos equipados com ele têm mais progênie do que os não equipados; e, em segundo lugar, tem-se que descobrir a razão por que o fazem. Idealmente, a pesquisa necessária é realizada no ambiente natural. O procedimento consiste em intervir experimentalmente de modo que alguns indivíduos de uma espécie sejam incapazes de comportar-se da forma usual, e depois comparar sua taxa de sobrevivência e êxito de procriação com as de indivíduos que não sofreram nenhuma interferência. Em anos recentes, Tinbergen (por exemplo, 1963) levou a efeito experimentos desse tipo sobre certos detalhes do comportamento de procriação de gaivotas. Sem tais experimentos, com as espécies em que estamos interessados ou, ao menos, com outras estreitamente aparentadas, qualquer discussão sobre qual das muitas consequências comuns de um dado comportamento instintivo é a sua consequência funcional, pode tornar-se esterilmente especulativa.

Argumenta-se no capítulo 12, primeiro, que o comportamento da criança pequena que a leva a manter a proximidade com a figura materna (e o designamos comportamento de apego) é um exemplo de comportamento instintivo, e, segundo, que a sua função tem sido pouco estudada e sobre ela ainda se tem de chegar a um acordo. É proposta, então, uma hipótese que até agora tem sido pouco considerada em círculos clínicos.

Problemas de terminologia

Agora que uma teoria alternativa do comportamento instintivo foi delineada, é o momento para discutir sucintamente a utilidade ou não de alguns termos tradicionais.

Na introdução do capítulo 3 assinalamos que, enquanto a palavra "instintivo" for usada descritivamente, como um adjetivo, ela será útil; mas serão encontradas dificuldades quando se empregar o substantivo "instinto". Vejamos por quê:

A teoria do comportamento instintivo aqui enunciada concebe tal comportamento como sendo um resultado da ativação, num determinado meio ambiente, de sistemas comportamentais que estão integrados, seja em cadeias, seja em hierarquias, ou numa mistura de ambas; e cada sistema comportamental e cada conjunto integrado de sistemas comportamentais é concebido como estando construído de tal modo que, via de regra, quando ativado, produz uma consequência que tem valor de sobrevivência. Ora, a que entidade será aplicado o substantivo "instinto"? Ao próprio comportamento? Ao sistema comportamental? Às condições causais que ativam um sistema comportamental? Ao seu resultado previsível? Ou, talvez, à função que ele preenche?

O fato é que investigadores de prestígio têm aplicado o termo "instinto" a todos esses diversos aspectos. Num extremo, tem sido usado para se referir, de um modo restrito, a padrões relativamente fixos de ação, como "virar a cabeça", e a movimentos, como capturar uma presa, que ocorrem no final de uma sequência mais longa de comportamento instintivo. Num outro extremo, o termo tem sido usado para se referir, de um modo muito amplo, a forças, consideradas fatores causais, que levam a estados tão gerais quanto a vida ou a morte. Por vezes, refere-se ao resultado previsível de uma sequência de comportamento instintivo, como em "instinto de construção de ninhos" e "instinto sexual", ou à sua função biológica, como em "instinto reprodutivo". Ocasionalmente, o termo é empregado em referência a uma emoção que acompanha comumente o comportamento, como em "instinto de medo".

Torna-se imediatamente óbvio que esse uso variado só redunda em confusão. Entretanto, pode-se ainda perguntar se não haveria a possibilidade de acordo sobre um uso padronizado. Existem, de fato, duas boas razões pelas quais isso não é possível. Em primeiro lugar, um termo que tem sido empregado de tantas maneiras diferentes não é facilmente redefinido e usado como novo num sentido exato. Em segundo lugar, a existência de conjuntos integrados de sistemas comportamentais de todos os níveis de complexidade torna extremamente difícil traçar uma linha e decidir que todos os conjuntos integrados abaixo dessa linha devem ser chamados de instintos e todos os que estão acima dessa linha, não. Semelhante exercício seria algo como a tarefa de dividir empresas industriais em dois grupos, em função do nível de complexidade organizacional, e dar às de menor complexidade um nome diferente. A dificuldade da tarefa não precisa ser enfatizada; mas a verdadeira questão consiste em saber qual seria a utilidade disso, caso fosse feito.

Selecionar, por qualquer critério, certos conjuntos integrados de sistemas comportamentais e denominá-los instintos não serviria a nenhuma finalidade útil. Não só isso, seria também perpetuar o erro generalizado de supor que os sistemas que participam de um conjunto integrado de sistemas têm todas as suas condições causais em comum e que essas condições são utilmente concebidas como "impulsos".

No capítulo 6, foi feita uma descrição de alguns dos vários fatores interatuantes que ativam os sistemas comportamentais que levam à construção de ninhos por canários, e essa pesquisa fornece também uma ilustração adequada do ponto que estamos desenvolvendo agora. A construção de ninhos por canários pode ser decomposta em coleta de material, seu transporte para o local do ninho, e construção enquanto a ave está pousada no ninho. Como essas atividades flutuam mais ou menos juntas, poder-se-ia argumentar que todas elas são governadas por "impulso de construção do ninho". A análise dos fatores que determinam tais comportamentos mostra que os três componentes compartilham, de fato, de certos fatores causais: todos são influenciados pelo nível de estrógeno e todos são inibidos por estímulos provenientes do ninho. Contudo, a inter-relação entre as três atividades não é absoluta; cada uma delas tem fatores causais que lhe são específicos, e a sequência em que as atividades se apresentam deve-se provavelmente ao efeito autossupressor que acompanha a execução de cada atividade. O conceito de um único impulso de construção do ninho é francamente inadequado. O mesmo diríamos caso se postulasse a existência de um impulso isolado para cada atividade componente da construção do ninho, pois cada uma dessas atividades pode ser analisada em numerosos movimentos constituintes, cada um dos quais varia em certo grau, independentemente dos outros.

A verdade é que quanto melhor entendermos os fatores causais que influenciam o comportamento instintivo, menos útil se torna o conceito de impulso. Enquanto as molas da ação permanecem ignoradas, é fácil e até inevitável supor que alguma força especial impele o comportamento para diante, não só o iniciando mas também o dirigindo num caminho misterioso, embora benéfico. Mas, se estamos certos em acreditar que o comportamento é resultado da ativação de sistemas comportamentais, e que a ativação é causada dos modos descritos, o mistério dissipa-se, e a necessidade de postular impulsos desaparece. Os engenheiros não têm necessidade de postular um "impulso para disparar contra aeronaves" a fim de explicar o comportamento de um canhão controlado por preditor, nem os fisiologistas "impulso para o suprimento de sangue" para explicar a ação do sistema cardiovascular.

No que se segue, portanto, não empregamos o conceito de instinto como uma entidade nem o de impulso.

O termo descritivo "comportamento instintivo" continua sendo útil, entretanto, para se referir de um modo empírico ao comportamento que, no meio ambiente de adaptabilidade evolutiva, tem consequências vitais à sobrevivência da espécie e que é controlado por sistemas que, nesse meio ambiente, costumam ser bastante estáveis. Ao mesmo tempo, deve-se reconhecer que, mesmo quando "instintivo" é usado de um modo puramente descritivo, pode carregar consigo dois perigos afins. O primeiro é o risco de se supor que toda e qualquer espécie de comportamento instintivo seja controlada por sistemas comportamentais de um único tipo; o segundo é o risco de criar uma falsa dicotomia entre comportamento instintivo e todos os outros tipos de comportamento. A verdade é que o comportamento tradicionalmente descrito como instintivo é controlado por sistemas de muitos tipos diferentes, e que esses sistemas se situam numa escala contínua que vai desde os sistemas mais estáveis aos mais instáveis, e daqueles que são sumamente necessários à sobrevivência da espécie aos que apenas lhe dão uma contribuição marginal. Não pode haver, portanto, um ponto nítido de separação entre o que é chamado de comportamento instintivo e o que não é.

Em certas teorias psicoanalíticas (por exemplo, Schur, 1960*a* e *b*), os adjetivos "instintivo" e "instintual" têm sido usados de maneiras especiais; o termo "instintivo" é reservado para o comportamento do gênero aqui também designado por instintivo, e o termo "instintual" aplica-se a uma postulada "energia da pulsão psíquica", a qual seria descarregada por meio desse comportamento instintivo". Como na teoria apresentada neste livro não se postula qualquer energia de pulsão psíquica, o adjetivo "instintual" não é usado em momento algum[2]; o adjetivo "instintivo" é usado em referência tanto aos comportamentos de um certo tipo como aos sistemas comportamentais responsáveis por eles.

Um certo número de outros termos usados na discussão do comportamento instintivo e da psicopatologia requer consideração. Incluem termos tais como "necessidade", "desejo", "finalidade",

---

2. Numa obra anteriormente publicada sobre ansiedade e luto, a expressão "sistemas de resposta instintual" foi usada, de fato, em referência a sistemas comportamentais que são responsáveis pelo comportamento instintivo. Pelas razões acima citadas, a terminologia foi alterada nas versões revistas desse material, que fazem parte dos volumes 2 e 3.

"propósito" e muitos outros. De que modo, poder-se-á perguntar, cada um deles se ajusta ao presente esquema e como se relacionam com conceitos tais como resultado previsível, meta fixada e consequência funcional? Para evitar o compromisso com qualquer teoria do comportamento instintivo em particular, e para indicar o caráter aparentemente intencional dos sistemas comportamentais, o termo "necessidade", ou "sistema de necessidades" é, às vezes, empregado. Não é, todavia, um termo satisfatório, uma vez que pode ser facilmente interpretado no sentido de algo requerido para a sobrevivência – uma necessidade vital; e uma complicação adicional é que isso, por sua vez, pode conduzir ao pensamento teleológico. Examinemos mais minuciosamente essas dificuldades.

Foi enfatizado neste capítulo que a existência, num animal de uma determinada espécie, de qualquer sistema comportamental ambientalmente estável ocorre porque a atividade desse sistema tem comumente uma consequência que tem valor de sobrevivência para essa espécie. Os sistemas responsáveis pelo comportamento de comer têm comumente a ingestão de alimento como uma consequência. Os sistemas responsáveis pelo comportamento de acasalamento têm comumente a reprodução como uma consequência. Uma vez que as atividades desses sistemas preenchem tão comum e obviamente uma necessidade biológica, então por que não chamá-los "sistemas de necessidades"?

Existem pelo menos três boas razões para não fazê-lo. Em primeiro lugar, em cada caso, a atividade do sistema comportamental em questão pode ter consequências de tipos muito diferentes. Num determinado indivíduo, um sistema que está obviamente ligado à ingestão de alimento pode ter como sua principal consequência a sucção de um polegar ou de um cachimbo[3]. Num outro indivíduo, um sistema obviamente relacionado com o acasalamento pode ter como sua principal consequência atividades sexuais dirigidas para um fetiche ou para um indivíduo do mesmo sexo. Em tais casos, a atividade do sistema não possui nenhum va-

....
3. Alguma sucção, entretanto, é essencialmente não nutritiva; cf. os capítulos 13 e 14.

lor de sobrevivência. Portanto, chamar um sistema de sistema de necessidade é confuso; e a confusão só piora se, para enfrentar a dificuldade, novas necessidades, por exemplo, sugar, forem postuladas. Em segundo lugar, como já se observou, existe um certo número de sistemas comportamentais característicos da espécie, cujas funções biológicas ainda não estão esclarecidas. Este fato é obscurecido quando todos os sistemas comportamentais são rotulados de sistemas de necessidades, porque o termo "necessidade" tende a sugerir que a utilidade do sistema é evidente *per se*. Finalmente, o termo "sistema de necessidades" pode facilmente levar à pressuposição de que a necessidade desempenha algum tipo de papel causal na ativação do sistema, a falácia da teleologia.

Um uso legítimo do termo "necessidade" é restringi-lo para referir-se aos requisitos de sobrevivência da espécie. Para que a espécie sobreviva, pode-se afirmar que um animal necessita de alimento, conforto, um local para o ninho, um parceiro sexual etc. Obviamente, nenhuma dessas necessidades é um sistema comportamental, nem nenhuma delas causa a ativação de um sistema comportamental. Por outro lado, muitos sistemas comportamentais têm a função de satisfazer uma ou outra dessas necessidades; e é porque – para que a espécie sobreviva – essas funções têm que ser preenchidas que esses sistemas comportamentais evoluíram. Portanto, as necessidades não são as causas do comportamento instintivo. O que elas fazem é determinar as funções que os sistemas comportamentais têm que servir. Assim, constituem as pressões da seleção, sob as quais os sistemas comportamentais se originam e evoluem.

Assim como as necessidades não são causas do comportamento instintivo, tampouco os desejos o são. O termo "desejo" refere-se à percepção consciente que o ser humano possui da meta fixada para um sistema ou conjunto integrado de sistemas comportamentais que *já* está em ação ou, pelo menos, alertado para a ação. A afirmação "eu desejo alimento" indica que um conjunto integrado de sistemas comportamentais que tem a ingestão de alimentos como meta fixada foi ativado, talvez apenas incipientemente, e que eu estou consciente disso. Tais afirmações são usualmente fidedignas, mas os psicanalistas sabem muito bem que nem sempre o são. Um indivíduo pode, de fato, identificar erroneamente a meta fixada de um sistema comportamental ativo num dado momento – e essa identificação errônea pode, em si mesma, ser o resultado da interferência de um sistema ativo cuja meta fixada é incompatível com a primeira. Isto leva ao conceito de desejo inconsciente.

Dizer que um desejo é inconsciente indica que, na pessoa a cujo respeito isso é dito, um sistema comportamental ou um conjunto integrado de sistemas comportamentais que tem tal e tal meta fixada está ativo mas a pessoa não está percebendo esse fato.

Enquanto o termo "desejo" se refere à meta fixada de um sistema comportamental, o termo "intenção" refere-se usualmente a alguma fase ou etapa no caminho dessa meta. Quando digo eu *tenciono* fazer isto ou aquilo, isso indica comumente que isto ou aquilo faz parte do plano que guia o meu comportamento atual (este ponto é desenvolvido por Miller, Galanter e Pribram, 1960).

Existe um certo número de diferentes termos em uso para se referir ao que neste capítulo é designado como "resultado previsível", com a sua subcategoria "meta fixada". Esses termos incluem "propósito", "finalidade" e simplesmente "meta". Os problemas do termo "meta" já foram tratados no capítulo 5.

Uma dificuldade a respeito de "propósito" e "finalidade" é que cada um destes termos tende a comportar implicações de causalidade teleológica. Além disso, uma dificuldade mais séria é que cada um deles é habitualmente usado de um modo que não distingue entre o resultado previsível de um sistema e a sua função – uma confusão fatal. Por essa razão, nem um deles é usado neste livro. Embora a palavra "finalidade" seja comumente empregada em ambas as acepções, é interessante notar que, quando Freud definiu a finalidade de um instinto, estava atento para alguns dos problemas. Por exemplo, em "Instintos e suas vicissitudes" (1915*a*), ele reconheceu a distinção básica entre estímulos terminais, por um lado, e função, por outro, e limitou o uso do termo "finalidade" ao que, na terminologia aqui usada, é "alcançar as condições terminais do sistema comportamental em questão".

Outros termos técnicos foram introduzidos em referência ao que designamos aqui por resultado previsível ou meta fixada. A "condição focal" de Sommerhoff é quase coincidente com o meu "resultado previsível", embora possa excluir o resultado previsível de tipos muito simples de comportamento, por exemplo, rolar um ovo de volta ao ninho. Um termo alemão, introduzido por Mittelstaedt e usado por Hinde, que se refere a certos tipos de meta fixada, é *sollwert*, e quer dizer o estado de "deve ser", ou o estado que um sistema está disposto a atingir e/ou manter. Uma desvantagem do termo talvez seja que foi introduzido para referir às metas fixadas as instruções para atingi-las que requerem unicamente um tipo de especificação constituinte, por exemplo, a posição de um membro ou a entoação de uma nota, não sendo facilmente aplicável a metas fixadas mais complexas, cujas instruções para atingi-las requerem duas ou mais especificações constituintes. Outra possível desvantagem de *sollwert* é que um estado de "deve ser" poderia, talvez, ser erroneamente interpretado no sentido de que esse estado é uma norma que contribui para a sobrevivência. De fato, como foi repetidamente enfatizado, a meta fixada, ou *sollwert*, de um sistema comportamental pode, em qualquer indivíduo, ser atípica e até contrária à sobrevivência.

Nestes capítulos, o adjetivo "intencional" foi usado, às vezes, para descrever um sistema que tem uma meta fixada. Ele comporta, entretanto, um risco: o de ser interpretado como se envolvesse causação teleológica (um risco que é ainda maior com o adjetivo--irmão "proposital"). Para fazer face a essas objeções, Pittendrigh (1958) propôs o termo "teleonômico". Pode ser usado para designar qualquer sistema, vivo ou mecânico, que seja construído de tal modo que, quando ativado em seu meio ambiente de adaptabilidade, atinja um resultado previsível. Todos os sistemas comportamentais que foram tratados nestes capítulos podem, portanto, ser denominados teleonômicos.

Voltando uma vez mais ao conceito de meta fixada, cumpre assinalar que a meta fixada de um sistema comportamental, como a de qualquer outro sistema de controle, pode ser de dois tipos principais. Um tipo de meta fixada é a manutenção de alguma variável em um nível constante. Assim, alguns organismos simples estão equipados com sistemas comportamentais que têm por meta fixada a tarefa de manter o organismo num meio ambiente que esteja dentro de certos limites estreitos de temperatura. A tarefa de tais sistemas comportamentais nunca é concluída; não existe um clímax para o seu desempenho, nem dramaticidade. Trata-se de uma insípida tarefa de rotina. O outro tipo de meta fixada é um evento limitado no tempo e que, uma vez realizado, é seguido de uma cessação de atividade. Um exemplo óbvio é a união sexual, outro é a intercepção de uma presa. Para alguns sistemas comportamentais a meta fixada situa-se em alguma parte entre esses extremos.

No caso do homem, verifica-se uma tendência acentuada para dar uma ênfase indevida a sistemas comportamentais que têm metas fixadas finitas, por exemplo, o orgasmo, e para prestar escassa atenção a sistemas que possuem metas fixadas contínuas como, por exemplo, a proximidade ou acessibilidade a um objeto no meio ambiente. Sustenta-se que o comportamento de apego é o resultado da atividade de sistemas comportamentais que têm uma meta fixada contínua, cuja especificação é um certo tipo de relacionamento com um outro indivíduo específico.

Capítulo 9
Mudanças no comportamento durante o ciclo vital

O desenvolvimento comportamental de um indivíduo precisa ser considerado de duas maneiras muito distintas:

a) o modo como as partes do equipamento comportamental em uso ativo mudam de uma fase do ciclo vital para a seguinte;

b) o modo como cada parte desse equipamento chega à forma particular que assume.

Ambos os temas são do maior interesse para os psicanalistas. O primeiro só é tratado brevemente neste capítulo mas volta a ser abordado mais detalhadamente no final do capítulo 12. O segundo, que diz respeito à ontogênese dos sistemas comportamentais, é de grande complexidade e importância, e será examinado no próximo capítulo.

Para assegurar a sobrevivência do indivíduo e, em última instância, de seus genes, é necessário que o animal esteja equipado com um repertório adequadamente equilibrado de sistemas comportamentais instintivos, em cada estágio de seu ciclo vital. Não só o adulto deve estar assim equipado mas também o animal jovem deve possuir um equipamento equilibrado e eficiente que lhe seja próprio. É possível que este difira, em muitos aspectos, do equipamento do adulto. Além disso, como em todas as espécies, excetuando-se as mais simples, a sobrevivência depende, em maior ou menor grau, da cooperação entre indivíduos; grande parte do equipamento de um indivíduo é complementar ao de outros, usualmente de idade e sexo diferentes. Os padrões de comportamento mediadores do apego de jovens a adultos são complementares aos que medeiam os cuidados dispensados aos jovens pelos adultos; analogamente, os sistemas mediadores do comportamento masculino adulto num indivíduo são complementares aos que medeiam o comportamento feminino adulto em outro. Isto volta a enfatizar que o comportamento instintivo nunca é inteligível em termos de um único indivíduo mas somente em termos de um número maior ou menor de indivíduos em colaboração.

Em todas as espécies de aves e mamíferos, certas partes do equipamento comportamental que funcionam durante a fase imatura do ciclo vital são diferentes de partes que operam durante a fase adulta. Tais diferenças são de dois tipos principais:

1) A mesma função biológica é preenchida em indivíduos imaturos e adultos, mas os sistemas comportamentais que a preenchem não são os mesmos. Um óbvio exemplo são os diferentes meios de ingestão de alimentos usados por mamíferos imaturos e maduros: sucção nos muito jovens, mordedura e mastigação em indivíduos mais velhos.
2) As funções biológicas que são satisfeitas diferem no jovem e no adulto. Como os organismos imaturos são usualmente muito vulneráveis, eles estão habitualmente dotados de equipamento comportamental que produza um comportamento que provavelmente minimizará riscos, por exemplo, o comportamento de manter a proximidade em relação a um dos pais. Como, por outro lado, os organismos imaturos não estão equipados para procriar com êxito, o comportamento que leva à reprodução e cuidado com os filhos não é observado ou só o é numa forma incompleta.

Deve-se lembrar que a ausência de determinado tipo de comportamento, numa certa fase do ciclo vital, pode refletir um entre muitos estados subjacentes bastante distintos. Em primeiro lugar, o substrato neural dos sistemas comportamentais responsáveis por aquele comportamento pode não ter se desenvolvido e, portanto, os sistemas não poderiam, em quaisquer circunstâncias, ser ativados. Um segundo estado, e este oposto, é aquele em que o substrato neural dos sistemas comportamentais está plenamente desenvolvido mas os sistemas permanecem latentes porque alguns dos fatores causais necessários para ativá-los estão ausentes. Um terceiro estado é quando o equipamento comportamental está apenas parcialmente desenvolvido, ou quando estão presentes fatores causais para apenas alguns dos sistemas componentes, de modo que, embora sejam vistos fragmentos do comportamento, o padrão funcional, como um todo, ainda está ausente. O segundo e o terceiro desses estados são mais frequentes do que comumente se percebe.

Experimentos que envolvem alterações artificiais no nível hormonal mostraram que, em muitas espécies de vertebrados, os sistemas comportamentais responsáveis pelo comportamento masculino e feminino estão presentes em forma plena ou, pelo menos, potencial, em indivíduos de ambos os sexos. Assim, quando uma galinha recebe uma injeção de testosterona, ela exibirá uma gama completa de comportamento masculino; analogamente, quando um rato é castrado ao nascer e depois injetado com estrógeno, exibirá um repertório completo de comportamento feminino. Estes dados deixam bem claro que o sistema comportamental apropriado para o sexo oposto está potencialmente presente nesses animais e que a razão pela qual o sistema permanece parcial ou totalmente inativo, no curso usual dos acontecimentos, é que os níveis hormonais se desviam dos que são necessários à ativação[1].

Não raras vezes, as mudanças comportamentais que se observam em diferentes fases do ciclo vital devem-se a alterações

....
1. Algumas das condições que levam mamíferos dos sexos masculino e feminino a mostrar um comportamento masculino ou feminino são descritas por Levine (1966). Os níveis hormonais presentes no período em torno do nascimento exercem comprovadamente grande influência: para um exemplo de fase sensível. Por exemplo, se uma fêmea de macaco é tratada com testosterona pouco depois do nascimento, embora nunca mais o seja, seu comportamento subsequente é tipicamente masculino.

no equilíbrio hormonal. No ser humano, existem boas provas de que os sistemas comportamentais responsáveis pelo comportamento masculino e feminino estão presentes em ambos os sexos muito antes da puberdade e de que a probabilidade muito aumentada de que um ou outro deles seja ativado após a puberdade se deve, em grande parte, a mudanças nos níveis hormonais. Do mesmo modo, pode ser que as alterações no nível hormonal desempenhem algum papel no desaparecimento do comportamento imaturo – ao criarem condições tais que os sistemas comportamentais responsáveis por ele, embora persistam, deixem de ser ativados tão rápida e facilmente.

Embora algumas mudanças de comportamento durante o ciclo vital se devam a alterações que ocorrem nos níveis hormonais ou em seu equilíbrio, outras mudanças podem ser devidas ao fato de que um novo sistema comportamental amadureceu e sua ativação tem prioridade sobre um sistema anteriormente ativo. Por exemplo, o sistema comportamental responsável pela sucção continua existindo muito depois da primeira infância, mas é menos frequentemente ativado. Isso pode ocorrer porque os sistemas comportamentais responsáveis pelas atividades de morder e mastigar tornaram-se operativos e, na maioria dos indivíduos, são mais facilmente ativados do que o sistema responsável pela sucção.

Seja qual for a razão por que sistemas comportamentais especialmente característicos de indivíduos imaturos são menos frequentemente ativos na vida adulta, existem abundantes provas de que os próprios sistemas persistem. Eles podem se tornar ativos em situações de três tipos principais. Em primeiro lugar, padrões juvenis são frequentemente observados em adultos quando os padrões adultos são comprovadamente ineficazes ou quando, em condições de conflito, os padrões adultos se desorganizam. Em segundo lugar, são observados, às vezes, quando um adulto está doente ou incapacitado. Em todas essas ocasiões, a ativação do sistema imaturo é usualmente mencionada como "regressiva". Em terceiro lugar, pode acontecer que um conjunto integrado de sistemas comportamentais característicos de um adulto inclua um componente derivado de uma fase anterior da vida, talvez um que tenha servido originalmente a uma função diferente. Um exemplo especialmente claro é a alimentação durante o cortejamento de aves, no qual o macho corteja a fêmea dando-lhe de comer. Enquanto o comportamento do macho é típico de um adulto alimentando um jovem, o da fêmea é típico de um jovem sendo alimentado por um dos pais. Neste caso, dois padrões que servem a alimentação de jovens, um deles um padrão adulto e o outro um padrão juvenil, são incorporados numa sequência comportamental a serviço da reprodução. Os psicanalistas sustentam há muito tempo que algo análogo ocorre no intercâmbio sexual de seres humanos adultos.

Na maioria das espécies de mamíferos, as mudanças de comportamento exibidas de uma fase do ciclo vital para a seguinte ocorrem de um modo notavelmente regular e previsível, apesar das variações no meio ambiente. Portanto, são ambientalmente estáveis em elevado grau. Contudo, a independência em relação ao meio ambiente nunca é completa. Nas populações humanas dos países ocidentais, por exemplo, a puberdade avançou consideravelmente nos últimos cem anos, presumivelmente em virtude de alguma influência ambiental que afeta a idade em que ocorrem alterações no equilíbrio dos hormônios sexuais do indivíduo. Pouco se sabe ainda sobre o fator ambiental responsável: uma mudança no regime alimentar é uma sugestão plausível, mas a possibilidade de que a mudança se deva a uma modificação no meio ambiente social não deve ser descartada. Não obstante, em todos os mamíferos, as variações na cadência em que as mudanças ocorrem nos sistemas comportamentais em uso ativo, durante o ciclo vital, são apenas marginais; e reduzem-se à insignificância quando comparadas com a enorme variação de forma que qualquer sistema comportamental, ou conjunto integrado de sistemas comportamentais, pode adotar em resposta ao meio ambiente em que um indivíduo é criado. As variações não adaptativas na forma adotada durante o desenvolvimento pelos sistemas comportamentais do homem constituem, de fato, a matéria-prima da psicopatologia. Um melhor entendimento dos processos responsáveis por tal variação tem sido a principal preocupação dos psicanalistas desde que Freud reconheceu que o modo como se desenvolve o comportamento sexual humano gravita em torno de acontecimentos que ocorrem muitos anos antes da puberdade. Esses processos são o tema principal do próximo capítulo.

Capítulo 10
Ontogênese do comportamento instintivo

> O único modo científico para tratar da adaptação é obter os fatos para cada caso. Só depois de os fatos serem conhecidos é possível dizer exatamente até que ponto a adaptabilidade de um dado fenômeno se deve a predisposições evolutivas herdadas, e até que ponto a interações adaptativas diretas. A proporção varia muito, e imprevisivelmente, de espécie para espécie, de função para função, de unidade para unidade.
>
> PAUL WEISS (1949)

Mudanças que ocorrem durante a ontogênese de sistemas comportamentais

Enquanto em algumas ordens inferiores de animais os sistemas comportamentais, ao se apresentarem pela primeira vez na vida de um indivíduo, já são, como Vênus, de uma forma quase perfeita, nas ordens superiores é mais comum eles adotarem inicialmente uma forma primitiva e passarem depois por um elaborado processo de desenvolvimento. Embora as aves e os mamíferos recém-nascidos estejam equipados com alguns sistemas comportamentais capazes de cumprir imediatamente uma função vital, por exemplo, a ingestão de alimento, inicialmente só estão aptos a executá-la de maneira muito ineficiente. Além disso, um certo número de outros sistemas, ao se manifestarem pela primeira vez, estão tão mal organizados que não só o comportamento pelo qual são responsáveis é incompleto como as consequências funcionais, que mais tarde usualmente surgirão, ainda estão ausentes. De um modo geral, portanto, é somente quando uma ave ou um mamífero tornam-se mais velhos que seus sistemas comportamentais ficam completos e as consequências funcionais da ativação desses sistemas se manifestam, via de regra, com regularidade e eficiência.

O equipamento comportamental de aves e mamíferos recém-nascidos não só é limitado em seu âmbito como simples na forma;

e em nenhum mamífero isso é mais verdadeiro do que no bebê humano. Contudo, por volta dos dois anos de idade, uma criança já está falando e pouco depois poderá usar a linguagem como um meio de ordenar e controlar o comportamento. Assim, durante essa pequena proporção de seu tempo de vida, o refinamento dos sistemas comportamentais que operam dentro dela aumenta espetacularmente. Inúmeros processos são responsáveis por essa grande transformação.

Neste capítulo, são descritos alguns dos mais importantes processos que intervêm no desenvolvimento comportamental dos vertebrados superiores, e estabelecem-se ligações com o que parece ocorrer no homem[1].

O comportamento instintivo, ao surgir pela primeira vez nos membros imaturos das espécies superiores, difere do que é observado nos adultos de três maneiras principais:

a) um movimento, embora talvez característico na forma, é dirigido para objetos do meio ambiente que são diferentes ou mais variados do que aqueles para os quais é dirigido no adulto; usualmente, o movimento é dirigido para uma gama muito mais vasta de objetos;

b) os sistemas comportamentais que são funcionais na infância tendem a ser simples na estrutura e a ser suplantados, durante o desenvolvimento, por sistemas de estrutura mais complexa; assim, o comportamento que no recém-nascido é pouco mais do que um reflexo, por exemplo, sugar, será substituído por comportamentos regulados por *feedback* e, talvez, organizados de modo a atingir metas fixadas;

c) movimentos que mais tarde serão vistos como partes de sequências comportamentais complexas e com consequências funcionais são exibidos inicialmente apenas como fragmentos não funcionais.

....
1. Grande parte do que se segue, incluindo exemplos, é extraída de *Animal Behavior* (1970), de Hinde, em que se encontra uma análise abrangente dos princípios do desenvolvimento comportamental.

Cada uma dessas diferenças pode fazer com que o comportamento instintivo num indivíduo imaturo exerça ineficazmente sua função ou não a exerça de maneira alguma. Além disso, cada uma delas pode ser uma fonte a partir da qual se desenvolva uma forma patológica de comportamento. Não surpreende, portanto, que a cada uma dessas características do comportamento instintivo em indivíduos imaturos tenha sido conferido um lugar central na teoria psicanalítica. Dentro dessa tradição, essas três características refletem-se nas seguintes proposições:

a) o objeto para o qual o comportamento instintivo é dirigido, e a relação especial com esse objeto, que leva à finalização do comportamento, "é o que há de mais variável a respeito de um instinto" (Freud, 1915*a*, *S.E.*, 14, p. 122);

b) no indivíduo imaturo, o comportamento está sujeito principalmente ao princípio do prazer; durante o desenvolvimento saudável, a regulação pelo princípio do prazer é cada vez mais superada pela regulação pelo princípio da realidade;

c) o comportamento instintivo é constituído de numerosos componentes (instintos parciais) que, durante o desenvolvimento, se organizam em conjuntos integrados; a forma que esses conjuntos integrados adotam pode ser extremamente variável.

Assim, não só no homem como em muitas outras espécies, verifica-se comumente a ocorrência de grandes mudanças durante a ontogênese dos sistemas comportamentais. Em algumas espécies e para alguns sistemas comportamentais, essas mudanças são ambientalmente estáveis, ou seja, o seu curso não é muito influenciado por variações do meio ambiente encontradas durante o desenvolvimento. Em outras espécies e para outros sistemas comportamentais, as mudanças são ambientalmente instáveis, e a forma que assumem no adulto é muito influenciada pela variação ambiental. Em tais casos, o período durante o qual são sensíveis a mudanças no meio ambiente é, com frequência, de limitada duração, e recebe o nome de "fase crítica" ou "período sensível". Os períodos sensíveis para diferentes sistemas comportamentais ocorrem, em diferentes espécies, em pontos diversos do ciclo vital. Em regra, entretanto, esses pontos ocorrem relativamente cedo na vida e, em alguns casos, antes mesmo que o próprio sistema seja funcional (cf. p. 199).

A existência de períodos sensíveis nos primeiros anos de vida, durante os quais a forma que será adotada pelo comportamento instintivo de um adulto é, em grande parte, determinada, constitui outra das características do comportamento instintivo para a qual Freud chamou a atenção. Na tradição psicanalítica, isso é representado pelos conceitos de fixação e de estágio na organização da libido.

A moderna teoria do instinto habilita um certo número de conceitos, consagrados pelo tempo e derivados do estudo psicanalítico do homem, a alinhar-se com conceitos similares derivados da observação e experimentação com animais, para esclarecimento e enriquecimento mútuos.

Restrição da fama de estímulos efetivos

Os jovens de todas as espécies de aves e mamíferos mostram um certo número de movimentos completos que são, desde o começo, bem executados e característicos da espécie. Exemplos nas aves são bicar e alisar as penas, e nos mamíferos sugar e urinar, e até movimentos completos de capturar uma presa (por exemplo, no cachorro-do-mato). Tais movimentos surgem sem prática anterior e em seu contexto funcional normal. No homem, há os comportamentos de abocanhar o mamilo, sugar e chorar do recém-nascido, e os padrões de sorrir e caminhar que se manifestam mais tarde. Parece provável, além disso, que alguns dos componentes do comportamento sexual masculino e feminino adulto, por exemplo, o abraço e a impulsão pélvica, também cabem nessa categoria. Podemos inferir que tais movimentos constituem a expressão de sistemas comportamentais que, quanto ao padrão motor, são relativamente pouco influenciados por variações do meio ambiente e que, numa certa fase do ciclo vital, estão prontos para ser ativados por quaisquer fatores causais aos quais esses sistemas estão estruturados para responder. Alguns deles coadunam-se com o conceito de Freud de instintos componentes.

Tais movimentos estão organizados e prontos para execução assim que ocorre um momento apropriado, o que mostra que, do ponto de vista motor, são independentes de aprendizagem. Entretanto, ao aparecerem inicialmente podem ser seguidos ou não por suas usuais consequências funcionais, pois o padrão de movimento é uma coisa e o objeto para o qual ele é dirigido é outra. As consequências funcionais só sobrevêm quando um movimento é dirigido para um objeto apropriado. Por exemplo, se um pinto recém-nascido debica num terreno repleto de sementes, isto resulta em ingestão de alimento. Mas se debicar num terreno cheio de outros objetos, por exemplo, lascas de madeira ou pedregulhos, os movimentos são idênticos, mas o pinto nada recebe de valor alimentício. De um modo análogo, um bebê recém-nascido pode sugar um objeto de formato adequado e receber, ou não receber, alimento – dependendo desse objeto ser o seio materno ou uma chupeta. Assim, os sistemas comportamentais responsáveis por bicar e sugar estão prontos e tornam-se ativos no momento em que os fatores causais necessários estiverem presentes – independentemente de serem seguidos ou não pelas usuais consequências funcionais.

Embora a gama de estímulos que podem ativar qualquer sistema comportamental no indivíduo imaturo seja, com frequência, muito vasta, ela não é infinita. Desde o início, a tendência dos estímulos é para se repartirem em várias categorias e eliciarem um ou outro tipo diferente de resposta. Isso levou Schneirla (1959, 1965) a sugerir que muitas respostas de animais muito jovens são, no início, determinadas simplesmente por diferenças quantitativas na intensidade da estimulação recebida. Os animais jovens, assinala Schneirla, tendem a se aproximar com parte do corpo ou sua totalidade de qualquer fonte de estimulação cujos efeitos neurais sejam quantitativamente baixos, regulares e limitados na faixa de magnitude, e tendem a afastar-se daquelas cujos *inputs* neurais são altos, irregulares e de gamas extensas. Embora tal discriminação seja grosseira, sua consequência é, na maioria das vezes, funcional, na medida em que o animal jovem se afasta de uma parte potencialmente perigosa do meio ambiente e se aproxima de uma potencialmente segura. Embora muitas observações de vertebrados inferiores corroborem a generalização de Schneirla, a extensão de sua aplicabilidade permanece ignorada. A maioria dos estudiosos de vertebrados superiores acredita que a forma particular de comportamento eliciada é, desde um estágio inicial da ontogênese, determinada também, pelo menos em parte, pelo padrão do estímulo[2].

Os exemplos dados mostram como, nos vertebrados superiores, a gama de estímulos eficazes na ativação de um sistema comportamental num indivíduo imaturo e num animal inexperiente é, com frequência, muito vasta. Com a experiência, entretanto, chegam as restrições. Em poucos dias, um pinto aprende a bicar principalmente grãos e sementes e a desprezar o que não for comestível, e um bebê, quando faminto, passa a preferir a mamadeira que lhe fornece leite a uma chupeta. Muitos outros exemplos de restrição na gama dos estímulos eficazes podem ser dados. As aves jovens de muitas espécies respondem de início seguindo uma vasta gama de estímulos visuais mas, dentro de dias, só respondem ao ver um objeto que já tenham seguido antes. Um bebê de poucas semanas responde com um sorriso a qualquer estímulo visual que tenha dois pontos negros sobre um fundo claro; aos três ou quatro meses, é requerido para isso um rosto humano real; e aos cinco meses, o estímulo efetivo pode estar confinado ao rosto de pessoas com as quais o bebê esteja familiarizado. Que a gama de estímulos efetivos torna-se comumente limitada era um fato bem conhecido de William James (1890), que o expressou como a "Lei da inibição do instinto pelos hábitos".

Quais são os processos pelos quais, em primeiro lugar, a gama de estímulos efetivos torna-se tão drasticamente limitada e, em segundo lugar, uma determinada resposta passa a estar ligada, em regra, a um estímulo funcionalmente apropriado?

....

2. Existem provas, examinadas por Bronson (1965), de que, na infância, a coordenação de grandes movimentos corporais, incluindo as reações de orientação e defesa, é mediada pelo sistema reticular e os núcleos motores do tronco cerebral. Desde que somente as redes neste nível do SNC estejam ativas, a discriminação sensorial fica limitada à mudança de intensidade. A resposta a mudanças de padrão requer a contribuição de sistemas neocorticais. O fato de esta contribuição ser de importância marginal durante a fase inicial da infância de algumas espécies de mamíferos, incluindo o homem, está em conformidade com a generalização de Schneirla. Entretanto, não corrobora o ponto de vista segundo o qual as respostas a mudanças de padrão, quando se apresentam, são necessariamente um produto de aprendizagem.

Um desses processos é um progresso na capacidade do indivíduo que está amadurecendo para discriminar o *input* sensorial. Enquanto a visão e a audição não discriminam satisfatoriamente, uma vasta gama de estímulos visuais ou auditivos pode ser tratada como se fossem todos semelhantes. Embora algumas formas de aperfeiçoamento pareçam ser devidas ao desenvolvimento fisiológico e não possam ser atribuídas à aprendizagem, outras dependem da experiência; nesse caso, o progresso é citado como "aprendizagem perceptual" ou "aprendizagem por exposição"[3]. Por exemplo, nos mamíferos, há provas de que a capacidade para perceber e reagir à forma visual, por exemplo, círculo ou quadrado, depende de o animal ter tido a experiência prévia de diferentes formas. Em alguns casos, a própria familiaridade é suficiente; o animal não precisa ter sido recompensado por qualquer dos métodos convencionais. Em outros casos, a experiência visual por si só é insuficiente para o aperfeiçoamento subsequente da discriminação. Assim, para um gatinho desenvolver um comportamento visualmente guiado eficiente, ele deve ter tido não só experiência visual do meio ambiente mas também uma oportunidade de se movimentar ativamente nesse meio.

Uma vez que os estímulos possam ser discriminados, um certo número de processos pode levar à restrição do repertório de estímulos que estão vinculados a uma particular resposta. Através dos processos opostos de reforçamento e habituação, as consequências que se seguem a uma resposta podem desempenhar um papel muito importante como mediadoras da restrição. Assim, os pintos continuam bicando objetos que, depois de apanhados no bico, eliciam a deglutição e deixam de bicar aqueles que não a eliciam. Os tentilhões jovens mostram, de início, um limitado grau de preferência entre diferentes espécies de sementes mas, após adquirirem experiência, apanham sobretudo aquelas que podem descascar mais eficientemente.

....

3. Sluckin (1965) assinala que o termo "aprendizagem perceptual" é ambíguo e pode muito bem se referir a vários processos diferentes. Por essa razão, defende o termo "aprendizagem por exposição", inicialmente proposta por Drever: "Ele refere-se sem ambiguidade ao registro perceptual, feito pelo organismo, do meio ambiente a que está exposto". Os efeitos parecem ser devidos ao fato de o animal ter aprendido as propriedades do estímulo, e não a ter formado qualquer associação estímulo-resposta.

Uma diferente classe de processos que moldam o comportamento é a que resulta em objetos familiares serem abordados e os desconhecidos, evitados. Diversamente dos processos de reforçamento e habituação, que têm sido, há duas gerações, prato obrigatório dos psicólogos experimentais, a importância da dicotomia conhecido/desconhecido só começou a ser apreciada em época relativamente recente, sobretudo como resultado dos trabalhos de Hebb (1946*b*).

No desenvolvimento dos indivíduos jovens de muitas espécies, o comportamento de aproximação é exibido desde cedo e precede o aparecimento do comportamento de evitação e afastamento. Consequentemente, qualquer estímulo a que o jovem animal esteja exposto no início da vida, desde que se situe em certas e amplas faixas, tende a eliciar aproximação. Contudo, essa fase dura apenas um tempo limitado e cessa em virtude de dois processos estreitamente relacionados. Por um lado, a experiência do meio ambiente habilita o animal a aprender o que é conhecido ou familiar, e a discriminá-lo do que é estranho ou desconhecido; por outro, as respostas de evitação e afastamento são eliciadas mais facilmente, e passam então a ocorrer especialmente em face de estímulos reconhecidos como estranhos. Em muitas espécies, as respostas agressivas seguem um curso de desenvolvimento semelhante ao das respostas de afastamento, amadurecendo mais tarde do que as de aproximação e sendo especialmente eliciadas por estímulos reconhecidos como estranhos.

Assim, através dos processos gêmeos, mediante os quais respostas diferentes têm ritmos diferenciais de amadurecimento e o animal aprende a discriminar entre familiar e estranho, os estímulos que eliciam o comportamento de aproximação tendem a ficar limitados ao familiar, ao passo que os outros estímulos tendem a causar afastamento e/ou agressão. (Um equilíbrio de desconhecido com familiar tende a eliciar a exploração.)

Será evidente que, embora esses processos gêmeos sejam, em princípio, comparativamente simples, os efeitos que têm são de profundo efeito sobre o modo como o comportamento de um animal se organiza. Por um lado, quando o animal é criado em seu meio ambiente de adaptabilidade evolutiva, a organização resultante do comportamento tende a mantê-lo na proximidade de animais amistosos e de lugares seguros e, além disso, tende a conservá-lo longe de predadores e outros perigos. Ao ter esses efeitos, a organização resultante possui valor de sobrevivência. Quando um animal é criado num ambiente diverso do seu meio ambiente de adaptabilidade evolutiva, por outro lado, a organização resultante do comportamento pode ser muito diferente. Por vezes, é bizarra, outras vezes contrária à sobrevivência.

Um tipo de organização desviante e frequentemente inadaptada que resulta da criação num meio ambiente atípico é ilustrado pela literatura sobre amizades incomuns entre animais. Quando animais jovens de espécies diferentes são criados juntos, pode decorrer uma amizade entre eles, mesmo quando os dois pertencem a diferentes espécies, como o gato e o rato que, na natureza, são "inimigos hereditários". Um outro tipo de organização desviante é observado em animais criados num meio ambiente severamente restrito. Tais animais revelam, usualmente, um comportamento profundamente indiscriminatório, com tendência ou para evitar todos os objetos ou para aproximar-se de todos. Por exemplo, experimentos com chimpanzés de dois anos de idade criados num meio ambiente restrito mostram que eles não investigam nem manipulam novos objetos e que, quanto mais limitado for o meio ambiente em que forem criados, mais tímidos serão. Por outro lado, uma série de experimentos em que filhotes foram criados em condições confinadas, levaram-nos a aproximar-se de tudo o que era novo, até se expondo ao perigo. Em cada caso, o comportamento resultante era indiscriminatório e, como tal, não adaptado para a sobrevivência.

Grande parte da ligação de determinados estímulos com determinados sistemas comportamentais é realizada através de um processo de restrição, ou seja, reduzindo uma vasta gama de estímulos potencialmente efetivos a um repertório muito mais estreito; ocasionalmente, porém, tal ligação é realizada por um processo oposto, isto é, ampliando uma gama reduzida para torná-la mais ampla. Um exemplo é o modo como o comportamento maternal em ratos é eliciado mais facilmente e por um número maior de estímulos semelhantes a crias, por exemplo, crias mortas, depois que a fêmea teve experiência com crias normais vivas, do que era eliciado antes de ela ter tido essa experiência.

As fases do ciclo vital durante as quais a restrição de estímulos potencialmente eliciadores de resposta (ou a ampliação deles) pode ocorrer são frequentemente breves. Cf. as seções sobre períodos sensíveis (p. 199) e sobre estampagem (p. 205).

Elaboração de sistemas comportamentais primitivos e sua superação por sistemas refinados

No recém-nascido existem alguns sistemas comportamentais, notadamente os mediadores da reprodução, os quais estão completamente inativos ou, mais frequentemente, estão ativos mas ainda insuficientemente organizados para atingir uma consequência funcional. A sua ontogênese será examinada na próxima seção. Por agora, interessa-nos somente o desenvolvimento de sistemas que são funcionais desde o início.

No capítulo 5, fez-se uma descrição dos diferentes modos como um sistema comportamental pode ser organizado – desde o tipo responsável pelo mais simples dos padrões fixos de ação até o tipo responsável pela mais elaborada das sequências corrigidas para a meta. Em comparação com os do animal maduro, os sistemas de comportamento funcionais em mamíferos recém-nascidos tendem a ser dos tipos mais simples. No decorrer do desenvolvimento, passam a operar sistemas comportamentais de tipos mais complexos e, não raramente, uma função desempenhada no início por um sistema simples passa a ser preenchida, mais tarde, por um sistema de tipo mais refinado.

Um exemplo de mudança de sistema que ocorre muito cedo na vida do animal é observado em gansinhos. Nas primeiras 24 horas, o comportamento de seguir é eliciado por qualquer objeto em movimento. Entretanto, após um ou dois dias, não só é eliciado apenas por um objeto familiar como, quando o objeto está ausente, o gansinho *procurará* o objeto familiar. Assim, o comportamento inicialmente organizado como um simples sistema corrigido para a meta é rapidamente reorganizado como parte de um plano. Do mesmo modo, o comportamento de apego de macaquinhos evolui de um simples reflexo de se agarrar para sequências complexas de seguir e ficar junto da mãe, organizadas também como componentes de um plano.

A mudança de controle de um sistema simples para um organizado em linhas mais refinadas deve-se comumente ao fato de o sistema simples ser incorporado ao mais refinado. Uma vez incorporado o sistema mais simples, sua ativação fica sob um controle mais discriminatório do que antes. Em vez de ser ativado imediatamente após receber estímulos elementares (de maior ou menor magnitude) a ativação é inibida até o momento em que se verificarem certas condições muito especiais. A realização de tais condições pode ser aguardada passivamente, ou ser promovida ativamente por um comportamento de tipo inteiramente distinto, mas apropriado – por exemplo, o comportamento de busca do gansinho.

Em carnívoros e primatas adultos, o comportamento parece, às vezes, ser estruturado em termos de simples hierarquias de planos. Por exemplo, o modo como leões caçam a presa ou como um bando de babuínos altera sua formação para se proteger contra predadores é mais facilmente entendido com base nesse pressuposto. Entretanto, esses métodos refinados de organização do comportamento são exibidos somente por animais relativamente maduros: os leões e os babuínos jovens são incapazes de tal organização.

Uma mudança no tipo de sistema controlador do comportamento, de um simples tipo estímulo-resposta para um tipo corrigido para a meta, é frequentemente mencionada como uma mudança de comportamento governado por ensaio e erro para comportamento governado por *insight*. Piaget refere-se a ela como uma mudança do comportamento organizado com base na inteligência sensório-motora para o comportamento organizado com base no pensamento simbólico e pré-conceptual. Para ilustrar o que pretende dizer com esse passo no desenvolvimento, Piaget (1947) escreve: "A inteligência sensório-motora atua como um filme em câmera lenta, em que todas as imagens são vistas em sucessão mas sem fusão e, portanto, sem a visão contínua necessária para se compreender o todo", ao passo que o modo mais avançado de organização se assemelha a um filme projetado na velocidade apropriada.

Nos seres humanos, o desenvolvimento psicológico caracteriza-se não só pela superação de sistemas simples por sistemas corrigidos para a meta, mas também pelo fato de o indivíduo tornar-se cada vez mais consciente das metas fixadas que adotou, desenvolver planos cada vez mais refinados para atingi-las, dispor de uma capacidade crescente para relacionar um plano a outro, detectar a incompatibilidade entre planos e ordená-los em termos de prioridade. Na terminologia psicanalítica, essas mudanças são descritas como sendo devidas à superação do id pelo ego.

Os primeiros passos em tal desenvolvimento são ilustrados pela mudança que ocorre durante os primeiros dois ou três anos de vida de uma criança nos tipos de sistema de controle da bexiga, um processo estudado por McGraw (1943). Durante o primeiro ano de vida humana, o esvaziamento do conteúdo da bexiga é controlado por um mecanismo reflexo, sensível durante os primeiros seis meses a uma vasta gama de estímulos e limitando-se nos seis meses seguintes a uma gama de estímulos mais restrita. No começo do segundo ano, o desempenho perde o caráter automático de um mecanismo reflexo. Contudo, o bebê ainda parece não se aperceber conscientemente do próprio ato e de suas consequências e, por um breve período, pode tornar-se mais cooperativo e previsível em seu desempenho. Essa fase também passa, entretanto, e muitas crianças tornam-se especialmente renitentes em cooperar durante um certo tempo. Finalmente, por volta dos 24 meses, o controle integra-se num sistema comportamental muito mais complexo, sistema esse organizado para ter em conta a postura da criança e as circunstâncias. Nesta fase, o esvaziamento da bexiga é inibido (usualmente) até que a criança tenha encontrado um recipiente adequado e se colocado em posição apropriada. Tal comportamento é estruturado, evidentemente, para se atingir uma meta fixada, ou seja, urinar num recipiente, e está organizado na base de um plano-mestre simples. Na execução do plano, a transição de uma fase da sequência requerida de comportamento para a seguinte, por exemplo, procurar o urinol para nele sentar-se, depende de um processo de *feedback* de informação. O êxito na primeira fase, procurar o urinol, depende também de a criança possuir um adequado mapa cognitivo do local em que vive.

Assim, uma resposta simples, inicialmente sensível a uma vasta gama de estímulos não padronizados, é incorporada a um sistema comportamental organizado como uma hierarquia de planos e sensível apenas a objetos perceptuais muito específicos.

Acredita-se que uma sucessão comparável de sistemas cada vez mais refinados medeia o comportamento humano de apego. Ao passo que nos primeiros meses tal comportamento consiste somente em movimentos reflexos e de acompanhamento a distância, no segundo e terceiro anos passa a organizar-se em função de metas fixadas e planos. Esses planos são organizados de um modo cada vez mais complexo e acabam por incluir subplanos, dos quais uma meta fixada pode mudar os sistemas comportamentais e metas fixadas da figura materna a que a criança está apegada. Esses temas formam a substância da parte IV.

Ainda um outro exemplo do crescente refinamento dos sistemas que, no ser humano, são sucessivamente empregados para executar uma única função é encontrado no comportamento que leva à ingestão de alimentos. No recém-nascido, a ingestão de alimento é uma consequência de comportamento organizado como uma cadeia de simples padrões fixos de ação – abocanhar, sugar, engolir – ativados por estímulos ambientais de especificidade relativamente escassa, usualmente quando a condição interna do recém-nascido é de um certo tipo. Alguns meses depois, o comportamento alimentar só é iniciado quando são percebidas condições externas que se coadunam com um certo padrão esperado: a mãe expondo o seio, a mamadeira, a colher. No segundo ano, muitos novos tipos de comportamento são mobilizados a serviço da ingestão de alimento – pegar na comida, levá-la à boca, morder, mastigar – e a vinculação entre os diferentes tipos organizou-se mais como um plano do que como uma cadeia. À medida que a criança cresce e se torna um adulto, o plano fica mais complexo, e o período de tempo durante o qual é executado torna-se mais extenso: comprar alimentos, prepará-los, cozinhá-los etc. Finalmente, em adultos, até de comunidades subdesenvolvidas, a ingestão de alimentos torna-se o ponto culminante num plano-mestre que, em sua execução, pode abranger um ano agrícola e conter como subplanos um vasto repertório de técnicas de cultivo, colheita, armazenagem e culinária.

Assim, ao passo que durante a infância os seres humanos são incapazes de estruturar seu comportamento de qualquer modo mais complexo do que o mais simples dos planos, o comportamento na adolescência e idade adulta é habitualmente estruturado na base de elaboradas hierarquias de planos. Esse tremendo desenvolvimento no refinamento das organizações comportamentais empregadas é possibilitado, evidentemente, pela crescente capacidade do ser humano em crescimento para usar símbolos, especialmente a linguagem.

É justamente porque, durante o desenvolvimento humano, o comportamento empregado para realizar uma função muda em sua organização da mais simples e estereotipada para a mais complexa e variável, que se costuma dizer que os seres humanos não exibem comportamento instintivo. Uma forma alternativa de dizer isso é que os sistemas responsáveis pelo comportamento instintivo são usualmente incorporados a sistemas refinados, de modo que os esperados padrões típicos e reconhecíveis do comportamento instintivo deixam de ser vistos, exceto quando uma meta fixada está prestes a ser atingida.

O gradual aumento de controle durante o desenvolvimento individual, desde os sistemas mais simples aos mais refinados, é, sem dúvida, em grande parte, um resultado do amadurecimento do sistema nervoso central. Uma comparação feita por Bronson (1965) do que é conhecido sobre as capacidades comportamentais de diferentes partes do cérebro humano e de seu estado de desenvolvimento nos primeiros anos de vida com o que se conhece acerca do crescente refinamento dos sistemas comportamentais em operação em cada idade, sugere que, durante o desenvolvimento humano, a estrutura cerebral e a estrutura comportamental se mantêm estreitamente sincronizadas.

No primeiro mês após o nascimento, o neocórtex do bebê está pouco desenvolvido e, em conformidade com isso, o comportamento situa-se unicamente ao nível de movimentos reflexos e de acompanhamento a distância. Durante o terceiro mês, algumas partes do neocórtex tornam-se provavelmente funcionais e, então, as respostas passam a ser sensíveis a padrões e podem ser retardadas por breves períodos. Por exemplo, por volta dos três meses, um bebê pode contentar-se em aguardar enquanto sua mãe se prepara para amamentá-lo, algo que ele era incapaz de fazer em suas primeiras semanas de vida. Contudo, ao longo dos primeiros dois anos, o desenvolvimento das áreas de elaboração do neocórtex está atrasado em relação ao das áreas de projeção primária e, em correspondência com esse atraso, os processos e planos cognitivos não se desenvolvem além de um nível comparativamente primitivo.

Na altura do segundo aniversário da criança, os lobos préfrontais continuam muito pouco desenvolvidos. As provas sugerem que essas partes do cérebro são necessárias para que um indivíduo iniba uma reação imediata, a fim de que um plano de ação, dependente de fatores não presentes no meio ambiente imediato, possa ser executado até sua conclusão. Coerente com isto, apurou--se que só perto do final dos anos pré-escolares a maioria das crianças está apta a realizar uma escolha que considere substancialmente fatores não presentes no aqui e agora.

Assim, parece claro que, ao longo de muitos anos da infância, o refinamento dos sistemas comportamentais que podem ser desenvolvidos é estritamente limitado pelo estado de desenvolvimento do cérebro. Sem o necessário equipamento neural, o equipamento comportamental não pode ser elaborado; e, até que seja elaborado, o comportamento mantém-se mais em conformidade com o princípio do prazer do que com o princípio da realidade.

Durante a ontogênese, a superação de sistemas comportamentais simples por outros cada vez mais refinados, incluindo hierarquias de planos, é a regra. As vantagens em termos de adaptabilidade e eficiência são óbvias. Também óbvios são os perigos. A repetida superação de um sistema por outro fornece inúmeras oportunidades para que ocorra uma transição defeituosa e para que o sistema comportamental resultante corra o risco de ser menos, em vez de mais, eficiente e adaptado.

Integração de sistemas comportamentais
em totalidades funcionais

Tratamos até aqui de sistemas que são funcionais desde o início e que, durante a ontogênese, são superados por sistemas mais refinados que continuam realizando a mesma função. Outros sistemas, porém, começam como não funcionais e só se tornam funcionais quando são integrados a outros sistemas. Quando são inicialmente ativados, cada componente dá origem apenas a um movimento isolado, ou a um movimento que ocorre num contexto inadequado ou no lugar errado de uma sequência.

Um exemplo é o comportamento de enterrar nozes do esquilo. Trata-se de uma sequência complexa que inclui cavar a terra, depositar a noz, empurrá-la para o fundo com o focinho, cobri-la e calcar a terra. Embora cada segmento comportamental apareça numa certa idade e não exija prática, para que a sequência como um todo seja eficaz, torna-se usualmente necessária alguma prática. Por exemplo, um animal inexperiente pode cavar um buraco e depositar a noz mas, depois, executar os movimentos de cobri-la de terra no lugar errado. Só com a prática a sequência é executada de tal modo que é seguida pelas usuais consequências funcionais.

A ocorrência em animais jovens de comportamento instintivo executado de forma tão inepta que não tem qualquer consequência funcional é também ilustrada no desenvolvimento do comportamento reprodutivo. Um chapim azul, quando ainda é apenas uma avezinha implume, pode, por exemplo, mostrar fragmentos isolados de comportamento reprodutivo – trinados incipientes, construção de ninho e comportamento copulatório – mas todos esses fragmentos aparecem em contextos inteiramente divorciados do contexto em que se manifestam no indivíduo adulto. Os mamíferos jovens de muitas espécies e de ambos os sexos montam comumente uns nos outros, de um modo inepto e sem passagem de sêmen para a vagina. Estudos de primatas, os quais existem hoje em grande número, são de especial interesse para a psicanálise.

No macaco *rhesus*, a maturidade sexual só é atingida depois dos quatro anos de idade. Não obstante, fragmentos de comportamento sexual são observados desde as primeiras semanas de vida. Em machos, ereções do pênis têm sido registradas em muitos bebês a partir das seis semanas de idade e ocorrem especialmente quando o filhote está sendo catado e acariciado pela mãe. As impulsões pélvicas são vistas pela primeira vez um pouco mais tarde, e não necessariamente quando dois animais estão numa posição montada. Não raras vezes, o animal para o qual as impulsões pélvicas são dirigidas é a mãe do pequeno macaco.

Ereção e impulsão pélvica foram também observadas em bebês de chimpanzés. Tanto no macaco *rhesus* como no chimpanzé, esses comportamentos podem ser eliciados em situações em que o nível geral de excitação é elevado; por exemplo, ao reunir-se a um companheiro após breve separação, na hora de comer, quando estranhos estão presentes e quando o animal está fisicamente coibido em seus movimentos. Num estudo do assunto, Mason (1965*a*) conclui que "os vários constituintes [do comportamento de acasalamento do macho] parecem manifestar-se em diferentes estágios da ontogênese e estão diferencialmente relacionados com a experiência e com as condições que os eliciam".

Observações como essas deixam claro que fragmentos de comportamento sexual de um tipo não funcional ocorrem em membros imaturos de muitas, talvez todas as espécies de primatas, e não raro são exibidos primeiro em relação aos pais. Os "instintos sexuais componentes" que estão ativos na infância humana, e para os quais Freud chamou a atenção, não estão, portanto, limitados ao homem; provavelmente em todos os mamíferos a sexualidade infantil constitui a regra.

Em crianças, a observação sistemática de fragmentos não funcionais de comportamento sexual não é facilmente realizada. Recentemente, porém, Lewis (1965) investigou a incidência dos movimentos de impulsão pélvica em bebês, a partir dos oito a dez meses de idade:

> Ocorre somente em condições de máxima segurança... Num momento de evidente deleite, o bebê enlaça a mãe, talvez enquanto está encostado e descontraído contra o seu seio. Leva os braços até o pescoço da mãe, acaricia-lhe o queixo e inicia rápidos movimentos rotativos de impulsão pélvica numa frequência aproximada de dois por segundo. Isso não dura muito (de 10 a 15 segundos). Não é usualmente acompanhado de ereção... e não resulta em algo que sugira nem sequer um orgasmo... Não está limitado aos meninos. A mãe de três filhas observou-o em todas elas... [A impulsão pélvica] declina gradualmente à medida que decrescem os contatos corporais íntimos de quando a criança era pega no colo... [mas] tem sido observada em crianças de mais de três anos de idade... Não ocorre em conexão com a alimentação, as brincadeiras ativas e o vestir, embora tenha sido ocasionalmente observada quando a criança está em contato ventral relaxado com um cobertor ou uma almofada.

Qualquer observador de crianças de dois ou três anos de idade, brincando juntas, terá notado ocasiões em que, com muita excitação, um menino e uma menina assumem posições típicas do coito adulto. Nenhum dos dois, é evidente, possui mais do que uma ideia muitíssimo vaga da meta fixada pós-puberal da sequência comportamental da qual estão executando um mero fragmento.

Um outro exemplo de itens típicos do comportamento instintivo que ocorre em indivíduos imaturos, mas em sequências insuficientemente organizadas para que o resultado seja funcional, é o comportamento maternal de meninas pequenas e, às vezes, também de meninos. Durante um período razoavelmente longo, uma criança de três anos pode agir de um modo tipicamente maternal em relação a uma boneca, ou mesmo a um verdadeiro bebê. Depois, alguma coisa a distrai, o comportamento maternal termina bruscamente e, por um largo período de tempo, a boneca ou o bebê são postos de lado.

Os processos pelos quais esses fragmentos precoces de comportamento instintivo acabam integrados em sequências completas, com suas consequências funcionais normais, são provavelmente de múltiplos tipos. Um deles, já discutido, é o que provoca a restrição dos objetos estimuladores que ativam um sistema comportamental e que o orientam ou finalizam. Um exemplo interessante é o modo como numerosas respostas num pinto recém-nascido, inicialmente distintas umas das outras, acabam todas dirigidas, em regra, para a galinha-mãe. Experimentos mostram que, nos primeiros dias após o choco, um pinto: (*a*) seguirá um objeto em movimento, (*b*) buscará um lugar seguro quando se alarma e (*c*) buscará calor quando sente frio. Embora em condições artificiais seja possível criar o pinto de modo que cada um desses sistemas comportamentais seja dirigido para um objeto diferente, por exemplo, seguir uma caixa de papelão, buscar um lugar seguro num saco e calor junto a um aquecedor, no meio ambiente natural os três sistemas são dirigidos para a galinha-mãe.

Processos de um tipo estreitamente afim, que resultam na integração funcional de vários fragmentos comportamentais, são aqueles que levam um sistema comportamental responsável por algum item simples de comportamento a converter-se numa unidade em uma ou mais cadeias.

Ainda uma outra espécie de processo é aquela que integra um item de comportamento numa hierarquia causal. Isto pode ocorrer após uma mudança na relação causal entre um padrão de comportamento e o estado interno do animal.

Poder-se-ia supor, com uma boa dose de confiança, que o comportamento alimentar seria mais facilmente eliciado quando um animal tivesse fome e que, quanto mais faminto ele estivesse, mais facilmente esse comportamento seria eliciado. Contudo, isso nem sempre é assim, pelo menos nos animais muito jovens. Por exemplo, quando um filhote de chapim azul começa a bicar, é mais provável que o faça quando *não* tem fome; quando está faminto, pede alimento aos pais. Do mesmo modo, os experimentos sugerem que o comportamento de sucção em filhotinhos é, no início, independente da fome e da ingestão de alimentos. Ao longo do subsequente desenvolvimento, bicar e sugar passam a ser mais facilmente eliciados em condições de fome e, por isso, conjugam-se com outros comportamentos que contribuem para a ingestão de alimento, dentro de um sistema organizado em termos de hierarquia causal.

Se um dos efeitos da experiência é que uma determinada resposta somente passa a ser eliciada quando o animal está em condição fisiológica propícia, por exemplo, com fome, um outro efeito pode ser justamente o oposto. Assim, o comportamento sexual do gato só fica organizado numa sequência funcional pela primeira vez quando são satisfeitas duas condições: (*a*) o nível de andrógeno é elevado e (*b*) o gato tem a experiência de acasalamento. Uma vez organizado, o comportamento sexual pode subsequentemente manifestar-se mesmo em épocas em que o nível de andrógeno é baixo. É possível que o modo como o comportamento sexual do gato é organizado mude de um sistema de encadeamento para um sistema corrigido para a meta. Seja como for, uma mudança desse gênero é bastante comum nos mamíferos superiores. O novo sistema comportamental é, então, não só mais eficiente mas também passível de adquirir um certo grau de autonomia em relação às condições inicialmente necessárias para eliciá-lo.

Esses exemplos ilustram um princípio muito geral do desenvolvimento comportamental, a saber: uma vez organizada uma sequência comportamental, ela tende a persistir – e persiste mesmo quando se desenvolveu segundo linhas não funcionais e na ausência dos estímulos externos e/ou das condições internas de que dependia inicialmente. A forma precisa que qualquer item de comportamento assume e a sequência em que é inicialmente organizado são, pois, da maior importância para o seu futuro.

Em virtude da imensa capacidade do ser humano para aprender e para desenvolver complexos sistemas comportamentais, é usual que o seu comportamento instintivo se incorpore a sequências flexíveis que variam de indivíduo para indivíduo. Assim, quando um ser humano teve a experiência de atingir uma situação consumatória, o comportamento que leva até ela pode reorganizar-se em termos de uma meta fixada e de uma hierarquia de planos. É isso o que parece ocorrer no comportamento sexual.

Antes de o intercurso e o orgasmo terem sido experimentados, o comportamento sexual humano parece ser organizado, predominantemente, como um encadeamento. Após essas experiências, no entanto, reorganiza-se mais como um plano dotado de meta fixada. Embora tal reorganização faça com que a sequência comportamental pela qual um sistema é responsável se torne mais eficiente na obtenção do resultado previsível, é possível que ela não fique isenta de contratempos. Por exemplo, uma vez previstos a situação e o ato consumatórios, um indivíduo pode procurá-los precipitadamente, omitindo etapas intermediárias, e a satisfação experimentada pode ser muito menor do que a esperada.

Enquanto, com a experiência, a situação consumatória (ou o ato consumatório) de um sistema comportamental instintivo acaba frequentemente ou sempre sendo prevista, é muito menos certo se a sua função também o é antes do comportamento ser realizado. No caso de animais presumivelmente nunca é. No caso do homem, às vezes, é, mas talvez mais frequentemente não o seja. Por exemplo, embora as consequências funcionais do comportamento sexual sejam, sem dúvida, usualmente conhecidas antes de o intercurso ser praticado, elas podem não o ser. As consequências funcionais de comer podem ser apenas imperfeitamente compreendidas até por adultos, e as consequências funcionais do comportamento de apego, como se argumentará em capítulos subsequentes, permanecem largamente desconhecidas até mesmo em círculos sofisticados.

O fato de, no caso do homem, a função ser, às vezes, conhecida pode levar a dois tipos de comportamento aberrante. Um é desempenhar o comportamento mas, ao mesmo tempo, impedir deliberadamente que sobrevenham as consequências funcionais, por exemplo, o intercurso com anticoncepcionais, comer alimentos não nutritivos. A outra é realizar as funções sem desempenhar o comportamento instintivo, por exemplo, a inseminação artificial e a alimentação por sonda.

Períodos sensíveis do desenvolvimento

Já foi dito o bastante para deixar claro que a forma adotada pelo equipamento comportamental de um adulto de muitas espécies de aves e mamíferos depende, em grande medida, do meio ambiente em que ele foi criado. Para alguns sistemas, em algumas espécies, o grau de sensibilidade ao meio ambiente pode mudar relativamente pouco durante o ciclo vital; mais amiúde, provavelmente, a sensibilidade ao meio ambiente é maior numa fase do que em outra; e, às vezes, um sistema comportamental é altamente sensível numa fase e depois deixa de sê-lo.

Os mais conhecidos exemplos de períodos sensíveis no desenvolvimento do equipamento comportamental são aqueles em que os estímulos que ativam ou finalizam um sistema tornam-se nítida e talvez irreversivelmente restritos. Outros exemplos dizem respeito à forma adotada por padrões motores e por metas fixadas.

No começo deste capítulo foi sublinhado que em animais jovens há uma acentuada tendência para que estímulos identificados como familiares eliciem o comportamento de aproximação e estímulos identificados como estranhos eliciem evitação. Um caso especial ocorre durante o desenvolvimento do comportamento de seguir em patinhos e gansinhos. Nas horas após a saída da casca, essas aves seguem o primeiro objeto em movimento que perceberem, seja ele qual for. Além disso atingem rapidamente um ponto em que seguirão unicamente o objeto já seguido e evitarão todos os outros. Essa rápida aprendizagem do familiar e, depois, de segui-lo é conhecida como "estampagem". Algo semelhante ocorre com jovens mamíferos. Como esses dados são sumamente relevantes para qualquer estudo do vínculo do bebê humano com sua mãe, dedicamos a ele a próxima seção deste capítulo (cf. p. 205).

A gama de objetos para os quais outros sistemas comportamentais são potencialmente dirigidos também pode estar sujeita a substanciais e aparentemente irreversíveis restrições a certas fases do ciclo vital.

Um exemplo, que é do maior interesse para os psicanalistas, diz respeito ao modo de seleção de objetos para os quais o comportamento sexual é dirigido. Sequências completas de comportamento sexual não são usualmente observadas em aves ou mamíferos antes de atingirem uma certa idade (embora fragmentos isolados de tal comportamento o sejam). Não obstante, a gama de objetos para os quais esse comportamento é mais tarde dirigido por um determinado indivíduo é, pelo menos em algumas espécies, definida muito antes de esse indivíduo atingir a maturidade sexual. Isso é claramente mostrado quando um animal é criado com animais de uma outra espécie e, como frequentemente acontece, passa a dirigir todo o seu comportamento sexual para indivíduos dessa espécie: em animais criados em casa, o comportamento sexual é dirigido, às vezes, para homens e mulheres.

São ainda escassas as informações exatas sobre a fase do desenvolvimento durante a qual é determinada, ou, pelo menos, grandemente influenciada, a natureza de tais objetos sexuais, em diferentes espécies. Por essa razão, são de grande interesse os experimentos recentes com filhotes de pato selvagem. Schutz (1965*a*) apurou que o tipo de ave para o qual o pato selvagem adulto dirige seu comportamento sexual é muito influenciado pelo tipo de ave com que ele passou o período de sua vida que começa por volta das três semanas e termina por volta das oito, ou seja, muito antes de ocorrerem sequências completas de comportamento sexual. Quando criados com uma mãe adotiva ou irmãos adotivos de sua própria espécie, os patos selvagens machos sempre acasalam, como se poderia esperar, com fêmeas de sua própria espécie; e o mesmo se verifica quando são criados com aves de sua própria espécie e algumas outras de espécies diferentes mas afins. Entretanto, quando criados unicamente com aves de espécies afins, dois terços deles só acasalam com uma fêmea dessa espécie afim. Não obstante, quando criados com aves de uma espécie completamente distinta e sem parentesco algum com a deles, por exemplo, com galinhas, as preferências dos patos selvagens machos não são dirigidas para indivíduos dessa outra espécie.

Estes dados mostram que a preferência sexual no pato selvagem macho se inclina, desde o início, para aves de sua própria espécie; que, do ponto de vista ambiental, essa preferência é suficientemente instável para dirigir-se a aves de uma espécie estreitamente afim ou aparentada com a deles; e ainda do ponto de vista ambiental, é suficientemente estável para nunca se dirigir para aves de espécies distintas e não aparentadas.

Uma outra conclusão de Schutz é que ser criado com mãe adotiva de outra espécie torna mais provável a preferência por uma fêmea dessa espécie do que a criação com irmãos adotivos de outra espécie. Entretanto, como é raro que aves criadas juntas acasalem entre si, torna-se claro que a preferência sexual estabelecida nas primeiras semanas é por membros da espécie em geral e não por indivíduos em particular.

Schutz (1965*b*) também descreve as condições que levam o pato selvagem macho a selecionar um parceiro homossexual. Quando criados com aves de ambos os sexos, os machos escolhem fêmeas. Entretanto, quando criados por não menos de setenta e cinco dias num grupo formado apenas de machos, eles formam pares homossexuais e, daí em diante, desinteressam-se pelas fêmeas. A partir daí, a preferência por um parceiro homossexual é notavelmente estável; ela persiste apesar do fato de ambos os membros do par adotarem um papel masculino e de nunca se conseguir a realização da cópula.

A estabilidade quanto à classe de objetos para a qual o comportamento sexual é dirigido, uma vez estabelecida uma preferência, é comum, de fato, em muitas espécies. Apesar de sua inadequação tanto para o ato sexual como para suas consequências funcionais, uma vez estabelecida a preferência por uma classe de objeto sexual, a mudança para uma classe mais adequada não é usual, mesmo se membros dessa classe mais adequada estiverem disponíveis. No homem, o macho fetichista é um caso comparável.

Os objetos para os quais o comportamento maternal pode ser dirigido também são ambientalmente instáveis em muitas espécies de aves e mamíferos. Um exemplo notório é a dedicação manifestada por pássaros nos cuidados a um filhote de cuco que tenha porventura aparecido em seus ninhos. Muitas outras espécies de aves agirão como pais adotivos de filhotes de uma espécie estranha, e existem inúmeros exemplos, em mamíferos, de fêmeas atuando como mães adotivas de filhotes de outras espécies. Na maioria dos casos, porém, tal direção pervertida do comportamento maternal é plástica; o que quer dizer que uma experiência de criação de filhotes de uma espécie diferente não resulta numa permanente preferência pelos filhotes dessa espécie.

Existem, entretanto, muitas provas de que, em certas espécies de mamíferos, a definição do filhote em relação ao qual o comportamento maternal será dirigido está severamente restrita a uma fase sensível que ocorre pouco depois do parto. Os pastores estão desde longa data familiarizados com esse fato, quando tentam levar uma ovelha que perdeu seu cordeiro a adotar o cordeiro órfão de uma outra ovelha. Tão fixada está a ovelha no cordeiro perdido que só com dificuldade o pastor consegue persuadi-la a amamentar o órfão. Essa restrição severa de objetos para os quais o comportamento material é dirigido foi ilustrada, de forma impressionante, por um experimento relatado por Hersher, Moore e Richmond (1958). Pouco depois de filhotes gêmeos terem nascido de uma cabra, um deles foi removido durante duas horas e depois devolvido à mãe, enquanto o outro permaneceu com a mãe o tempo todo. A cabra continuou amamentando e cuidando do gêmeo que ficou com ela e recusou-se a fazer o mesmo pelo gêmeo que tinha sido removido. Uma limitação dos objetos para os quais o comportamento maternal é dirigido ocorre, evidentemente, nessa espécie, numa questão de horas após o parto.

As formas que os padrões motores adotam e o modo como se integram em sequências funcionais (ou não funcionais) também passam, em alguns casos, por fases sensíveis. São exemplos os movimentos motores estereotipados que caracterizam tantos animais criados sozinhos e confinados numa pequena jaula ou gaiola. Embora não adaptativos, uma vez estabelecidos tendem a persistir mesmo quando as condições mudam para aquelas do meio ambiente da adaptabilidade evolutiva. Uma perseveração semelhante de movimentos motores estabelecidos é conhecida de todos os que praticam esportes que envolvem coordenação muscular. Se uma pessoa adquiriu uma versão particular de como bater a bola num jogo de tênis, ou qualquer esporte semelhante, ela daí em diante terá extrema dificuldade em abandonar essa versão a favor de outra mais aperfeiçoada, e pode regredir constantemente à versão inicialmente adquirida.

Foram provas deste tipo, derivadas tanto de comportamentos ambientalmente estáveis como instáveis, que levaram Hinde a concluir que o desempenho de uma resposta, *ipso facto*, aumenta a probabilidade dessa resposta ser desempenhada em ocasiões subsequentes.

Já descrevemos como a classe de objetos para a qual o comportamento sexual é dirigido tende, pelo menos em algumas espécies, a atravessar uma fase sensível que ocorre antes da puberdade. Nos primatas, existem provas claras de que os padrões motores de comportamento sexual também atravessam uma fase sensível de desenvolvimento. Depois de uma longa série de experimentos em que Harlow e seus colegas criaram bebês de macacos *rhesus* em diferentes ambientes sociais, todos muito diversos do meio ambiente de adaptabilidade evolutiva, Harlow conclui:

> Um vasto conjunto de dados observacionais provenientes dos laboratórios do Wisconsin indica que o comportamento heterossexual é grandemente influenciado por experiências precoces, e que o fato de os bebês não formarem relações de afeto bebê a bebê realmente *efetivas*, retarda ou destrói o comportamento heterossexual adulto adequado (Harlow e Harlow, 1965).

Embora em publicações anteriores (por exemplo, 1962) Harlow e Harlow relatassem que o comportamento se desenvolve normalmente desde que o jovem macaco tenha experiências lúdicas com seus companheiros da mesma idade, e apesar de não ter experiência alguma de ser cuidado por uma macaca-mãe, dados mais recentes mostram haver consideráveis diferenças individuais e que nem todos esses macacos são heterossexualmente normais como adolescentes e adultos. Numa comunicação pessoal, Harlow escreveu: "Estou agora plenamente convencido de que não existe substituto adequado para as mães no início do processo de socialização dos jovens macacos".

Harlow e Harlow relatam que, no macaco *rhesus*, o comportamento sexual do macho é ambientalmente mais instável do que o comportamento sexual da fêmea. Uma diferença desse tipo, e ainda mais pronunciada, é descrita também no caso de chimpanzés. Num estudo comparativo do desenvolvimento do comportamento sexual masculino em primatas, Mason (1965*a*) observa:

> A integração dessas respostas no padrão de acasalamento adulto ocorre muito mais cedo em macacos do que em chimpanzés... Se o macaco macho for provido de contatos sociais adequados [mas não de outro tipo], ele desenvolve o padrão sexual característico do adulto muito antes da puberdade, ao passo que em condições semelhantes isso não acontece com o chimpanzé... Por outro lado, o macaco macho que não atingiu o padrão adulto na adolescência é improvável que o faça mais tarde, ao passo que o chimpanzé é capaz de tal aprendizagem... O macaco macho cujas oportunidades de aprendizagem social foram cerceadas até a adolescência está provavelmente prejudicado em seu ajustamento sexual pela presença nele de fortes tendências lúdicas e agressivas.

A última frase de Mason chama a atenção para o fato de que, se o comportamento social, incluindo o comportamento sexual e parental, tiver que ser adaptativo, certas respostas hão de ser inibidas ou, pelo menos, restringidas. Por exemplo, num macho, o comportamento agressivo intenso, que é adaptativo quando dirigido contra predadores e também, às vezes, contra outros machos adultos ou adolescentes, tem pouquíssima probabilidade de ser adaptativo quando dirigido contra fêmeas ou filhotes. Do mesmo modo, o comportamento de apego e o comportamento parental têm que ser exibidos nas ocasiões apropriadas para serem adaptativos. Desempenhar um papel social adaptativo obriga um mamífero adulto a ser, de fato, extremamente discriminatório na manifestação de suas várias respostas sociais e a preservar um bom equilíbrio entre elas.

Continuam incertos quais são, exatamente, os períodos sensíveis que podem existir no desenvolvimento de respostas sociais adultas em primatas não humanos, e exatamente que condições e experiências são necessárias na infância e adolescência, para que elas se desenvolvam de um modo adaptativo[4]. Isto é ainda mais verdadeiro a respeito dos seres humanos. Que existem períodos sensíveis no desenvolvimento humano parece mais do que provável. Enquanto não se souber mais a respeito deles, é aconselhável sermos cautelosos e admitir que quanto mais o meio ambiente social em que um bebê é criado se desvia do meio ambiente de adaptabilidade evolutiva (que é, provavelmente, o pai, a mãe e os irmãos num meio ambiente social que abrange os avós e um número limitado de outras famílias conhecidas), maior será o risco de ele desenvolver padrões não adaptativos de comportamento social.

Estampagem

Uso do termo

Como é frequentemente indagado se a estampagem ocorre nos seres humanos, é conveniente esclarecer o que o termo significa e como é aplicado atualmente.

O termo "estampagem" é usado hoje de duas maneiras distintas, as quais provêm dos estudos pioneiros de Lorenz com patinhos e gansinhos (Lorenz, 1935). Um dos usos é restrito, o outro é amplo.

Em seu sentido restrito, o termo está estreitamente vinculado às ideias originais de Lorenz sobre estampagem. Em seus primeiros trabalhos, Lorenz não só chamou a atenção para o fato de que, em muitas espécies de aves, o comportamento de apego concentra-se rapidamente num determinado objeto, ou classe de objetos, mas postulou também que o processo pelo qual isso ocorre tem propriedades únicas: "a estampagem tem um certo número de características que a distinguem fundamentalmente de um processo de aprendizagem. Não tem igual na psicologia de qualquer outro

....

4. Por exemplo, novas observações do comportamento como adultos de macacos *rhesus* criados em isolamento num outro laboratório não confirmaram os dados de Harlow, segundo os quais eles mostram uma séria deterioração do comportamento heterossexual. Tanto o pesquisador Meier (1965) como Harlow não acharam possível explicar a falta de concordância entre suas conclusões.

animal, muito menos de um mamífero" (Lorenz, 1935). As quatro propriedades distintivas que Lorenz atribuiu à estampagem são: (1) que tem lugar *somente* durante um breve período crítico no ciclo vital; (2) que é *irreversível*; (3) que é *aprendizagem supraindividual*; e (4) que *influencia padrões de comportamento que ainda não se desenvolveram* no repertório do organismo, por exemplo, a escolha de um parceiro sexual. Lorenz também identificou a estampagem como a aprendizagem que ocorre numa ave jovem no decurso da atividade de seguir um objeto em movimento.

Nos trinta anos transcorridos desde que Lorenz fez essas afirmações, a posição mudou. Por um lado, um conhecimento mais detalhado dos fenômenos para os quais Lorenz chamou a atenção mostra que tanto o período crítico quanto a irreversibilidade não são tão claramente definidos quanto ele supôs; e mostra ainda que uma aprendizagem do mesmo tipo ocorre mesmo quando a jovem criatura não está empenhada em seguir um objeto em movimento – quando, por exemplo, está exposta a um padrão estático. Por outro lado, graças principalmente ao trabalho do próprio Lorenz, reconhece-se hoje que algumas das características que se pensava antes serem típicas da estampagem aplicam-se também, num certo grau, a muitos outros casos de aprendizagem, inclusive em mamíferos. Assim, o que parecia inicialmente ser um contraste de branco e preto, apurou-se ser, num minucioso exame, uma série graduada de matizes de cinzento.

Essas mudanças de perspectiva levaram o termo estampagem a adquirir um significado mais geral. Assim usado, estampagem refere-se a quaisquer processos que possam atuar para levar o comportamento de apego filial de uma ave ou um mamífero jovem a dirigir-se preferencial e estavelmente para uma ou mais figuras discriminadas. Por extensão, também pode ser usado em referência a processos que levam outras formas de comportamento a dirigirem-se preferencialmente para determinados objetos, por exemplo, o comportamento maternal em relação a um certo animal jovem e o comportamento sexual em relação a um certo parceiro (ou parceiros). Citando Bateson (1966):

> Embora muitas respostas se tornem limitadas aos estímulos que primeiro as eliciaram, o desenvolvimento de preferências sociais

em aves fornece um exemplo particularmente notável, tanto mais que, de fato, os processos pelos quais outras preferências e outros hábitos são adquiridos classificam-se frequentemente por sua semelhança com ele. Esse processo, que restringe as preferências sociais a uma classe específica de objetos, é geralmente designado como "estampagem".

Entre os outros tipos de comportamento que também foram incluídos no âmbito do termo está o desenvolvimento da preferência de um animal por um determinado habitat ou lar (por exemplo, Thorpe, 1956).

Em fins da década de 1960, tornou-se quase acadêmico perguntar qual seria o melhor uso do termo, o restrito ou o amplo. Pois em dois estudos clássicos do assunto ambos os autores, Sluckin (1965) e Bateson (1966), usam-no em seu sentido geral. A verdade é que, embora algumas das suas hipóteses iniciais estivessem equivocadas, os fenômenos para os quais Lorenz chamou a atenção continuam sendo tão notáveis, e o termo que ele introduziu é tão significativo que, quaisquer que sejam os processos exatos, o termo que os designa veio para ficar.

Usado em sentido geral, o termo subentende sempre: (*a*) o desenvolvimento de uma preferência claramente definida; (*b*) uma preferência que se desenvolve com rapidez e usualmente durante uma fase limitada do ciclo vital; e (*c*) uma preferência que, uma vez estabelecida, mantém-se comparativamente fixa. Embora as respostas eliciadas especificamente pela figura preferida possam ser de muitos tipos, e possam mudar quando o indivíduo amadurece, todas elas são uma variedade de aproximação (incluindo, ocasionalmente, aproximação-ataque).

Entretanto, além dessas implicações básicas, o uso corrente deixa muito em aberto. Deixa em aberto, especialmente, se os processos subjacentes nos fenômenos, em diferentes espécies, são todos de um único tipo ou se diferem de espécie para espécie, de ordem para ordem, de classe para classe. Isto é importante, visto que, como Hinde constantemente enfatiza, as linhas da evolução que levaram às aves, por um lado, e aos mamíferos, por outro, separaram-se há muito tempo, na época dos primeiros répteis. Como não existia então comportamento de apego, segue-se que cada ramo superior do reino animal desenvolveu esse tipo de comportamento independentemente do outro. Embora as formas resultantes de comportamento possam parecer extraordinariamente parecidas, essa semelhança deve-se unicamente à evolução convergente e pode, portanto, esconder processos subjacentes profundamente distintos.

Por que nos preocuparmos, neste caso, com o que ocorre em aves? A razão é que, em consequência do extenso trabalho experimental realizado com elas durante a década passada, as questões foram aguçadas e as interrogações reformuladas. Para todos os fins práticos, na verdade, o atual significado do termo estampagem é o significado que passou a ter como resultado dos estudos sobre o comportamento de apego em aves.

Estampagem em aves

O seguinte resumo derivou dos estudos de Sluckin (1965) e Bateson (1966), e também deve muito a Hinde (1961, 1963, 1966):

1) Pouco tempo depois de sair da casca, as aves ainda implumes de muitas espécies que fazem ninho no chão mostram uma nítida preferência por quase qualquer objeto com o qual tiveram experiência logo após o nascimento; daí em diante, tendem a manter-se em contato visual e auditivo com esse objeto. Isso envolve, comumente, aproximar-se dele, permanecer junto dele, segui-lo quando ele se movimenta e, além disso, procurá-lo quando está ausente. Envolve também mudanças na forma de piar, segundo o objeto preferido esteja presente ou ausente. Na ausência do objeto preferido, a ave jovem pode piar aflitivamente mas, quando o objeto é encontrado, o pio aflitivo cessa e é substituído por pios de contentamento. Assim, uma grande variedade de comportamento é afetada pela ocorrência da estampagem na ave.

2) Embora, por definição, as aves jovens sejam suscetíveis à estampagem para uma vasta gama de objetos estimuladores visuais e auditivos, elas podem ser mais eficazmente

estampadas para uns do que para outros, Assim, a estampagem para algo em movimento ou para algo com um padrão significativo é usualmente mais rápida e mais duradoura do que para alguma coisa estática ou com padronização inexpressiva. Além disso, pelo menos para algumas espécies, a exposição simultânea a estímulos auditivos, como grasnidos, aumenta muito a eficácia dos estímulos visuais. Portanto, desde o começo, a ave jovem é fortemente propensa a tornar-se estampada mais para alguns objetos do que para outros.

3) Embora Lorenz sugerisse que o processo de estampagem é mais ou menos instantâneo, e talvez um exemplo de aprendizagem em apenas uma tentativa, é hoje evidente que quanto mais tempo a ave estiver exposta a um objeto, mais forte é a sua preferência por ele.

4) O processo de estampagem parece ter muito em comum com a forma de aprendizagem conhecida como "aprendizagem perceptual" ou "aprendizagem por exposição", "pois em ambos os casos a receptividade a um estímulo é influenciada pela experiência prévia desse estímulo, independentemente de sua associação com qualquer recompensa" (Hinde, 1966). Este ponto de vista levou Hinde e Sluckin a concordarem com Lorenz em que a estampagem é diferente de outras formas de aprendizagem na medida em que "não é associativa nem reforçada, pelo menos, não da mesma forma que o condicionamento, seja clássico ou instrumental" (Sluckin, 1965)[5].

5) Existe um período sensível durante o qual a aprendizagem das propriedades do objeto preferido é mais facilmente iniciada. Como alguma aprendizagem pode ocorrer

---

5. Cumpre assinalar, que Bateson (1966) não está de pleno acordo com Sluckin e Hinde. Ele considera a aprendizagem associativa e a aprendizagem por exposição menos diferentes do que eles supõem. Não obstante, nenhum desses investigadores endossa o ponto de vista, proposto por Moltz (1960), de que a estampagem num objeto resulta de uma criatura jovem associar o objeto a um estado de baixa ansiedade. Como sublinhou Sluckin (1965), tal explicação não é necessária nem parcimoniosa, e é possível que atraia somente aqueles que estão convencidos de que toda aprendizagem deve ser reforçada por uma redução do impulso ou estar associada a essa redução.

antes e depois da fase de máxima sensibilidade, a sugestão original de Lorenz de um período crítico com um início e um final abruptos requer alguma modificação, especialmente quanto ao final.

6) A idade do início da fase sensível em aves, antes da qual a estampagem não ocorre, não é muito afetada pela experiência após a saída da casca. Isto significa que o início da fase deve-se a processos de desenvolvimento que são ambientalmente estáveis.

7) A idade em que a prontidão para a estampagem declina é muito mais variável. As condições que a influenciam e os processos que a afetam ainda são tema de debate.

Numerosos experimentos mostram que, se uma ave jovem for mantida em isolamento num ambiente monótono e pobre de estímulos, ela será estampada e permanece sensível à estampagem; ao passo que, uma vez estampada para um objeto, torna-se cada vez mais difícil a sua estampagem para qualquer outro. Assim, manter uma ave em isolamento pode ampliar o período sensível (embora não indefinidamente): mas, uma vez que a estampagem tenha ocorrido, o período sensível cessa. Se fosse esse o único processo em ação, bastaria dizer que "a estampabilidade termina em consequência da estampagem".

Embora Bateson (1966) esteja propenso a aceitar esse ponto de vista, parece provável que, pelo menos em algumas espécies, um segundo processo opere independentemente do primeiro. O segundo processo, postulado por Hinde (1963, 1966), é o recrudescimento, com a idade, na facilidade com que são eliciadas reações de medo ou fuga, com o declínio consequente na facilidade com que se adquire a habituação.

Quer o caso seja esse ou não, o certo é que, uma vez estampada, uma ave é capaz de reagir com medo a todo e qualquer outro objeto que encontre. Portanto, se tiver liberdade para fazê-lo, evitará qualquer novo objeto, de modo que a sua exposição a ele será breve, e a estampagem não poderá acontecer. Além disso, quanto mais forte for a estampagem original, mais persistente será a evitação de qualquer coisa nova.

Se um animal jovem, entretanto, for mantido à força na presença de um novo objeto, a resposta de medo pode ser parcial ou totalmente habituada. Em tais circunstâncias, o novo objeto pode, no devido tempo, passar a ser abordado e até seguido; pode chegar mesmo a ser preferido ao objeto original. Se isso acontece ou não, depende provavelmente de muitos fatores, dos quais o vigor da estampagem original pode ser o mais importante. Entretanto, uma vez que a preferência por um novo objeto pode, às vezes, ser alcançada, é evidente que existem algumas condições nas quais a estampagem é reversível.

8) Não há dúvida de que Lorenz exagerou ao afirmar que a estampagem é irreversível. A estabilidade da preferência pode ser elevada ou escassa, e gravita em torno de muitos fatores; entre eles estão a espécie do animal, o período de tempo, mais ou menos longo, em que uma criatura jovem esteve exposta ao objeto de estampagem e o comportamento considerado, isto é, se se trata do comportamento de apego filial do animal nos dias ou semanas após a estampagem ou do seu comportamento sexual nos meses ou anos subsequentes. Entretanto, mesmo não sendo sempre irreversíveis, as preferências, uma vez firmemente estabelecidas, tendem a ser muito mais estáveis do que se poderia esperar; muitos exemplos notáveis são conhecidos de fortes preferências que persistiram na ausência do objeto estampado durante longos períodos de tempo.

Uma área em que ainda se faz necessário um esclarecimento é a da relação entre a aprendizagem de diferenças individuais e a aprendizagem de diferenças da espécie. Em sua formulação original, Lorenz sustentou que a estampagem é supraindividual, ou seja, é aprendizagem de características de uma classe de objetos, como uma espécie, mais do que de características de um determinado indivíduo, e que a estampagem influencia padrões de comportamento que ainda não se desenvolveram no repertório do organismo, por exemplo, a aprendizagem da classe de objetos para os quais o comportamento sexual será mais tarde dirigido. Existem hoje algumas provas de que ambos esses processos podem ocorrer em numerosas espécies. No entanto, quando uma ave jovem aprende as características de sua mãe e a segue, não pode haver dúvida de que a aprendizagem diz respeito a uma ave em particular, a mãe, e de maneira nenhuma poderemos considerá-la supraindividual. (Como sublinhou Hinde [1963], uma ave jovem que não discriminasse seus pais dos outros membros da espécie ou de outras espécies não tardaria em ver-se em sérios apuros, visto que uma outra ave poderia muito bem atacá-la.)

O tema da estampagem em mamíferos e a questão sobre se algo semelhante ocorre no homem serão tratados em capítulos subsequentes, especialmente no capítulo 12.

Comparação entre antigas e novas teorias de comportamento instintivo

Neste capítulo e nos precedentes, descreveu-se o modo como muitos cientistas do comportamento encaram hoje o comportamento instintivo, apontaram-se alguns dos problemas com que eles se defrontam e apresentaram-se alguns dos conceitos por eles introduzidos. No decorrer de nossa exposição, houve numerosas oportunidades para mostrar que a atual teoria do instinto está enfrentando os mesmos problemas que a teoria psicanalítica tradicional e propondo ideias que, em alguns casos, são as mesmas da psicanálise e, em outros, são suas variantes estreitamente afins. Quer as novas ideias provem ou não ter maior força explicativa que as antigas, não se poderá dizer que elas negligenciaram os dados empíricos da psicanálise ou aquelas generalizações que decorrem facilmente dos dados. Só em nível metapsicológico mais abstrato é que existem diferenças substanciais entre os dois sistemas conceptuais.

O tipo de teoria descrito, como já assinalamos, descende diretamente da teoria exposta por Darwin em *A origem das espécies*. Ela considera o comportamento instintivo como o resultado de estruturas comportamentais que são ativadas por certas condições e terminadas por outras. Sequências complexas de comportamento são consideradas o produto da ativação e finalização sequenciais de unidades comportamentais, sendo o seu aparecimento sequencial controlado por uma estrutura comportamental superordenada e organizada como uma cadeia, como uma hierarquia causal, como uma hierarquia de planos, ou como um conjunto integrado de todas elas. Em muitos desses aspectos, a teoria proposta incorpora ideias apresentadas por Freud em obras como *Três ensaios sobre a teoria da sexualidade* (1905) e *Os instintos e suas vicissitudes* (1915*a*), nas quais ele postula instintos parciais, diferencia a finalidade de um instinto (ou seja, as condições que finalizam o comportamento instintivo) e a sua função, e assinala como são instáveis os objetos para os quais é dirigido qualquer tipo particular de comportamento instintivo.

Reconhece-se, entretanto, que as novas ideias são a antítese de algumas outras ideias propostas por Freud. Uma delas é a de energia psíquica que flui e pode ser descarregada através de diferentes canais. Outras são as expostas em *Além do princípio de prazer* (1920*a*) e em obras subsequentes, nas quais Freud tenta compreender formas particulares de comportamento como expressões de forças extremamente generalizadas, os instintos de vida e de morte. Enquanto as teorias da última fase de Freud concebem o organismo como tendo iniciado a vida com uma determinada quantidade de energia não estruturada que, durante o desenvolvimento, se estrutura progressivamente – "onde há id haverá ego" –, a teoria atual, de acordo com muitas das primeiras ideias de Freud, concebe o organismo como tendo começado com (ou desenvolvido) uma quantidade grande mas finita de sistemas comportamentais estruturados (alguns dos quais estão potencialmente ativos no nascimento e outros que só o serão mais tarde) que, no decorrer do desenvolvimento, se tornam de tal modo elaborados através dos processos de aprendizagem e integração e, no homem, pela imitação e pelo uso de símbolos, que o comportamento resultante é de uma espantosa variedade e plasticidade. Se esse organismo é também adaptado ou não, depende de muitas e diversas vicissitudes da ontogênese.

No sistema teórico proposto, é rejeitada como redundante a crença em que, para compreender os curiosos e, com frequência, mal adaptados desvios a que o comportamento instintivo está sujeito, exige-se uma hipótese de energia psíquica para fins gerais. Quando uma estrutura comportamental é ativada, uma energia física é, evidentemente, empregada; mas não existe maior necessidade de postular uma energia psíquica para explicar o comportamento de um animal do que de a postular a fim de explicar o comportamento de um sistema de controle mecânico. A existência de comportamentos mal adaptados e de comportamentos que parecem ser substitutos para outros comportamentos pode ser explicada de inúmeras maneiras, nenhuma das quais requer a noção de uma energia psíquica que pode ser desviada de um canal para outro. Do mesmo modo, variações na intensidade de um item comportamental são atribuíveis a variações nas condições ativadoras e ao estado de desenvolvimento dos sistemas comportamentais ativados, e não a uma elevação de pressão da energia psíquica. O conceito freudiano do *Trieb*, tão lamentavelmente traduzido como "instinto", é portanto dispensado; e, com ele, dispensa-se também a abordagem "econômica".

Os méritos de uma teoria científica devem ser julgados em termos da gama de fenômenos que ela abrange, da consistência interna de sua estrutura, da precisão das predições que formula e da viabilidade de testá-las. Sustenta-se que o novo tipo de teoria satisfaz muito bem a cada um desses critérios. Em especial, na posse de conceitos como os propostos e dos métodos observacionais e experimentais derivados da etologia e da psicologia comparada, é agora possível empreender um vasto programa de pesquisa sobre as respostas sociais do homem, desde o período pré-verbal da infância. Desse modo, o repertório de sistemas comportamentais mediadores do comportamento instintivo humano pode ser catalogado, e a forma de desenvolvimento de cada sistema, identificada. Cada sistema pode ser estudado a fim de se descobrir a natureza das condições que o ativam e das que o finalizam, e por que em alguns indivíduos os sistemas são ativados e finalizados por objetos incomuns. As condições que levam a manifestação de certo comportamento em níveis anormais de intensidade, quer excessivamente baixos quer excessivamente altos, e as condições que levam à perpetuação de um tal estado, poderão ser exploradas. Outros interesses relevantes são o estudo dos conflitos que surgem quando dois ou mais sistemas incompatíveis são ativados ao mesmo tempo, e os modos como o conflito é regulado. Finalmente, é de especial interesse investigar os períodos sensíveis durante os quais se desenvolvem os processos reguladores de conflitos, assim como as condições que levam um modo de regulação a tornar-se dominante num indivíduo.

Mesmo um simples esboço como este descreve um extenso programa. Os clínicos divergirão em sua avaliação e no modo como percebem seu relacionamento e afinidades com o método tradicional de pesquisa, que consiste em reconstituir fases anteriores do desenvolvimento a partir das fases ulteriores. Entretanto, como os frutos desta nova abordagem estão apenas começando a ser vistos, talvez seja prematuro tentar julgar o seu valor provável. Para muitos, a abordagem traz consigo a esperança de que, pela introdução de conceitos mais preciosos e de métodos mais rigorosos para a investigação dos primórdios do desenvolvimento emocional, ela possa estar iniciando uma fase em que se tenha acesso a uma quantidade crescente de dados idôneos, à luz dos quais possam ser julgadas formulações teóricas alternativas.

Parte III
Comportamento de apego

Capítulo 11
O vínculo da criança com a mãe: comportamento de apego

> Começo por assinalar os dois fatos que me impressionam como novos: que a forte dependência de uma mulher de seu pai meramente assume a herança de uma ligação igualmente forte com a mãe; e que essa fase anterior durou um período inesperadamente longo de tempo.
> Tudo na esfera desse primeiro apego à mãe me parecia sumamente difícil de apreender na análise...
>
> SIGMUND FREUD (1931)

Teorias alternativas

A compreensão da resposta de uma criança à separação ou perda de sua figura materna gravita em torno de uma compreensão do vínculo que a liga a essa figura. Nos escritos psicanalíticos, a discussão desse tema tem sido conduzida em termos de relações objetais[1]. Assim, em qualquer descrição da teoria tradicional, a terminologia de relações objetais deve ser frequentemente usada; na apresentação de uma nova teoria, entretanto, são preferíveis termos como "apego" e "figura de apego".

Durante muito tempo, os psicanalistas foram unânimes em reconhecer a primeira relação humana de uma criança como a pedra fundamental sobre a qual se edifica a sua personalidade; mas ainda não existe concordância sobre a natureza e a origem dessa relação. Sem dúvida, devido à importância do tema, as diferenças são profundas e as suscetibilidades, com frequência, afloram. Embora se possa considerar ponto pacífico que todos concordam sobre o fato empírico de que, dentro dos primeiros doze meses, quase todos os bebês desenvolveram um forte vínculo com a fi-

---
1. Esta terminologia deriva da teoria do instinto de Freud, na qual o objeto de um instinto é definido como "a coisa a respeito da qual ou através da qual o instinto pode alcançar sua finalidade" (Freud, 1915a, *S.E.*, 14, p. 122).

gura materna[2], não existe consenso a respeito de quatro pontos: com que rapidez esse vínculo se estabelece, por que processos é mantido, por quanto tempo persiste e que função desempenha. Até 1958, quando foram publicados os primeiros trabalhos de Harlow e uma versão inicial dos pontos de vista aqui expressos (Bowlby, 1958), podiam ser encontradas na literatura psicanalítica e psicológica quatro teorias principais sobre a natureza e a origem do vínculo infantil. Eram elas:

1) A criança possui um certo número de necessidades fisiológicas que devem ser satisfeitas, sobretudo de alimento e conforto. Na medida em que um bebê se torna interessado em – e ligado a – uma figura humana, especialmente a mãe, isso é o resultado de a mãe satisfazer as necessidades fisiológicas do bebê e de o bebê aprender, no devido tempo, que ela é a fonte de sua satisfação. Eu chamarei a isso a Teoria do Impulso Secundário, um termo que é derivado da Teoria da Aprendizagem. Também tem sido chamada a teoria do amor interesseiro das relações objetais.

2) Há no bebê uma propensão inata para relacionar-se com o seio humano, para sugá-lo e possuí-lo oralmente. No devido tempo, o bebê aprende que ligada ao seio está uma criatura humana, a mãe, e, portanto, relaciona-se também com ela. Proponho que se chame a isso a Teoria de Sucção do Objeto Primário[3].

3) Existe nos bebês uma propensão inata para o contato físico intenso com um ser humano. Neste sentido, existe a "necessidade" de um objeto independente do alimento e que é

---

2. Foi explicado no capítulo 2 que, embora em todo este livro o texto se refira usualmente a mães e não a figuras maternas, deve-se entender que, em todos os casos, a pessoa referida é aquela que dispensa cuidados maternos à criança e a quem ela fica apegada, e não exclusivamente a mãe natural.

3. Nesta nomenclatura, os termos "primário" e "secundário" referem-se a se a resposta é considerada como tendo se desenvolvido de modo autônomo, ou como sendo totalmente derivada, através de um processo de aprendizagem, de algum sistema mais primitivo; serão usados sempre nesse sentido. Os termos não fazem referência ao período de vida em que as respostas aparecem nem aos processos primários e secundários propostos por Freud.

tão primária quanto a "necessidade" de alimento e conforto. Propõe-se para isso o nome de Teoria da Adesão ao Objeto Primário.

4) Os bebês ressentem-se de sua expulsão do ventre e buscam voltar a ele. Chama-se a isso a teoria do Anseio Primário de Retorno ao Ventre.

Dessas quatro teorias, a mais ampla e vigorosamente sustentada foi a do impulso secundário. Desde Freud, ela tem estado na base da maioria dos escritos psicanalíticos (mas não de todos) e também tem sido um pressuposto comum dos teóricos da aprendizagem. Eis alguns dos seus enunciados representativos:

> o amor tem sua origem vinculada à necessidade satisfeita de nutrição. (Freud, 1940, *S.E.*, 23, p. 188)
> provavelmente a experiência da alimentação pode ser a ocasião para a criança aprender a gostar de estar com outras pessoas. (Dollard e Miller, 1950)

Meu estudo de 1958 sobre esse tema incluiu uma revisão crítica da literatura psicanalítica até 1958; e, com algumas adições, essa revisão foi publicada outra vez como apêndice à primeira edição deste volume. Um outro estudo crítico, especialmente substancioso, da literatura sobre teoria da aprendizagem, foi empreendido por Maccoby e Masters (1970).

A hipótese a ser apresentada aqui é diferente de qualquer das acima enumeradas e baseia-se na teoria do comportamento instintivo já descrita em suas linhas gerais. Propõe que o vínculo da criança com sua mãe é um produto da atividade de um certo número de sistemas comportamentais que têm a proximidade com a mãe como resultado previsível. Como no ser humano a ontogênese desses sistemas é lenta e complexa, e seu ritmo de desenvolvimento muito variável de criança para criança, não pode ser formulado um enunciado simples sobre o progresso durante o primeiro ano de vida. Entretanto, quando a criança ingressa em seu segundo ano de vida e passa a locomover-se, o comportamento de apego, bastante típico, é quase sempre observado. Nessa idade, na maioria das crianças, o conjunto integrado de sistemas comportamentais envolvidos é facilmente ativado, especialmente pela partida da mãe ou por algo assustador, e os estímulos que mais efetivamente finalizam os sistemas são o som, a visão e o contato da mãe. Até a criança completar o seu terceiro aniversário, os sistemas continuam sendo muito facilmente ativados. Daí em diante, na maioria das crianças, eles passam a ser ativados com menos facilidade e também passam por outras mudanças que tornam menos urgente a proximidade com a mãe. Durante a adolescência e a vida adulta, ocorrem novas mudanças, incluindo a mudança das figuras para quem o comportamento é dirigido.

O comportamento de apego é considerado uma classe de comportamento social de importância equivalente à do comportamento de acasalamento e do parental. Sustenta-se que tem uma função biológica que lhe é específica e que até agora tem sido pouco considerada.

Nesta formulação, como se notará, não há referência a "necessidades" ou "impulsos". Pelo contrário, o comportamento de apego é visto como aquilo que ocorre quando são ativados certos sistemas comportamentais. Acredita-se que os próprios sistemas comportamentais se desenvolvem no bebê como resultado de sua interação com o seu meio ambiente de adaptabilidade evolutiva e, em especial, de sua interação com a principal figura nesse meio ambiente, ou seja, a mãe. Sustenta-se ainda que a alimentação e o alimento desempenham um papel apenas secundário no desenvolvimento desses sistemas.

Das quatro teorias principais encontradas na literatura, as de sucção do objeto primário e de adesão ao objeto primário são as que mais se aproximam da hipótese agora proposta; cada uma postula uma propensão autônoma para um comportamento peculiar dirigido a objetos com certas propriedades. As teorias com as quais nossa hipótese nada tem em comum são as do impulso secundário e do anseio primário de retorno ao ventre: a primeira será examinada; a segunda será posta de lado como redundante e biologicamente implausível.

A hipótese proposta representa um desenvolvimento da que por mim foi apresentada em 1958. A principal mudança deve-se à melhor compreensão da teoria do controle e ao reconhecimento das formas muito refinadas que os sistemas comportamentais que controlam o comportamento instintivo podem adotar. Nesta versão da hipótese postula-se que, num certo estágio do desenvolvimento dos sistemas comportamentais responsáveis pelo apego, a proximidade com a mãe converte-se numa meta fixada. Na versão anterior da teoria, quatro padrões de comportamento – sugar, seguir, chorar e sorrir – foram descritos como contribuindo para o apego. Na nova versão, ainda se sustenta que esses mesmos quatro padrões são de grande importância mas se propõe que entre os nove e dezoito meses de idade eles tornam-se usualmente incorporados em sistemas, muito mais refinados, corrigidos para a meta. Esses sistemas são organizados e ativados de tal modo que uma criança tende a manter-se em proximidade com sua mãe.

A versão anterior era descrita como uma teoria de respostas instintuais componentes. A nova versão pode ser descrita como uma teoria de controle do comportamento de ligação.

Antes dessa teoria ser descrita mais detalhadamente com algumas das provas em que ela se sustenta (cf. capítulos 12 e 13), é útil comparar o comportamento de apego observado em crianças com o que se vê em animais jovens de outras espécies, e examinar o que se conhece sobre a história natural de tal comportamento.

O comportamento de apego e seu lugar na natureza

No campo, durante a primavera, não há cena mais comum do que mães com suas crias. Nos campos, vacas e vitelos, éguas e potros, ovelhas e cordeiros; nos lagos e rios, patos e patinhos, gansos e gansinhos. Tão familiares são essas cenas e tão natural achamos que cordeiros e ovelhas permaneçam juntos, e uma flotilha de patinhos acompanhe a mãe pata, que raramente indagamos: O que faz com que esses animais permaneçam na companhia uns dos outros? Que função é satisfeita através desse comportamento?

Nas espécies acima citadas, os filhos nascem num estado de desenvolvimento suficientemente avançado que os habilita a se movimentarem livremente em poucas horas; e em cada caso é observado que, quando a mãe se afasta em alguma direção, seu filhote logo a segue. Em outras espécies, incluindo carnívoros, roedores e o próprio homem, o desenvolvimento do recém-nascido é muito menos avançado. Nessas espécies, semanas ou até meses podem passar antes que o jovem adquira mobilidade; mas, quando a adquirem, a mesma tendência para manter-se na vizinhança da mãe é evidente. Reconhece-se haver ocasiões em que o jovem animal se extravia e então é a mãe quem se comporta de maneira a restabelecer a proximidade; mas com a mesma frequência é o próprio filhote, ao ver-se sozinho, o principal agente para restabelecer a proximidade.

O tipo de comportamento descrito caracteriza-se por dois aspectos principais. O primeiro é a manutenção da proximidade com um outro animal e seu restabelecimento quando ela diminui; o segundo é a especificidade do outro animal. Frequentemente, poucas horas depois de haver chocado os ovos ou dar à luz suas crias, a mãe pode distinguir (e quase sempre o pai também) seus próprios filhotes de quaisquer outros e comportar-se-á então parentalmente só com eles; os filhotes, por sua vez, não tardam em distinguir seus próprios pais de todos os outros adultos e, daí em diante, comportam-se de um modo especial em relação a eles. Assim, pais e filhos comportam-se usualmente entre si de uma forma muito diferente daquela como o fazem em relação a todos os outros animais. Reconhecimento individual e comportamento altamente diferenciado são, pois, a regra nas relações pais-filhos de aves e mamíferos.

Naturalmente, tal como no caso de outras formas de comportamento instintivo, o padrão usual de desenvolvimento pode falhar. Em particular, um animal jovem pode procurar a proximidade de um outro animal que não sua mãe, ou até mesmo de algum objeto inanimado. Mas, em condições naturais, essas anomalias do desenvolvimento são raras e não precisamos nos deter nelas por mais tempo neste ponto.

Na maioria das espécies, os jovens mostram mais de um tipo de comportamento que resulta em proximidade entre eles e a mãe. Por exemplo, o chamado vocal de um jovem atrai a mãe para junto dele, e seus movimentos locomotores levam-no para perto dela. Como ambos os tipos de comportamento, assim como outros, têm a mesma consequência, ou seja, a proximidade, é útil contar com um termo geral que abranja a todos; e para esse fim é usado "comportamento de apego". Qualquer forma de comportamento juvenil que resulte em proximidade pode, portanto, ser considerada um componente do comportamento de apoio. Este tipo de terminologia obedece às tradições etológicas estabelecidas. Sempre que várias formas diferentes de comportamento têm em comum a mesma consequência (ou, pelo menos, contribuem para a mesma consequência), são usualmente reunidas numa categoria e rotuladas de acordo com essa consequência. O comportamento de construção de ninhos e o comportamento de acasalamento são dois exemplos bem conhecidos.

O comportamento dos pais que é o recíproco do comportamento de apego dos jovens é chamado "comportamento de cuidar", e dele voltaremos a tratar no capítulo 13.

O comportamento de apego e também o comportamento de cuidar são comuns em aves que nidificam no chão e abandonam o ninho pouco depois do choco, e ambas as formas de comportamento estão presentes em todas as espécies de mamíferos. A menos que ocorra algum acidente no desenvolvimento, o comportamento de apego é sempre dirigido inicialmente para a mãe. Naquelas espécies em que o pai desempenha um papel importante na criação dos filhos, o comportamento de apego também pode ser dirigido a ele. Nos seres humanos, pode ser igualmente dirigido para algumas outras pessoas (cf. capítulo 15).

A proporção do ciclo vital durante a qual se manifesta o comportamento de apego varia muito de espécie para espécie. Em regra, prossegue até a puberdade, embora não necessariamente até ser atingida a plena maturidade sexual. Para muitas espécies de aves, a fase em que cessa o comportamento de apego é a mesma para ambos os sexos, ou seja, quando os jovens estão prontos para acasalar, o que pode ser no final de seu primeiro inverno ou, como nos gansos e cisnes, no final do segundo ou terceiro inverno. Para muitas espécies de mamíferos, por outro lado, existe uma diferença acentuada entre os sexos. Na fêmea das espécies unguladas (carneiros, cervos, bois etc.), o apego à mãe pode continuar até uma idade adulta avançada. Por isso, em rebanhos de carneiros ou manadas de cervos, vê-se a jovem fêmea que segue a mãe, que segue a avó, que segue a bisavó, e assim por diante. Em contrapartida, os jovens machos dessas espécies afastam-se da mãe quando atingem a adolescência. Daí em diante, apegam-se a machos mais velhos e com eles permanecem toda a vida, exceto durante as poucas semanas, em cada ano, da época do cio.

O comportamento de apego em macacos e grandes símios manifesta-se fortemente durante toda a infância mas, na adolescência, o vínculo com a mãe torna-se fraco. Embora no passado fosse tacitamente suposto que a partir daí cessasse, provas recentes mostram que, pelo menos em algumas espécies, o vínculo persiste até a idade adulta; com isso, produzem-se subgrupos de animais que compartilham a mesma mãe. Examinando as descrições de Sade (1965) sobre macacos *rhesus* e de Goodall (1965) sobre chimpanzés, Washburn, Jay e Lancaster (1965) observaram que esses subgrupos de parentesco são "determinados pela associação necessariamente íntima da mãe com o recém-nascido, a qual é ampliada através do tempo e das gerações e permite a ramificação em estreitas associações entre irmãos"; e expressaram sua convicção de que "esse padrão de relações sociais duradouras entre a mãe e sua prole será encontrado em outras espécies de primatas".

Como o ser humano nasce muito imaturo e tem um desenvolvimento lento, não existe outra espécie em que o comportamento de apego leve tanto tempo a aparecer. Essa é provavelmente uma razão pela qual, até data recente, o comportamento da criança em relação à mãe não foi reconhecido como pertencente à mesma categoria geral de comportamento que se observa em tantas espécies animais. Uma outra razão provável é que somente nas duas últimas décadas o comportamento de apego em animais passou a ser objeto de estudo sistemático. Sejam quais forem as razões, parece hoje indiscutível que o vínculo que liga a criança à mãe é a versão humana do comportamento comumente observado em muitas outras espécies de animais; e é nessa perspectiva que a natureza do vínculo deve ser examinada.

Entretanto, é necessário cautela. As duas linhas de evolução animal que levaram, em última instância, às aves e aos mamíferos têm sido distintas desde os tempos dos primeiros répteis e, portanto, é quase certo que o comportamento de apego evoluiu independentemente nos dois grupos. Isso, e o fato de que a estrutura do cérebro das aves é muito diferente da dos mamíferos, torna mais do que provável que os mecanismos comportamentais mediadores do comportamento de apego também sejam muito distintos nos dois grupos. Qualquer argumento aqui usado que derive do que se conhece sobre o comportamento de aves deve, portanto, ser reconhecido como apenas um argumento por analogia. Por outro lado, argumentos derivados do que se sabe acerca do comportamento de apego de jovens mamíferos têm um status muito superior. E seja qual for o comportamento observado em primatas não humanos, podemos estar confiantes na probabilidade de que seja verdadeiramente homólogo ao que se observa no homem.

O desenvolvimento do comportamento de apego na criança e o curso de suas modificações ao longo do tempo ainda estão, de fato, sofrivelmente documentados. Em parte por causa disso, mas, principalmente, a fim de proporcionar uma perspectiva mais ampla para se examinar o caso humano, começaremos com o que se conhece sobre o comportamento de apego nos macacos, nos babuínos e nos grandes símios.

Comportamento de apego em primatas não humanos

No nascimento ou logo depois, todos os bebês primatas, menos o humano, agarram-se a suas mães. Durante todo o primeiro período da infância, ou estão em contato físico direto com a mãe ou apenas a alguns metros de distância dela. A mãe retribui e conserva o filhote junto a si. Quando os filhotes vão ficando mais velhos, a proporção do dia em que eles estão em contato com a mãe diminui e a distância de suas excursões aumenta; mas continuam dormindo com ela à noite e correm para o seu lado ao menor sinal de alarma. Nas espécies superiores, é provável que algum apego à mãe esteja presente até a adolescência e, em algumas espécies, o vínculo continua, de forma enfraquecida, na idade adulta.

As fêmeas jovens são menos ativas e empreendedoras do que os machos, não se aventurando para longe. Durante a adolescência, é provável encontrar as fêmeas no centro de um grupo, frequentemente na proximidade de machos adultos, ao passo que os machos adolescentes são vistos na periferia ou mesmo sozinhos.

Seguem-se as descrições do curso do comportamento de apego nos jovens de quatro espécies primatas: dois macacos do Velho Mundo, o *rhesus* e o babuíno, e dois grandes símios, o chimpanzé e o gorila. As razões para esta escolha são:

a) todas as quatro espécies, e especialmente o babuíno e o gorila, estão adaptadas a uma existência terrestre;
b) bons estudos de campo existem atualmente para os quatro;
c) também se dispõe de dados experimentais para duas espécies, o *rhesus* e o chimpanzé.

Embora, por uma questão de brevidade, grande parte da descrição que se segue tenha a forma de enunciados sem restrições, cumpre lembrar não só que existe considerável variação de comportamento entre diferentes animais da mesma espécie mas também que o comportamento típico num grupo social de uma espécie pode diferir, em alguns aspectos, do que é típico num outro grupo da mesma espécie. Embora algumas dessas diferenças intergrupais possa ser justificada por diferenças no habitat em que cada um deles vive, algumas delas parecem ser devidas à inovação iniciada por um animal e transmitida aos outros do seu grupo por tradição social.

Comportamento de apego em macacos rhesus

Os macacos *rhesus* têm sido observados em condições completamente naturais e têm sido igualmente objeto de observações e experimentos de laboratório[4]. São comuns em toda a Índia se-

....

4. Para descrições de comportamento, cf. Southwick, Beg e Siddiqi (1965) sobre os macacos *rhesus* na Índia setentrional; Koford (1963*a* e *b*) e Sade (1965) sobre a colônia em habitat seminatural numa pequena ilha ao largo de Porto Rico; Hinde e seus colaboradores (1964, 1967) sobre macacos vivendo em cativeiro em pequenos grupos sociais (um macho adulto, três ou quatro fêmeas adultas e os filhos); e numerosas publicações por Harlow e seus colegas (por exemplo, Harlow, 1961; Harlow e Harlow, 1965) sobre os resultados da criação de jovens macacos em condições muito atípicas.

tentrional, onde alguns ainda vivem na floresta, embora muitos mais vivam em aldeias e terras cultivadas. Se bem que sejam uma espécie mais arborícola do que terrestre, eles passam a maior parte do dia no chão; à noite, voltam às árvores ou a um telhado. Os bandos, compreendendo adultos de ambos os sexos, os jovens e os filhotes, são estáveis durante longos períodos, e passam seus dias e noites numa localidade particular e muito limitada. Quanto ao tamanho, os bandos variam entre cerca de quinze a mais de uma centena de membros.

O macaco *rhesus* atinge a puberdade por volta dos quatro anos, alcança seu crescimento máximo aos seis e pode viver mais uns vinte anos. Até os três anos de idade, na floresta, o jovem permanece junto de sua mãe. Nessa idade, "a maioria dos machos deixa as mães e associa-se com outros adolescentes à margem do bando ou transfere-se para outros bandos" (Koford, 1963*a*). As fêmeas, segundo parece, permanecem com suas mães por mais tempo. Os filhos de fêmeas de hierarquia superior também permanecem, às vezes, com suas mães; assim que se tornam adultos, esses filhos prediletos assumem uma posição dominante no bando.

Hinde e seus colaboradores fizeram uma descrição minuciosa da interação mãe-filho durante os dois anos e meio de vida em pequenos grupos de animais em cativeiro (Hinde, Rowell e Spencer-Booth, 1964; Hinde e Spencer-Booth, 1967).

Logo que nascem, alguns bebês imediatamente se agarram ao pelo da mãe e tendem também a trepar em seu corpo. Outros, porém, conservam no início os braços e as pernas fletidos, sendo exclusivamente sustentados pela mãe. Nenhum bebê procura a teta senão várias horas depois do nascimento, sendo o mais longo intervalo um pouco superior a nove horas. Uma vez encontrada, a teta é abocanhada por longos períodos, embora apenas uma pequena proporção desse tempo seja reservada à sucção.

Durante as duas primeiras semanas de vida, o bebê permanece em contínuo contato ventro-ventral com sua mãe, passando quase o dia todo agarrado a ela com as mãos, os pés e a boca; à noite, é a mãe que o segura. A partir da terceira semana, o bebê começa a fazer breves excursões diurnas, soltando-se da mãe; mas até a sexta semana, virtualmente nenhuma dessas excursões ultrapassa um raio de cerca de 70 cm – de fato, o suficiente para a mãe apanhar o bebê de volta sempre que o deseje. Daí em diante, as excursões ampliam-se cada vez mais e duram mais tempo. Entretanto, só depois das dez semanas ele passa metade do dia longe da mãe, aumentando essa proporção para 70% por ocasião de seu primeiro aniversário.

Embora durante o segundo ano de vida os filhos passem a maior parte das horas diurnas à vista da mãe, mas sem contato físico com ela, quase todos eles estão em contato real com ela durante uma fração substancial do dia – usualmente de 10 a 20% e a noite toda. Só depois do segundo aniversário se torna mínimo, durante o dia, o montante de tempo reservado ao contato físico.

A iniciativa de romper e reatar o contato ora parte da mãe, ora do filho, e o equilíbrio muda de um modo complexo à medida que ele vai ficando mais velho. Durante as primeiras semanas, os bebês decidem, às vezes, realizar explorações "de maneira aparentemente intrépida", cabendo às mães, com frequência, restringi-los. Após os dois primeiros meses, o equilíbrio começa a mudar. As mães coíbem menos e começam, ocasionalmente, a agredir ou rejeitar: "A partir dessa época, o filhote passa a desempenhar um papel crescente na manutenção da proximidade com a mãe". Entretanto, a mãe continua tendo um papel importante – desencorajando o filho de uma proximidade excessiva, quando ela está tranquilamente sentada e não há qualquer ameaça de perigo, mas iniciando um rápido contato quando resolve mudar de lugar ou fica alarmada.

Quando a mãe percorre qualquer distância, o bebê viaja usualmente sob sua barriga, agarrando seu pelo com as mãos e os pés, e uma teta com a boca. Durante as duas primeiras semanas, algumas mães dão um pequeno apoio adicional com uma das mãos. Os bebês aprendem rapidamente a adotar essa posição de transporte, e também reagem apropriadamente a um leve toque da mãe nos ombros ou na nuca, o qual parece atuar como sinal de que vai começar a marcha. Depois que atingiram as três ou quatro semanas de idade os bebês podem, ocasionalmente, montar nas costas da mãe.

Durante as primeiras semanas depois que o bebê solta-se da mãe, se ele está no chão e ela se afasta, ele usualmente a segue; e embora ainda mal consiga engatinhar tentará, mesmo assim, ir atrás da mãe.

Essas primeiras tentativas de seguir no encalço da mãe são, com frequência, ativamente encorajadas por ela, que se afasta lenta e hesitantemente, olhando repetidas vezes para trás ou mesmo puxando por ele, para encorajar o bebê a segui-la.

Se a mãe se deslocar depressa demais ou partir subitamente, o bebê "esbraceja" aflito e a mãe responde puxando-o para si. Em outras ocasiões, quando está afastado da mãe, ele pode chamá-la com um guincho breve e esganiçado, e isso também faz a mãe acudir instantaneamente e apanhá-lo. Um bebê que perde sua mãe emite apelos muito prolongados através dos beiços protendidos; isso pode levar uma outra fêmea a apanhá-lo. Na eventualidade de ocorrer qualquer perturbação súbita quando o bebê está separado de sua mãe, cada um corre imediatamente para o outro; então, o bebê agarra-se a ela, na posição ventro-ventral, e abocanha a teta. Esse comportamento continua por alguns anos.

Embora, depois dos dois anos e meio a três anos de idade, os jovens se afastem usualmente de suas mães, acumulam-se as provas de que o vínculo pode persistir e desempenhar um importante papel na determinação das relações sociais adultas. Numa colônia semisselvagem que foi observada sistematicamente no decorrer de vários anos e onde a história da família e dos seus membros é conhecida, tornou-se evidente não só que em cada bando existem subgrupos estáveis, compostos de muitos animais adultos de ambos os sexos e um certo número de jovens, os quais permanecem todos na proximidade uns dos outros, mas também que todos os membros desses subgrupos podem ser os filhos e netos de uma única fêmea idosa (Sade, 1965)[5].

Comportamento de apego em babuínos

O babuíno chacma, que tem aproximadamente o dobro do tamanho do macaco *rhesus*, foi observado em seu habitat natural

---

5. Parece haver uma tendência acentuada para os filhos (irmãos uterinos) permanecerem mutuamente próximos e para as filhas (irmãs uterinas) também se manterem perto umas das outras. Como na vida adolescente e adulta os filhos tendem a deixar a mãe, enquanto as filhas não, um subgrupo de parentes de várias gerações tende sempre a conter uma proporção mais elevada de fêmeas do que de machos.

em diversas localidades da África, onde é muito comum ao sul do equador. Alguns bandos vivem no chão das florestas mas muitos ocupam a savana aberta. Em ambos os casos, eles passam a maior parte do dia no chão, subindo nas árvores ou penhascos para dormir e refugiar-se dos predadores. À semelhança dos macacos *rhesus*, eles vivem em bandos estáveis, compreendendo adultos de ambos os sexos, adolescentes e filhotes. Os bandos variam no tamanho desde cerca de uma dúzia de indivíduos até mais de uma centena. Cada bando mantém uma área limitada de terreno, embora as áreas de bandos adjacentes se sobreponham parcialmente. As relações entre bandos são amistosas[6].

A maturação dos jovens babuínos é ligeiramente mais lenta do que nos, macacos *rhesus*. A puberdade é atingida por volta dos quatro anos, e a fêmea tem sua primeira cria por volta dos seis anos. O macho, porém, cujo tamanho será muito superior ao da fêmea, só atinge seu crescimento máximo por volta dos nove ou dez anos.

Um bebê babuíno permanece em estreito contato e associação com sua mãe durante todo o primeiro ano de vida e, com algumas interrupções, também durante o segundo e terceiro anos. Depois disso, o desenvolvimento de machos e fêmeas difere.

Quase todo o seu primeiro mês de vida o bebê babuíno passa agarrado à mãe em posição ventro-ventral, exatamente como o macaco *rhesus*. Depois das primeiras cinco semanas, desprende-se ocasionalmente da mãe, e é também nessa idade que ele começa a cavalgá-la. Por volta dos quatro meses de idade, suas excursões a partir da mãe são mais frequentes e é capaz de distanciar-se dela até uns vinte metros. É também a idade em que montar na mãe, como um jóquei, torna-se popular (exceto quando ela corre ou galga uma árvore, caso em que ele volta a agarrar-se a ela em posição ventral) e em que tem início a interação social com companheiros da mesma idade. Dos seis meses em diante, aumentam as brincadeiras com os companheiros, absorvendo grande parte do tempo e energia do jovem babuíno. No entanto, até cerca dos doze meses, ele mantém-se mais ou menos próximo da mãe e

---

6. Cf. os dois artigos conjuntos de Hall e DeVore, em *Primate Behavior* (ed. DeVore, 1965), e o artigo de DeVore (1963) sobre as relações mãe-filho em babuínos sem território fixo. Um trabalho mais recente é o de Altmann e outros (1977) e o livro de Altmann (1980) sobre mães e filhos.

dorme sempre com ela. Cavalga-a cada vez menos e segue-a mais frequentemente a pé.

O segundo ano de vida de um jovem babuíno é passado quase todo com seus companheiros de idade, e ocorrem períodos de intenso conflito com a mãe. Enquanto é lactante, uma fêmea de babuíno não passa por seus ciclos sexuais normais; mas quando o filho chega aos doze meses e a amamentação começa a cessar, os ciclos e o acasalamento voltam a ocorrer. Nesses períodos, a mãe rechaça as tentativas do filhote para abocanhar a teta ou para encavalar-se em suas costas, rejeitando-o até durante a noite. Tal rejeição, diz DeVore, "parece tornar o filhote mais ansioso que nunca para ficar nos braços da mãe, conservar a teta em sua boca e cavalgá-la quando sobem a uma árvore para dormir". Quando o ciclo sexual termina, a mãe "aceita frequentemente o filho de volta". Apesar dessas rejeições, quando mãe ou filho se alarmam, buscam-se um ao outro; e quando o filho está em apuros com companheiros ou machos adultos, a mãe tenta protegê-lo.

No final do segundo ano, é provável que a mãe tenha um novo bebê, mas o jovem continuará parte do tempo próximo a ela, e, frequentemente, dormirá junto dela, à noite. Quando alarmado, o jovem babuíno de dois anos de idade corre, com frequência, para a mãe, embora corra para um macho adulto conhecido, se este estiver mais próximo.

Por volta dos quatro anos, as fêmeas adolescentes tendem a juntar-se a fêmeas adultas e a comportar-se como tais. Os machos precisam de mais quatro ou cinco anos para atingir a maturidade, e durante esse período começam a demonstrar interesses por outros bandos de babuínos; quando estiverem plenamente desenvolvidos, muitos deles terão se transferido para outro bando e desfeito seus vínculos com a mãe. Contrastando com isso, as fêmeas continuam a manter uma relação muito próxima com a mãe, e em alguns casos também com suas irmãs uterinas, durante toda a vida.

Comportamento de apego em chimpanzés

Os chimpanzés têm sido observados nas regiões florestais e nos planaltos arborizados da África central, que é o seu habitat natural; e são, desde longa data, objeto de experimentos de laboratório. Embora sejam peritos em locomoção arbórea, quando percorrem distâncias de mais de cinquenta metros, mantêm-se usualmente no chão; e sempre fogem de um intruso correndo pelo chão. Diferentemente da maioria dos primatas estudados, os chimpanzés não se mantêm juntos em grupos sociais estáveis. Pelo contrário, os indivíduos pertencentes ao que se acredita ser um único grupo social de sessenta a oitenta animais fragmenta-se numa variedade de subgrupos temporários e inconstantes. Cada subgrupo pode compreender animais de qualquer idade, sexo ou número, mas dois tipos de subgrupo são especialmente comuns: uma turma de vários machos juntos e uma turma de várias fêmeas com seus filhotes[7].

Os chimpanzés têm um amadurecimento muito mais lento do que os *rhesus* ou os babuínos. Observações feitas na Tanzânia por Pusey (1978) mostram que as fêmeas atingem a puberdade aproximadamente aos nove anos, e engravidam pela primeira vez dois ou três anos mais tarde. Os machos também atingem a maturidade sexual perto dos nove anos, mas levam muitos anos mais para se desenvolverem completamente. Embora os animais sejam usualmente encontrados na companhia de outros, os companheiros estão constantemente mudando, resultando disso que a única unidade social estável é a da mãe com seu bebê e sua prole mais velha. Goodall (1975) relata que, na maior parte dos casos em que se dispõe de provas, relações muito próximas entre a mãe e seus filhos, e também entre irmãos, persistem durante toda a vida.

Tal como todos os outros bebês primatas, o bebê chimpanzé passa toda a sua infância em estreita proximidade com a mãe. Durante os primeiros quatro meses, agarra-se a ela na posição ventral e só muito ocasionalmente é visto separado dela, e quando isso ocorre, ele permanece sentado a seu lado. Se ele se aventurar a mais de alguns palmos longe da mãe, ela imediatamente o puxa

---

7. Para descrições de chimpanzés em seu hábitat natural, cf. Goodall (1965; 1975), Reynolds e Reynolds (1965) e Pusey (1978); para descrições de seu comportamento social em cativeiro, cf. Yerkes, *Chipanzees: A Laboratory Colony* (1943) e outras publicações de Yerkes, e também Mason (1965*b*).

de volta; e, se observar que se aproxima um predador, estreita ainda mais o filho contra seu corpo.

Entre as idades de seis e dezoito meses, o filhote viaja montado nas costas da mãe, como um jóquei, mais frequentemente do que na sua barriga, e torna-se maior o tempo em que não fica realmente agarrado a ela. No final desse período, ele fica sem contato direto com a mãe uns 25% do dia, brincando usualmente com seus companheiros da mesma idade; mas nunca está fora da vista dela. Não raras vezes, ele interrompe as brincadeiras para correr de volta à mãe e sentar-se em seu colo ou a seu lado. Quando a mãe está prestes a deslocar-se, assinala sua intenção estendendo um braço e tocando o filho, gesticulando para ele ou, quando ele está sobre uma árvore, batendo suavemente no tronco. O filho obedece imediatamente e adota a posição de transporte.

Os dezoito meses seguintes, até os três anos de idade, assistem à crescente atividade longe da mãe e às brincadeiras com companheiros; agora, o jovem chimpanzé está fora de contato físico com a mãe entre 75 e 90% do dia. Entretanto, continua sendo transportado por ela, como um jóquei, a menos que a mãe se desloque com excessiva velocidade, e ainda dorme com ela.

Entre os quatro e os sete anos, os filhotes são desmamados mas, apesar de serem independentes da mãe para a alimentação, o transporte e o sono noturno, e de despenderem muito tempo brincando com os companheiros de sua idade, os jovens continuam a passar certo tempo junto da mãe e a locomoverem-se com ela de um lugar para outro. Por exemplo, em um estudo na Reserva de Gombe Stream, Pusey (1978) observou que quatro jovens fêmeas, cujas mães ainda viviam, passavam ao menos quatro quintos do tempo em companhia delas; somente após o primeiro cio, essas fêmeas começaram a ficar menos tempo com a mãe e mais tempo com machos adultos. Do mesmo modo, até atingirem a puberdade, os machos ainda despendem pelo menos metade do tempo com a mãe e, mesmo depois, continuam a encontrá-la ocasionalmente até a morte dela. Durante esses anos de crescente independência, a iniciativa das saídas e regressos parece ficar com o jovem animal, e não foi observado qualquer indício de que a mãe desencorajasse um de seus filhos.

Comportamento de apego em gorilas

Os gorilas, como os chimpanzés, habitam as florestas úmidas tropicais e os altiplanos arborizados da África central, e também têm sido objeto de sistemática observação de campo em anos recentes. Embora os animais durmam frequentemente em árvores e os jovens brinquem nelas, os gorilas são quase inteiramente terrestres durante todo o tempo restante. À parte alguns machos adultos, eles vivem em grupos sociais formados por membros de ambos os sexos e todas as idades, indo o número em cada grupo de meia dúzia até cerca de trinta indivíduos. No período de alguns anos, a filiação a um grupo é bastante instável, embora mais em alguns grupos do que em outros. Tanto os machos como as fêmeas podem deixar o grupo natal na adolescência ou mais tarde. Os encontros entre grupos de gorilas nem sempre são pacíficos: foram observados vários casos de machos solitários, ou vindos de outros grupos, que atacaram fêmeas e mataram seus filhotes. As relações entre diferentes comunidades de chimpanzés também são, frequentemente, hostis.

As provas biológicas sugerem que os gorilas e os chimpanzés são os parentes mais próximos do homem[8].

O ritmo de amadurecimento dos gorilas é mais ou menos o mesmo que o dos chimpanzés, embora haja indícios de que os gorilas amadurecem ligeiramente mais cedo. O curso do relacionamento do jovem com a mãe é muito semelhante ao observado no chimpanzé.

Durante os primeiros dois ou três meses de vida, o jovem gorila carece de vigor para agarrar-se com firmeza ao pelo da mãe e recebe suporte dos braços dela. Entretanto, por volta dos três meses, ele já pode agarrar-se eficientemente e começa a montar nas costas da mãe. Durante o período de três a seis meses, quando o jovem animal está ocasionalmente no chão ao lado da mãe, ela poderá, afastando-se lentamente a pé, encorajá-lo a que a siga. Contudo, a um jovem raramente é permitido afastar-se além de

---

8. Para descrições de gorilas em habitat natural, cf. as duas publicações de Schaller (1963, 1965), e os estudos recentes de Fossey (1979) e Harcourt (1979).

um raio de três metros; se ele o fizer, a mãe puxa-o de volta. Até os oito meses de idade, ele não percebe quando sua mãe está prestes a deslocar-se e tem, por isso, que ser apanhado por ela. Depois dessa idade, ele mostra-se claramente atento à localização e comportamento da mãe e, ao primeiro sinal de movimentação, corre para ela e "sobe a bordo".

Ao completarem um ano de idade, os jovens gorilas podem ficar vagueando entre os outros animais, enquanto o grupo estiver descansando, e manterem-se fora da vista da mãe por breves períodos. Também começam a passar mais tempo sentados ao lado dela do que em seu colo. Depois que eles completam dezoito meses, as mães mostram-se frequentemente relutantes em carregá-los.

Uma cena frequente era uma fêmea caminhando lentamente com um filhote em seus calcanhares, seguindo-a em passos vacilantes [às vezes agarrando-se com as duas mãos aos pelos de suas ancas]. Entretanto, ao menor sinal de perigo ou ao iniciar-se uma movimentação mais rápida, todos os jovens até a idade de quase três anos se precipitam para suas mães e tratam de "subir a bordo" (Schaller, 1965).

A interação dos jovens de três a sete anos com suas mães é semelhante à observada em chimpanzés. Ele deixa de ser carregado e passa a alimentar-se e a dormir sozinho. Grande parte do dia é passada na companhia de outros jovens. Ainda assim, a relação com a mãe persiste, mesmo após o nascimento de uma nova cria, embora, daí em diante, o jovem receba menos atenção do que o bebê. À medida que a maturidade se aproxima e o jovem torna-se responsável por suas idas e vindas, a associação com a mãe torna-se menos próxima; em torno do oitavo ano, quase todos os jovens permanecem a maior parte do tempo com outros animais adultos.

Relações dos jovens macacos e grandes símios com outros animais em seus grupos

Durante o período da infância (até um ano em *rhesus* e babuínos e até três anos nos grandes símios), o bebê passa muito pouco tempo com outros adultos, exceto a mãe. Quando não está com ela, o mais provável é encontrá-lo brincando com outros bebês ou jovens. Não raras vezes, porém, fêmeas adultas sem filhos próprios procuram cuidar do filhote de uma outra e, às vezes, conseguem obter a posse dele. Na maioria das espécies, isso causa enorme desagrado na mãe, que não tarda em reaver seu bebê[9]. Contudo, o macaco langur indiano permite que outras fêmeas adultas cuidem do seu filhote; Schaller (1965) descreve como foram observados dois filhotes de gorilas que tinham fortes vínculos com fêmeas que não eram suas mães: um, de seis meses, passava períodos de até uma hora ou mais com a "tia", e um outro, durante um período de seis meses em seu segundo ano de vida, "passou a maior parte do tempo... com uma fêmea e seu bebê, só voltando para a mãe intermitentemente durante o dia e, aparentemente, à noite".

Na maioria das espécies, os machos adultos mostram considerável interesse pelas mães com bebês e não só permitem de boa vontade que as mães que carregam filhos pequenos se mantenham perto deles, mas podem até ficar ao lado delas, especialmente para lhes servirem de escolta. Em regra, entretanto, os machos adultos nunca ou só raramente carregam um filhote. Uma exceção é o macaco japonês (um parente do *rhesus*). Em alguns bandos dessa espécie, os machos adultos de elevada hierarquia "adotam" comumente um filhote de um ano, depois que a mãe gerou um novo bebê. Por um período de limitada duração, o comportamento deles "é muito semelhante ao comportamento de uma mãe em relação ao seu filhote, exceto pela falta de amamentação" (Itani, 1963). Esse tipo paternal de comportamento não é exibido pelo *rhesus* indiano macho, que se mostra desinteressado pelos bebês ou lhes é hostil.

Em muitas espécies, quando as crias crescem em idade, a associação com machos adultos aumenta, mas a idade em que isso ocorre parece variar muito. Entre os babuínos das savanas, uma fêmea com um filhote novo usualmente se associa a um (e às ve-

....
9. O comportamento intrometido de "tias" *rhesus* é o tema de um trabalho de Hinde (1965a). As mães dos filhotes em questão tornam-se extremamente restritivas, a fim de impedir que uma "tia" roube o seu bebê.

zes dois) macho(s) em particular. O filhote, muito provavelmente, torna-se apegado a esse macho e a relação, com frequência, continua mesmo depois de a mãe ter um novo bebê (Altmann, 1980). Não é surpreendente, portanto, que, a partir do segundo ano, os jovens babuínos, quando alarmados, corram para junto de um macho adulto em vez da mãe. Os bebês gorilas são atraídos pelo macho dominante e, quando o grupo descansa, frequentemente sentam-se ou brincam perto dele. Ocasionalmente, trepam nele ou até ganham uma carona. Desde que a brincadeira não seja muito turbulenta, o macho mostra-se notavelmente tolerante. Os jovens gorilas também buscam, às vezes, a companhia de um macho adulto e deixam o grupo para segui-lo de perto. Essas relações cordiais não são observadas entre os chimpanzés; entretanto, quando chegam à adolescência, chimpanzés de ambos os sexos associam-se frequentemente com machos maduros. Como, em todas essas espécies, o acasalamento num grupo é promíscuo, os observadores concluíram que não há meio de os animais saberem qual macho seria o pai de qual filhote. Mas pesquisas recentes indicam que, ao menos em algumas espécies, os machos despendem mais tempo com alguns filhotes do que com outros e, usualmente, esses são filhos de fêmeas com as quais aquele macho se acasalou na época da provável concepção (Berenstein e outros, 1982, Altmann, 1980).

Os papéis do bebê e da mãe no relacionamento

Do que foi dito, ficou claro que, durante os primeiros meses da infância, as mães de todas essas espécies de primatas não humanos desempenham um importante papel para assegurar a permanência de suas crias perto delas. Se o bebê não é capaz de agarrar-se eficientemente, a mãe fornece-lhe suporte. Se ele se afasta demais, ela o puxa de volta. Quando um falcão voa sobre suas cabeças ou um ser humano se aproxima demais, ela aperta o bebê contra seu corpo. Assim, mesmo que ele esteja disposto a ir longe, nunca lhe é consentido fazê-lo.

Mas tudo evidencia que o bebê não está disposto a afastar-se muito. Isto é demonstrado sempre que um bebê é criado longe de sua mãe, como têm sido os filhotes de muitas espécies diferentes de macacos e grandes símios. Em numerosos casos de macaquinhos criados numa casa, dispõe-se de um relato biográfico. Bons exemplos são os de Rowell (1965) a respeito de um jovem babuíno, de Bolwig (1963) sobre um jovem macaco patas (também uma espécie terrestre com um processo de maturação semelhante ao do babuíno), de Kellogg e Kellogg (1933) e de Hayes (1951) sobre jovens chimpanzés, e de Martini (1955) sobre um jovem gorila. Dos casos em que um filhote foi criado com um modelo experimental, os relatos mais conhecidos são os de Harlow e seus colegas (Harlow, 1961; Harlow e Harlow, 1965).

Todos esses bravos cientistas que agiram como pais adotivos de um jovem primata dão testemunho da intensidade e persistência com que o animal se mostra apegado. Rowell escreve sobre o pequeno babuíno de que ela cuidava (das cinco às onze semanas de idade): "Quando alarmado por um ruído forte ou um movimento súbito, corria para mim e agarrava-se desesperado e com força à minha perna". Depois de ter o filhote com ela havia dez dias: "Não consentia que eu ficasse fora de suas vistas e recusava-se a aceitar uma chupeta ou uma almofada, agarrando-se a mim ainda com mais força". Do pequeno macaco patas de que Bolwig cuidou desde poucos dias de idade, ele escreve que, desde o começo, "agarrava com firmeza qualquer objeto colocado em sua mão e protestava aos guinchos se isso lhe fosse tirado"; e que "seu apego tornou-se cada vez mais intenso, até que, finalmente, era quase inquebrantável". Hayes, descrevendo Viki, o chimpanzé fêmea que ela criou desde os três dias de idade, relata que, aos quatro meses de idade, quando Viki já caminhava bem, "desde o momento em que saía do berço até ser novamente colocada nele à noite, com apenas um intervalo de uma hora para uma soneca à tarde, ela ficava o tempo todo agarrada a mim como um bebezinho". Todas as descrições contêm passagens semelhantes.

Discriminação da mãe pelo bebê

O comportamento de apego foi definido como a busca e a manutenção da proximidade de um outro indivíduo. Embora esses relatos não tenham deixado nenhuma possível dúvida de que os jovens primatas de todas as espécies se apegam a objetos com a maior tenacidade, resta ainda considerar quando é que passam a discriminar e a apegar-se a um determinado indivíduo.

Harlow acredita que um bebê *rhesus* "apega-se a uma mãe específica (*a* mãe)" durante a primeira ou segunda semana de vida (Harlow e Harlow, 1965). Hinde (comunicação pessoal) endossa esse ponto de vista; sublinha ele que, a poucos dias do nascimento, um bebê *rhesus* orienta-se para sua mãe de preferência a outros macacos. Por exemplo, no final de sua primeira semana, pode deixar brevemente a mãe e rastejar na direção de uma outra fêmea; mas não tarda em dar meia volta e encaminhar-se de novo para a mãe. Uma capacidade tão precoce para reconhecer um determinado indivíduo é hoje menos surpreendente, pois existem provas que evidenciam serem os primatas não humanos dotados, ao nascer, de um certo grau de visão de padrões (Fantz, 1965).

Também são de interesse os depoimentos de pais adotivos humanos a esse respeito.

O pequeno macaco patas de Bolwig começou discriminando membros da família logo depois de ter chegado, então com a idade entre cinco e catorze dias. Isso foi demonstrado apenas três dias após sua chegada, quando o macaco, que vinha sendo cuidado principalmente pela srta. Bolwig, correu atrás dela para a porta, guinchando, ao ser deixado a sós com o dr. Bolwig, e parou de chorar quando ela voltou e o apanhou ao colo.

> Durante os dias seguintes, a ligação transferiu-se de minha filha para mim, e tornou-se tão forte que eu tinha que carregá-lo em meu ombro para onde quer que eu fosse ... até a idade de 3 meses e meio, ele podia ser muito impertinente se fosse deixado aos cuidados de algum outro membro da família.

Embora, ao final do quinto mês, o macaco estivesse passando boa parte do tempo na companhia de outras pessoas e de outros macacos de sua espécie, a sua preferência pelo dr. Bolwig continuou, especialmente quando estava em apuros ou assustado; e essa mesma preferência foi de novo evidenciada quatro meses depois (quando ele tinha nove meses), embora o dr. Bolwig tivesse estado ausente durante todo o período intermediário.

O babuíno de Rowell tinha cerca de cinco semanas quando ela o adotou. Já durante a primeira semana o pequeno babuíno podia distinguir as pessoas conhecidas dos estranhos e era perfeitamente capaz de reconhecer aquela que era a sua principal tratadora. No começo, desde que não tivesse fome, contentava-se em ficar sozinho com sua chupeta e o avental de sua tratadora. Dez dias depois, entretanto, "já não consentia que eu ficasse fora de suas vistas... Se me visse caminhar ou mesmo se cruzasse seus olhos com os meus, deixava cair a chupeta e vinha correndo para mim".

Estes relatos não deixam dúvida, portanto, de que em algumas espécies de macacos do Velho Mundo o comportamento de apego passa, dentro de mais ou menos uma semana, a ser especialmente dirigido para um certo indivíduo preferido, e que, uma vez assim dirigido, a preferência torna-se extremamente forte e persistente.

De acordo com seu ritmo mais lento de maturação, os chimpanzés parecem ser mais morosos em mostrar uma preferência clara por quem cuida deles. Contudo, uma vez desenvolvida, a preferência não é menos forte do que nos outros macacos. Uma leitura do relato de Hayes sugere que Viki estava com cerca de três meses de idade quando começou a mostrar-se muito preocupada sobre as pessoas com as quais estava convivendo. Até então não dera mostras de interesse mas, nessa idade, sua preferência tornou-se inequívoca. Por exemplo, Hayes descreve como Viki, quando tinha quatro meses incompletos, esteve numa festa e inspecionou alternadamente os vários convidados, após o que se retraiu, ficando o tempo todo ao lado de sua mãe adotiva. Quando os convidados passaram para uma sala adjacente, Viki agarrou inadvertidamente o vestido de uma outra senhora; mas, quando ergueu os olhos e se deu conta do equívoco, soltou um grito breve e afastou-se prontamente, procurando o colo de sua mãe adotiva[10].

---

10. As descrições de Yerkes também sugerem que os jovens chimpanzés demoram alguns meses de idade para adquirir uma boa capacidade discriminatória. Um par de gêmeos criados pela mãe não parecia "reconhecer-se um ao outro como objetos sociais" até completarem cinco meses de idade (Tomilin e Yerkes, 1935).

Mudanças na intensidade do comportamento de apego

Em todas as descrições de bebês primatas em habitat natural é relatado que, ao menor alarma, um bebê afastado de sua mãe correrá para ela e que um que já esteja perto se agarrará a ela com mais força. O fato de o comportamento de apego ser exibido infalivelmente em tais ocasiões reveste-se de grande importância para a nossa compreensão de causa e função.

Algumas outras condições que levam o comportamento de apego a manifestar-se, ou a mostrar-se mais intensamente, são relatadas nas descrições de primatas criados por pais adotivos humanos. Rowell conta que, quando o seu jovem babuíno estava com fome, "insistia em manter o contato e guinchava continuamente se fosse deixado sozinho". Tanto Rowell como Bolwig descreveram como, quando o filhote era um pouco mais velho e se dispunha a fazer suas explorações, o mais leve indício de que o seu tratador estava se afastando era imediatamente percebido e fazia o pequeno animal agarrar-se a ele num abrir e fechar de olhos. Uma curta separação tinha o mesmo efeito. Bolwig registra que, quando o seu pequeno macaco patas foi solto de uma jaula onde ficara por algumas horas com outros macacos da sua própria espécie,

> aferrou-se a mim e recusou-se a deixar-me fora de sua vista o resto do dia. À noite, quando adormecido, acordou várias vezes com pequenos guinchos e agarrou-se a mim, mostrando todos os sinais de terror, quando eu tentei soltar-me dele.

O declínio do comportamento de apego

Nos relatos do comportamento de apego de jovens primatas em seu habitat natural foi descrito como, ao crescerem, eles passam a ficar cada vez menos tempo com a mãe e cada vez mais tempo com companheiros da mesma idade e, mais tarde, com outros adultos, e como essa mudança é principalmente o resultado da própria iniciativa deles. O quanto dessa mudança é promovido pela mãe parece variar muito de espécie para espécie. Uma mãe babuíno rejeita frequentemente o seu filhote depois que ele completou dez meses de idade, especialmente se ela estiver prestes a ter outro filho. A mãe *rhesus* também rechaça algumas vezes suas crias. Tanto o chimpanzé como o gorila parecem não fazer isso de maneira apreciável.

Das provas existentes, entretanto, parece claro que, mesmo com pouca ou nenhuma rejeição maternal, o comportamento de apego diminui, depois de certa idade, tanto na intensidade como na frequência com que é eliciado. É mais do que provável que diferentes processos estejam em ação. Um deles, provavelmente, é uma mudança na forma adotada pelos sistemas comportamentais mediadores do próprio comportamento de apego. Um outro é o recrudescimento da curiosidade e do comportamento exploratório a cujos efeitos Harlow (1961) e outros investigadores atribuíram muita importância.

A descrição de Bolwig do declínio do comportamento de apego, tal como ocorreu em seu macaco patas, é elucidativa. Descreve ela, de um modo brilhante, como, desde os primeiros dias, o macaco se mostrava indagador e gostava de ficar observando atentamente mãos e rostos. O seu interesse em explorar objetos inanimados, presente desde o começo, aumentou constantemente e, no final do seu segundo mês na casa, passava grande parte do tempo subindo nos móveis. Por volta dos quatro meses de idade, gostava tanto de ficar no meio de um grupo de estudantes que se recusava a acudir quando o chamavam; subsequentemente, tais recusas tornaram-se mais numerosas. Bolwig concluiu que o interesse do jovem macaco em atividades lúdicas e exploratórias "atuou como antagonista da fase de apego e tornou-se gradualmente dominante sobre esta, durante sua atividade diária".

O ritmo em que o comportamento de apego declina é afetado, sem dúvida, por muitas variáveis. Uma é a frequência de eventos alarmantes: todas as descrições concordam que, quando alarmados, até os jovens de mais idade buscam instantaneamente a proximidade da mãe. Uma outra é a frequência da separação forçada numa idade precoce. Bolwig descreve o intenso apego mostrado por seu pequeno macaco patas depois que seu tratador tinha sido persuadido (contra sua opinião) a discipliná-lo, por exemplo, deixando-o preso fora da casa ou colocando-o numa jaula. "Todas as vezes que o tentei... isso resultou num retrocesso no desenvolvimento do animal. Ele tornou-se ainda mais agarrado, mais turbulento e mais difícil."

Embora, no curso natural dos acontecimentos, o comportamento de apego dirigido para a mãe decline gradualmente nos primatas não humanos, ele não desaparece por completo. Existem, porém, escassas provas oriundas de estudos de campo para se estabelecerem conclusões firmes a respeito do seu papel na vida adulta, e o mesmo pode ser dito relativamente a animais criados em cativeiro.

Todos os macacos e grandes símios criados por seres humanos e citados nesses relatos foram colocados em parques zoológicos ou em colônias de laboratórios enquanto ainda eram jovens. A experiência geral com tais animais é que, embora eles se tornem usualmente bastante razoáveis com os membros de suas próprias espécies, continuam mostrando um interesse muito mais forte nas pessoas do que os animais criados naturalmente. Alguns deles, além disso, tornam-se sexualmente excitados por seres humanos e dirigem para estes o seu comportamento sexual. A natureza da figura para a qual o comportamento de apego é dirigido durante a infância tem, portanto, numerosos efeitos a longo prazo.

Comportamento de apego no homem

Diferenças e semelhanças com o observado em primatas não humanos

À primeira vista, poderia parecer que existe uma nítida ruptura entre o comportamento de apego no homem e o observado em primatas não humanos. Nestes últimos, poderia ser enfatizado, o apego do filhote à mãe é visto desde o nascimento ou logo depois, ao passo que, no homem, a criança só muito lentamente adquire consciência de sua mãe, e só depois de adquirir mobilidade passa a buscar a companhia dela. Embora a diferença seja real, acredito que não se deve exagerar sua importância.

Em primeiro lugar, vimos que em pelo menos um dos grandes símios – o gorila – o filhote não tem, ao nascer, suficiente vigor para sustentar seu próprio peso e que, durante dois ou três meses, é a mãe quem o ampara e carrega. Em segundo lugar, convém lembrar que, nas sociedades humanas mais simples, especialmente as de caçadores e coletores, o bebê não é colocado em berço ou carrinho mas transportado às costas pela mãe. Assim, a diferença nas relações mãe-filho no gorila e no homem não é assim tão grande. De fato, dos primatas mais inferiores até o homem ocidental pode ser discernida uma sequência contínua. Nos membros menos avançados da ordem primata, por exemplo, o lêmure e o sagui, a cria deve, desde o nascimento, cuidar de agarrar-se, pois não recebe qualquer espécie de apoio da mãe. Nos macacos mais avançados do Velho Mundo, como o babuíno e o *rhesus,* a cria deve cuidar também de agarrar-se a maior parte do tempo mas, nos primeiros dias de vida, recebe ajuda da mãe. Nos mais avançados, o gorila e o homem, o bebê continua agarrando-se mas não tem força bastante para sustentar-se sozinho por muito tempo; consequentemente, durante alguns meses, o bebê só é conservado na proximidade da mãe em virtude das ações da própria mãe; contudo, seja por iniciativa da mãe ou do filhote, a proximidade é sempre mantida. Só em sociedades humanas economicamente mais desenvolvidas e, em especial, nas ocidentais, os bebês estão comumente fora de contato com a mãe durante muitas horas por dia e, com frequência, também durante a noite.

Essa transformação evolutiva no equilíbrio, desde o bebê que toma toda a iniciativa de manutenção do contato até a mãe que toma toda a iniciativa, reveste-se de uma importante consequência. É que, enquanto um filhote *rhesus* já se agarra vigorosamente antes de aprender a distinguir a mãe de outros macacos (e objetos inanimados), o bebê humano está apto a distinguir sua mãe de outras pessoas (ou objetos) antes de poder agarrar-se a ela ou de deslocar-se ativamente em direção a ela. Este fato gera uma dificuldade secundária para se decidir qual o critério para julgar o início do comportamento de apego no homem.

*O crescimento do comportamento de apego
durante o primeiro ano*

Existem boas provas de que, num contexto familiar, a maioria dos bebês de cerca de três meses de idade já responde à mãe de um modo diferente, em comparação com outras pessoas. Quando vir sua mãe, um bebê dessa idade sorrirá e vocalizará mais prontamente, e a seguirá com os olhos por mais tempo do que quando vir qualquer outra pessoa. Portanto, a discriminação perceptual está presente. Entretanto, será difícil afirmar-se que existe comportamento de apego enquanto não houver provas evidentes de que o bebê não só reconhece a mãe mas também tende a comportar-se de modo a manter a proximidade com ela.

O comportamento de manutenção da proximidade é observado de maneira óbvia quando a mãe sai do quarto e o bebê chora, ou chora e tenta também segui-la. Ainsworth (1963, 1967) relata que, num grupo de bebês africanos, chorar e tentar seguir a mãe ocorreram num bebê logo a partir das quinze e dezessete semanas, respectivamente, e que ambos os tipos de comportamento eram comuns aos seis meses de idade. Todos esses bebês, com exceção de quatro, tentaram seguir a mãe que se afastava, logo que puderam engatinhar[11].

Nesse estudo, Ainsworth observou bebês da tribo Ganda, em Uganda, visitando suas mães durante um par de horas, no início da tarde, período em que as mulheres estão usualmente descansando após os afazeres da manhã e, com frequência, recebendo visitas. Qualquer bebê acordado nesse período ou está no colo ou tem liberdade para engatinhar por perto. Como um certo número de adultos estava sempre presente, era fácil observar as respostas diferenciais e o comportamento de apego com a mãe. Visitas a 25 mães com 27 bebês[12] foram efetuadas a intervalos de quinze dias,

---

11. A idade mediana para engatinhar nessa amostra de crianças gandas foi vinte e cinco semanas, comparada com os sete meses e meio para crianças americanas brancas (Geseil, 1940). Neste e em muitos outros aspectos, o desenvolvimento motor de bebês gandas é muito mais avançado em comparação com o de crianças caucasianas (Géber, 1956).

12. Um outro bebê foi observado, mas como tinha apenas três meses e meio no final do estudo, o caso foi omitido desse relato final.

durante um período de cerca de sete meses. No final do estudo, os dois bebês mais jovens ainda estavam apenas com seis meses de idade mas a maior parte deles já completara entre dez e quinze meses; com exceção de quatro, todos mostraram o comportamento de apego.

Os dados fornecidos por Ainsworth deixam claro que em todas as crianças gandas, exceto uma pequena minoria, o comportamento de apego está nitidamente presente por volta dos seis meses de idade e manifesta-se não só pelo choro da criança quando a mãe deixa o quarto mas também pelo modo como, quando ela regressa, a criança a acolhe – com sorrisos, agitação dos braços e gorjeios de prazer. O choro tinha maiores probabilidades de ocorrer quando a criança ficava sozinha ou com estranhos mas, nessa idade, não ocorria em todas as ocasiões. Nos três meses seguintes, porém, enquanto o bebê avançava dos seis para os nove meses de idade, todos esses comportamentos eram exibidos mais regularmente e com mais vigor "como se o apego à mãe estivesse ficando mais forte e mais consolidado". Os bebês dessa idade seguiam a mãe quando ela saía do quarto; depois de uma ausência da mãe, eles primeiro saudavam-na efusivamente, com sorrisos e gesticulação, e depois engatinhavam para ela o mais rapidamente possível.

Todos esses padrões de comportamento continuaram durante o trimestre final do primeiro ano e todo o segundo ano de vida. Por volta dos nove meses, os bebês seguiam a mãe com grande eficiência quando ela saía do quarto e, daí em diante, o choro nessas ocasiões declinou. Agarrar-se obstinadamente à mãe também tornou-se especialmente evidente a partir dos nove meses de idade, sobretudo quando a criança estava assustada, por exemplo, em virtude da presença de um estranho.

Embora o comportamento de apego também fosse exibido por essas crianças em relação a outros adultos familiares, para com a mãe era quase sempre exibido mais cedo, mais fortemente e de um modo muito mais sistemático. Entre os seis e nove meses de idade, qualquer bebê cujo pai viesse para casa regularmente era acolhido alegremente assim que aparecia; mas seguir no encalço de um adulto familiar (exceto a mãe) que se afastasse só foi observado depois dos nove meses de idade. A partir de então, se a mãe não estivesse presente, a tendência da criança era para seguir qualquer adulto familiar que estivesse com ela.

Enquanto 23 das 27 crianças gandas estudadas por Ainsworth mostraram de maneira inconfundível o comportamento de apego, em quatro bebês nenhum comportamento de apego tinha sido notado quando as observações terminaram. As idades desses quatro bebês eram então oito meses e meio (gêmeos), onze e doze meses. As possíveis razões para o seu desenvolvimento atrasado são examinadas no capítulo 15.

A idade em que o comportamento de apego se desenvolve nos gandas, tal como foi observado por Ainsworth, não difere muito da idade em que Schaffer e Emerson (1964*a*) estudaram o seu desenvolvimento em crianças escocesas. O estudo deles abrangeu sessenta bebês desde o nascimento até os doze meses de idade. Informações foram obtidas dos pais a intervalos de quatro semanas. Os critérios de apego limitaram-se a respostas dos bebês quando a mãe se afastava; foram definidas sete situações possíveis – por exemplo, ser deixado sozinho no quarto, ser deixado no berço durante a noite –, e a intensidade do protesto foi classificada segundo uma tabela de pontos. As observações em primeira mão foram limitadas e não se levaram em conta as respostas de prazer dos bebês quando a mãe reaparecia.

Na investigação escocesa, um terço dos bebês estava manifestando o comportamento de apego aos seis meses de idade, e três quartos aos nove meses. Tal como no caso dos gandas, alguns bebês foram lentos em mostrá-lo: em dois deles, ainda não se manifestara quando completaram doze meses de idade.

Os dados de Schaffer e Emerson sugerem, aparentemente, que as crianças escocesas são um pouco mais morosas em desenvolver o comportamento de apego do que as crianças gandas. Isso é perfeitamente possível e estaria de acordo com o desenvolvimento motor notavelmente avançado dos bebês gandas. Uma explicação alternativa é que as diferenças assinaladas são um resultado dos diferentes critérios de apego e métodos de observação empregados nos dois estudos. Ao estar presente e realizar ela própria as observações, é lícito esperar que Ainsworth tenha registrado os sinais mais precoces de apego, ao passo que Schaffer e Emerson, ao apoiarem-se em depoimentos das mães, podem não o haver feito[13]. Seja como for, os dois estudos concordam perfeitamente em várias conclusões a que chegaram. Nelas se inclui a ampla faixa etária em que o comportamento de apego se manifesta pela primeira vez em diferentes crianças – desde antes dos quatro meses até depois dos doze meses. Essa grande variação individual nunca deve ser esquecida; as razões possíveis disso são examinadas no capítulo 15.

Também existe concordância a respeito da frequência com que o comportamento de apego é dirigido para outras figuras além da mãe. Schaffer e Emerson apuraram que, durante o mês seguinte àquele em que as crianças mostraram pela primeira vez o comportamento de apego, um quarto delas o estava dirigindo a outros membros da família e, ao completarem dezoito meses de idade, todas elas, com exceção de umas poucas, estavam apegadas a pelo menos uma outra figura e, com frequência, a várias. O pai era a outra figura que mais frequentemente eliciava o comportamento de apego. A seguir, com frequência, vinham as crianças mais velhas, "não só crianças muito mais velhas, que poderiam ocasionalmente substituir a mãe em suas atividades rotineiras de cuidar do bebê, mas também crianças em idade pré-escolar". Schaffer e Emerson não encontraram evidências de que o apego à mãe fosse menos intenso quando o comportamento era dirigido também a outras figuras; ao contrário, nos primeiros meses de apego, quanto maior fosse o número de figuras a quem uma criança estivesse apegada, mais intenso era seu apego à mãe como figura principal.

Não só ambos os estudos registram grande variação na rapidez do desenvolvimento entre crianças, mas ambos relatam igualmente que, em qualquer criança, a intensidade e a consistência com que se manifesta o comportamento de apego podem variar muito de dia para dia ou de hora para hora. As variáveis responsáveis pelas mudanças a curto prazo são de duas espécies: orgânicas e

....
13. A possibilidade de que os exemplos mais precoces e menos sistemáticos de comportamento de apego não tivessem sido contados a Schaffer e Emerson é sugerida pela descoberta deles de que, quando foram relatados pela primeira vez, os protestos das crianças por serem deixadas pelas mães já estavam em sua máxima intensidade – ou muito próximo dela.

ambientais. Entre as orgânicas, Ainsworth enumera a fome, a fadiga, a doença e a infelicidade, todas acarretando um aumento do choro e do ato de seguir uma figura familiar. Schaffer e Emerson também indicaram a fadiga, a doença e a dor. Quanto aos fatores ambientais, ambos os estudos assinalaram que o comportamento de apego é mais intenso quando uma criança está alarmada. Ainsworth estava particularmente bem situada para fazer tal observação porque, sendo uma estranha de pele branca, estava especialmente apta a causar alarma. Nenhuma criança ganda mostrou alarma antes das quarenta semanas de idade mas, em semanas subsequentes, todas as que foram observadas o manifestaram: "As crianças a quem vimos pela primeira vez nesse [último] trimestre do primeiro ano pareciam aterrorizadas comigo... Agarravam-se à mãe, tomadas de pânico, nesse contexto". Um outro ponto assinalado por Schaffer e Emerson foi que a intensidade do apego aumentava durante um certo período, depois de uma ausência da mãe[14].

Assinale-se que todas as variáveis assinaladas como as que influenciam a intensidade a curto prazo do apego em bebês humanos são as mesmas descritas como influenciando a sua intensidade a curto prazo em bebês de macacos e grandes símios.

Embora existam provas abundantes mostrando que o tipo de cuidados que um bebê recebe de sua mãe desempenha um importante papel na determinação do modo como se desenvolve seu comportamento de apego, não se deve jamais esquecer em que medida a própria criança inicia a interação e influencia a forma que ela adota. Ainsworth e Schaffer estão entre os numerosos observadores que chamam a atenção para o papel muito ativo do bebê humano.

Recapitulando suas observações dos gandas, Ainsworth (1963) escreve:

....
14. Schaffer e Emerson relatam que foram incapazes de identificar os fatores responsáveis por algumas flutuações de intensidade e que "algumas pareciam espontâneas na natureza". Não é improvável, entretanto, que uma observação mais frequente e de primeira mão tivesse revelado acontecimentos não descritos pelas mães nas entrevistas mensais.

Uma característica do comportamento de apego que me impressionou especialmente foi o grau em que a própria criança toma a iniciativa de procurar uma interação. A partir dos dois meses em diante, pelo menos, e crescentemente ao longo do primeiro ano de vida, esses bebês se mostravam menos passivos e receptivos e mais ativos na busca de interação.

Schaffer (1963) escreve no mesmo sentido a respeito de seus bebês escoceses:

> As crianças parecem frequentemente ditar o comportamento dos pais pela insistência de suas exigências, pois um número bastante elevado de mães que entrevistamos declarou serem forçadas a responder a seus bebês muito mais do que consideravam desejável...

Além de chorar, o que nunca é facilmente ignorado, um bebê, com frequência, chama persistentemente e, quando é atendido, orienta-se para a mãe ou outra companhia e desfaz-se em sorrisos. Mais tarde, acolhe-a e se aproxima dela, esforçando-se por atrair sua atenção, de mil maneiras sedutoras. Não só o bebê, graças a esses recursos, provoca respostas de seus acompanhantes mas "mantém e dá forma às respostas deles, reforçando algumas e não outras" (Rheingold, 1966). O padrão de interação que gradualmente se desenvolve entre um bebê e sua mãe só pode ser entendido como resultante das contribuições de cada um e, em especial, do modo como cada um, por seu turno, influencia o comportamento do outro. Este tema é ampliado no capítulo 16.

O curso subsequente do comportamento de apego no homem

Embora o desenvolvimento do comportamento de apego durante o primeiro ano de vida esteja razoavelmente bem historiado, o curso que adota durante os anos subsequentes não o está. As informações que existem sugerem fortemente que, durante o segundo e a maior parte do terceiro ano, o comportamento de apego não revela menos intensidade nem menos frequência do que no final do primeiro ano. O aumento da capacidade perceptiva da criança e de sua aptidão para compreender os acontecimentos no mundo à sua volta acarretam, porém, mudanças nas circunstâncias que o eliciam.

Uma mudança consiste em que a criança passa a estar cada vez mais consciente de uma partida *iminente*. Durante o seu primeiro ano, um bebê protesta especialmente quando é posto em seu berço e, um pouco mais tarde, ao notar que sua mãe desapareceu de vista. Subsequentemente, um bebê que, quando sua mãe o deixa, está absorto em alguma outra coisa, começa a notar que ela saiu e então protesta. Daí em diante, ele torna-se profundamente atento ao paradeiro da mãe; passa a maior parte do tempo vigiando-a ou, se ela estiver longe da vista, escutando o som dos seus movimentos. Aos onze ou doze meses torna-se apto, ao notar o comportamento da mãe, a prever a partida iminente dela e começa a protestar antes que ela saia. Sabendo que isso acontecerá, muitos pais de crianças de dois anos escondem seus preparativos até o último minuto, a fim de evitar protestos clamorosos.

O comportamento de apego é exibido pela maioria das crianças de um modo vigoroso e regular até perto do final do terceiro ano. Ocorre então uma mudança. Isto é bem ilustrado pela experiência comum de professoras de escolas maternais. Antes das crianças completarem dois anos e nove meses, a maior parte delas, quando frequentam uma escola maternal, mostra-se consternada quando suas mães vão embora. Embora o choro possa durar apenas alguns minutos, elas costumam, não obstante, permanecer caladas, inativas e exigindo constantemente a atenção da professora – em acentuado contraste com o modo como se conduzem, no mesmo contexto, se a mãe permanecer com elas. Entretanto, depois de as crianças completarem seu terceiro aniversário, elas são muito mais capazes de aceitar a ausência temporária da mãe e de se dedicar a brincadeiras com as outras crianças. Em muitas crianças, a mudança parece ocorrer quase abruptamente, sugerindo que algum limiar de maturação foi transposto nessa idade.

Uma das principais mudanças é que, após o terceiro aniversário, a maioria das crianças torna-se cada vez mais apta, num lugar estranho, a sentir-se segura com figuras subordinadas de apego, por exemplo, uma pessoa da família ou uma professora na escola. Mesmo assim, esse sentimento de segurança é condicional. Em primeiro lugar, as figuras subordinadas devem ser pessoas com quem a criança está familiarizada, de preferência aquelas que a criança acabou conhecendo enquanto estava na companhia da mãe. Em segundo lugar, a criança deve ser saudável e não estar assustada. Em terceiro lugar, deve saber onde está a mãe e confiar em que pode reatar o contato com ela a curto prazo. Na ausência de tais condições, é provável que se torne ou se mantenha muito "manhosa", choramingando o tempo todo pela mãe, ou que manifeste outros distúrbios de comportamento.

O aumento de confiança que chega com a idade é bem ilustrado na descrição que Murphy e seus colegas (1962) fizeram dos diferentes modos como crianças entre dois anos e meio e cinco anos e meio de idade respondem a um convite para participar de uma sessão de recreação. Durante uma visita preliminar à família de cada criança, foi estabelecido um plano segundo o qual os pesquisadores voltariam alguns dias depois a fim de levarem a criança, de carro, para a sessão. Embora todas as crianças fossem encorajadas a ir sozinhas, nenhum obstáculo foi posto a que a mãe também fosse, caso a criança protestasse ou a mãe preferisse acompanhá-la. Embora as mães estivessem familiarizadas com os pesquisadores, para as crianças eles eram estranhos, salvo por um encontro durante a visita preliminar.

Como era de esperar, quando os pesquisadores se apresentaram nas casas das crianças a fim de levá-las ao centro, a maioria das mais jovens recusou-se a ir sem a companhia da mãe. A recusa estava altamente correlacionada com a idade; ao passo que todas as dezessete crianças de quatro e cinco anos, com exceção de duas, aceitaram as garantias e o encorajamento de suas mães e mostraram-se dispostas a ir sozinhas com os pesquisadores, apenas uma pequena minoria das quinze crianças de dois e três anos aceitou a ideia[15]. Não só a maior parte das crianças mais jovens insistiu em que a mãe também fosse mas, durante a primeira sessão, trataram de assegurar-se de que permaneceriam em contato físico com ela, sentando-se ao seu lado, agarrando-se à sua saia, segurando-lhe a mão ou puxando-a para que não se afastasse. Graças a esse apoio materno, elas mostraram-se, durante as sessões

....
15. Murphy não fornece números exatos nem coeficientes de correlação.

subsequentes, cada vez mais confiantes. A maioria das crianças mais velhas, em contraste, foi alegremente à primeira sessão sozinhas, e começou imediatamente a divertir-se com os brinquedos e testes fornecidos. Nenhuma dessas crianças de mais de quatro anos e meio mostrou o comportamento de apego tão típico das jovens. Para ilustrar essas diferenças, Murphy oferece numerosos e vívidos relatos do comportamento de cada criança.

As crianças que Murphy descreve nesse estudo eram todas oriundas de famílias brancas de profissionais liberais e operários especializados, e provinham de velhas cepas americanas. Sua criação tinha sido predominantemente conservadora e severa. Portanto, não tinham sido mimadas nem havia razão alguma para supor que fossem, de algum modo, atípicas.

As crianças inglesas não são diferentes. A ocorrência e incidência de comportamento de apego numa amostra de 700 crianças de quatro anos, em Midlands, foi bem relatada por Newson e Newson (1966, 1968). A uma pergunta sobre se seus filhos de quatro anos "ficavam agarrados o tempo todo às saias da mãe, querendo ser um pouco mimados", as mães de 16% responderam "frequentemente" e de 47%, "às vezes". Embora as mães do terço restante tenham respondido "nunca", em alguns casos parecia provável que isso não passasse de racionalização de um desejo. As razões comuns alegadas pelas mães para que uma criança que não era usualmente dada a agarrar-se às saias da mãe mostrar esse comportamento foram "estar adoentada" e "ter ciúmes do irmão caçula". Embora quase todas as mães se descrevessem como receptivas às exigências de seus filhos, um quarto delas afirmou que só respondia com relutância. A este respeito, os Newson comentam o tema mais frequentemente repetido em suas conversas com as mães, ou seja, o poder que uma criança exerce, e exerce com êxito, para alcançar seus próprios fins. Isso é uma verdade, observam os Newson, "que a maioria dos pais acaba por reconhecer mas sobre a qual eles são raramente advertidos pelos manuais de puericultura".

Assim, embora a maioria das crianças, após o seu terceiro aniversário, manifeste o comportamento de apego menos urgente e frequentemente do que antes, ele constitui ainda uma parte importante do comportamento. Além disso, se bem que atenuado, um comportamento de apego de um tipo não muito diferente do observado em crianças de quatro anos persiste ao longo dos primeiros anos escolares. Quando saem a passeio, crianças de cinco e seis anos, e até mais velhas, às vezes seguram, ou mesmo agarram, a mão do pai ou da mãe, e ficam magoadas se isso lhes for recusado. Quando brincam com outras crianças, se alguma coisa sair errada, voltam-se imediatamente para os pais ou seus substitutos. Se estiverem mais do que levemente assustadas, buscam o contato imediato. Assim, durante todo o período de latência de uma criança comum, o comportamento de apego continua sendo um traço dominante em sua vida.

Durante a adolescência o apego de uma criança a seus pais sofre uma mudança. Outros adultos podem então assumir uma importância igual ou maior do que a dos pais, e a atração sexual por companheiros da mesma idade e sexo oposto começa a ampliar o quadro. Consequentemente, a variação individual, já grande, torna-se ainda maior. Num extremo, estão os adolescentes que se desligam inteiramente dos pais; no outro estão aqueles que permanecem intensamente apegados e são incapazes ou relutantes em dirigir seu comportamento de apego para outras pessoas; entre os extremos situa-se a grande maioria dos adolescentes cujo apego aos pais permanece mas cujos vínculos com outras pessoas tornam-se também muito importantes. Para a maioria dos indivíduos, o vínculo com os pais prossegue na vida adulta e afeta o comportamento de inúmeras maneiras. Em muitas sociedades, o apego da filha à mãe é mais evidente do que o de um filho à mãe. Como Young e Willmott (1957) mostraram, mesmo numa sociedade ocidental urbanizada, o vínculo entre a filha adulta e a mãe desempenha um grande papel na vida social.

Finalmente, na velhice, quando o comportamento de apego já não pode ser dirigido para membros de uma geração mais velha, ou até da mesma geração, pode passar a ser dirigido para membros de gerações mais jovens.

Durante a adolescência e a vida adulta, uma certa proporção do comportamento de apego é comumente dirigida não só para pessoas fora da família mas também para outros grupos e instituições além da família. Uma escola ou colégio, um grupo de trabalho, um grupo religioso ou político podem passar a constituir para muitas pessoas uma "figura" de apego subordinada e para algumas pessoas até a "figura" de apego principal. Em tais casos, parece provável que o desenvolvimento do apego a um grupo seja mediado, pelo menos inicialmente, pelo relacionamento com uma pessoa que detém uma posição de destaque nesse grupo. Assim, para muitos cidadãos, a dedicação ao Estado ou a um governo constitui um derivativo e depende inicialmente do apego ao soberano ou presidente.

Que o comportamento de apego na vida adulta é uma continuação direta do comportamento na infância é demonstrado pelas circunstâncias que levam o comportamento de apego de um adulto a ser mais facilmente eliciado. Em casos de doença e calamidade, os adultos tornam-se frequentemente mais exigentes em relação a outras pessoas; em situações de perigo ou desastre súbito, uma pessoa quase certamente buscará a proximidade de uma outra pessoa conhecida e de sua confiança. Em certas circunstâncias, um recrudescimento do comportamento de apego é reconhecido por todos como natural[16]. Portanto, é extremamente enganador aplicar o epíteto de "regressivo" a toda e qualquer manifestação de apego na vida adulta, como frequentemente se faz em escritos psicanalíticos, em que o termo tem uma conotação patológica ou, pelo menos, indesejável (por exemplo, Benedek, 1956). Rotular o comportamento de apego na vida adulta de regressivo equivale, de fato, a menosprezar o papel vital que ele desempenha na vida do homem, do berço à sepultura.

Formas de comportamento mediadoras do apego

No estudo anterior deste tema (Bowlby, 1958), foram enumeradas cinco respostas que levam ao comportamento de apego. Duas delas, chorar e sorrir, tendem a aproximar a mãe do bebê e a mantê-la junto dele. Duas outras, seguir e agarrar-se, têm o efeito de levar o bebê até a mãe e retê-lo junto dela. O papel da quinta, a

---

16. R. S. Weiss tem realizado inúmeros estudos do apego na vida adulta. Para um exame de seus dados cf. Weiss (1982).

sucção, é menos facilmente categorizado e requer detalhado exame. Uma sexta, chamar, também é importante: a qualquer momento, depois dos quatro meses, um bebê chamará sua mãe com apelos breves e agudos e, mais tarde, gritando o seu nome.

Como os papéis desempenhados por essas reações e suas características são mais convenientemente examinados em conjunto com o seu desenvolvimento, um estudo mais detalhado deles será deixado para capítulos subsequentes.

O uso da mãe como base para excursões exploratórias

Para descrever o desenvolvimento do comportamento de apego durante o primeiro ano de vida, foram usados dois critérios principais: chorar e seguir a mãe quando ela sai, saudá-la e abordá-la quando ela regressa. Outros critérios são o sorriso diferencial endereçado à mãe, usualmente observado durante o quarto mês, e movimentar-se para a mãe e agarrar-se a ela, quando o bebê está alarmado. Uma outra indicação são os diferentes modos como uma criança apegada comporta-se na presença e na ausência da mãe.

Em seu estudo de bebês gandas, Ainsworth (1967) assinala que, pouco depois de tornar-se apto a engatinhar, o bebê não permanece sempre junto à mãe. Ao contrário, ele faz pequenas excursões a partir dela, explorando outros objetos e outras pessoas e, se isso lhe for permitido, pode até ficar fora da vista da mãe. De tempos em tempos, contudo, o bebê volta à mãe, como para certificar-se de que ela ainda está lá. Tal exploração confiante termina abruptamente se ocorrer uma de duas condições: (*a*) se a criança assustar-se ou machucar-se; (*b*) se a mãe afastar-se. Nesses casos, o bebê retorna para junto da mãe o mais rapidamente possível, com maiores ou menores sinais de aflição, ou chora desconsoladamente. A criança ganda mais jovem em quem Ainsworth observou esse padrão de comportamento tinha 28 semanas. Depois dos oito meses, a maioria delas o manifestava nitidamente.

A partir dessa idade uma criança comporta-se de maneiras muito diferentes na presença da mãe ou na ausência dela, e essa diferença é especialmente acentuada se a criança encontrar-se diante de uma pessoa estranha ou em um lugar estranho. Com a mãe presente, a maioria das crianças mostra-se claramente mais confiante e disposta a realizar explorações; na ausência dela, mostram-se muito mais tímidas e não raras vezes entregam-se a uma profunda aflição. Experimentos que demonstram essas reações em crianças de cerca de doze meses de idade foram relatados por Ainsworth e Wittig (1969), e por Rheingold (1969). Em cada um desses estudos, os resultados são nítidos e espetaculares. Este tema também é ampliado no capítulo 16.

Sentimento

Nenhuma forma de comportamento é acompanhada por sentimento mais forte do que o comportamento de apego. As figuras para as quais ele é dirigido são amadas, e a chegada delas é saudada com alegria.

Enquanto uma criança está na presença incontestada de uma figura principal de apego, ou a tem ao seu alcance, sente-se segura e tranquila. Uma ameaça de perda gera ansiedade, e uma perda real, tristeza profunda; ambas as situações podem, além disso, despertar cólera. Todos estes temas serão explorados amplamente nos volumes 2 e 3 desta obra.

Capítulo 12
Natureza e função do comportamento de apego

> Você sabe – pelo menos *devia* saber,
> Pois eu já me cansei de lhe dizer –
> que às crianças não se consente, não,
> Largarem suas amas na multidão.
>
> Mas esse era para Jim o grande Desafio:
> Se chance lhe era dada ele fugia;
> E nesse mais que nefasto dia
> Soltou a mão da ama e escapuliu!
> Mal dera uns quatro passos – Zás!
> A goela aberta de um leão matreiro
> Surgiu na frente do infeliz rapaz
> E logo o devorou – os pés primeiro.
>
> Seu pai, que não perdeu a compostura,
> Pediu à meninada em seu redor
> Que atenta ficasse à desventura
> Que a James, por imprudente, vitimara.
> Pois sempre acontece algo pior
> Àquela criança que, por ser ignara,
> Solta a mão da ama que a segura.
>
> "Jim" – Hilaire Belloc

A teoria do impulso secundário: origem e status atual

No capítulo 11 foi apresentado um esboço do desenvolvimento do comportamento de apego em cinco espécies de primatas – do macaco *rhesus* ao homem –, no decorrer dos respectivos ciclos vitais. A tarefa consiste agora em considerar a melhor maneira de compreender a natureza desse tipo de comportamento e os fatores que o controlam.

A teoria mais amplamente defendida tem sido, fora de qualquer dúvida, a do impulso secundário, pelo que é útil começar considerando a origem e o status atual dessa teoria[1].

A teoria do impulso secundário sustenta que o desejo de estar com outros membros da espécie é um resultado de ser alimentado

....
1. Para um relato abrangente e atualizado das versões psicanalítica e de aprendizagem social desse tipo de teoria, cf. Maccoby e Masters (1970).

por eles. Como expressam Dollard e Miller (1950): "... provavelmente a experiência de ser alimentado é a ocasião para a criança aprender a gostar de estar com outras pessoas; ou seja, pode estabelecer a base da sociabilidade". Ou, como disse Freud: "A razão pela qual uma criança de colo quer a presença da sua mãe é somente o já saber, por experiência, que ela satisfaz todas as suas necessidades, sem demora" (1926, *S.E.*, 20, p. 137); e mais tarde, de um modo algo mais específico: "o amor tem sua origem no apego à necessidade satisfeita de alimento" (1940, *S.E.*, 23, p. 188).

A primeira coisa a notar sobre este tipo de teoria é que ela decorre de um pressuposto e não de observação ou experimento. Hull adotou a posição de que existe somente um número limitado de impulsos primários – fome, sede, conforto, sexo – e de que qualquer outro comportamento é derivado deles por um processo de aprendizagem. Freud formulou uma suposição muito parecida. Ambos os tipos de teoria – teoria da aprendizagem e psicanálise – foram elaborados, pois, na convicção de que o pressuposto básico estava justificado e nem precisava ser discutido. Como não existia outra teoria no campo, a teoria do impulso secundário passou a ser encarada quase como se fosse uma verdade axiomática.

A teoria foi seriamente questionada pela primeira vez graças aos trabalhos iniciais de Lorenz sobre estampagem. Embora publicadas em 1935, suas conclusões foram pouco conhecidas antes de 1950, e somente a partir da década de 60 viriam a exercer um profundo impacto sobre o pensamento psicológico. O que elas provaram, sem qualquer dúvida possível, é que o comportamento de apego pode desenvolver-se em patinhos e gansinhos sem que os jovens animais recebam alimento ou qualquer outra recompensa convencional. Nas horas seguintes após a eclosão, essas jovens criaturas tendem a seguir qualquer objeto que vejam em movimento, seja ele a ave-mãe, um homem, uma bola de borracha ou uma caixa de papelão; além disso, tendo seguido um determinado objeto, passam a preferi-lo a quaisquer outros e, depois de certo tempo, não seguirão mais nenhum. O processo de aprendizagem das características do objeto que é seguido recebeu o nome de estampagem (cf. capítulo 10).

Uma vez que os experimentos de Lorenz foram repetidos e seus dados verificados, é natural considerar se o comportamento de apego em mamíferos e no próprio homem se desenvolve de maneira comparável. Existem hoje provas substanciais de que assim é. Aqueles que continuam sendo favoráveis a uma teoria do impulso secundário devem, portanto, apresentar algumas provas convincentes, se desejarem que a teoria seja encarada seriamente no futuro.

No que se refere a mamíferos não humanos, somente se dispõe de provas rigorosas de que o comportamento de apego pode desenvolver-se e ser dirigido para um objeto que não fornece qualquer das recompensas tradicionais de alimento, conforto ou sexo, no caso de porquinhos-da-índia, cães, ovelhas e macacos *rhesus* (cf. artigo de Cairns, 1966*a*).

Numa série de experimentos, Shipley (1963) demonstrou que porquinhos-da-índia, isolados durante as quatro primeiras semanas após o nascimento, respondem ao movimento de um modelo de madeira, branco e plano, seguindo-o para onde quer que o desloquemos. As respostas incluem não só aproximação mas um certo número de outras respostas tipicamente sociais, por exemplo, farejar, lamber e buscar contato. Num outro experimento, filhotes de porquinho-da-índia permaneceram com a mãe durante cinco dias, na mais completa escuridão. Foram então separados da mãe e expostos à luz e ao objeto movente. Uma vez mais, eles responderam ao modelo abordando-o, seguindo-o e com outras respostas sociais. Como tinham sido criados no escuro, não havia possibilidade alguma de generalização visual a partir da mãe e, como a abordagem precedia o contato com o modelo, qualquer efeito de um contato prévio com a mãe podia ser excluído.

Embora os experimentos de Scott e seus colaboradores com cachorrinhos (revistos por Scott em 1963) fossem um pouco menos rigorosos, os resultados são, apesar de tudo, impressionantes. Os cachorrinhos, totalmente isolados do homem, permaneceram com sua mãe e companheiros de ninhada com luz normal, até os experimentos começarem, quando eles estavam com duas ou três semanas de idade ou mais. A questão que se propunha verificar era se um cachorrinho que nunca vira nem fora alimentado por um homem se aproximaria e seguiria um e, caso o fizesse, em que idade e em que condições.

Num experimento, os cachorrinhos foram expostos primeiro a um homem sentado e inativo quando estavam em uma de diferentes idades; a exposição era de dez minutos diários, durante uma semana. Todos os cachorrinhos expostos pela primeira vez a um homem, quando estavam com três ou com cinco semanas de idade, abordaram imediatamente o experimentador e passaram os dez minutos inteiros com ele. Os que foram expostos em idades mais adiantadas mostraram-se mais receosos e nenhum dos expostos pela primeira vez com catorze semanas abordou o experimentador. Assim, nas semanas que se seguem imediatamente aos primeiros movimentos de engatinhar, os cachorrinhos abordaram um ser humano apesar de este estar inativo e de eles não terem tido nenhuma ocasião que lhes permitisse associarem o homem ao alimento.

Num outro experimento, um dos colaboradores de Scott (Fisher) manteve os cachorrinhos em completo isolamento a partir das três semanas de idade e criou um dispositivo que lhes permitia serem alimentados por meios mecânicos. Daí em diante, durante um curto período de cada dia, Fisher soltava os animais e observava suas respostas a um homem caminhando. Todos eles o seguiram. Um grupo de cachorrinhos, além de não receber nenhuma espécie de recompensa, era punido toda a vez que tentava seguir um homem, "para que a única experiência deles com o contato humano fosse dolorosa". Após várias semanas, o experimentador cessou a punição. Os cachorrinhos logo deixaram de fugir dele e, além disso, passavam realmente mais tempo com ele do que os cachorrinhos do grupo-controle, cujas abordagens tinham sido recompensadas com agrados.

Os experimentos de Cairns com cordeiros deram resultados semelhantes (Cairns, 1966*a* e *b*; Cairns e Johnson, 1965). A partir das seis semanas de idade, um cordeiro foi mantido isolado mas em contato visual e auditivo com um aparelho de televisão em funcionamento. Não só o cordeiro manteve proximidade com o aparelho mas quando, após nove semanas de confinamento, foi separado do aparelho, procurou-o e foi postar-se junto dele quando o encontrou. Em outros experimentos, os cordeiros foram criados em contato visual, auditivo e olfativo com um cão; em alguns casos, o par era impedido de interagir por uma divisória de arame. Após algumas semanas, uma vez mais, o cordeiro tratou o cão como uma figura de apego, balindo quando eram separados, procurando-o e, quando o encontrava, seguindo-o para todos os lados. Assim, em cordeiros, o apego pode desenvolver-se apenas com a exposição visual e auditiva a um objeto, e sem qualquer interação física com ele.

Além disso, os cordeiros, à semelhança dos cachorrinhos, desenvolverão tal apego apesar de receberem tratamento punitivo do companheiro. Quando um cordeiro e um cão são mantidos juntos numa jaula, sem quaisquer restrições aos seus movimentos, o cão é capaz de morder, bater ou maltratar o cordeiro de qualquer maneira. Apesar disso, quando o par é separado, o cordeiro imediatamente buscará o paradeiro de seu companheiro canino e, ao encontrá-lo, abordá-lo-á e procurará ficar junto dele. Nenhum destes dados é compatível com a teoria do impulso secundário.

Tampouco os experimentos de Harlow com macacos *rhesus* corroboraram a teoria do impulso secundário. Numa série de experimentos em que os macaquinhos foram separados da mãe logo ao nascerem, eles foram dotados de modelos maternos que consistiam num cilindro de arame, ou num cilindro semelhante mas coberto de tecido macio. A alimentação era assegurada por uma mamadeira que podia ser colocada em qualquer um dos modelos. Isso possibilitou a realização de avaliações separadas sobre os efeitos da alimentação e de algo confortável a que se agarrar. Todos os experimentos mostraram que o "conforto do contato" acarretou o comportamento de apego, ao passo que o alimento não.

Num experimento, oito filhotes foram criados podendo escolher entre um modelo de pano e um modelo de arame. Quatro bebês eram alimentados (quando pediam) no modelo de pano e quatro no de arame, e mediu-se o tempo que os bebês permaneciam junto a cada modelo. Os resultados mostraram que, independentemente de qual fosse o modelo que fornecesse o alimento, os bebês tratavam rapidamente de passar a maior parte do tempo junto ao modelo de pano. Ao passo que bebês de ambos os grupos passavam em média quinze horas por dia agarrados ao modelo de pano, nenhum bebê de um grupo ou outro passava mais de uma em cada 24 horas com o modelo de arame. Alguns bebês cujo alimento era fornecido pelo modelo de arame, conseguiam debruçar-se o bastante para alcançar e sugar a teta, mas sem se desprenderem do modelo de pano. Harlow e Zimmermann (1959) concluem:

Esses dados tornam óbvio que o conforto do contato é uma variável de importância crítica no desenvolvimento da receptividade afetiva à mãe substituta [isto é, o modelo] e que a amamentação parece ter um papel de menor importância. Com o aumento da idade e a oportunidade de aprender, um bebê alimentado pela mãe lactante de arame não se torna mais responsivo a ela, como seria de esperar de uma teoria derivada do impulso, mas, pelo contrário, torna-se cada vez mais responsivo à sua mãe não lactante de pano. Estas conclusões divergem completamente da teoria de redução de impulso do desenvolvimento afetivo.

Muitos dos outros experimentos de Harlow corroboram essa conclusão, especialmente aqueles em que é feita uma comparação entre o comportamento de filhotes criados na companhia de um modelo de pano que *não* os alimentava, e outros macaquinhos criados com um modelo de arame que *os alimentava*. Dois desses experimentos ocupam-se do comportamento de um jovem macaco (1) quando está alarmado e (2) quando está num ambiente estranho.

Quando um bebê criado com um modelo de pano não lactante se alarma, ele busca imediatamente esse modelo e agarra-se a ele (tal como o macaco selvagem, em circunstâncias análogas, busca imediatamente sua mãe e se agarra a ela). Tendo feito isso, o macaquinho mostra-se menos receoso e pode até começar a explorar o objeto que até então o assustava. Quando um experimento análogo é realizado com um bebê criado com um modelo "lactante" de arame, o seu comportamento é muito diferente; ele não busca o modelo e, ao contrário, fica apavorado e não realiza explorações.

No segundo experimento, um bebê macaco é colocado numa sala de teste estranha (dois metros cúbicos), na qual existe uma variedade de brinquedos. Enquanto o seu modelo de pano estiver presente, o jovem macaco explora os brinquedos, usando o modelo como base à qual regressar de tempos em tempos. Entretanto, na ausência do modelo, os filhotes

> corriam espavoridos de um lado para outro da sala de teste, jogando-se no chão de rosto para baixo, apertando a cabeça entre as mãos e guinchando aflitivamente... A presença da mãe de arame

não tranquilizava mais do que se não houvesse mãe nenhuma. Testes de controle com macacos que desde o nascimento tinham sido amamentados somente pela mãe de arame revelaram que nem mesmo esses bebês mostravam afeição por ela e não obtinham conforto algum na sua presença (Harlow, 1961).

Em ambos os experimentos, o comportamento típico de apego é dirigido para o modelo não alimentador de pano, ao passo que esse comportamento nunca é dirigido para o modelo alimentador de arame.

A experiência de Rowell com o bebê babuíno que ela criou está perfeitamente de acordo com as conclusões de Harlow sobre os bebês *rhesus*. O babuíno era alimentado com mamadeira; tinha uma chupeta e dispunha de sua tratadora para agarrar-se quando quisesse. Nessas circunstâncias, a mamadeira só era de interesse quando o babuíno estava com fome. Nesses momentos, o bebê procurava agarrá-la fortemente mas, no resto do dia, ele dirigia o seu comportamento para a chupeta ou a mãe adotiva: "a mamadeira, embora ocasionalmente aceita, parece não ter mais interesse do que qualquer outro objeto de dimensões comparáveis" (Rowell, 1965).

Nos experimentos de Harlow, o único efeito que o alimento parece ter é tornar um modelo de pano um pouco mais atraente do que outro. Assim, dada a escolha de dois modelos, ambos de pano, um verde que alimenta e um marrom que não o faz, o bebê passa mais tempo no modelo alimentador; aos quarenta dias de idade, é cerca de onze horas por dia no modelo alimentador contra oito no não alimentador. Mas até mesmo essa preferência limitada diminui, de modo que, aos quatro meses de idade, os dois modelos são tratados exatamente do mesmo modo (Harlow, 1961).

É interessante notar que, assim como Fisher apurou que cachorrinhos seguem ainda mais persistentemente, apesar dos castigos, e Cairns encontrou o mesmo com cordeiros, também Harlow verificou que um filhote de macaco aferra-se mais intensamente à mãe em face de um castigo. Nesse experimento, um modelo de pano foi equipado com bicos ejetores através dos quais podiam ser expelidos sopros de ar comprimido. Um zumbido servia de estímulo condicionado que advertia o bebê de um sopro iminente e conhecido como estímulo fortemente desagradável para macacos. Embora os bebês macacos aprendessem depressa o que esperar, em vez de adotarem uma ação evasiva, eles fizeram justamente o oposto. Agarravam-se ao modelo com redobrado vigor e assim recebiam no focinho e na barriga um sopro de intensidade máxima (Harlow, 1961; Rosenblum e Harlow, 1963). Comportamento de apego de grande intensidade também foi mostrado por bebês macacos cujas mães os maltratavam seriamente (Seay, Alexander e Harlow, 1964). Esse comportamento paradoxal é, evidentemente, um resultado inevitável do fato de o comportamento de apego ser eliciado por algo alarmante. Este ponto é examinado em maior detalhe no próximo capítulo.

O caso do homem

Embora todos esses experimentos pareçam efetivamente eliminar uma teoria do impulso secundário para mamíferos não humanos, eles deixam ainda por resolver o caso humano. Inevitavelmente, as provas referentes ao homem são inconclusivas. Entretanto, um certo número de observações sugere que os fatores que contribuem para o comportamento de apego no homem não diferem muito do que são em seus parentes mamíferos.

Em primeiro lugar, sabe-se que um bebê humano nasce com uma capacidade de agarrar-se que o habilita a sustentar o seu próprio peso – uma capacidade que Freud observou e designou como o "instinto de preensão" (Freud, 1905, *S.E.*, 7, p. 180). Em segundo lugar, os bebês desfrutam a companhia humana. Mesmo nos primeiros dias de vida, os bebês são aquietados por interação social, como ser levado ao colo, falarem com ele, ser acariciado, e não tardará que eles pareçam sentir grande prazer em observar as pessoas movimentando-se à sua volta. Em terceiro lugar, as respostas de balbuciar e sorrir em bebês aumentam de intensidade quando um adulto lhes responde de um modo puramente social, ou seja, prestando um pouco de atenção a eles (Blackbill, 1958; Rheingold, Gewirtz e Ross, 1959). Não se requer alimento nem qualquer outro cuidado corporal, embora a presença disso possa ajudar. Assim, há provas claras de que o bebê humano é feito de modo que responda prontamente aos estímulos sociais e entre rapidamente em interação social (ver exame mais minucioso no capítulo 14).

De fato, os bebês humanos estão tão fortemente dispostos a responder a estímulos sociais que não raras vezes se apegam a outra criança de sua própria idade ou apenas um pouco mais velha, protestando e seguindo-a quando a outra criança se afasta, acolhendo-a efusivamente e abordando-a quando a outra regressa. Apegos deste tipo são descritos por Schaffer e Emerson (1964*a*). Também constituem o tema de um estudo de Anna Freud e Sophie Dann (1951), no qual se descreve um grupo de seis crianças, entre os três e quatro anos de idade, que tinham estado num campo de concentração e cuja única companhia persistente na vida tinha sido, evidentemente, a de umas às outras. As autoras enfatizam que "os sentimentos positivos das crianças centravam-se exclusivamente em seu próprio grupo... preocupavam-se e cuidavam muito umas das outras, nada nem ninguém mais sendo objeto de suas atenções".

Que um bebê pode apegar-se a outros da mesma idade ou apenas um pouco mais velhos deixa claro que o comportamento de apego pode desenvolver-se e ser dirigido para uma figura que nada fez para satisfazer as necessidades fisiológicas da criança. O mesmo pode ser afirmado mesmo quando a figura de apego é um adulto. Entre as pessoas classificadas por Schaffer e Emerson (1964*a*) como figuras principais ou conjuntamente principais de apego para sessenta crianças escocesas, nada menos do que um quinto "não participava nem sequer em grau menor de nenhum aspecto dos cuidados físicos da criança". E concluem: "Parece que o apego pode desenvolver-se mesmo quando os indivíduos para os quais ele está dirigido não se associam, de forma alguma, a satisfações físicas". As variáveis que esses pesquisadores consideraram os determinantes mais claros das figuras as quais as crianças se apegavam eram a rapidez com que uma pessoa respondia a um bebê e a intensidade da interação em que se envolviam com ele.

A confiança em tais conclusões é sumamente aumentada pelos resultados de recentes trabalhos experimentais que mostram que um dos métodos mais poderosos para aumentar o desempenho de uma criança em qualquer tarefa que requeira capacidade de discriminação ou aptidão motora é recompensá-la com a resposta incentivadora de um outro ser humano. Bower (1966) descreve como é possível explorar o mundo visual de bebês de duas semanas de idade e acima aplicando técnicas de condicionamento operante em que o agente reforçador é simplesmente um adulto que aparece diante do bebê em estilo de brincadeira de esconde-esconde; e Stevenson (1965) recapitula numerosos estudos em que a habilidade das crianças em tarefas simples é aumentada se cada resposta correta for premiada com diversas manifestações de aprovação social[2].

Assim, as provas existentes corroboram fortemente o ponto de vista de que o comportamento de seres humanos pode desenvolver-se, como em outras espécies, sem as recompensas tradicionais de alimento e conforto. Isto significa que, se a teoria do impulso secundário quiser ser sustentada no caso humano, quando provou ser insustentável em espécies estreitamente afins, são requeridas novas e convincentes provas[3]. Por que sustentar, pois, a teoria do impulso secundário?

Entre as várias razões por que os psicanalistas são relutantes em abandoná-la é que se precisa de alguma teoria para explicar a

....

2. Um certo número de teóricos da aprendizagem, impressionados com esses resultados, concluiu que o desenvolvimento do comportamento de apego pode ser inteiramente explicado em termos de condicionamento operante das respostas sociais de um bebê, através do reforçamento social proveniente de sua figura de apego (Gewirtz, 1961). Embora nada nesse ponto de vista contradiga a teoria aqui proposta, ele tende a prestar muito pouca atenção às fortes tendências inatas que, segundo afirmamos, cada parceiro leva para a relação. Quando as tendências inatas são ignoradas, Ainsworth (1973) enfatiza que existe o perigo de que todo e qualquer sistema comportamental seja considerado ambientalmente instável em grau infinito, com efeitos potencialmente muito adversos na prática.

3. Recentemente, Murphy (1964) propôs uma forma modificada da teoria do impulso secundário, mas não apresentou novas provas para apoiá-la. Assim, durante críticas à minha posição, tal como foi expressa antes (Bowlby, 1958), Murphy admite que o alimento pode não ser a única recompensa significativa. Não obstante, ela propõe que o apego de um bebê só se desenvolve porque ele aprende que a sua figura materna o gratifica, protege e sustenta: "Os comportamentos de agarrar-se e de seguir não produzem o apego; são uma expressão da confiança do bebê na figura materna que satisfaz suas necessidades, o protege e o sustenta". Se assim fosse, o apego dificilmente se desenvolveria em relação a crianças ou adultos que não fazem nenhuma dessas coisas.

elevada frequência de sintomas francamente orais em todos os tipos de condições neuróticas e psicóticas.

Com base na teoria do impulso secundário, tais sintomas são facilmente explicados como sendo, simplesmente, regressões a uma fase anterior, quando as relações com o objeto são apenas orais. Se tal explicação deixou de ser aceitável, que alternativa é oferecida? Este problema pode ser abordado de três maneiras. Em primeiro lugar, embora na hipótese proposta se conceba o comportamento de apego como algo que se desenvolve independentemente do alimento, ele não se desenvolve independentemente da sucção – um paradoxo que é discutido integralmente no próximo capítulo. Portanto, a teoria da regressão não é inteiramente eliminada. Em segundo lugar, por meio de uma substituição simbólica, os sintomas orais podem ser considerados por um paciente o equivalente da relação com uma pessoa; para ele, a parte representa o todo. Em terceiro lugar, parece provável que, em muitos casos, uma atividade oral seja classificada como uma atividade de deslocamento, ou seja, uma atividade que é evocada quando uma outra é frustrada e que parece ocorrer fora de contexto. As possíveis formas em que tais atividades podem surgir em situações de conflito foram descritas no capítulo 6. Como os processos postulados estão em nível infrassimbólico, pode ser útil uma breve discussão do seu papel na vida humana.

No trabalho com seres humanos estamos tão acostumados a ver uma atividade tomar o lugar de outra através de uma equivalência simbólica entre as duas, que talvez seja difícil imaginar que substituições superficialmente semelhantes possam também ocorrer em nível infrassimbólico. Eis dois exemplos: Uma criança desgostosa chupa o polegar; uma criança separada da mãe come excessivamente. Em tais situações é possível pensar no polegar e na comida como simbolizando a mãe como um todo ou, pelo menos, o seio e o leite. Uma alternativa consiste em considerar tais atividades substitutos produzidos por processos psicológicos que operam em nível infrassimbólico, como o que está subentendido, por exemplo, no comportamento de construção de ninhos em gaivotas em luta; em outras palavras, propor que, quando o apego de uma criança à sua mãe é frustrado, desenvolve-se a sucção ou a voracidade como uma atividade não simbólica fora de contexto.

Vale assinalar que algo desse tipo ocorre quase certamente em primatas não humanos. Os bebês de macacos *rhesus* e chimpanzés criados sem mães às quais se aconchegarem evidenciam um grande excesso de sucção autoerótica. Nissen relata que, embora a sucção do polegar não seja observada em chimpanzés criados com suas mães, isso ocorre em cerca de 80% daqueles que foram criados em isolamento. O mesmo acontece com o macaco *rhesus*. No laboratório de Harlow, uma fêmea *rhesus* adulta sugava usualmente sua própria mama e um macho sugava o pênis. Ambos tinham sido criados em isolamento. Nesses casos, o que todos descreveríamos como sintomas orais tinham se desenvolvido em consequência do bebê ter sido privado do apego a uma figura materna e através de processos que parecem ser claramente infrassimbólicos. Não será isso análogo aos sintomas orais em bebês humanos?

As observações de Anna Freud e Sophie Dann sobre as seis crianças do campo de concentração são sugestivas: "Peter, Ruth, John e Leah eram todos inveterados sugadores de polegar". As autoras atribuem isso ao fato de, para todas essas crianças, "o mundo objetal ser comprovadamente decepcionante". E prosseguem:

> Que o excesso de sucção estava em proporção direta com a instabilidade de suas relações objetais foi confirmado no fim do ano, quando as crianças souberam que estavam prestes a deixar Bulldogs Bank e quando a sucção, durante o dia, tornou-se uma vez mais preponderante em todas elas. Essa persistência da gratificação oral... flutuava de acordo com as relações entre as crianças e o meio ambiente.

Se esse tipo de substituição pode ocorrer em bebês humanos, não poderá um processo em nível infrassimbólico explicar também pelo menos alguns dos sintomas orais que se manifestam em indivíduos mais velhos, quando as relações objetais se tornam difíceis, em seu todo, seja qual for a razão?

Se este modo de encarar os sintomas orais é defensável ou não, só novas e mais amplas pesquisas mostrarão. Ele é descrito aqui para demonstrar que a teoria do comportamento de apego proposta pode fornecer uma alternativa razoável às explicações tradicionais dos sintomas orais baseadas na teoria do impulso secundário.

A questão da estampagem

Uma vez descartada a teoria do impulso secundário e procurados elementos significativos para uma nova teoria na obra de Lorenz e naquelas que ele inspirou, põe-se a questão de saber se o modo como o comportamento de apego se desenvolve no homem pode ou não ser equiparado à estampagem.

Em suas primeiras afirmações sobre estampagem, Lorenz (1935) negou enfaticamente que nos mamíferos ocorra qualquer coisa do mesmo tipo. Com o passar do tempo, entretanto, os pontos de vista mudaram. Por um lado, os conceitos de estampagem foram ampliados (cf. capítulo 10). Por outro, os trabalhos experimentais com mamíferos não humanos mostraram que, pelo menos em algumas espécies, o desenvolvimento é suficientemente parecido ao das aves nidífugas para tornar a comparação proveitosa. Portanto, desde que não se adotem pressupostos fáceis do tipo daqueles contra os quais Hinde (1961, 1963) nos advertiu[4], será útil considerar se no homem ocorre qualquer coisa semelhante à estampagem. Isso suscita a questão prévia sobre se alguma coisa desse gênero ocorre em mamíferos não humanos.

Mamíferos não humanos

Na seção precedente foi dito o suficiente para mostrar que o modo como o comportamento de apego se desenvolve em numerosas espécies de mamíferos tem muito em comum com o modo como ele se desenvolve em aves nidífugas. Assim, em primeiro lugar, muitas respostas que são apropriadamente dirigidas a uma mãe podem ser eliciadas por uma vasta gama de objetos. Usualmente, não tarda a registrar-se uma limitação de objetos efetivos,

---

4. Ao analisar a utilidade de comparar mamíferos com aves, Hinde adverte que quaisquer "semelhanças podem ser meramente o resultado de forças seletivas semelhantes, não de mecanismos semelhantes" (1961). "Ver os problemas num caso", continua o autor em outro trabalho (1963), "pode elucidar os problemas no outro caso, mas não fornecerá as respostas. Temos que analisar cada caso *per se*, em todos os seus detalhes".

devida, segundo parece, à aprendizagem por exposição e às propriedades de reforço de certas características perceptuais, como o movimento, o contato e o som dos chamados maternos. Uma vez aprendidas as características individuais de uma figura de apego, as respostas são principal ou inteiramente dirigidas para ela. Além disso, logo que é selecionada uma figura, a preferência por essa figura tende a ser estável, e a transferência do comportamento de apego de uma figura familiar para uma nova e estranha torna-se cada vez mais difícil. Uma das razões principais disso está em que, tanto nos mamíferos como nas aves, a reação cada vez mais provável a qualquer figura estranha, à medida que o animal vai ficando mais velho, é de medo e afastamento.

O papel das reações de medo na limitação da possibilidade de que o apego se desenvolva à medida que o animal vai tendo mais idade foi bem ilustrado pelos experimentos de Scott com cachorrinhos, a que já nos referimos (Scott, 1963). Enquanto o cachorrinho não tinha mais de cinco semanas, ao ser exposto pela primeira vez à presença de um homem, o animal o abordava imediatamente. Em compensação, os cachorrinhos expostos pela primeira vez com sete semanas de idade mantinham-se afastados durante os primeiros dois dias do experimento e só se aproximavam em dias subsequentes. Outros, expostos pela primeira vez com nove semanas, mantinham-se afastados nos primeiros três dias. Ainda outros, expostos, pela primeira vez com catorze semanas de idade, mantiveram-se distantes o tempo todo, ou seja, durante os sete dias do experimento. Só com um tratamento cuidadoso e prolongado, escreve Scott (1963), os animais do último grupo venceram o medo; mesmo assim, todos eles continuaram sendo tímidos na presença de seres humanos o resto da vida[5].

....

5. Numa série subsequente de experimentos, Fuller e Clark (1966*a* e *b*) apuraram que, se a cachorrinhos previamente isolados for aplicada uma dose moderada de clorpromazina, antes de um teste social, as reações de medo à situação estranha podem ser reduzidas. Consequentemente, cachorrinhos que tinham sido mantidos isolados das três às quinze semanas de idade responderam à nova situação com muito menos medo do que cachorrinhos comparáveis que não haviam sido drogados, não foram tão relutantes quanto estes últimos em abordar o experimentador e começaram a estabelecer ligações.

As conclusões de Harlow e seus colaboradores a respeito de macacos *rhesus* apontam na mesma direção. Antes das seis ou sete semanas, os filhotes *rhesus* mostram apenas tênues reações de medo visualmente induzidas (Harlow e Zimmermann, 1959). Até essa idade, portanto, um bebê se aproximará prontamente de qualquer novo objeto ou animal; daí em diante, porém, torna-se cada vez mais provável que eles se afastem e se esquivem ao contato com estranhos. Assim, um filhote *rhesus*, mantido em isolamento social durante os primeiros três meses de sua vida, mostra uma perturbação tão extrema ao ser transportado para um ambiente mais variado com outros macacos que se manterá imóvel no lugar onde o colocarem, podendo até deixar de comer. Entretanto, esses bebês mostram um certo grau de recuperação em semanas subsequentes, e um mês ou dois mais tarde estão brincando ativamente com outros jovens macacos (Griffin e Harlow, 1966). Contudo, os mantidos em isolamento social nos primeiros seis meses de vida não mostram essa recuperação; e os animais isolados até os dezesseis meses de vida pouco mais fazem, quando transferidos para um ambiente variado, do que ficar agachados, os braços apertados em torno do próprio corpo, balançando-se pausadamente, e assim continuam por mais dois ou três anos, pelo menos (Mason e Sponholz, 1963). Parece que essa deterioração do comportamento deve-se ao medo extremo suscitado por toda e qualquer novidade, incluindo, é claro, outros macacos.

Assim, tanto em cães como em macacos *rhesus*, é limitada a fase durante a qual o comportamento de apego pode desenvolver-se mais facilmente. Uma vez passada essa fase, embora ainda seja possível que os animais venham a apegar-se a um novo objeto, isso torna-se cada vez mais difícil.

A esse respeito, como em tantos outros relacionados com o desenvolvimento do comportamento de apego, existem claramente semelhanças muito acentuadas entre mamíferos e aves. De fato, se considerarmos que quaisquer semelhanças são o resultado não de haverem herdado algum mecanismo comum, mas da evolução convergente, o grau de semelhança é extraordinário. Sem dúvida, como Hinde (1961) sublinhou, isso é uma consequência do fato de que o problema de sobrevivência enfrentado por todos os ramos do reino animal é o mesmo.

A estampagem no homem

Ficará evidenciado em capítulos subsequentes que, até onde nos é possível discernir atualmente, o desenvolvimento do comportamento de apego em bebês humanos, embora muito mais lento, é semelhante ao observado em mamíferos não humanos. São muitas as provas que evidenciam e corroboram essa conclusão e nenhuma a contradiz.

Os conhecimentos atuais sobre o desenvolvimento do comportamento de apego em seres humanos podem ser resumidos sob os mesmos oito itens que foram usados no capítulo 10 para descrever os conhecimentos atuais acerca da estampagem em aves:

1) Em bebês humanos, respostas sociais de todos os tipos são eliciadas no início por uma vasta gama de estímulos e, mais tarde, por uma gama muito mais limitada, a qual ficará confinada, após alguns meses, a estímulos provenientes de um número restrito de indivíduos.
2) Há provas de uma acentuada tendência para responder socialmente a certos tipos de estímulos e não a outros.
3) Quanto mais experiência de interação social um bebê tiver com uma pessoa, mais forte se tornará o seu apego a essa pessoa.
4) O fato de que aprender a discriminar diferentes rostos segue-se comumente a períodos de atenta observação visual e escuta sugere que a aprendizagem por exposição pode desempenhar um importante papel.
5) Na maioria dos bebês, o comportamento de apego dirigido a uma figura preferida desenvolve-se durante o primeiro ano de vida. Parece provável a existência de um período sensível nesse ano, durante o qual o comportamento de apego se desenvolve mais prontamente.
6) É improvável que qualquer fase sensível comece antes das seis semanas e pode ser que ocorra algumas semanas mais tarde.
7) Após seis meses, aproximadamente, e de um modo mais acentuado após os oito ou nove meses, é maior a probabi-

lidade de que os bebês reajam a figuras estranhas com respostas de medo, e também mais provável que reajam com respostas mais vigorosas do que quando eram mais jovens. Por causa da crescente frequência e força de tais reações de medo, o desenvolvimento do apego a uma nova figura torna-se cada vez mais difícil no final do primeiro ano de vida e subsequentemente.

8) Desde que uma criança tenha ficado fortemente apegada a uma determinada figura, ela tende a preferir essa figura a todas as outras, e tal preferência tende a persistir apesar da separação.

As provas em abono de todos estes enunciados serão apresentadas em capítulos subsequentes.

Podemos concluir, portanto, que, até onde chegam nossos atuais conhecimentos, o modo como o comportamento de apego se desenvolve no bebê humano e se concentra numa figura discriminada é suficientemente semelhante ao modo como se desenvolve em outros mamíferos e em aves, para que possa ser legitimamente incluído na designação de estampagem – na medida em que este termo é usado em sua atual acepção genérica. Com efeito, proceder de outro modo seria criar um hiato inteiramente injustificado entre o caso humano e o de outras espécies.

Função do comportamento de apego

No capítulo 8 foi traçada uma distinção muito nítida entre as causas de um determinado tipo de comportamento e a função que esse comportamento preenche. Dada a estrutura do sistema comportamental, as variáveis que o tornam ativo incluem coisas tais como o nível hormonal e estímulos ambientais de tipo especial. Por outro lado, a função que o comportamento preenche deverá ser procurada em sua contribuição para a sobrevivência. O comportamento de acasalamento do macho pode servir como exemplo; entre suas causas estão o nível de andrógeno e a presença de uma fêmea; e a sua função consiste na contribuição que dá para a reprodução.

Nos estudos tradicionais do vínculo da criança com sua mãe, causação e função não têm sido claramente distinguidas. Consequentemente, não existe um exame sistemático de qual possa ser a função do vínculo. Os que sustentam que o vínculo é o resultado de um impulso secundário derivado da fome parecem supor que o vínculo é útil porque mantém o bebê perto de seu suprimento de alimento, embora isso não seja discutido.

Embora se possa facilmente supor que Freud também sustentou que a função do vínculo de um bebê com sua mãe é principalmente assegurar o suprimento de alimento, a posição de Freud é, de fato, um pouco diferente. Em seu primeiro estudo sistemático do problema (*Inibições, sintomas e ansiedade*, 1926), ele argumenta o seguinte: o perigo básico com que um bebê se defronta é que o seu aparelho psíquico possa ser perturbado pela presença de estimulação excessiva decorrente de necessidades fisiológicas insatisfeitas. O bebê é impotente para enfrentar sozinho esse perigo. A mãe, entretanto, pode pôr um fim ao perigo. Consequentemente, o bebê, sabendo "por experiência que ela satisfaz sem demora todas as suas necessidades... quer perceber a presença da mãe". A conclusão desse argumento parece ser que a função preenchida pelo impulso secundário que vincula o bebê à mãe é, ao assegurar a presença dela, a de impedir que o aparelho psíquico se desorganize "em virtude de um acúmulo de quantidades de estimulação que precisam ser eliminadas" (*S.E.*, 20, p. 137). De acordo com este ponto de vista, o alimento é importante porque ajuda a eliminar os excessos de estimulação.

Como todas as provas existentes sugerem que, seja qual for a forma em que é defendida, a teoria do impulso secundário do vínculo da criança está equivocada e que, mesmo em mamíferos, a alimentação desempenha apenas um papel marginal no desenvolvimento e manutenção do comportamento de apego, a função do vínculo do bebê com sua mãe deve ser reexaminada.

Um ponto de vista que eu já propus é que a função do comportamento de apego consiste na proteção contra predadores (Bowlby, 1964)[6]. Uma outra teoria foi também proposta em anos

---

6. Esta hipótese também foi apresentada por King (1966).

recentes, segundo a qual o comportamento de apego confere ao bebê a oportunidade de aprender com a mãe várias atividades necessárias à sobrevivência. Esta última sugestão tem sido discutida e parece estar implícita num estudo de Murphy (1964)[7].
Ora, essas duas sugestões não se contradizem mutuamente. Não só isso: ambas são muito plausíveis. Se existem predadores por perto, o comportamento de apego de um bebê contribui, sem dúvida, para a sua segurança. Além disso, na companhia da mãe, um bebê está em boa posição para aprender atividades e outras coisas úteis à sua sobrevivência. Como cada um desses resultados é uma consequência do comportamento de apego, e consequências benéficas, por que não concordar em que ambas são, provavelmente, funções?

Resolver o assunto desse modo é, contudo, fugir ao problema. Como vimos no capítulo 8, a função biológica de um determinado segmento de comportamento não é *nenhuma* consequência favorável que o seu desempenho possa ter. A função biológica é definida de maneira mais restrita: trata-se daquela consequência que, no decorrer da evolução, levou o comportamento em questão a incorporar-se ao equipamento biológico da espécie. Tal incorporação ocorre como resultado de alguma vantagem (em termos de sobrevivência e de sucesso diferencial na procriação) que o comportamento confere aos indivíduos que o possuem. Como os indivíduos dotados de maior capacidade para desenvolver o comportamento em questão deixam mais descendentes do que aqueles que o fazem de forma deficiente, e como, através da hereditariedade, é altamente provável que a sua descendência também seja bem dotada nesse aspecto, chega um momento em que virtualmente todos os membros da espécie (ou de alguma população dela) estarão bem dotados da capacidade para desenvolver o comportamento. A fim de se determinar a função biológica desse comportamento, a questão a ser respondida é a seguinte: Qual é, precisamente, a vantagem que o comportamento considerado confere a indivíduos dotados da capacidade para desenvolvê-lo, e que

....
7. Escreve Murphy: "... a mãe não só satisfaz necessidades corporais, nutritivas e outras... como também sustenta o desenvolvimento das funções específicas do ego..."

os leva a obter maior êxito de procriação do que o obtido por aqueles indivíduos que são deficientes nessa capacidade?

No caso do comportamento de apego, existem muito poucas provas que permitam a alguém estar seguro. Quais são, pois, os argumentos pró e contra cada sugestão?

A sugestão de que a vantagem crucial do comportamento de apego é conferir ao bebê a oportunidade de aprender da mãe várias atividades necessárias à sobrevivência parece, à primeira vista, ser promissora. Os jovens de espécies avançadas, especialmente mamíferos, nascem com um equipamento comportamental dotado de plasticidade. Durante o desenvolvimento, esse equipamento é altamente elaborado por processos de aprendizagem e muito do que é aprendido deriva da imitação do que a mãe faz e da orientação do comportamento para os mesmos objetos, por exemplo, substâncias alimentares, para os quais a mãe também dirige o próprio comportamento. Não há dúvida, pois, de que uma consequência de um jovem animal permanecer na proximidade da mãe é a ampla oportunidade de que ele desfruta de aprender coisas úteis com ela.

Existem, porém, duas razões que tornam improvável ser essa a vantagem essencial que procuramos. Em primeiro lugar, por que o comportamento de apego persistiria na vida adulta, muito depois da aprendizagem estar completa, como ocorre em tantos mamíferos? E, além disso, por que seria especialmente persistente nas fêmeas? Em segundo lugar, por que seria o comportamento de apego eliciado com tamanha intensidade quando um animal está alarmado? Uma teoria de função que seleciona a oportunidade para aprender parece não ter resposta para essas questões.

A sugestão de que a vantagem essencial conferida a um animal pelo comportamento de apego é a proteção contra predadores introduz uma linha de argumentação que, conhecida de todos os naturalistas de campo, continua sendo quase desconhecida de psicólogos e psicanalistas. Entretanto, não pode haver dúvida de que, para animais de todas as espécies, o perigo de morte em consequência de um ataque ou agressão é tão grande quando o perigo de morte pela fome. Todos os animais são predadores da vida vegetal ou da vida animal, ou de ambas. Portanto, para sobreviverem, animais de todas as espécies devem conseguir obter seu próprio suprimento de alimento e conseguir êxito na procriação sem ou, pelo menos, antes de passarem a fazer parte do suprimento alimentar de um animal de outra espécie. Assim, o equipamento comportamental que protege dos predadores é tão importante quanto o equipamento que leva à nutrição ou à reprodução. Este fato elementar da natureza é esquecido com demasiada frequência num laboratório ou num meio ambiente urbano.

Que a proteção contra os predadores é, de longe, a função mais provável do comportamento de apego, é corroborado por três fatos principais. Em primeiro lugar, existem boas provas, derivadas de observações de muitas espécies de aves e mamíferos, de que são muito maiores as probabilidades de um animal isolado ser atacado e capturado por um predador do que um animal que se mantém junto de outros da sua espécie. Em segundo lugar, o comportamento de apego é eliciado de um modo particularmente fácil e intenso em animais que, em virtude da idade, tamanho ou condição, são mais vulneráveis aos predadores, por exemplo, os filhotes, as fêmeas grávidas e os animais doentes. Em terceiro lugar, o comportamento de apego é sempre eliciado com elevada intensidade em situações de alarma, que são as situações comuns quando se pressente ou se suspeita a presença de um predador. Nenhuma outra teoria se ajusta a esses fatos.

A descoberta paradoxal de que quanto mais punição um jovem recebe mais forte se torna o seu apego à figura punitiva, muito difícil de explicar com base em qualquer outra teoria, é compatível com o ponto de vista de que a função do comportamento de apego é a proteção contra os predadores. Isto é demonstrado pela importante observação de que, quando um macho dominante pressente um predador ou outro perigo, ele comumente ameaça ou até agride um jovem que inadvertidamente se aproxima do local do perigo (Hall e DeVore, 1965; Kawamura, 1963). O comportamento do macho dominante, assustando o jovem, elicia neste o comportamento de apego. Consequentemente, o jovem trata de buscar a proximidade de um animal adulto, que pode inclusive ser, com bastante frequência, o próprio macho que o assustou; e assim fazendo, o jovem também se afasta do perigo[8].

....
8. Kummer descreve o comportamento de jovens macacos que deixaram a mãe mas ainda eram imaturos. Quando severamente ameaçado por um adulto do seu gru-

Embora estes argumentos tenham grande peso, pode parecer que uma certa sombra de dúvida é projetada sobre a sua validade pelos estudos de campo com primatas não humanos. Só muito ocasionalmente têm sido observados ataques a macacos e nenhum a chimpanzés ou gorilas. Na verdade, foi até sugerido que essas duas espécies de grandes símios vivem num paraíso, imune a inimigos. Não se pode ter certeza se isso realmente ocorre. Washburn e seus colegas têm dúvidas a respeito. Num estudo do problema (Washburn, Jay e Lancaster, 1965) eles escrevem:

> Toda a questão das relações predador-presa entre primatas tem sido difícil de estudar. Eventos raros, como um ataque de uma águia (Haddow, 1952...), podem ser muito importantes na sobrevivência dos primatas, mas esses ataques raramente foram observados até hoje, pois a presença do observador humano perturba o predador ou a presa. Pensamos que a atual redução da importância da predação contra primatas decorre dessas dificuldades de observação e do fato de que ainda hoje a maioria dos estudos de primatas em habitat natural é realizada em áreas onde os predadores foram reduzidos ou eliminados pelo homem. A maior parte dos predadores está ativa à noite e não existe ainda nenhum estudo adequado do comportamento noturno de macacos ou grandes símios[9].

A questão deve ficar por aqui. Sustenta-se que, tudo considerado, das várias sugestões apresentadas para a função do comportamento de apego, a proteção contra predadores parece ser a mais

....

po, um jovem macaco sempre busca aproximar-se do animal de mais elevada posição hierárquica a que tiver acesso, usualmente um macho dominante. Como esse animal é usualmente o mesmo que antes o ameaçou, ocorre com frequência que o animal abordado pelo jovem é justamente aquele que foi a causa do seu medo (citado por Chance, 1959).

9. Ao analisar mais detalhadamente os problemas metodológicos da medição da predação contra primatas, Washburn (1968) conclui que a única maneira eficaz de medi-la é estudando o comportamento de predadores potenciais. Assim, apesar de extensos estudos de campo com macacos semnopitecos, nenhum observador conseguiu até hoje registrar um ataque de leopardos contra eles. Entretanto, um estudo recente de Schaller (1967) mostra que 27% dos excrementos de leopardos contêm provas de que eles haviam comido esses macacos. As recentes provas de que a predação é um importante fator na determinação da morfologia e do comportamento de primatas também são examinadas por Washburn.

provável. No que se segue, essa é a função que se adota como pressuposto básico.

Uma nota sobre terminologia: "dependência"

Ter-se-á notado que, nesta exposição, os termos "dependência" e "dependente" são evitados, embora tenham estado em uso comum há muito tempo por psicanalistas e também por psicólogos que são favoráveis a uma teoria de impulso secundário. Os termos derivam da ideia de que uma criança se liga à mãe por ser dependente desta como fonte de gratificação fisiológica. Contudo, além de derivarem de uma teoria que é quase certamente falsa, existem outras e fortes razões para que esses termos não sejam usados.

O fato é que ser dependente de uma figura maternal e estar apegado a ela são coisas muito diferentes. Assim, nas primeiras semanas de vida, um bebê é indubitavelmente dependente da ajuda da mãe mas ainda não está apegado a ela. Inversamente, uma criança de dois ou três anos que está sendo cuidada por estranhos poderá evidenciar, com grande clareza, que continua fortemente apegada à mãe, embora não esteja, no momento, dependente dela.

Logicamente, a palavra "dependência" refere-se ao grau em que um indivíduo se apoia e confia em outro para a sua existência e, portanto, possui uma referência funcional; ao passo que apego, como é aqui usado, refere-se a uma forma de comportamento que é puramente descritiva. Em consequência desses diferentes significados, concluímos que, enquanto a dependência é máxima no nascimento e diminui de um modo mais ou menos uniforme até ser atingida a maturidade, o apego está inteiramente ausente no nascimento e só se evidencia substancialmente depois que a criança completou seis meses. Assim, as duas palavras estão muito longe de ser sinônimos.

Apesar destes inconvenientes lógicos, poder-se-ia argumentar ainda que um termo como "comportamento de dependência" poderia continuar sendo empregado em lugar de "comportamento de apego", mesmo porque muitos psicólogos estão acostumados ao termo dependência. Mas há uma outra razão para não se usar tal termo, ainda mais importante do que a já indicada. É que as implicações de valor do termo "dependência" são o oposto daquelas que o termo "apego" transmite e tem a finalidade de transmitir.

Um juízo comum é que ser dependente é, para uma pessoa, menos bom do que ser independente; chamar alguém de dependente em suas relações pessoais é, usualmente, um tanto depreciativo. Mas dizer que alguém é apegado a outrem nada tem de depreciativo. Muito pelo contrário, considera-se admirável que os membros de uma família sejam apegados entre si. Inversamente, encara-se como muito pouco admirável a pessoa que parece não ter apego em seu relacionamento pessoal.

Assim, ao passo que dependência nas relações pessoais é uma condição a ser evitada ou deixada para trás, o apego é frequentemente uma condição a ser preservada.

Por essas razões se afirma que só pode resultar confusão do contínuo uso dos termos "dependência" e "necessidade de dependência" quando se quer fazer referência a um comportamento que mantém a proximidade. Não é destituído de interesse o fato de, apesar da adesão à teoria do impulso secundário, tanto Sigmund Freud como Anna Freud empregarem o termo "apego" (Freud, 1931; Burlingham e Freud, 1944).

Outros termos que têm sido usados são "catexia do objeto" e "afiliação".

"Catexia" tem dois inconvenientes. O primeiro e principal é que deriva da teoria da energia de Freud, cujas dificuldades foram examinadas no capítulo 1. Uma dificuldade subsidiária é que não permite a discussão das diferenças entre o objeto para o qual o comportamento de apego é dirigido e o objeto para o qual o comportamento sexual é dirigido; esta questão será discutida mais adiante, neste capítulo.

O termo "afiliação" foi introduzido por Murray (1938): "Sob esta designação classificam-se todas as manifestações de amizade e boa vontade, de desejo de fazer coisas na companhia de outros". Assim, é um conceito muito mais amplo do que apego e não pretende abranger o comportamento dirigido para uma ou poucas figuras em particular, que é o que constitui a marca do comportamento de apego. O próprio Murray reconhece essa diferença quando do postula uma necessidade adicional: a "assistência" ou "socorro" (*succorance*). No esquema de Murray, a dependência é considerada resultante de uma fusão de afiliação e assistência ou socorro.

Um outro inconveniente de "afiliação" é estar conceituado em termos de "necessidade", cujas ambiguidades foram discutidas no capítulo 8. Como o termo continua sendo usado na acepção original de Murray (por exemplo, Schachter, 1959), ele é claramente inadequado como alternativa para apego.

Apego e outros sistemas de comportamento social

Neste capítulo e no anterior, o vínculo da criança com sua mãe foi discutido sem qualquer referência ao comportamento sexual ou a qualquer outro tipo de comportamento social. O apego, por sua vez, foi apresentado como um sistema comportamental que possui a sua própria forma de organização interna e serve à sua própria função. Além disso, todas as vezes em que se mencionou o comportamento sexual (cf. capítulo 10), este foi considerado um sistema comportamental distinto do de apego, dotado de uma diferente ontogênese e, é claro, de uma diferente função. Isso significa, poder-se-á indagar, que no novo esquema não se pensa existirem elos entre apego e sexo? Se assim for, isso não equivale a ignorar uma das maiores contribuições de Freud?

A resposta sucinta a essas interrogações é que, embora considerados sistemas comportamentais distintos, o comportamento de apego e o comportamento sexual possuem, segundo acreditamos, vinculações extraordinariamente estreitas. O novo esquema, portanto, reconhecendo claramente os fenômenos clínicos para cuja explicação a teoria de Freud foi proposta, os explica de maneira muito diferente.

Parte da teoria de Freud sobre sexualidade infantil foi formulada para explicar a descoberta de que perversões sexuais estabelecidas se originam usualmente (provavelmente sempre) durante a infância. No capítulo 10 faz-se referência a alguns processos de desenvolvimento que hoje se sabe serem comuns em animais jovens e que, no caso de desvios, podem acarretar um desenvolvimento atípico da organização do comportamento sexual e, portanto, podem ser responsáveis pelo desenvolvimento anormal no homem.

Outras partes da teorização psicanalítica sobre sexualidade infantil foram formuladas com o intuito de explicar a descoberta de que a forma adotada pelo comportamento sexual de um indivíduo quando é adulto sofre uma grande influência da forma adotada pelo comportamento desse indivíduo em relação à mãe e/ou ao pai quando é jovem. Na teoria psicanalítica tradicional, a existência de tal ligação é explicada com base em que as duas formas de comportamento, infantil e adulto, são simplesmente diferentes expressões de uma única força libidinal. De acordo com esse ponto de vista, ligação e influência são consideradas axiomáticas; o que requer explicação são as diferenças entre as duas formas de comportamento. Na nova teoria, inversamente, são as diferenças entre as duas formas de comportamento que se consideram axiomáticas, e o que precisa de explicação é a ligação entre elas.

Existem três razões principais para que se considere sensato manter o comportamento de apego e o comportamento sexual conceitualmente distintos. A primeira é que a ativação dos dois sistemas varia independentemente uma da outra. A segunda é que as classes de objetos para as quais cada comportamento é dirigido pode ser muito diferente. Uma terceira é que a fase sensível no desenvolvimento de cada comportamento ocorra, provavelmente, em idades diferentes. Examinemos estas razões, uma a uma.

O comportamento de apego plenamente funcional sempre amadurece cedo no ciclo vital e não demora a ativar-se em níveis intensos; ao passo que, na idade adulta, o comportamento de apego, usualmente, ativa-se em baixos níveis de intensidade ou, em algumas espécies, permanece praticamente inativo. O comportamento sexual, ao contrário, amadurece mais tarde e, quando observado no indivíduo imaturo, é usualmente apenas em forma fragmentária e não funcional.

Um exemplo flagrante dos modos distintos como o comportamento de apego e o comportamento sexual se tornam ativos durante o ciclo vital é visto nos ungulados. Assim, um cordeiro segue a mãe quando é jovem e, se for fêmea, continuará seguindo-a mesmo quando cresce. Em consequência disso, como já foi apontado, um rebanho de carneiros e ovelhas é formado por fêmeas jovens que seguem as mães que seguem as avós que seguem as bisavós etc., de modo que o rebanho é encabeçado pela ovelha mais velha de todas. Assim, nas ovelhas e nas fêmeas de muitas espécies afins, o comportamento de apego mantém-se fortemente em evidência do nascimento à morte. O comportamento sexual nessas criaturas é, ao contrário, episódico. Quando a maturidade se avizinha, os jovens machos deixam o rebanho de fêmeas e reúnem-se em bandos de solteiros. Somente uma ou duas vezes por ano, no cio, os machos invadem o rebanho feminino, ocorrendo então o cortejamento e o acasalamento. Depois, os machos afastam-se de novo, e indivíduos de ambos os sexos retomam uma vida sexualmente não ativa até a época seguinte do cio. Desse modo, não só os padrões reais de comportamento de apego e sexual diferem, mas os períodos do ciclo vital em que estão mais ativos também apresentam grandes diferenças.

Além disso, a classe de objetos para os quais esses diferentes padrões de comportamento estão dirigidos pode, em alguns casos, ser muito diferente. Por exemplo, um patinho que dirigiu todo o seu comportamento de apego para um homem pode, não obstante, dirigir todo o seu comportamento sexual para aves de sua própria espécie. As razões disso são, em primeiro lugar, que a gama de estímulos capazes de eliciar cada tipo de comportamento pode ser muito distinta e, em segundo lugar, que os períodos sensíveis durante os quais cada gama de estímulos torna-se mais restrita pode igualmente diferir. Nos patos selvagens, experimentos mostraram que a fase sensível do comportamento de seguir são, aproximadamente, as primeiras 48 horas do ciclo vital, ao passo que, para o comportamento sexual, são as primeiras três a oito semanas (cf. capítulo 10). Embora as provas sejam insatisfatórias no que se refere aos mamíferos, não parece improvável que neles também a fase sensível para a seleção da figura sexual seja mais tardia do que a seleção de uma figura de apego. No homem, os relatos de pacientes a respeito da escolha de um fetiche parecem frequentemente se centrar num período em torno do terceiro aniversário, ou seja, pelo menos dois anos mais tarde do que a fase sensível para a seleção de uma figura de apego.

Trabalhos experimentais com primatas não humanos levaram Harlow à firme conclusão de que neles, como em outras espécies, o comportamento de apego e o comportamento sexual devem ser considerados sistemas distintos.

Num reexame recente de suas pesquisas, Harlow e Harlow (1965) distinguem cinco sistemas afetivos[10]

> que unem vários indivíduos de uma espécie [primata] em relações sociais coordenadas e construtivas... Cada sistema desenvolve-se através de seus próprios estágios maturacionais e difere nas variáveis subjacentes que produzem e controlam seus padrões particulares de resposta. Tipicamente, os estágios maturacionais sobrepõem-se parcialmente... Esses cinco sistemas afetivos, por ordem de desenvolvimento, são: (1) o sistema afetivo bebê-mãe, que une o bebê à mãe [aqui denominado comportamento de apego]; (2) o sistema afetivo maternal, ou mãe-bebê; (3) o sistema afetivo bebê-bebê, ou de companheiros da mesma idade, ou de pares etários, através do qual bebês e crianças se inter-relacionam... e desenvolvem persistente afeição mútua; (4) o sistema afetivo sexual e heterossexual, culminando na sexualidade adolescente e, finalmente, nos comportamentos adultos que levam à procriação; e (5) o sistema afetivo paternal, amplamente definido em termos de responsabilidade positiva dos machos adultos em relação aos bebês, crianças, jovens e outros membros de seus respectivos grupos sociais.

As razões apresentadas por Harlow para distinguir esses sistemas uns dos outros são, como se vê, as mesmas que já indicamos aqui, ou seja, que "cada sistema se desenvolve através de seus próprios estágios maturacionais e difere nas variáveis subjacentes que produzem e controlam seus padrões particulares de resposta". As provas experimentais que os levaram a essas conclusões estão contidas em seus artigos científicos.

Existem, pois, boas provas de que tanto nos primatas como em outras ordens e classes de animais as propriedades do comportamento de apego e do comportamento sexual são distintas; nem há razão alguma para supor que o homem constitui uma exceção. Contudo, embora os dois sistemas sejam distintos, também exis-

---

10. Na terminologia usada neste livro, cada sistema afetivo é um conjunto integrado de sistemas comportamentais mediadores de comportamento instintivo socialmente dirigido de um determinado tipo.

tem provas de que ambos são capazes de se influenciar mutuamente e de influir nos respectivos desenvolvimentos. Isso ocorre tanto em outras espécies quanto no homem.

O comportamento de apego constitui-se em um certo número de padrões componentes, e o mesmo pode ser afirmado a respeito do comportamento sexual. Alguns componentes são compartilhados. Assim, eles são vistos como elementos em ambos os tipos de comportamento, se bem que, usualmente, de um modo mais típico em um do que em outro. Por exemplo, movimentos tipicamente observados durante o cortejamento em algumas espécies de pato são também vistos em patinhos recém-nascidos, em cujo caso os movimentos são dirigidos para qualquer objeto que elicie sua resposta de seguir (Fabricius, 1962). No homem, abraçar e beijar são exemplos de padrões comuns a ambos os tipos de comportamento.

Outras provas de uma ligação entre o comportamento de apego e o comportamento sexual são relatadas por Andrew (1964). Os jovens machos de várias espécies de aves e também os jovens porquinhos-da-índia machos, quando tratados com testosterona para acelerar o desenvolvimento sexual, manifestam o comportamento sexual em relação a qualquer objeto no qual o comportamento de apego já tenha sido estampado. Animais de controle, analogamente injetados, mas ainda não estampados, não mostram nenhum comportamento sexual quando objetos semelhantes lhes são apresentados. Uma explicação provável é que, nessas espécies, o comportamento de apego e o comportamento sexual compartilham de certos mecanismos ativadores e controladores comuns.

De fato, pode ser que não só os comportamentos de apego e sexual compartilhem de certos componentes e mecanismos causais, mas que o comportamento parental também compartilhe de alguns deles. Um exemplo, anteriormente citado, de sobreposição entre o comportamento sexual e o comportamento parental em aves é a alimentação durante o cortejamento, quando o galo trata a galinha do mesmo modo que ambos tratam os pintos, enquanto a galinha pede alimento ao galo com uma postura que só é usada pelos filhotes pedindo comida aos pais (Hinde, 1966).

No homem, as sobreposições entre comportamento de apego, comportamento parental e comportamento sexual são lugar-

-comum. Por exemplo, não é incomum um indivíduo tratar um parceiro sexual como se este fosse o pai (ou a mãe) e, reciprocamente, o parceiro pode retribuir esse tratamento adotando também uma atitude parental. Uma explicação possível e provável do comportamento do parceiro que assume o papel juvenil é que, nesse parceiro, não só o comportamento de apego persistiu na vida adulta, o que é usual, mas também continuou, por alguma razão, sendo quase tão facilmente eliciado quanto numa criança pequena, o que não é usual.

Um grande esforço de pesquisa é exigido para deslindar todas essas sobreposições e as influências de uma classe de comportamento sobre a outra. Esperamos ter dito o suficiente para mostrar que o reconhecimento dos comportamentos de apego, sexual e parental como sistemas distintos de maneira nenhuma põe em perigo os frutos da visão psicanalítica.

Capítulo 13
Uma abordagem de sistemas de controle para o comportamento de apego

> Eles devem livres correr
> Qual peixes no alto-mar
> Ou estorninhos no céu,
> Enquanto somos tão só
> A praia firme, constante,
> Onde eles, casualmente,
> Um dia hão de voltar.
>
> Frances Cornford

Introdução

Os fatos do comportamento de apego provam-se embaraçosos e renitentes para um tipo de teoria como a do impulso secundário. Em compensação, para um tipo de teoria de controle eles apresentam um interessante desafio. De fato, uma vez aplicada uma abordagem desse tipo, não são muito difíceis de discernir as linhas gerais de possíveis soluções.

Foi sublinhado no capítulo 5 que grande parte do comportamento instintivo mantém um animal por longos períodos de tempo num certo tipo de relacionamento com determinadas características do meio ambiente. São exemplos o comportamento de choco, o qual resulta na manutenção da proximidade com os ovos e com o ninho num período de semanas, e o comportamento territorial, que resulta na manutenção da localização num certo segmento do meio ambiente durante meses e, às vezes, anos. Também foi sublinhado que o comportamento com esse tipo de resultado previsível pode ser organizado segundo normas mais ou menos refinadas. Uma versão menos refinada, por exemplo, poderia ser organizada de modo que o movimento para um objeto-meta especificado se torne cada vez mais provável quanto maior for a distância desse objeto. Uma das proposições principais deste capítulo é que o comportamento de apego está organizado desse modo.

A formulação acima nada mais é, evidentemente, do que o esqueleto da teoria a ser proposta. Para explicar o comportamento como realmente se manifesta, muita elaboração é exigida. Em primeiro lugar, a intensidade com que o comportamento de apego se manifesta numa criança pequena varia não só de dia para dia mas também de hora em hora e de minuto em minuto; assim, é necessário examinar as condições que ativam e finalizam o comportamento de apego, ou que alteram a intensidade em que é ativado. Em segundo lugar, ocorrem grandes mudanças no decorrer da infância no modo como estão organizados os diferentes sistemas mediadores do comportamento de apego. Entretanto, antes que esses tópicos sejam examinados, deve ser considerado o papel da mãe como participante. Pois não só o distanciamento pode ser causado por movimento da mãe ou da criança mas, igualmente, a aproximação também pode resultar do movimento de um ou outro dos participantes.

Os papéis da criança e da mãe na interação mãe-filho

A interação como resultante de muitas classes de comportamento

Quem observar como uma mãe e seu bebê de um ou dois anos se comportam num determinado período de tempo verá que cada um deles exibe padrões de comportamento numerosos e diversos. Enquanto parte do comportamento de cada participante tem o efeito de aumentar ou manter a proximidade do par, uma outra e considerável parte é de tipo inteiramente diferente. Alguns aspectos são irrelevantes para a questão da proximidade: a mãe cozinha ou costura; a criança brinca com uma bola ou esvazia a bolsa da mãe. Outros aspectos são antitéticos da manutenção da proximidade: a mãe vai para um outro quarto ou a criança afasta-se para subir uma escada. Ainda outro aspecto do comportamento pode ser uma negação da busca de proximidade: em certas ocasiões, usualmente raras, a mãe ou o filho podem sentir-se tão provocados e furiosos que agirão de modo que aumente a distância entre ambos. Portanto, a manutenção da proximidade é apenas um dos muitos resultados que o comportamento dos dois parceiros pode ter.

Não obstante, é sumamente improvável que, num dia comum, a distância entre os dois exceda, alguma vez, um certo máximo. Sempre que isso ocorre, é provável que um ou outro membro do par não tarde em agir de forma a reduzir a distância entre ambos. Em certas ocasiões, é a mãe quem toma a iniciativa – ela chama ou vai ver onde é que o filho se meteu; em outras, a criança pode tomar a iniciativa, correndo de volta para a mãe ou chorando.

Assim, existe um equilíbrio dinâmico entre os membros do par mãe-filho. Apesar de muito comportamento irrelevante de cada um, e de algum comportamento competitivo, ou incompatível, ou contrário, a distância entre eles é, em regra, mantida dentro de certos limites estáveis. Para compreender como isso ocorre, é útil considerar as relações espaciais entre os dois como resultantes de quatro classes de comportamento:

a) comportamento de apego da criança;
b) comportamento da criança que é a antítese do apego, ou seja, comportamento exploratório e a atividade lúdica;
c) comportamento da mãe de dispensar cuidados;
d) comportamento da mãe que é a antítese dos cuidados maternais.

As formas de comportamento classificadas em (*a*) ou em (*c*) são homogêneas quanto à função; as classificadas em (*b*) ou em (*d*) são heterogêneas.

Os comportamentos de cada uma dessas quatro classes variam muito de intensidade de momento a momento e um comportamento de qualquer uma das classes pode estar inteiramente ausente durante algum tempo. Além disso, cada classe de comportamento pode ser afetada pela presença ou ausência das outras, pois as consequências de um comportamento de qualquer classe podem eliciar ou inibir o comportamento das outras três classes. Assim, quando a mãe se afasta, o comportamento de apego de uma criança pode ser ativado, e o seu comportamento exploratório, inibido; do mesmo modo, quando uma criança se afasta demais em suas explorações, é provável que seja eliciado o zelo materno e inibido tudo o mais que ela possa estar fazendo no momento.

Num par feliz, essas quatro classes de comportamento ocorrem e progridem em harmonia. Mas o risco de conflito está sempre presente.

Esta análise mostra que o comportamento de apego de uma criança constitui apenas uma de quatro classes distintas de comportamento – duas intrínsecas na criança e duas na mãe – que contribui para formar a interação mãe-filho. Antes de continuarmos examinando o comportamento de apego, achamos útil considerar resumidamente cada uma das outras três classes. Começamos pela classe de comportamento que, por afastar uma criança de sua mãe, é a própria antítese do comportamento de apego.

Comportamento exploratório e atividade lúdica

Na década passada, um ponto de vista há muito sustentado por Piaget passou a ser amplamente aceito: a exploração e a investigação constituem uma classe de comportamento tão distinta e importante quanto o são a alimentação e o acasalamento.

O comportamento exploratório assume três formas principais: primeiro, uma resposta orientadora da cabeça e do corpo que coloca os órgãos sensoriais em melhor posição para examinar o objeto-estímulo e alerta a musculatura e o sistema cardiovascular, tornando-os prontos para a ação; em segundo lugar, a aproximação corporal do objeto-estímulo, que habilita todos os órgãos sensoriais a obterem mais e melhores informações sobre ele; e, em terceiro lugar, a investigação do objeto através de sua manipulação e experimentação por outros meios. Tal comportamento é comum em todas as espécies de aves e mamíferos, sobretudo em algumas, como os corvos e as gralhas entre as aves, e os primatas entre os mamíferos. As criaturas jovens exibem-no mais do que as adultas[1].

O comportamento exploratório é eliciado tipicamente por estímulos que são novos e/ou complexos, características que fre-

---

1. Uma útil revisão dos trabalhos empíricos sobre comportamento exploratório em animais e no homem pode ser encontrado nos capítulos 4, 5 e 6 de *Conflict, Arousal and Curiosity* (1960), de Berlzyne. Cf. também *The Developmental Psychology of Jean Piaget* (1963), de Flavell.

quentemente andam juntas. Qualquer objeto novo que seja deixado na gaiola ou jaula de um animal, seja ele macaco, rato ou rinoceronte, será mais cedo ou mais tarde inspecionado e investigado. Passado um certo tempo, o interesse declina: "a novidade esgotou-se". Mas cada novo objeto apresentado desperta renovado interesse, tanto quanto um antigo que seja introduzido de novo, após um intervalo.

Um animal pode trabalhar por longos períodos empurrando alavancas ou abrindo portinholas, quando a recompensa para seus esforços é apenas um novo objeto para brincar ou uma nova cena para olhar. O alimento é desnecessário. Além disso, quando alimento e algo novo são apresentados juntos, a exploração da novidade precede usualmente a alimentação – mesmo quando o animal está com fome.

Os seres humanos, especialmente os jovens, comportam-se da mesma maneira. Toda a mãe sabe que um bebê gosta de observar uma cena cambiante e, como Rheingold (1963*a*) mostrou experimentalmente, um bebê de quatro meses aprende depressa a bater repetidamente uma pequena bola quando a consequência desse gesto é uma breve sequência de movimentos. Toda mãe sabe também que um bebê cessará imediatamente de comer quando alguma coisa ou alguém que constitui uma novidade entra em seu campo de visão. De fato, é tal o efeito da novidade sobre uma criança que a frase "como uma criança com um novo brinquedo" passou a expressar a epítome da atenção concentrada em um único aspecto do meio ambiente.

O comportamento exploratório não constitui, pois, um apêndice do comportamento alimentar ou do comportamento sexual. É, em vez disso, uma classe de comportamento *per se*. Concebe-se melhor como sendo mediada por um conjunto de sistemas comportamentais criados e desenvolvidos para a função especial de extrair informações do meio ambiente. À semelhança de outros sistemas comportamentais, esses sistemas são ativados por estímulos que têm certas propriedades características e são finalizados por estímulos que possuem outras propriedades características. Neste caso, a ativação resulta da novidade e a finalização da familiaridade. É propriedade especial do comportamento exploratório transformar o novo em familiar e, por esse processo, converte um estímulo ativador em terminal.

Uma característica paradoxal do comportamento exploratório é que quase as mesmas propriedades que eliciam a exploração provocam também o alarma e o afastamento. Por isso, uma abordagem interessada e um afastamento assustado são frequentemente exibidos por um animal ou uma criança, simultaneamente ou em rápida sucessão. Em regra, o equilíbrio entre os dois transfere-se do alarma para o interesse. Primeiro, algo inteiramente estranho provoca apenas um recuo ou afastamento. Em seguida, vem a inspeção a certa distância – muitas vezes intensa e prolongada. Depois, mais cedo ou mais tarde, desde que o objeto se mantenha parado e não emita sons que assustem ou sobressaltem, o mais provável é que seja abordado e explorado – primeiro cautelosamente, depois com mais confiança. Na maioria das criaturas, tal processo é grandemente acelerado na presença de um amigo; e nas criaturas jovens, em especial, é notavelmente acelerado pela presença da mãe.

Os jogos com companheiros de idade parecem começar como uma extensão da exploração e do brinquedo com objetos inanimados. É provável que o que Harlow e Harlow (1965) escreveram sobre jovens macacos se aplique igualmente às crianças:

> As variáveis que eliciam a exploração de objetos e a exploração social são, sem dúvida, de tipo semelhante... Objetos físicos móveis permitem a um macaco a oportunidade de responder de modo interativo, mas nenhum objeto móvel pode proporcionar a um bebê primata a enorme oportunidade para o *feedback* estimulador que pode ser obtido através do contato com um parceiro ou parceiros sociais... O estágio lúdico inicia-se provavelmente com atividade individual, envolvendo o uso complexo de objetos físicos... Esses padrões lúdicos individuais... são indubitavelmente os precursores das múltiplas e complexas respostas lúcidas interativas que surgirão subsequentemente.

O comportamento exploratório e a atividade lúdica de uma criança, ao afastar-se da mãe, são a antítese do seu comportamento de apego. Inversamente, ao aproximarem a mãe de seu bebê, o comportamento maternal corresponde ao comportamento de apego do filho.

Cuidados maternos

Em todos os mamíferos, incluindo o homem, mais de um tipo de comportamento pode ser classificado como comportamento maternal. Em numerosas espécies é útil distinguir, para começar, a construção do ninho, a alimentação e a recuperação do(s) filhote(s). Cada um deles é vital para que os jovens sobrevivam, mas, para os nossos atuais propósitos, a recuperação reveste-se de especial interesse.

A recuperação pode ser definida como qualquer comportamento parental que tem como um dos resultados previsíveis o retorno dos filhotes ao ninho, ou para junto da mãe, ou ambas as coisas. Para tanto, enquanto os roedores e carnívoros usam a boca, os primatas usam as mãos e os braços. Além disso, os animais da maioria das espécies usam um chamado característico – frequentemente, uma nota grave e bastante suave – que, ao eliciar o comportamento de apego, tem o efeito de trazer os filhotes para junto dos adultos[2].

Em seres humanos, o comportamento de recuperação tem recebido diversos nomes, entre eles, "cuidados maternos", "desvelo materno" e "proteção parental". Em alguns contextos, o termo mais genérico "cuidados maternos" é o preferível; em outros, "recuperação" é melhor. Em particular, "recuperação" chama a atenção para o fato de que boa parte do comportamento maternal se ocupa em reduzir a distância entre o bebê e a mãe, e em reter o bebê em estreito contato físico com ela. Esse fato crucial pode ser facilmente perdido de vista quando são usados outros termos.

O comportamento de recuperação de uma mãe primata consiste em recolher o bebê em seus braços e aí conservá-lo. Tendo um resultado semelhante ao comportamento de apego do bebê, é provavelmente mais bem compreendido em termos análogos – ou seja, como sendo mediado por um certo número de sistemas comportamentais cujo resultado previsível é a manutenção da proximidade do bebê. Podem ser estudadas as condições que ativam e

----
2. Para um estudo do comportamento materno em mamíferos, cf. Rheingold (1963*b*).

finalizam os sistemas. Entre as variáveis orgânicas que afetam a ativação, os níveis hormonais da mãe quase certamente desempenham um papel. Entre as variáveis ambientais estão o paradeiro e o comportamento do bebê; por exemplo, quando um bebê se afasta além de uma certa distância ou quando chora, é sumamente provável que a mãe entre em ação. E caso ela tenha motivo para alarmar-se ou ver o seu filhote arrebatado por outros, fará imediatamente os mais estrênuos esforços para recuperá-lo. Só quando o bebê está são e salvo em seus braços esse tipo de comportamento cessará na mãe. Em outras ocasiões, especialmente quando o filhote brinca com outros indivíduos conhecidos nas vizinhanças, a mãe deixa as coisas correrem. Entretanto, sua tendência para recuperá-lo não está inteiramente adormecida; ela ficará atenta ao filhote, alerta para qualquer grito e pronta para agir ao menor sinal.

Assim como o resultado previsível do comportamento materno de recuperação é semelhante ao do comportamento de apego do filho, também são semelhantes os processos que levam à seleção das figuras para as quais são dirigidos os comportamentos de recuperação e de apego. Do mesmo modo que o comportamento de apego de um bebê passa a dirigir-se para uma determinada figura materna, também o comportamento de recuperação da mãe é dirigido para um determinado bebê. As provas demonstram que em todas as espécies de mamíferos o reconhecimento de um filhote ocorre dentro de horas ou dias a partir do seu nascimento e que, uma vez reconhecido, só esse filhote é alvo dos cuidados maternos.

Entretanto, um terceiro aspecto em que o comportamento de recuperação da mãe se assemelha ao comportamento de apego do filho é em sua função biológica. Para a mãe, permanecer na proximidade de um bebê e recolhê-lo em seus braços em situações de alarma serve claramente a uma função protetora. Em seu habitat natural, o principal perigo contra o qual o filhote é assim protegido é provavelmente o representado pelos predadores. Outros perigos são a queda de grande altura e o afogamento.

Embora o comportamento materno de recuperação seja observado em suas formas mais elementares em espécies não humanas, ele também é evidente em mulheres. Em sociedades primitivas, a mãe conserva-se muito perto do seu bebê, e quase sempre ao alcance da vista e do ouvido. O alarma da mãe ou a aflição do bebê desencadeiam uma ação imediata. Em comunidades mais desenvolvidas, a cena torna-se mais complexa, em parte porque, não raras vezes, a mãe nomeia alguém para substituí-la durante uma parte mais ou menos longa do dia. Mesmo assim, a maioria das mães sente um forte impulso para ficar perto de seus bebês e filhos pequenos. Se elas se submetem a esse impulso ou se resistem a ele depende de inúmeras variáveis, pessoais, culturais e econômicas.

Comportamento maternal antitético dos cuidados com o bebê

Quando uma mãe cuida de um bebê está concomitantemente comportando-se de muitas outras maneiras. Alguns desses outros comportamentos, embora não sejam inerentemente incompatíveis com a dispensa de cuidados, concorrem com ela em menor ou maior grau. Outros tipos, porém, são o oposto da dispensa de cuidados e, então, inerentemente incompatíveis com ela.

O comportamento que, em certo grau, concorre com a dispensa de cuidados maternos inclui todos os usuais afazeres domésticos. Em sua maioria, porém, tais afazeres podem ser prontamente abandonados e, portanto, são perfeitamente consistentes com os cuidados maternos. Outras atividades são menos facilmente postas de lado; algumas das mais difíceis de ser lidadas são as exigências de outros membros da família, especialmente o marido e outros filhos pequenos. Inevitavelmente, portanto, a mãe experimenta um conflito e os seus cuidados com o bebê podem sofrer com isso.

Não obstante, as atividades da mãe que meramente competem em tempo e energia com os cuidados à criança estão numa categoria muito diferente do comportamento que é inerentemente incompatível com esses cuidados. Tal é o caso de aversão ao contato com o bebê, ou de aversão aos seus gritos, o que pode levar a mãe a afastar-se dele. Numa mãe normal, o comportamento de afastamento, embora ocorra ocasionalmente, não é frequente nem prolongado, sendo rapidamente substituído pelo cuidado, quando os acontecimentos o exigem. Numa mãe emocionalmente perturbada, por outro lado, tal comportamento pode interferir seriamente com os cuidados ao filho.

Assim, tal como o comportamento de apego de um bebê é contrabalançado por seu comportamento exploratório e lúdico, também o comportamento de recuperação da mãe é contrabalançado por numerosas atividades que competem com ele e algumas atividades incompatíveis.

Isto completa uma breve recapitulação de algumas das diversas classes de comportamento infantil e materno que, em combinação com o comportamento de apego da criança, concorrem para formar a interação mãe-filho.

Toda essa interação, convém lembrar, é acompanhada pelas mais fortes emoções e sentimentos, satisfatórios ou não. Quando a interação entre um par transcorre normalmente, cada participante manifesta intenso prazer na companhia do outro e, especialmente, nas expressões de afeição do outro. Inversamente, sempre que a interação resulta em persistente conflito, é provável que cada participante manifeste, ocasionalmente, ansiedade ou infelicidade intensas, sobretudo ante a rejeição do outro.

Moldado em termos da teoria delineada no capítulo 7, isso equivale a dizer que os padrões internos pelos quais as consequências do comportamento são avaliadas pela mãe e pela criança são tais que favorecem fortemente o desenvolvimento do apego, pois a proximidade e o intercâmbio afetivo são avaliados e sentidos como agradáveis por ambas, ao passo que a distância e as expressões de rejeição serão avaliadas e sentidas como desagradáveis ou dolorosas por ambas. Talvez para nenhuma outra consequência comportamental os padrões de avaliação no homem sejam mais nítidos, desde o princípio, ou ambientalmente mais estáveis. Tão estáveis, na verdade, que bebês amarem suas mães e mães amarem seus bebês é considerado axiomático e intrínseco à própria natureza humana. Consequentemente, sempre que, durante o desenvolvimento de algum indivíduo, esses padrões se tornam acentuadamente diferentes da norma, como ocasionalmente acontece, todos estão dispostos a julgar a condição como patológica.

Transferência de responsabilidade pela manutenção da proximidade

No transcurso da infância, em todas as espécies de primatas superiores, a responsabilidade pela manutenção da proximidade entre a mãe e o filho transfere-se progressivamente daquela para este.

Em todas essas espécies, inclusive o homem, o comportamento de apego do bebê está inicialmente ausente ou é muito ineficaz. Ou ele não possui força suficiente para agarrar-se à mãe ou sua mobilidade é precária; mesmo quando pode movimentar-se, é capaz de ir longe demais e perder-se imprudentemente. Consequentemente, há uma fase da infância durante a qual a manutenção da proximidade entre mãe e filho é realizada principalmente pelo próprio comportamento materno. No começo, ela conserva o bebê em seus braços, uma condição que se verifica indistintamente nas espécies não humanas e no homem primitivo; em sociedades humanas mais avançadas, essa fase é representada pelo período durante o qual a mãe deposita o seu bebê num berço ou num carrinho. Em qualquer dos casos, a mãe assume plena responsabilidade pelo bebê, e é sumamente improvável que se afaste dele sem providenciar alguém para substituí-la.

A fase seguinte é aquela em que o bebê adquire mobilidade – no macaco *rhesus,* após uma ou duas semanas de vida; no gorila, após um mês ou dois; e no homem, a partir dos seis meses.

Em todas estas espécies, embora o bebê mostre frequentemente uma tendência muito forte para manter-se em proximidade com a figura materna, sua competência para fazê-lo sistematicamente é baixa. Quando a mãe está parada, ele mostra-se propenso não só a explorar mas a fazê-lo sem muita discriminação ou critério, podendo resultar disso que ele vá além da distância aceitável para a mãe. Quando a mãe caminha, a capacidade do bebê para acompanhá-la ainda é constrangedoramente inadequada. Consequentemente, também durante esta fase, a proximidade é mantida pelo comportamento da mãe, tanto ou mais do que pelo do bebê. No homem, essa fase prossegue até o final do terceiro ano. Ao longo desses dois anos e meio (dos seis meses até o terceiro aniversário), o comportamento de apego, embora forte, não é sistematicamente eficiente.

Na fase subsequente, o equilíbrio muda. Agora, o comportamento de apego do filho torna-se cada vez mais eficiente, e o seu discernimento sobre quando a proximidade é essencial e quando não o é melhora; a proximidade é, então, mantida tanto pelo filho como pela mãe. Às vezes, a mãe chega a rechaçá-lo e a encorajá-lo a ficar mais longe dela. Entretanto, quando a mãe se alarma, a primeira coisa que faz é procurar o filho e apertá-lo contra si. E sempre que o par se encontra num ambiente estranho, a mãe vigia atentamente o filho para assegurar-se de que ele não seja imprudentemente curioso. No homem, essa fase transitória dura muitos anos, e a extensão do período depende das condições em que a família vive. Na moderna sociedade urbana, por exemplo, a poucas crianças se consente que se afastem muito de casa sozinhas antes dos dez anos de idade.

Imperceptivelmente, essa fase de transição passa para uma fase final em que a mãe deixa cada vez mais a manutenção da proximidade a cargo do jovem em crescimento. Daí em diante, exceto em condições de emergência, ela desempenha apenas um papel secundário.

Formas de comportamento mediadoras do apego e sua organização

No homem, o apego é mediado por muitos tipos diferentes de comportamento, dos quais os mais óbvios são chorar e chamar, balbuciar e sorrir, agarrar-se, a sucção não nutritiva e a locomoção, tal como é usada para abordar, seguir e procurar. Desde uma fase inicial do desenvolvimento, cada um desses tipos de comportamento tem como resultado previsível a proximidade com a mãe. Mais tarde, passam a estar organizados em um ou mais sistemas superordenados e frequentemente corrigidos para a meta.

Todas as formas de comportamento de apego tendem a ser dirigidas para um determinado objeto no espaço, usualmente a figura especial de apego. Para que isso ocorra, é necessário que o bebê se oriente para essa figura, o que ele faz de várias maneiras. Por exemplo, aos seis meses de idade, a maioria dos bebês já é capaz de distinguir a mãe de outras figuras e de acompanhar visual e auditivamente seus movimentos. Por esses meios, o bebê mantém-se bem informado sobre o paradeiro da mãe, de modo que, sempre que uma ou mais formas de comportamento de apego são ativadas, elas são dirigidas para a mãe. O comportamento de orientação constitui, pois, um requisito essencial para o comportamento de apego (tal como é, evidentemente, para muitos outros tipos de comportamento).

As formas mais específicas de comportamento propícias ao apego podem ser agrupadas em duas classes principais:

1) o comportamento de assinalamento, cujo efeito é levar a mãe até a criança;
2) o comportamento de abordagem, cujo efeito é levar a criança até a mãe.

Comportamento de assinalamento

Chorar, sorrir e balbuciar, e, mais tarde, chamar e fazer certos gestos, são facilmente classificáveis como sinais sociais, tendo todos como resultado previsível o aumento de proximidade da mãe em relação à criança. Não obstante, as circunstâncias em que cada tipo de sinal é emitido e os efeitos que cada um tem sobre os diversos componentes do comportamento maternal são muito diferentes. Até uma única forma de comportamento de assinalamento, o choro, pode ser de muitos tipos diversos, sendo cada tipo eliciado por um distinto conjunto de condições e tendo um efeito algo diferente dos outros. Assim, um exame minucioso revela que os diversos componentes de assinalamento do comportamento de apego estão muito longe de ser intercambiáveis; pelo contrário, verifica-se que cada um deles é distinto e complementar de cada um dos outros.

O *choro* é provocado por um certo número de condições diversas e adota uma de várias formas distintas[3]. São exemplos o

....

3. A minha informação deriva do estudo de Wolff, em catorze famílias, da história natural do choro em bebês (Wolff, 1969), e de comunicações pessoais de meu colega, dr. Anthony Ambrose.

choro de fome e o choro por causa de uma dor. O choro causado por fome vai aumentando aos poucos. Quando começa, é de baixa intensidade e arrítmico; à medida que o tempo passa, vai ficando mais sonoro e rítmico, um grito expiratório alternando com um silvo inspiratório. O choro de dor, por outro lado, é forte desde o início. Um grito súbito, longo e vigoroso é seguido por um período de silêncio absoluto devido à apneia; depois, isso dá lugar a breves inalações arquejantes que se alternam com tossidelas expiratórias.

Ambos os tipos de choro podem afetar o comportamento da mãe, embora cada um a afete de um modo diferente. O choro de dor, segundo apurou Wolff, está entre os mais poderosos de todos os estímulos para fazer a mãe acudir rapidamente ao seu bebê. A um choro que começa com baixa intensidade, por outro lado, a reação da mãe será provavelmente mais moderada. Num caso, ela está preparada para tomar medidas de emergência em socorro do bebê; no outro, para embalá-lo ou alimentá-lo.

Sorrir e *balbuciar* ocorrem em circunstâncias muito diferentes daquelas em que a criança chora, e têm efeitos também muito diferentes[4].

Diversamente do choro, que é eficaz desde o nascimento, tanto o sorriso como a balbuciação do bebê só se tornam eficazes para influenciar o comportamento da mãe depois que tenham transcorrido, pelo menos, quatro semanas. Além disso, ao contrário do choro, sorrir e balbuciar são eliciados quando o bebê está acordado e contente, não estando faminto, sozinho ou com dores. Finalmente, enquanto o choro leva a mãe a tomar medidas que protejam, alimentem ou confortem o bebê, sorrir e balbuciar eliciam comportamentos de tipo muito diferente. Quando o bebê sorri e balbucia, a mãe retribui o sorriso, "fala" com ele, faz-lhe carícias e talvez o apanhe no colo. Em tudo isso, cada participante parece estar expressando alegria pela presença do outro, e o efeito é, certamente, o de prolongar a interação social de ambos.

....

4. Para o desenvolvimento precoce do sorriso e da balbuciação em bebês, cf. Wolff (1963). Para uma análise dos efeitos do sorriso sobre o comportamento materno, cf. Ambrose (1960).

Não é fácil encontrar um termo para descrever esse componente muito importante do comportamento maternal; talvez o mais apropriado fosse "comportamento de amor materno".

Não só o sorriso do bebê tem esse efeito imediato sobre o comportamento da mãe como exerce, provavelmente, uma influência duradoura sobre ele. Ambrose (1960) descreveu os efeitos eletrizantes sobre a mãe de ver o primeiro sorriso social de seu bebê, e como isso parece torná-la, daí em diante, mais receptiva para tudo o que ele fizer. Quando a mãe está cansada e irritada com o bebê, o sorriso dele a desarma; quando o está amamentando ou cuidando dele de qualquer outra forma, o sorriso do bebê significa para ela uma recompensa e um encorajamento. Em termos estritamente científicos, o sorriso do bebê afeta de tal maneira a mãe que aumenta a probabilidade futura de ela responder prontamente aos seus sinais e assim favoreça, de certo modo, a sobrevivência da criança. Ouvir a balbuciação satisfeita de seu bebê tem, provavelmente, o mesmo efeito a longo prazo.

Inicialmente, o choro, o sorriso e a balbuciação não são corrigidos para a meta. Em vez disso, um sinal é emitido e será respondido ou não pela mãe. Quando é respondido, o choro e o sorriso usualmente cessam. Assim, como se sabe, um bom método para fazer o bebê parar de chorar é apanhá-lo ao colo, embalá-lo ou, talvez, falar suavemente com ele. Menos conhecido é o fato de que, quando um bebê é pego no colo, ele também para de sorrir (Ambrose, 1960).

Balbuciar está organizado de um modo diferente. A balbuciação de um bebê provoca usualmente na mãe uma resposta idêntica, balbuciando de volta numa sequência mais ou menos longa de interação. Entretanto, também neste caso, a tendência do bebê é calar-se se a mãe pegá-lo ao colo.

Quando um sinal não recebe resposta, o comportamento resultante varia. Em alguns casos, por exemplo, no caso do choro, o sinal poderá continuar a ser emitido por longo tempo. Em outros casos, pode cessar ou ser substituído por um sinal diferente. Por exemplo, quando o sorriso não obtém resposta, ele não prossegue indefinidamente; com frequência, é substituído pelo choro. Analogamente, uma criança um pouco mais velha que chama a mãe pode mudar para o choro se ela não atender ao chamado.

Um tipo de sinal muito diferente daqueles que foram até aqui considerados, e que se reveste de considerável interesse, é o *gesto de erguer os braços*, que pode ser observado num bebê de cerca de seis meses[5] quando a mãe aparece junto do berço e que também ocorre frequentemente na criança que já engatinha ou dá seus primeiros passos, quando se aproxima da mãe ou quando esta se aproxima dela. O gesto é sempre interpretado pela mãe como um desejo de ser pego no colo e, usualmente, ela responde de acordo.

Na forma, o gesto humano de erguer os braços é claramente semelhante ao movimento do macaco de estender os braços para agarrar os flancos da mãe, o que ocorre nos bebês primatas não humanos como parte da sequência que culmina em agarrar-se ao corpo da mãe. Não parece improvável, portanto, que o gesto de erguer os braços dos bebês humanos seja um movimento homólogo que se tornou ritualizado para desempenhar uma função de sinal.

Ainda uma outra forma de comportamento que parece ser mais bem entendida como uma forma de assinalamento, mas que é corrigida para a meta desde o início, é a de *tentar captar e reter a atenção da mãe*. Entre os 23 bebês estudados por Shirley (1933), o primeiro a exibir essa forma de comportamento tinha 32 semanas de idade, a metade deles o apresentava quinze dias depois.

A intensidade com que bebês procuram, dos oito meses em diante, atrair a atenção dos pais e não se contentam enquanto não a tiverem obtido, é muito conhecida e, às vezes, a causa de grande irritação. Com efeito, é considerada, tal como boa parte dos outros comportamentos de apego, uma característica desagradável das crianças pequenas e da qual precisam ser curadas o mais depressa possível. Entretanto, desde que seja considerada parte integrante do comportamento de apego, torna-se inteligível e pode ser então encarada com mais simpatia e compreensão. No meio ambiente de adaptabilidade evolutiva do homem, é claramente vital que a mãe de uma criança de menos de três ou quatro anos soubesse exatamente onde ela estava e o que estava fazendo, e

---

5. A primeira ocorrência dessa resposta num bebê pode ser registrada entre 14 e 37 semanas de idade (Shirley, 1933).

que estivesse pronta para intervir no caso de uma ameaça de perigo; para a criança, anunciar constantemente seu paradeiro e atividades à mãe, e continuar fazendo-o até que ela assinale "mensagem recebida" é, portanto, um comportamento adaptativo.

Comportamento de aproximação

Os dois exemplos mais conhecidos de comportamento que leva o bebê até junto da mãe e/ou aí o mantém são, em primeiro lugar, a própria aproximação, incluindo os movimentos de buscar e seguir, para o que, em cada caso, ele usa todos os meios de locomoção de que dispõe; e, em segundo lugar, agarrar-se à mãe. Um terceiro exemplo, não tão facilmente reconhecido, consiste na sucção não nutritiva ou preensão do mamilo.

Aproximar-se da mãe e *segui-la* evidenciam-se usualmente logo que o ser humano adquire alguma mobilidade. Não tarda, além disso, a que esse comportamento se organize em base de correção para a meta, o que comumente ocorre durante o último trimestre do primeiro ano. Isto significa que, se a mãe mudar de posição, os movimentos do próprio bebê serão corrigidos de acordo, também mudando de direção. Além disso, uma vez que o aparelho cognitivo de uma criança tenha amadurecido para uma condição em que ela pode começar a conceber a existência de objetos ausentes e a procurá-los, uma fase que Piaget (1936) afirma começar por volta dos nove meses de idade, pode-se esperar que a criança não só se aproxime e/ou siga a mãe a quem pode ver ou ouvir, mas também a *procure* em lugares familiares, quando ela está ausente.

Para alcançar a meta fixada de proximidade com a mãe, a criança mobiliza toda e qualquer aptidão locomotora de que dispõe. Ela engatinhará, rastejará, caminhará ou correrá. Se for muito deficiente em seu equipamento locomotor, por exemplo, em consequência da talidomida, a criança ainda alcançará sua meta, mesmo que para isso precise rolar (Décarie, 1969). Estas observações indicam que os sistemas comportamentais envolvidos não só são corrigidos para a meta mas estão organizados em termos de um plano: o objetivo global é constante, as técnicas para atingi-lo são flexíveis.

Embora o bebê humano seja muito menos hábil e competente nos movimentos de *agarrar-se* à mãe do que os seus primos macacos, ele pode, não obstante, fazê-lo, mesmo ao nascer. E durante as quatro semanas seguintes, poderá consegui-lo com eficiência crescente. Aos trinta dias de idade, segundo apurou McGraw (1943), o bebê pode suspender-se pelas mãos de uma barra horizontal por até meio minuto. Subsequentemente, nos países ocidentais, essa habilidade declina, embora isso possa ser, em parte, o resultado do desuso. Após os dezoito meses, essa habilidade melhora de novo, embora esteja então organizada de acordo com normas mais refinadas.

Entre as condições que provocam o agarramento num bebê, durante suas primeiras semanas ou mais tarde, estão: ficar despido, por exemplo, no colo da mãe, antes ou depois do banho, ou para mudar de roupa; e sujeitar-se a mudanças bruscas, por exemplo, quando a mãe salta ou tropeça[6]. Mais tarde, ele agarra-se fortemente, sobretudo quando alarmado. Aos nove meses de idade, um bebê nos braços de um estranho agarra-se com tanta força quando tentam depô-lo num lugar também estranho, que só com grande dificuldade poderá ser "desprendido" (comunicação pessoal de Rheingold).

Embora se imaginasse, em certa época, que o movimento de agarrar-se de um bebê humano fosse uma reminiscência dos tempos em que os homens viviam em árvores, não há razão alguma para duvidar de que se trata, de fato, da versão humana do agarramento infantil observado em todos os macacos e grandes símios, e de que, menos eficiente, serve contudo à mesma função. Em termos de sua organização, o agarramento parece ser, inicialmente, uma resposta reflexa bastante simples. Só mais tarde se torna corrigida para a meta.

Embora a *sucção* seja usualmente considerada um simples meio de ingerir alimentos, ela tem uma função adicional. Todos os bebês primatas, humanos e não humanos, passam muito tempo agarrando e/ou chupando um mamilo ou um objeto que se lhe as-

---

6. Sou devedor a minha filha Mary por me haver chamado a atenção para as propriedades da nudez como agente eliciador do agarramento.

semelhe, se bem que, na maior parte desse tempo, não estejam obtendo nenhum alimento. Em criancinhas, a sucção do polegar ou de uma chupeta é extremamente comum. Em macaquinhos criados sem mãe, isso é universal. Quando são criados com mãe, entretanto, é a teta materna que eles chupam e agarram. Em condições naturais, uma consequência principal da sucção não nutritiva e do agarramento da teta é o bebê manter um contato muito próximo com a mãe. Isso foi enfatizado por Hinde, Rowell e Spencer-Booth (1964), os quais assinalaram que, quando um bebê *rhesus* está agarrado à mãe que corre ou trepa numa árvore, ele está usualmente preso a ela não só por suas mãos e seus dois pés, mas também pela boca, que se agarra a uma ou mesmo às duas tetas – de fato, um apoio em cinco pontos. Em tais circunstâncias, portanto, abocanhar o mamilo da mãe preenche a mesma função do agarramento.

Tais observações deixam claro que, nos primatas, abocanhar a teta e sugar têm duas funções é separadas, uma para a nutrição e outra para o apego. Cada uma dessas funções é importante *per se*, e supor que a nutrição é, de algum modo, de significação primária e o apego apenas de significação secundária seria um erro. De fato, muito mais tempo é consumido na sucção não nutritiva do que na nutritiva.

Em virtude das duas funções separadas da sucção, não surpreende a descoberta de que o movimento usado nas duas formas desse comportamento seja diferente, sendo os movimentos da sucção não nutritiva mais superficiais do que os da sucção nutritiva, um ponto para o qual Rowell (1965) chamou a atenção. No bebê babuíno que ela criou, as duas formas de sucção, de fato, distinguiam-se com especial facilidade porque a sucção nutritiva era sempre dirigida para uma mamadeira, ao passo que a sucção de apego era dirigida para a chupeta. Quando faminto, o bebê babuíno sugava sempre a mamadeira; quando alarmado, sempre a chupeta: "a mamadeira tinha muito pouco valor como fornecedora de conforto" e, é claro, vice-versa. Ao sugar a chupeta quando estava assustado, o bebê babuíno tornava-se rapidamente descontraído e contente.

Estas conclusões são importantes para explicar o tempo consumido em sucção não nutritiva pelo bebê humano. Em comunidades primitivas, a sucção não nutritiva do bebê é usualmente dirigida para o seio materno. Em outras comunidades, é comumente dirigida para um substituto do seio, o polegar ou a chupeta. Contudo, seja qual for o objeto para o qual a sucção é dirigida, o bebê capaz de se empenhar na sucção não nutritiva pode tornar-se mais satisfeito e mais relaxado do que um incapaz de fazê-lo. Além disso, tal como nos macacos, é sobretudo quando está perturbado ou alarmado que o bebê humano se entrega à sucção não nutritiva. Estas conclusões são coerentes com as de que a sucção não nutritiva dos bebês humanos é uma atividade *per se,* separada da sucção nutritiva; e de que, no meio ambiente de adaptabilidade evolutiva do homem, a sucção não nutritiva é parte integrante do comportamento de apego e tem a proximidade com a mãe como resultado previsível.

Isto termina um breve esboço de algumas das principais formas de comportamento mediadoras do apego à figura materna. Nos próximos capítulos, que se ocupam da ontogênese, essas e outras formas são examinadas mais detalhadamente.

Intensidade do comportamento de apego

Em virtude das muitas formas e sequências de comportamento que podem mediar o apego, não existe uma escala simples de intensidade. Pelo contrário, cada forma de comportamento mediador de apego pode variar em intensidade e, quando a intensidade geral aumenta, podem ser evocadas mais de uma forma de comportamento. Assim, as formas de comportamento usualmente evocadas quando a intensidade geral do apego é baixa são o sorriso, a locomoção descontraída, a observação e o contato físico. As formas de comportamento prováveis de ser evocadas quando a intensidade do apego é elevada são a locomoção rápida e o agarramento. O choro está sempre presente quando a intensidade é elevada e, às vezes, também quando a intensidade é baixa.

A organização de sistemas comportamentais mediadores do apego

Numa seção do capítulo 5 foram descritos alguns dos princípios subjacentes aos diferentes modos como podem ser organizados os sistemas comportamentais. Uma distinção básica reside entre aqueles que são corrigidos para a meta e os que não o são. Embora ambos os tipos, quando ativados no meio ambiente de adaptabilidade evolutiva, levem comumente a um resultado previsível e específico, eles o fazem de duas maneiras inteiramente distintas. No caso de um sistema corrigido para a meta, o resultado previsível segue-se à ativação porque o sistema está estruturado de tal modo que registra continuamente as discrepâncias entre o desempenho e a meta fixada, corrigindo-o em função desta. O mergulho do falcão-real para a presa é um exemplo. No caso de outros sistemas, não existe uma meta fixada e, portanto, não há cálculo de discrepância. O resultado previsível é, neste caso, simplesmente o desfecho de certas ações executadas numa certa sequência e num certo contexto. Um exemplo deste tipo de sistema é a recuperação do ovo, devolvido ao ninho pelo comportamento de rolar, que é característico do ganso.

No caso de sistemas mediadores do apego, alguns são organizados como sistemas corrigidos para a meta e outros de um modo mais simples. Os primeiros sistemas a se desenvolverem certamente não são corrigidos para a meta mas, mais tarde, especialmente após o primeiro aniversário da criança, os sistemas corrigidos para a meta passam a desempenhar um papel crescente e, finalmente, preponderante.

Vejamos dois exemplos de sistemas comportamentais que têm a proximidade da mãe como resultado previsível mas não são corrigidos para a meta. Quando um bebê de uns quatro meses vê a mãe, após uma breve ausência, é provável que ele sorria. Em resposta a isso, sua mãe provavelmente se aproximará, sorrirá e falará com ele, e talvez o acaricie e até o pegue ao colo. Assim, um resultado previsível do sorriso do bebê é sua maior proximidade da mãe; mas, ao obter esse resultado, não parece haver qualquer tendência para o sorriso variar de um modo regular, segundo a mãe aproxime-se ou não. Ao contrário, nessa idade, o sorriso do bebê parece ser um padrão fixo de ação eliciado principalmente pela visão do rosto da mãe (o rosto de frente, não de perfil), o qual será intensificado pela interação social e finalizado quando o bebê é pego no colo.

Um segundo exemplo de um sistema que, quando ativado, leva comumente à proximidade mas não é corrigido para a meta é o choro. Quando um bebê chora em seu meio ambiente de adaptabilidade evolutiva, ou seja, ao alcance do ouvido da mãe atenta e receptiva, um resultado previsível é que a mãe o atenda. Também neste caso, porém, nos primeiros meses de vida, parece não haver tendência para o choro variar segundo a mãe esteja perto ou longe, ou esteja vindo ou indo, como ocorreria num sistema corrigido para a meta.

Depois dos oito meses de idade e mais especialmente depois do primeiro aniversário, a existência de sistemas mais refinados mediadores do apego torna-se cada vez mais evidente. Não raras vezes, um bebê não tira os olhos da mãe, contentando-se em brincar enquanto ela está presente mas insistindo em segui-la sempre que ela se desloca. Em tais circunstâncias, o comportamento da criança pode ser entendido desde que se postule que ele é regido por um sistema que se mantém inativo enquanto a mãe estiver à vista ou acessível ao contato físico mas pode tornar-se ativo assim que essas condições mudam. Uma vez ativada, a aproximação persiste, com a apropriada correção para a meta, até que a criança volte a estar à vista ou ao alcance da mãe, após o que o sistema é finalizado.

Um outro tipo de comportamento corrigido para a meta mediadora do apego é o chamado. Num dado momento, durante o segundo ano de vida, uma criança começa a chamar sua mãe de uma nova maneira. Agora, o modo como a chama varia de acordo com a sua estimativa do paradeiro e dos movimentos dela, aumentando se achar que a mãe está longe ou de partida, declinando se achar que ela está perto ou se aproximando.

Uma sequência comportamental corrigida para a meta, como a locomoção ou o chamado, é frequentemente seguida de alguma outra forma de comportamento de apego, como o gesto de erguer os braços ou de agarrar a mão, cujo resultado previsível é o contato físico entre a criança e a mãe. Em tal caso, a sucessão parece ser organizada em cadeia. Só quando a distância entre a criança e a mãe é diminuída, para situar-se dentro de certos limites, o segundo tipo de movimento é eliciado.

O comportamento típico de crianças de dois anos em diferentes situações

As formas particulares do comportamento mediador do apego e as combinações em que elas podem ser organizadas e apresentar-se em diferentes idades e situações são quase infinitamente variáveis. Não obstante, após uma certa idade, digamos, os quinze meses, certas formas e combinações de comportamento tendem a ocorrer com bastante frequência, e algumas delas tendem a manifestar-se tipicamente quando uma criança se situa em uma de um limitado número de situações. Uma das maneiras de definir essas situações é em termos do paradeiro e dos movimentos da mãe; uma outra maneira é em termos da situação, familiar ou estranha, em que a criança se encontra.

No que se segue, faz-se a tentativa de descrever o comportamento típico em algumas situações comuns. Em virtude das muitas variáveis que afetam o comportamento, da grande variação entre diferentes crianças e da escassez de estudos cuidadosos, não é possível apresentar mais do que um esboço descritivo.

Comportamento quando a mãe está presente e parada

Não raras vezes, uma criança de um ou dois anos, numa situação familiar, permanece por meia hora ou mais alegremente brincando e explorando e, desde que sua mãe esteja parada, usando-a como base. Para manter a proximidade em tais situações, a criança apoia-se na orientação em relação à mãe, mantendo-se atenta ao seu paradeiro, e na locomoção. Agarramento, sucção e choro estão ausentes. Trocas ocasionais de olhares e sorrisos ou um rápido contato físico asseguram a ambos que um está ciente da localização do outro.

Observações de como crianças pequenas se comportam quando estão com a mãe numa parte isolada de um parque foram relatadas por Anderson (1972). Ele selecionou crianças em idade estimada entre quinze meses e dois anos e meio, cujas mães ficavam tranquilamente sentadas e permitiam que os filhos corressem à vontade no que, presumivelmente, era um local bastante familiar; Anderson registrou os movimentos de cada criança em relação à mãe num período de quinze minutos. Das 35 crianças observadas, 24 mantinham-se o tempo todo a uma distância máxima de cerca de 60 m de suas respectivas mães, afastando-se e retornando até junto delas sem que fosse tomada, por parte das mães, qualquer iniciativa para garantir a proximidade. Anderson comenta sobre a capacidade das crianças para se manterem orientadas para a mãe quando estabelecem uma distância que as coloca fora do controle imediato dela. Das onze crianças restantes, oito aventuravam-se mais longe, atraídas por um balanço ou coisas semelhantes; em cada caso, a mãe seguia a criança, para escoltá-la. Apenas três crianças tinham que ser recambiadas para a base, por se afastarem demais e/ou ficarem fora da vista da mãe.

Tipicamente, as crianças orientadas para a mãe deslocavam-se ou diretamente para longe dela ou diretamente para perto dela, caminhando em etapas curtas, constantemente interrompidas por paradas. O regresso à mãe parecia ser executado em etapas mais longas, com menos intervalos e maior rapidez do que o afastamento. As paradas perto da mãe eram infrequentes mas de duração relativamente longa; a distância, as paradas eram mais frequentes e muito mais breves.

Anderson enfatiza que só muito ocasionalmente as saídas ou os regressos tinham qualquer relação óbvia com os eventos em curso: "Sem qualquer outro motivo evidente a não ser o desejo de estar em pé a uma certa distância da mãe, a criança dá cambalhotas livremente, afasta-se alguns passos e aí permanece, até que um novo acesso de atividade começa"; com certa frequência, a viagem de regresso inicia-se sem que a criança dê sequer uma rápida olhada para a mãe. De 49 movimentos de regresso executados por sete crianças, apenas dois pareciam ter sido eliciados por alguma coisa relacionada com a mãe; nessas duas ocasiões, uma amiga viera sentar-se ao lado dela.

Os movimentos de regresso podem ser suspensos a alguma distância da mãe, a apenas alguns passos dela, ou após o contato físico com ela. Em cerca de 25% das crianças, o contato consistia em subir para o colo da mãe, recostar-se nos seus joelhos ou puxá-la pela mão. Numa porcentagem quase idêntica, as crianças acercavam-se da mãe mas não chegavam a tocá-la. As 50% restantes paravam a certa distância.

As crianças e suas mães não realizavam entre si nenhuma comunicação verbal, exceto quando estavam muito próximas umas das outras. Quando mais distante, a criança vocalizava pouco e, quando o fazia, era apenas para si mesma. Por seu lado, as mães faziam poucos esforços para recuperar seus filhos chamando-os, e tais esforços, quando eram feitos, de nada adiantavam, com raras exceções.

Embora não relatado sistematicamente por Anderson, sabemos por outras fontes que, quando brinca perto da mãe parada, a criança procura frequentemente atrair sua atenção e não fica satisfeita enquanto não a obtiver. Numa descrição do modo como bebês de treze meses interagem com a mãe no ambiente caseiro, Appell e David (1965) descrevem um par que só raramente entrava em contato e cujas interações eram, predominantemente, uma questão de vigilância recíproca. Depois de registrarem como a mãe observava seu bebê e lhe fornecia muitas coisas para brincar, os autores continuam:

> O próprio Bob observa muito sua mãe... Ele necessita ser olhado e não suporta quando a mãe fica muito absorvida em seus afazeres... Ele mostra-se então impertinente e frustrado, como quando a mãe se afasta...

Em contraste com esse par, Appell e David encontraram outros que interagiam tanto por permutas visuais quanto táteis.

Comportamento quando a mãe está presente e em movimento

Chega um momento na vida de uma criança em que ela é capaz de manter a proximidade com uma figura em movimento, por meio da locomoção corrigida para a meta. Essa idade situa-se, provavelmente, por volta do terceiro aniversário e, portanto, é consideravelmente mais tardia do que se costuma supor. Embora uma criança de dois anos e meio possa ser uma excelente caminhante, capaz de longas e bem orientadas excursões enquanto a mãe se conserva parada, assim que esta se levanta para andar a criança dessa idade torna-se singularmente incompetente. Este fato do desenvolvimento infantil é pouco conhecido e a sua ignorância provoca muita exasperação nos pais. Uma vez mais, recorremos às observações de Anderson para uma informação detalhada.

Em regra, quando a mãe de uma das crianças de dois anos que Anderson estava observando se levantava ao final do passeio, ela acenava para o filho. Se lhe fosse oferecido, ele subia de bom grado para o seu carrinho. Mas se a mãe preferia que ele caminhasse, as dificuldades não tardavam a surgir, a menos que ela caminhasse muito devagar e segurando a mão do filho. Na maioria das vezes, relata Anderson, a mãe perdia a paciência, içava a criança por um braço e arrastava-a para casa.

Caso a mãe se levantasse inesperadamente e sem um sinal, talvez para apanhar alguma coisa, o mais provável era a criança ficar paralisada no lugar onde estivesse. Se a mãe desejasse então que o filho viesse até junto dela, precisava ser muito paciente e encorajadora, pois, caso contrário, ele permaneceria imóvel.

Observações feitas por Anderson de mais uma dúzia de crianças da mesma idade que estavam fora de seus carrinhos e cujas mães passeavam pelo parque confirmaram a extrema ineficácia do comportamento de seguir dessas crianças. Elas paravam repetidas vezes, frequentemente a uma razoável distância da mãe, de modo que, de cada cinco a oito minutos, todas as mães passavam mais tempo esperando que seus filhos as alcançassem do que caminhando. Oito das crianças desviaram-se da rota e tiveram que ser recuperadas. Nada menos que metade delas estava sendo transportada no momento em que essas observações terminaram, três por iniciativa das crianças e três por iniciativa das mães.

As provas reunidas por Anderson sugerem fortemente que as crianças de menos de três anos não estão equipadas com eficientes sistemas corrigidos para a meta que as habilitem a manter a proximidade com uma figura quando esta se movimenta, e que até essa idade ser transportado pela mãe é o arranjo para o qual o ser humano está adaptado. Essa possibilidade é corroborada pelo entusiasmo com que crianças dessa idade aceitam a oferta de serem carregadas, pelo modo satisfeito e eficiente como se ajeitam para isso e também pelo modo determinado e até abrupto como exigem que as carreguem ao colo. Anderson relata como uma criança que estava caminhando ao lado da mãe adiantou-se de súbito e, girando o corpo, ficou de frente para ela, os braços erguidos. Tão inesperada foi a manobra que a mãe tropeçou no filho e por pouco não o derrubou. O fato de que uma criança não é desencorajada por esses resultados desagradáveis sugere que a manobra é instintiva e provocada pela visão da mãe em movimento.

As provas existentes evidenciam que, em comunidades desenvolvidas e subdesenvolvidas, sempre que os pais vão a algum lugar com filhos de menos de três anos, estes são quase sempre transportados por aqueles. Em comunidades ocidentais, esse transporte é comumente feito em algum tipo de carrinho; entretanto, não é incomum um dos pais carregar o filho nos braços. Num estudo de Rheingold e Keene (1965), de mais de 500 crianças transportadas por adultos (sobretudo pais) em lugares públicos de Washington, D.C., cerca de 89% tinham menos de três anos, distribuídas em partes razoavelmente iguais entre cada um dos três anos. As crianças que já tinham passado do terceiro aniversário constituíam apenas uma pequena proporção das que foram observadas sendo transportadas: 8% estavam com quatro anos e apenas 2% eram mais velhas.

Parece muito provável que, após o terceiro aniversário, a maioria das crianças passa a estar equipada com sistemas corrigidos para as metas razoavelmente eficientes que as habilitam a manter a proximidade, mesmo quando a figura parental está em movimento. Ainda assim, por mais um par de anos muitas dessas crianças insistem em segurar a mão ou a roupa dos pais ou agarrar a barra de um carrinho. Só depois de completar sete anos a maioria das crianças renuncia a segurar a mão dos pais mas, nesse ponto, como em todos os outros, existem grandes diferenças individuais.

Comportamento quando a mãe se afasta

Depois dos doze meses de idade e muitas vezes antes, as crianças protestam comumente quando veem a mãe se afastar. O protesto pode variar desde o choramingo até o choro mais furioso. Com frequência, também tentam segui-la. Entretanto, o comportamento exato manifestado depende de inúmeros fatores. Por exemplo, quanto mais jovem for a criança, mais provável é que chore e menos provável que tente segui-la. Um outro fator é o modo como a mãe se movimenta ao afastar-se: quando ela se retira lenta e tranquilamente, em geral provoca, por parte da criança, poucos protestos e tentativas de segui-la; quando sai rápida e ruidosamente, provoca protestos veementes e esforços extenuantes para segui-la. Ainda um outro fator diz respeito à familiaridade do ambiente em que a criança se encontra. Se deixada num ambiente familiar, a criança pode permanecer relativamente satisfeita; num ambiente estranho é quase certo que ela chore ou tente seguir a mãe.

Ver a mãe afastar-se elicia um comportamento muito diferente daquele que a criança apresenta quando está simplesmente sozinha. Muitas crianças, que protestam e tentam seguir a mãe quando a veem afastar-se, contentam-se perfeitamente em brincar na sua ausência, desde que saibam onde a mãe se encontra e possam, se quiserem, reunir-se a ela. A criança, então, poderá ficar brincando por períodos de uma hora ou duas, antes de manifestar uma ou outra forma de comportamento de apego – em geral, pondo-se à procura da mãe ou chorando, dependendo da idade e de outros fatores.

Comportamento quando a mãe regressa

O modo como a criança se comporta quando a mãe regressa depende do tempo que esta esteve ausente e do estado emocional da criança quando a mãe reaparece; este, por sua vez, depende do padrão de relacionamento estabelecido entre a criança e a mãe (cf. capítulo 16).

Após uma breve ausência de rotina, é quase certo que a criança se orientará para a mãe e se aproximará dela. Poderá sorrir. Se estiver chorando, é provável que o choro cesse, especialmente se a mãe pegá-la no colo. Quando o choro é intenso, a criança costuma agarrar-se vigorosamente à mãe, quando esta a pega no colo.

Após uma ausência mais prolongada e menos rotineira, a criança pode estar profundamente aflita no momento em que sua mãe finalmente reaparece. Nessa situação, ela pode mostrar-se menos receptiva, e até retraída, ao ver a mãe. Se não estiver chorando, pode manter-se silenciosa e amuada por algum tempo, e depois, subitamente, começar a chorar. Desde que se estabeleça o contato físico com a mãe, o pranto diminui e, finalmente, cessa. O mais provável é que se agarre então à mãe, obstinadamente, e resista a ser posta no chão. Também pode haver muita sucção não nutritiva.

Após uma separação que dure alguns dias ou mais, especialmente quando envolve um ambiente estranho, o comportamento de apego pode assumir formas incomuns, diferentes da norma pela intensidade excessiva, ou pela aparente ausência.

Seja qual for a maneira como uma criança responde ao regresso da mãe, entre os diversos modos considerados, uma parte do comportamento é evidentemente corrigida para a meta, enquanto outra, provavelmente, não o é.

Ativação e finalização dos sistemas mediadores do comportamento de apego

A observação de qualquer criança durante o segundo e terceiro anos de vida, quando o comportamento de apego é mais evidente, mostra que tal comportamento varia imensamente em ativação, forma e intensidade. Num momento, a criança está satisfeita em explorar seu meio circundante, sem ter a mãe à vista e, aparentemente, sem pensar nela; no momento seguinte, está buscando-a desesperadamente ou chorando por ela. Um dia, mostra-se alegre e exige pouco da mãe; no seguinte, está rabugenta e manhosa.

Considerar as condições responsáveis por tais variações no comportamento de apego de uma criança é, em termos da teoria proposta, o mesmo que considerar as condições que ativam e as que finalizam os sistemas mediadores de tal comportamento.

Neste capítulo, consideramos apenas os sistemas corrigidos para a meta e as condições que os afetam. Um exame das condições que levam à ativação e finalização de sistemas que não são corrigidos para a meta será efetuado no próximo capítulo, quando consideraremos a sua ontogênese. As variáveis que podem explicar as diferenças no comportamento de uma única criança ao longo de meses e anos, e aquelas que podem explicar as diferenças entre crianças, serão analisadas no capítulo 16.

Na primeira edição deste livro, o modelo sugerido foi do tipo "siga-pare", bastante simples; porém, estudos posteriores, especialmente os de Bretherton (1980), mostraram que se trata de um modelo insuficiente, embora satisfatório para uma primeira abordagem. No capítulo 19, portanto, o modelo será mais elaborado; até lá, ficaremos com a versão mais simples. Assim como no caso da maioria dos sistemas comportamentais quando ativados, os sistemas mediadores do comportamento de apego podem variar na intensidade da ativação desde a muito baixa até a muito alta. A principal característica do modelo proposto é que as condições de finalização variam muito, de acordo com a intensidade da ativação. Quando os sistemas estão intensamente ativos, só o contato físico com a própria mãe servirá para finalizá-los. Quando os sistemas estão menos intensamente ativos, a simples visão ou mesmo voz da mãe serão suficientes, e a proximidade de alguma figura subordinada de apego poderá então bastar como alternativa. Tais variações nas condições de finalização podem ir das mais rígidas às mais brandas.

São muitas as condições que ativam o comportamento de apego. A mais simples, talvez, é a distância da mãe. O papel que a distância desempenha foi apontado pelas observações de Anderson. Com exceção de algumas crianças, ele observou que a grande maioria delas se mantinha num raio de 60 m da mãe; a essa distância, elas regressavam para junto da mãe, em vez de ir mais longe. Uma outra condição do mesmo tipo pode ser o intervalo de tempo. Embora sejam poucas as observações sistemáticas pertinentes, a experiência comum em escolas maternais onde as mães permanecem sugere que o intervalo de tempo pode desempenhar um papel importante. Por exemplo, uma criança de dois anos, contente e ocupada com brinquedos, erguerá os olhos, de tempos em tempos, para verificar onde está a mãe. Essas verificações podem ser concebidas como exemplos de comportamento de apego periodicamente ativado a baixa intensidade.

Outras condições muito conhecidas para ativar o comportamento de apego e influenciar a forma que ele adota e a intensidade com que se manifesta enquadram-se nas seguintes categorias:

1) Condição da criança:
fadiga
fome
doença
dor
frio
2) Paradeiro e comportamento da mãe:
mãe ausente
mãe que se afasta
mãe que desencoraja a proximidade
3) Outras condições ambientais:
ocorrência de eventos alarmantes
refeições por outros adultos ou crianças

Consideremos, primeiro, os efeitos das que figuram na categoria "condição da criança".

Toda a mãe sabe que é muito provável que uma criança cansada, ou faminta, ou com frio, ou doente, ou com dores mostre-se especialmente manhosa. Não só reluta em ter a mãe fora da vista mas exige frequentemente sentar-se no seu colo ou ser carregada por ela. Nesse nível de intensidade, o comportamento de apego só termina pelo contato corporal, e qualquer quebra de contato produzida pelos movimentos da mãe evoca de novo na criança um intenso comportamento de apego – chorar, seguir, agarrar-se – até que as duas estejam novamente em contato. Quando, em contrapartida, uma criança deixa de estar fatigada, faminta, com frio, doente ou com dores, seu comportamento é muito diferente; a criança volta a mostrar-se contente, mesmo quando a mãe está a certa distância dela ou ela só pode ouvi-la. Assim, essas cinco condições podem ser entendidas como causando comportamento de apego manifestado com elevada intensidade e, desse modo, fazendo com que as condições finalizadoras se tornem correspondentemente rígidas.

Mudanças semelhantes ocorrem quando uma criança está assustada ou teve um mau acolhimento por parte de um outro adulto ou criança – condições classificadas sob "outras condições ambientais".

Acontecimentos especialmente passíveis de alarmar uma criança são, em primeiro lugar, aqueles que acarretam uma grande e/ou súbita mudança no nível de estímulo; e, em segundo lugar, objetos que são em si mesmos estranhos ou que se apresentam num contexto inesperado. Quase sempre uma criança de dois anos ou mais que seja assustada de uma dessas maneiras corre para a mãe; em outras palavras, o comportamento de apego é eliciado em nível elevado de intensidade e as condições de finalização tornam-se correspondentemente limitadas. Além da aproximação, podem ser eliciados o choro ou o agarramento. Quando, por outro lado, uma criança está apenas levemente assustada, a intensidade do comportamento de apego é baixa, e as condições finalizadoras permanecem moderadas. Neste caso, a criança pode deslocar-se para um pouco mais perto da mãe, ou mesmo não fazer mais do que voltar a cabeça, verificar o paradeiro da mãe e atentar para sua expressão e seus gestos[7].

Finalmente, o modo como a própria mãe se comporta em relação à criança pode afetar a intensidade com que esta manifesta o comportamento de apego. O comportamento materno que comumente o elicia em alto nível de intensidade, com condições de finalização correspondentemente limitadas, é qualquer que pareça desencorajar a proximidade ou ameaçá-la. Quando a mãe rechaça a criança que deseja estar perto dela ou sentar-se em seus joelhos, isso tem, com frequência, um efeito exatamente oposto

....
7. Rosenthal (1967), num experimento com meninas de três anos e meio a quatro anos e meio, apurou que, quando alarmadas, elas tendiam a manter-se próximas de quem quer que estivesse na sala de teste (algumas vezes a mãe, outras vezes pessoas estranhas). Assim, os escores médios para manutenção da proximidade foram 50% mais elevados quando as condições eram alarmantes do que quando as condições não o eram. Por outro lado, os escores para atrair a atenção e procurar ajuda não foram diferentes para as duas situações.

ao que é pretendido; a criança mostra-se mais agarrada do que nunca. Do mesmo modo, quando uma criança suspeita de que a mãe está prestes a afastar-se, insiste implacavelmente em permanecer a seu lado. Quando, por outro lado, uma criança observa que a mãe lhe presta toda a assistência desejada e está pronta a corresponder sempre que desejar maior proximidade com ela, a criança manifestará seu contentamento e poderá, inclusive, empreender suas explorações a maior distância da mãe. Embora tal comportamento possa parecer perverso, é o que devemos esperar, de fato, na hipótese de que o comportamento de apego cumpre uma função protetora. Sempre que a mãe não parece disposta a desempenhar o seu papel na manutenção da proximidade, a criança é alertada e assegura, pelo seu próprio comportamento, que a proximidade seja mantida. Quando, por outro lado, a mãe se mostra pronta a manter a proximidade, a criança pode moderar seus próprios esforços e relaxar.

Na maioria das crianças pequenas, a simples visão da mãe segurando nos braços um outro bebê é suficiente para desencadear um forte comportamento de apego. A criança mais velha insiste em permanecer junto da mãe ou em subir no seu colo. Comporta-se frequentemente como se fosse um bebê. É possível que esse tão conhecido comportamento seja apenas um caso especial de reação da criança à falta de atenção que a mãe lhe dispensa ou à falta de receptividade por parte desta. Entretanto, o fato de que uma criança mais velha reaja amiúde desse modo, mesmo quando sua mãe faz questão de ser atenta e receptiva, sugere que algo mais está envolvido; e os experimentos pioneiros de Levy (1937) também indicam que a mera presença de um bebê no colo da mãe é suficiente para tornar uma criança mais velha muito mais apegada.

Mudanças com a idade

No capítulo 11 descrevemos como, após o terceiro aniversário, a maioria das crianças manifesta o comportamento de apego com menos urgência e o menos frequentemente do que antes, e como essa tendência prossegue por alguns anos, embora o comportamento de apego nunca desapareça por completo. Em termos da teoria proposta, essas mudanças podem ser entendidas como sendo, em grande parte, produzidas em virtude de o próprio comportamento tornar-se menos facilmente ativado e ainda porque, em quaisquer condições, a intensidade em que é ativado ser mais baixa. Consequentemente, as condições finalizadoras tendem a ser mais moderadas. Assim, numa criança mais velha, condições que antes teriam eliciado um comportamento de apego de alto nível de intensidade, agora o eliciam com intensidade mais baixa; em outras palavras, se antes esse comportamento só terminaria com o estreito contato corporal, agora termina, talvez, com um leve toque ou mesmo com um olhar tranquilizador.

Ignora-se o que faz com que o comportamento de apego torne-se menos facilmente e menos intensamente ativado. A experiência desempenha, sem dúvida, algum papel; por exemplo, muita coisa que antes era estranha ou insólita torna-se agora mais familiar e, portanto, menos alarmante. Contudo, parece improvável que, na concretização das mudanças que vêm com a idade, a experiência seja a única influência. No caso dos principais sistemas de comportamento instintivo, por exemplo, o comportamento sexual e o comportamento maternal, sabe-se que as alterações no equilíbrio endócrino são de grande importância. No caso do comportamento de apego parece provável que um papel de destaque seja também desempenhado pelas alterações no equilíbrio endócrino. As evidências de que o comportamento de apego continua sendo mais facilmente provocado nas fêmeas do que nos machos corroborariam, se confirmadas, tal conclusão.

Além do comportamento de apego passar a ser menos frequentemente e menos intensamente ativado, uma outra mudança que ocorre com a idade é que ele passa a ser finalizado por uma faixa cada vez "mais ampla de condições", algumas das quais são puramente simbólicas. Assim, fotografias, cartas e conversas telefônicas podem tornar-se um meio mais ou menos eficaz de "manter contato", desde que a intensidade não seja alta demais.

Estas e outras mudanças na forma adotada pelo comportamento de apego serão examinadas de novo, mais detalhadamente, nos capítulos finais.

Aqui terminamos, pois, o esboço de uma teoria de controle do comportamento de apego. É proposta com duas finalidades em mente. A primeira é demonstrar que uma teoria deste tipo está razoavelmente apta a abranger o que hoje se conhece sobre o comportamento de apego durante os primeiros anos de vida do ser humano. A segunda finalidade consiste em encorajar a pesquisa. Com um modelo deste tipo, o comportamento pode ser previsto com alguma precisão, e as predições poderão ser testadas.

Parte IV
Ontogênese do apego no ser humano

Capítulo 14
Primórdios do comportamento de apego

A hereditariedade propõe... o desenvolvimento dispõe.

P. B. MEDAWAR (1967)

Fases no desenvolvimento do apego

Numa criança, o complexo de sistemas comportamentais mediadores do apego torna-se o que é porque, no ambiente familiar comum em que a grande maioria das crianças é criada, esses sistemas evoluem e se desenvolvem de um certo modo relativamente estável. O que sabemos sobre esse desenvolvimento e sobre as variáveis que o afetam?

Quando nasce, um bebê está muito longe de ser uma *tabula rasa*. Pelo contrário, não só ele está equipado com um certo número de sistemas comportamentais prontos para serem ativados como cada sistema já está predisposto a ser ativado por estímulos que se enquadram em uma vasta gama, a ser finalizado por estímulos que se incluem numa outra e igualmente vasta gama, e a ser fortalecido ou enfraquecido por estímulos de ainda outros tipos. Entre esses sistemas já existem alguns que fornecem as bases para o desenvolvimento ulterior do comportamento de apego. Tais são, por exemplo, os sistemas primitivos mediadores do choro, sucção, agarramento e orientação do recém-nascido. A estes serão adicionados, apenas algumas semanas depois, o sorriso e a balbuciação e, alguns meses mais tarde, o engatinhar e o andar.

Quando se manifesta pela primeira vez, cada uma dessas formas de comportamento está estruturada de modo simples. Alguns dos próprios padrões motores estão organizados de um modo pouco mais elaborado que o de um padrão fixo de ação, e os estímulos que os ativam e finalizam são discriminados de uma forma apenas rudimentar. Mesmo assim, uma certa discriminação está presente desde o início; e também desde o início se verifica uma acentuada tendência para responder de maneira especial aos muitos tipos de estímulos que comumente emanam de um ser humano – os estímulos auditivos provenientes da voz humana, os estímulos visuais provenientes do rosto humano e os estímulos táteis e cinestésicos oriundos dos braços e corpo humanos. Desses exíguos primórdios derivam todos os sistemas altamente discriminatórios e refinados que ao longo da infância – na verdade, pelo resto da vida – serão os mediadores do apego com determinadas figuras.

No capítulo 11, apresentamos um esboço do modo como o comportamento de apego se desenvolve no ser humano. Para os fins de análise mais minuciosa, é conveniente dividir esse desenvolvimento num certo número de fases, embora se deva reconhecer que não existem fronteiras nítidas entre elas. Nos parágrafos que se seguem descrevemos sucintamente quatro dessas fases; seu exame mais detalhado constitui a substância deste capítulo e dos subsequentes.

Fase 1: orientação e sinais com discriminação limitada de figura

Durante esta fase, um bebê comporta-se de certos modos característicos em relação às pessoas mas a sua capacidade para discriminar uma pessoa de uma outra está limitada aos estímulos olfativos e auditivos. Esta fase dura do nascimento até não menos que oito semanas de idade e, mais usualmente, até cerca de doze semanas; poderá prolongar-se muito mais em condições desfavoráveis.

O modo como um bebê se comporta em relação a qualquer pessoa ao seu redor inclui a orientação para essa pessoa, movimentos oculares de acompanhamento, estender o braço e agarrar, sorrir e balbuciar. Com frequência, um bebê deixa de chorar ao ouvir uma voz ou ver um rosto. Cada um desses tipos de comportamento infantil, na medida em que influencia o comportamento de quem lhe faz companhia, pode aumentar o tempo em que um bebê se mantém próximo a essa pessoa. Depois das doze semanas, aproximadamente, recrudesce a intensidade dessas respostas amistosas. Daí em diante, o bebê dá "a plena resposta social, em toda a sua espontaneidade, vivacidade e deleite" (Rheingold, 1961).

Fase 2: orientação e sinais dirigidos para uma figura discriminada (ou mais de uma)

Durante esta fase, um bebê continua comportando-se em relação às pessoas do mesmo modo amistoso que na fase 1, mas o faz de maneira mais acentuada em relação à figura materna do que a outras. No que se refere a estímulos auditivos, é improvável que respostas diferenciais sejam facilmente observáveis antes das quatro semanas de idade e, quanto aos estímulos visuais, antes das dez semanas. Na maioria dos bebês criados em famílias, entretanto, ambos os tipos de respostas são claramente evidentes das doze semanas de idade em diante. A fase dura até cerca dos seis meses ou até muito mais tarde, de acordo com as circunstâncias.

Fase 3: manutenção da proximidade com uma figura discriminada por meio de locomoção ou de sinais

Durante esta fase, um bebê é não só cada vez mais discriminatório no modo como trata as pessoas mas o seu repertório de respostas amplia-se para incluir agora o movimento de seguir a mãe que se afasta, de recebê-la efusivamente quando ela regressa, e de usá-la como base para explorações. Concomitantemente, as respostas amistosas e algo indiscriminadas a todas as pessoas também declinam. Certas pessoas são escolhidas para tornar-se figuras subsidiárias de apego; outras não o são. Os estranhos passam a ser tratados com crescente cautela e, mais cedo ou mais tarde, é provável que provoquem alarma e retraimento.

Durante esta fase, alguns dos sistemas mediadores do comportamento de um bebê em relação à mãe tornam-se organizados em termos de correção para a meta, e torna-se então evidente o apego do bebê à figura materna.

A fase 3 inicia-se comumente entre os seis e sete meses de idade mas pode ser retardada até depois do primeiro aniversário, especialmente em bebês que tiveram pouco contato com uma figura principal. Continua provavelmente durante todo o segundo ano e parte do terceiro.

Fase 4: formação de uma parceria corrigida para a meta

Durante a fase 3, a proximidade com uma figura de apego começa a ser mantida pela criança por meio de sistemas corrigidos para a meta organizados de maneira simples e que utilizam um mapa cognitivo mais ou menos primitivo. Nesse mapa, a própria figura materna passa a ser concebida, mais cedo ou mais tarde, como um objeto independente, que persiste no tempo e no espaço, e que se movimenta de um modo mais ou menos previsível num contínuo espaço-tempo. Entretanto, mesmo quando esse conceito foi adquirido, não podemos supor que uma criança tem qualquer compreensão do que está influenciando os movimentos de aproximação ou afastamento de sua mãe em relação a ela, ou de que medidas pode tomar para mudar o comportamento materno. É provável que ainda esteja muito além da competência da criança compreender que o comportamento da mãe está organizado em torno de suas próprias metas fixadas, as quais são numerosas e, em certa medida, conflitantes, e que é possível inferir quais sejam essas metas para se agir em conformidade com elas.

Mais cedo ou mais tarde, porém, tudo isso muda. Observando o comportamento materno e o que o influencia, a criança passa a inferir algo sobre as metas fixadas da mãe e sobre os planos que ela está adotando para atingi-las. Desse ponto em diante, a visão que a criança tem do mundo torna-se muito mais refinada, e o seu comportamento torna-se potencialmente mais flexível. Usando uma outra linguagem, pode-se afirmar que a criança passa a adquirir um discernimento intuitivo sobre os sentimentos e motivos da mãe. Uma vez atingido este ponto, estão lançadas as bases para o par desenvolver um relacionamento mútuo muito mais complexo, ao qual dou o nome de parceria.

Trata-se claramente de uma nova fase. Embora as evidências sejam ainda escassas, o que se sabe – por exemplo, em Bretherton e Beeghly-Smith (1981) – indica que, para algumas crianças, ela já se encontra bem delineada na metade do terceiro ano de vida. A questão é discutida mais detalhadamente no capítulo 18. É inteiramente arbitrário apontar por que fase uma criança tornou-se apegada. É evidente que não existe apego na fase 1, ao passo que é igualmente evidente sua existência na fase 3. Se e em que medida se pode afirmar que uma criança está apegada durante a fase 2 é uma questão de como definimos apego.

No restante deste capítulo e nos seguintes, fazemos uma tentativa de descrever alguns dos processos internos e condições externas que levam o equipamento comportamental de uma criança a desenvolver-se através dessas fases sucessivas. Ao traçarmos o seu crescimento, estaremos nos reportando continuamente aos princípios de ontogênese já expostos no capítulo 10, a saber:

a) uma tendência para a gama de estímulos eficazes tornar--se limitada;
b) uma tendência para os sistemas comportamentais primitivos tornarem-se elaborados e serem suplantados por outros mais refinados;
c) uma tendência para os sistemas comportamentais começarem por ser não funcionais e, mais tarde, passarem a estar integrados em todos os funcionais.

Mas, antes de iniciarmos essa jornada ontogenética, façamos uma pausa para examinar o nosso ponto de partida, ou seja, o equipamento comportamental com que um ser humano chega ao mundo.

Equipamento comportamental do ser humano recém-nascido

Muitos absurdos têm sido escritos acerca do equipamento comportamental do ser humano durante os primeiros meses de vida. Por um lado, o recém-nascido tem sido descrito como se as suas reações fossem completamente indiferenciadas e rudimentares; por outro, tem-se atribuído a um bebê um comportamento e uma ideação do gênero classificado aqui como típico da fase 4. A capacidade de aprendizagem que lhe tem sido creditada varia de virtualmente nenhuma até a equivalente a de uma criança de uns três anos de idade.

Mesmo durante os anos 1960 não havia desculpa para que se insistisse nesses mitos. Nos dias atuais, graças à laboriosa pesquisa de inúmeros psicólogos do desenvolvimento, dispomos de um conhecimento abundante a respeito de muitas coisas que eram apenas conjeturadas. O leitor empenhado em conhecer mais a esse respeito dispõe de uma expressiva coleção de artigos compilados por Osofsky (1979). Rheingold mostrou-se profético, há uma década, quando enunciou: "A investigação cuidadosa aliada a técnicas aperfeiçoadas quase sempre resulta em provas de uma sensibilidade mais aguda do que se poderia supor".

Os experimentos mostram que, ao nascer ou logo após o nascimento, todo o sistema sensorial do bebê se encontra em funcionamento. Não apenas isso, mas, em poucos dias, ele é capaz de distinguir cheiros e vozes de diferentes pessoas. Girando a cabeça e sugando com maior frequência, ele mostra que prefere tanto o cheiro como a voz de sua mãe (McFarlane, 1975; DeCasper e Fifer, 1980). Visualmente, o bebê é menos eficiente, mas logo torna-se capaz de fixar uma luz e segui-la por alguns instantes, e, em poucas semanas, pode perceber padrões.

Até que ponto um bebê está apto a discriminar entre estímulos é algo que fica elucidado observando-se se ele responde ou não diferentemente quando lhe é possibilitada uma escolha ou quando os estímulos são mudados. Notando como ele responde a diferentes estímulos, é possível obter informações valiosas sobre as preferências de um bebê. Assim, alguns sons fazem-no chorar, ao passo que outros o acalmam; presta muita atenção a algumas coisas que vê e a outras muito menos. Alguns paladares eliciam a sucção e uma expressão feliz, outros desencadeiam movimentos de aversão e uma expressão de contrariedade. Através dessas respostas diferenciadas, é evidente que uma criança exerce considerável influência sobre o *input* sensorial que recebe, aumentando alguns tipos e reduzindo outros a zero. Foi repetidamente verificado que essas tendências inatas favorecem o desenvolvimento da interação social.

Num dos primeiros desses experimentos, Hetzer e Tudor-Hart (1927) expuseram bebês a uma grande variedade de sons – alguns altos, outros suaves; alguns emitidos por voz humana, outros, por chocalhos, apitos ou panelas de barro. Desde os primeiros dias de vida, os bebês responderam de modo muito diferente aos sons altos e aos suaves. Com os primeiros, retraíam-se e franziam o cenho, de um modo que sugeria desprazer; com os suaves, os bebês erguiam os olhos calmamente, estendiam lentamente os braços e emitiam sons que sugeriam prazer. Da terceira semana em diante, o som de uma voz humana era respondido de modos específicos. Quando a voz era ouvida, o bebê começava a sugar, gorgolejar, e assumia uma expressão sugestiva de prazer. Quando a voz cessava, ele começava a chorar e manifestava outros sinais de desagrado[1].

Muitos trabalhos têm visado investigar como se desenvolve a capacidade visual dos bebês e, particularmente, o que eles preferem olhar; para uma revisão do tema, consulte-se Cohen e outros (1979). Embora o resultado de muitos experimentos tenham levado a acreditar que o bebê não dispõe, antes dos quatro meses de idade, de capacidade visual para discriminar um rosto humano de qualquer outro estímulo equivalente, Thomas (1973) encontrou uma falha nessa conclusão. Quando as preferências dos bebês são examinadas individualmente (em lugar de se verificar a média da preferência de muitos), descobre-se que, já na quinta semana de vida do bebê, existe preferência por estímulos que se assemelham a uma face. Em um de seus estudos (Thomas e Jones-Molfese, 1977), quatro quadros foram expostos a bebês de 2 a 9 meses – uma oval em branco, uma face esquemática deformada, uma face esquemática regular e uma fotografia em preto e branco de uma face real. Quanto mais o quadro se assemelhava à face real, maior a preferência dos bebês, desde o mais jovem deles.

A discriminação de rostos individuais, no entanto, parece não ocorrer antes da décima quarta semana. Daí em diante, o reconhecimento do rosto materno está claramente presente nos be-

....
1. Hetzer e Tudor-Hart tendem a considerar essas respostas diferenciais dadas por uma criança de três semanas a uma voz feminina como sendo devidas ao fato de o bebê passar a associar a voz ao alimento. Isso, no entanto, é uma suposição desnecessária. Além disso, não é corroborada pelo fato de que, nessa mesma idade, os ruídos característicos da preparação de uma mamadeira não eliciam essa resposta especial.

bês criados em família; isso é evidenciado pelo fato de ele saudá-lo com um sorriso mais imediato e mais generoso do que o que dirige a qualquer outra pessoa.

Assim, em virtude da sensibilidade seletiva com que nasce um bebê, diferentes tipos de comportamento são eliciados por diferentes tipos de estímulos, e muito mais atenção é prestada a algumas partes do meio ambiente do que a outras (Sameroff e Cavenagh, 1979). Não só isso, mas porque as consequências de um segmento de comportamento, quando centralmente realimentado, têm efeitos diferenciais sobre o comportamento futuro, certos tipos de sequências comportamentais são rapidamente aumentados (reforçados), enquanto outras sequências são rapidamente diminuídas (habituadas). Ambos os tipos de mudança podem ser demonstrados mesmo em bebês de dois ou três dias, e é evidente que seus efeitos, acumulando-se ao longo das semanas e meses iniciais de vida, podem ser muito importantes.

No passado, imaginava-se que o modo principal do comportamento de um bebê ser modificado seria recebendo ou não alimento, como consequência do comportamento. Essa preocupação com o alimento como recompensa teve dois efeitos nefastos: levou a muita teorização especulativa de um tipo quase certamente errôneo e ocasionou também uma lamentável negligência de todas as outras recompensas, algumas das quais desempenham um papel muito mais importante do que o alimento no desenvolvimento do apego social. Mesmo no caso da sucção, para a qual, não surpreendentemente, receber alimento é apontado como o principal estímulo reforçador, isso não é, em absoluto, a única consequência que pode aumentar a resposta; como Lipsitt (1966) demonstrou, a forma do objeto sugado também é importante.

No resto deste capítulo, dispensa-se atenção às várias formas de comportamentos mediadores do apego. Em primeiro lugar, há o equipamento perceptual do bebê e o modo como tende a orientá-lo para a figura materna, habilitando-o assim a familiarizar-se com ela. Em segundo lugar, há o seu equipamento efetor, ou seja, as mãos e os pés, a cabeça e a boca, que, dada a oportunidade, tende a propiciar seu contato com a mãe. Em terceiro lugar, o seu equipamento de sinalização, chorar e sorrir, balbuciar e gesticular, os quais têm um efeito tão flagrante sobre os movimentos da mãe e o tratamento que dispensa ao filho. Ao examinarmos cada um desses equipamentos, nos concentraremos especialmente no seu desenvolvimento durante os primeiros meses de vida, quando um bebê se encontra ainda na primeira fase do desenvolvimento do apego, a fase de "orientação e sinais com discriminação limitada de figura". A discussão dos fatores que se sabe ou se suspeita que influenciam o curso do desenvolvimento de cada um desses equipamentos é adiada para um capítulo ulterior.

Primeiras respostas a pessoas

Orientação

Os recém-nascidos não respondem às pessoas como pessoas. Não obstante, como vimos, o seu equipamento perceptual está bem planejado para captar e processar estímulos provenientes de pessoas, e seu equipamento reativo tende a responder a tais estímulos de certos modos típicos. Foi comprovado que, muito frequentemente, os bebês comportam-se de maneira tal que maximizam os estímulos que emanam de seres humanos. Exemplos já dados incluem a tendência para prestar atenção a um padrão ou, pelo menos, um contorno, especialmente quando se assemelha a um rosto humano, e uma tendência para escutar uma voz humana, especialmente feminina, e para chorar quando ela cessa. Uma outra tendência presente desde os primeiros dias é para olhar qualquer coisa que se movimente, de preferência a algo estático.

Não só os bebês são propensos a comportar-se de maneira especial em relação aos seres humanos mas as mães também são propensas a comportar-se de modo especial em relação aos bebês. Ao colocar o seu bebê numa orientação face a face com ela, a mãe dá-lhe a oportunidade de olhá-la. Ao aconchegá-lo contra si, numa posição ventro-ventral, a mãe pode eliciar nele respostas reflexas que não só orientam o bebê mais precisamente para ela mas também lhe dão a oportunidade de usar a boca, as mãos e os pés para agarrar-se a ela. E quanto mais um experimenta o outro nessas interações, mais fortes tendem a tornar-se as respostas pertinentes de cada um. Dessa forma recíproca é iniciada a interação entre a mãe e o seu bebê.

Consideremos ainda o comportamento visual de um bebê e o modo como tende a promover a interação com a figura materna. Enquanto está sendo amamentado, um recém-nascido que esteja inteiramente desperto e tenha os olhos abertos fixará frequentemente o rosto da mãe (Gough, 1962; Spitz, 1965). Isso dificilmente causará surpresa, se recordarmos a preferência de um bebê por certos tipos de padrões visuais e soubermos, além disso, primeiro, que nas primeiras semanas de vida um bebê só é capaz de focalizar claramente objetos que estejam a 20 ou 25 cm de seus olhos (Haynes, citado por Fantz, 1966); e, segundo, que uma vez fixado um objeto tende a acompanhá-lo com os olhos e a cabeça, no início só ocasional e ineficientemente mas, por volta das duas ou três semanas, mais frequente e eficientemente (Wolff, 1959). O rosto da mãe que amamenta o seu bebê está na posição ideal para ser fixado e seguido.

Ao completar quatro semanas de idade, a inclinação do bebê para olhar um rosto humano de preferência a outros objetos ficou bem estabelecida (Wolff, 1963). Isto é enfatizado também por McGraw (1943), que estudou o desenvolvimento da convergência visual e assinalou como um rosto apropriadamente situado evoca muito mais facilmente a convergência do que um objeto inanimado. É possível que a preferência registrada pela autora se explique simplesmente com base em que o rosto humano contém mais contornos do que qualquer outro objeto por ela experimentado; apurou Berlyne (1958) que, pelo menos dos três meses em diante, os bebês tendem a olhar especialmente para qualquer coisa que contenha uma quantidade relativamente grande de contornos. Um outro fator de grande e crescente importância é o movimento de um rosto, com toda a sua variedade de expressões. Wolff (1963) sustenta que, "até os dois meses, o fator crucial é o movimento".

Não só existe uma preferência precoce para olhar o rosto humano mas, a partir das catorze semanas, há uma nítida preferência, pelo menos em certas condições, para olhar o rosto da mãe em vez do de outras pessoas. Ainsworth observou que os bebês gandas, depois das dezoito semanas de idade, quando ao colo de outras pessoas, mantêm-se orientados para a mãe, mesmo quando esta se encontra a curta distância deles:

O bebê, quando separado da mãe mas capaz de vê-la, conserva os olhos mais ou menos continuamente orientados para ela. Poderá desviá-los por alguns instantes mas volta a olhar repetidamente para a mãe. Quando está nos braços de alguma outra pessoa, pode-se observar que o bebê mantém uma orientação motora para a mãe, visto que não se mostra disposto a interagir com o adulto que o segura nem a relaxar nos seus braços (Ainsworth, 1964).

Na determinação desse curso de desenvolvimento, pelo menos quatro processos estão atuando:

a) uma tendência inata para olhar para certos padrões de preferência a outros, e para olhar para coisas que se movimentam;
b) aprendizagem por exposição, por meio da qual o que é familiar passa a distinguir-se do que é estranho;
c) uma tendência para aproximar-se do familiar (e, mais tarde, para afastar-se do que é estranho);
d) *feedback* dos resultados, por meio do qual uma sequência comportamental é aumentada quando seguida de certos resultados e diminuída quando seguida de outros.

Tradicionalmente, o resultado que se supunha desempenhar um papel principal no aumento do comportamento infantil era a alimentação. Não existe, porém, nenhuma prova de que o alimento reforce, de fato, a orientação visual para a mãe. Em vez disso, é agora claro que, quanto mais um bebê olha para a mãe, é mais provável que ela se mova em sua direção, faça gestos, fale ou cante para ele, ou acaricie ou abrace. O *feedback* para os sistemas controladores desses resultados do seu comportamento é, evidentemente, o que aumenta a orientação visual e a vigilância exibidas pelo bebê.

Não só a mãe é um objeto interessante e gratificante para ser olhado, mas também é um objeto interessante e gratificante para ser ouvido. As propriedades apaziguadoras muito especiais da voz feminina para um bebê de três semanas já foram descritas. Além de exercer um efeito tranquilizador, ouvir uma voz pode fazer com que o bebê vire a cabeça e emita sons que sugerem conforto. Com efeito, Wolff (1959) apurou que respostas diferenciais desse tipo estão presentes até durante as primeiras 24 horas após o nascimento:

> Quando um ruído forte e claro foi apresentado ao bebê inativo mas acordado num berçário em silêncio, ele virou a cabeça e os olhos para a esquerda e a direita, como se quisesse descobrir a fonte sonora... um ruído suave provocou movimentos mais nítidos de busca do que um ruído intenso.

Estudos mais recentes, além disso, mostraram que, no terceiro dia de vida, o bebê já é capaz de discriminar a voz da mãe.

Além disso, tal como no caso da atenção e do acompanhamento visuais, a atenção e busca auditivas de um bebê são encorajadas e aumentadas por processos de *feedback* e aprendizagem. Por um lado, o interesse do bebê pela voz da mãe é capaz de induzi-la a falar mais com ele; por outro, o próprio fato de que a atenção que o bebê lhe dedica tem o efeito de aumentar as vocalizações da mãe e outros comportamentos orientados para ele pode levar o bebê a prestar ainda mais atenção aos sons que ela emite. Deste modo mutuamente reforçador, a interação vocal e auditiva entre os dois membros do par tende a aumentar[2].

---

2. Na primeira edição deste livro, foi necessário descrever esses processos de *feedback* em termos provisórios. Estudos subsequentes, no entanto, especialmente os de Klaus e Kennel (1976), Brazelton e colegas (1974), Sander (1977), Stern (1977) e Schaffer (1977), mostraram claramente o forte potencial de um recém-nascido saudável para envolver-se numa forma elementar de interação social, e o potencial da mãe sensível comum para participar com sucesso dessa interação. Desde a segunda ou terceira semanas após o nascimento, fases de interação social vívidas se alternam com fases de distanciamento. A princípio, as iniciativas do bebê para a interação, assim como seu retraimento, tendem a seguir seu ritmo próprio e autônomo, enquanto a mãe sensível regula seu próprio comportamento de modo a harmonizá-lo com o do bebê. Subsequentemente, o ritmo do bebê muda gradualmente de forma a combinar-se com as intervenções da mãe. A rapidez e eficiência com que estes diálogos se desenvolvem, e o prazer mútuo que proporcionam, mostram claramente que cada um dos participantes está pré-adaptado para empenhar-se neles. Uma excelente revisão desses estudos foi realizada por Schaffer (1979).

Voltar a cabeça e sugar

Os principais órgãos com que um bebê estabelece contato físico com um outro ser humano são a cabeça e a boca, as mãos e os pés.

Os movimentos da cabeça pelos quais a boca de um recém-nascido é posta em contato com o mamilo foram estudados em minúcia por Prechtl (1958). Distinguiu ele duas formas principais de comportamento. Ambas foram designadas por "fossar", embora o termo talvez deva ser reservado, de preferência, para a primeira dessas formas.

A primeira, um movimento alternativo de lado a lado, parece ser um padrão fixo de ação. Pode ser provocado por estímulos táteis de muitos tipos, quando aplicados em qualquer ponto, numa vasta zona em torno da boca. Também pode manifestar-se como uma "atividade no vácuo" quando um bebê tem fome. Embora varie em frequência e amplitude, o movimento é estereotipado em sua forma e não é influenciado pela localização exata da estimulação.

A segunda forma de comportamento, um movimento dirigido de voltar a cabeça, está organizada de maneira muito mais refinada. Quando se aplica um estímulo tátil na pele imediatamente adjacente aos lábios, a cabeça volta-se na direção de que veio o estímulo. Além disso, se o estímulo for constante num ponto da pele por um período mais prolongado de tempo e depois deslocado para outros pontos, a cabeça o segue. Isto demonstra não só que o movimento é provocado por estímulos táteis mas também que a sua forma e direção são continuamente reguladas pela localização precisa desses estímulos.

Enquanto o padrão fixo de ação do momento lado a lado pode ser facilmente eliciado em bebês prematuros de 28 semanas e mais velhos, o comportamento dirigido de voltar a cabeça desenvolve-se muito mais tarde. Mesmo no caso de bebês nascidos no tempo normal de gestação, somente dois terços deles apresentam ao nascer o movimento dirigido de voltar a cabeça. Do terço restante, a maioria passa por uma fase durante a qual ambas as formas de movimento são exibidas; numa minoria, entretanto, há um intervalo de um ou mais dias entre o desaparecimento do padrão fixo de ação e o aparecimento do movimento regulado.

Seja qual for, desses dois movimentos, o que estiver em uso, ele levará, no meio ambiente de adaptabilidade evolutiva do bebê, ao mesmo resultado previsível, ou seja, a ingestão de alimento. Em cada caso, a sequência comportamental, organizada em cadeia, parece ser a seguinte (Prechtl, 1958):

> *a*) o movimento da cabeça faz com que a boca do bebê entre em contato com o mamilo materno;
> *b*) um estímulo tátil em seus lábios ou nas áreas imediatamente adjacentes faz o bebê abrir a boca e seus lábios agarrarem o mamilo;
> *c*) a estimulação tátil em qualquer parte da área de sua boca e, provavelmente, sobretudo no palato duro (Gunther, 1961) desencadeia os movimentos de sucção;
> *d*) a presença de leite em sua boca elicia os movimentos de deglutição.

Observe-se a sequência: movimento da cabeça, captura do mamilo, sucção – tudo isso antes de ser obtido o alimento. Como enfatizou Gunther:

> O conceito comum de que o bebê mama porque tem fome não é válido. Se colocarmos uma mamadeira vazia na boca de um bebê, mesmo imediatamente após o nascimento, o bebê é impelido a tentar mamar. Isto está em marcante contraste com (o que acontece quando lhe é dada) uma colher cheia de leite, a qual meramente desliza para o fundo da boca.

Mal o comportamento alimentar se iniciou no recém-nascido por meio de uma sequência em cadeia desse tipo, e logo começa a sofrer mudanças e a desenvolver-se. Por exemplo, durante os primeiros dias de vida, apurou-se (Lipsitt, 1966) que o vigor da sucção de um bebê pode facilmente ser aumentado ou diminuído. No caso de aumentar, o alimento é um fator importante, o que não surpreende. Assim, um objeto de formato inadequado que fornece alimento é mais sugado do que o mesmo objeto, quando não contém alimento. Entretanto, o alimento está muito longe de ser o único fator que aumenta a sucção; o formato do objeto sugado também é de grande importância. Quando o formato é o tradicional, por exemplo, um bico de borracha, ele não só é facilmente sugado, mas isso ocorre em grau crescente; quando o formato diverge acentuadamente do tradicional, por exemplo, um tubo de plástico, e não fornece alimento, será menos sugado e em grau decrescente.

Um outro tipo de desenvolvimento que ocorre nos primeiros dias de vida é que um bebê passa a orientar-se para o seio materno ou para a mamadeira antes que seu rosto e boca entrem em contato com um deles. Call (1964) observou essa orientação antecipatória ocorrer desde a quarta mamada; e era usual por volta da décima segunda. Uma vez desenvolvida, um bebê abre a boca e leva seu braço livre até a região de sua boca e do seio que se aproxima, assim que é colocado na posição de mamar, isto é, quando o seu corpo está em contato com o da mãe, embora o rosto ainda não esteja. Alguns dos bebês observados foram lentos em desenvolver tal orientação. Eram bebês que, enquanto estavam sendo alimentados, tinham um contato corporal mínimo com suas mães.

No começo, os movimentos antecipatórios de um bebê são eliciados não pela vista do seio ou da mamadeira mas pelos estímulos táteis e/ou proprioceptivos que recebe quando é colocado na posição de mamar. Só a partir do terceiro mês os seus movimentos antecipatórios são guiados pelo que ele vê (Hetzer e Ripin, 1930).

Como o movimento dirigido de voltar a cabeça, descrito por Prechtl, é provocado com especial facilidade quando um bebê tem fome, e como leva comumente a boca ao mamilo, trata-se evidentemente de uma parte integrante da amamentação. Além disso, porém, o movimento dirigido de voltar a cabeça tem o efeito de orientar o bebê para a mãe, mesmo quando não existe amamentação. Este ponto foi sublinhado por Blauvelt. Usando técnicas de estudo de tempo e movimento, Blauvelt e McKenna (1961) demonstram com que precisão um bebê gira a cabeça em resposta a estímulos. Assim, quando um estímulo tátil se desloca de seu ouvido para a sua boca, um bebê gira a cabeça para encontrá-lo; inversamente, quando o estímulo se desloca na direção oposta, ele move a boca para segui-lo. Em ambas as circunstâncias, o resultado é o mesmo: ele coloca-se de face para o estímulo.

Agarrar, prender-se e alcançar

A habilidade do recém-nascido humano para agarrar-se e suspender o seu próprio peso já foi descrita; e foi proposto, além disso, que o seu comportamento é homólogo ao comportamento de prender-se dos primatas não humanos. As pesquisas de anos recentes corroboraram esse ponto de vista e também elucidaram o modo como o agarramento dirigido da fase final da infância humana se desenvolve a partir de certas respostas primitivas com que o recém-nascido está equipado. Duas dessas respostas primitivas são o reflexo de Moro e a resposta de preensão.

Em 1918, um pediatra alemão, E. Moro, descreveu pela primeira vez o *Umklammerungs-Reflex* (reflexo de abraço), hoje vulgarmente conhecido como reflexo de Moro. Segundo Prechtl (1965), trata-se de "um padrão muito complexo, constituído por vários componentes"; é eliciado quando um bebê é subitamente sacudido, inclinado, içado ou derrubado. O desencadeamento da estimulação é certamente vestibular e também pode ser de origem proprioceptiva, a partir da nuca do bebê.

Não pouca controvérsia foi provocada em torno da natureza e sequência do movimento, e sobre o lugar e função da resposta no repertório comportamental de um bebê. É significativo que boa parte da perplexidade e controvérsia tenha surgido porque a resposta tem sido usualmente estudada num ambiente diverso do meio ambiente de adaptabilidade evolutiva do ser humano. Desde que os movimentos sejam estudados num contexto biologicamente adequado, os problemas são vistos a uma nova luz e as soluções tornam-se claras.

Tradicionalmente, o reflexo de Moro tem sido eliciado quando as mãos de um bebê não estão agarrando nada. Neste caso, a resposta é usualmente em duas fases, sendo que na primeira há abdução e extensão dos braços e também de alguns dedos e, na segunda, adução dos braços; entrementes, as pernas são estendidas e fletidas numa ordem não muito sistemática. Prechtl mostra, contudo, que a resposta de Moro é muito diferente quando provocada enquanto um bebê é sustentado de tal modo que a tração é exercida em suas mãos e braços, eliciando assim o reflexo de preensão palmar. Neste caso, quando o bebê é submetido a uma queda súbita, pouca ou nenhuma extensão se verifica mas, pelo contrário, observa-se uma vigorosa flexão e uma preensão consideravelmente fortalecida. Prechtl conclui que provocar o reflexo de Moro quando os braços do bebê estão livres é fazê-lo em condições que são biologicamente inadequadas e que provocam um estranho padrão motor, difícil de entender. Entretanto, quando o reflexo de Moro em seres humanos é visto no contexto do agarramento primata, torna-se facilmente explicável. As novas conclusões, continua Prechtl, estão "de acordo com as observações em jovens macacos *rhesus*... Um movimento rápido da mãe gera um aumento no agarramento e preensão pelo filhote, impedindo-o de desprender-se e cair do corpo da mãe". Por outras palavras, Moro estava certo em acreditar que a função da resposta é "abraçar" a mãe.

A resposta de agarramento em bebês humanos foi estudada por Halverson (1937) e por Denny-Brown (1950, 1958). Este último distinguiu três tipos diferentes de resposta, cada um organizado num diferente nível de refinamento.

O tipo mais simples é a *resposta de tração*, que consiste na flexão de mãos e pés em resposta à tração quando o bebê suspenso é subitamente baixado no espaço. O tipo seguinte, por ordem de refinamento, é o *reflexo de preensão verdadeira*, uma resposta em duas fases. A primeira fase, que é um fechamento débil da mão ou do pé, é provocada por estímulos táteis na palma ou na planta. A segunda fase, uma vigorosa flexão, é causada por estímulos proprioceptivos originados nos músculos envolvidos no fechamento inicial.

A resposta de tração e o reflexo de preensão não são orientados no espaço. A *resposta de preensão instintiva*, por outro lado, que se desenvolve algumas semanas mais tarde, é orientada espacialmente. Tal como o reflexo de preensão, tem duas fases. A primeira, que é eliciada quando o contato tátil é interrompido, consiste num movimento da mão em ângulos retos com o último ponto de contato, e dá a impressão de tateio. A segunda fase é um fechamento brusco, desencadeado assim que a palma recebe estimulação tátil.

Num estágio posterior, todas essas formas de resposta são suplantadas por outras ainda mais refinadas. A preensão, em particular, passa a estar sob o controle de estímulos visuais. O bebê já não agarra involuntariamente a primeira coisa que toque na palma de sua mão, pois torna-se apto a prender seletivamente algum objeto que vê e prefere.

As etapas pelas quais a preensão e o estender o braço para alcançar ficam sob o controle visual foram estudadas por White, Castle e Held (1964). Esses investigadores apuraram que só a partir dos dois meses de idade o ser humano está apto a integrar os movimentos do braço e da mão com o que vê. Durante o segundo e terceiro meses, um bebê estende o braço para um objeto em movimento, atinge-o com o punho mas não faz qualquer tentativa para agarrá-lo. Aos quatro meses, porém, a mão que se aproxima do objeto está aberta, ele olha alternadamente para o objeto e para a mão, à medida que esta se aproxima daquele e, finalmente, agarra o objeto. Embora, no começo, o seu desempenho seja canhestro, algumas semanas depois todos esses movimentos se integraram, de modo que o bebê alcança e agarra o objeto num único movimento rápido e direto.

O bebê está agora com cinco meses. Não só é capaz de reconhecer sua mãe mas também dirigirá para ela a maior parte de seu comportamento social. Será capaz, portanto, de estender a mão e agarrar partes da anatomia da mãe, especialmente seu cabelo. Contudo, só um mês ou dois depois começará realmente a agarrar-se na mãe, sobretudo quando estiver assustado ou não se sentir bem. A idade mais recuada em que Ainsworth observou o agarramento em bebês gandas foi seis meses e alguns só o evidenciaram a partir dos nove meses. Depois dessa idade, o agarramento era pronunciado à vista de um estranho e, especialmente, quando a mãe tentava passar o bebê para os braços de uma pessoa estranha.

Ao examinarem os resultados de seus experimentos sobre o desenvolvimento da preensão visualmente dirigida, White, Castle e Held concluíram que uma contribuição é dada por vários sistemas motores relativamente distintos:

> Neles estão incluídos os sistemas viso-motores de olho-braço e olho-mão, assim como o sistema tátil-motor das mãos. Estes sistemas parecem desenvolver-se em épocas diferentes... e po-

dem permanecer relativamente isolados uns dos outros... gradualmente, eles vão ficando coordenados num complexo sistema superordenado que integra suas capacidades separadas.

Os autores afirmam que esse desenvolvimento depende de um certo número de atividades espontâneas em que um bebê, em seu meio ambiente familiar, comumente se empenha. Um exemplo é a preensão e manipulação espontânea, pelo bebê, de suas próprias mãos: quando esses movimentos são visualmente acompanhados, a visão e o tato estão ligados "por meio de um sistema de duplo *feedback*. Pois os olhos não só veem o que as mãos sentem, ou seja, uma à outra, mas cada mão, simultaneamente, toca e está sendo ativamente tocada". Se um bebê não tivesse a oportunidade de uma experiência ativa desse tipo, é provável que a usual integração de sistemas, que permite o movimento de alcançar visualmente dirigido, nunca ocorresse, ou só tivesse lugar mais tarde e de maneira imperfeita. Isto constitui mais um exemplo ilustrativo do princípio geral de que, embora o equipamento comportamental seja usual e substancialmente propenso a desenvolver-se em certas direções, ele só o faz se o animal jovem estiver sendo cuidado no meio ambiente de adaptabilidade evolutiva da espécie.

Sorrir

O sorriso de um bebê humano é tão cativante e exerce um efeito tão forte sobre seus pais que não surpreende o fato de ter mobilizado a atenção de inúmeros investigadores, de Darwin (1872) até hoje. A extensa literatura foi reexaminada sucintamente por Freedman (1964) e alvo de uma detalhada avaliação crítica por Ambrose (1960).

Foi sugerido no passado que o padrão motor do sorriso de um bebê é aprendido e também que o fator principal que leva um bebê a sorrir para um ser humano é estar sendo alimentado por este. Nenhum desses dois pontos de vista é corroborado por provas. Hoje, as opiniões que contam com melhor sustentação em provas são (1) que o padrão motor de um sorriso pertence à categoria designada neste livro como instintiva; (2) que, embora sorrisos possam ser eliciados por uma certa gama de estímulos, o organismo está predisposto de tal modo desde o princípio que alguns estímulos serão mais eficazes do que outros; (3) que no meio ambiente de adaptabilidade evolutiva é muito mais provável que os estímulos eficazes provenham da figura materna e de outras pessoas na família do bebê do que de qualquer outra fonte, animada ou inanimada; (4) que, por processos de aprendizagem, os estímulos eficazes passam a estar restringidos aos de origem humana, especialmente, a voz e o rosto humanos; (5) que, por processos subsequentes de aprendizagem, os sorrisos serão mais prontamente e mais intensamente eliciados por uma voz familiar (por volta das quatro semanas de idade) e um rosto familiar (por volta das 14 semanas de idade) do que por outros estímulos. A estes pontos de vista amplamente aceitos sobre causação, poderemos acrescentar (6) que o sorriso de um bebê atua como um disparador social, cujo resultado previsível é a mãe ou outra figura para quem o bebê sorriu responder de um modo carinhoso que prolonga a interação social entre eles e aumenta a probabilidade de que o comportamento maternal seja exibido no futuro (cf. o capítulo 13); e (7) que a função do sorriso de um bebê consiste em aumentar a interação entre mãe e bebê e em mantê-los em mútua proximidade.

Durante o primeiro ano de vida, o sorriso de um bebê desenvolve-se através de quatro fases principais:

1) Uma fase de *sorriso espontâneo e reflexo*, durante a qual uma resposta ocasional é eliciada por uma grande variedade de estímulos, mas é fugaz e incompleta quando ocorre. A fase inicia-se no nascimento e dura usualmente umas cinco semanas. Durante as primeiras três semanas, a resposta é tão incompleta que deixa o espectador inteiramente impassível; em outras palavras, não tem nenhuma consequência funcional. Durante a quarta e quinta semanas, às vezes mais cedo, ainda é muito breve mas já é algo mais completa e começa a ter efeitos sociais. Essas duas semanas são, portanto, um período de transição para a segunda fase.
2) A segunda fase é a do *sorriso social não seletivo*, durante a qual os estímulos que o eliciam tornam-se cada vez mais limitados, e aqueles que são eficazes derivam sobretudo da

voz e do rosto humanos. A própria resposta, embora ainda difícil de eliciar, é agora completa e ininterrupta, e tem a plena consequência funcional de levar o acompanhante do bebê a responder-lhe de um modo carinhoso e jovial. Na maioria dos bebês a fase está claramente presente no final da quinta semana de vida.

3) A terceira fase é a do *sorriso seletivo*, durante a qual o bebê torna-se cada vez mais discriminatório. Já pela quarta semana de vida ele não só está distinguindo vozes como também sorrindo mais facilmente a uma que lhe seja familiar. Umas dez semanas depois, o rosto da pessoa que cuida habitualmente dele também começa a eliciar um sorriso mais imediato e generoso do que os rostos de pessoas menos conhecidas ou máscaras pintadas. Esses sorrisos diferenciais para rostos começam mais cedo em bebês que vivem com suas famílias (catorze semanas) do que em bebês criados numa instituição (cerca de vinte semanas). Não obstante, antes de um bebê completar seis ou sete meses de idade, rostos estranhos e até máscaras podem ainda provocar sorrisos, embora, às vezes, relutantes e fracos.

4) Tem finalmente lugar uma fase de *resposta social diferencial*, que durará o resto da vida. Nesta fase, o sorriso é aberto para figuras familiares, especialmente durante brincadeiras ou como saudação, e os estranhos são tratados de uma entre muitas maneiras diferentes, que vão desde o retraimento assustado, passando por uma saudação relutante, até o sorriso sociável quase deliberado, usualmente esboçado a uma distância segura.

Fase do sorriso espontâneo e reflexo. Os nossos conhecimentos sobre as etapas iniciais da ontogênese do sorriso derivam, preponderantemente, das minuciosas observações feitas por Wolff (1963) do comportamento de oito bebês durante as primeiras semanas de vida, primeiro na maternidade e depois em suas respectivas famílias. Cinco dias por semana durante quatro horas, e um dia por semana durante dez horas, Wolff realizou observações tanto sistemáticas quanto episódicas, e efetuou também experimentos planejados sobre todas as formas de comportamento socialmente relevante. Um outro estudo valioso foi feito por Freedman, que, com um colega, estudou o desenvolvimento de respostas sociais em vinte pares de gêmeos do mesmo sexo (Freedman e Keller, 1963; Freedman, 1965).

Doze horas após o nascimento, todos os oito bebês observados por Wolff exibiram ocasionalmente um esgar que, de certo modo, sugeria um sorriso. Entretanto, quando ocorria, o movimento era breve e não estava acompanhado da típica expressão sorridente dos olhos (causada por uma contração dos músculos em torno dos olhos, de um modo que produz uma ruga nos seus cantos exteriores). Frequentemente, o movimento era unilateral. Esses sorrisos muito precoces, incompletos e não funcionais, ocorrem espontaneamente, de tempos em tempos, e também podem ser provocados. Quando espontâneos, durante as primeiras semanas de vida, têm usualmente lugar "no momento preciso em que, durante a sonolência, os olhos se fecham" (Wolff, ibid.). Não há razão nenhuma para supor que esses sorrisos sejam causados pelo vento e, dependendo de informações adicionais, é preferível considerá-los, por agora, "atividades no vácuo". Na maioria das crianças, essas caretas-sorrisos ocasionais e espontâneas deixam de ser observadas depois do primeiro mês de vida (Freedman, 1965).

Durante a primeira quinzena de vida, relata Wolff, quase a única condição em que um sorriso pode ser eliciado é quando um bebê se encontra num estado de sono imperturbado mas irregular. Durante a segunda dessas semanas, entretanto, um sorriso pode ser também provocado quando um bebê está bem alimentado, de olhos abertos, mas fixos no espaço de um modo inexpressivo e embaciado. Nesses dois estados, um breve movimento de sorriso pode ser provocado, às vezes, por um afago suave na barriga ou na bochecha do bebê, por uma luz moderada em seus olhos e por um som brando; mas a resposta é incerta e sua latência demorada; e, uma vez que tenha sido provocada, nenhuma nova resposta será produzida por algum tempo. Durante a primeira semana, sons de muitas espécies diferentes parecem igualmente eficazes mas, durante a segunda semana, uma voz humana parece mais eficaz do que outros sons, por exemplo uma campainha, um apito ou um chocalho.

Como todos os sorrisos, provocados ou não, são fugazes e incompletos durante os primeiros quinze dias, eles têm escasso efeito sobre os espectadores, em outras palavras, são não funcionais.

Fase do sorriso social não seletivo. Wolff, apurou que o início de uma nova fase ocorre comumente por volta do décimo quarto dia e que a própria fase está usualmente bem estabelecida no final da quinta semana. É caracterizada por duas grandes mudanças: (*a*) o sorriso ocorre agora num bebê alerta e de olhos abertos e brilhantes; (*b*) os movimentos de sua boca são mais amplos do que antes e seus olhos franzem-se. Além disso, é agora evidente que o seu sorriso é eliciado mais facilmente por um estímulo distintamente humano. Não obstante, a resposta continua lenta para aparecer e é de curta duração.

Durante a terceira semana de vida, o estímulo que mais regularmente desencadeia esse sorriso social primitivo é a voz humana, sobretudo uma voz aguda. No final da quarta semana, apurou Wolff, o som de uma voz feminina torna-se tão eficaz que pode provocar um sorriso mesmo quando um bebê está chorando ou sugando. Quando o bebê está chorando, "a primeira frase da fala da mãe susta usualmente o choro; a segunda frase alerta o bebê; e a terceira frase pode produzir um sorriso aberto". Quando o bebê está sugando a mamadeira, mesmo durante o primeiro minuto da mamada, ao ouvir uma voz, poderá interrompê-la, abrir um amplo sorriso e depois voltar a sugar.

Até o final da quarta semana, os estímulos visuais ainda não desempenham praticamente papel algum no sorriso. Tudo o que fazem é tornar o som da voz humana um pouco mais eficaz. Por exemplo, a visão de uma cabeça acenando aumenta a eficácia de uma voz; mas, em si mesmo, esse estímulo visual é inteiramente despido de qualquer efeito visível.

Durante a quinta semana, a voz, até então o mais eficaz dos estímulos, perde a maior parte de seu poder para eliciar sorrisos. De agora em diante, o estímulo mais usual e eficaz para eliciá-los é o rosto humano e, doravante, é em felizes permutas visuais que o sorriso do bebê estabelece sua própria autonomia.

Por essa mesma idade em que os estímulos visuais passam a desempenhar um papel tão central, os estímulos proprioceptivos e táteis adquirem também grande importância. Assim, durante a quarta e quinta semanas, segundo Wolff, os estímulos táteis-proprioceptivos decorrentes de um jogo do tipo "pirulito que bate-bate" tornam-se súbita e notavelmente eficazes na produção de sorrisos, mesmo quando o bebê não pode ver nem ouvir seu parceiro.

Antes de um bebê começar a sorrir para aquilo que vê, passa comumente por uma fase de vários dias ou uma semana, durante a qual ele olha concentradamente para rostos. Nas primeiras três semanas de vida, o bebê pode olhar para um rosto e segui-lo com a vista, mas parece não focalizá-lo. Contudo, a partir das três semanas e meia, a impressão que dá a um observador é radicalmente diferente. Daí em diante, relata Wolff, o bebê parece focalizar o rosto de seu parceiro e concentrar-se num contato olho a olho. É difícil definir exatamente que mudança ocorreu, mas o seu efeito sobre o parceiro do bebê é inconfundível. Dois ou três dias depois de Wolff ter assinalado essa mudança no olhar de um bebê, a mãe começou a fazer comentários como: "Agora ele pode ver-me" ou "Agora é divertido brincar com ele". E, simultaneamente, ela começou a dedicar muito mais tempo para brincar com o seu bebê[3].

Durante a quarta semana, o olhar fixo e atento é a regra e, em alguns bebês, também serão vistos os primeiros sorrisos visualmente provocados. Na maioria, porém, só ocorrem a partir da quinta semana. No começo, os olhos do companheiro são de suprema importância:

> Primeiro, a criança vê o rosto, olhando para o contorno do cabelo, a boca e o resto da face; depois, assim que é feito o contato olho a olho, sorri. Outras crianças que exibiram o mesmo comportamento mais tarde, obedeceram todas ao mesmo padrão de inspeção do resto do rosto antes de se concentrarem nos olhos e sorrir (Wolff, 1963).

No final da quinta semana, quase todos os bebês praticam o sorriso visual, sendo capazes de mantê-lo por períodos de tempo cada vez maiores. Seus sorrisos são acompanhados, além disso, por balbuciação, ao mesmo tempo que esbracejam e esperneiam de contentamento. Daí em diante, a mãe vivencia o seu bebê de um novo modo.

....
3. A mesma sequência de eventos é descrita por Robson (1967). A transição, sublinha Bronson (comunicação pessoal), pode perfeitamente assinalar o começo do controle neocortical.

Embora o sorriso social esteja presente em quase todos os bebês durante o segundo e terceiro meses, os sorrisos tendem a demorar em aparecer, são de baixa intensidade e relativamente de curta duração. Contudo, depois da décima quarta semana, a maioria dos bebês torna-se muito mais sorridente; eles sorriem mais facilmente, mais generosamente e por mais tempo (Ambrose, 1961).

Desde o momento em que sorrir a estímulos visuais fica estabelecido, o estímulo visual mais eficiente é o rosto humano em movimento; mais eficiente será se o rosto estiver iluminado e aproximando-se do bebê; e mais ainda quando acompanhado de voz e contato físico. Em outras palavras, um bebê sorri mais e melhor quando vê uma figura em movimento que olha para ele, se aproxima, fala com ele e o acaricia (Polak, Emde e Epitz, 1964).

É incerto em que medida um bebê sorri para outro estímulo visual que não seja um rosto. Numerosos investigadores, inclusive Spitz, relatam que os bebês não sorriem para as suas mamadeiras. Por outro lado, sorrir para brinquedos conhecidos – pequenas bolas de pano ou celuloide – foi observado por Piaget (1936) em bebês de dez a dezesseis semanas. Comentando os seus resultados, Piaget atribui especial ênfase ao fato de os objetos serem familiares para o bebê, e conclui: "o sorriso é, antes de tudo, uma reação às imagens familiares, àquilo já visto". Desta conclusão, Piaget passa a uma outra: a razão por que, gradualmente, o sorriso passa a ser provocado somente por pessoas é porque as pessoas constituem, "precisamente, os objetos familiares mais apropriados a esse gênero de reaparições e repetições".

Ao atribuir grande ênfase ao papel da familiaridade, o ponto de vista de Piaget está de acordo com muitos trabalhos recentes (ver capítulo 10). A sua convicção de que a familiaridade é o principal ou o único fator que faz com que o sorriso passe a limitar-se a pessoas tem, no entanto, poucas probabilidades de corresponder à verdade. Como já vimos, parece mais provável que um bebê chegue a este mundo com certas tendências inatas, uma das quais é a tendência para olhar para um rosto humano, de preferência a outros objetos. Uma outra tendência parece ser para sorrir para um rosto humano mais facilmente do que para qualquer outra coisa, especialmente um rosto humano em movimento.

Depois das obras clássicas de Kaila (1932) e de Spitz e Wolff (1946), muitos pesquisadores se empenharam em descobrir o que existe num rosto humano que o torna um instigador tão poderoso de sorrisos infantis. Na interpretação desta obra, é necessário distinguir entre um estímulo suficiente e um estímulo ótimo. Qualquer estímulo capaz de produzir mesmo um sorriso ocasional pode ser chamado suficiente, mas é evidente, de acordo com muitos critérios, que está longe de ser ótimo. De um modo geral, um bom estímulo elicia um sorriso que aparece rapidamente, é demorado e forte; um estímulo fraco elicia um sorriso que demora em esboçar-se, é breve e de baixa intensidade (Polak e outros, 1964).

Embora o rosto humano em movimento não tarde em converter-se num ótimo estímulo visual, durante o meio ano que transcorre entre os dois e os sete meses de idade, certas representações esquemáticas do rosto são suficientes, às vezes, para provocar algum tipo de sorriso. Quase desde o princípio, todos esses esquemas têm em comum um par de pontos que representam os olhos. Esta conclusão, muito consistente, está de acordo com as observações naturalistas de Wolff de que a visão pelo bebê dos olhos de seu companheiro desempenha um importante papel na produção de seu sorriso. Também concorda com a descoberta amplamente confirmada de que um rosto em perfil é ineficaz.

Numa série de experimentos usando máscaras de diversos tipos, Ahrens (1954) apurou que, durante o segundo mês de vida, o bebê sorrirá para um par de pontos pretos num cartão do tamanho de um rosto, e que um modelo com seis pontos é mais eficaz do que um com apenas dois. Também apurou que, mesmo durante o terceiro mês, o bebê sorrirá para uma máscara que tenha apenas olhos e sobrancelhas, sem boca nem queixo. À medida que vai ficando mais velho, a máscara será suficiente para eliciar um sorriso somente se fornecer detalhes cada vez mais completos, até que, aos oito meses, nada conseguirá fazer o bebê sorrir a não ser um rosto humano real.

Embora esses experimentos mostrem que, até cerca dos sete meses, o bebê não discerne muito bem a quem está concedendo seus sorrisos, não se deve concluir daí que ele carece de discriminação. Pelo contrário, Polak e seus colaboradores, usando como critérios a latência, a intensidade e a duração, concluíram que já por volta do terceiro mês um bebê distingue um rosto de verdade de uma foto colorida em tamanho natural, e que, embora a foto continue sendo um estímulo suficiente para o sorriso, está longe de ser ótimo. Os sorrisos são mais prontos, mais demorados e mais fortes para um rosto humano.

Os bebês cegos sorriem, e as observações sobre o modo como o sorriso se desenvolve neles elucida alguns dos processos que operam em bebês dotados de visão (cf. Freedman, 1964, para observações e um reexame crítico da literatura).

Em bebês cegos, a voz e o tato são os principais estímulos eliciadores do sorriso, e a voz, por si só, é bastante eficaz. Não obstante, até os seis meses de idade, os bebês cegos não sorriem normalmente. Em vez do sorriso contínuo dos bebês dotados de visão, os sorrisos de bebês cegos permanecem por muito tempo extremamente fugazes, como nos bebês sonolentos das primeiras semanas de vida. Antes de seus sorrisos se tornarem persistentes, por volta dos seis meses de idade, os bebês cegos passam por uma fase durante a qual seus sorrisos compõem-se de uma sucessão de rápidos sorrisos reflexos.

Assim, nos bebês cegos, a voz humana, um estímulo que nos bebês dotados de visão só desempenha o papel principal durante as primeiras semanas de vida, continua tendo esse papel também por todo o resto da infância. Assim mesmo, porém, a voz é insuficiente para eliciar o sorriso ininterrupto que se observa em bebês dotados de visão, antes de o bebê cego completar seis meses de idade. Isto corrobora a tese, derivada da observação de bebês dotados de visão, de que o que sustém o sorriso de um bebê dotado de visão, depois de atingir as cinco primeiras semanas de idade, é a sua contínua percepção dos padrões visuais eliciadores. Por exemplo, uma criança dotada de visão pode mostrar um sorriso ininterrupto enquanto vir de frente o rosto de seu companheiro, mas fica imediatamente séria se o rosto for virado de perfil.

Fase do sorriso social seletivo. Já na quarta semana de vida o bebê sorri mais sistematicamente quando ouve a voz da mãe do que quando ouve qualquer outra (Wolff, 1963). Aos estímulos visuais, porém, ele continua por muito mais tempo sem discriminar. Com efeito, até o final do terceiro mês, o bebê sorri tão abertamente à vista de um estranho quanto à de sua mãe. Os bebês em instituições não respondem de modo diferente a um rosto familiar e a um estranho antes do quinto mês (Ambrose, 1961). Assim que um bebê começa a distinguir entre estranhos e familiares, sorri menos do que antes à vista de uma pessoa estranha. Por exemplo, ao passo que com treze semanas de idade um bebê pode ter sorrido abertamente para o rosto imóvel de um estranho, quinze dias depois pode nem sequer esboçar um sorriso. Para a mãe, por outro lado, sorri tão abertamente quanto antes ou, provavelmente, até mais. Ambrose (1961) analisou algumas das muitas explicações possíveis para essa mudança de receptividade. Uma vez que o alarma na presença de um estranho desempenhe, sem dúvida, um papel durante o terceiro e o quarto trimestres do primeiro ano, parece improvável que isso constitua um fator importante no segundo semestre. O que parece admissível com influências principais são o comportamento carinhoso da mãe ao ver o bebê sorrindo ou até, simplesmente, sua presença familiar.

Existem boas provas de que, quando o sorriso de um bebê é correspondido de um modo carinhoso e sociável, ele passa a sorrir, daí em diante, mais vigorosamente. Em experimentos com oito bebês de três meses, Brackbill (1958) provocou um sorriso apresentando seu rosto a um bebê. Todas as vezes que o bebê sorria, ela retribuía o sorriso, dirigia-lhe palavras ternas, o apanhava nos braços e o acariciava. Como resultado de algumas experiências desse tipo, todos os bebês se tornaram mais sorridentes (medido em termos de suas taxas de resposta). Inversamente, quando Blackbill deixou de responder, a taxa de sorriso declinou gradualmente e acabou por extinguir-se. Estes resultados enquadram-se claramente no padrão de condicionamento operante. Também são consistentes com muitas outras observações sobre o que leva um bebê a apegar-se a uma determinada figura; essas observações serão estudadas no capítulo 15 (p. 371 ss.).

Quando um bebê sorri, também acontecem muitas outras coisas. Não só ele olha para a figura que se aproxima como orienta sua cabeça e seu corpo, esbraceja e esperneia. Também balbucia. Tudo isso leva à segunda das duas poderosas e características respostas com que o bebê humano está dotado e cuja posse resulta em entabular uma comunicação social com seu parceiro.

Balbuciar

O papel da balbuciação no intercâmbio social é bastante semelhante ao do sorriso. Ambos ocorrem quando um bebê está desperto e satisfeito, e ambos têm como resultado previsível que o parceiro do bebê responda de um modo sociável e estabeleça com ele uma cadeia de interação. Além disso, ambos se tornam eficazes como deflagradores sociais por volta da mesma idade e, como ambos são eliciados pelos mesmos estímulos, ambos são passíveis de ocorrer juntos. A principal diferença, obviamente, é que, enquanto os sorrisos e os movimentos associados aos membros são sinais visuais, a balbuciação é um sinal auditivo.

Quando o bebê começa a arrulhar e a gorgolejar, o que ele faz desde as quatro semanas de idade, é principalmente em resposta a uma voz, a qual também provoca, nessa idade, um sorriso. Se bem que, durante uma semana, mais ou menos, uma voz elicie balbuciações e sorrisos, depois deixa de provocar sorrisos, e, daí em diante, produz sobretudo balbuciações (Wolff, 1963). O bebê faz isso de um modo muito eficaz. Das seis semanas em diante, relata Wolff, "imitando os sons do bebê, é possível travar um diálogo entre dez e quinze vocalizações". Já nessa idade, apurou Wolff, a voz da mãe era mais eficaz do que a sua própria.

A balbuciação, entretanto, é também provocada por estímulos visuais. Assim que um bebê começa a sorrir à vista de um rosto humano em movimento, ele também começa a balbuciar, embora não o faça tão regularmente quanto sorri. A balbuciação é mais intensa quando o bebê vê um rosto em movimento e ouve simultaneamente uma voz.

Assim, a balbuciação, tal como o sorriso, tende a ocorrer mais frequentemente num contexto social. Não obstante, também à semelhança do sorriso, a balbuciação pode igualmente ocorrer em outras situações. Rheingold (1961) enfatizou como um bebê de três meses pode sorrir e balbuciar ao ver e ouvir o som de um chocalho, ao passo que um bebê de cinco meses, não. O motivo por que ele deixa de responder assim é que, segundo parece, um objeto inanimado não é influenciado por seus sorrisos e balbuciações em acentuado contraste com seus companheiros humanos.

Assim Brackbill conseguiu reforçar o sorriso de um bebê respondendo-lhe sempre com sorrisos, palavras carinhosas e pegando-o ao colo, também Rheingold, Gewirtz e Ross (1959) lograram aumentar a frequência da balbuciação em bebês com recompensas sociais idênticas. O experimento foi realizado em 21 bebês de três meses de idade. Os experimentadores provocaram a balbuciação debruçando-se sobre o bebê e olhando para ele com um rosto inexpressivo por um período de três minutos. Nos dois primeiros dias, os experimentadores mantiveram-se indiferentes à balbuciação dos bebês. No terceiro e quarto dias, responderam imediatamente cada vez que os bebês vocalizavam; cada resposta era tripla: um amplo sorriso, três sons "tsc" e uma leve pressão sobre o abdômen do bebê. No quinto e sexto dias voltaram a mostrar-se indiferentes. Os resultados foram inequívocos. Quando as vocalizações dos bebês eram respondidas, os bebês vocalizavam mais; no segundo dos dois dias em que as vocalizações foram recompensadas, elas quase dobraram. Quando as vocalizações dos bebês não obtinham resposta, elas voltavam a diminuir.

Se a balbuciação de um bebê pode ser aumentada por outros meios e, no caso afirmativo, por que tipo de meios, continua sendo ignorado. Entretanto, o som de uma campainha de porta, toda a vez que um bebê balbuciava, não conseguiu provocar qualquer aumento (Weisberg, 1963).

Estes resultados estão claramente de acordo com o ponto de vista de que a balbuciação, tal como o sorriso, constitui um detonador social e tem a função de manter a figura materna na proximidade de um bebê, promovendo o intercâmbio social entre eles.

Tal como no caso de outras respostas sociais, os bebês começarão, mais cedo ou mais tarde, a vocalizar mais em interação com a figura materna familiar do que na interação com qualquer outra pessoa. Wolff (1963) observou isso a partir das cinco ou seis semanas de idade. Ainsworth (1964) só o assinalou a partir das vinte semanas, mas fez a ressalva de que suas observações sobre essa característica particular do comportamento não foram sistemáticas.

No quarto mês, um bebê é capaz de emitir uma grande variedade de sons. Daí em diante, ele usa alguns sons mais frequentemente do que outros e, durante a segunda metade do primeiro ano, manifesta uma tendência acentuada para selecionar as entonações e inflexões das pessoas que mais assiduamente o acompanham. Parece provável que, nesse desenvolvimento, papéis importantes são desempenhados pela tendência do bebê para imitar os sons emitidos por seus companheiros e pela tendência destes para reforçar seletivamente os mesmos sons, quando são articulados pelo bebê.

Chorar

Todas as respostas infantis consideradas até agora são prazerosamente acolhidas pelos companheiros de um bebê, que usualmente se sentem mais do que felizes por eliciá-los e encorajá-los. O choro, pelo contrário, não é acolhido com satisfação por esses companheiros, e o mais provável é que se esforcem não só por sustá-lo quando ocorre mas por reduzir toda e qualquer possibilidade de sua ocorrência. Portanto, o papel dos estímulos sociais no que se refere ao choro é quase o inverso do representado pelas respostas amistosas. Para estas últimas, os estímulos sociais são os principais deflagradores e os principais reforçadores; para o choro, os estímulos sociais estão entre os principais agentes finalizadores e também entre os principais agentes redutores da possibilidade de novas ocorrências...

Foi sublinhado no capítulo precedente que existe mais de um tipo de choro. Cada tipo tende a manifestar uma intensidade e um padrão próprios, a ter seus estímulos causais específicos, e seus efeitos próprios sobre os companheiros de um bebê. Em regra, o choro leva a mãe a adotar medidas para sustá-lo; ela faz isso ou instantaneamente, quando ouve um súbito choro de dor, ou a seu tempo, quando o choro rítmico vai aumentando gradualmente. Com efeito, o choro de um bebê não é facilmente ignorado nem tolerado. Uma das principais razões disso, assinala Ambrose, é que as variações no ritmo e na amplitude do choro são muitas em qualquer bebê; isto significa que não é fácil habituar-se a todas essas variações.

Como todas as mães sabem, cada bebê chora à sua própria maneira individual. De fato, os espectrogramas de choro mostram que as "impressões de choro" são tão distintas quanto as impressões digitais para identificar bebês recém-nascidos (Wolff, 1969). Uma mãe não tarda em reconhecer o choro do seu próprio bebê. Numa amostra de 23 mães estudadas por Formby (1967), metade foi proficiente dentro de 48 horas, a partir do nascimento do bebê e, daí em diante, de oito testadas nenhuma cometeu erros. Wolff também apurou que a maioria das mães se torna eficiente a esse respeito. Elas passam a responder seletivamente, cuidando de seus próprios bebês mas não necessariamente de outros.

Dois tipos de choro já foram descritos: o choro de fome, que começa gradualmente e torna-se rítmico, e o choro de dor, que começa subitamente e é arrítmico. Um terceiro tipo, sucintamente descrito por Wolff (ibid.), tem um característico som esganiçado e é usualmente interpretado como sinal de raiva. Um quarto tipo, articulado principalmente ou unicamente por bebês portadores de lesão cerebral, segundo relata Wolff, é especialmente desagradável para quem acompanha o bebê; as pessoas ficam agitadas e desejam refugiar-se onde não possam ouvi-lo.

O choro mais comum de um bebê é rítmico, mas pode ser devido a muito mais coisas além da fome. Pode, por exemplo, começar de súbito e, nesse caso, é provavelmente causado por um estímulo externo; ou pode começar com certa agitação e ir aumentando aos poucos e, nesse caso, é possivelmente causado por alguma mudança interna da criança ou por frio.

Os estímulos externos que provocam o choro rítmico incluem ruídos súbitos e mudanças bruscas de iluminação e postura. Incluem também a nudez; Wolff (ibid.) relata que, especialmente durante a segunda, terceira e quarta semanas de vida, muitos bebês começam a chorar quando suas roupas são retiradas, e cessam logo que voltam a vesti-los ou a cobri-los com um cobertor espesso.

Os bebês que estão com fome ou frio podem assinalar sua condição pelo choro rítmico que aumenta lentamente e é finalizado, respectivamente, por alimento ou agasalho. Um aumento semelhante do choro rítmico ocorre também, entretanto, em bebês que foram recentemente alimentados e estão bem agasalhados. As causas de tal choro, que é comum, têm sido motivo de alguma perplexidade.

Existem muitos meios pelos quais a mãe identifica a causa do choro de seu bebê. Quando é uma dor, o tipo de choro é passível de fornecer uma pista. Quando é um estímulo externo, a própria mãe pode ter notado o evento causador. Quando é fome ou frio, as circunstâncias são sugestivas, e o fornecimento de alimento ou agasalho constitui um teste eficaz sobre a exatidão da conjetura. Quando não é nenhuma dessas coisas, a mãe poderá ficar desconcertada e sem saber o que fazer.

O aspecto impressionante do choro que não é devido a nenhuma das causas até aqui consideradas é que ele pode ser eficazmente terminado por estímulos que, num meio ambiente natural, são quase certamente de origem humana. Esses estímulos incluem sons, sobretudo a voz humana, e os táteis e proprioceptivos que resultam da sucção não nutritiva e do embalo. Examinemos o que se sabe a respeito da eficácia de cada um desses finalizadores socialmente derivados do choro de um bebê.

Durante o seu estudo das primeiras respostas sociais de catorze bebês cuidados por suas próprias famílias em Boston, Wolff realizou numerosas observações naturalísticas sobre o choro e efetuou muitos experimentos (Wolff, 1969). Notou ele que, desde o nascimento, *sons* de vários tipos diferentes são eficazes, pelo menos temporariamente, para sustar o choro. Durante a primeira semana de vida, o som de um chocalho ou de uma campainha parece tão eficaz quanto a voz humana, ou até mais. Esse equilíbrio de eficácia, entretanto, não dura muito e, enquanto dura, pode ser porque o som do chocalho ou da campainha é ouvido mais facilmente pelo bebê, acima do seu próprio choro. Seja como for, durante a segunda semana de vida do bebê, o som de uma voz humana passa a ser o estímulo mais eficiente para sustar o choro, e durante a terceira semana uma voz feminina é mais eficiente do que uma masculina. Um par de semanas mais tarde é especificamente a voz da mãe a mais eficaz – tão eficaz, na verdade, que a voz dela pode não só interromper o choro mas, se for ouvida com certa persistência, poderá até eliciar um sorriso (Wolff, 1963).

A maioria das mães sabe que o mero ato de *sugar* acalma um bebê e, nos países ocidentais, as chupetas de borracha estão no mercado há muitos anos. Um estudo em grande escala de puericultura na região inglesa de Midlands (Newson e Newson, 1963) mostrou que 50% das mães que foram classificadas como satisfatórias em seus cuidados com os bebês davam-lhes a chupeta, sem quaisquer efeitos nocivos óbvios. Em países menos desenvolvidos, uma mãe dá comumente o seio a um bebê que chora, sem se preocupar muito se existe leite ou não.

A eficácia da *sucção não nutritiva* para acalmar um bebê foi motivo de experimentos por Kessen e Leutzendorff (1963), que observaram trinta bebês entre 24 e 60 horas. O objetivo deles era determinar a eficácia para acalmar um bebê de um curto período de sucção numa chupeta de borracha, em comparação com períodos idênticos de leves pancadinhas na testa. Foram medidos a quantidade de movimento das mãos e pés do bebê e o volume de choro. Os resultados obtidos foram claros. Após meio minuto de sucção, os movimentos de um bebê foram, em média, reduzidos à metade, e seu choro, a quatro quintos. Depois de um igual período de leves pancadas na testa, não só os movimentos mas também o choro do bebê tinham, em média, aumentado ligeiramente (embora não de um modo significativo). Os autores comentam que, como os bebês já tinham em outras ocasiões recebido algum alimento por meio de sucção, é possível sustentar que o resultado tranquilizador é "o resultado de reforçamento secundário aprendido através da associação do mamilo e da sucção com o alimento". Contudo, provas que evidenciam não ser provavelmente esse o caso foram apresentadas por Wolff (1969). Bebês que nasceram com atresia do esôfago e que, portanto, são incapazes de receber qualquer alimento por via oral, deixam mesmo assim de chorar quando lhes é dado algo para sugar.

Wolff (ibid.) assinala também que a presença de uma chupeta entre os lábios tem efeito mesmo quando não é sugada. Aponta o fato de que, se um bebê adormeceu com uma chupeta na boca mas ainda não atingiu a fase do sono profundo, a remoção da chupeta pode acordá-lo e resultar novamente em choro.

Que *embalar* um bebê constitui também comumente uma boa forma de acalmá-lo faz parte há muito tempo dos costumes domésticos no trato com crianças de pouca idade. Como em anos recentes o seu valor foi obscurecido por uma insistência deslocada sobre a primazia da alimentação, existem boas razões para refletir sobre os frutos da experiência prática obtida durante os primeiros três meses de vida, em dois contextos muito diferentes. A primeira experiência é relatada por um pediatra britânico:

> Uma causa muito importante do choro nesse período é a solidão ou o desejo de ser apanhado ao colo. Pelo menos, parece ser essa a causa do choro, pois ele cessa prontamente quando o bebê é pego no colo e acariciado. É extraordinário como tantas mães não se apercebem de que os bebês querem e necessitam de afagos, e assim cometem o erro de pensar que todo o choro de um bebê se deve à fome. A característica básica que diferencia o choro de fome do choro de solidão é o fato de que o choro de fome ou por qualquer outra causa de desconforto não é sustado quando se apanha o bebê no colo (Illingworth, 1955).

O segundo relato refere-se às práticas de uma comunidade de fala bantu apanha da África oriental:

> As mães reconhecem um tipo de choro, durante os primeiros três meses, que não pode ser satisfeito pela amamentação... Sobretudo à noite... a mãe acende uma luz, ata o bebê às suas costas e caminha pela casa, balançando o bebê para cima e para baixo. Com uma das faces estreitamente apertada contra as costas da mãe, o bebê é frequentemente silenciado pelos solavancos de sua posição. Durante o dia, as mães também usam o balanço, seja em suas costas seja nos braços, como forma de acalmar um bebê que chora mas recusa alimento (Levine e Levine, 1963).

Há poucos anos, Ambrose (1969 e comunicação pessoal) iniciou uma análise experimental dos estímulos que são eficazes em tais condições. Ele observou um bebê de cinco dias de idade, em sessões vesperais, começando logo depois que o bebê era amamentado e suas roupas trocadas. Cada bebê ficava deitado em seu berço, o qual era colocado sobre um dispositivo que operava como balanço e como estabilímetro. O dispositivo ficava inicialmente imóvel, e o bebê era estudado durante cerca de uma hora, quando eram registradas poligraficamente as variáveis comportamentais e fisiológicas.

Nessas circunstâncias, um bebê podia estar tranquilamente deitado, desperto ou adormecido, sem chorar durante toda a sessão. Não raras vezes, porém, ele começava, mais cedo ou mais tarde, a chorar, usualmente sem qualquer motivo aparente. Às vezes, o choro cessava logo depois de ter começado; em outras, continuava. Quando o choro continuava por dois minutos, o bebê era balançado. O movimento aplicava-se em ritmos variáveis a fim de apurar se, para sustar o choro, certas cadências eram mais eficientes do que outras.

As descobertas preliminares mostram que, em tais circunstâncias, todos os bebês param de chorar quando recebem uma estimulação vestibular proveniente do dispositivo de balanço. O movimento é vertical, com um transversal de três polegadas. O balanço a baixas velocidades, como trinta ciclos por minuto, não é eficaz para sustar o choro. Quando a velocidade é aumentada para cinquenta ciclos por minuto, entretanto, o choro diminui; e à velocidade de sessenta ciclos por minuto e acima todos os bebês param de chorar e, quase sempre, permanecem quietos e calados. Além disso, uma vez atingida essa velocidade, registra-se um nítido declínio nas pulsações (as quais, durante o choro, podem atingir 200 por minuto e mais), a respiração torna-se mais regular, e o bebê fica mais relaxado. Uma característica notável dessa observação é a especificidade da taxa: aos sessenta ciclos, a maioria dos bebês para de chorar, embora alguns requeiram setenta ciclos; abaixo dos cinquenta ciclos, o balanço é ineficaz. Deve assinalar-se também que o balanço continua sendo, rotineiramente, um meio eficaz de sustar o choro de um bebê (observação pessoal); em outras palavras, o balanço é um estímulo ao qual um bebê parece nunca habituar-se.

Durante seus experimentos, Ambrose estudou a eficácia comparativa de outras classes de estímulos para finalizar o choro. No tocante à sucção não nutritiva, as suas observações confirmam e ampliam as de Kessen e Leutzendorff.

Colocando uma chupeta comum na boca de um bebê, Ambrose verificou que isso não tarda em acalmá-lo. A sua eficácia, porém, não é tão grande quanto a de embalar. Isso é comprovado por seus respectivos efeitos sobre a pulsação. Quando um bebê é balançado, sua pulsação reverte usualmente a um nível muito próximo do registrado em repouso. Durante a sucção não nutritiva, por outro lado, embora o choro possa cessar tão completamente como quando o bebê é embalado e a pulsação também decline, a taxa se mantém acima do nível de repouso.

As conclusões a extrair das observações e dos experimentos acima descritos são que, quando um bebê não tem fome, frio ou dor, os finalizadores mais eficazes do choro são, por ordem ascendente, o som da voz, a sucção não nutritiva e o embalo. Estas conclusões explicam facilmente por que se diz que os bebês choram em decorrência da solidão e têm o desejo de serem tomados nos braços. Embora atribuir tais sentimentos a bebês nos primeiros meses de vida seja quase certamente injustificado, essas conclusões contêm, apesar de tudo, uma boa dose de verdade. Quando não são embalados nem se fala com eles, os bebês podem começar a chorar; quando embalados e se lhes fala, param de chorar e mostram-se contentes. E, de longe, o mais provável agente para embalar e falar com um bebê é a sua figura materna.

A este respeito, a eficácia aparentemente infalível e completa de embalar um bebê de uma certa maneira é especialmente impressionante. O fato de que, para sustar o choro, o balanço deve ser a sessenta ciclos por minuto ou acima, pode estar relacionado, talvez, com a cadência das passadas de um adulto. Sessenta passos por minuto é, de fato, um andar muito lento e é quase sempre excedido. Isto significa que, quando carregado nas costas ou à ilharga da mãe, um bebê é balançado a não menos de sessenta ciclos por minuto e, assim, não chora – a menos que tenha fome ou sinta alguma dor. Essa feliz consequência pode ser devida ao acaso; mais provavelmente, porém, é um resultado de pressões seletivas que têm agido ao longo da evolução do homem.

Fica claro, portanto, que, como agente finalizador do choro rítmico, o embalo é equivalente à amamentação. Quando um bebê tem fome, a amamentação é o finalizador eficaz; quando não tem fome, o embalo é o mais eficaz. No conjunto oposto de condições, nem um nem outro é eficaz por mais de breves instantes.

Apurou-se que embalar um bebê tem eficácia não só para sustar o choro rítmico mas também para protelar o seu início. Isto é demonstrado por um experimento de Gordon e Foss (1966). Como parte da rotina de uma maternidade, os bebês, desde algumas horas até os dez dias de idade, são colocados no berçário durante uma hora todas as tardes. Como foram recentemente amamentados, todos ficam sossegados, exceto um ou dois. Cada dia, durante dezoito dias, um dos bebês sossegado era escolhido (ao acaso) para ser embalado em seu berço por meia hora. Depois, durante outra meia hora, o experimentador mantinha-se no berçário para verificar qual dos bebês sossegados começava a chorar se é que isso acontecia com algum deles. Os resultados mostraram ser menos provável que o bebê que tinha sido embalado chorasse durante o período de observação do que os bebês não embalados.

À medida que o bebê vai ficando mais velho, mudam as situações que eliciam e finalizam o choro. Aquilo que um bebê pode ver passa a ter especial importância. Já na quinta semana de vida, segundo apurou Wolff (1969), muitos bebês que estavam satisfeitos começaram a chorar quando uma pessoa para quem estavam olhando desapareceu do seu campo visual, e pararam de chorar toda a vez que a pessoa reapareceu. Nessa idade e até alguns meses mais tarde, a figura que é vista tem pouca ou nenhuma importância; e a saída e o reaparecimento até de um animal de estimação podem ter o mesmo efeito causado por uma pessoa. Entretanto, dos cinco meses em diante, a figura que entra e sai tem enorme importância.

Em sua descrição dos bebês gandas, Ainsworth (1967) conta que, desde os cinco meses de idade, aproximadamente, com muita variação entre crianças, um bebê era capaz de começar a chorar quando sua mãe saía do quarto, mesmo que ficasse ainda na companhia de outras pessoas. Depois dos nove meses, era frequente observar que o bebê chorava menos porque já era capaz então de seguir sua mãe mais eficazmente. A incidência de tal choro varia não só de criança para criança mas também com as condições particulares predominantes. Por exemplo, uma observação que pode ser feita em qualquer família é que o modo como um bebê de doze meses de idade se comporta quando sua mãe sai do quarto depende muito do modo como ela se movimenta. Uma retirada lenta e silenciosa costuma provocar muito poucos protestos; uma saída brusca e ruidosa provocará protestos veementes.

No final do primeiro ano de vida, os bebês tornam-se cada vez mais conscientes e alarmados diante de rostos estranhos e de circunstâncias insólitas. Daí em diante, a estranheza converte-se numa causa comum de choro e de voltar para a mãe em busca de proteção. Por causa de sua importância e íntima relação com o comportamento de apego, o medo de rostos e lugares estranhos será examinado mais detalhadamente no próximo capítulo.

Mais ou menos na mesma idade em que um bebê começa a chorar à vista de um estranho, ele também pode começar a chorar na previsão da ocorrência de algo desagradável. Um exemplo, registrado por Levy (1951), é o choro de um bebê quando, numa clínica, vê o médico preparando-se para repetir uma injeção que lhe foi aplicada algumas semanas antes. Antes dos onze meses de idade, só muito ocasionalmente se observa um bebê reagindo desse modo. Dos onze para os doze meses, porém, um quarto da amostra comporta-se assim. Tal comportamento é parte integrante da apreensão cada vez maior do mundo à sua volta, que uma criança de doze meses está adquirindo.

Natureza e aprendizagem

No desenvolvimento do comportamento de apego como no desenvolvimento de todo e qualquer caráter biológico, a natureza e a aprendizagem desempenham continuamente papéis interatuantes. Na medida em que o meio ambiente é mantido dentro de certos limites, parece provável que grande parte da variação no comportamento de diferentes crianças seja atribuível a diferenças genéticas. Uma vez aumentada a variação ambiental, porém, os efeitos a que tal variação dá lugar são francamente visíveis.

Um exemplo de variação que parece ser quase certamente devida a fatores genéticos são as diferenças na atenção visual de meninos e meninas (Lewis, Kagan e Kalafat, 1966; Lewis e Kagan, 1965). Esses pesquisadores estudaram bebês de 24 semanas e apuraram que as meninas mostravam uma preferência acentuada por olhar para rostos em vez de padrões não faciais, ao passo que os meninos não mostravam tal preferência.

As provas que sugerem ser o aparecimento inicial de orientação e sorriso também afetado por variáveis genéticas decorrem de um estudo comparativo de gêmeos idênticos e gêmeos fraternos por Freedman (Freedman e Keller, 1963; Freedman, 1965).

Esse estudo mostrou que as idades em que a orientação e o sorriso aparecem em pares de gêmeos idênticos tendem a ser mais próximas do que as idades em que se manifestam em pares fraternos do mesmo sexo. Como em todos os pares nesse estudo ambos os gêmeos foram criados juntos na mesma família, a variação ambiental foi minimizada.

À medida que o meio ambiente de diferentes crianças se diversifica, seus efeitos sobre o desenvolvimento logo se evidenciam. Muitos estudos desse tipo foram realizados comparando crianças criadas em famílias com outras criadas em instituições. Assim, na situação experimental usada por Ambrose (1961), o sorriso foi observado em bebês de família algumas semanas antes do que em bebês institucionalizados entre seis e dez semanas para bebês de família e entre nove e catorze semanas para bebês institucionalizados. Provence e Lipton (1962) relatam que já aos três meses os bebês institucionalizados balbuciam menos do que os de família. Daí em diante, o desenvolvimento de crianças numa instituição geradora de carências desvia-se progressivamente dos bebês criados pela família. Provence e Lipton afirmam que os bebês institucionalizados são mais tardios em discriminar entre rosto e máscara, e entre diferentes rostos (um dado igualmente apurado por Ambrose), realizam menos tentativas para iniciar o contato social, seu repertório de movimentos expressivos é menor e aos doze meses de idade ainda não mostram nenhum sinal de apego com uma pessoa em particular. Essa ausência de apego é especialmente notória quando esses bebês estão aflitos; mesmo em tais circunstâncias raramente recorrem a um adulto.

Muito se tem discutido sobre o que, numa instituição, seria responsável por esses efeitos retardadores. Alguns autores, por exemplo, Casler (1961), argumentaram que o principal agente retardador é uma redução do *input* de estímulos, e que aqueles que sugerem estar envolvida a ausência da figura materna estão equivocados. Ainsworth (1962) replicou a essa tese enfatizando que durante os primeiros meses de vida a figura materna constitui, de longe, a principal fonte de estimulação que um bebê recebe. Acresce que, além de fornecer estimulação, a mãe, no curso normal de interação com o bebê, proporciona-lhe oportunidade para explorar o mundo, visual e manualmente. Que tais oportunidades são de enorme importância para o desenvolvimento sensório-motor foi sugerido pela primeira vez por Piaget (1936) e depois corroborado por mais recentes estudos experimentais de White e Held (1966). As privações a que um bebê criado numa instituição carente está exposto são, portanto, múltiplas: ausência de *input* de estímulos, falta de oportunidades para a aprendizagem por exposição e falta de oportunidade para o "movimento autoinduzido em ambientes confiavelmente estruturados", para citar alguns.

Em tudo o que se segue, portanto, as tremendas diferenças no desenvolvimento que podem resultar de variações no meio ambiente devem ser constantemente levadas em conta. O tema voltará a ser tratado no capítulo 16.

Capítulo 15
Concentração numa figura

"Ah", disse o Gato, escutando, "mas de que é que o Bebê gosta?".
"Ele gosta de coisas que sejam macias e façam cócegas", disse o Morcego. "Gosta de coisas quentes para segurar em seus braços quando adormece. Gosta de que brinquem com ele. Gosta de todas essas coisas."

Just So Stories – RUDYARD KIPLING

Introdução

No capítulo precedente, a nossa descrição do desenvolvimento do comportamento de apego foi levada apenas um pouco mais além da primeira de quatro fases, a de "orientação e sinais com discriminação limitada de figura". Neste capítulo, são descritas a segunda e a terceira fases, tal como ocorrem em bebês criados num ambiente familiar comum. Essas fases são:

Fase 2 – "Orientação e sinais dirigidos para uma (ou mais de uma) figura discriminada";
Fase 3 – "Manutenção da proximidade com uma figura discriminada por meio de locomoção e/ou sinais."

Nos dois capítulos finais são discutidas as questões relevantes para a compreensão do desenvolvimento durante a fase 4, "formação da parceria corrigida para a meta".

Para o desenvolvimento do comportamento que ocorre durante a fase 2, as principais fontes de dados são as observações muito pormenorizadas de bebês irlando-americanos em Boston, por Wolff (1963), de bebês em Washington, D.C., por Yarrow (1967), e de bebês gandas, por Ainsworth (1967). Para os desenvolvimento, durante a fase 3, as principais fontes são as observações de bebês gandas por Ainsworth e de bebês escoceses em Glasgow, por Schaffer e Emerson (1964a).

É particularmente auspicioso que, a respeito do desenvolvimento na fase 3, existam dados razoavelmente comparáveis para bebês criados em circunstâncias tão diversas quanto a África rural e a Escócia urbana, pois, sejam quais forem as mudanças comportamentais comuns a bebês em ambos esses contextos, é provável que sejam igualmente válidas em outros meios. Uma dificuldade na comparação entre os dois conjuntos de dados tem, contudo, de ser continuamente levada em conta. No estudo de Schaffer e Emerson, o único critério de comportamento de apego é o protesto de uma criança ao ser deixada por alguém. No estudo de Ainsworth sobre as crianças gandas, em contrapartida, os critérios possuem uma base mais ampla; além do protesto pela separação, foram incluídos também como critérios de apego o aconselhamento que o bebê dispensa à figura que se aproxima ou que reaparece e o uso da figura como base a partir da qual o bebê efetua suas explorações.

Padrões de comportamento diferencialmente dirigido

Conforme já foi descrito, uma das principais mudanças que habitualmente ocorrem durante a ontogênese do comportamento é a limitação da gama de estímulos que são eficazes para eliciar e finalizar uma resposta. Isto é notoriamente verdadeiro no caso das respostas amistosas e do choro da infância.

A capacidade de discriminar a mãe pelo cheiro e pela voz, demonstrada pela tendência do bebê para orientar-se preferencialmente em direção a ela do que a outros, ou para sugar com maior frequência ao ouvir a sua voz, desenvolve-se rapidamente nos primeiros dias de vida. Além disso, em volta da quinta semana de vida, a voz materna torna-se consistentemente mais efetiva para eliciar sorrisos do que a voz do pai ou dos observadores (Wolff, 1963). Yarrow (1967) também observou diferenças entre a resposta dirigida à mãe e a resposta dirigida a estranhos, ao final do primeiro mês de vida, embora isso só tenha ocorrido na minoria dos bebês observados. Baseando-se em uma amostra de não menos de quarenta bebês para cada faixa etária, e usando como critério a atenção seletiva do bebê para a voz ou a visão da mãe em comparação à voz ou à visão de um estranho, Yarrow encontrou uma preferência nítida – com excitação e afetividade positiva exibidas em relação à mãe e não em relação a estranhos – em 20% dos bebês de um mês de idade. No terceiro mês, 80% deles mostravam tal preferência, e no quinto mês, todos os bebês observados a demonstravam. Ainsworth (1967) enumera mais de doze diferentes tipos de comportamento que são manifestados pelo bebê durante o primeiro ano de vida e que, durante esse período, na maioria dos bebês criados em família, são eliciados por uma determinada figura e passam a ser especialmente dirigidos a ela. O que se segue foi principalmente extraído do relato de Ainsworth. Como a própria autora enfatizou, há razão para se acreditar que, com observações mais sistemáticas e mais sensíveis, casos de cada tipo de discriminação poderiam ser vistos semanas ou meses mais precocemente do que ela pôde fazê-lo, nas situações naturais em que suas observações ocorreram. Como existe grande variação de bebê para bebê, e também das condições precisas em que cada bebê é observado, é possível fornecer indicações precisas sobre as idades em que essas discriminações aparecem pela primeira vez.

Vocalização diferencial

O critério consiste em que um bebê vocaliza mais facilmente e mais frequentemente em interação com sua mãe do que em interação com outras pessoas. Wolff (1963) registrou-o a partir das cinco ou seis semanas.

Cessação diferencial do choro do bebê quando pegado no colo

O critério é que um bebê continua chorando quando pegado no colo por alguma pessoa que não seja a sua mãe, e para de chorar quando a mãe o pega. A mais primitiva ocorrência assinalada por Ainsworth foi num bebê de nove semanas de idade.

Choro diferencial pelo afastamento da mãe

O critério é que um bebê chora imediatamente quando a mãe se afasta mas não quando outras pessoas o fazem. A mais primitiva ocorrência registrada por Ainsworth foi num bebê de quinze semanas.

Sorriso diferencial para estímulos visuais

O critério é que um bebê sorri mais frequentemente, mais facilmente e de modo mais aberto quando vê sua mãe do que ao avistar qualquer outra pessoa. O mais primitivo exemplo registrado nos bebês gandas foi uma criança de dez semanas de idade. Num certo número de bebês londrinos com os quais Ambrose (1961) realizou experimentos, a idade em que sorrir para um estranho atingiu o auge foi por volta das treze semanas; daí em diante, a tendência dos bebês foi para sorrir principalmente, ou somente, para a mãe.

Orientação diferencial viso-postural

O critério é que, quando uma criança é pega ao colo por alguma outra pessoa, ela conserva os olhos postos na mãe, de preferência a outrem e permanece tensamente orientada para ela. Isto foi assinalado por Ainsworth num bebê de dezoito semanas.

Resposta diferencial de acolhimento

O critério é que um bebê acolhe sua mãe de certas maneiras típicas quando volta a vê-la após uma ausência. No começo, um acolhimento completo combina sorriso, vocalização e excitação corporal geral; mais tarde, inclui também erguer os braços. A resposta total foi assinalada por Ainsworth num bebê de 21 semanas, mas a autora tem poucas dúvidas de que partes das respostas poderiam ter sido observadas algumas semanas antes. Assim que uma criança pode engatinhar, avançar para a mãe engatinhando também ocorre como parte da resposta de acolhimento.

Duas outras respostas de acolhimento são bastante comuns, mas ambas parecem ser culturalmente determinadas. São bater palmas, o que Ainsworth afirma ser muito comum em bebês gandas depois das treze semanas, aproximadamente – mas que não foi observado numa amostra de bebês norte-americanos brancos –, e beijar e abraçar, o que não foi observado nos bebês gandas mas, em contrapartida, foi exibido por bebês de culturas ocidentais por volta do final do primeiro ano de vida.

Abordagem diferencial

O critério é que, quando num quarto com a mãe e outras pessoas, um bebê seleciona sua mãe para engatinhar até ela. Por vezes, isso ocorre também depois de a mãe ter reaparecido e ter sido alegremente recebida pelo bebê. Este comportamento foi observado por Ainsworth num bebê de 28 semanas de idade.

Seguimento diferencial

O critério consiste em tentar seguir a mãe quando esta deixa o quarto, mas não seguir outras pessoas. Ainsworth assinala que os bebês tendem a fazer isso assim que são capazes de engatinhar, o que ocorreu na maioria das crianças gandas por volta das 24 semanas. Os bebês mais jovens tendem a chorar e a seguir a mãe ao mesmo tempo. Depois dos nove meses de idade, eles seguem a mãe sem chorar, desde que ela não caminhe depressa demais.

Trepar e explorar diferenciais

O critério é que um bebê sobe no colo da mãe, explora a sua pessoa e brinca com seu rosto, cabelos ou roupas, fazendo-o menos (ou não o fazendo) com outras pessoas. Tal comportamento foi notado pela primeira vez por Ainsworth numa criança de 22 semanas.

Encobrimento diferencial do rosto

O critério é que, seja no decorrer da subida para o colo da mãe e concomitantemente exploração, ou no regresso de uma excursão, um bebê esconde o rosto no colo materno, ou em algum outro lugar da pessoa da mãe. Ainsworth observou que o comportamento era dirigido somente para a mãe do bebê e nunca para qualquer outra pessoa. Foi registrado numa criança de 28 semanas e em outras algumas semanas mais tarde.

Uso da mãe como base a partir da qual realizar explorações

O critério é que uma criança realiza excursões exploratórias a partir da mãe e retorna a ela de tempos em tempos, mas não usa outras pessoas desse modo na mesma medida. Foi observado por Ainsworth numa criança de 28 semanas e era comum aos oito meses de idade.

Fuga para a mãe como refúgio seguro

O critério é que, quando alarmada, uma criança afasta-se o mais rapidamente possível de um estímulo que a assusta e corre para a mãe, em vez de qualquer outra pessoa. Tal comportamento foi assinalado por Ainsworth por volta dos oito meses de idade. No estudo de Yarrow, metade dos bebês aos três meses de idade, quando aflitos, olhava para a mãe como que esperando para ser acalmada.

Agarramento diferencial

O agarramento diferencial à mãe é especialmente evidente quando uma criança está alarmada, cansada, com fome ou adoentada. Embora Ainsworth não tenha feito um estudo especial de sua ocorrência, ela relata que foi especialmente evidente durante o trimestre final do primeiro ano.

Resumindo estes e outros dados: pode-se afirmar que antes das dezesseis semanas as respostas diferenciais são relativamente poucas e são percebidas apenas quando os métodos de observação são sensíveis; que entre as 16 e 26 semanas de idade as respostas diferenciais são mais numerosas e mais evidentes; e que na grande maioria dos bebês criados em família a partir dos seis meses, tais respostas são vistas por todos com perfeita clareza.

Figuras para as quais é dirigido o comportamento de apego

Esteve até agora implícito nestas considerações que uma criança dirige seu comportamento de apego para uma figura em particular, a que nos referimos como figura materna ou mesmo, simplesmente, como mãe. Este uso, por uma questão de brevidade, é inevitável; mas, não obstante, tem dado motivo, ocasionalmente, para equívocos[1]. As questões que surgem e para as quais se exigem respostas incluem as seguintes:

a) As crianças dirigem comumente seu comportamento de apego para mais de uma pessoa?

b) No caso afirmativo, o apego a várias figuras desenvolve-se simultaneamente, ou uma ligação precede sempre as outras?

c) Quando uma criança está apegada a mais de uma figura, relaciona-se com todas do mesmo modo, ou mostra preferência por uma delas?

d) Uma outra mulher, que não seja a mãe natural de uma criança, pode preencher adequadamente o papel de principal figura de apego?

Como as respostas a estas interrogações estão interligadas, é conveniente, antes de as examinarmos separadamente, dar uma

---

1. Por exemplo, tem sido às vezes alegado que eu expressei a opinião de que os cuidados maternos deveriam ser sempre proporcionados pela mãe natural de uma criança, e que os cuidados maternos "não podem ser distribuídos de maneira segura entre várias figuras" (Mead, 1962). Nunca tais pontos de vista foram expressos por mim.

resposta breve ao conjunto: quase desde o início, muitas crianças têm mais de uma figura para quem dirigem o comportamento de apego; essas figuras não são tratadas de maneira idêntica; o papel da principal figura de apego de uma criança pode ser preenchido por outras pessoas que não a mãe natural.

Figuras principais e subsidiárias de apego

Durante o segundo ano de vida, a grande maioria dos bebês dirige seu comportamento de apego para mais de uma figura discriminada e, com frequência, para muitas delas. Alguns bebês selecionam mais de uma figura de apego assim que começam a mostrar capacidade de discriminação; mas, provavelmente, a maioria só faz isso mais tarde.

De 58 bebês escoceses estudados por Schaffer e Emerson (1964*a*), 17 (ou seja, 29%) dirigiram o comportamento de apego para mais de uma figura, quase desde o momento em que começaram a manifestá-lo em relação a alguém. Quatro meses depois, não só metade dos bebês tinha mais de uma figura de apego mas alguns deles chegavam a ter cinco ou mais. Quando essas crianças completaram dezoito meses de idade, aquelas que ainda restringiam seu comportamento de apego a apenas uma figura tinham caído para 13% da amostra; o que significa que, para uma criança de dezoito meses, ter ainda uma única figura de apego é realmente excepcional. As conclusões de Ainsworth a respeito das crianças gandas mostram um estado de coisas semelhante; com exceção de uma escassa minoria, todas as crianças dos nove para dez meses de idade mostravam ter múltiplas figuras de apego.

Não obstante, embora por volta dos doze meses uma pluralidade de figuras de apego seja provavelmente a regra, essas figuras não são tratadas de modo equivalente. Em cada uma das duas culturas consideradas, os bebês mostraram uma clara discriminação. No caso da amostra escocesa, foi criada uma escala para medir a intensidade do protesto exibido pelo bebê ao ser deixado por cada uma das figuras. Os resultados mostraram que a maioria das crianças protestava mais, de um modo regular, quando era deixada por uma figura do que por uma outra, e que as figuras de apego de cada criança podiam ser dispostas em ordem hierárquica. Usando uma série mais ampla de critérios, Ainsworth apurou que a tendência das crianças gandas era para concentrar a maior parte de seu comportamento de apego numa pessoa em especial. Até cerca dos nove meses de idade, observou a autora, uma criança com mais de uma figura de apego tendia a limitar seu comportamento de seguir a uma única figura. Além disso, quando a criança tinha fome, estava cansada ou doente, ela acudia usualmente, de um modo específico, a essa figura. Outras figuras, por outro lado, eram procuradas quando a criança estava bem-humorada; essa figura poderia ser uma criança mais velha que tivesse o hábito de brincar com ela.

Estes dados sugerem que, desde tenra idade, diferentes figuras podem eliciar diferentes padrões de comportamento social, e que pode prestar-se a confusões mencionar todas elas como figuras de apego e a todo comportamento como comportamento de apego. Em estudos futuros, será necessário dar mais atenção a essas diferenças: a aproximação de um companheiro de brinquedo e a aproximação de uma figura de apego, tal como é aqui definida, poderão ter características comprovadamente muito distintas. Esta é uma questão que voltaremos a examinar mais adiante (cf. p. 381).

Por ora, assinalamos a conclusão de Ainsworth:

> nada existe em minhas observações que contradiga a hipótese de que, dada a oportunidade, o bebê busque o apego a uma dada figura... embora existam muitas pessoas disponíveis para cuidar dele (Ainsworth, 1964).

A principal figura de apego

É evidente que quem uma criança seleciona como sua principal figura de apego, e a quantas outras figuras ela se ligará, depende em grande parte de quem cuida dela e da composição da família em que vive. Como constatação empírica, não pode haver dúvida de que em virtualmente todas as culturas as pessoas em questão são sua mãe natural, pai, irmãos mais velhos e talvez avós, e que é entre essas figuras que uma criança selecionará tanto a principal figura de apego como as figuras subsidiárias.

Em ambos os estudos, o escocês e o ganda, somente aquelas crianças que estavam vivendo com suas mães naturais foram selecionadas para observação. Nessas circunstâncias, não surpreende que numa esmagadora proporção de casos a principal figura de apego da criança fosse sua mãe natural. Havia, contudo, algumas exceções. Duas crianças gandas de cerca de nove meses, um menino e uma menina, estavam apegadas ao pai e à mãe mas prefeririam o pai; no caso do menino, mesmo quando ele estava cansado ou doente. Uma terceira criança ganda, menina, não mostrou apego algum à sua mãe, mesmo aos doze meses de idade, mas estava apegada ao pai e a uma meia-irmã.

Entre os bebês escoceses, a mãe era quase sempre a principal figura de apego durante todo o primeiro ano de vida mas, em alguns casos, passou a dividir esse papel usualmente com o pai, durante o segundo ano. Entretanto, dos 58 bebês escoceses, havia três cuja primeira figura de apego não fora a mãe: dois deles escolheram o pai, e um terceiro, cuja mãe trabalhava fora em tempo integral, escolheu a avó, que cuidava dele durante a maior parte do dia. (Em virtude do critério restrito de apego usado por Schaffer e Emerson, não se pode estar absolutamente seguro sobre como alguns de seus outros dados devem ser interpretados.)

Observações como essas e muitas outras tornam abundantemente claro que, embora seja usual a mãe natural de uma criança ser a sua principal figura de apego, o papel pode ser efetivamente assumido por outras pessoas. As provas de que se dispõe evidenciam que, desde que uma figura substituta se comporte de um modo maternal em relação a um bebê, este a tratará da mesma maneira que uma outra criança trataria sua mãe natural. Na próxima seção examinaremos em que consiste precisamente o "modo maternal" de tratar uma criança. Em poucas palavras, parece consistir em manter uma interação social intensamente ativa com a criança, respondendo prontamente a seus sinais e abordagens.

Embora não haja dúvida de que uma mãe substituta pode comportar-se de um modo completamente maternal em relação a uma criança, e que muitas assim procedem, isso pode ser menos fácil para a mãe substituta do que para a mãe natural. Por exemplo, o conhecimento do que elicia o comportamento maternal em outras espécies sugere que os níveis hormonais subsequentes ao parto e os estímulos provenientes do próprio bebê recém-nascido revestem-se de grande importância. Se isso for assim também para os seres humanos, então a mãe substituta pode estar em desvantagem, comparada com a mãe natural. Por um lado, a mãe-substituta não pode dispor dos mesmos níveis hormonais da mãe natural; por outro, uma substituta poderá ter pouco ou nada a ver com o bebê antes deste ter algumas semanas ou meses de idade. Em consequência destas limitações, as respostas maternais de uma substituta poderão ser menos fortes e menos sistematicamente deflagradas do que as de uma mãe natural.

Figuras subsidiárias

Já foi observado que talvez seja necessário distinguir mais cuidadosamente do que se fez até agora entre figuras de apego e companheiros de brinquedo. Uma criança procura sua figura de apego quando está cansada, doente, faminta ou alarmada, e também quando está insegura a respeito do paradeiro dessa figura; quando a figura de apego é encontrada, a criança quer manter-se na proximidade dele ou dela, e também poderá querer ser pega no colo ou abraçada. Em contrapartida, uma criança procura um companheiro de brinquedo quando está bem-humorada e confiante sobre o paradeiro de sua figura de apego; além disso, quando um companheiro de brinquedo é encontrado, a criança quer envolver-se numa interação lúdica com ele.

Se esta análise é correta, os papéis da figura de apego e do companheiro de brinquedo são distintos. Entretanto, como os dois papéis não são incompatíveis, é possível que uma única figura preencha ambos os papéis em momentos diferentes; assim, a mãe de um bebê pode, às vezes, atuar como companheira de brinquedo e como principal figura de apego, e uma outra pessoa, por exemplo, uma criança mais velha, que atua principalmente como companheiro do brinquedo, também atuará ocasionalmente como figura subsidiária de apego.

Lamentavelmente, os dois estudos pioneiros em que nos apoiamos para os nossos dados não efetuam essas distinções. Consequentemente, não é fácil esclarecer se as várias figuras descritas neles como "figuras subsidiárias de apego" devem ser sempre assim classificadas. Portanto, nesta descrição de suas conclusões, todas essas outras figuras são citadas simplesmente como "figuras subsidiárias", na suposição de que algumas são verdadeiramente figuras subsidiárias de apego, outras são principalmente companheiros de brinquedo, e ainda umas poucas são ambas as coisas.

Nos bebês gandas e escoceses, as figuras subsidiárias mais comuns assinaladas pelos respectivos estudos foram o pai e irmãos mais velhos. Outras figuras também citadas incluem um dos avós ou outras pessoas residentes na casa e, ocasionalmente, um vizinho. Ambos os estudos concordam em que cada uma dessas figuras adicionais favorecidas é claramente distinguida das não favorecidas. Ainsworth (1967) observa que "a especificidade... e a nitidez de preferências entre pessoas familiares são flagrantes; por exemplo, ao passo que um irmão pode ser sempre acolhido com júbilo, outros não".

Inevitavelmente, para cada criança, a quantidade e a identidade dessas figuras adicionais mudam com o tempo. Schaffer e Emerson registram como, para uma determinada criança, podia haver um aumento súbito no número de figuras adicionais e, mais tarde, talvez um decréscimo. Em geral, embora nem sempre, tais mudanças refletiam claramente quem, numa dada época, estava mais disponível na família.

É incerto se o comportamento social começa a ser dirigido para figuras subsidiárias discriminadas ao mesmo tempo que é dirigido pela primeira vez para uma figura principal de apego ou se isso ocorre um pouco mais tarde. Usando como critério o protesto do bebê ao ser deixado, Schaffer e Emerson consideraram que seus dados apoiavam o primeiro ponto de vista. Ainsworth, por outro lado, mostra-se propensa a acreditar que a manifestação do comportamento de apego para figuras subsidiárias ocorre um pouco mais tarde do que para uma figura principal. Ambos os estudos, entretanto, não usaram métodos suficientemente refinados que habilitem a decidir a questão num sentido ou no outro[2].

....
2. As observações de Ainsworth foram feitas a intervalos de quinze dias; os depoimentos de pais, que foram a base principal do estudo de Schaffer e Emerson, foram obtidos a intervalos de quatro semanas.

Quando um bebê tem mais de uma figura de apego, pode-se supor que sua ligação com a figura principal é fraca e, inversamente, que quando existe uma única figura, sua ligação com ela é especialmente intensa. Mas não é assim; com efeito, precisamente o oposto é descrito em relação tanto aos bebês escoceses quanto aos gandas. No caso dos escoceses, o bebê que mostra um apego intenso a uma figura principal é significativamente mais propenso a dirigir seu comportamento social para outras figuras discriminadas, ao passo que um bebê fracamente apegado pode confinar todo o seu comportamento social a uma única figura. Ainsworth assinala a mesma correlação nos bebês gandas. A autora oferece uma possível explicação: quanto mais inseguro for o apego de um bebê à sua figura principal, mais inibido ele será em desenvolver ligações com outras figuras. Uma outra explicação que pode ser sugerida, como aditamento à de Ainsworth ou como alternativa, é que quanto mais inseguro for o bebê, mais inibido será em desenvolver relações lúdicas com outras figuras.

Seja qual for a verdadeira explicação para essa correlação, uma conclusão parece clara: é um erro supor que um bebê difunde seu apego entre muitas figuras, de tal modo que segue seu caminho na vida sem uma forte ligação com quem quer que seja e, consequentemente, sem sentir a falta de qualquer pessoa em particular, quando essa pessoa está ausente. Pelo contrário, as provas disponíveis, antigas ou mais recentes (Rutter, 1981; Ainsworth, 1982), corroboram uma hipótese formulada num trabalho anterior (Bowlby, 1958), ou seja, que existe uma acentuada tendência para o comportamento de apego ser dirigido principalmente para uma determinada pessoa. Em apoio a esse ponto de vista, chamou-se a atenção para o modo como crianças em creches tendem, quando lhes é dada a oportunidade, a se apegarem a uma determinada pajem. No livro *Infants without Families* (1944), Burlingham e Anna Freud fornecem muitos exemplos disso. Eis um deles:

> Bridget (2-2 1/2 anos) pertencia ao grupo da pajem Jean, de quem ela gostava muito. Quando Jean esteve doente, durante alguns dias, e voltou à creche, Bridget repetia constantemente: "Minha Jean, minha Jean". Lilian (2 1/2 anos) também disse certa vez "minha Jean", mas Bridget objetou e explicou: "É minha Jean, é Ruth de Lilian e Ilsa é de Keith."

Em virtude da tendência de uma criança para apegar-se especialmente a uma figura estar, segundo parece, bem estabelecida e ter também implicações muito importantes para a psicopatologia, creio que merece ser designada por um termo especial. Eu denomino tal inclinação de "monotropia".

O papel de objetos inanimados

Até agora interessamo-nos apenas pelas diferentes figuras humanas para as quais o comportamento de apego pode ser dirigido. Entretanto, é bem sabido que certos componentes do comportamento de apego são dirigidos, às vezes, para objetos inanimados. A sucção não nutritiva e o agarramento são exemplos.

Também é muito comum, evidentemente, a sucção nutritiva ser dirigida para um objeto inanimado, por exemplo, a mamadeira. Porém, como o comportamento alimentar é considerado uma categoria de comportamento distinto do apego, a direção da sucção nutritiva para outros objetos que não o seio materno está fora do âmbito deste livro.

Nas sociedades mais simples, em que um bebê pode passar a maior parte das 24 horas do dia em contato com a mãe, a sucção não nutritiva e o agarramento dirigem-se para o próprio corpo da mãe, como se verifica em todas as espécies de primatas não humanos. Em outras sociedades, por outro lado, incluindo a nossa, a sucção não nutritiva pode, durante as primeiras semanas de vida, passar a ser dirigida para a chupeta ou o polegar, e algum tempo depois, usualmente não muito antes do final do primeiro ano, a criança poderá apegar-se a alguma peça de vestuário, a um cobertor ou a um brinquedo predileto. Com frequência, esses artigos macios são sugados e agarrados, mas isso não é invariável.

Depois que Winnicott (1953) chamou a atenção para as primeiras possessões prediletas de uma criança, mais de um investigador obteve depoimentos de pais a respeito de tais objetos. Foi apurado que no Reino Unido, atualmente, a incidência de tais apegos é bastante elevada. De 28 crianças escocesas de dezoito meses de idade, Schaffer e Emerson (1964*b*) apuraram que onze delas, mais de um terço, estavam ou tinham estado apegadas a um objeto predileto. Além disso, um terço também era dado a sugar o polegar. É de algum interesse que quase todas as crianças que tiveram um objeto predileto e chuparam o dedo também eram crianças que adoravam ser acariciadas por suas mães. Enquanto chupar o dedo ou um objeto começa usualmente nas primeiras semanas, o apego a um objeto predileto e macio *específico* raramente se manifesta antes dos nove meses de idade e, com frequência, começa bem mais tarde. Numa série de 43 crianças que tinham estado ou ainda estavam apegadas a tais objetos, as mães de nove delas afirmaram que seus bebês tinham se apegado a eles antes dos doze meses, 22 entre o primeiro e o segundo aniversários, e uma dúzia depois do segundo aniversário (Stevenson, 1954).

Não existem provas de que, em qualquer desses aspectos, os meninos sejam diferentes das meninas.

A tremenda importância, para a paz de espírito de uma criança, de um determinado objeto predileto a que ela se acostumou é muito conhecida das mães. Desde que ele esteja disponível, o bebê irá contente para a cama, liberando a mãe. Quando o objeto se perde, porém, a criança pode mostrar-se inconsolável até que ele seja reencontrado. Às vezes, uma criança apega-se a mais de um objeto. Mark, o mais velho de três filhos, descrito como tendo desfrutado sempre da atenção exclusiva de sua mãe, é um exemplo:

> Mark chupou o polegar até os quatro anos e meio, especialmente em momentos de aflição e durante a noite. Antes dos catorze meses, ele puxava para cima o cobertor com a mão esquerda e, chupando o polegar direito, enrolava uma ponta do cobertor em torno do punho esquerdo. Depois, ficava batendo com o punho coberto na testa, até cair no sono. O cobertor passou a ser conhecido como a sua "manta" e o acompanhava por toda a parte – na cama, nas férias etc. A partir dos três anos de idade, ele passou também, à noite, a embrulhar seu esquilo de madeira na ponta da "manta" e depois o enfiava debaixo de si. (Relatado pela mãe e citado por Stevenson, 1954.)

Não existe razão para pensar que o apego a um objeto inanimado signifique doença para uma criança; pelo contrário, há provas abundantes de que tal apego pode combinar-se com relações pessoais satisfatórias. De fato, no caso de algumas crianças, a ausência de interesse por objetos macios pode ser motivo de preocupação. Por exemplo, Provence e Lipton (1962) relatam que nenhuma das crianças por eles observadas, que tinham sido cuidadas durante o primeiro ano de vida numa instituição carente, apegou-se a um objeto favorito. Outros bebês mostram, às vezes, um positivo desagrado por objetos macios e, também neste caso, há motivo para pensar que o seu desenvolvimento social pode ter-se perturbado. Stevenson (1954) descreve uma dessas crianças: ela fizera-se notar, desde os primeiros meses, por sua acentuada aversão a brinquedos macios. A criança tinha, desde o começo, sido rejeitada pela mãe e, mais tarde, abandonada por ela, e era plausível supor que, de algum modo, sua aversão por objetos macios refletia a aversão pela mãe.

Não só o apego a um objeto predileto é coerente com relações satisfatórias com pessoas mas o prolongamento do apego a um objeto inanimado em fases ulteriores da infância pode ser muito mais comum do que geralmente se supõe; não poucas crianças mantêm tal apego até a idade escolar. Embora seja fácil supor que um prolongamento desses apegos sugira que a criança é insegura, isso está longe de ser uma certeza. A posição pode ser diferente, porém, quando a criança prefere um objeto inanimado a uma pessoa. Stevenson dá alguns exemplos:

> A mãe de Roy disse-me que, se Roy caía, perguntava sempre por "Say", o seu pano, em vez de chamá-la para consolá-lo. Duas mães disseram-me que os primeiros pedidos de seus filhos, ao saírem de uma operação, foram de seus objetos.

Um desses dois meninos era Mark, que, aos seis meses de idade, extraíra as amídalas. Ao acordar da anestesia, pediu seu "esquilo" e, quando o brinquedo lhe foi entregue, adormeceu calmamente.

Presumivelmente, seria possível que o comportamento de apego se dirigisse inteiramente para um objeto inanimado e não para uma pessoa. Tal condição, caso perdurasse, seria quase certamente inimiga da futura saúde mental. Este ponto de vista ditado pelo "senso comum" é substancialmente corroborado pelas observações de Harlow e Harlow (1965) sobre macacos *rhesus* cujo comportamento de apego durante a infância fora exclusivamente dirigido para um boneco. Quando, mais tarde, eles foram colocados com outros macacos, esses filhotes mostraram-se consideravelmente perturbados em todas as suas relações sociais.

O significado teórico do apego de uma criança a objetos inanimados tem sido analisado por clínicos, notadamente por Winnicott (1953), que os chamou "objetos transicionais". Dentro do esquema teórico que ele propõe, sustenta que esses objetos ocupam um lugar especial no desenvolvimento das relações objetais; eles pertencem, acredita Winnicott, a uma fase durante a qual um bebê, embora só muito vagamente esteja capacitado para usar o simbolismo, está, não obstante, progredindo nessa direção; daí o termo "transicional"[3]. Embora a terminologia de Winnicott seja hoje amplamente adotada, a teoria em que ela se baseia ainda é questionável.

Um modo muito mais parcimonioso de considerar o papel desses objetos inanimados é vê-los, simplesmente, como objetos para os quais certos componentes do comportamento passam a ser dirigidos ou redirigidos porque o objeto "natural" inexiste ou é inacessível. Em vez do seio materno, a sucção não nutritiva é dirigida para uma chupeta; e em vez do corpo, do cabelo ou do vestuário da mãe, o agarramento dirige-se para um cobertor, uma almofada ou um brinquedo predileto. O status cognitivo desses objetos, é razoável supor, equivale, em cada estágio do desenvolvimento de uma criança, ao de sua principal figura de apego – no começo, algo um pouco mais elaborado do que um estímulo iso-

....
3. Como a posição de Winnicott não é fácil de descrever, é preferível apresentá-la em suas próprias palavras:

> ... o cobertor (ou seja o que for) simboliza algum objeto parcial, como o seio. Não obstante, a importância disso não é tanto o seu valor simbólico quanto a sua realidade. O fato de não ser o seio (ou a mãe) é tão importante quanto o fato de que representa o seio (ou a mãe)... Creio haver uso para um termo para a raiz do simbolismo no tempo, um termo que descreva a jornada do bebê desde o puramente subjetivo até a objetividade; e parece-me que o objeto transicional (cobertor etc.) é o que vemos dessa jornada de progresso em direção à experiência.

lado, depois algo reconhecível e esperável, e, finalmente, uma figura que persiste no tempo e no espaço. Como, enquanto se aguardam mais provas, não existe razão nenhuma para supor que os chamados objetos transicionais desempenham qualquer papel especial no desenvolvimento – cognitivo ou outro – de uma criança, um termo mais apropriado para eles seria, simplesmente, "objetos substitutos".

O tipo mais parcimonioso de teoria é fortemente corroborado pelos resultados de estudos realizados após a primeira edição deste livro (Boniface e Graham, 1979), e por observações do comportamento de bebês primatas não humanos criados longe da mãe. Tal como no caso de bebês humanos, os filhotes de macacos e dos grandes símios aceitam rapidamente a mamadeira para alimentar-se, e optam pela chupeta ou o polegar para a sucção não nutritiva. Esta pode ser também dirigida para várias outras partes do corpo: comumente para os dedos dos pés e, ocasionalmente, numa fêmea, para os seus próprios mamilos, e, num macho, para o seu próprio pênis. Harlow demonstrou que, como algo a agarrar-se, o bebê macaco adota rapidamente um boneco como figura materna, desde que seja macio.

Quando tratados por uma mãe adotiva humana, os macacos e grandes símios aceitam-na imediatamente como mãe e agarram-se a ela com grande tenacidade. Como esse agarramento é muito persistente, é uma sorte que, às vezes, seja possível distraí-los temporariamente com uma peça de vestuário. Tal comportamento redirigido foi brilhantemente descrito por Hayes (1951), que criou um filhote de chimpanzé. Descrevendo o comportamento de Viki por volta dos nove meses de idade, conta Hayes:

> Embora Viki e eu fôssemos grandes amigas, eu não era o seu único consolo em momentos de aflição. Descobrimos que Viki podia ser consolada... dando-lhe uma toalha para agarrar-se a ela... Para onde quer que Viki fosse, ia arrastando com ela a toalha, agarrada com uma das mãos, ou com o punho, ou jogada sobre um ombro... (Quando) se cansava de (um) brinquedo e decidia caminhar, sempre apanhava primeiro a sua toalha. Se não a sentisse por perto, procurava-a, e se tampouco estivesse à vista, corria freneticamente pelo quarto todo, buscando-a em qualquer canto. Então, agarrava a

minha blusa e ficava pulando, em desespero, até que eu, em autodefesa, lhe entregasse a toalha.

Muitos outros exemplos poderiam ser dados de tal comportamento em bebês primatas criados em ambientes atípicos.

Assim, parece claro que, seja em bebês humanos seja em primatas não humanos, sempre que o objeto "natural" do comportamento de ligação é inacessível, o comportamento pode passar a ser dirigido para algum objeto substituto. Embora inanimado, tal objeto parece frequentemente capaz de preencher o papel de uma importante, ainda que subsidiária, "figura" de apego. À semelhança de uma figura principal de apego, o substituto inanimado é especialmente procurado quando uma criança está cansada, doente ou aflita.

Processos que levam à seleção de figuras

No capítulo anterior foi proposto (p. 339) que o desenvolvimento do comportamento de apego do bebê para determinadas figuras é o produto de, pelo menos, quatro processos que nele operam. Os primeiros três desses processos, assim como as consequências a que levam quase inevitavelmente quando um bebê é cuidado numa família comum, são os seguintes:

a) uma tendência inata para olhar, ouvir e orientar-se para certas classes de estímulos, de preferência a outros, o que resulta o bebê passar a prestar especial atenção aos adultos que cuidam dele;
b) aprendizagem por exposição, a qual resulta o bebê aprender os atributos perceptuais de quem estiver cuidando dele e distinguir essa pessoa de todas as outras pessoas e coisas;
c) uma tendência inata para aproximar-se de tudo o que for familiar, o que leva o bebê, assim que o seu equipamento motor lhe permite, a acercar-se da figura ou figuras familiares que aprendeu a distinguir das demais.

O quarto processo em ação é aquela tão conhecida forma de aprendizagem através da qual, em resultado do *feedback* de certas consequências de um comportamento, este pode ser aumentado (reforçado). É possível perguntar agora: quais são as consequências particulares das formas primitivas do comportamento de apego que, quando realimentadas centralmente, têm o efeito de aumentar esse comportamento?

Já foi observado no capítulo 12 que nenhuma prova foi até agora apresentada que sustente a teoria tradicional de que o reforçador crucial do comportamento de apego seja o alimento, e de que a razão pela qual o bebê se apega a uma determinada figura seja porque esta o alimenta e satisfaz suas outras necessidades corporais. Inversamente, são hoje substanciais as provas de que um dos mais eficazes reforçadores do comportamento de apego é o modo como os parceiros do bebê respondem a seus avanços sociais. Essas provas podem ser agora apresentadas em maior detalhe. Elas derivam de duas fontes: a observação natural e a experimentação.

Entre os estudos que usam observações naturais estão os de Schaffer e Emerson para crianças escocesas e os de Ainsworth para crianças gandas, e também alguns estudos menos sistemáticos de crianças criadas em *kibutzim* israelenses. Todas as conclusões apontam na mesma direção.

Schaffer e Emerson (1964*a*) preocuparam-se em identificar as condições associadas ao fato de o bebê de dezoito meses apegar-se à mãe num alto ou baixo grau de intensidade, medida pelos seus protestos quando a mãe se afasta. As conclusões basearam-se em dados obtidos com 36 crianças.

Numerosas condições que tradicionalmente se pensava serem importantes para a intensidade do apego não mostraram nenhuma associação significativa. Entre elas, estavam incluídas muitas variáveis relacionadas com os métodos de alimentação, desmame e treinamento dos hábitos de higiene pessoal. Outras variáveis que também provaram não estar relacionadas foram o sexo da criança, a ordem de nascimento e quociente de desenvolvimento. Em contrapartida, duas variáveis referentes às interações sociais da mãe com o bebê destacaram-se como claramente significativas.

São elas: a presteza com que a mãe respondia ao choro do bebê e o grau em que ela própria iniciava a interação social com ele: quanto mais prontamente ela respondia ao choro do bebê e quanto mais interação iniciava com ele, mais forte era a tendência do bebê de 18 meses para apegar-se à mãe (medida pelos protestos do bebê quando ela se afastava). Embora essas duas variáveis mostrassem certa sobreposição, o seu grau de associação não era estatisticamente significante:

> ... algumas das mães... que respondiam rapidamente ao choro do bebê raramente interagiam com ele espontaneamente e, inversamente, algumas das que desencorajavam o choro interagiam consideravelmente com a criança.

A conclusão de que a responsividade ao choro e a presteza em interagir socialmente situam-se entre as variáveis mais importantes foi corroborada pelos dados que Schaffer e Emerson obtiveram com figuras subsidiárias. Os indivíduos que respondiam prontamente ao choro do bebê mas que não podiam dar-lhe assistência física eram aqueles a quem os bebês preferiam selecionar como figuras subsidiárias; ao passo que aqueles que às vezes lhes dispensavam cuidados físicos mas não eram socialmente receptivos tinham poucas probabilidades de serem selecionados.

Naturalmente, com muita frequência, figuras que reagiam prontamente ao choro e que interagiam socialmente com frequência eram também aquelas que estavam disponíveis a maior parte do tempo. Mas isso não ocorria sempre; por exemplo, algumas mães que estavam acessíveis o dia todo não eram sensíveis ao choro de seus bebês nem sociáveis com eles, ao passo que alguns pais, que não estavam disponíveis a maior parte do dia, interagiam substancialmente com seus bebês, sempre que estavam com eles. Em tais famílias, segundo foi apurado por Schaffer e Emerson, a tendência de uma criança era para apegar-se mais intensamente ao pai do que à mãe.

> Muitas mães... queixaram-se, de fato, de que a sua política de não "estragar" o bebê era destruída por seus maridos, e que o bebê que não se mostrava nada exigente enquanto estava só com a mãe,

passava a fazer toda a sorte de exigências e a reclamar a presença e atenção do pai durante os períodos de férias, nos fins de semana e à noite.

Ao analisar seus dados sobre as crianças gandas, Ainsworth mostrou-se propensa a extrair conclusões semelhantes, embora as deficiências de suas observações a tornassem cautelosa. Suas experiências na África, entretanto, levaram-na a um estudo subsequente (com bebês brancos em Maryland) a fim de obter registros muito mais sistemáticos da rapidez, frequência e forma das respostas sociais que uma mãe tende a manifestar com seu bebê. O resultado desse estudo (Ainsworth e outros, 1978) mostra claramente que duas variáveis estão significativamente relacionadas com o desenvolvimento do comportamento de apego: (1) a sensibilidade da mãe em responder aos sinais do seu bebê, e (2) a quantidade e a natureza da interação entre a mãe e o bebê. As mães cujos bebês estão mais solidamente apegados a elas são as que pronta e adequadamente respondem aos seus sinais e que se empenham em substancial interação social com eles – para deleite de ambas as partes.

Certas observações bem documentadas do desenvolvimento do comportamento de apego em bebês criados em *kibutzim* israelenses não são facilmente entendidas com base na teoria tradicional; uma teoria que enfatiza o papel da interação social no desenvolvimento do apego, por outro lado, harmoniza-se bem com essas observações.

Em alguns *kibutzim* israelenses, uma criança é cuidada, a maior parte do tempo, por uma pajem numa creche comunal; seus pais cuidam dela apenas uma hora ou duas por dia, exceto no Sabbath, quando a têm o dia todo[4]. Assim, a maioria das refeições e de outros cuidados rotineiros é proporcionada pela pajem. Apesar disso, entretanto, as principais figuras de apego de uma criança de *kibutz* são seus pais – um ponto sobre o qual todos os observadores parecem estar de acordo. Por exemplo, após estudar o desenvolvimento de crianças num *kibutz*, Spiro (1954) escreveu:

....

4. A partir de 1981, esse sistema vem se tornando menos comum do que anteriormente.

Embora os pais não desempenhem um papel destacado na socialização de seus filhos, ou em proverem às suas necessidades físicas... os pais são de crucial importância no desenvolvimento psicológico da criança... Propiciam-lhe uma certa segurança e o amor que ela não obtém de mais ninguém. Se alguma diferença existe, o apego da criança a seus pais é maior do que em nossa própria sociedade.

Essa generalização é repetida por Pelled (1964), que baseia suas conclusões em vinte anos de trabalho psicoterapêutico com indivíduos criados em *kibutzim:*

> ... as principais relações objetais da criança de *kibutz* são as suas relações com a família – pais e irmãos... Em nenhum dos meus casos pude encontrar um vínculo forte e duradouro com uma *metapeleth**... As *metaploth*, que pertencem ao passado, são usualmente mencionadas apenas de passagem, num tom de indiferença emocional, às vezes com muito ressentimento... Em retrospecto, o relacionamento com a *metapeleth* apresenta-se como um tipo de relação transitória, intermutável e destinada à satisfação de necessidades, a qual cessa quando a situação que a ocasionou chega ao fim.

É óbvio que estes dados são o inverso do que a teoria tradicional preconizaria. Por outro lado, não é difícil entendê-los com base na teoria agora proposta. Na creche comunal, a *metapeleth* tem sempre várias crianças sob seus cuidados e deve também preparar suas refeições, mudar-lhes a roupa etc. Consequentemente, pode dispor de relativamente pouco tempo para responder aos sinais de um bebê ou dedicar-se a brincar com ele. Quando, em contrapartida, uma mãe cuida de seu bebê, ela não se dedica usualmente a qualquer outra coisa e, portanto, está livre para responder às suas propostas e iniciar o jogo social. Não parece improvável, portanto, que no decorrer de uma semana uma criança tenha mais interação social e interação mais adequadamente oportuna com sua mãe do que jamais logra ter com a sua *metapeleth*. Se isso é realmente assim ou não pode ser comprovado, é claro, por obser-

---

* *Metapeleth* (plural, *metaploth*), que significa pajem, babá. (N. R.)

vação sistemática[5]. Caso prove ser um quadro verdadeiro do que sucede num *kibutz*, seria a contraparte do que é relatado por Schaffer e Emerson a respeito de algumas famílias, ou seja, que uma criança torna-se mais apegada ao pai, a quem vê pouco, mas que lhe responde livremente, do que à mãe, que cuida dela o dia inteiro mas interage raramente com ela.

As observações até agora relatadas foram todas feitas nos ambientes cotidianos onde as crianças eram cuidadas – com todas as vantagens de serem realizadas no decorrer da vida real e todas as dificuldades de interpretação dos resultados que esses ambientes apresentaram. Notar-se-á, entretanto, que as conclusões extraídas desses estudos são inteiramente compatíveis com os resultados dos poucos experimentos até agora realizados (e descritos no capítulo anterior). Assim, Brackbill (1958) pôde aumentar a quantidade de sorriso em bebês de três meses pelo simples expediente de responder socialmente toda a vez que um bebê sorria – ou seja, retribuindo o sorriso, acariciando-o, pegando-o ao colo e tagarelando com ele; e Rheingold, Gewirtz e Ross (1959) puderam aumentar a balbuciação de bebês da mesma idade por métodos bastante semelhantes; toda a vez que o bebê balbuciava, o experimentador respondia com um amplo sorriso e três sons "tsc", ao mesmo tempo que pressionava levemente o abdômen do bebê.

Atraso no desenvolvimento do apego

Os dados sobre bebês que são lentos em desenvolver apego também são compatíveis com a teoria aqui proposta. Ao passo que a maioria das crianças mostra sinais muito claros de um comportamento de apego diferencialmente dirigido por volta dos nove meses de idade, em algumas o aparecimento desse comportamen-

....
5. Esta sugestão substancialmente corroborada pelas conclusões de Gewirtz e Gewirtz (1968) que, num estudo usando a observação direta, apuraram que, durante os primeiros oito meses de vida, um bebê num *kibutz* vê sua mãe diariamente, pelo menos, duas vezes mais tempo do que vê a *metapeleth*. Isto se deve, sobretudo, ao fato de a *metapeleth* não estar na presença do bebê a maior parte do tempo em que ele se encontra sob seus cuidados.

to é retardado, por vezes até um período bem avançado do segundo ano. As provas sugerem que se trata usualmente de bebês que, por uma razão ou outra, experimentam muito menos estimulação social de uma figura materna do que os bebês cujo desenvolvimento foi mais rápido.

Os bebês criados numa instituição impessoal são casos típicos. As conclusões de Provence e Lipton (1962) já apontaram: aos doze meses de idade, relatam eles, não havia sinal algum de comportamento de apego diferencialmente dirigido em qualquer dos 75 bebês que estudaram. (Todos tinham estado na instituição desde a idade de cinco semanas ou antes.)

As conclusões de Ainsworth (1963, 1967) a respeito dos bebês gandas criados num contexto familiar estão de acordo com as de Provence e Lipton. Das 27 crianças gandas que Ainsworth observou, quatro eram desviantes, na medida em que estavam acentuadamente atrasadas na apresentação do comportamento de apego. Duas delas eram meias-irmãs (de diferentes mães) e dificilmente exibiam qualquer discriminação ou apego aos onze e doze meses, respectivamente. As outras duas crianças eram gêmeas (um casal) que não mostraram virtualmente nenhum apego com 37 semanas de idade, quando as observações terminaram.

Quando as mães de cada uma dessas 27 crianças foram classificadas numa escala de sete pontos a respeito do montante de cuidados que dedicavam a seus bebês, as únicas mães classificadas nas duas categorias mais baixas foram as mães dos bebês não apegados. Essas mães deixavam regularmente seus bebês por longos períodos e repartiam os cuidados maternos com outras pessoas, mesmo quando elas próprias estavam disponíveis. Quando o montante total de assistência que cada bebê recebeu, seja da mãe seja de outrem, foi considerado, esses bebês mantiveram-se numa categoria muito baixa, em comparação com todos os bebês que se apegaram às mães, exceto um.

Ao analisar os seus resultados, Ainsworth sublinha que a dimensão de "cuidados maternos" que ela usou nesse estudo é inteiramente não específica. Como já foi afirmado, o componente de cuidados maternos que a autora acredita ser o mais importante é a interação social, não a assistência rotineira.

Os papéis de receptores de diferentes tipos

Tanto nesses experimentos como nos ambientes cotidianos, a estimulação social considerada eficaz na promoção do comportamento de apego engloba um misto de estimulação visual, auditiva e tátil, e também, usualmente, cinestésica e olfativa. Assim, as questões formuladas são: qual desses modos de interação é indispensável, supondo-se que algum o seja, para que o apego se desenvolva? E qual é o mais poderoso para esse fim?

Nas discussões do problema duas tendências são assinaláveis. Em grande parte da literatura mais antiga, a qual pressupunha que o apego se desenvolvia como resultado de o bebê ser alimentado, a ênfase recaía sobre a estimulação tátil e, em particular, a oral. Mais tarde, essa suposição foi desafiada, especialmente por aqueles cuja posição teórica é semelhante a adotada aqui, como Rheingold (1961) e Walters e Parke (1965). Esses investigadores enfatizam que, desde as primeiras semanas de vida, os olhos e ouvidos de um bebê estão ativos como mediadores do intercâmbio social, e contestam o papel especial antes atribuído à estimulação tátil e cinestésica. Não só o sorriso e a balbuciação mas também o contato olho a olho parecem desempenhar um papel muito especial no desenvolvimento de um vínculo entre o bebê e a mãe (Robson, 1967).

Que o contato visual é de grande importância é ainda corroborado pelo fato de que, durante os cuidados rotineiros, a tendência da mãe é para segurar seu bebê de tal modo que o contato face a face só raramente ocorre; ao passo que, quando está expressando sentimentos sociais, ela segura habitualmente o bebê com o rosto voltado para ela (Watson, 1965). Esta observação está de acordo com o dado segundo o qual um bebê apega-se a figuras que interagem socialmente com ele, muito mais do que a figuras que pouco mais fazem do que atender às suas necessidades corporais.

A uma primeira leitura, poder-se-ia pensar que o ponto de vista de que os estímulos visuais, mais do que os táteis e cinestésicos, são preponderantes também recebe apoio de um estudo do desenvolvimento do apego em bebês que são avessos a serem abraçados, realizados por Schaffer e Emerson (1964*b*). Contudo, tal conclusão dificilmente seria justificada.

Nesse estudo, que faz parte de um estudo mais amplo do desenvolvimento do comportamento de apego (Schaffer e Emerson, 1964a), os investigadores identificaram um grupo de nove bebês, de uma amostra de 37, que aos doze meses de idade eram ativamente resistentes, segundo o depoimento de suas mães, a serem abraçados ou acariciados; como disse uma das mães: "Ele não consente e debate-se para livrar-se". Outros dezenove bebês gostavam de ser acariciados, ao passo que os nove restantes ocuparam uma posição intermediária[6]. As diferenças verificadas no desenvolvimento do comportamento de apego entre os bebês que gostavam e os que não gostavam de carícias foram poucas: a única diferença significativa foi que, aos doze meses de idade, a intensidade do apego foi classificada como mais elevada nos bebês que gostavam de afagos do que nos outros. Aos dezoito meses, porém, essa diferença, embora estivesse ainda presente, deixou de ser significativa; tampouco havia nessa idade qualquer diferença entre os bebês quanto ao número de pessoas para quem o comportamento de apego era dirigido.

Embora a descoberta de uma diferença tão pequena entre os dois grupos pudesse ser interpretada no sentido de que a experiência do contato físico desempenha um papel menor no desenvolvimento do apego, é necessário ter cautela. Pois seria um grave erro supor que um bebê descrito por Schaffer e Emerson como avesso a carícias não recebesse nenhum tipo de estimulação tátil

....

6. Schaffer e Emerson afirmam que todos os seus bebês que não gostavam de carícias foram descritos por suas mães como tendo mostrado suas peculiaridades desde as primeiras semanas de vida. A dra. Mary Ainsworth (comunicação pessoal), entretanto, mostra-se cética sobre qualquer depoimento retrospectivo de que "ele nunca foi um bebê que gostasse de agrados". O trabalho com sua amostra de Maryland sugere-lhe que pelo menos algumas das crianças que não gostam de carícias são bebês cujas mães os tiveram muito pouco tempo nos braços durante os primeiros meses:

> Meus assistentes e eu fizemos especial questão de tomar em nossos braços bebês cujas mães afirmaram que eles não gostavam de carícias. Conosco, mostraram gostar. O fato é que a mãe não gostava de aconchegar o bebê nos braços e acariciá-lo. Apuramos que, mais tarde, esses bebês passaram a resistir aos afagos e esperneavam quando eram tomados ao colo. É claro, alguns bebês portadores de lesões cerebrais são hipertônicos e podem resistir desde o princípio a serem tomados nos braços e acariciados.

ou cinestésica. Pelo contrário, esses mesmos bebês gostavam de ser embalados, mostravam-se contentes quando sentavam-se no colo da mãe para comer e, quando alarmados, agarravam-se às saias dela ou escondiam o rosto nos seus joelhos. Na verdade, a única coisa que os fez serem considerados diferentes dos outros bebês foi irritarem-se quando sentiam-se freados em seus movimentos: sempre que as carícias implicavam qualquer restrição, protestavam vigorosamente. Assim, embora esses bebês recebessem provavelmente menos estimulação tátil do que aqueles que gostavam de ser abraçados e acarinhados, a que recebiam estava muito longe de ser desprezível.

O estudo do desenvolvimento do comportamento de apego em bebês cegos também apresentou resultados bastante ambíguos. Por um lado, temos as afirmações de que o vínculo de um bebê cego com sua mãe, em termos de especificidade e intensidade, é significativamente mais fraco do que o de um bebê dotado de visão (citado por Robson, 1967, como declarações pessoais de Daniel Freedman, Selma Fraiburg e Dorothy Burlingham); por outro, temos o ponto de vista de que a impressão por vezes dada por crianças cegas de que trocam facilmente uma figura familiar de apego por uma não familiar é falsa e decorre do fato de que uma criança cega, tal como qualquer criança, quando está alarmada, tende a agarrar-se a quem quer que esteja acessível, quando a figura familiar está temporariamente ausente (Nagera e Colonna, 1605). Uma possível solução para estas opiniões aparentemente contraditórias é que as crianças cegas desenvolvem apego a uma determinada figura mais lentamente do que as que veem, mas, uma vez desenvolvido o apego, ele é mais intenso nas crianças cegas e persiste por mais tempo do que nas dotadas de visão.

A verdade é que os dados ainda não são suficientes para responder às questões apresentadas. Que os telerreceptores desempenham um papel muito mais importante do que até agora lhes tem sido atribuído parece indubitável, mas isso está longe de permitir a conclusão de que os receptores táteis e cinestésicos são destituídos de importância. Pelo contrário, quando uma criança está muito aflita, o contato corporal parece ser vital, ou, um pouco mais tarde, para confortá-lo quando está assustado. A posição mais sensata a adotar, no momento, é que, com toda a probabilidade, todos os modos de interação social desempenham um papel importante mas que, graças à considerável redundância na organização do comportamento de apego, uma insuficiência num modo pode, dentro de limites amplos, ser compensada através de algum outro modo. Uma abundância de meios alternativos pelos quais as exigências de sobrevivência podem ser satisfeitas é muito comum, como se sabe, no reino animal.

Fases sensíveis e o medo de estranhos

Como está hoje bem estabelecido que, em outras espécies, existe uma fase durante a qual o comportamento de apego a uma figura preferida se desenvolve mais facilmente, surge naturalmente a questão de saber se o mesmo acontece no caso do homem. A maioria dos investigadores com uma orientação etológica tende a acreditar que sim. Quais são as evidências?

Provas para uma fase de crescente sensibilidade

Muitos estudiosos da matéria, por exemplo, Gray (1958), Ambrose (1963), Scott (1963), Bronson (1965), suspeitam de que, durante as primeiras cinco ou seis semanas de vida, o bebê ainda não está apto a desenvolver o comportamento de apego para uma figura discriminada. Tanto as capacidades perceptuais quanto o nível em que o comportamento está organizado não atingiram um estágio que permita ao bebê interagir socialmente, a não ser de um modo muito primitivo[7].

Após cerca de seis semanas de idade, o bebê torna-se cada vez mais apto a discriminar o que vê, ouve e sente, e além disso, o seu comportamento social de bebê criado em família ou em instituições começa a ficar evidente. De provas como essas, e considerando-se também o rápido crescimento do equipamento neuro-

---

7. O argumento, usado por Gray (1958), de que durante as primeiras seis semanas o bebê humano não pode aprender é, contudo, certamente errôneo (cf. capítulo 14).

lógico do bebê, conclui-se, embora a título conjetural, que o desenvolvimento do apego processa-se lentamente nas primeiras semanas após o nascimento, ocorrendo uma aceleração durante o segundo e terceiro meses. O fato de, no final do sexto mês, os elementos do comportamento de apego já se haverem claramente estabelecido em muitos bebês sugere que, durante os meses precedentes – quarto, quinto e sexto –, a maioria dos bebês se encontrava num estado de elevada sensibilidade para o desenvolvimento desse comportamento.

Não é possível ir mais além de um enunciado geral deste tipo. Em particular, não existem provas de que a sensibilidade seja maior durante qualquer um desses meses do que durante um outro.

Sem novas provas é impossível, por exemplo, aceitar uma sugestão apresentada por Ambrose (1969) de que pode ser especialmente sensível o período entre seis e catorze semanas, durante o qual o bebê está aprendendo as características de rostos humanos (aprendizagem supraindividual), antes de poder discriminar as particularidades de cada rosto. As provas que ele apresenta não são concludentes; além disso, a teoria em que parte de sua argumentação se baseia – a de que a estampagem é um produto da redução de ansiedade (Moltz, 1960) – não desfruta de aceitação geral (cf. o capítulo 10, p. 209n).

*Provas de que o nível de sensibilidade
persiste durante alguns meses*

Se bem que, por volta dos seis meses de idade, a maioria dos bebês criados em família esteja exibindo comportamento de apego, nem todos o estão; tampouco o mostram os bebês criados em instituições. Como parece certo que a maioria de tais crianças desenvolve o comportamento de apego mais tarde, é evidente que um certo grau de sensibilidade persiste, ao menos por algum tempo.

Um dos estudos de Schaffer projeta alguma luz sobre a questão. Nele, Schaffer (1963) se propôs descobrir o efeito, sobre o surgimento do comportamento de apego, de separações algo prolongadas que ocorram em meados do primeiro ano de vida. Todos os vinte bebês do estudo passaram períodos de dez semanas ou mais em um de dois ambientes institucionais, em nenhum dos quais tinham qualquer oportunidade de desenvolver apego discriminado; todos eles regressaram a seus lares entre as 30 e 52 semanas de idade. Uma vez que, por ocasião do regresso, todos os bebês estavam numa idade em que se podia esperar o comportamento de apego discriminado, o interesse estava em descobrir até que ponto o período precedente de separação poderia retardar o surgimento desse comportamento.

Schaffer apurou que, aos doze meses de idade, todas essas crianças menos uma tinham desenvolvido o comportamento de apego. A demora em fazê-lo variou muito – de três dias a catorze semanas. Oito crianças estavam manifestando apego ao cabo de duas semanas em casa; outras oito demoraram entre quatro e sete semanas; as três restantes levaram de doze a catorze semanas.

Dos muitos fatores que provavelmente explicam a variação, dois foram identificados com relativa facilidade: (1) as condições na instituição e (2) a experiência após o regresso ao lar. Surpreendentemente, nem o período de tempo fora nem a idade da criança por ocasião do regresso pareciam ser significativos.

Os bebês dividiram-se em dois grupos. Um grupo de onze foi cuidado num ambiente hospitalar, onde receberam escassa estimulação, tanto social como de outros tipos. Contudo, as mães podiam visitá-los; mas a maioria só foi visitada uma vez por semana, alguns quatro ou cinco vezes por semana. O segundo grupo, de nove bebês, foi cuidado num lar infantil, a fim de evitar o contato com tuberculosos ativos. Embora esses nove bebês nunca fossem visitados pelas mães, eles experimentavam uma considerável soma de interação social com um quadro relativamente numeroso de assistentes.

Após o regresso ao lar, os bebês que tinham estado no lar infantil desenvolveram o apego à mãe muito mais cedo do que os que haviam estado hospitalizados. Ao passo que todos os bebês hospitalizados, com exceção de um, levaram quatro semanas ou mais para manifestar apego, todos os bebês do lar infantil, com exceção de dois, manifestaram-no dentro de catorze dias. Um bebê do lar infantil, devolvido à família aos doze meses de idade, após nada menos de 37 semanas fora, já manifestava o comportamento de apego no terceiro dia em casa.

Destes dados parece seguro concluir que, dada a abundância de interação social durante a segunda metade do primeiro ano de vida, o bebê desenvolverá rapidamente o apego discriminado tão logo lhe seja concedida a oportunidade para tanto; ao passo que, sem estimulação social, o bebê será muito mais lento em desenvolvê-lo. Quando o nível geral de estimulação social é baixo, é evidente que a visita ocasional da mãe é insuficiente para corrigir a posição (embora possa ser melhor do que nada).

Sem dúvida, a parte mais interessante do estudo de Schaffer diz respeito à rapidez com que o apego se desenvolveu nos bebês que tinham ficado entregues aos cuidados de um lar infantil. Sete dos nove mostraram-no dentro de quinze dias após o regresso à família; e em um dos outros dois, a razão para a demora foi quase certamente que o bebê recebeu muito pouca atenção social após o seu regresso. Era um menino que estava com 36 semanas de idade quando regressou à sua família depois de doze semanas fora, no lar infantil. Seu pai era inválido e sua mãe trabalhava fora, o que significava que a criança era cuidada pelo pai e via pouco a mãe. Embora os pais gostassem muito dele, durante esse período nem um nem outro deu-lhe muita atenção, e o comportamento de apego não foi visto. Contudo, dois meses e meio após, a mãe abandonou o trabalho e passou a dedicar-se à família. Alguns dias depois, o bebê, agora quase com um ano de idade, tinha desenvolvido um apego forte e específico com a mãe.

Estes dados indicam que, desde que as condições sociais estejam acima de um mínimo, a prontidão para desenvolver o apego pode ser mantida, em alguns bebês, pelo menos até o fim do primeiro ano. Entretanto, muitas questões continuam sem resposta. Em primeiro lugar, quais são as condições mínimas? Em segundo lugar, um apego que se desenvolve tarde é tão estável e seguro quanto o que se desenvolve mais cedo? Em terceiro lugar, até quando, no segundo ano, pode ser mantida a prontidão para o desenvolvimento do apego? Seja qual for a margem de segurança, uma coisa é certa: depois dos seis meses de idade, as condições para o desenvolvimento do comportamento de apego tendem a tornar-se mais complicadas. Uma razão principal para isso é a crescente facilidade e força com que são deflagradas as respostas de medo.

Medo de estranhos e sensibilidade reduzida

À medida que vão crescendo, os bebês humanos, assim como as criaturas jovens de outras espécies, começam a manifestar medo à vista de algo estranho, incluindo pessoas. Logo que essas reações se tornam comuns e/ou fortes, o bebê tende a afastar-se, em vez de aproximar-se. Consequentemente, torna-se menos provável que ele se apegue a uma nova figura.

Antes de o bebê demonstrar medo, ele passa por três fases sucessivas na resposta ao ver um estranho (Freedman, 1961; Schaffer, 1966; Ainsworth, 1967). São elas:

a) uma fase durante a qual o bebê não mostra discriminação visual entre estranhos e familiares;
b) uma fase que usualmente dura de seis a dez semanas, durante a qual responde a estranhos positivamente e com bastante presteza, embora não tão desenvoltamente quanto a familiares;
c) uma fase que dura usualmente entre quatro e seis semanas, durante a qual o bebê fica sério à vista de um estranho e o observa com insistência.

Só depois disso ele passa a mostrar o comportamento típico de medo, por exemplo, orientação e movimento que o distancie do estranho, choramingo ou choro, e uma expressão facial de desagrado[8].

A idade em que o medo inconfundível ao ver estranhos ocorre pela primeira vez varia muito de bebê para bebê, e também varia de acordo com os critérios usados. Em alguns bebês, começa a ser observado logo às 26 semanas de vida; na grande maioria,

---

8. Ambrose (1963) sugere que as respostas de medo podem estar presentes antes que tal comportamento manifesto seja observado. Ele baseia a sua opinião na acentuada redução da resposta sorridente de um bebê a um estranho, observada em bebês de catorze a dezesseis semanas, a qual se deve, acredita ele, a uma "inibição maciça causada por uma resposta que interferiu recentemente... provavelmente o medo". Contudo, não é certo, de maneira nenhuma, que tal conclusão se justifique; além disso, mesmo que o seja, parece que a resposta é de baixo vigor e rapidamente habituada.

está presente por volta dos oito meses; e, numa escassa minoria, seu início é retardado até o segundo ano (Freedman, 1961; Schaffer, 1966; Ainsworth, 1967)[9]. O medo de ser tocado ou apanhado ao colo por um estranho ocorre mais cedo do que o medo ao vê-lo (Tennes e Lampl, 1964).

Ao explicarem o aparecimento tardio, em alguns bebês, do medo à vista de estranhos, diferentes investigadores apontaram diferentes variáveis. Freedman (1961) e Ainsworth (1967) afirmam que quanto mais tarde se desenvolve o comportamento de apego, também mais tarde se desenvolverá o medo de estranhos; ao passo que Schaffer (1966) afirma que quanto mais pessoas um bebê encontrar habitualmente em seu meio ambiente, mais tardia será a manifestação do medo. Existem, sem dúvida, outras variáveis além dessas duas.

À medida que um bebê vai ficando mais velho, o seu medo de estranhos torna-se cada vez mais evidente. Tennes e Lampl (1964) indicam os sete a nove meses como a idade em que o medo atinge seu pico de intensidade, ao passo que Morgan e Ricciuti (1969) acreditam que o pico só se registra durante o segundo ano de vida. Ainsworth (1967) assinala que existe uma tendência para um acentuado aumento por volta dos nove ou dez meses. Ela também sublinha, entretanto, que existe uma grande variação de bebê para bebê, e que, para qualquer bebê, a tendência é para que ocorram variações inexplicáveis de mês para mês.

Uma dificuldade importante na determinação do início do medo e do seu pico de intensidade é que, em qualquer bebê, a ocorrência de medo de estranhos varia muito de acordo com as condições. Por exemplo, ocorrência e intensidade dependem, em grande medida, da maior ou menor distância a que o estranho se situa, se ele aborda ou não o bebê e de tudo o mais que ele faça; também dependem provavelmente de o bebê estar num ambiente familiar ou estranho, e de estar doente ou bem, fatigado ou em repouso. Ainda uma outra variável, estudada especialmente por Morgan e Ricciuti (1969), é o bebê estar nos braços da mãe ou

---

9. Yarrow (1967) relata a seguinte incidência para a sua amostra: aos três meses, 12%; aos seis meses, 40%; aos oito meses, 46%.

afastado dela. Dos oito meses em diante, isso faz uma grande diferença, pois um bebê sentado a cerca de um metro e meio de sua mãe mostra muito mais medo do que se estiver sentado em seu colo; esta conclusão está relacionada, sem dúvida, com o fato de, dos oito meses em diante, o bebê começar a usar sua mãe como uma base segura a partir da qual realiza suas explorações.

Outra prova que evidencia uma crescente tendência para responder adversamente a estranhos é encontrada no modo como bebês de diferentes idades reagem quando transferidos de uma figura materna para uma outra. Os resultados preliminares de um estudo de 75 bebês, cada um dos quais havia sido transferido de um lar adotivo temporário para uma família adotiva numa idade entre seis semanas e doze meses, foram apresentados por Yarrow (1963).

Dos bebês transferidos entre as seis e doze semanas, em nenhum deles se observou qualquer perturbação; mas, dos transferidos com três meses de idade, alguns mostraram-se aflitos. Daí em diante, com o aumento da idade, não só uma proporção maior de bebês perturbados foi observada mas a severidade e profundidade de seus transtornos também eram maiores. Dos bebês de seis meses, 86% manifestaram alguma perturbação; e todos os de sete meses de idade ou mais velhos "reagiram com acentuados distúrbios". O comportamento perturbado incluía uma redução de respostas sociais como sorrir e balbuciar e um recrudescimento do choro e agarramento. Incluía também uma apatia incomum, transtornos de sono e alimentação e perda de aptidões anteriormente presentes.

Conclusão

Como enfatizou Caldwell (1962), o problema dos períodos sensíveis é complexo. Hinde (1963) sugere, por exemplo, que cada resposta, considerada isoladamente, tem, provavelmente, seu próprio período sensível. Muita coisa gravita, é claro, em torno daquilo que nos interessa: se o desenvolvimento de um apego discriminado ou se os efeitos da ruptura de uma ligação já estabelecida. Não há dúvida, por exemplo, de que um apego estabelecido permanece em condições especialmente vulneráveis durante vários anos após o primeiro aniversário.

Quanto ao desenvolvimento do primeiro apego, é evidente que durante o segundo trimestre do primeiro ano de vida os bebês são sensíveis e estão prontos para estabelecer um apego discriminado. Após os seis meses de idade, eles ainda podem fazê-lo; mas, com o passar dos meses, as dificuldades aumentam. No segundo ano, parece claro que essas dificuldades já são grandes; e não diminuem depois disso. No capítulo 18 são apresentadas outras provas referentes ao tema.

A posição de Spitz: uma crítica

Quem estiver familiarizado com as teorias de René Spitz sobre o desenvolvimento das relações objetais durante o primeiro ano de vida compreenderá que elas são muito diferentes das teorias aqui apresentadas. Como os pontos de vista de Spitz são amplamente aceitos, há uma razão para discuti-los detalhadamente.

Esboçados inicialmente em artigos (Spitz, 1950, 1955), os pontos de vista de Spitz foram reafirmados sem alterações em seu livro *The First Year of Life* (1965). A principal característica de sua posição é que ele sustenta que as verdadeiras relações objetais não se estabelecem antes dos oito meses de idade.

Para chegar a essa conclusão, Spitz baseia sua tese no que designa como a "ansiedade dos oito meses" (aqui denominada "medo de estranhos"). Sua posição pode ser resumida em quatro itens:

a) Observações referentes à idade em que ocorre comumente o retraimento diante de estranhos. Spitz sustenta que esse comportamento se inicia, na maioria dos bebês, por volta dos oito meses.

b) O pressuposto de que o retraimento diante de estranhos não pode ser devido ao medo. Como o estranho não pode ter causado ao bebê dor ou desprazer, o bebê, na opinião de Spitz, não pode ter nenhuma razão para temê-lo.

c) A teoria de que o retraimento diante de estranhos não é, portanto, o afastamento de algo assustador mas, sim, uma forma de ansiedade de separação. "Aquilo a que [um bebê] reage quando se defronta com um estranho é o fato de não se tratar de sua mãe; quer dizer, 'sua mãe o deixou'..." (1965, p. 155).

d) *A inferência,* extraída tanto dos dados como da teoria, *a respeito da idade em que uma criança discrimina a figura materna e desenvolve uma "verdadeira relação objetal".* Escreve Spitz (1965, p. 156):

> Pressupomos que essa capacidade (para identificar estranhos) na criança de oito meses reflete o fato de que ela estabeleceu agora uma verdadeira relação com o objeto, e que a mãe passou a ser o seu objeto libidinal, o seu objeto de amor. Antes disso, dificilmente podemos falar de amor, porquanto não existe amor até que o ser amado possa ser distinguido de todos os outros...

Pelas observações já detalhadas neste capítulo, ficará evidente que a posição adotada por Spitz é insustentável.

Em primeiro lugar, e de um modo crucial, Spitz está equivocado ao supor que o medo de uma criança em relação a uma pessoa ou coisa se desenvolve somente como resultado dessa pessoa ou coisa ter-lhe causado dor ou desprazer. A estranheza *per se* é uma causa comum de medo. Assim, não há razão nenhuma para procurar qualquer outra explicação para o fato de uma criança se afastar de estranhos, além de se sentir alarmada pela própria estranheza.

Em segundo lugar, existem provas claras de que o medo de estranhos é uma reação muito distinta da ansiedade de separação: mesmo quando a mãe está simultaneamente à vista, o bebê pode demonstrar medo de um estranho. Quando esta objeção foi feita pela primeira vez, Spitz (1955) replicou que uma criança que se comportava desse modo era uma exceção rara. Mas essa opinião não pode continuar sendo sustentada. Em seu cuidadoso estudo experimental, Morgan e Ricciuti (1969) observaram que, em bebês dos dez aos doze meses de idade, esse comportamento ocorria em cerca de metade deles (treze bebês em 32).

Finalmente, existem provas abundantes de que o bebê pode distinguir entre pessoas conhecidas e desconhecidas muito antes de manifestar abertamente o medo de estranhos.

Um exame da posição de Spitz mostra que a sua principal falha é a suposição de que, quando em face de um estranho, um bebê não pode ser tomado de "medo realista", uma suposição baseada no pressuposto de que o "medo realista" só é eliciado por pessoas e objetos que uma criança associa "a uma experiência prévia de desprazer".

A teoria de Spitz tem tido certos efeitos perniciosos. Um deles é que, ao considerar a "ansiedade dos oito meses" o primeiro indicador de uma verdadeira relação objetal, desviou a atenção de observações que mostram, de forma inconfundível e inequívoca, que a discriminação de uma figura familiar e o comportamento de apego ocorrem, na maioria das crianças, muito antes de completarem oito meses. Um segundo é que, ao identificar o medo de estranhos com a ansiedade de separação, confundiram-se duas reações que é vital manter distintas[10].

Medo de estranhos, ansiedade de separação e comportamento de apego

A posição por nós defendida aqui, ou seja, que a ansiedade de separação e o medo de estranhos são duas formas distintas, embora relacionadas, de comportamento, tem sido sustentada por quase todos os que têm apresentado dados e analisado a questão. Neles se incluem Meili (1955), Freedman (1961), Ainsworth (1963, 1967), Schaffer (1963, 1966); Schaffer e Emerson (1964*a*), Tennes e Lampl (1964) e Yarrow (1967).

Embora exista muita discordância em torno de pormenores, todos esses investigadores sustentaram que, durante o desenvolvimento de uma criança, o medo de estranhos e a ansiedade de separação aparecem independentemente um do outro. Por exemplo,

---

10. A terminologia de Spitz, "ansiedade dos oito meses", é insatisfatória por dois motivos: *(a)* como o medo de estranhos começa em diferentes idades, segue diferentes cursos em bebês diferentes, e é influenciado por muitas variáveis, é desorientador rotulá-la por referência a qualquer mês de vida em particular; *(b)* de acordo com o uso de Freud (1926), o termo "ansiedade" deve restringir-se a situações em que "sente-se falta de alguém que se ama e por quem se anseia" (*S.E.*, 20, p. 126).

Schaffer (numa comunicação pessoal) relata que, numa amostra de 23 bebês, a ansiedade de separação desenvolveu-se em doze deles antes do medo de estranhos; em oito, desenvolveram-se simultaneamente; e em três, o medo de estranhos precedeu a ansiedade de separação. Por seu lado, Benjamin (1963) relata que, em sua amostra, as médias de idade para o início e o pico de intensidade da ansiedade de separação são *posteriores,* com alguns meses de diferença, às do medo de estranhos[11].

Assim, embora haja diversidade de opiniões a respeito da relação entre medo de estranhos e ansiedade de separação, em virtude, sem dúvida, das muitas variáveis em ação e dos diversos critérios usados, existe concordância geral em que a relação não é simples. Nenhum dos relatos fornece provas de que as duas respostas tenham uma origem simultânea ou desenvolvam um curso paralelo.

Que a ansiedade de separação e o medo de estranhos são respostas distintas está de acordo com a posição de Freud. Desde o começo, Freud sustentou que a ansiedade não é a mesma coisa que ter medo de algum objeto alarmante no meio ambiente, e considerou que havia necessidade de dois termos distintos. A maioria dos psicanalistas sentiu que a distinção é válida, embora suas formulações sobre ela sejam extremamente variadas. Em trabalhos anteriores (Bowlby, 1960*a*, 1961*b*), examinei alguns desses problemas com especial referência à ansiedade de separação, e defendi um esquema semelhante, sob muitos aspectos, ao que foi adotado por Freud em seus últimos anos.

A mais simples forma em que a distinção pode ser enunciada é que, por um lado, tentamos às vezes retrairmo-nos ou *escapar*

....

11. Embora os dados de Benjamin e os de seus colegas (Tennes e Lampl, 1964) corroborem substancialmente o ponto de vista de que existem dois padrões distintos de comportamento, a sua teorização tem algo de um compromisso. Por um lado, acompanhando Spitz, Benjamin (1963) sustenta que a "ansiedade causada pelo estranho" e a ansiedade de separação têm um principal determinante em comum, ou seja, o medo da perda do objeto. Por outro, ao contrário de Spitz, Benjamin acredita que os dois padrões não são idênticos: ao passo que o medo da perda do objeto é "o único determinante *dinâmico imediato* da ansiedade de separação", ele é "tão somente um codeterminante importante da ansiedade diante de um estranho... ". Benjamin sustenta que o outro codeterminante é o medo do estranho como tal.

de uma situação ou objeto que achamos alarmante; e, por outro, tentamos *aproximar-nos* ou *permanecer com* alguma pessoa ou *em* algum lugar que nos fazem sentir seguros. O primeiro tipo de comportamento é comumente acompanhado de uma sensação de susto ou alarma, e não está longe do que Freud tinha em mente quando falou de "medo realista" (Freud, 1926, *S.E.*, 20, p. 108). O segundo tipo de comportamento é, evidentemente, o que designamos aqui por comportamento de apego. Desde que a requerida proximidade com a figura de apego possa *s*er mantida, nenhum sentimento desagradável será experimentado. Entretanto, quando a proximidade não pode ser mantida, porque a figura foi perdida ou devido à intervenção de alguma barreira, a busca e os impulsos consequentes são acompanhados de um sentimento de inquietação mais ou menos aguda; e o mesmo acontece quando há uma ameaça de perda. Nessa inquietação resultante da separação e da ameaça de separação, Freud passou a ver, em sua obra posterior, "a chave para a compreensão da ansiedade" (Freud, 1926, *S.E.*, 20, p. 137).

São esses os problemas a que se dedica a atenção no segundo volume desta obra, no qual se apresentam versões revistas de trabalhos anteriores. Entrementes, há ainda mais a dizer acerca do desenvolvimento do comportamento de apego.

Capítulo 16
Padrões de apego e condições contribuintes

> Somos moldados e remoldados por aqueles que nos amaram; e, embora o amor possa passar, somos, no entanto, obra deles, para o bem ou para o mal.
>
> FRANÇOIS MAURIAC

Problemas a resolver

Se o desenvolvimento satisfatório do comportamento de apego é tão importante para a saúde mental quanto se afirma, então há a necessidade urgente de distinguir o desenvolvimento favorável do desfavorável, e também de conhecer que condições promovem um ou outro.

De fato, há quatro classes distintas de problemas a resolver:

a) Qual é, descritivamente, a gama de variação no comportamento de apego em qualquer idade particular, e em termos de que dimensões são mais bem descritas essas variações?

b) Que condições antecedentes influenciam o desenvolvimento de cada variedade de padrão?

c) Até que ponto cada padrão é estável, em cada idade?

d) De que modo cada padrão se relaciona com o subsequente desenvolvimento da personalidade e com a saúde mental?

Embora existam numerosos estudos com a finalidade de responder a essas interrogações e outras afins, é difícil extrair as conclusões. A verdade é que as questões são extremamente complexas, e nenhuma investigação pode esperar elucidar mais do que uma fração delas. Além disso, entre os estudos empreendidos antes de 1970 dificilmente se encontra algum que tenha sido adequado para as tarefas às quais se propuseram – seja em nível teórico ou empírico.

Em nível teórico, o velho conceito de "dependência" deixou de preencher o papel dele esperado. Por exemplo, as várias medidas de dependência que Sears usou em um longo programa de pesquisa, baseado no pressuposto de que "o comportamento de dependência manifesta" em crianças pequenas reflete "um impulso unitário ou estrutura de hábito", mostraram não ter praticamente qualquer intercorrelação. Em consequência disso, Sears concluiu que "a noção de um traço generalizado de dependência é indefensável" (Sears e outros, 1965). Subsequentemente, ele enfatizou que o apego, concebido como sendo governado por um sistema comportamental, pouca relação tem com a dependência, concebida como sendo a expressão de um impulso (Sears, 1972).

Em nível empírico, muitas das variáveis antecedentes então selecionadas para estudo – por exemplo, técnicas de alimentação, desmame e treino de hábitos de asseio pessoal –, sabe-se hoje em dia, mantêm apenas uma relação indireta com o comportamento de apego; além disso, as informações acerca dessas e outras variáveis foram obtidas retrospectivamente dos próprios pais, com todas as inexatidões e interpretações errôneas que decorrem de tais métodos. Portanto, foi necessário começar tudo de novo.

No capítulo anterior, as condições que descrevemos como as que provavelmente contribuem para o desenvolvimento ou não do apego a uma figura incluem: (1) a sensibilidade dessa figura para responder aos sinais do bebê, e (2) a quantidade e natureza da interação entre os componentes do par. Sendo assim, os dados básicos requeridos para responder às nossas questões só podem ser obtidos através de minuciosos relatos em primeira mão da interação de mães e filhos. Em anos recentes, foram empreendidos inúmeros desses estudos e descritas as conclusões, em sua maioria limitadas ao primeiro e segundo anos de vida. Eles constituem um grande avanço. Contudo, há dificuldade em apoiarmo-nos em alguns deles, porque nem sempre foram mantidos distintos os dados referentes ao comportamento de apego do bebê e os dados relativos ao montante e padrão de interação que o bebê tem com a mãe. Entretanto, como vimos no capítulo 13, o comportamento de apego de um bebê é apenas um componente no sistema mais amplo de interação entre mãe e filho.

Não obstante, os estudos em questão não deixam de ter valor para o nosso propósito. Pois se quisermos entender os padrões de comportamento de apego e as condições que dão origem a variações entre crianças, é necessário ter constantemente em mente o mais amplo sistema do qual o comportamento de apego é uma parte, e as variações em padrões de interação que ocorrem entre um par mãe-bebê é uma outra. Entre algumas das descrições da interação entre mães e bebês, as de David e Appell, por exemplo, são sumamente instrutivas. Em primeiro lugar, esses estudos documentam de um modo impressionante a extraordinária gama de variação no montante e o tipo de interação que se observa quando se compara uma série de pares. Em segundo lugar, eles confirmam que, ao tempo do primeiro aniversário da criança, cada par mãe-bebê já desenvolveu usualmente um padrão altamente característico de interação. Em terceiro lugar, mostram que os padrões persistem em forma reconhecível durante, pelo menos, dois ou três anos mais (Appell e David, 1965; David e Appell, 1966, 1969)[1]. As descrições feitas de um número de pares contrastantes constituem uma leitura estimulante.

Talvez o que mais impressiona o leitor desses e outros retratos de pares interatuantes é o grau de ajustamento que mães e bebês atingiram após passarem doze meses conhecendo-se mutuamente. Durante o processo, é evidente, cada um deles mudou de muitas maneiras, em grande ou pequena escala. Com poucas exceções, o que quer que a criança tenha fornecido como forma de comportamento, a mãe passou a esperar e a responder de modo típico; inversamente, o que quer que a mãe tenha fornecido, a criança passou a esperar e a responder, usualmente também de um modo típico. Cada um modelou o outro.

....

1. Entre muitas diferenças de padrão de interação que eles assinalam estão diferenças do seguinte tipo: a quantidade habitual de interação entre a criança e a mãe, expressa como percentagem do tempo de vigília em que uma está interagindo com a outra; a extensão das cadeias de interação e quem as inicia e as termina; o modo habitual de interação do par, por exemplo, pelo olhar, pelo tato ou por ter o bebê nos braços, e as distâncias típicas mantidas entre eles; as reações da criança à separação; suas reações a um estranho, tanto quando está com a mãe como quando está sem ela; e as reações da mãe quando seu bebê realiza explorações ou faz amizade com outras pessoas.

Por isso, ao considerar os padrões de apego que caracterizam diferentes crianças, é constantemente necessário que se faça também referência aos padrões de cuidados maternos que são características de diferentes mães.

Critérios para descrever padrões de apego

Um dos critérios mais óbvios em função do qual se pode descrever o comportamento de apego de um bebê é se ele protesta ou não quando a mãe o deixa por um breve período de tempo e com que veemência o faz. Foi esse o critério de força do apego usado por Schaffer (Schaffer e Emerson, 1964*a*). Ainsworth, entretanto, considerou que esse critério é, por si só, insuficiente ou mesmo desorientador. Refletindo sobre as suas observações dos bebês gandas, escreveu ela (1963):

> alguns dos bebês... que pareciam mais solidamente apegados a suas mães manifestaram pouco comportamento de protesto ou ansiedade de separação, mas mostraram, por outro lado, a força de seu apego à mãe através da presteza em usá-la como base segura a partir da qual podiam explorar o mundo à sua volta e ampliar seus horizontes para incluir outros apegos. A criança ansiosa e insegura poderá parecer mais fortemente apegada à mãe do que a criança feliz e segura, a qual parece considerar a presença da mãe um ponto pacífico. Mas será que a criança que se agarra à sua mãe – a que tem medo do mundo e das pessoas, e que não se afasta dela para explorar outras coisas ou outras pessoas – está mais fortemente apegada, ou será meramente a mais insegura?

Parece claro que a força do apego a uma ou mais figuras discriminadas é, em si mesmo, um conceito simplista demais para ser útil (tal como provou ser o conceito de um impulso unitário de dependência). Novos conceitos são necessários. Para desenvolvê--los é preciso registrar o apego de uma criança em termos de um certo número de diferentes formas de comportamento, tal como ocorrem num certo número de condições especificadas. As formas de comportamento incluiriam:

a) comportamento, incluindo saudação, que inicia a interação com a mãe: por exemplo, abordar, tocar, abraçar, correr para a mãe, atirar-se sobre ela, enterrar o rosto em seu colo, chamá-la, falar com ela, erguer os braços e sorrir;
b) comportamento em resposta às iniciativas de interação da mãe e que mantém a interação: inclui todos os acima citados e também observar atentamente a mãe;
c) comportamento destinado a evitar separações: por exemplo, seguir, agarrar, chorar;
d) comportamento ao reunir-se com a mãe após uma separação tensionante, incluindo não apenas as respostas de saudação, mas também as de evitação, rejeição e as ambivalentes;
e) comportamento exploratório, especialmente o modo como é orientado em relação à figura materna e como é intensa e persistente a atenção da criança a aspectos do meio ambiente;
f) comportamento de retirada (medo), também em especial o modo como é orientado em relação à figura materna.

As condições em que o comportamento de um bebê será observado incluem, no mínimo, o paradeiro e os movimentos da mãe, a presença ou ausência de outras pessoas, o estado do ambiente não humano e o estado da própria criança. A lista seguinte dá uma certa ideia da variedade de condições a serem levadas em conta:

A) Paradeiro e movimentos da mãe:
   mãe presente
   mãe se afastando
   mãe ausente
   mãe voltando
B) Outras pessoas:
   pessoas familiares presentes ou ausentes
   pessoas estranhas presentes ou ausentes
C) Situação não humana:
   familiar
   um pouco estranha
   muito estranha

D) Condição da criança:
saudável, doente ou com dores
descansada ou fatigada
faminta ou alimentada

Cumpre enfatizar que o modo como uma criança se comporta quando fatigada ou com dores é, com frequência, especialmente revelador. Enquanto uma criança comum, em tais ocasiões, procurará quase certamente a mãe, uma criança que se tornou desapegada em consequência de uma longa privação de cuidados maternos, ou uma criança autista, muito provavelmente não o fará. Robertson relatou o caso de como uma criança desapegada se comportou quando estava sofrendo dores severas (cf. Ainsworth e Boston, 1952), e Bettelheim (1967), o caso de uma criança autista.

Na prática, talvez uma seleção bastante limitada dessa gama teoricamente completa de condições possa dar um quadro adequado de uma determinada criança. Sendo assim, o comportamento de apego de uma criança poderia ser descrito por um perfil que mostre o seu comportamento em cada uma das condições selecionadas. Ainsworth usou esse pensamento em cada uma das condições selecionadas como na planificação de seus experimentos.

Para completar o quadro também seria necessário, é claro, construir um perfil complementar de como se comporta a mãe de um bebê, incluindo como ela responde ao seu comportamento de apego em cada uma de uma série comparável de situações, e como e quando ela mesma inicia a interação. Pois só quando isso for feito será possível compreender o padrão de interação entre os dois e o papel que o bebê nela desempenha.

Alguns padrões de apego observados à época do primeiro aniversário

A finalidade desta seção é considerar brevemente algumas das variações comuns no padrão de apego observadas por volta do primeiro aniversário. Somente serão considerados padrões que ocorrem com bebês criados no seio da família e com uma figura materna estável; aqueles padrões, incluindo os desviantes, que ocorrem em criança separadas ou privadas de família, constituem um vasto problema especializado que será considerado brevemente no capítulo final.

Na primeira edição deste volume foi possível apresentar apenas dados preliminares do breve estudo longitudinal que Mary Ainsworth e seus colegas estavam realizando em Baltimore, Maryland, no qual observavam o desenvolvimento do comportamento de apego da criança durante os primeiros doze meses de vida, numa amostra de famílias brancas de classe média. Desde então, o estudo vem percorrendo um longo caminho, com o aumento no número das amostras – acompanhadas do nascimento até os doze meses – e submetendo-se os dados a muitas análises detalhadas. Foram obtidas novas evidências relativas ao padrão típico de apego observado aos doze meses, estudando-se amostras adicionais que totalizaram 83 pares mãe-bebê, através do procedimento de Situação Estranha desenvolvido especialmente com essa finalidade. Os detalhes deste importante trabalho já estão disponíveis em monografia (Ainsworth e outros, 1978). Aqui faremos apenas um esboço desse estudo, uma vez que os procedimentos adotados e também as principais conclusões estão inseridos no segundo volume deste nosso trabalho (capítulos 3 e 21). Os resultados de recentes estudos longitudinais breves, que usam métodos semelhantes ou relacionados, e que acompanham crianças durante o segundo ano de vida, ou nos anos subsequentes, estão no capítulo 18.

O procedimento de situação estranha foi planejado para avaliar diferenças individuais na organização do comportamento de apego à mãe, em bebês de doze meses. Resumidamente, consiste numa série de episódios de três minutos, com duração total de vinte minutos, nos quais uma criança de um ano é observada numa sala pequena, confortável e com um número generoso de brinquedos – mas que lhe é estranha –, primeiro em companhia da mãe, depois sem ela e, finalmente, após sua volta. O procedimento apresenta uma situação de tensão acumulada em que há oportunidade para estudar as diferenças individuais no uso que o bebê faz da pessoa que o cuida como uma base para exploração em sua capacidade para experimentar conforto com essa pessoa e nas variações do equilíbrio apego/exploração, durante a série de situações diversas. Embora durante cada episódio da série seja observada grande variação nos padrões de comportamento apresentados pelos bebês, as semelhanças entre a maioria deles são frequentemente tão impressionantes quanto quaisquer diferenças. Tudo isto encontra-se detalhadamente descrito, com um exemplo ilustrativo, no capítulo 3 do volume 2. Durante os três minutos iniciais, quando o bebê está sozinho com a mãe, quase todos eles passam o tempo explorando atarefadamente a nova situação, ao mesmo tempo que ficam de olho na mãe; não há, virtualmente, choro. Embora a chegada de uma pessoa estranha reduza a atividade de exploração de quase todos os bebês, ainda não há virtualmente choro. Quando a mãe se retira, porém, deixando o bebê com a pessoa estranha, o comportamento de mais da metade dos bebês muda abruptamente, e as respostas diferenciais tornam-se muito mais evidentes.

Ao analisar os seus resultados, Ainsworth chama a atenção para o absurdo de tentar dispor esses bebês em ordem linear simples de força do apego; de fato, para fazer justiça aos dados, inúmeras escalas são necessárias.

A dimensão que Ainsworth considera especialmente útil é a de *segurança* do apego de uma criança. Assim, um bebê de doze meses que consegue fazer suas explorações com razoável liberdade numa situação estranha – usando sua mãe como base segura –, que não se aflige com a chegada de um estranho, que mostra estar ciente do paradeiro da mãe durante sua ausência e que a acolhe efusivamente quando ela regressa, é classificado por Ainsworth como um bebê seguramente apegado, quer se mostre aflito com a ausência temporária da mãe ou enfrente breves períodos dessa ausência sem se perturbar. Num polo oposto, e classificados como inseguramente apegados em grau extremo, estão os bebês que não fazem explorações, mesmo quando a mãe está presente, que se mostram muito alarmados por um estranho, que desmoronam no desamparo e na desorientação com a ausência da mãe, e que, quando ela regressa, podem não acolhê-la com mostras de contentamento.

Um índice particularmente valioso da segurança do apego de uma criança à sua mãe provou-se ser o modo como ela responde ao regresso da mãe após uma ausência breve. Uma criança segura mostra uma sequência organizada de comportamento corrigido para a meta; após saudar alegremente sua volta e aproximar-se da mãe, procura ser apanhada ao colo e agarrar-se a ela, ou permanece próximo a ela. As respostas manifestadas por outras crianças são de dois tipos principais: uma delas é um aparente desinteresse pelo regresso da mãe e/ou evitação; a outra é uma resposta ambivalente, ora querendo e ora resistindo à mãe.

Ao se aplicarem esses critérios ao modo como os bebês procedem na situação descrita, três padrões principais de apego emergiram. Estes, identificados inicialmente através de julgamento clínico, foram depois examinados à luz de técnicas estatísticas sofisticadas, que determinaram sua validade (Ainsworth e outros, 1978). Os padrões, denominados por Ainsworth B, A e C, respectivamente, são os seguintes:

Padrão B

A principal característica dos bebês classificados como *seguramente apegados à mãe*, que constituem a maioria na maior parte das amostras, é a de serem ativos nas brincadeiras, de buscarem contato quando afligidos por uma separação breve e de serem prontamente confortados e logo voltarem a absorver-se nas brincadeiras.

Padrão A

Os bebês classificados como *ansiosamente apegados à mãe e esquivos*, aproximadamente 20% na maioria das amostras, evitam a mãe na reunião, especialmente após a segunda ausência breve. Muitos deles tratam um estranho de modo mais amistoso do que o fazem com a própria mãe.

Padrão C

Bebês classificados como *ansiosamente apegados à mãe e resistentes*, aproximadamente 10%, oscilam entre a busca da proximidade e do contato com a mãe e a resistência ao contato e à interação com ela. Alguns são notavelmente mais coléricos que outros bebês; uns poucos, mais passivos.

Esta classificação, derivada inteiramente do desempenho do bebê no procedimento de situação estranha, parece lidar com variáveis que têm uma significância psicológica geral, e isso se evidencia pelo fato de que o comportamento do bebê, quando observado no lar com sua mãe, não só se assemelha, em muitos aspectos, com o que é visto na situação estranha, mas difere sistematicamente conforme o grupo em que ele, bebê, é classificado. As diferenças comportamentais são mais surpreendentes quando os bebês classificados como seguramente apegados (grupo B) são comparados com os classificados como ansiosamente apegados, sejam eles ansiosos e esquivos (grupo A) ou ansiosos e resistentes (grupo C).

As principais características dos bebês do grupo B, ao se comparar, no último trimestre do primeiro ano de vida, o seu comportamento em casa com o dos bebês dos grupos A e C, foram as seguintes: o bebê do grupo B, ao explorar e brincar, com grande probabilidade usava a mãe como uma base segura. Mesmo parecendo contente ao afastar-se dela, mantinha-se atento a seus movimentos e, de tempos em tempos, voltava a gravitar em torno da mãe. O quadro se caracterizava por um equilíbrio harmonioso entre exploração e apego. Nenhum dos bebês ansiosamente apegados demonstrou tal equilíbrio. Alguns tendiam a ser passivos, explorando pouco e/ou raramente iniciando contato: movimentos estereotipados foram observados, mais frequentemente, entre estes bebês. Outros, entre os ansiosamente apegados, envolviam-se em exploração – mas por um tempo menor do que os seguramente apegados – e pareciam constantemente preocupados com o paradeiro da mãe. Embora se mostrassem frequentemente desejosos de estar próximos da mãe e manter contato com ela, pareciam não sentir prazer ao fazê-lo.

O choro foi menos frequente nos bebês do grupo B do que nos dos grupos A e C. Quando a mãe se afastava da sala de observação, o bebê do grupo B mostrava-se pouco propenso a manifestar desgosto, e quando a mãe voltava, ele a saudava pronta e calorosamente. Mostrava-se alegre ao ser apanhado no colo e, recolocado no chão, voltava a brincar prazerosamente. Ao final do primeiro ano de vida, esse bebê chorava menos e havia desenvolvido meios mais variados e sutis para comunicar-se com a mãe do que os ansiosamente apegados. Além disso, o bebê do grupo B era mais cooperativo para atender aos pedidos e ordens verbais da mãe e apresentava menor probabilidade de mostrar raiva quando contrariado.

Na observação desenvolvida no lar foram encontradas várias diferenças entre os bebês do grupo A, ansiosos e esquivos, e os do grupo C, ansiosos e resistentes, embora essas diferenças fossem menos notáveis do que aquelas já consideradas. A principal característica dos bebês do grupo A evidenciava um conflito aproximação/evitação típico. Por exemplo, o bebê poderia aproximar-se da mãe, mas, então, parar e retrair-se ou parar e desviar-se em outra direção. Quando próximo da mãe, tendia a não tocá-la e, se o fazia, só a tocava perifericamente, por exemplo, no pé. Quando apanhado no colo, não demonstrava conforto e relaxamento, mas quando posto novamente no chão, protestava e desejava voltar ao colo, numa proporção muito maior do que outros bebês. Foi observada também uma tendência maior para seguir a mãe, quando esta deixava a sala.

Os bebês do grupo A eram também mais propensos ao comportamento de raiva do que os bebês dos outros grupos. No entanto, essa raiva era raramente dirigida à mãe; usualmente, era redirigida a algum objeto físico. Ainda assim, havia ocasiões em que batiam na mãe ou a mordiam, sem razão aparente e sem demonstrar qualquer emoção[2].

Os bebês do grupo C, ansiosos e resistentes, também mostravam conflito. Em vez de evitarem o contato com a mãe, os bebês deste grupo pareciam querer mais e mais e demonstravam resistência e raiva quando suas mães tentavam interessá-los em brincadeiras das quais elas não participavam. De acordo com isto, eram notavelmente passivos em situações em que outras crianças brincavam ativamente.

....
2. Este tipo de comportamento parece ser um exemplo precoce da desconexão entre a resposta e a situação que a elicia, que ocorre em muitas situações psicopatológicas. Cf. volume 3, capítulos 4 e 14.

Achados como estes despertam confiança nos critérios usados por Ainsworth para classificar padrões de apego; e esta confiança torna-se ainda maior com os resultados de muitos estudos empreendidos desde a primeira edição deste volume e que serão relatados no capítulo 19. Por ora, enfatizamos que a dimensão segurança-insegurança tem muito nexo para o clínico. Parece referir-se claramente à mesma característica de infância que Benedek (1938) chama de "relação de confiança", a que Klein (1948) se refere como "a introjeção do objeto bom" e que Erikson (1950) chama de "confiança básica". Como tal, é de esperar que meça um aspecto da personalidade o qual tem importância imediata para a saúde mental.

Condições do primeiro ano de vida que contribuem para a variação

É evidente que o padrão particular adotado pelo comportamento de apego de qualquer criança depende, em parte, das inclinações iniciais que o bebê e a mãe levam para a parceria e, em parte, do modo como cada um deles afeta o outro durante o seu inter-relacionamento. Na prática, um problema constante é determinar em que medida o comportamento de cada parceiro é o resultado de sua inclinação inicial e da medida em que resultou da influência do outro. Como existe uma gama quase infinita de possibilidades e ainda há muita pesquisa sistemática para ser feita, somente podem ser dados alguns exemplos...

Tendências do bebê e influência sobre a mãe

Moss (1967) mostrou as grandes variações de um bebê para outro no tempo consumido em dormir e chorar durante os primeiros meses de vida, e como isso afeta o modo de uma mãe se comportar. Nesses aspectos, meninos e meninas diferem. Tudo ponderado, Moss apurou que os bebês do sexo masculino tendem a dormir menos e a chorar mais do que os bebês do sexo feminino. Provavelmente, em consequência disso, acredita Moss, os meninos, até os três meses de idade, recebem em média mais atenção social e mais contato (pegar ao colo ou embalar) das mães do que as meninas. Como isso afeta a interação futura é desconhecido, mas seria surpreendente se não tivesse qualquer efeito.

Uma outra fonte de vieses em bebês é o dano neurofisiológico decorrente de riscos pré-natais ou perinatais; existem boas provas de que os bebês com tais problemas mostram um certo número de tendências desfavoráveis que podem, direta ou indiretamente, afetar o padrão de comportamento de apego que se desenvolve depois. Num estudo em que o comportamento, durante os primeiros cinco anos, de 29 meninos registrados, ao nascer, como sofrendo de asfixia, foi comparado com o de um grupo-controle, Ucko (1965) apurou várias diferenças significativas. Os meninos que tinham sofrido de asfixia eram, desde o começo, mais sensíveis a ruídos e mais perturbados no sono do que os do grupo-controle. Mudanças ambientais os afligiam muito mais do que a outras crianças; por exemplo, as transformações acarretadas por mudança de residência ou por uma viagem de férias ou a breve separação de um dos membros da família eram motivo de grande consternação para a criança. Tanto ao começarem a frequentar o jardim de infância como a escola primária, um número significativamente maior deles mostrava-se apreensivo e relutante em separar-se da mãe. Quando todas as informações obtidas sobre o seu comportamento durante os primeiros cinco anos de vida foram avaliadas, as crianças que tinham sofrido de asfixia foram muito mais frequentemente classificadas como "muito difíceis" ou "difíceis a maior parte do tempo" do que as do grupo-controle (treze do grupo de asfixia contra duas do grupo-controle). Além disso, a distribuição nessa escala das crianças portadoras de danos estava significativamente correlacionada com o grau de asfixia originalmente registrado.

É evidente que o tipo de tendência comportamental presente nesses bebês ao nascerem pode não apenas persistir neles, pelo menos em certo grau, mas também influenciar o modo como a mãe responde. Prechtl (1963) fornece algumas provas disso. Ele descreve suas síndromes que ocorrem comumente em bebês com lesão cerebral mínima: (1) bebê apático e hipocinético, que responde debilmente e chora pouco; (2) bebê excitável que, além de ser super-reativo a uma leve estimulação e chorar facilmente, tende a mostrar variações súbitas e imprevisíveis de um estado de sonolência e dificuldade de excitação para o estado oposto de grande agitação e dificuldade em acalmar-se. Embora ambas as síndromes melhorem durante o primeiro ano, um bebê que apresente uma ou outra coloca sua mãe diante de problemas muito maiores do que os enfrentados pela mãe de um bebê que reage normalmente. Assim, um bebê apático tem menos iniciativa e gratifica menos a mãe, e tende por isso a ser negligenciado, ao passo que um bebê super-reativo e imprevisível pode levar a mãe à exasperação. Ela pode então tornar-se extremamente ansiosa em seus esforços para cuidar do bebê ou então desesperar-se por não fazer as coisas certas e, neste caso, tenderá a rejeitá-lo. Numa situação ou na outra, o padrão de comportamento da mãe pode ser significativamente alterado em relação ao que, em outras circunstâncias, poderia ter sido; se bem que, como demonstrou Sander (1969), isso não tenha necessariamente que acontecer, se a mãe for uma pessoa serena em todas as circunstâncias.

Outras provas do efeito diferencial sobre o comportamento materno de bebês com diferentes tendências iniciais ou, pelo menos, muito precoces, são proporcionadas pelo trabalho de Yarrow (1963), que estudou bebês em lares adotivos e pensionatos. Mesmo quando bebês da mesma idade e do mesmo sexo estão, desde as primeiras semanas de vida, juntos no mesmo lar adotivo, ele apurou que um bebê ativamente disposto pode receber muito mais atenção social do que um passivamente disposto, pela simples razão de que ele a exige e, quando a recebe, gratifica quem a concede.

A título ilustrativo, Yarrow contrasta o comportamento e a experiência social de dois meninos de seis meses de idade, os quais vinham sendo cuidados desde as primeiras semanas no mesmo lar adotivo. Desde o início, um deles, Jack, tinha sido relativamente passivo e o outro, George, relativamente ativo. Jack "não mostrava iniciativa na interação social. Não estendia os braços para ninguém nem apresentava reações de aproximação... quando acordado, passava a maior parte do tempo num estado de contentamento passivo, chupando os dedos ou o polegar". George, em contraste, na mesma idade, era "muito vigoroso em exigir o que queria, e persistia em suas exigências até ser satisfeito... era sumamente receptivo à estimulação social e tomava a iniciativa de buscar respostas sociais dos outros". Como era de esperar, esses dois meninos estavam recebendo quantidades e formas muito diferentes de experiência social. Enquanto, no caso de George, "o pai adotivo, a mãe adotiva e todas as crianças pegavam-no ao colo e brincavam com ele", Jack "passava a maior parte do tempo deitado em seu cercado... num canto isolado da sala de jantar, fora da corrente principal de trânsito da família". Só a respeito das quantidades de cuidados físicos que cada um recebia é que existia muita semelhança.

Exemplos desse tipo mostram o quanto o próprio bebê desempenha um papel na determinação de seu meio ambiente. Não existe, entretanto, nenhuma razão para supor que todas as disposições iniciais do comportamento são evidentes por ocasião do nascimento, como o são as acima descritas. Pelo contrário, é muito provável que algumas só se declarem meses ou anos mais tarde. Contudo, até que se disponha de métodos para determinar a existência de tais tendências, o seu exame tende para degenerar em especulação.

Tendências da mãe e influência sobre o bebê

Assim como as características iniciais de um bebê podem influenciar o modo como a mãe cuida dele, também as características iniciais da mãe podem influenciar o modo como o bebê lhe responde. Entretanto, a participação da mãe na situação é muito mais complexa: deriva não só de sua dotação inata mas também de uma longa história de relações interpessoais em sua família de origem (e também, talvez, no seio de outras famílias), assim como da longa absorção dos valores e práticas de sua própria cultura. Um exame dessas muitas variáveis interatuantes e de como, em conjunto, todas elas produzem as variedades de comportamento maternal que observamos foge ao âmbito deste livro.

Não surpreende a descoberta de que o modo como uma mãe tratará seu bebê é, em certa medida, previsível antes de ele nascer. Assim, Moss (1967), no estudo já referido, pôde apurar se – e em que medida – a reação de uma mãe ao choro do bebê se correlacionava com ideias e sentimentos que ela expressara dois anos antes – ideias sobre assuntos domésticos e cuidados com as crianças, em geral, e também sobre o tipo de prazeres e frustrações que ela imaginava como resultado de ter um bebê. Num estudo de 23 bebês e suas mães, ele apurou que uma mulher classificada dois anos antes como "aceitando um papel nutriente" e que exaltava os aspectos gratificantes da maternidade, era mais suscetível, após o nascimento do seu bebê, de ser sensível ao choro dele e de dispensar-lhe mais consolo do que uma mulher que antes obtivera uma baixa classificação nessas escalas.

Um outro tipo de prova, a saber, a experiência da mãe em sua família de origem, também mostrou ser prenúncio do modo como a mãe tratará seu bebê. Wolkind e outros (1977) relataram as claras evidências dessa relação.

Embora nem o estudo de Moss nem o de Wolkind forneçam dados sobre este ponto, é lícito esperar que os bebês que tiveram mães dotadas de maior responsividade tenderão a desenvolver-se de um modo diferente daqueles que tiveram mães menos responsivas; e que tal desenvolvimento diferencial influencie, por sua vez, o modo como as mães se comportam. Assim, são acionados processos circulares com efeitos de grande alcance.

Provas disso têm sido apresentadas por aqueles que têm realizado estudos longitudinais de mães e bebês interagindo, estudos esses que, em alguns casos, foram iniciados antes mesmo de o bebê nascer. Na galeria de retratos de pares interatuantes apresentada por David e Appell (1969), por Sander (1964, 1969) e por Ainsworth (Ainsworth e Wittig, 1969), figuram mães com tendências iniciais as mais diversas. Cada mãe, evidentemente, é influenciada em maior ou menor grau pelo bebê que tem. Não obstante, cada mãe reage à sua própria maneira idiossincrásica, sendo uma encorajada pelos avanços sociais de seu bebê e outra esquivando-se deles; sendo uma bem mais solícita e paciente quando ele chora, e outra mais impaciente. Portanto, o modo como uma mãe trata seu bebê constitui um produto complexo que reflete como suas próprias tendências iniciais foram confirmadas, modificadas ou ampliadas por sua experiência pessoal com a criança.

Já foi assinalado como, no completar-se o primeiro aniversário, cada par mãe-bebê já desenvolveu um padrão altamente característico de interação. A magnitude das diferenças entre um par e um outro, além disso, dificilmente pode ser exagerada. David e Appell (1966, 1969), por exemplo, ao relatarem suas conclusões, enfatizam que uma faixa imensa de variação é observada entre pares, simplesmente no montante de interação que ocorre e inteiramente à parte das diferenças em sua qualidade[3]. Eles descrevem, num extremo de sua série, um par, que interage quase continuamente enquanto o bebê, uma menina, estiver acordado e, no outro extremo, um par que quase nunca está junto, a mãe ocupando-se o tempo todo em seus afazeres domésticos e ignorando por longo tempo a presença do bebê, também uma menina. Num terceiro par, mãe e filho passam muito tempo olhando-se silenciosamente enquanto, ao mesmo tempo, cada um se dedica a alguma atividade particular. Num quarto par, há breves períodos de não interação, interrompidos ocasional e imprevisivelmente por um período algo mais prolongado de estreita interação iniciada pela mãe.

Embora David e Appell tenham publicado muito poucos dados para que se possa considerar esclarecido o que explica essas grandes diferenças entre pares, não há dúvida que, na medida em que um dos parceiros respondia às iniciativas do outro, as mães variavam muito mais do que os bebês. Assim, observou-se que todos os bebês no estudo respondiam em quase todas as ocasiões em que a mãe iniciava a interação, de modo que a variância na incidência de respostas entre os bebês estava perto de zero. Em contrapartida, a variância na incidência de resposta entre as mães era muito grande. Todas as mães ignoravam alguma das iniciativas de seus bebês; contudo, ao passo que uma mãe respondia de

....

3. David e Appell realizaram visitas, com duração de três horas, a intervalos de quinze dias (ou mais frequentes), às famílias de 25 bebês em Paris. Durante essas visitas, eles compilaram detalhados registros, momento a momento, de como o bebê e a mãe interagiam em seu ambiente familiar natural, durante o primeiro ano de vida. Esses registros se estenderam, através de visitas mensais, até cada bebê completar trinta meses, e também foram ampliados por sessões de laboratório que tiveram lugar aos treze, dezoito e trinta meses. Contudo, somente dados limitados têm sido publicados, e estes se restringem principalmente aos primeiros treze meses.

regularmente para bem a mais da metade dessas iniciativas, havia outras que quase nunca respondiam. Como se podia esperar, as mães receptivas pareciam ter prazer na companhia de seus bebês, enquanto as não receptivas pareciam considerar isso um fardo, exceto nas ocasiões em que elas mesmas iniciavam a interação.

Estas observações sugerem fortemente que, por ocasião do primeiro aniversário, as mães desempenham um papel muito maior do que os bebês na determinação do montante de interação que ocorre entre eles. Uma conclusão semelhante parece destacar-se do estudo de Bishop (1951) com uma série de crianças em escola maternal que foram observadas enquanto passavam dois períodos de meia hora com suas mães num *playground*. Os padrões de interação entre a mãe e a criança variavam de quase contínua até muito pouca, sendo uma variável principal, segundo parece, na medida em que a mãe respondia ou ignorava as iniciativas da criança.

Sejam quais forem as causas para uma mãe comportar-se deste ou daquele modo em relação ao bebê, existem numerosas provas sugerindo que, seja qual for esse modo, ele desempenha um papel destacado na determinação do padrão de comportamento de apego que o bebê finalmente desenvolverá. Provas indiretas disso são fornecidas por Yarrow (1963), através do estudo do desenvolvimento de quarenta crianças durante os primeiros seis meses de vida, passados num lar adotivo ou num lar substituto.

Aos seis meses de idade, cada bebê foi avaliado em certas características comportamentais com base em dados derivados de observações feitas durante testes e em situações de interação social, e também de entrevistas com a figura materna. Essas avaliações foram depois correlacionadas com as classificações dadas às experiências que cada bebê teve durante esses meses, classificações derivadas de observações regulares que tinham sido realizadas da mãe e do bebê interagindo em casa. Assim, a capacidade de um bebê[4] para enfrentar a frustração e a tensão estava correlacionada de um modo bastante elevado, segundo se apurou, com as seguintes características do comportamento materno:

....

4. Em sua publicação, Yarrow não descreve os critérios que usou para medir essa capacidade.

o montante de contato físico que uma mãe propiciava ao seu bebê;
o grau em que o modo como a mãe segurava o bebê estava adaptado às características e aos ritmos dele;
na medida em que as técnicas da mãe para acalmar o bebê eram efetivas;
o grau em que a mãe estimulava e encorajava o bebê, fosse para responder socialmente, para expressar suas necessidades ou para fazer progressos em seu desenvolvimento;
na medida em que os materiais e as exigências proporcionados ao bebê eram adequados às suas capacidades individuais;
a frequência e intensidade da expressão de sentimentos positivos em relação ao bebê, por parte da mãe do pai e de outros.

Cada um desses índices de comportamento materno estava positivamente correlacionado com a capacidade de um bebê para enfrentar o estresse. Os coeficientes eram +0,50 ou mais altos, sendo os dois mais elevados os índices da medida em que a mãe se adaptava aos ritmos do seu bebê e ao seu desenvolvimento.

Todas estas medidas de comportamento maternal também se correlacionavam positivamente com o montante de iniciativa social que diferentes bebês mostravam; mas em nenhum caso a correlação era tão alta quanto era com a capacidade dos bebês para enfrentar o estresse.

O estudo de Yarrow não apresenta provas sobre se os índices de comportamento maternal que ele mediu estão correlacionados com os padrões de comportamento de apego que esses bebês apresentavam aos doze meses e depois. Contudo, as observações de Ainsworth e outros sugerem fortemente que estariam.

Existem, de fato, inúmeras evidências de forte correlação entre o padrão de apego observado num bebê ou numa criança mais velha e o padrão de cuidados maternos que receberam a seu tempo. (Para uma revisão sobre esse assunto, cf. o capítulo 21 do volume 2.) Existem também evidências que sugerem fortemente que o padrão de apego que uma criança dirige à mãe é, em alto grau, a consequência do padrão de cuidados maternos que ela recebe. Maiores discussões sobre esta afirmação central serão apresentadas no capítulo 18. Por ora afirmamos que vários outros estudos reforçam os índices de comportamento maternal que foram inicialmente esquematizados por Ainsworth como contribuindo para o apego seguro, após analisar seus dados longitudinais[5]. A lista de Ainsworth inclui: (*a*) contato físico frequente e prolongado entre o bebê e a mãe, especialmente durante os primeiros seis meses, em conjunto com a aptidão da mãe para acalmar um bebê aflito tomando-o no colo; (*b*) sensibilidade da mãe para os sinais do bebê, especialmente a sua aptidão para ajustar suas intervenções em harmonia com os ritmos dele; (*c*) um meio ambiente regulado de modo que um bebê possa deduzir um significado das consequências de suas próprias ações. Uma outra condição que Ainsworth enumera, a qual é, talvez, um resultado tanto daquelas acima mencionadas como uma condição *per se*, consiste no prazer mútuo que a mãe e o bebê sentem na companhia um do outro.

Um certo número de outros investigadores com experiência clínica (por exemplo, David e Appell, 1966, 1969; Sander, 1962, 1964; Bettelheim, 1967) também passou a considerar que muitas dessas condições eram do maior significado para o desenvolvimento de uma criança. Condições especialmente citadas são, por um lado, a sensibilidade da mãe a sinais e a oportunidade de suas intervenções, e, por outro, se a criança sente que suas iniciativas sociais levam a resultados previsíveis, e o grau em que suas iniciativas são, de fato, bem-sucedidas no estabelecimento de uma permuta recíproca com a mãe. Quando todas essas condições são satisfeitas, parece provável que resulte um feliz e ativo intercâmbio entre a mãe e o bebê e que um apego seguro se desenvolva. Quando as condições só em parte são satisfeitas, verifica-se certa medida de fricção e descontentamento na interação e o apego que se desenvolve é menos seguro. Finalmente, quando as condições não são satisfeitas, podem resultar graves deficiências de intercâmbio e de apego. Entre essas deficiências estão, certamente, um significativo atraso no desenvolvimento do apego em virtude da insuficiência de interação e, provavelmente, alguma forma de

....
5. O trecho seguinte é uma citação um tanto abreviada e parafraseada de Ainsworth e Wittig (1969). Os dados que apoiam as conclusões são de Ainsworth e outros (1978).

autismo, pois a criança descobre que as respostas sociais da figura materna são demasiado difíceis de predizer[6].

Considerando a natureza das variáveis que parecem agora ser importantes na determinação dos padrões do comportamento de apego, não admira que os estudos dos efeitos de uma ou outra técnica de cuidados à criança tenham produzido tantos resultados negativos (ver Caldwell, 1964). Os dados referentes à amamentação *versus* alimentação por mamadeira, à alimentação a pedido *versus* alimentação segundo horário rígido, ao desmame prematuro *versus* desmame tardio, mesmo que sejam exatos, dizem-nos muito pouco que seja realmente importante. Como Brody (1956) demonstrou há alguns anos, a prática da amamentação não oferece garantia nenhuma de sensibilidade materna para os sinais do bebê, assim como ter um bebê nos braços durante a amamentação tampouco assegura uma relação de intimidade.

Não existe, porém, razão para abandonar como totalmente irrelevante o que acontece durante a amamentação. Especialmente nos primeiros meses, a situação de amamentar constitui a principal ocasião para a interação mãe-bebê; assim sendo, ela proporciona uma excelente oportunidade para aferir a sensibilidade da mãe aos sinais do bebê, sua capacidade para sincronizar suas intervenções com os ritmos dele e a disposição materna para prestar atenção às iniciativas sociais do bebê; cada um destes elementos desempenha um papel importante na determinação de como se desenvolverá a interação social mãe-bebê. Assim, o modo como a mãe alimenta seu bebê, quando considerado nestes termos, poderá comprovadamente facilitar a previsão de como se desenvolverá nele o comportamento de apego. Ainsworth e outros (1978) forneceram dados em apoio dessa tese; e Sander (1969) ilustra-a com material proveniente de seus casos.

....

6. Este ponto de vista é expresso por dois clínicos com larga experiência de crianças autistas. Bettelheim (1967) sustenta que as crianças autistas carecem da experiência de que aquilo que fazem em interação social possua qualquer efeito previsível e que, consequentemente, em seu trato com as pessoas, elas "renunciaram à ação dirigida para uma meta... e também à predição"; ele coloca isso em contraste com o comportamento delas em relação a objetos impessoais, os quais, afirma Bettelheim, tornam-se comumente dirigidos para a meta e como tal se mantêm. Mahler (1965) também sustenta que "o retraimento para o autismo secundário" pode resultar do fato de o bebê achar a mãe imprevisível. Cf. também Tinbergen (1982).

De fato, as hipóteses formuladas a respeito das condições passíveis de ser importantes para o desenvolvimento do comportamento de apego durante o primeiro ano continuam inadequadamente testadas e, portanto, devem ser tratadas com cautela. Ainda assim, como será visto na leitura do capítulo 18, muitos dados novos as confirmam e elas estão hoje mais firmemente estabelecidas do que quando foram formuladas, no final da década de 1960. Esperemos que continuem a ser submetidas a investigação rigorosa.

Persistência e estabilidade de padrões

Ao completar-se o primeiro aniversário, mãe e bebê realizaram comumente tantos ajustamentos em resposta um ao outro que o padrão resultante de interação já se tornou extremamente característico. Poder-se-á então perguntar: qual é o grau de estabilidade do padrão e de seus dois componentes, o comportamento de apego da criança e o comportamento da mãe de cuidar de seu bebê? As respostas a estas questões são complexas.

É evidente que quanto mais satisfação o padrão de interação adotado por um par proporcionar a cada parceiro, mais estável ele será. Quando, por outro lado, o padrão leva ao descontentamento em um ou ambos os parceiros, tem que haver menos estabilidade, porquanto o parceiro insatisfeito estará procurando, sempre ou intermitentemente, alterar o padrão corrente. Um exemplo de padrão, decorrente de distúrbio na personalidade da mãe, é descrito por Sander (1964).

Entretanto, quer seja satisfatório ou insatisfatório para os parceiros, qualquer que seja o padrão de interação elaborado por um par durante o primeiro ano tende a persistir, pelo menos nos dois ou três anos seguintes (David e Appell, 1966). Isso é devido, em parte, ao fato de cada membro esperar que o outro se comporte de uma certa maneira e cada um, em regra, não poder evitar que no outro seja eliciado o comportamento esperado, seja ele qual for, que mais não seja porque esse comportamento é a resposta costumeira do outro. Portanto, as expectativas tendem a ser confirmadas. Como resultado de processos desse tipo, e seja para o bem ou para o mal, o par interatuante desenvolve-se de um modo próprio e atinge uma estabilidade independente de cada parceiro considerado separadamente.

Mesmo assim, existem provas abundantes de que padrões persistentes e aparentemente estáveis de interação entre a mãe e o bebê podem ser materialmente modificados por eventos que ocorrem em anos subsequentes. Um acidente ou uma doença crônica pode tornar a criança mais exigente e/ou a mãe mais protetora; uma perturbação ou depressão na mãe torná-la-ão menos receptiva; ao passo que, se ocorrer algo que leve a mãe a rejeitar o filho ou a usar ameaças de separação ou perda de amor como sanções, ele certamente se mostrará mais agarrado a ela. O nascimento de um novo bebê ou um período de separação entre a criança e a mãe criarão seu próprio desequilíbrio, e um ou outro evento pode ser uma ocasião para alterar de tal modo o comportamento de um ou outro membro do par que o padrão de interação entre eles será radicalmente mudado para pior. Inversamente, o tratamento mais sensível da criança pela mãe e a maior aceitação do seu comportamento de apego podem reduzir em muito a intensidade de tal comportamento e, consequentemente, tornar mais fácil para a mãe corresponder a ele.

Assim, não se deve atribuir excessiva significação prognóstica à afirmação de que, no primeiro aniversário do bebê, um par pode ter estabelecido um padrão característico de interação. Tudo o que isso significa é que, para a maioria dos pares mãe-bebê, está presente, a essa altura, um padrão que tem boas possibilidades de persistir.

Todas as evidências mais recentes mostram que afirmar que um bebê de doze meses apresenta, ele próprio, um padrão característico de comportamento de apego, distinto do padrão de interação do par de que ele é um membro, e subentender assim a existência de um certo grau de estabilidade autônoma, é certamente incorreto; mostram ainda que a organização do comportamento de uma criança dessa idade é muito menos estável do que a do par de que ele é um parceiro. A verdade é que, no momento atual, muito pouco se sabe acerca da estabilidade da organização comportamental de crianças pequenas, consideradas indivíduos. Tudo o que pode ser afirmado com segurança é que, à medida que os anos passam, a instabilidade diminui; quer isso seja favorável ou desfavorável, qualquer organização que exista tornar-se-á cada vez menos facilmente alterada.

Entre pares, os padrões de interação estabilizam-se provavelmente muito mais depressa, ainda que seja apenas porque, seja qual for o padrão de interação estabelecido, ele surgiu como resultado da adaptação mútua. Portanto, a pressão para mantê-lo provém cada vez mais dos dois lados. Essa estabilidade constitui a força e a fraqueza do arranjo. Quando o padrão é favorável para o futuro de ambos, sua estabilidade é fortalecida. Quando o padrão é desfavorável para um dos parceiros ou para ambos, sua estabilidade cria um sério problema; pois qualquer mudança no padrão, como um todo, requer alterações na organização comportamental de ambos.

Em psiquiatria infantil, nada foi mais significativo em anos recentes do que o crescente reconhecimento de que os problemas que os psiquiatras são chamados a tratar não são, com frequência, problemas limitados a indivíduos mas são, usualmente, problemas decorrentes de padrões estáveis de interação que se desenvolveram entre dois e, mais frequentemente, vários membros de uma família. A habilidade diagnóstica reside na avaliação desses padrões de interação e das tendências presentes de cada membro da família que ajudam a perpetuá-los; a habilidade terapêutica reside em técnicas que permitem a ocorrência de mudanças mais ou menos simultâneas em todos os membros de uma família, de modo que um novo padrão de interação possa surgir e estabilizar-se.

Capítulo 17
Desenvolvimento na organização do comportamento de apego

Tem sido repetidamente afirmado que o comportamento de apego não desaparece com a infância mas persiste durante a vida inteira. Figuras antigas ou novas são selecionadas e mantêm-se com elas a proximidade e/ou a comunicação. Enquanto o resultado do comportamento continua sendo virtualmente o mesmo, os meios para obtê-lo tornam-se cada vez mais diversos.

Quando uma criança mais velha ou um adulto mantêm o apego a uma outra pessoa, o fazem diversificando seu comportamento de modo a incluir não só os elementos básicos do comportamento de apego presentes no primeiro aniversário mas, além disso, uma variedade crescente de elementos mais refinados. Compare-se, por exemplo, o grau de organização comportamental subjacente nas ações de um escolar quando procura e encontra a mãe na casa de uma vizinha, ou lhe implora que o inclua numa visita que ela pretende fazer a parentes na semana seguinte e o do mesmo indivíduo quando, como bebê, tentou seguir pela primeira vez a mãe que se afastava do quarto.

Todos esses elementos mais refinados do comportamento de apego são organizados como planos com metas fixadas. Vejamos quais são essas metas fixadas.

Durante os primeiros nove meses de seu primeiro ano de vida, parece provável que um bebê não faça nenhuma tentativa planejada para dar origem a condições que finalizem, de fato, seu comportamento de apego. Ou as condições necessárias prevalecem, neste caso o bebê estará satisfeito, ou não prevalecem, neste caso ele se afligirá. Seja qual for o comportamento de apego que ele possa então exibir, ainda não será corrigido para a meta, embora na família comum seja muito provável que a proximidade com a mãe esteja entre seus resultados previsíveis.

Entretanto, quando o bebê ultrapassa os oito meses e se avizinha do seu primeiro aniversário[1], torna-se mais habilidoso. Daí em diante, segundo parece, ele descobre quais são as condições que acabam com sua aflição e fazem-no sentir-se seguro; e, dessa fase em diante, o bebê começa a tornar-se apto a planejar seu comportamento de modo que essas condições sejam obtidas. Consequentemente, durante o seu segundo ano, ele desenvolve uma vontade própria.

Uma vez que as condições finalizadoras para cada criança variam de acordo com a intensidade com que seu comportamento de apego seja, de tempos em tempos, eliciado, as metas fixadas que ele escolhe também variam de ocasião para ocasião. Num momento, ele está decidido a sentar-se nos joelhos da mãe e nada o demoverá desse intento; num outro, contentar-se-á em olhá-la através da porta. Parece claro que, em circunstâncias comuns, sejam quais forem as condições necessárias, em qualquer momento, para finalizar seu comportamento de apego, elas convertem-se na meta fixada para o plano de apego que o bebê adota.

Os planos de apego corrigidos para a meta podem variar em estrutura desde os que são simples e rapidamente executados até os que são algo muito mais elaborados. O grau de complexidade de um plano gira parcialmente em torno da meta fixada que tiver sido escolhida, parcialmente em redor da estimativa que o indivíduo faz da situação a ser obtida entre ele e sua figura de apego e,

....
1. Os experimentos de Piaget, repetidos por Décarie (1965) com crianças canadenses de língua francesa, e com resultados semelhantes, mostram que apenas uma criança excepcionalmente rara pode fazer um plano antes dos sete meses de idade; a grande maioria das crianças só o faz aos oito ou nove meses, e algumas, ainda mais tarde. Além disso, nessas idades, e ainda por alguns meses, a capacidade para fazer planos é embrionária e limitada às situações mais simples (Piaget, 1936, 1937). Flavel (1963) escreveu uma explicação e um guia abrangentes da literatura piagetiana. O próprio Piaget não utiliza os termos "plano" e "objetivo", mas "intenção" e "intencionalidade".

ainda em parte, de sua habilidade em criar um plano para enfrentar essa situação. Entretanto, quer o plano seja simples ou elaborado, só pode ser formulado em referência a modelos funcionais do meio ambiente e do organismo (cf. capítulo 5). Podemos inferir, portanto, que a construção e elaboração de modelos funcionais estão ocorrendo contemporaneamente com o nascimento e desenvolvimento da capacidade de uma criança para planejar.

Um dos modos principais em que os planos de apego de uma criança variam é em se – e em que medida – envolvem uma influência sobre o comportamento da figura de apego. Quando um objetivo do apego é, simplesmente, ver a mãe ou estar mais próximo dela, nenhuma ação planejada para mudar o comportamento materno poderá fazer-se necessária. Outras vezes, o objetivo do apego poderá exigir que a mãe responda somente de maneira amistosa e, uma vez mais, nenhuma ação planejada pela criança será necessária. Outras vezes, porém, o objetivo do apego da criança pode exigir da mãe muito mais atividade e, nesse caso, o plano terá quase certamente que incluir medidas destinadas a garantir que ela se comportará do modo desejado.

Inevitavelmente, as primeiras tentativas que uma criança faz para mudar o comportamento de seu parceiro são primitivas. Exemplos podem ser puxar e empurrar, e pedidos ou ordem tão simples como "venha cá" ou "vá embora". Contudo, à medida que vai ficando mais velha e percebe que a mãe pode ter suas próprias metas fixadas e, além disso, que as metas fixadas da mãe podem, talvez, ser mudadas, o comportamento da criança torna-se mais refinado. Mesmo assim, os planos que ela faz podem ser concebidos de um modo tristemente errôneo, em virtude do modelo funcional inadequado que ela ainda possui da mãe. Um exemplo é um menino de pouco menos de dois anos que, tendo sido privado pela mãe de uma faca que tinha nas mãos, tentou convencê-la a devolver-lhe a faca oferecendo-lhe em troca seu urso de pelúcia.

A verdade é que estabelecer um plano cuja meta fixada implica a alteração da meta fixada do comportamento de outrem requer considerável competência cognitiva e de construção de modelos. Em primeiro lugar, requer a capacidade para atribuir a outrem a capacidade de ter metas e planos; em segundo lugar, requer aptidão para inferir, das pistas que forem dadas, quais possam ser as metas de outrem; e, em terceiro lugar, habilidade para formular um plano capaz de provocar a mudança desejada na meta fixada do outro.

Embora a capacidade para perceber outras pessoas como sendo dirigidas para a meta possa estar razoavelmente bem estabelecida por volta do segundo aniversário, a competência de uma criança para apreender quais são realmente as metas de outrem ainda é apenas embrionária. Uma razão importante disso é que, para se apreender quais são as metas e os planos de uma outra pessoa, é usualmente necessário ver as coisas através dos olhos dela. E essa é uma capacidade que só se desenvolve lentamente. Como as inadequações de uma criança a esse respeito limitam seriamente todas as suas relações sociais e frequentemente levam-na a ser mal-interpretada, talvez seja útil uma breve digressão sobre o tema.

A desvantagem do egocentrismo

Piaget foi o primeiro pesquisador a chamar a atenção para a dificuldade que uma criança pequena tem em perceber as coisas de um ponto de vista diferente do seu, e deu a essa condição um nome: "egocentrismo". Ainda assim, a conclusão que ele extraiu dos experimentos em que usou um modelo tridimensional de uma cena alpina – que somente ao atingir os sete anos de idade a criança é capaz de perceber as coisas do ponto de vista de outrem (Piaget, 1924; Piaget e Inhelder, 1948) – é extremamente pessimista, como mostram os resultados de estudos mais recentes sobre o problema, a serem vistos no próximo capítulo. Ainda assim, ao lidar com outras pessoas, seja em nível verbal ou não verbal, as crianças pequenas certamente estão em desvantagem, quando comparadas com adultos e como os exemplos seguintes tornam claros.

Verificou-se que uma criança de menos de seis anos, em suas comunicações verbais com outros, esforçava-se muito pouco para ajustar o que dizia, ou o modo como dizia, às necessidades do ouvinte. Ela parecia supor que todo e qualquer ouvinte tinha um conhecimento tão completo quanto ela do contexto e dos protagonistas, em qualquer incidente que desejasse relatar, e que somente os detalhes que eram interessantes e constituíam novidades para ela precisavam ser descritos. Consequentemente, sempre que o ouvinte não estivesse familiarizado com o contexto e os personagens, a descrição corria o risco de ser incompreensível.

Numa esfera puramente prática, o mesmo tipo de dificuldade pode ser observado na representação de como o mundo é visto por outras pessoas e de quais possam ser suas metas. Assim, Flavell (1961) descreveu o resultado de pequenas e simples tarefas propostas a crianças entre os três e os seis anos de idade. Uma tarefa consistiu em selecionar, entre vários objetos, desde um caminhão de brinquedo e um batom, aquele que seria adequado para presentear a mãe em seu aniversário; uma outra era mostrar um quadro de modo que parecesse de cabeça para baixo a alguém sentado em frente; uma terceira dizia respeito a uma vareta, macia numa ponta e pontiaguda na outra: quando a extremidade macia estava na mão da criança e a pontiaguda na do experimentador, perguntou-se à criança se ela sentia a maciez da vareta (sim) e, depois, se achava que o experimentador também sentia a vareta macia. Das crianças de três anos, apenas metade teve êxito em qualquer dessas tarefas, e, em algumas delas, só um quarto foi bem-sucedido. Das crianças de seis anos, todas ou uma grande maioria tiveram êxito em todas as tarefas.

Um exemplo bastante típico do fracasso das crianças de três anos nessas tarefas foi uma que escolheu o caminhão de brinquedo como presente de aniversário para a mãe. Isso é uma réplica, aos três anos de idade, do menino que tentou convencer a mãe a devolver-lhe a faca oferecendo-lhe em troca o seu urso de pelúcia.

Evidentemente, são esses os anos durante os quais uma criança está elaborando uma "imagem" da mãe. Portanto, só gradualmente o modelo funcional que ela tem da mãe se amoldará ao papel de ajudá-la na formulação de planos que influenciem o modo como a mãe se comporta em relação a ela.

Um estudo recente de Light (1979) mostra que o modo como se desenvolve a capacidade da criança para apreender o ponto de vista de outrem é, provavelmente, muito influenciado pelo fato de a mãe levar ou não em conta o ponto de vista da criança, quando lida com ela; considerações mais detalhadas serão apresentadas no próximo capítulo.

É de importância vital, evidentemente, compreender que o conceito de egocentrismo de Piaget se refere apenas ao equipamento cognitivo de que uma criança dispõe quando constrói seus modelos de outras pessoas, e nada tem a ver com egoísmo. De fato, não existe razão alguma para pensar que uma criança seja mais egoísta que um adulto. Estudos recentes (por exemplo, Zahn--Waxler e outros, 1979) têm confirmado que ela pode, de fato, expressar muita preocupação com o bem-estar de outrem e fazer sinceramente tudo o que puder por essa pessoa. Mas, como é do conhecimento de todos quantos tenham recebido ajuda de uma criança pequena, os resultados nem sempre são os mais desejáveis. Não é que uma criança tenha a falta de vontade de beneficiar quem recebe seus cuidados, mas ela falha quanto à apreensão daquilo que, do ponto de vista do recebedor, é realmente benéfico.

Desenvolver este tema seria enfrentar as vastas, difíceis e profundas questões de como uma criança constrói gradualmente o seu próprio "mundo interno". A partir daí, é lícito supor que, do final do primeiro ano de vida e, de um modo especialmente ativo, durante o segundo e terceiro anos, quando adquire o poderoso e extraordinário dom da linguagem, uma criança atarefa-se na construção de modelos funcionais de como pode-se esperar que o mundo físico se comporte, como a mãe e outras pessoas significativas se comportem, de como pode-se esperar que ela própria se comporte e cada um interaja com todos os outros. Dentro do quadro de referência desses modelos funcionais, a criança avalia a sua situação e traça seus planos. E no quadro de referência dos modelos funcionais da mãe e dela mesma, a criança avalia aspectos especiais de sua situação e elabora seus planos de apego.

Como esses modelos são construídos e, daí em diante, como influem na percepção e avaliação, até que ponto são válidos ou distorcidos como representações, até que ponto tornam-se adequados e eficazes para o planejamento, que condições favorecem ou dificultam o seu desenvolvimento, são todas questões de grande importância para se compreender os diferentes meios pelos quais o comportamento de apego se organiza à medida que as crianças vão crescendo. No entanto, como se trata de questões que suscitam gigantescos problemas e também gigantescas controvérsias, adiaremos as considerações a respeito. Nos volumes 2 e 3 desta obra serão apresentadas provas relevantes, inseridas num esquema conceitual.

Colaboração e conflito

Uma vez organizado o comportamento de apego da criança, principalmente embasada na correção para a meta, a relação que se desenvolve entre ela e a mãe torna-se muito mais complexa. Embora passe então a ser possível uma verdadeira colaboração entre a criança e a mãe, o conflito intratável também torna-se uma possibilidade[2].

Quando duas pessoas quaisquer interagem e cada uma delas é capaz de fazer planos, surge a perspectiva de que compartilhamos de um objetivo e de um plano comuns. Quando tal ocorre, a interação resultante adquire novas propriedades, as quais são inteiramente diferentes das propriedades de uma interação baseada, digamos, em cadeias de padrões fixos de ação interdigitante. O novo estilo de interação é mais bem designado por parceria. Ao compartilharem de uma meta fixada comum e participarem de um plano conjunto para alcançá-la, os parceiros possuem um sentimento gratificante de propósito e intenção comuns; e também é provável que se identifiquem mutuamente.

Não obstante, a parceria é adquirida por um preço. Como cada parceiro tem suas próprias metas fixadas a atingir, a colaboração entre eles só é possível quando cada um está preparado, sempre que necessário, a abandonar ou, pelo menos, a ajustar suas metas fixadas pessoais de modo que se harmonizem com a do outro.

Qual dos dois parceiros realiza o ajustamento depende, é claro, de inúmeros fatores. No caso de um par comum mãe-filho, cada um pode realizar tantos ajustamentos quantos sejam precisos para adequar-se aos objetivos do outro, se bem que, às vezes, também seja provável que um deles firme o pé e imponha sua própria vontade. Entretanto, numa parceria feliz existe um constante dar e receber.

....
2. Alguns dos problemas que vêm à tona quando um indivíduo procura mudar seu meio ambiente, induzindo mudanças nas metas de outro indivíduo, têm sido discutidos com base na teoria do controle por MacKay (1964). Quando dois indivíduos procuram alterar as metas um do outro, "pode tornar-se logicamente impossível dissociar os dois complexos de metas. Os indivíduos, então, terão adquirido uma relação na qual suas individualidades ficam parcialmente fundidas". Cf. também Hinde (1979).

Mesmo numa parceria feliz, contudo, é também provável a existência de pequenos conflitos constantes até que as metas fixadas se harmonizem. Assim, embora a mãe possa usualmente ceder às exigências do filho, há ocasiões em que ela não o faz. De fato, especialmente com um filho pequeno e quando o tempo urge, ela pode usar o braço direito com certo vigor. Com muito mais frequência, no entanto, se a mãe for sensata, esforçar-se-á por alcançar seus fins mediante o uso da razão ou de uma pequena barganha, ou seja, procurando alterar as metas fixadas da criança.

No caso das exigências do apego, é evidente que no decorrer de qualquer dia comum existe a probabilidade de que a mãe de um bebê de dois anos tente muitas vezes mudar as metas fixadas do comportamento dele. Às vezes, tentará convencê-lo a manter-se afastado, por exemplo, quando ele entrar no quarto de dormir dos pais de madrugada ou se pendurar às saias da mãe quando ela receber visitas. Outras vezes, esforçar-se-á por mantê-lo próximo, como quando estão na rua ou fazem compras juntos. Através do encorajamento ou desencorajamento e, às vezes, ralhando, castigando ou subornando, a mãe esforça-se intermitentemente para regular a proximidade do filho em relação a ela, tentando alterar as metas fixadas do comportamento de apego dele.

De um modo complementar, a criança esforça-se intermitentemente para alterar o comportamento e a proximidade da mãe; e, ao fazê-lo, é quase certo que adote, pelo menos, alguns dos métodos que ela emprega. Aqui estão contidos tanto uma esperança como um aviso.

À medida que a criança vai ficando mais velha e especialmente depois que completou o terceiro aniversário, suas exigências tendem a abrandar. Outros interesses e outras atividades a atraem e ocupam o seu tempo, e são menos as coisas que a assustam. Não só o seu comportamento de apego é menos frequente e menos intensamente ativado mas também pode ser finalizado de novas maneiras, graças à sua crescente competência cognitiva, especialmente a capacidade muitíssimo aumentada de pensar em termos de espaço e tempo. Assim, por períodos de duração crescente, a criança pode sentir-se contente e segura mesmo na ausência da mãe, sabendo simplesmente onde ela está e quando regressará, ou desde que lhe assegurem que ela estará disponível sempre que realmente precisar dela.

Para a maioria das crianças, em seu quarto aniversário, a informação de que a mãe estará à sua disposição quando necessário reveste-se de grande satisfação. No segundo aniversário, pelo contrário, é possível que isso tenha pouco ou nenhum significado para a criança (Marvin, 1977).

A regulação dos cuidados maternos

Uma questão constantemente levantada por mães e por especialistas é se será aconselhável a mãe satisfazer sempre as exigências do filho pequeno de sua presença e atenção. Ceder ao que o filho quer não acabaria por "estragá-lo"? Ceder no que se refere aos cuidados maternos não levará a exigir que ela também ceda em tudo o mais e a esperar que ela o faça? E, sendo assim, a criança poderá chegar a ser independente? Qual é, de fato, a boa medida de cuidados maternos para a criança?

A questão talvez seja mais bem vista na mesma perspectiva da questão "Quanto alimento é bom para a criança?". Hoje conhece-se bem a resposta a isso. Desde os primeiros meses em diante, é melhor seguir as indicações da criança. Quando ela quer mais comida, isso provavelmente será benéfico para ela; quando recusa alimento, é provável que isso não lhe cause dano algum. Desde que não haja falha em seu metabolismo, a criança é feita de tal maneira que, se couber a ela decidir, pode regular sua própria ingestão de alimento, tanto em quantidade como em qualidade. Portanto, com raras exceções, a mãe pode com segurança deixar a iniciativa à criança.

O mesmo pode ser dito sobre o comportamento de apego especialmente durante os primeiros anos. Numa família comum em que a mãe cuida de seu bebê, nenhum dano resulta para ele quando ela lhe proporciona tanta atenção e presença quanto ela parece querer. Assim, a respeito dos cuidados maternos – como no caso da alimentação –, uma criança pequena parece feita de modo que, se desde o princípio lhe for permitido decidir, ela poderá satisfatoriamente regular o seu próprio "consumo". Somente depois de chegar aos anos de escolaridade poderá haver um moderado desencorajamento.

É difícil saber em que medida, daí em diante, os pais devem pressionar a criança no sentido da autoconfiança e, especialmente, em que idade e em quais circunstâncias; o tema, portanto, exige pesquisa. Nas culturas ocidentais existe, provavelmente, pressão excessiva e em idade precoce; nas culturas orientais talvez ocorra o oposto[3]. Durante os primeiros anos, o padrão que parece ser o mais feliz para a criança e a mãe é o ilustrado pelas descrições de pares interatuantes a que nos referimos no capítulo anterior. Quando a mãe é receptiva para os sinais do filho e responde a eles pronta e adequadamente, a criança desabrocha e o relacionamento desenvolve-se de maneira feliz. Quando a mãe não é receptiva, ou não responde de forma a dar à criança o que ela quer, mas, ao contrário, alguma outra coisa que não a desejada, as coisas não caminham bem.

As perturbações do comportamento de apego são de muitos tipos. No mundo ocidental, muitas das mais comuns, em minha opinião, são resultantes de cuidados maternos precários ou de cuidados dispensados à criança por uma sucessão de diferentes pessoas. As perturbações decorrentes de um excesso de cuidado são muito menos comuns; quando ocorrem, não são fruto de um desejo insaciável de amor e atenção por parte da criança, mas da compulsão materna para acumulá-las com eles. Ao observar a mãe atentamente verifica-se que, em vez de aceitar as pistas fornecidas pela criança, ela toma todas as iniciativas superprotetoras. Insiste em permanecer perto da criança, em monopolizar sua atenção ou protegê-la de perigos – tal como a mãe de uma criança superalimentada insiste em enchê-la de comida. Nos volumes seguintes será dada mais atenção para os efeitos nefastos desse modo de agir dos pais, que resulta, comumente, na inversão da relação apego-cuidados maternos (cf. volume 2, capítulos 16 e 18; volume 3, capítulos 11, 12 e 19).

....

3. A teoria atual da evolução, usando a sobrevivência do gene como critério (ver capítulo 3), sugere que um certo grau de conflito entre a mãe e a criança torna-se inevitável, à medida que esta cresce (Trivers, 1974). Ainda estão para ser determinadas quais seriam as implicações de aplicar-se essas ideias ao caso especial da família humana.

Outras perturbações do comportamento de apego, das quais existem inúmeros tipos, podem ser consideradas devidas não à escassez ou ao excesso de cuidados maternos, mas a distorções no padrão de cuidados maternos que uma criança recebeu ou está recebendo. Não é este, porém, o lugar para aprofundarmos a psicopatologia do comportamento de apego; seria fácil incorrer no erro de simplificar demais, em meia dúzia de parágrafos, uma área tão complexa.

Este é um capítulo breve e totalmente inadequado ao seu tema. Os processos de desenvolvimento focalizados são não apenas de grande interesse intrínseco mas são os próprios processos que tornam o homem diferente das outras espécies. A capacidade do homem para usar a linguagem e outros símbolos para planejar e construir modelos, para a colaboração com outros e para intermináveis antagonismos e disputas, tudo isso faz do homem aquilo que ele é. Todos esses processos têm sua origem durante os primeiros três anos de vida e, além disso, todos eles são mobilizados, desde os primeiros dias, na organização do comportamento de apego. Nada mais haverá a dizer, então, sobre o desenvolvimento na organização do comportamento de apego que ocorre durante o segundo e o terceiro anos de vida?

Na primeira edição deste livro respondi a essa questão arriscando que, provavelmente, não haveria muito mais, e salientando que a fase menos estudada do desenvolvimento humano continua sendo aquela em que a criança está adquirindo tudo o que a torna distintamente humana. Concluindo, apontei para um continente de ignorância, a ser conquistado ainda. Desde então, os exploradores, numerosos e talentosos, têm estado ativos. Nos capítulos seguintes tento apresentar um esboço de suas descobertas.

Parte V
**Velhas controvérsias
e novas constatações**

Capítulo 18
Estabilidade e mudança em padrões de apego

> A melhor introdução à astronomia é pensar nos céus noturnos como um pequeno punhado de estrelas que fazem parte da nossa propriedade.
>
> GEORGE ELIOT

Desenvolvimento posterior de bebês avaliados como segura ou ansiosamente apegados

No capítulo 16 foi relatado um procedimento por Mary Ainsworth, segundo o qual se pode avaliar o padrão de apego à mãe por parte de um bebê de doze meses. A certeza de que o procedimento está avaliando características socioemocionais significativas baseou-se inicialmente na constatação de que os bebês que apresentam cada um destes padrões comportam-se de uma maneira muito parecida no lar e que a dimensão principal usada na classificação, segurança–insegurança, está claramente relacionada com uma dimensão descrita como confiança–desconfiança ou como qualidade de relações objetais, há muito usada pelos clínicos. Além do mais, o fato de que o padrão de apego apresentado por uma criança se correlaciona intensamente com a maneira pela qual a mãe a trata, não apenas está de acordo com a experiência de muitos psiquiatras infantis, como também sugere um relacionamento causal ou consequência prática.

Hoje, nossa confiança no valor dessa classificação é intensamente reforçada pela constatação de que, desde que o ambiente da família permaneça estável, esses padrões não só têm a probabilidade de persistir durante o segundo ano de vida, como também durante o segundo e os anos subsequentes eles se correlacionam, conforme foi previsto, com os padrões de comportamento social e de brinquedos com os adultos que não a mãe e com outras crianças. Assim, pelo menos dispomos de um meio de avaliar os aspectos da personalidade que mostram continuidade de desenvolvimento, até agora tão elusivos.

A evidência de que o sistema de classificação de Ainsworth fornece avaliações estáveis para a maioria dos bebês entre doze e dezoito meses advém de estudos de Connell (1976, citados por Ainsworth e outros, 1978) e Waters (1978). Connell avaliou 47 bebês com doze meses e depois novamente com dezoito meses e verificou que o padrão avaliado nas duas idades era o mesmo para 81% dos bebês. No estudo efetuado por Waters, de cinquenta bebês, 96% demonstraram o mesmo padrão.

A evidência de que o padrão que um bebê mostra com doze meses prevê seu comportamento social e exploratório muitos meses mais tarde vem primeiramente de um estudo anterior em Baltimore (Main, 1973; Main e Townsend, 1981). Nesse estudo verificou-se que quando os bebês classificados na situação estranha aos doze meses tiveram a oportunidade, nove meses mais tarde, de se empenhar em brincadeira livre e em brincadeira com adulto estranho, os classificados anteriormente como seguramente apegados durante um período mais longo em cada episódio de brincadeira mostraram interesse mais intenso por brinquedos, e deram mais atenção a detalhes, e viram ou sorriram mais frequentemente do que os anteriormente classificados como evitadores ou ambivalentes. Além disso, os bebês seguros eram mais cooperativos, tanto com a mãe como com outras pessoas (Londerville e Main, 1981), uma constatação confirmada em Minnesota por Matas, Arende e Sroufe (1978). Ainda assim um terceiro exemplo em Berkeley: Main e Weston (1981) examinaram as respostas de bebês a um adulto que primeiramente tentou brincar com o bebê e mais tarde mostrou aflição. Não só os bebês anteriormente classificados como seguros responderam com evidente presteza à interação, como também mostraram preocupação com a aflição do adulto. Em um estudo posterior do mesmo tipo (Waters, Wippman e Sroufe, 1979), os bebês classificados como segura ou ansiosamente apegados, aos quinze meses, usando videoteipes feitos por

W. Bronson, foram subsequentemente observados com 3 anos e meio de idade, na escola maternal. Nesse ambiente, com as mães ausentes, as crianças classificadas aos quinze meses como seguramente apegadas mostraram-se socialmente mais competentes, mais eficazes em brincadeiras e mais curiosas e também mais simpáticas às aflições de outras crianças do que as anteriormente classificadas como inseguramente apegadas. Assim, na idade pré-escolar os padrões favoráveis de comportamento das crianças seguramente apegadas passaram a ser uma função da própria criança e, conforme a teoria prediz, já não dependem da presença da mãe.

Embora as verificações até agora descritas abranjam apenas um período de 14 a 42 meses, seu significado se amplia muito pela constatação, relatada por Arend, Gove e Sroufe (1979), de que tipos semelhantes de diferenças entre crianças, classificadas como seguras ou ansiosas, continuam presentes durante seus quinto e sexto anos. À medida que a personalidade de uma criança se desenvolve, é necessário empregar diferentes procedimentos e escalas para obter informações relevantes. É conveniente uma breve descrição das que foram usadas, criadas por Jack e Jeanne Block (1980).

Usando os dados coletados durante os trinta anos cobertos pelos dois conhecidos estudos longitudinais de Berkeley, os Blocks elaboraram duas dimensões de personalidade que acreditavam ser de valor social e clínico, e também estáveis no decorrer do tempo. A um deram o nome de controle do ego, ao outro resiliência do ego. O controle do ego varia desde supercontrole, passando por controle moderado, até subcontrole, com o ótimo no ponto intermediário. A resiliência do ego varia de alta a baixa, ou friável, com o ótimo na extremidade alta.

Entre as características da pessoa supercontrolada estão as respostas limitadas e inibidas, expressão emocional reduzida e restrição estreita da informação processada. Entre as características da pessoa subcontrolada estão impulsividade, dispersividade, expressão aberta de emoção e muito pouca restrição à informação processada.

Resiliência do ego refere-se à capacidade de uma pessoa de modificar seu nível de controle de acordo com as circunstâncias. Entre as características da pessoa altamente resiliente está a facilidade em adaptar-se a situações que se modificam; um uso flexível de seu repertório comportamental; capacidade para processar informação contraditória e conflitante. Em contraposição, a pessoa friável ou instável mostra pouca flexibilidade e responde a situações estressantes que se modificam perseverando rigidamente em sua resposta original ou tornando-se desorganizada. Informações contraditórias ou conflitantes deixam-na excessivamente ansiosa.

Na criação de seus procedimentos para avaliar controle do ego e resiliência do ego, os Blocks recorreram a dados de duas fontes principais: (*a*) as observações das professoras que conheceram bem as crianças na escola maternal, registradas por meio de uma classificação Q, e (*b*) pelo desempenho das crianças numa grande bateria de testes de laboratório. Para ambas as classes de dados os Blocks derivam seus índices do maior número possível de fontes diferentes e acumulam dados de tipo semelhante. Por esses meios seus índices tornam-se mais representativos e válidos do que qualquer medida única derivada de uma fonte única.

Os Blocks demonstram a aplicabilidade e utilidade dos dois conceitos em estudos que abrangem os sexos, uma gama de idades, amostras diferentes e uma variedade de métodos de coleta de dados: observação, teste e autorrelatório (Block e Block, 1980). Em um estudo longitudinal de uma amostra de mais de cem crianças de uma ampla gama étnica e socioeconômica, começando aos três anos e ainda em desenvolvimento, os Blocks registraram bom potencial de previsão para avaliações feitas aos três anos de idade em relação àquelas feitas quatro anos mais tarde, quando as crianças tinham sete anos.

O estudo longitudinal de Arend e outros (1979) liga o período entre dezoito meses e 5 anos. Da amostra de bebês brancos da classe média classificados aos dezoito meses pelo procedimento Ainsworth, 26 voltaram a ser examinados entre quatro anos e meio e cinco anos e meio de idade: doze tinham sido classificados como seguramente apegados e catorze ansiosamente apegados. Agora, três ou quatro anos mais tarde, todas essas crianças estavam frequentando escola maternal ou uma creche diurna. Foram empregados dois procedimentos para avaliar sua resiliência e controle do ego: um, uma análise fatorial Q por uma professora que tinha conhecido a criança pelo menos durante oito meses, e o outro, um subconjunto dos procedimentos de laboratório dos Blocks. Os resultados concordaram com as previsões. Os escores médios para resiliência do ego, derivados de cada fonte separadamente, em cada caso foram significativamente superiores para as doze crianças anteriormente classificadas como seguramente apegadas do que para as catorze com apego ansioso. Para os escores médios de controle do ego as classificações Q mostraram que as crianças seguramente apegadas eram moderadamente controladas, as oito crianças ansiosas e evitadoras eram supercontroladas, e as seis crianças ansiosas e resistentes eram subcontroladas. (Os escores médios dos procedimentos de laboratório não mostraram diferenças.) Uma outra constatação que concorda com a previsão foi de que, em três medidas separadas de curiosidade, as crianças seguramente apegadas tiveram escores significativamente mais elevados que as crianças ansiosamente apegadas.

Um ponto a ser destacado é que estas crianças de cinco anos foram avaliadas no desempenho em ambientes, escola e laboratório em que a mãe estava ausente. Assim, neste caso, mais uma vez se demonstrou que o desempenho das crianças seguramente apegadas independe da presença da mãe. Para um exame destes estudos e de outros relacionados, ver Sroufe (1979).

Os resultados de um outro estudo longitudinal, confirmando veementemente essas constatações e com uma discussão valiosa de suas implicações clínicas e educacionais, foram recentemente relatados também por Sroufe (1982).

A organização de apego: de labilidade e estabilidade

Há grande evidência de que durante o primeiro ou segundo ano a estabilidade do padrão de apego até agora descrito é mais uma propriedade do par do qual a criança é um parceiro do que da sua própria organização comportamental. À medida que os meses passam, entretanto, a organização interna do apego, com seu modelo de funcionamento da figura de apego, torna-se ainda mais estável. Consequentemente, não resiste à mudança, como faz de maneira crescente.

A evidência de que a organização de apego inicialmente é lábil vem de diversas fontes. Nos estudos descritos na seção anterior, em que a configuração de estabilidade é reportada, os sujeitos se originavam da classe média branca, os casamentos dos pais eram intatos, e foi encontrado um alto grau de continuidade na maneira pela qual cada mãe tratava o filho. Todavia, tal continuidade dos cuidados parentais é muito menos comum nas famílias em má situação. Em estudo de cem sujeitos de uma tal população (Vaughn e outros, 1979), uma amostra na qual somente metade das mães era casada e a maioria tinha menos de vinte anos de idade, não menos do que um terço dos padrões avaliados aos doze meses havia se modificado seis meses mais tarde, alguns para melhor e outros para pior. No caso de dez crianças que apresentaram apego seguro aos doze meses e apego ansioso aos dezoito, as mães relataram eventos de vida muito mais estressantes durante o período de modificação do que as mães de 45 crianças cujo padrão continuou a ser seguro. Em diversos casos nos quais a mudança tinha ocorrido na direção oposta, de ansiosa para segura, o advento de uma avó parecia ter, provavelmente, desempenhado um papel benéfico (Egeland e Sroufe, 1981).

Em um outro estudo, de Main e Weston (1981), foi constatado que durante os primeiros dezoito meses uma criança pode apresentar padrões diferentes com cada um de seus pais. Foram observados cerca de sessenta bebês, primeiramente aos doze meses com um dos pais, seis meses mais tarde, com o outro. Foi verificado que, quando considerados um grupo, os padrões de apego apresentados em relação ao pai se pareciam muito com aqueles apresentados em relação à mãe, havendo mais ou menos a mesma distribuição percentual de padrões. Mas, quando foram examinados os padrões apresentados para cada criança individualmente, não se encontrou qualquer correlação entre o padrão com um dos pais e o padrão, com o outro. Verificou-se que na aproximação da criança com novas pessoas e novas tarefas seu relacionamento com cada um dos pais estava desempenhando uma parte. As crianças com um relacionamento seguro com os dois pais eram mais confiantes e competentes; as que não tinham um relacionamento seguro com nenhum deles o eram menos; e as que tinham um relacionamento seguro com um dos pais, mas não com o outro, ficavam no ponto intermediário.

A evidência que temos quanto ao padrão de apego desenvolvido por uma criança confirma claramente o papel importante de quem dispensa cuidados, já enfatizado no capítulo 16. Entre muitas outras provas nesse sentido, está a comparação que Ainsworth faz da quantidade de choro de 23 bebês no último trimestre do primeiro ano e no primeiro trimestre (Ainsworth e outros, 1978). Enquanto no começo não tinha havido correlação entre a quantidade de choro de um bebê e a maneira pela qual a mãe o estava tratando, no final do ano as mães que tinham atendido prontamente os seus bebês quando estes choravam tinham bebês que choravam muito menos do que os bebês de mães que os deixavam chorar. Assim, enquanto o comportamento das mães continuou o mesmo, o dos bebês modificou-se.

Constatações semelhantes de uma relação estreita entre a sensibilidade materna nos meses iniciais e o padrão de apego aos doze meses são relatadas em um novo estudo longitudinal de Egeland, Deinard e Sroufe (cf. Sroufe, 1982). Neste estudo, além do mais, foram tomadas diversas medidas do temperamento do bebê durante o período neonatal; mas elas não levaram em conta os padrões de apego profundamente diferentes observados em um ano.

Os efeitos poderosos sobre o padrão de apego, e portanto sobre o desenvolvimento da personalidade, das experiências iniciais de uma criança, em ponto algum são mais evidentes do que no comportamento social profundamente perturbado de crianças que foram fisicamente maltratadas por um dos pais ou que passaram seus primeiros anos numa instituição.

George e Main (1979) relataram observações de dez crianças entre um e três anos de idade que se sabia terem sido fisicamente maltratadas, e compararam seu comportamento em creches diurnas com o de dez outras crianças com características bem semelhantes, de famílias com estresse. O comportamento observado, significativamente mais frequente nas crianças que tinham sofrido abusos, incluía ataque aos companheiros, provocações e ameaça de ataque às pessoas que cuidavam delas e reação a aproximações amigáveis evitando interação ou por movimentos mistos de evitação e aproximação. Assim, as crianças tendem a isolar-se e também a se afastar de adultos que poderiam ajudá-las, estabelecendo, então, um círculo vicioso. Tipos semelhantes de comportamento, porém em escala menor, foram observados em bebês evitadores, de amostras normais, e são correlacionados com a aversão da mãe ao contato físico com o bebê e comportamento de raiva contra ele (Main e Weston, 1982). Estas constatações ilustram bem como cada parceiro, em grau variável, influencia o outro e como seu atual padrão de interação é o produto de um processo transacional histórico.

Tizard e Hodges (1978) discorrem sobre o comportamento de 51 crianças aos oito anos de idade, tendo elas passado seus dois primeiros anos em uma instituição. Metade dessas crianças tinha sido adotada, vinte antes de ter alcançado quatro anos, e mais cinco, depois. (Das outras 26, treze tinham sido devolvidas a seus pais, seis tinham sido entregues como enteadas e sete permaneceram na instituição.) Das 25 crianças adotadas, vinte pareciam ter formado um relacionamento afetivo íntimo com seus novos pais; cinco, uma minoria significativa, não tinham conseguido. Na escola, pelo menos metade de todas essas crianças adotadas tardiamente tinha se mostrado extremamente perturbadora. Eram irrequietas, briguentas e desobedientes, ressentiam-se das críticas e pareciam ter "um desejo quase insaciável pela atenção de um adulto, professores ou não".

O fato de uma criança se apegar (de alguma forma) a seus pais adotivos dependia principalmente de como eles a tratavam. Quanto mais prontamente aceitavam seu desejo de atenção e cuidados e mais tempo lhe davam, mais evidentemente o apego. O desenvolvimento das crianças que não foram adotadas mostrou a mesma correlação clara. Como era de esperar, as crianças não apegadas tinham mais probabilidades de ser "superamigáveis" do que as apegadas. Ainda assim, muitas das crianças consideradas intimamente apegadas à figura da mãe eram, no entanto, indiscriminadamente amigáveis. Consequentemente, a qualidade de seu apego é seriamente questionável. Constatações desse estudo e de outros (ver Rutter, 1981) sustentam a hipótese de que há uma fase sensível no início da vida, após a qual o desenvolvimento da capacidade de constituir apegos seguros e discriminar se torna cada vez mais difícil; ou, em outras palavras, que o padrão em que o comportamento de apego de uma criança já está organizado tende a persistir e, à medida que ela cresce, a se modificar cada vez menos facilmente e menos completamente por sua experiência. Este não é apenas um assunto da maior consequência prática, mas, como tantos trabalhos recentes têm mostrado, está agora sendo alvo de pesquisa sistemática.

A constatação de que a qualidade dos cuidados recebidos influencia o padrão de apego que está se desenvolvendo não exclui, de modo algum, o bebê de também ter um papel. A maneira pela qual uma mãe trata seu bebê depende em parte da personalidade dela, de suas ideias iniciais a respeito de bebês e das experiências que teve em sua família de origem (Frommer e O'Shea, 1973; Wolkind e outros, 1977), e em parte da experiência que está tendo no momento, incluindo, entre outras coisas, o tipo de comportamento manifestado por seu bebê (Korner, 1979). Um recém-nascido fácil pode ajudar uma mãe incerta a desenvolver um padrão favorável de cuidados. Inversamente, um recém-nascido difícil e imprevisível pode pender o fiel da balança para o outro lado. No entanto, todas as provas mostram que um bebê potencialmente fácil tem probabilidade de se desenvolver desfavoravelmente se receber cuidado desfavorável e também que, salvo raras exceções, um bebê potencialmente difícil pode desenvolver-se favoravelmente se receber cuidado favorável (Sameroff e Chandler, 1975; Dunn, 1979). A capacidade de uma mãe sensível de adaptar-se até mesmo a um bebê difícil e imprevisível, e dessa forma permitir-lhe desenvolver-se favoravelmente, é talvez a mais estimulante de todas as constatações recentes nesse campo.

Desenvolvimento da adoção de perspectiva conceitual

O desenvolvimento do que nos capítulos 14 e 17 chamo de parceria corrigida para a meta está ligado à capacidade da criança de conceber a mãe como tendo suas próprias metas e interesses separados dos dela, criança, e levá-los em conta. Estudos recentes (por exemplo, Marvin e outros, 1976) nos dão dados sobre esse desenvolvimento. No terceiro aniversário, apenas uma minoria muito pequena de crianças tem capacidade para isso. No quinto aniversário, no entanto, provavelmente a grande maioria pode fazê-lo. O período durante o qual essa transformação tem maior probabilidade de ocorrer é no quarto e no quinto anos de vida.

Light (1979) fornece uma crítica útil do pensamento corrente. O trabalho de Piaget sobre o egocentrismo, frisa ele, tem sérias limitações. Por exemplo, suas constatações dizem respeito somente a perspectivas visuais e mesmo estas estão confinadas a cenas impessoais; e em suas conclusões Piaget se apoiou em diferenças de grupos encontradas em estudos transversais de crianças de diferentes idades.

O próprio Light estudou uma amostra de 56 crianças (meninos e meninas iguais) imediatamente após terem completado o quarto aniversário, portanto, próximas da metade do período de transição. Cada criança, observada em seu próprio lar, recebeu oito tarefas. A constatação mais flagrante é a faixa muito grande de escores. Assim, com um máximo possível de quarenta, os escores foram de 9 a 37, com uma média de 22 (D. P. de mais ou menos 0,5), indicando que algumas crianças de quatro anos são plenamente capazes de adotar perspectiva conceitual, ao passo que outras têm pouca ideia disso. As limitações sérias de se basearem conclusões em médias grupais são aparentes.

Já que a amostra de crianças testadas é parte de um estudo longitudinal (empreendido em Cambridge, Inglaterra), há uma grande quantidade de outras informações a respeito das crianças e suas famílias. Isto permitiu a Light descobrir se os escores em adoção de perspectiva conceitual estão correlacionados ou com outras características das crianças ou com as de suas famílias. Não surgiu relação com o sexo da criança nem com a classe social do pai. Tampouco as crianças que passavam a maior parte do tempo com os pares tiveram escores mais altos do que as outras. Quando seus escores foram correlacionados com a maneira pela qual a mãe dizia perceber e tratar seu filho, em compensação, surgiram correlações intensas e coerentes.

Cada mãe passou por uma entrevista extensa durante uma ou duas horas, em que foram formuladas perguntas com respostas livres, relacionadas principalmente a situações específicas, numa sequência flexível de perguntas, terminando com algumas questões gerais sobre suas ideias a respeito de filhos e como criá-los. As mães das crianças com altos escores em adoção de perspectiva conceitual diferiam daquelas cujos filhos tiveram baixos escores, das seguintes maneiras: as primeiras se interessavam tanto pelos sentimentos e intenções de um filho quanto pelo seu comportamento real e se achavam preparadas para fazer concessões razoáveis quando a situação o justificasse, ao passo que as segundas assumiam uma linha mais autoritária. Essa diferença ficou clara nas respostas que as mães deram à pergunta: "O que acontece se você lhe pedir que lhe faça qualquer coisa e ele diz que não pode porque está ocupado, no meio de um jogo, ou qualquer coisa?" A isto, a mãe de uma criança de alto escore poderia responder: "Se ele diz que está fazendo alguma coisa, eu direi, 'então faça isso quando terminar' e ele o fará; ao passo que a mãe de um criança que teve baixo escore tem mais probabilidade de responder que diria: "Você vai fazer isso já – foi o que eu mandei". Assim, as mães de crianças com altos escores tendem a fazer concessões e propor barganhas, ao passo que as mães de crianças com baixos escores têm maior probabilidade de recorrer à punição. As crianças que recebiam punição física tinham escores notavelmente baixos em adoção de perspectiva conceitual. É claro, portanto, que uma mãe que habitualmente leva em conta as perspectivas e interesses de seu filho tem a probabilidade de que ele aja reciprocamente, levando em conta as perspectivas e interesses da mãe – o que é mais um exemplo da poderosa influência de um dos pais e também, podemos supor, de um modelo de aprendizagem.

Refletindo sobre suas constatações, Light conclui que a variação nos escores das crianças provavelmente é um reflexo principalmente "do nível geral de *percepção* da criança, das diferenças de perspectiva e da necessidade de adaptar-se a elas", e não de variações entre crianças por origem genética. Ao julgar o comportamento de um adulto como egocêntrico, frisa Light, raramente está implícito que ele ignora que a perspectiva de uma outra pessoa pode diferir da sua, ou que ele é incapaz de levá-la em conta. Supomos que ele tem a capacidade mental, mas nunca se acostumou a usá-la ou simplesmente não está se importando.

Já que Light e outros pesquisadores julgam que muitas crianças que em seu quarto aniversário são plenamente capazes de adoção de perspectiva conceitual, é natural perguntar qual é a menor idade em que essa capacidade começa a se desenvolver, em crianças que são tratadas favoravelmente pela mãe. Os resultados de um estudo longitudinal do desenvolvimento de símbolos em uma amostra de trinta crianças de famílias da classe média, de Bretherton e Beeghly-Smith (em preparação), fornecem indícios. Cerca de uma semana antes de seu filho ter alcançado dois anos e quatro meses, quando deveria fazer uma visita ao lar, uma mãe foi solicitada a notar se ele usava qualquer das palavras de uma lista especial e, em caso positivo, em que contexto e a que se referiam. As palavras referiam-se às percepções da própria criança e de outros, seus estados fisiológicos, seus afetos positivos e negativos, seus desejos e capacidades, suas cognições, e seus julgamentos morais e obrigações. As observações das mães foram registradas na entrevista subsequente.

A lista de palavras usadas por uma maioria de crianças incluía "ver" e "ouvir" e numerosas palavras de afeto – em ordem de frequência "chorar" (= aflição), "louco da vida" (= zangado), "assustado", "agradável", "feliz" e "triste" – e "saber". Oitenta por cento das crianças usavam declarações causais, a maioria das quais se referia a ações destinadas a aliviar desconforto e promover conforto. Quase 60% de todas as palavras usadas foram aplicadas a outras pessoas e a si mesmas. "Essas crianças", verificaram os pesquisadores, "interpretam seus próprios estados mentais e os dos outros, comentam sobre suas próprias experiências esperadas e passadas, bem como as dos outros, e discutem como a sua própria situação ou a de outra pessoa poderia ser modificada ou o que a originou". Os dados, concluem eles, "sugerem que a capacidade para analisar as metas e motivos dos outros, na medida em que estes se entrelaçam com os da própria criança, já é bastante desenvolvida no terceiro ano", embora provavelmente devêssemos acrescentar que somente em crianças cujas mães as tratam com sensibilidade. Estas constatações levaram os autores a desconfiar de que, para os homens, como talvez para outros primatas (Premack e Wodruff, 1978), é tão natural atribuir estados internos da mente ao eu e aos outros quanto atribuir qualidades espaciais ao mundo que nos cerca.

Capítulo 19
Objeções e concepções errôneas

> ... sem a formulação de teorias, estou convencido de que não haveria observação.
>
> CHARLES DARWIN

Apego como um conceito organizacional

Durante os doze anos que se passaram desde que foi publicada a primeira edição deste trabalho, a teoria do apego delineada tem sido alvo de muita discussão. Alguns a julgaram incompleta. Por outros, além de ter sido bem recebida, foi esclarecida e ampliada. Acima de tudo, como vimos, ela foi usada com eficácia na orientação de pesquisas empíricas posteriores. O objetivo deste capítulo é indicar alguns dos pontos de controvérsia, esclarecer mal-entendidos e chamar a atenção para contribuições a que atribuo valor.

Uma fonte de mal-entendido deve-se ao fato de que não tornei clara, na primeira edição, a distinção feita entre apego e comportamento de apego. Felizmente, essa omissão já foi sanada por inúmeros colegas, notadamente por Mary Ainsworth em diversas publicações suas (1969, 1972 e nos capítulos 1 e 14 da monografia em que é coautora, de 1978). Outras contribuições valiosas vieram de Bischof (1975), Sroufe e Waters (1977) e Bretherton (1980).

Dizer que uma criança é apegada ou tem um apego por alguém significa que ela está fortemente disposta a buscar proximidade e contato com uma figura específica, principalmente quando está assustada, cansada ou doente. A disposição de comportar-se dessa maneira é um atributo da criança, atributo este que só se modifica com o tempo e não é afetado pela situação do momento. Em contraposição, o comportamento de apego refere-se a qualquer forma de comportamento que uma criança comumente adota para conseguir e/ou manter uma proximidade desejada. Em qualquer ocasião alguma forma desse tipo de comportamento pode estar presente ou ausente, e qual ela é depende, em alto grau, das condições que prevalecem no momento.

A teoria do apego é uma tentativa tanto de explicar o comportamento de apego, com seu aparecimento e desaparecimento episódicos, como também os apegos duradouros que as crianças (e também indivíduos mais velhos) formam para com determinadas figuras. Nesta teoria, o conceito-chave é o de sistema comportamental, ao qual são dedicados os capítulos 3 a 8 deste volume.

Quando foi proposto pela primeira vez como uma maneira plausível de compreender o comportamento de uma criança em relação à sua mãe, o conceito de sistema de controle comportamental, ou sistema comportamental, não era conhecido entre os psicólogos do desenvolvimento e os clínicos. Portanto, não é de surpreender que muitos, já mergulhados em teorias de outros tipos, não o tenham compreendido ou tenham se recusado a tentar. No entanto, para qualquer pessoa com conhecimento de fisiologia e do conceito de homeostase não há problema. Quer estejamos interessados na manutenção entre determinados limites da pressão arterial, do açúcar no sangue, ou qualquer outra de inúmeras medidas fisiológicas, o conceito necessário à explicação dos dados é o de sistema de controle *fisiológico*, concebido como uma organização situada dentro do sistema nervoso central e atuando de acordo com os princípios delineados anteriormente neste livro.

Ao propor o conceito de sistema de controle *comportamental* a fim de explicar a maneira pela qual uma criança mantém a relação com sua figura de apego entre certos limites de distância ou acessibilidade, o que se faz é usar estes princípios bem compreendidos para explicar uma forma diferente de homeostase, ou seja, aquela em que os limites estabelecidos dizem respeito à relação do organismo com as características do ambiente e em que os limites são mantidos por meios comportamentais e não fisiológicos. É claro que a manutenção de uma criança dentro de determinados limites em relação a uma figura de apego é apenas um exemplo do que se pode chamar de homeostase ambiental. Entre outros exemplos, já citados no capítulo 5, inclui-se o fato de uma ave choca se manter a uma distância determinada do ninho e dos ovos, ou de qualquer animal se manter dentro de seu ambiente de adaptação.

Uma vez apreendido o conceito de sistema de controle comportamental, compreende-se que as formas particulares de comportamento adotadas para manter o organismo dentro de quaisquer limites são de importância secundária – meramente meios alternativos para um fim específico. A forma pela qual uma criança se move em direção à mãe – correndo, andando, rastejando, arrastando os pés ou, como no caso da talidomida, rolando – pouco importa; mais importante é a meta de sua locomoção: a proximidade da mãe. Já que os métodos de locomoção são alternativas um do outro, não há por que se surpreender que eles não sejam positivamente correlacionados, afirmativa atribuída erroneamente à teoria do apego pelos adeptos à teoria de estímulo-resposta. A crítica infundada à qual esse pressuposto levou foi bem respondida por Sroufe e Waters (1977).

Propondo que o comportamento de apego de uma criança é controlado por um sistema comportamental concebido como uma organização existente dentro da criança, a atenção se desloca do próprio comportamento para a organização que o controla. Essa organização, concebida como uma característica permanente – e de fato central – da personalidade da criança, jamais está ociosa – um ponto que foi salientado por Bretherton (1980) numa contribuição das mais valiosas[1]. Para que um sistema de controle desempenhe efetivamente sua função, ele precisa estar dotado de sensores para mantê-lo informado de eventos relevantes, os quais ele tem de registrar e avaliar continuamente. No caso de um sistema de controle de apego, os eventos que estão sendo registrados e avaliados caem em duas classes: os que indicam a presença de pe-

....

1. Em seu artigo, Inge Bretherton elabora ideias formuladas de maneira incompleta na primeira edição deste trabalho, e as ilustra com um diagrama de blocos mostrando como um sistema de controle do tipo proposto poderia ser organizado.

rigo potencial ou estresse (interno ou externo) e os que dizem respeito à localizacão e acessibilidade da figura de apego. À luz de algumas dessas avaliações, experimentadas como uma sensação de inquietação, mal-estar, insegurança, ansiedade ou possivelmente terror, é solicitada ação no sentido de aumentar a proximidade. As ações particulares adequadas às circunstâncias são então decididas e continuam até quando os sensores do sistema indicarem que a situação da criança se modificou apropriadamente, o que é experimentado por ela como um sentimento de conforto e segurança.

Ao chegar à decisão de utilizar certas ações em vez de outras, supõe-se que sistema de apego recorra a representações simbólicas, ou modelos funcionais, da figura de apego, do ambiente geral e do eu, que já se acham armazenados e disponíveis para o sistema. É postulando a existência destes componentes cognitivos e sua utilização pelo sistema de apego que a teoria se torna capaz de fornecer explicações de como as experiências de uma criança com as figuras de apego influenciam de maneiras particulares o padrão de apego que ela desenvolve.

Postulando assim a existência de uma organização interna com numerosas características altamente específicas, a teoria proposta pode ser vista como tendo as mesmas propriedades básicas que caracterizam todas as várias formas da teoria estrutural – das quais a psicanálise é uma e a teoria piagetiana é outra – e que as diferenciam do behaviorismo em suas muitas formas. Além disso, são essas propriedades estruturais que permitem à teoria ampliar-se, como, por exemplo, no capítulo 4 do volume 3, de modo a constatar e explicar vários processos defensivos, crenças e atividades que, desde os trabalhos iniciais de Freud (1894, 1896), foram o centro do interesse psicanalítico.

Outros tipos de comportamento de manutenção de proximidade

Um outro aspecto insuficientemente tratado na primeira edição, e que deu origem a mal-entendidos, é a distinção a ser feita entre comportamento de apego e qualquer outra forma de comportamento que leve um indivíduo a conseguir ou manter proximidade com um determinado outro. Por exemplo, frequentemente uma criança procurará a proximidade de um companheiro de brinquedo, assim como um adulto buscará a proximidade de um companheiro de interesses semelhantes. Em nenhum desses casos essa manutenção de proximidade seria considerada comportamento de apego. Quando uma criança se aproxima da mãe pedindo um jogo, também não se poderia classificar isso como comportamento de apego. Bretherton (1980) está certa quando frisa que, "ao definir comportamento de apego, eu tinha em mente o produto do que poderia ser chamado de sistema de regulação de segurança, ou seja, um sistema cujas atividades tendem a reduzir o risco de o indivíduo se dar mal e são sentidas como levando a um alívio da ansiedade e a um aumento da sensação de segurança".

Assim, é incorreto escrever comportamento de apego unicamente em termos de alcançar e manter proximidade com um determinado indivíduo. Isto, todavia, não deve criar dificuldades, pois existem numerosos critérios para distinguir comportamento promotor de proximidade, que é parte do produto do sistema de apego de comportamento semelhante, que é parte do produto de algum outro sistema. Quase sempre ele seria eliciado e finalizado por situações de tipos diferentes, estaria firmado em sequências de comportamento de tipo diferente, adotado num estado de espírito diferente e acompanhado pela expressão de afeto diferente. Acredito que apenas raramente o julgamento seria duvidoso.

Na definição de comportamento de apego como o produto de um sistema regulador de segurança é dada ênfase à importante função biológica a ele atribuída: proteger o bebê que se mexe e a criança que está crescendo de numerosos perigos, entre os quais, no meio ambiente de adaptabilidade evolutiva do homem, o perigo da predação é provavelmente o maior. Para um etólogo uma afirmação desse tipo é óbvia. Entretanto, para os psicólogos clínicos e do desenvolvimento, desacostumados a distinguir causa e função, e também não habituados a pensar em termos evolucionários, a proposta não só parece ser estranha como também, às vezes, ter pouca relevância prática.

Uma razão principal pela qual, por contraste, enfatizo este aspecto da teoria do apego é que nossa abordagem global do ser humano se alterará conforme o comportamento de apego seja considerado como tendo uma função biológica útil, ou como inadequado, caracteristicamente infantil, tal como tem sido encarado tradicionalmente pelas teorias da dependência do impulso secundário.

Quando o apego de um bebê, criança ou adulto por uma pessoa preferida é considerado da maneira proposta, o comportamento que se segue tende a ser respeitado como intrínseco à natureza humana, como o são, digamos, o comportamento sexual e o de comer. Assim, quando um clínico encontra um indivíduo que está respondendo à separação ou perda com combinações variadas de protesto, raiva, ansiedade ou desespero, ele provavelmente reconhece o comportamento como constituído das respostas naturais, embora talvez inconvenientes, que se esperariam de qualquer ser humano na situação do indivíduo em questão. O clínico provavelmente exercerá qualquer tipo de ação eficaz que esteja a seu alcance.

Quando, no entanto, o comportamento de apego e as respostas à separação e perda são vistos em termos de uma ou outra das teorias da aprendizagem, a cena parece bem diferente. Quando um bebê foi recentemente alimentado, o choro é considerado meramente exigência de atenção, e carregá-lo, uma forma de, provavelmente, fazê-lo chorar mais. Quando uma criança está protestando contra a perda de sua principal figura de apego e exige sua volta, ela é considerada como tendo sido estragada. Um adolescente ou adulto que se sente apreensivo, com medo de ser abandonado por sua figura de apego, é considerado superdependente, histérico ou fóbico. As ações do clínico tendem então a ser desaprovadoras e ineficazes. Na realidade, foram considerações desse tipo que me levaram a questionar a relevância, para os problemas clínicos, de qualquer das formas da teoria da aprendizagem e a adotar uma abordagem etológica como mais adequada para ajudar a compreender os fenômenos clínicos com que todos os psiquiatras se defrontam, quer trabalhem com crianças, quer com adolescentes ou com adultos.

Uma objeção, levantada por Rajecki e outros em um artigo de crítica (1978) à afirmação de que o comportamento de apego serve a uma função protetora, é que o comportamento às vezes é dirigido a objetos que não oferecem proteção, como no caso da mãe artificial para os macacos, ou um cobertor predileto ou brinquedo no caso dos seres humanos. Esta, no entanto, não é uma objeção válida. Quando as condições em que um animal jovem é criado se desviam da norma, não é incomum que o comportamento se dirija a objetos inadequados. Por exemplo, o comportamento sexual pode ser dirigido a um membro do mesmo sexo, a um membro de outra espécie, ou talvez a um fetiche. Ainda assim, ninguém sonharia em sugerir que, porque nesses casos o comportamento deixa de resultar em reprodução, o comportamento sexual em si não tem essa função.

Apego-cuidado: um tipo de vínculo social

Neste livro a atenção está voltada para um tipo especial de relacionamento social – o apego a quem dispensa cuidados. Já que existe uma tendência a ampliar o uso da palavra "apego" para diversos outros relacionamentos, é desejável especificar mais exatamente como ela está sendo usada aqui.

De acordo com Hinde (1979) e Bretherton (1980), pode-se dizer que existe um relacionamento social entre dois indivíduos quando cada um dos parceiros construiu programas de interação diádica que são partilhados com o outro. Tais relacionamentos assumem muitas formas. Por exemplo, diferem quanto ao tipo do principal programa partilhado e quanto ao fato de as partes nele desempenhadas por cada parceiro serem semelhantes ou complementares, quanto ao número de diferentes programas partilhados, ou quanto ao entrosamento de cada programa, às suas idiossincrasias, e quanto ao tempo que se espera que se mantenham. Assim, há muitos relacionamentos, como comprar bens de um comerciante, que tendem a ser restritos em amplitude e breves no tempo; outros, como um relacionamento de trabalho, podem ser mais extensos e/ou mais prolongados; outros ainda, como um relacionamento de família, podem incluir não apenas uma vasta gama de programas partilhados, mas também um compromisso por parte de cada parceiro de continuar o relacionamento indefinidamente. O termo "vínculo social", porque implica algum tipo de engajamento forçado, é aplicável somente aos poucos relacionamentos sociais com os quais ambas as partes estão comprometidas.

Os relacionamentos pais-filhos, salvo se abortados por morte ou adoção, são geralmente tidos pela sociedade, bem como sentidos pelos parceiros, como compromissados; no entanto, até que uma criança tenha algum conceito do futuro, o compromisso de seu lado não é mais do que um pressuposto de seus pais.

Assim como muitos outros tipos de relacionamento social, o relacionamento pais-filhos é complementar. Dessa forma, em geral o comportamento de uma mãe é bem diferente daquele do seu filho. No entanto, no curso natural dos eventos, o comportamento de um é o complemento do comportamento do outro. Isto nos traz de volta ao apego.

Neste livro examinamos apenas uma das metades do que é normalmente um programa diádico partilhado, sendo a outra metade o cuidado materno. Já que um laço é uma propriedade de duas partes, o laço pelo qual estamos interessados deve ser designado como de apego-cuidado[2].

Há uma discussão interna, com base no uso dos últimos vinte anos, no sentido de restringir o termo apego ao comportamento típico de uma criança para com os pais e ao sistema comportamental responsável por ele, e evitar seu uso para descrever o comportamento complementar e o sistema comportamental dos pais. Adotando-se essa convenção, pode-se dizer que ambas as partes estão compromissadas. O apego se limita, então, ao comportamento dirigido a alguém considerado mais capaz de fazer frente à situação, enquanto cuidar especifica o comportamento complementar para com alguém considerado menos capaz de assim agir. Na maioria dos relacionamentos apego-cuidados, e principalmente nas relações entre filhos e pais, os papéis dos parceiros não se modificam. No entanto, a continuidade do papel é inevitável. Nos casamentos, por exemplo, as mudanças de papel provavelmente são comuns e saudáveis; também pode ocorrer a mudança de papel quando um filho, ou filha, crescido cuida de um dos pais em sua velhice. Em contraposição, a inversão de papéis entre criança, ou adolescente, e pais, a menos que muito temporária, é

....

2. Hinde (1979) chama a atenção para o engano de aplicar o termo "apego" não somente ao sistema comportamental dentro da criança, como também ao vínculo social que ela forma com sua mãe.

quase sempre não só um sinal de patologia nos pais, como também uma causa disso no filho (cf. volume 2, capítulos 16 e 18; volume 3, capítulos 11, 12, 19).

O estudo do cuidar como um sistema comportamental, diferindo um pouco entre mães e pais (Lamb, 1977), é um empreendimento que chama a atenção. Em algum outro ponto (Bowlby, 1982) sugiro que seria frutífero estudar seu desenvolvimento dentro de um arcabouço conceitual semelhante ao adotado aqui para o desenvolvimento do comportamento de apego, ou seja, como o produto de interação entre um forte viés genético para desenvolver certos tipos de comportamento e a sequência particular dos ambientes, a partir da infância, nos quais ocorre o desenvolvimento.

Um ponto posterior precisa ser enfatizado. Um relacionamento mãe-filho, ou pai-filho, contém mais do que um programa diádico partilhado. Há, por exemplo, um programa partilhado, alimentar-alimentado, em que o comportamento de um parceiro comumente se entrosa de maneira complementar com o do outro. Um outro tipo de programa partilhado é o de companheiros de brinquedo, quando as partes desempenhadas pelos parceiros muitas vezes são, pelo menos manifestamente, semelhantes. Um outro tipo ainda, novamente complementar, é o do aluno-professor. Assim, um relacionamento pais-filhos não é de modo algum o de apego e cuidar. Portanto, a única justificativa para nos referirmos ao vínculo entre uma criança e sua mãe deste modo é que o programa diádico partilhado que tem maior prioridade é o de apego-cuidar.

* * *

Em conclusão, quero esboçar o quadro proposto do desenvolvimento da personalidade. A experiência de uma criança pequena de uma mãe estimulante, que dá apoio e é cooperativa, e um pouco mais tarde o pai, dá-lhe um senso de dignidade, uma crença na utilidade dos outros, e um modelo favorável para formar futuros relacionamentos. Além disso, permitindo-lhe explorar seu ambiente com confiança e lidar com ele eficazmente, essa experiência também promove seu senso de competência. Daí por diante, desde que os relacionamentos de família continuem favoráveis, não só estes padrões iniciais de pensamento, sentimento e comportamento persistem, como a personalidade se torna cada vez mais estruturada para operar de maneira moderadamente controlada e resiliente, e cada vez mais capaz de continuar assim mesmo em circunstâncias adversas. Outros tipos na primeira infância e mais tarde têm efeitos de outras espécies, levando habitualmente a estruturas de personalidade de menor resiliência e controle deficiente, estruturas vulneráveis que também tendem a persistir. Então, a maneira pela qual a pessoa responde a eventos adversos subsequentes, entre os quais rejeições, separações e perdas são alguns dos mais importantes, depende da forma como sua personalidade se estruturou.

Referências

Ahrens, R. (1954). "Beitrag zur Entwicklung des Physionomie-und Mimiker-kennens." *Z. exp. Angew. Psychol.*, 2, 3, 412-54.
Ainsworth, M. D. (1962). "The effects of maternal deprivation: a review of findings and controversy in the context of research strategy." *In*: *Deprivation of Maternal Care: A Reassessment of its Effects*. Public Health Papers nº 14. Genebra: OMS.
Ainsworth, M. D. (1963). "The development of infant-mother interaction among the Ganda." *In*: *Determinants of Infant Behaviour*, vol. 2, ed. B. M. Foss. Londres: Methuen; Nova York: Wiley.
Ainsworth, M. D. (1964). "Patterns of attachment behaviour shown by the infant in interaction with his mother." *Merrill-Palmer Q.*, 10, 51-8.
Ainsworth, M. D. S. (1967). *Infancy in Uganda: Infant Care and the Growth of Attachment*. Baltimore, Md: The Johns Hopkins Press.
Ainsworth, M. D. S. (1969). "Object relations, dependency and attachment: a theoretical review of the infant-mother relationship." *Child Development*, 40, 969-1025.
Ainsworth, M. D. S. (1972). "Attachment and Dependency: A Comparison." *In*: J. L. Gewirtz (org.), *Attachment and Dependence*. Washington, D.C.: Winston (Witey, Nova York).
Ainsworth, M. D. S. (1973). "The development of infant-mother attachment." *In*: *Child Development and Social Policy* (*Review of Child Development Research*, vol. 3), orgs. B. M. Caldwell e H. N. Riccuiti. Chicago: University of Chicago Press.
Ainsworth, M. D. S. (1982). "Attachment: retrospect and prospect." *In*: *The Place of Attachment in Human Life*, orgs. C. M. Parkes e J. Stevenson-Hinde. Nova York: Basic Books.
Ainsworth, M. D. S. e Bell, S. M. (1969). "Some contemporary patterns of

mother-infant interaction in the feeding situation." *In*: *Stimulation in Early Infancy*, org. J. A. Ambrose. Nova York e Londres: Academic Press.

Ainsworth, M. D., Blehar, M. C., Walters, E. e Wall, S. (1978). *Patterns of Attachment: Assessed in the Strange Situation and at Home.* Hillsdale, N.J.: Lawrence Erlbaum.

Ainsworth, M. D. e Boston, M. (1952). "Psychodiagnostic assessments of a child after prolonged separation in early childhood." *Br. F. med. Psychol.*, 25, 169-201.

Ainsworth, M. D. e Bowby, J. (1954). "Research strategy in the study of mother-child separation." *Courr. Cent. Int. Enf.*, 4, 105.

Ainsworth, M. D. Salter e Wittig, B. A. (1969). "Attachment and exporatory behaviour of one-year-olds in a strange situation." *In*: *Determinants of Infant Behaviour*, vol. 4, org. B. M. Foss. Londres: Methuen; Nova York: Barnes & Noble.

Altmann, J. (1980). *Baboon Mothers and Infants.* Cambridge, Mass.: Harvard University Press.

Altmann, J., Altmann, S. A., Hausfater, G. e McCluskey, S. A. (1977). "Life history of yellow baboons: physical development, reproductive parameters, and infant mortality." *Primates*, 18, 315-30.

Ambrose, J. A. (1960). "The smiling and related responses in early human infancy: an experimental and theoretical study of their course and significance." Tese de doutorado, University of London.

Ambrose, J. A. (1961). "The development of the smiling response in early infancy." *In*: *Determinants of Infant Behaviour*, vol. I, org. B. M. Foss. Londres: Methuen; Nova York: Wiley.

Ambrose, J. A. (1963). "The concept of a critical period for the development of social responsiveness." *In*: *Determinants of Infant Behaviour*, vol. 2, org. B. M. Foss. Londres: Methuen; Nova York: Wiley.

Ambrose, A. (1969). "Contribution to discussion." *In*: *Stimulation in early infancy*, 103-4, org. A. Ambrose. Nova York e Londres: Academic Press.

Anderson, J. W. (1972). "Attachment behaviour out of doors." *In*: *Ethological Studies of Child Behaviour*, org. N. Blurton Jones. Cambridge: Cambridge University Press.

Andrew, R. J. (1964). "The development of adult responses from responses given during imprinting by the domestic chick." *Anim. Behav.*, 12, 542-8.

Appell, G. e David, M. (1961). "Case-notes on Monique." *In*: *Determinants of Infant Behaviour*, vol. I, org. B. M. Foss. Londres: Methuen; Nova York: Wiley.

Appell, G. e David M. (1965). "A study of mother-child interaction at thirteen months." *In*: *Determinants of Infant Behaviour*, vol. 3, org. B. M. Foss. Londres: Methuen; Nova York: Wiley.

Appell, G. e Roudinesco, J. (1951). Filme: *Maternal Deprivation in Young Children* (16 mm; 30 min.; sonoro). Londres: Tavistock Child Development Research Unit; Nova York: New York University Film Library.

Arend, R. A., Gove, F. L. e Sroufe, L. A. (1979). "Continuity of individual adaptation from infancy to kindersgarte: a predictive study of ego-resiliency and curiosity in pre-schoolers." *Child Development*, 50, 950-59.

Arnold, M. B. (1960). *Emotion and Personality*; vol. 1, *Psychological Aspects*; vol. 2, *Neurological and Physiological Aspects*. Nova York: Columbia University Press; Londres: Cassell, 1961.

Aubry, J. (1955). *La carence des soins maternels*. Paris: Press Universitaires de France.

Balint, A. (1939). *Int. Z. Psychoanal, u. Imago*, 24, 33-48. Trad. ingl. (1949): "Love for the mother love and mother love." *Int. F. Psycho-Anal.*, 30, 251-9. Reimpresso em *Primary Love and Psycho-analystic Technique*. Londres: Tavistock Publications, 1964; Nova York: Liveright, 1965.

Bateson, P. P. G. (1966). "The characteristics and context of imprinting." *Biol. Rev.*, 41, 177-220.

Bayliss, L. E. (1966). *Living Control Systems*. Londres: English Universities Press; São Francisco: Freeman.

Beach, F. A., org. (1965). *Sex and Behaviour*. Nova York e Londres: Wiley.

Benedek, T. (1938). "Adaptation to reality in early infancy." *Psychoanal. Q.*, 7, 200-15.

Benedek, T. (1956). "Toward the biology of the depressive constellation." *F. Am. Psychoanal. Ass.*, 4, 389-427.

Benjamin, J. D. (1963). "Further comments on some developmental aspects of anxiety." *In*: *Counterpoint*, org. H. S. Gaskill. Nova York: International Universities Press.

Berenstein, L., Rodman, P. S. e Smith, D. G. (1932). "Social relations between fathers and offsprin in a captive group of rhesus monkeys (Macaca mulatta)." *Animal Behaviour*, 30.

Berlyne, D. D. (1958). "The influence of the abeldo and complexity of stimuli on visual fixation in the human infant." *Br. F. Psychol.*, 49, 315-18.

Berlyne, D. E. (1960). *Conflict, Arousal and Curiosity*. Nova York e Londres: McGraw-Hill.

Bernfeld, S. (1944). "Freud's earliest theories and the school of Helmholtz." *Psychoanal. Q.*, 13, 341-62.

Bernfeld, S. (1949). "Freud's scientific beginnings." *Am. Imago*, 6.

Bettelheim, B. (1967). *The Emply Fortress: Infantile Austim and the Birth of the Self*. Nova York: The Free Press; Londres: Collier/Macmillan.

Bielicka, I. e Olechnowicz, H. (1963). "Treating children traumatized by hospitalization." *Children*, 10 (5), 194-5.

Bischof, N. (1975). "A systems approach toward the funcional connections of fear and attachment." *Child Development*, 46, 801-17.

Bishop, B. Merril (1951). "Mother-child interaction and the social behavior of children." *Psychol. Monogr.*, 65, n? 11.

Bishop, G. H. (1960). "Feedback through the environment as an analog of brain functioning". *In*: *Self-organizing Systems*, orgs. M. C. Yovits e S. Cameron. Oxford: Pergamon.

Blauvet, H. e McKenna, J. (1961). "Mother-neonate interaction: capacity of the human newborn for orientation." *In*: *Determinants of Infant Behaviour*, vol. I, org. B. M. Foss. Londres: Methuen; Nova York: Wiley.

Block, J. H. e Block, J. (1980). "The role of ego-control and egoresiliency in the organization of behavior." *In*: *Minnesota symposium on child psychology*, vol. 13, p. 39-101, org. W. A. Collins. Hillsdale, N.J.: Lawrence Erlbaum.

Bolwig, N. (1963). "Bringing up a young monkey." *Behaviour*, 21, 300-30.

Boniface, D. e Graham, P. (1979). "The three year old and his attachment, to a special soft object." *J. Child Psychol. Psychiat.*, 20, 217-24.

Bower, T. G. R. (1966). "The visual world of infants." *Scient. Am.*, 215, dezembro, 80-97.

Bowlby, J. (1951). *Maternal Care and Mental Health*. Genebra: OMS; Londres: HMSO; Nova York: Columbia University Press. Versão abreviada, *Child Care and the Growth of Love*. Harmondsworth: Penguin Books, 2ª ed., 1965.

Bowlby, J. (1953). "Some pathological processes set in train by early mother-child separation." *F. ment. Sci.*, 99, 265-72.

Bowlby, J. (1958). "The nature of the child's tie to his mother." *Int. F. Psychoanal.*, 39, 350-73.

Bowlby, J. (1960a). "Separation anxiety." *Int. F. Psychoanal.*, 41, 89-113.

Bowlby, J. (1960b). "Grief and mouring in infancy and early childhood." *Psyshoanal. Study Child*, 15, 9-52.

Bowlby, J. (1961a). "Separation anxiety: a critical review of the literature." *F. Child Psychiat.*, 1, 251-69.

Bowlby, J. (1961b). "Processes of mouring." *Int. F. Psychoanal.*, 42, 317-40.

Bowlby, J. (1963). "Pathological mouring and childhood mouring." *F. Am. Psychoanal. Ass.*, 11, 500-41.

Bowlby, J. (1964). "Note on Dr Lois Murphy's paper, 'Some aspects of the first relationship'." *Int. F. Psycho-Anal.*, 45, 44-6.

Bowlby, J. (1982). "Caring for children: some influences on its development." *In*: *Parenthood*, org. R. S. Cohen, S. H. Weissman e B. J. Cohler. Nova York: The Guilford Press.

Bowlby, J., Robertson, J. e Rosenbluth, D. (1952). "A two-year-old goes to hospital." *Psychoanal. Study Child*, 7, 82-94.

Brackbill, Y. (1958). "Extinction of the response in infants as a function of reinforcement schedule." *Child Dev.*, 29, 115-24.

Brazelton, T. B., Koslowski, B. e Main, M. (1974). "The origins of reciprocity in mother-infant interaction." *In*: *The Effect of the Infant on its Caregiver*, orgs. M. Lewis e L. A. Rosenblum. Nova York: Wiley-Interscience.

Bretherton, I. (1980). "Young children in stressful situations: the supporting role of attachment figures and unfamiliar caregivers." *In*: *Uprooting and Development*, org. G. V. Coelho e P. J. Ahmen. Nova York: Plenum Press.

Bretherton, I. e Beeghly-Smith, M. Em prep.: "Talking about internal states: the acquisition of an explicit theory of mind."

Brody, S. (1956). *Patterns of Mothering: Maternal Influence during Infancy.* Nova York: International Universities Press; Londres: Bailey & Swinfen.

Bronson, G. (1965). "The hierarchical organization of the central nervous system: implication for learning processes and critical periods in early development." *Behav. Sci.*, 10, 7-25.

Burlingham, D. e Freud, A. (1942). *Young Children in War-time.* Londres: Allen & Unwin.

Burlingham, D. e Freud, A. (1944). *Infants without Families.* Londres: Allen & Unwin.

Cairns, R. B. (1966a). "Attachment behavior of mammals." *Psychol. Rev.*, 73, 409-26.

Cairns, R. B. (1966b). "Development, maintenance, and extinction of social attachment behavior in sheep." *F. comp. Physiol. Psychol.*, 62, 298-306.

Cairns, R. B. e Johnson, D. L. (1965). "The development of interspecies social preferences." *Psychonomic Sci.*, 2, 337-8.

Caldwell, B. M. (1962). "The usefulness of the critical period hypothesis in the study of filiative behavior." *Merrill-Palmer Q.*, 8, 229-42.

Caldwell, B. M. (1964). "The effects of infant care." *In: Review of Child Development Research*, vol. I, orgs. M. L. Hoffman e L. N. W. Hoffman. Nova York: Russel Sage Foundation.

Call, J. D. (1964). "Newborn approach behavior and early ego development." *Int. F. Psycho-Anal.*, 45, 286-94.

Casler, L. (1961). "Maternal deprivation: a critical review of the literature." *Monogr. Soc. Res. Child Dev.*, 26, 1-64.

Chance, M. R. A. (1959). "What makes monkeys sociable?" *New Scient.*, 5 de março.

Cohen, L. B., DeLoache, J. S. e Strauss, M. S. (1979). "Infant visual perception." *In: Handbook of Infant Development*, org. J. D. Osofsky, pp. 393-438. Nova York: Wiley.

Connell, D. B. (1976). "Individual differences in attachment: an investigation into stability implications and relationships to structure of early language development." Tese de doutorado, Syracuse University.

Darwin, C. (1859). *On the Origin of Species by Means of Natural Selection.* Londres: John Murray.

Darwin, C. (1872). *The Expression of the Emotions in Man and Animals.* Londres: John Murray.

David, M., Ancellin, J. e Appell, G. (1957). "Étude d'un groupe d'enfants ayant séjourné pendant un mois en mois en colonie maternelle." *Infs. Sociales*, 8, 825-93.

David M. e Appell, G. (1966). "La relation mère-enfant: Étude de cinq 'pettern' d'interaction entre mère et enfant à l'âge d'un an." *Psychiat. Enfant*, 9, 445-531.

David, M. e Appell, G. (1966). "Mother-child relation." *In*: *Modern Perspectives in International Child Psychiatry*, org. J. G. Howells. Edimburgo: Oliver & Boyd.

David, M., Nicolas, J. e Roudinesco, J. (1952). "Responses ot young children to separation from their mothers: I. Observations of children aged 12-17 months recently separated from their families and living in an institution." *Courr. Cent. Int. Enf.*, 2, 66-78.

Dawkins, R. (1976). *The Selfish Gene.* Oxford: Oxford University Press.

Décarie, T. Gouin (1965). *Intelligence and Affectivity in Early Childhood.* Nova York: International Universities Press.

Décarie, T. Gouin (1969). "A study of the mental and emotional development of the thalidomide child." *In*: *Determinants of Infant Behaviour*, vol. 4, org. B. M. Foss. Londres: Methuen; Nova York: Barnes & Noble.

Decasper, A. J. e Fifer, W. P. (1980). "Of human bolding: newborns prefer their mothers' voices." *Science*, 208, 1174-76.

Denny-Brown, D. (1950). "Disintegration of motor function resulting from cerebral lesions." *F. nerv. ment. Dis.*, 112, n. 1.

Denny-Brown, D. (1958). "The nature of apraxia." *F. nerv. ment. Dis.*, 126, n. 1.

Deutsch, H. (1919). Trad. ingl.: "A two-year-old boy's first love comes to grief." *In*: *Dynamic Psychopathology in Childood*, orgs. L. Jessner e E. Pavenstedt. Nova York e Londres: Grune & Stratton, 1959.

DeVore, I. (1963). "Mother-infant relations in free-ranging baboons." *In*: *Maternal Behavior in Mammals*, org. H. L. Rheingold. Nova York e Londres. Wiley.

DeVore, I., org. (1965). *Primate Behavior: Field Studies of Monkeys and Apes.* Nova York e Londres: Holt, Rinehart & Winston.

DeVore, I. e Hall, K. R. L. (1965). "Baboon ecology." *In*: *Primate Behavior*, org. I. DeVore. Nova York e Londres: Holt, Rinehart & Winston.

Dollard, J. e Miller, N. E. (1950). *Personality and Psychotherapy.* Nova York: McGraw-Hill.

Dunn, J. F. (1979). "The first year of life: continuity in individual differences." *In*: *The First Year of Life*, orgs. D. Shaffer e J. Dunn. Londres: Wiley.

Egeland, B. e Sroufe, L. A. (1981). "Attachment and early maltreatment." *Child Development*, 52, 44-52.

Erikson, E. H. (1950). *Childhod and Society.* Nova York: Norton; Londres: Imago, 1951. Edição revista, Nova York: Norton, 1963; Londres: Hogarth, 1965; Harmondsworth: Penguin Books, 1965.

Ezriel, H. (1951). "The scientific testing of psycho-analytic findings and theory: the psycho-analytic session as an experimental situation." *Br. F. med. Psychol.*, 24, 30-4.

Fabricius, E. (1962). "Some aspects of imprinting in birds." *Symp. Zool. Soc. Lond.*, n. 8, 139-48.

Fagin, C. M. R. N. (1966). *The Effects of Maternal Attendance during Hos-*

pitalization on the Post-hospital Behavior of Young Children: A Comparative Study. Filadélfia: F. A. Davis.
Fairbairn, W. R. D. (1952). *Psychoanalytic Studies of the Personality.* Londres: Tavistock/Routledge. Publicado com o título de *Object-Relations Theory of the Personality.* Nova York: Basic Book, 1954.
Fantz, R. L. (1965). "Ontogeny of perception." *In*: *Behavior of Non-human Primates*, vol. 2, orgs. A. M. Schirier, H. F. Harlow e F. Stollnitz. Nova York e Londres: Academic Press.
Fantz, R. L. (1966). "Pattern discrimination and selective attention as determinants of perceptual development from birth." *In*: *Perceptual Development in Children*, orgs. A. J. Kidd e J. L. Rivoire. Nova York: International Universities Press; Londres: University of Londres Press.
Flavell, J. H. (1961). "The ontogenetic development of verbal communication skills." Final Progress Report (NIMH Grant M2268).
Flavell, J. H. (1963). *The Developmental Psychology of Jean Piaget.* Princeton, N.J., e Londres: Van Nostrand.
Formby, D. (1967). "Maternal recognition of infant's cry." *Dev. Med. Child Neurol.*, 9 293-8.
Fossey, D. (1979). "Development of the mountain gorilla (Gorilla gorilla berengei): The first thirt-six months" *In*: *The Great Apes*, orgs. D. A. Hamburg e E. R. McCown. Menlo Park, Calif.: Benjamin/Cummings Pub. Co.
Fox, R. (1967). *Kinship and Marriage.* Harmondsworth: Penguin Books.
Freedman, D. G. (1961). "The infant's fear of strangers and the flight response." *J. Child Psychol. Psychiat.*, 2, 242-8.
Freedman, D. G. (1964). "Smiling in blind infants and the issue of innate versus acquired." *J. Child Psychol Psychiat.*, 5, 171-84.
Freedman, D. G. (1965). "Hereditary control of early social behavior." *In*: *Determinants of Infant Behaviour*, vol. 3, org. B. M. Foss. Londres: Methuen; Nova York: Wiley.
Freedman, D. G. e Keller, B. (1963). "Inheritance of behavior in infants." *Science*, 140, 196-8.
Freud, A. e Dann, S. (1951). "An experiment in group upbringing." *Psychoanal. Study Child*, 6, 127-68.
Freud, S. (1894). "The neuro-psychoses of defence (1)." *S.E.*, 3[1].
Freud, S. (1895). *Project for a Scientific Psychology. S.E.*, 1.
Freud, S. (1896). "Further remarks on the neuro-psychoses of defence." *S.E.*, 3.
Freud, S. (1900). *The Interpretation of Dreams. S.E.*, 4.

---

1. A abreviatura *S.E.* na lista de referências e no próprio texto refere-se à *Standart Edition of the Complete Psychological Works of Sigmund Freud*, publicada em 24 volumes pela Hogarth Press Ltd., Londres. Todas as citações de Freud na presente obra são extraídas dessa edição.

Freud, S. (1905). *The Essays on the Theory of Sexuality. S.E.*, 7.
Freud, S. (1910). *Five Lectures on Psychoanalysis. S.E.*, 11.
Freud, S. (1914). "On narcissim: an introduction." *S.E.*, 14.
Freud, S. (1915*a*). "Instincts and their vicissitudes." *S.E.*, 14.
Freud, S. (1915*b*). "Repression." *S.E.*, 14.
Freud, S. (1920*a*). *Beyond the Pleasure Principle. S.E., 18.*
Freud, S. (1920*b*). (The psychogenesis of a case of homosexuality in a woman. *S.E.*, 18.
Freud, S. (1921). *Group Psychology and tre Analysis of the Ego. S.E.*, 18.
Freud, S. (1922). "Psychoanalysis." *S.E.*, 18.
Freud, S. (1925). *An Autobriographical Study. S.E.*, 20.
Freud, S. (1926). *Inhibitions, Symptoms and Anxiety. S.E.*, 20.
Freud, S. (1931). "Female sexuality." *S.E.*, 21.
Freud, S. (1939). *Moses and Monotheism. S.E.*, 23.
Freud, S. (1940). *An Outline of Psychoanalysis. S.E.*, 23.
Frommer, E. A. e O'Shea, G. (1973). "Antenatal identification of women liable to have problems in managing their infants." *British J. Psychiatry*, 123, 149-56.
Fuller, J. L. e Clark, L. D. (1966*a*). "Genetic and treatment factors modifying the post-isolation syndrome in dogs." *J. comp. physiol. Psychol.*, 61, 215-7.
Fuller, J. L. e Clark, L. D. (1966*b*). "Effects of rearing with specific stimuli upon post-isolation behavior in dogs." *J. comp. physiol. Psychol.*, 61, 258-63.
Géber, M. (1956). "Développment psyco-moteur de l'enfant Africain." *Courr. Cent. int. Enf.*, 6, 17-28.
George, C. e Main, M. (1979). "Social interactions of young abused children: approach, avoidance and aggression." *Child Development*, 50, 306-18.
Gesell, A., org. (1940). *The First Years of Life.* Nova York: Harper; Londres: Methuen, 1941.
Gewirtz, H. B. e Gewirtz, J. L. (1968). "Visiting and caretaking patterns for kibbutzs infants: age and sext trends." *Am. J. Ortho-psychiat.*, 38, 427-43.
Gewirtz, J. L. (1961). "A learning analysis of the effects of normal stimulation, privation and deprivation on the acquisition of social motivation and attachment." *Determinants of Infant Bahaviour*, v. 1, org. B. M. Foss. Londres: Methuen; Nova York: Wiley.
Goldman, S. (1960). "Further consideration of cybernetic aspects of homeostasis." *In*: *Self-organizing Systems*, orgs. M. C. Yovits e S. Cameron. Oxford: Pergamon.
Goodall, J. (1965). "Chimpanzees of the Gombe Stream Reserve." *In*: *Pimate Behavior*, org. I. DeVore. Nova York e Londres: Holt, Rinehart & Winston.
Goodall, J. (van Lawick-) (1975). "The behavior of the chimpanzee." *In*: *Hominisation und Verhalten*, org. I. Eibl-Eibesfeld, pp. 74-136. Stuttgart: Gustav Fischer Verlag.

Gooddy, W. (1949). "Sensation and volition." *Brain*, 72, 312-39.
Gordon, T. e Foss, B. M. (1966). "The role of stimulation in the delay of onset of crying in the newborn infant." *Q. J. expl. Psychol.*, 18, 79-81.
Gough, D. (1962). "The visual behaviour of infants during the first few weeks of life." *Proc. R. Soc. Med.*, 55, 308-10.
Gray, P. H. (1958). "Theory and evidence of imprinting in human infants." *J. Psychol.*, 46, 155-66.
Griffin, G. A. e Harlw, H. F. (1966). "Effects of thee months of total social deprivation on social adjustment and learning in the rhesus monkey." *Child Dev.*, 37, 533-48.
Grodins, F. S. (1963). *Control Theory and Biological Systems.* Nova York: Columbia University Press.
Gunther, M. (1961). "Infant behaviour at the breast." *In*: *Determinants of Infant Behaviour*, vol. 1, org. B. M. Foss. Londres: Methuen; Nova York: Wiley.
Haddow, A. J. (1952). "Field and laboratory studies on an African monkey, *Cercopithecus ascanius shmidti* Matschie." *Proc. Zool. Soc. Lond.*, 122, 297-394.
Haldane, J. S. (1936). *Organism and Environment as Illustrated by the Physiology of Breathing.* New Haven, Conn.: Yale University Press.
Hall, K. R. L., e DeVore, I. (1965). "Baboon social behavior." *In: Primate Behavior*, org. I. DeVore. Nova York e Londres: Holt, Rinehart & Winston.
Halverson, H. M. (1937). "Studies of the grasping responses of early infancy." *J. genet. Psychol*, 51, 371-449.
Hamburg, D. A. (1963). "Emotions in the perspective of human evolution." *In*: *Expression of the Emotions in Man*, org. P. Knapp. Nova York: International Universities Press.
Hamburg, D. A., Sabshin, M. A., Board, F. A., Ginker, R. R., Korchin, S. J., Basowitz, H., Heath, H. e Persky, H. (1958). "Classification and rating of emotional experiences." *Archs. Neurol. Psychiat.*, 79, 415-26.
Hampshire, S. (1962). "Disposition and memory." *Int. J. Psychol-Anal.*, 43, 59-68.
Harcourt, A. (1979). "The social relations and group structure of wild Montain gorillas." *In the Great Apes*, orgs. D. A. Hamburg e E. R. McCown. Menlo Park, Calif.: Benjamin/Cummings Pub. Co.
Harlow, H. F. (1958). "The nature of love." *Am. Psychol.*, 13, 673-85.
Harlow, H. F. (1961). "The development of affectional patterns in infant monkeys." *In*: *Determinants of Infant Behaviour*, vol. 1, org. B. M. Foss. Londres: Methuen; Nova York: Wiley.
Harlow, H. F. e Harlow, M. K. (1962). "Social deprivation in monkeys." *Scient. Am.*, 207 (5), 136.
Harlow, H. F. e Harlow, M. K. (1965). "The affectional systems." *In*: *Behavior of Nonbuman Primates*, vol. 2, orgs. A. M. Schrier, H. F. Harlow e F. Stollnizt. Nova York e Londres: Academic Press.

Harlow, H. F. e Zimmermann, R. R. (1959). "Affectional responses in the infant monkey." *Science*, 130, 421.
Hartmann, H. (1939; trad. ingl. 1958). *Ego Psychology and the Problem of Adaptation.* Londres: Imago; Nova York: International Universities Press.
Hayes, C. (1951). *The Ape in Our House.* Nova York: Harper; Londres: Gollancz, 1952.
Hebb, D. O. (1946a). "Emotion in man and animal: an analysis of the intuitive process of recognition." *Psychol. Rev.*, 53, 88-106.
Hebb, D. O. (1946b). "On the nature of fear." *Psychol. Rev.*, 53, 250-75.
Hediger, H. (1955). *Studies of the Phycology and Behaviour of Captive Animals in Zoos and Circuses.* Londres: Butterworth; Nova York: Criterion Books, 1956.
Heinicke, C. (1956). "Some effects of separating two-year-old children from their parents: a comparative study." *Hum. Relat.*, 9, 105-76.
Heinicke, C. e Westheimer, I. (1966). *Brief Separation.* Nova York: International Universities Press; Londres: Longmans Green.
Held, R. (1965). "Plasticity in sensori-motor systems." *Scient. Am.*, 213 (5), 84-94.
Hersher, L., Moore, A. U. e Richmond, J. B. (1958). "Effect of post-partum separation of mother and kid on maternal care in the domestic goat." *Science*, 128, 1342-3.
Hetzer, H. e Ripin, R. (1930). "Frühestes Lernen des Säuglings in der Ernährungssituation." *Z. Psychol.*, 118.
Heltzer, H. e Tudor-Hart, B. H. (1927). "Die frühesten Reaktionen auf die menschliche Stimme." *Quell. Stud. Jugenkinde*, 5.
Hinde, R. A. (1959). "Behaviour and speciation in birds and lower vertebrates." *Biol. Rev.*, 34, 85-128.
Hinde, R. A. (1961). "The stablishment of the parent-offspring relation in birds, with some mammalian analogies." *In*: *Curreent Problems in Animal Behaviour*, org. W. H. Thorpe e O. L. Zangwill. Londres: Cambridge University Press.
Hinde, R. A. (1963). "The nature of imprinting." *In*: *Determinants of Infant Behaviour*, vol. 2, org. B. M. Foss. Londres: Methuen; Nova York: Wiley.
Hinde, R. A. (1965a). "Rhesus monkey aunts." *In*: *Determinants of Infant Behaviour*, vol. 3, org. B. M. Foss. Londres: Methuen; Nova York: Wiley.
Hinde, R. A. (1965b). "The integration of the reproductive behaviour of female canaries." *In*: *Sex and Behavior*, org. F. A. Beach. Nova York e Londres: Wiley.
Hinde, R. A. (1970). *Animal Behavior: A Syinthesis of Ethology and Comparative Psychology*, 2.ª ed. Nova York: McGraw-Hill.
Hinde, R. A. (1979). *Towards Understanding Relationships.* Londres e Nova York: Academic Press.
Hinde, R. A. Rowell, T. E. e Spencer-Booth, Y. (1964). "Behaviour of so-

cially living rhesus monkeys in their first six months." *Proc. Zool. Soc. Lond.*, 143, 609-49.
Hinde, R. A. e Spencer-Booth, Y. (1967). "The hebaviour of socially living rhesus monkeys in their first two and a half years." *Anim. Behav.*, 15, 169-96.
Holst, E. von e Saint Paul, U. von (1963). "On the functional organization of drives." *Anim. Behav.*, 11, 1-20.
Illingworth, R. S. (1955). "Crying in infants and children." *Br. med. J.*, (i), 75-8.
Illingworth, R. S. e Holt, K. S. (1955). "Children in hospital: some observations on their reactions with special reference to daily visiting." *Lancet*, 17 de dezembro, 1257-62.
Itani, J. (1963). "Paternal care in the wild Japanese monkey, *Macaca fuscata*." *In*: *Primate Social Behavior*, org. C. H. Southwick. Princeton, N.J., e Londres: Van Nostrand.
James, W. (1890). *Principles of Psychology*. Nova York: Holt.
Jones, E. (1953). *Sigmund Freud: Life and Work*, vol. 1. Londres: Hogarth; Nova York: Basic Books.
Jones, E. (1955). *Sigmund Freud: Life and Work*, vol. 2. Londres: Hogarth; Nova York: Basic Books.
Kaila, E. (1932). "Die Reaktion des Saugling auf das menchliche Gesicht." *Annls. Univ. abo.*, séries B, 17, 1-114.
Kawamura, S. (1963). "The process of sub-culture propagation among Japanese macaques." *In*: *Primate Social Behavior*, org. C. H. Southwick. Princeton, N.J., e Londres: Van Nostrand.
Kellogg, W. N. e Kellogg, L. (1933) *The Ape and the Child: A Study of Environmental Influence upon Early Behavior*. Nova York: McGraw-Hill (Whittlesey House Publications).
Kessen, W. e Leutbendorff, A. M. (1963). "The effect of nonnutritive sucking on movement in the human newborn." *J. comp. physiol. Psychol.*, 56, 69-72.
King, D. L. (1966). "A review and interpretation of some aspects of the infant-mother relationship in mammals and birds." *Psychol. Bull*, 65, 143-55.
Klaus, M. H. e Kennell, J. H. (1982). *Pavent-infant Bonding*, 2ª ed. Saint Louis, Missouri: C. V. Mosby Co.
Klein, M. (1948). *Contributions to Psycho-analysis 1921-1945*. Londres: Hogarth; Nova York: Anglobooks, 1952.
Koford, C. B. (1963*a*). "Group relations in an island colony of reshus monkeys." *In*: *Primate Social Behavior*, org. C. H. Soutwick. Princeton, N.J., e Londres: Van Nostrand.
Koford, C. B. (1963*b*). "Rank of mothers and sons in bands of rhesus monkeys." *Science*, 141, 356-7.
Korner, A. F. (1979). "Conceptual issues in infancy research." *In*: *Handbook of Infant Development*, org. J. D. Osofsky. Nova York: Wiley.
Kris, E. (1954). Introduction to *The Origins of Psychoanalysis*. Cartas a Wilhelm Fliess, esboços e notas: 1887-1902, por Sigmund Freud, orgs.

M. Bonaparte, A. Freud e E. Kris. Londres: Imago; Nova York: Basic Books.
Lemb, M. E. (1977). "The development of mother-infant and father-infant attachments in second year of life." *Developmental Psychology*, 13, 637-48.
Langer, S. (1967). *Mind: An Essay on Human Feeling*. Baltimore, Md: The Johns Hopkins Press.
Langmeier, J. e Matejeck, Z. (1963). *Psychiká deprivace v detsvi*. Praga: Stani Zdravotnické Nakladatelsvi.
Levine, R. A. e Levine, B. B. (1963). "Nyansongo: a Gusii community in Kenya." *In*: *Six Cultures: Studies of Child Rearing*, org. B. B. Whiting. Nova York e Londres: Wiley.
Levine, S. (1966). "Sex differences in the brain." *Scient. Am.*, 214 (3), 84-92.
Levy, D. M. (1937). "Studies in sibling rivalbry." *Res. Monogr. Am. Orthopsychiat. Ass.*, n. 2.
Levy, D. M. (1951). "Observations of attitudes and behavior in the child health center." *Am. J. publ. Hlth.*, 41, 182-90.
Lewis, M. e Kagan, J. (1965). "Studies in attention." *Merrill Palmer Q.*, 11, 95-127.
Lewis, M., Kagan, J. e Kalafat, J. (1966). "Paterns of fixation in the young infant." *Child. Dev.*, 37, 331-41.
Lewis, W. C. (1965). "Coital movements in the first year of life." *Int. J. Psychoanal.*, 46, 372-4.
Light, P. (1979). *Development of e Childs Sensitivity to People*. Londres: Cambridge Univesity Press.
Lipsitt, L. P. (1963). "Learning in the first year of life." *In*: *Advances in Child Development and Behavior*, vol. 1, orgs. L. P. Lipsitt e C. C. Spiker. Nova York e Londres: Academic Press.
Lipsitt, L P. (1966). "Learning process of human newborns." *Merril-Palmer Q.*, 12, 45-71.
Livingston, R. B. (1959). "Central control of receptors and sensory transmission system." *In*: *Handbook of Physiology*, Seção I. *Neurophysiology*, vol. 1, orgs. J. Field, H. W. Magouns e V. E. Hall. Preparado pela American Logical Society, Washington. Baltimore, Md: Williams & Wilkins; Londres: Ballière, Tindall & Cox.
Londerville, S. e Main, M. (1981). "Security of attachment, compliance and maternal training methods in the second year of life." *Developmental Psychology*, 17, 289-99.
Lorenz, K. Z. (1935). "Der Kumpan in der Umvelt des Vogels." *J. Orn. Berl.*, 83. Trad. ingl. *In*: *Instinctive Behavior*, org. C. H. Schiller. Nova York: International Universities Press, 1957.
MacCarthy, D., Lindsay, M. e Morris, I. (1962). "Children in hospital with mothers." *Lancet*, (i), 603-8.

Maccoby, E. E. e Masters, J. C. (no prelo). "Attachment and dependency." In: *Manual of Child Psychology* (3ª ed.), org. P. H. Mussen. Nova York e Londres: Wiley.

MacKay, D. M. (1964). "Communication and meaning: a functional approach." In: *Cross-cultural Understanding: Epistemology in Anthropology*, org. F. S. C. Northop e H. H. Livingston. Nova York: Harper.

MacKay, D. M. (1966). "Conscious control of action." In: *Brain and Conscious Experience*, org. J. C. Eccles. Berlim: Springer Verlag.

MacLean, P. D. (1960). "Psychosomatics." In: *Handbook of Physiology*, seção I. *Neurophysiology*, vol. 3, orgs. J. Field, H. W. Magoun e V. E. Hall. Preparado pela American Physiological Society, Washington. Baltimore, Md: Williams & Wilkins; Londres: Baillière, Tindall & Cox.

Mahler, M. S. (1965). "On early infantile psychosis." *J. Am. Acad. Child Psychiat.*, 4, 554-68.

Main, M. (1973). "Exploration, play and level of cognitive functioning as related to child-mother attachment." Dissertação submetida à John Hopkins University para a obtenção do grau de PhD.

Main, M. e Townsend, L. (1981). "Exploration, play and cognitive functioning as related to security of infant-mother attachment." *Infant Behavior and Development.*

Main, M. e Weston, D. (1981). "The quality of the toddler's relationship to mother and father: related to conflict behavior and the readiness to establish new relationships." *Child Development*, 52, 932-40.

Main, M. e Weston, D. (1982). "Avoidance of the attachment figure in infancy: descriptions and interpretations." In: *The Place of Attachment in Human Life*, orgs. C. M. Parkes e J. Stevenson-Hinde. Nova York: Basic Books.

Martini, H. (1955). *My Zoo Family.* Londres: Hamish Hamilton; Nova York: Harper.

Marvin, R. S. (1977). "An ethological cognitive model for the attenuation of mother-child attachment behavior:" In: *Advances in the Study of Communication and Affect*, vol. 3, The Development of Social Attachments, orgs. T. M. Alloway, L. Krames e P. Pliner. Nova York: Plenum.

Marvin, R. S., Greenberg, M. T. e Mossler, D. G. (1976). "The early development of conceptual perspective-taking: distinguishing among multiple perspectives." *Child Development*, 47, 511-14.

Mason, W. A. (1965a). "The social development of monkeys and apes." In: *Primate Behavior*, org. I. DeVore. Nova York e Londres: Holt, Rinehart & Winston.

Mason, W. A. (1965b). "Determinants of social behavior in young chimpanzees." In: *Behavior of Nonhuman Primates*, vol. 2, org. A. M. Schrier, H. F. Harlow e F. Stollnitz. Nova York e Londres: Academic Press.

Mason, W. A. e Sponholz, R. R. (1963). "Behavior of rhesus monkeys raised in isolation." *J. psychiat. Res.*, 1, 229-306.

Matas, L., Arend, R. A. e Sroufe, L. A. (1978). "Continuity of adaptation in the second year: the relationship between quality of attachment and later competence." *Child Development*, 49, 547-56.
McFarland, D. J. (1971). *Feedback Mechanisms in Animal Behaviour.* Londres e Nova York: Academic Press.
McFarlane, J. A. (1975). "Olfaction in the development of social preferences in the human neonate." *In: Parent-infant Interaction.* 33º Simpósio da Fundação Ciba (nova série), 103-17. Amsterdam: Elsevier.
McGraw, M. B. (1943). *The Neuromuscular Maturation of the Human Infant.* Nova York: Columbia University Press; Londres: Oxford University Press.
Mead. M. (1962). "A cultural anthropologist's approach to maternal deprivation." *In: Deprivation of Maternal Care: A Reassesment of its Effects.* Public Health Papers, n. 14. Genebra: OMS.
Medawar, P. B. (1967). *The Art of the Soluble* Londres: Methuen; Nova York: Barnes & Noble.
Meier, G. W. (1965). "Other data on the effects of social isolation during, rearing upon adult reprodutive behaviour in the reshus monkey (*Macaca mulatta*)." *Anim. Behav.*, 13, 228-31.
Meili, R. (1955). "Angstentstehung bei Kleinkindern." *Schweiz. Z. Psychol.* 14, 195-212.
Micic, Z. (1962). "Psychological stress in children in hospital." *Int. Nurs. Rev.*, 9 (6), 23-31.
Miller, G. A. Galanter, E. e Pribram, K. H. (1960). *Plans and Structure of Behavior.* Nova York: Holt, Rinehart & Winston.
Moltz, H. (1960). "Imprinting: empirical basis and theoretical significance." *Psychol. Bull.*, 57, 291-314.
Morgan, G. A. e Ricciuti, H. N. (1969). "Infants' responses to strangers during the first year." *In: Determinants of Infant Behaviour*, vol. 4, org. B. M. Foss. Londres: Methuen; Nova York: Barnes & Noble.
Moss, H. A. (1967). "Sex, age and state as determinants of mother-infant interaction." *Merrill-Palmer Q.*, 13, 19-36.
Murphy, L. B. (1962). *The Widening World of Childhood.* Nova York: Basic Books.
Murphy, L. B. (1964). "Some aspects of the first relationship." *Int. J. Psychoanal.*, 45, 31-43.
Murray, H. A. (1938). *Explorations in Personality.* Nova York: Oxford University Press.
Nagera,. H. e Colonna, A. B. (1965). "Aspects of the contribution of sight to ego and drive development." *Psychoanal. Study Child*, 20, 267-87.
Newson, J. e Newson, E. (1963). *Infant Care in an Urban Community.* Londres: Allen & Unwin.
Newson, J. e Newson, E. (1966). "Usual and unusual patterns of child-rearing." Conferência proferida no encontro anual da British Association for the Advancement of Science, setembro.

Newson, J. e Newson, E. (1968). *Four Years Old in an Urban Community*. Londres: Allen & Unwin.

Osofsky, J. D., org. (1979). *Handbook of Infant Development*. Nova York: John Wiley.

Pantin, C. F. A. (1965). "Learning, world-models and pre-adaptation." *In*: *Learning and Associated Phenomena in Invertebrates*, orgs. W. H. Thorpe e D. Davenport. *Animal Behaviour Supplement*, n. 1. Londres: Ballière, Tindall & Cassell.

Pelled, N. (1964). "On the formation of object-relations and identifications of the kibbutz child." *Israel Ann. Psychiat*, 2, 144-61.

Piaget, J. (1924; trad. ingl. 1926). *The Language and Thought of the Child*. Londres: Routledge & Kegan Paul; Nova York: Harcourt, Brace.

Piaget, J. (1936; trad. ingl. 1953). *The Origins of Intelligence in the Child*. Londres: Routledge & Kegan Paul; Nova York: International Universities Press.

Piaget, J. (1937; trad. ingl., 1954). *The Construction of Reality in the Child*. Nova York: Basic Books. Também publicado com o título *The Child's Construction of Reality*. Londres: Routledge & Kegan Paul, 1955.

Piaget, J. (1947; trad. ingl., 1950). *The Psychology of Intelligence*. Londres: Routledge & Kegan Paul; Nova York: Harcourt, Brace.

Piaget, J. e Inhelder, B. (1948; trad. ingl., 1956). *The Child's Conception of Space*. Londres: Routledge & Kegan Paul; Nova York: Humanities Press.

Pittendrigh, C. S. (1958). "Adaptation, natural selection and behavior." *In*: *Behavior and Evolution*, orgs. A. Roe e G. C. Simpson. New Haven, Conn.: Yale University Press; Londres: Oxford University Press.

Polak, P. R., Emde, R. e Spitz, R. A. (1964). "The smiling response to the human face: I, Methodology, quantification and natural history; II, Visual discrimination and the onset of depth perception." *J. nerv ment. Dis.*, 139, 103-9 e 407-15.

Popper, K. R. (1934; trad. ingl., 1959). *The Logic of Scientific Discovery*. Nova York: Basic Books; Londres: Hutchinson.

Prechtl, H. F. R. (1958). "The directed head turning response and allied movements of the human baby." *Behaviour*, 13, 212-42.

Prechtl, H. F. R. (1963). "The mother-child interaction in babies with minimal brain damage." *In*: *Determinants of Infant Behaviour*, vol. 2, org. B. M. Foss. Londres: Methuen; Nova York: Wiley.

Prechtl, H. F. R. (1965). "Problems of behavioral studies in the newborn infant." *In*: *Advances in the Study of Behavior*, vol. 1, org. D. S. Lehrman, R. A. Hinde e E. Shaw. Nova York e Londres: Academic Press.

Premack, D. e Woodruff, G. (1978). "Does the chimpanzee have a theory of mind?' *The Behavioral and Brain Sciences*, 1, 515-26.

Pribram, K. H. (1962). "The neuropsychology of Sigmund Freud." *In*: *Experimental Foundations of Clinical Psychology*, org. A. J. Bachrach. Nova York: Basic Books.

Pribram, K. H. (1967). "The new neurology and the biology of emotion: a structural approach." *Am. Psychol.*, 22, 830-8.

Provence, S. e Lipton, R. C. (1962). *Infants in Institutions*. Londres: Bailey & Swinfen; Nova York: International Universities Press, 1963.

Prugh, D. G. *et al.* (1953). "Study of the emotional reactions of children and families to hospitalization and illness." *Am. J. Orthopsychiat.*, 23, 70-106.

Pusey, A. (1978). "Age-chances in the mother-offspring association of wild chimpanzees." *In*: *Recent Advances in Primatology*, orgs. D. J. Chivers e J. Herbert, vol. 1, pp. 119-23. Londres: Academic Press.

Rajecki, D. W., Lamb, M. E. e Obmascher, P. (1978). "Towards a general theory of infantile attachment: a comparative review of aspects of the social bond." *The Behavioral and Brain Sciences*, 1, 417-64.

Rapaport, D. (1953). "On the psycho-analytic theory of affects." *Int. J. Psycho-Anal.*, 34, 177-98.

Rapaport, D. e Gill, M. M. (1959). "The points of view and assumptions of metapsychology." *Int. J. Psychoanal.*, 40, 153-62.

Reynolds, V. e Reynolds, F. (1965). "Chimpanzees of the Budongo Forest." *In Primate Behavior*, org. I. DeVore. Nova York e Londres: Holt, Rinehart & Winston.

Rheingold, H. L. (1961). "The effect of environmental stimulation upon social and exploratory behaviour in tre human infant." *In*: *Determinants of Infant Behaviour*, vol. 1, org. B. M. Foss. Londres: Methuen; Nova York: Wiley.

Rheingold, H. L. (1963*a*). "Controlling the infant's exploratory behaviour." *In*: *Determinants of Infant Behaviour*, vol. 2, org. B. M. Foss. Londres: Methuen; Nova York: Wiley.

Rheingold, H. L., org. (1963*b*). *Maternal Behaviour in Mammals*. Nova York e Londres: Wiley.

Rheingold, H. L. (1966). "The development of social behaiour in the human infant." *Monogr. Soc. Res. Child Dev.*, 31, n. 5, 1-17.

Rheingold, H. L. (1968). "Infancy." *In*: *Internatinal Encyclopedia of the Social Sciences*, org. David L. Sills. Nova York e Londres: Collier/Macmillan.

Rheingold, H. L. (1969). "The effect of a strange environment on the behaviour of infants." *In*: *Determinants of Infant Behaviour*, vol. 4, org. B. M. Foss. Londres: Methuen; Nova York: Barnes & Noble.

Rheingold, H. L., Gewirtz, J. L. e Ross, A. W. (1959). "Social conditioning of vocalizations in the infant." *J. comp. psysiol. Psychol.*, 52, 68-73.

Rheingold, H. L., e Keene, G. C. (1965). "Transport of the human young." *In Determinants of Infant Behaviour*, vol. 3, org. B. M. Foss. Londres: Methuen; Nova York: Wiley.

Rickman, J. (1951). "Methodology and research in psychopathology." *Br. J. med Psychol.*, 24, 1-7.

Robertson, J. (1952). Filme: *A Two-year-old Goes to Hospital* (16 mm; 45 min.; sonoro; acompanhado de roteiro; também versão abreviada, 30 min.).

Londres: Tavistock Child Development Research Unit; Nova York: New York University Film Library.

Robertson, J. (1953). "Some responses of young children to loss of maternal care." *Nurs. Times*, 49, 382-6.

Robertson, J. (1958). Filme: *Going to Hospital with Mother* (16 mm; 40 min.; sonoro; acompanhado de roteiro). Londres: Tavistock Child Development Research Unit; Nova York: New York University Film Library.

Robertson, J., org. (1962). *Hospitals and Children: A Parent's-Eye View*. Londres: Gollancz; Nova York: International Universities Press, 1963.

Robertson, J. e Bowlby, J. (1952). "Responses of young children to separation from their mothers." *Courr. Cent int. Enf.*, 2, 131-42.

Robertson, J. e Robertson, J. (1967). Filme: *Young Children in Brief Separation*, n.º 1: "Kate, aged 2 years 5 months, in fostercare for 27 days." (Guia) Londres: Tavistock Institute of Human Relations; Nova York: New York Universities Film Library.

Robson, K. S. (1967). "The role of eye-to-eye contact in maternal-infant attachment." *J. Child Psychol. Psychiat*, 8, 13-25.

Romanes, G. J. (1888). *Mental Evolution in Man*. Londres: Kegan Paul.

Rosenblatt, J. S. (1965). "The basis of synchrony in the behavioral interaction between the mother and her offspring in the laboratory rat." *In*: *Determinants of Infant Behaviour*, vol. 3, org. B. M. Foss. Londres: Methuen; Nova York: Wiley.

Rosenblum, L. A. e Harlow, H. F. (1963). "Approach-avoidance conflict in the mother surrogate situation." *Psychol. Rep.*, 12, 83-5.

Rosenthal, M. K. (1967). "The generalization of dependency behaviour from mother to stranger." *J. Child Psychol. Psychiat.*, 8, 117-33.

Rowell, T. (1965). "Some observations on a hand-reared baboon." *In*: *Determinants of Infant Behaviour*, vol. 3, org. B. M. Foss. Londres: Methuen; Nova York: Wiley.

Rutter, M. (1981). *Maternal Deprivation Reassessed*, 2.ª ed. Harmondsworth, Middlesex: Penguin.

Ryle, G. (1949). *The Concept of Mind*. Londres: Hutchinson; Nova York: Barnes & Noble, 1950.

Sade, D. S. (1965). "Some aspects of parent-offspring and sibling relations in a group of rhesus monkeys, with a discussion of grooming." *Am. J. phys. Anthrop.*, 23, 1-18.

Sameroff, A. J. e Cavanagh, P. J. (1979). "Learning in infancy: a developmental perspective." *In*: *Handbook of Infant Development*, org. J. D. Osofsky, p. 344-92. Nova York: Wiley.

Sameroff, A. J. e Chandler, M. A. (1975). "Reproductive risk and the continuance of caretaking casualy." *In*: *Review of Child Development Research*, vol. 4, orgs. F. D. Horowitz e outros, p. 187-244. Chicago: University of Chicago Press.

Sander, L. W. (1962). "Issues in early mother-child interaction." *J. Am. Acad. Child Psychiat.*, 1, 141-66.

Sander, L. W. (1964) "Adaptive relationships in early mother-child interaction." *J. Am. Acad. Child Psychiat*, 3, 231-64.

Sander, L. W. (1969). "The longitudinal course of early mother-child interaction: cross-case comparision in a sample of mother-child pairs." *In*: *Determinants of Infant Behaviour*, vol. 4, org. B. M. Foss. Londres: Methuen; Nova York: Barnes & Noble.

Sander, L. W. (1977). "The regulation of exchange in the infant-caregiver system and some aspects of the context-concept relationship." *In*: *Interaction, Conversation, and the Development of Language*, orgs. M. Lewis e L. A. Rosenblum. Nova York: Wiley.

Schachter, S. (1959). *The Psychology of Affiliation: Experimental Studies of the Sources of Gregariousness.* Stanford, Calif.: Stanford University Press; Londres: Tavistock Publications, 1961.

Schaffer, H. R. (1958). "Objective observations of personality development in early infancy." *Br. J. med. Psychol*, 31, 174-83.

Schaffer, H. R. (1963). "Some issues for research in the study of attachment behaviour." *In*: *Determinants of Infant Behaviour*, vol. 2, org. B. M. Foss. Londres: Methuen; Nova York: Wiley.

Schaffer, H. R. (1966). "The onset of fear of strangers and incongruity hypothesis." *J. Child Psychol. Psychiat.*, 7, 95-106.

Schaffer, H. R., org. (1977). *Studies in Mother-Infant Interaction.* Londres: Academic Press.

Schaffer, H. R. (1979). "Acquiring the concept of the dialogue." *In*: *Psychological Development from Infancy: Image to Intention*, org. M. H. Bornstein e W. Kessen, pp. 279-305. Hillsdale, N.J.: Lawrence Erlbaum.

Schaffer, H. R. e Callender, W. M. (1959). "Psychological effects of hospitalization in infancy." *Paediatrics*, 24, 528-39.

Schaffer, H. R. e Emerson, P. E. (1964*a*) "The development of social attachments in infancy." *Monogr. Soc. Res. Child Dev.*, 29, n. 3, 1-77.

Schaffer, H. R. e Emerson, P. E. (1964*b*). "Patterns of response to physical contact early human development'." *J. Child Psychol. Psychiat.*, 5, 1-13

Schaller, G. (1963). *The Mountain Gorilla: Ecology and Behavior.* Chicago: University of Chicago Press.

Schaller, G. (1965). "The behavior of the mountain gorilla." *In*: *Primate Behavior*, org. I. DeVore. Nova York e Londres: Holt, Rinehart & Winston.

Schaller, G. B. (1967). *The Deer and the Tiger.* Chicago: University of Chicago Press.

Schmidt-Koening, K. (1965). "Current problems in bird orientation." *In*: *Advances in the Study of Behavior*, vol. 1, orgs. D. S. Lehrman, R. A. Hinde e E. Shaw. Nova York e Londres: Academic Press.

Schneirla, T. C. (1959). "An evolutionary and development theory of biphasic processes underlying approach and withdrawal." *In*: *Nebraska Symposium on Motivation*, org. M. R. Jones. Lincoln, Nebr.: University of Nebraska Press.

Schneirla, T. C. (1965). "Aspects of stimulation and organization in approach/withdrawal processes underlying vertebrate behavioral development." *In*: *Advances in the Study of Behavior*, vol. 1, orgs. D. S. Lehrman, R. A. Hinde e E. Shaw. Nova York e Londres: Academic Press.

Schur, M. (1960*a*). "Discussion of Dr. John Bowlby's paper, 'Grief and mourning in infancy and early childhood'." *Psychoanal. Study Child*, 15, 63-84.

Schur, M. (1960*b*). "Phylogenesis and ontogenesis of affect-and structure-formation and the phenomenon of the repetition compulsion." *Int. F. Psycho-Anal.*, 41, 275-87.

Schutz, F. (1965*a*). "Sexuelle Pragung bei Anatiden." *Z. Tierpsychol.*, 22, 50-103.

Schutz, F. (1965*b*). "Homosexualitat und Pragung." *Psychol. Forsch.*, 28, 439-63.

Scott, J. P. (1963). "The process of primary socialization in canine and human infants." *Monogr. Soc. Res. Child Dev.*, 28, 1-47.

Sears, R. R. (1972). "Attachment, dependency and frustration." *In*: *Attachment and Dependency*, org. J. L. Gewirtz. Nova York e Londres: Wiley.

Sears, R. R., Raul, L. e Alpert, R. (1965). *Identification and Child Rearing*. Stanford, Calif.: Stanford University Press; Londres: Tavistock Publications, 1966.

Seay, B., Alexander, B. K. e Harlow, H. F. (1964). "Maternal behavior of socially deprived rhesus monkeys." *F. abnorm. soc. Psychol.*, 69, 345.

Shipley, W. U. (1963). "The demonstration in the domestic guineapig of a process resembling classical imprinting." *Anim. Behav.*, 11, 470-4.

Shirley, M. M. (1933). *The First Two Years*. 3 vols. Minneapolis: University of Minnesota Press; Londres: Oxford University Press.

Sluckin, W. (1965). *Imprinting and Eearly Learning*. Londres: Methuen; Chicago: Aldine.

Sommerhoff, G. (1950). *Analytical Biology*. Londres: Oxford University Press.

Southwick, G. H., org. (1963). *Primate Social Behavior*. Princeton, N.J., e Londres: Van Nostrand.

Southwick, C. H., Beg, M. A. e Siddiqi, M. R. (1965). "Rhesus monkeys in North India." *In*: *Primate Behavior*, org. I. DeVore. Nova York e Londres: Holt, Rinehart & Winston.

Spiro, M. E. (1954). "Is the family universal?" *Am. Anthrop.*, 56, 839-46.

Spiro, M. E. (1958). *Children of the Kibbutz*. Cambridge, Mass.: Harvard University Press; Londres: Oxford University Press.

Spitz, R. A. (1946). "Anaclitic depression." *Psychoanal. Study Child*, 2, 313-42.

Spitz, R. A. (1950). "Anxiety in infancy: a study of its manifestations in the first year of life." *Int. F. Psycho-Anal.*, 31, 138-43.
Spitz, R. A. (1955). "A note on the extrapolation of ethological findings." *Int. F. Psycho-Anal.*, 36, 162-5.
Spitz, R. A. (1965). *The First Year of Life.* Nova York: International Universities Press.
Spitz, R. A. e Wolf, K. M. (1946). "The smiling response: a contribution to the ontogenesis of social relations." *Genet. Psychol. Monogr.*, 34, 57-125.
Sroufe, L. A. (1979). "The coherence of individual development." *American Psychologist*, 34, 834-41.
Sroufe, L. A. (1982). "Infant-caregiver attachment and patterns of adaptation in pre-school: the roots of maladaptation and competence." *In*: *Minnesota Symposium in Child Psychology*, vol. 16, org. M. Perlmutter. Minneapolis: University of Minnesota Press.
Sroufe, L. A. e Walters, E. (1977). "Attachment as an organizational construct." *Child Development*, 48, 1184-99.
Stern, D. N. (1977). *The First Relationship: Infant and Mother.* Londres: Fontana Open Books.
Stevenson, H. W. (1965). "Social reinforcement of children's behavior." *In*: *Advances in Child Development and Behavior*, vol. 2, orgs. L. P. Lipsitt e C. C. Spiker. Nova York e Londres: Academic Press.
Stevenson, O. (1954). "The first treasured possession." *Psychoanal. Study Child*, 9, 199-217.
Strachey, J. (1962). "The emergence of Freud's fundamental hypothesis." (Um apêndice a "The neuro-psychoses of defence".) *S.E.*, 3.
Strachey, J. (1966). "Introduction to Freud's *Project for a Scientific Psychology.*" *S.E.*, 1.
Tennes, K. H. e Lampl, E. E. (1964). "Stranger and separation anxiety in infancy." *F. nerv. ment. Dis.*, 139, 247-54.
Thomas, H. (1973). "Unfolding the baby's mind: the infant's selection of visual stimuli." *Psychological Review*, 80, 468-88.
Thomas, H. e Jones-Molfese, V. (1977). "Infants and I scales: inferring change from the ordinal stimulus selections of infants for configural stimuli." *J. of Experimental Child Psychology*, 23, 329-39.
Thorpe, W. H. (1956). *Learning and Instinct in Animals.* 2.ª ed., 1963. Cambridge, Mass.: Harvard University Press; Londres; Methuen.
Tinbergen, N. (1951). *The Study of Instinct.* Londres: Oxford University Press.
Tinbergen, N. (1963). "On aims and methods of ethology." *Z. Tierpsychol.*, 20, 410-33.
Tinbergen, N. e Tinbergen, E. A. (1982). *About "autistic" children and how they night be cured.* Londres: Allen & Unwin.
Tizard, B. e Hodges, J. (1978). "The effect of institucional rearing on the development of eight year old children." *J. Child Psychol. Psychiat.*, 19, 99-118.

Tobias, P. V. (1965). "Early man in East Africa." *Science*, 149, n. 3679, 22-33.

Tomilin, M. I. e Yerkes, R. M. (1935). "Chimpanzee twins: behavioral relations and development." *F. genet. Psychol.*, 46, 239-63.

Tomkins, S. S. (1962-63). *Affect, Imagery, Consciousness.* vol. I, *The Positive Affects*; vol. II, *The Negative Affects.* Nova York: Springer; Londres: Tavistock Publications, 1964.

Trivers, R. L. (1974). "Parent-offspring conflict." *American Zoologist*, 14, 249-64.

Turnbull, C. M. (1965). *Wayward Servants: The Two Worlds of the African Pygmies.* Nova York: Natural History Press; Londres: Eyre & Spottiswoode.

Tustin, A. (1953). "Do modern mechanisms help us to understand the mind?" *Br. F. Psychol.*, 44, 24-37.

Ucko, L. E. (1965). "A comparative study of asphyxiated and non-asphyxiaed boys from birth to five years." *Dev. Med. Child Neurol.*, 7, 643-57.

Vaughn, B., Egeland, B., Sroufe, L. A. e Waters, E. (1979). "Individual differences in infant-mother attachment at 12 and 18 months: stability and change in families under stress." *Child Development*, 50, 971-5.

Vernon, D. T. A., Foley, J. M., Sipowicz, R. R. e Schulmans J. L. (1965). *The Psychological Responses of Children to Hospitalization and Illness.* Springfield, Ill.: C. C. Thomas.

Vickers, G. (1965). "The end of free fall." *The Listener*, 28 de outubro, p. 647.

Walters, R. H. e Parke, R. D. (1965). "The role of the distance receptors in the development of social responsiveness." *In*: *Advances in Child Development and Behavior*, vol. 2, orgs. L. P. Lipsitt e C. C. Spiker. Nova York e Londres: Academic Press.

Washburn, S. L., org. (1961). *The Social Life of Early Man.* Nova York: Wenner-Gren Foundation for Anthropological Research, Inc.; Londres: Methuen, 1962.

Washburn, S. L. (1968). Carta ao editor "On Holloway's 'Tools and Teeth'". *Am. Anthrop.*, 70, 97-100. (Holloway, R. L., "Tools and teeth: some speculation regarding canine reduction." *Am. Anthrop.*, 69, 63-7, 1967.)

Washburn, S. L., Jay, P. C., e Lancaster, J. B. (1965). "Field studies of Old World monkeys and apes." *Science*, 150, 1541-7.

Waters, E. (1978). "The reliability and stability of individual differences in infant-mother attachment." *Child Development*, 49, 438-94.

Waters, E., Wippman, J. e Sroufe, L. A. (1979). "Attachment, positive affect, and competence in the peer group: two studies in construct validation." *Child Development*, 50, 821-9.

Watson, J. S. (1965). "Orientation-specific age changes in responsive-ness to the face stimulus in young infants." Conferência proferida no encontro anual da American Psychological Association, Chicago.

Weisberg, P. (1963). "Social and nonsocial conditioning of infant vocalizations." *Child Dev.*, 34, 377-88.

Weiss, P. (1949). "The biological basis of adaptation." *In*: *Adaptation*, org. J. Romano. Ithaca, Nova York: Cornell University Press; Londres: Oxford University Press, 1950.

Weiss, R. S. (1982). "Attachment in adult life." *In*: *The Place of Attachment in Human Life*, orgs. C. M. Parkes, J. Stevenson Hinde. Londres: Tavistock Publications; Nova York: Basic Books.

Wite, B. L. Castle, P. e Held, R. (1964). "Observations on the development of visually-directed reaching." *Child Dev.*, 35, 349-64.

White, B. L. e Held, R. (1966). "Plasticity of sensorimotor development in the human infant." *In*: *The Causes of Behavior: Readings in Child Development and Educational Psychology*, 2ª ed., orgs. J. F. Rosenblish e W. Allinsmith. Boston, Mass.: Allyn & Bacon.

Whyte, L. L. (1960). *The Unconscious before Freud.* Nova York: Basic Books; Londres: Tavistock Publications, 1962.

Williams, G. C. (1966). *Adaptation and Natural Selection.* Princeton, N.J.: Princeton University Press.

Wilson, E. O. (1975). *Sociobiology: the New Synthesis.* Cambridge, Mass.: Harvard University Press.

Winnicott, D. W. (1953). "Transitional objects and transitional phenomena." *Int. F. Psycho-Anal.*, 34, 1-9. Reimpresso em *Collected Papers* por D. W. Winnicott. Londres: Tavistock Publications, 1958.

Wolff, P. H. (1959). "Observations on newborn infants." *Psychosom. Med.*, 21, 110-18.

Wolff, P. H. (1963). "Observations on the early development of smiling." *In*: *Determinants of Infant Behaviour*, vol. 2, org. B. M. Foss. Londres: Methuen; Nova York: Wiley.

Wolff, P. H. (1969). "The natural history of crying and other vocalizations in early infancy." *In*: *Determinants of Infant Behaviour*, vol. 4, org. B. M. Foss. Londres: Methuen; Nova York: Barnes & Noble.

Wolkind, S., Hall, F. e Pawlby, S. (1977). "Individual differences in behaviour: a combined epidemiological and observational approach." *In*: *Epidemiological Approaches in Child Psychiatry*, org. P. J. Graham, p. 107-23. Nova York e Londres: Academic Press.

Yarrow, L. J. (1963). "Research in dimensions of early maternal care." *Merrill-Palmer Q.*, 9, 101-14.

Yarrow, L. J. (1967). "The development of focused relationships during infancy." *In*: *Exceptional Infant*, vol. 1, org. J. Hellmuth. Seattle, Wash.: Special Child Publications.

Yerkes, R. M. (1943). *Chimpanzees: A Laboratory Colony.* New Haven, Conn.: Yale University Press; Londres: Oxford University Press.

Young, J. Z. (1964). *A Model of the Brain.* Londres: Oxford University Press.

Young, M. e Willmott, P. (1957). *Family and Kinship in East London.* Londres: Routledge & Kegan Paul; Nova York: The Free Press.

Yovits, M. C. e Cameron, S., orgs. (1960). *Self-organizing Systems.* Oxford: Pergamon.

Zahn-Waxler, C., Radke-Yarrow, M. e King, R. A. (1979). "Child rearing and children's pro-social initiations towards victims of distress." *Child Development*, 50, 319-30.

1ª **edição** agosto de 1984 | 3ª **edição** fevereiro de 2002
5ª **reimpressão** julho de 2024 | **Impressão e acabamento** Imprensa da Fé